Les Grandes Solitudes

Arctique
Mer de Beaufort
Mer des
ouktches
Cercle polaire Arctique
Canada
(Yukon)
Chaîne de Brooks
Fairbanks
Dawson
de Béring
Pén. de Seward
Alaska
Nome
St Michael
Chaîne de l'Alaska
Valdez
Mt St Elias
Skagway
Anchorage
Mts Kuskokwim
Archipel Alexandre
Sitka
Golfe de l'Alaska
Kodiak
t Paul
Pribilof
St George
Unalaska
Umnak
es
Pacifique
170
160
150

Titre original :
THE GREAT ALONE

Traduction française d'Isabelle Saint-Martin

Édition du Club France Loisirs, Paris,
avec l'autorisation des Presses de la Cité.

JANET DAILEY

Les Grandes Solitudes

France Loisirs
123 Bd de Grenelle — Paris

GÉNÉALOGIE

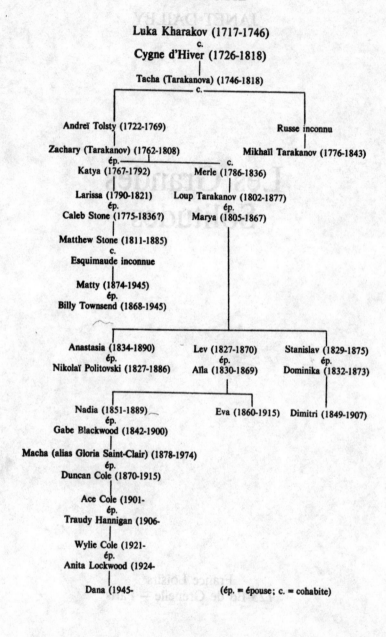

Luka Kharakov (1717-1746)
c.
Cygne d'Hiver (1726-1818)

Tacha (Tarakanova) (1746-1818)
c.

Andreï Tolsty (1722-1769)   Russe inconnu

Zachary (Tarakanov) (1762-1808)   Mikhaïl Tarakanov (1776-1843)
ép.   c.
Katya (1767-1792)   Merle (1786-1836)

Larissa (1790-1821)   Loup Tarakanov (1802-1877)
ép.   ép.
Caleb Stone (1775-1836?)   Marya (1805-1867)

Matthew Stone (1811-1885)
c.
Esquimaude inconnue

Matty (1874-1945)
ép.
Billy Townsend (1868-1945)

Anastasia (1834-1890)   Lev (1827-1870)   Stanislav (1829-1875)
ép.   ép.   ép.
Nikolaï Politovski (1827-1886)   Aïla (1830-1869)   Dominika (1832-1873)

Nadia (1851-1889)   Eva (1860-1915)   Dimitri (1849-1907)
ép.
Gabe Blackwood (1842-1900)

Macha (alias Gloria Saint-Clair) (1878-1974)
ép.
Duncan Cole (1870-1915)

Ace Cole (1901-
ép.
Traudy Hannigan (1906-

Wylie Cole (1921-
ép.
Anita Lockwood (1924-

Dana (1945-   (ép. = épouse; c. = cohabite)

As-tu jamais connu le violent clair de lune des Grandes Solitudes
Au pied des monts de glace où seul résonnait le silence
Hanté des hurlements d'un loup, tandis que tu restais figé de froid
A demi-mort dans un monde mort qui n'engendrait plus que ce rebut
appelé or...

Extrait du poème *Le Meurtre de Dan McGrew*
Robert Service

Au temps où l'Amérique prenait son essor en se lançant à la conquête de l'Ouest, la Russie élargissait ses territoires vers l'Est. Depuis la nuit des temps, l'une de ses principales sources de commerce, tant avec l'Europe qu'avec la Chine, provenait des fourrures, zibeline, hermine, renard, ours et autres peaux précieuses. Tout s'évaluait en fourrure : impôts, salaires, amendes et récompenses.

Cette richesse naturelle était exploitée par les *promychleniky*, sorte de coureurs des bois. A une époque où le servage mettait encore les paysans sous la coupe des nobles, ces hommes jouissaient d'une totale liberté de mouvement, voyageant par petits groupes, élisant leurs chefs et partageant les bénéfices de chaque saison de chasse entre eux-mêmes et les marchands qui avaient financé leur expédition. Territoire après territoire, ils s'enfonçaient ainsi au cœur de la vaste Sibérie.

Les *promychleniky* chassaient et les cosaques les pourchassaient. Cette farouche communauté de guerriers nomades occupait entre autres les steppes bordant la mer Noire et vivait de brigandage autant que de commerce, prête à tout pour protéger sa liberté. Elle atteignit le Pacifique au XVIIe siècle et y entendit parler pour la première fois d'un « grand pays » de l'autre côté des mers. Certains savants européens supposaient alors que l'Asie et l'Amérique étaient reliées quelque part dans le Nord.

Ce fut le tsar Pierre le Grand qui, le premier, fit explorer le Pacifique Nord et l'océan Arctique afin de déterminer où se rejoignaient les deux continents. En juillet 1728, Vitus Béring, un marin danois au service de la Russie, atteignit avec son nouveau navire, le *Saint-Gabriel*, l'embouchure de la Kamtchatka dans la mer qui allait porter son nom. Deux mois plus tard, il revenait convaincu qu'aucune terre n'attachait l'Asie à l'Amérique, mais sans en apporter la preuve.

Une expédition plus importante fut envoyée par la fille du tsar, l'impératrice Élisabeth. Celle-ci voyait si grand qu'il fallut huit ans pour transporter à travers la Sibérie les hommes et l'équipage nécessaires à la construction de deux navires à voiles carrées, le *Sv Piotr*, ou *Saint-Pierre*, qui fut placé sous les ordres du même Vitus Béring, et le *Sv Pavel*, ou *Saint-Paul*, commandé par un Russe, Alexeï Chirikov. En juin 1741, ces bateaux quittèrent la baie d'Avatcha, dans la péninsule du Kamtchatka, et, après deux semaines de navigation, se trouvèrent séparés par la pluie et le brouillard.

L'équipage du *Saint-Paul* croisa au large de l'île connue aujourd'hui sous le nom de Prince-de-Galles, à l'extrême sud de l'Alaska, pour la contourner par le Nord et suivre le littoral accidenté de l'archipel Alexandre, avec son labyrinthe de canaux, de baies et de bras de mer. Deux jours après, il jeta l'ancre à l'entrée d'une grande crique, dans ce qui est sans doute devenu le port de Sitka. Chirikov fit mettre un canot à la mer pour envoyer dix hommes explorer la côte. Ceux-ci ne revinrent jamais. Plusieurs jours s'écoulèrent avant que le capitaine lançât à leur recherche un nouveau contingent de six hommes qui, à leur tour, ne donnèrent plus signe de vie. Le *Saint-Paul* demeura ancré encore quelques jours, puis, manquant de barques et l'eau potable commençant à se faire rare, Chirikov décida, après avoir consulté ses officiers, de regagner au plus vite la Russie. Le *Saint-Paul* arriva en octobre 1741 à Petropavlovsk, son point de départ, et les marins parlèrent des nombreux animaux à fourrure qu'ils avaient vus le long des côtes rocailleuses, loutres de mer, phoques et otaries.

Quant au *Saint-Pierre*, après la tempête qui l'avait séparé de son compagnon, il emprunta une tout autre route. Son équipage aperçut aussi des terres : les pics de la chaîne Saint-Elias de l'Alaska. Au cours de la traversée de retour vers le Kamtchatka, les marins, atteints par le scorbut, eurent à lutter contre les pires intempéries, alors que de violentes tempêtes repoussaient le navire loin dans le Pacifique. Ils échouèrent le 1er novembre sur une terre de l'archipel du Commandeur, le long de la côte de Sibérie. Béring, le capitaine, mourut et fut enterré dans l'île qui prit son nom. Les survivants bâtirent une nouvelle embarcation avec les restes du *Saint-Pierre*. En août 1742, quarante-six des soixante-dix-sept membres de l'équipage parvinrent à Petropavlovsk, chargés de fourrures provenant de l'île.

Les *promychleniky* et les cosaques y virent la preuve que les terres de l'Est étaient aussi riches en animaux sauvages qu'ils l'avaient imaginé. Les loutres de mer, qui s'aventuraient si rarement sur la côte sibérienne, vivaient ailleurs en vastes bandes. Sans se laisser rebuter par la distance (après tout, ils avaient déjà parcouru plus de huit mille kilomètres), ils ne songeaient qu'à découvrir ces terres lointaines et à les conquérir au nom de la tsarine. La Russie s'étendait alors sur l'Europe et l'Asie ; pourquoi pas également sur l'Amérique ?

Vers 1742, l'Angleterre possédait des dizaines de colonies le long de la côte atlantique, en Amérique du Nord ; la France revendiquait les terres bordées par le Mississippi, de sa source à son embouchure ; l'Espagne avait conquis le Mexique et la côte californienne. La Russie entendait bien poser le pied à son tour sur le riche continent américain.

PROLOGUE

Des cris étouffés provenant de l'extérieur tirèrent Luka Ivanovitch Kharakov de son sommeil. Se dressant sur sa paillasse, il saisit le mousquet placé près de lui la veille. Un nerf se mit à vibrer le long de la cicatrice qui lui fermait à moitié l'œil gauche et incisait sa pommette avant de se perdre dans son épaisse barbe sombre. Il s'immobilisa pour percevoir des acclamations qui dominaient le tumulte. En même temps, il reconnaissait le dortoir de bois du *traktir* de Petropavlovsk.

Le mouvement de son œil s'apaisait mais seulement pour laisser place aux lourds battements de son crâne, consécutifs à une soirée de beuverie. Au-dehors, les cris et les aboiements reprenaient de plus belle. Il passa par-dessus la tête sa tunique de peau sans prendre la peine d'en serrer les pans dans sa ceinture, enfonça un capuchon sur ses cheveux drus et sortit.

Les lourds nuages, posés sur les collines verdoyantes autour de la forteresse, se répandaient en une violente averse mais les habitants ne paraissaient pas y prendre garde et se précipitaient vers le port donnant sur la baie d'Avatcha.

Luka les suivit. Les bateaux se faisaient rares dans cette extrémité orientale de l'empire des Romanov et chaque arrivée y était saluée comme un véritable événement.

Quelques semaines plus tôt, il avait appris que Chirikov venait de quitter ce même port sur le *Sv Pavel*, en direction d'Okhotsk, à l'Ouest. Les cosaques descendus la veille au *traktir* lui avaient raconté l'histoire de l'équipage envoyé vers les côtes d'Amérique du Nord, confirmant les rumeurs de l'existence d'une *bolchaïa zemla*, une « grande terre », de l'autre côté des mers, d'où n'étaient jamais revenus leurs compagnons du *Sv Piotr*.

Sans doute les tempêtes de ces derniers jours avaient-elles obligé le navire de Chirikov à rebrousser chemin. Du moins Luka l'espérait-il. Il voulait en savoir plus sur la multitude d'îles où se trouvaient, disait-on, tant de loutres de mer. Lui-même *promychlenik*, il connaissait la valeur de leurs peaux qui atteignaient parfois jusqu'à quatre-vingt-dix roubles à la frontière de la Chine.

En approchant du quai, il ne distingua aucun navire ancré dans le port, si ce n'était une étrange embarcation d'une quinzaine de mètres, survolée par des mouettes surexcitées et entourée d'une foule curieuse et bavarde. Partout des paysans embrassaient des hommes hagards en haillons.

Croisant en chemin l'un des cosaques avec qui il avait tant bu la veille et qui rentrait au *traktir*, il l'interpella.

— Pourquoi toute cette agitation ? Qui sont ces gens qui arrivent ?

— Les marins du *Sv Piotr* ! Finalement ils n'étaient pas morts !

Luka contempla les nouveaux venus, une quarantaine de pauvres diables au sourire édenté, à la longue barbe hirsute, vêtus de peaux de bêtes. Leur navire n'était donc pas naufragé corps et biens comme d'aucuns l'avaient cru. Ils revenaient assez nombreux pour raconter leur histoire, l'histoire de la « grande terre » que Luka désirait tellement entendre. Se mêlant à leur groupe, il prêta l'oreille aux bribes de conversation qui lui parvenaient, tout en examinant leurs habits de fourrure, taillés dans du phoque, du renard mais aussi de la loutre de mer.

— Notre navire s'était fracassé contre les rochers...

— ... et pourtant, nous voici revenus au Kamtchatka...

— ... non, Béring est mort. Lagunov également. Nous ne...

12

— ... en fait, c'était une île...

Luka s'arrêta devant le marin qui venait de parler. Le scorbut lui avait fait perdre la moitié de ses dents et celles qui restaient présentaient le triste aspect de chicots noirs. Mais il portait une magnifique peau de renard et c'était, en l'occurrence, tout ce qui intéressait son interlocuteur.

— Où se trouve cette île ?

— A l'Est. J'ignore à quelle distance.

Visiblement, l'homme cherchait à raconter l'odyssée de son équipage, trop heureux de s'en être sorti à si bon compte.

— Nous venons de naviguer dix jours durant mais notre bateau a commencé à prendre l'eau dès le troisième matin. Nous avons été obligés de jeter le plus gros de notre chargement par-dessus bord. C'est miracle que nous soyons arrivés à bon port.

Hâtivement, il se signa, de droite à gauche, à la manière des orthodoxes.

— Il nous a fallu construire cette embarcation nous-mêmes avec les restes du *Sv Piotr*. Tous les menuisiers étaient morts et...

Luka Ivanovitch Kharakov se moquait des difficultés de navigation de l'équipage et s'intéressait seulement à la peau que portait cet homme, ainsi qu'à sa provenance ?

— Il y avait des renards dans l'île ?

— Partout.

La bouche du marin s'étira sur des gencives de vieillard.

— La première fois que nous avons mis pied à terre, ce sont les seuls animaux que nous ayons vus. Ils ne nous craignaient pas. Aussi, lorsqu'un de nos camarades est mort, nous n'avons pas eu le temps de l'enterrer qu'ils déchiquetaient déjà son corps. Il nous a été impossible de les en éloigner et nous ne pouvions gaspiller notre poudre. La maladie nous avait tous affaiblis, c'est pourquoi très peu d'entre nous ont trouvé le courage de chasser pour ne pas mourir de faim.

— Et les loutres ?

Indiquant l'un des marins revêtus d'une longue tunique de peaux grossièrement cousues, Luka ajouta :

— Étaient-elles nombreuses aussi ?

— La mer en regorgeait tout autour de l'île.

Avec un sourire triomphant, l'homme prit Luka par le bras et l'entraîna vers le bord du quai.

— Regardez !

Des paquets de fourrures s'entassaient sur le sol mouillé, grandissant au fur et à mesure qu'on déchargeait le bateau. Parmi les peaux de renard et de phoque, Luka, reconnaissant l'éclat sombre et brillant des loutres, s'agenouilla. A l'aide d'un couteau, il coupa les liens de cuir qui les retenaient attachées et les laissa s'éparpiller devant lui. Il fit courir sa main sur la douce toison brune, admirant l'éclat de la lumière qu'il accrochait avec son geste, y enfonça les doigts jusqu'à la première articulation, tant elle était épaisse. De sa vie il n'avait vu peaux si belles, presque trois fois plus grandes que de la zibeline, qui valait déjà plus que son poids d'or, de « l'or tendre ». Autour de lui s'amoncelaient des ballots comptant chacun au moins quarante peaux.

Une seule fois, deux années auparavant, il lui était arrivé de tuer des loutres bloquées sur un iceberg qui avait dérivé le long des côtes du Kamtchatka. Dix bêtes ; rares étaient ceux qui pouvaient connaître une pareille chance. Maintenant, il contemplait d'un œil gourmand ces centaines de dépouilles étalées devant lui.

— ... il y en a peut-être neuf cents, sans compter les renards bleus et les phoques.

Luka venait de saisir la fin de la phrase du marin. La gorge serrée, il songeait que lui, chasseur, n'en avait jamais vu autant. Pourquoi ces gens devaient-ils faire fortune avec des fourrures quand lui-même passait des hivers entiers à guetter les zibelines qui se faisaient de plus en plus rares, risquant sa vie dans le froid sibérien, au milieu de tribus à peine civilisées, hostiles à toute présence étrangère, les Tchouktches responsables de la cicatrice qui lui barrait le visage ?

— Avant de quitter cette île, avez-vous tué toutes les loutres ? N'en reste-t-il plus ?

De ses petits yeux noirs, il scrutait avidement l'homme, qui recula devant cette expression menaçante et butée.

— Si. Je vous ai dit qu'elles logeaient partout sur le rivage.

Le marin renoua d'un geste vif l'attache du paquet, puis s'éclipsa à la recherche de quelque oreille plus attentive au récit de ses mésaventures.

Les mains vides, Luka sentait encore la douceur de la fourrure sous ses doigts. Mille questions lui trottaient dans la tête. Cependant, il ne retint pas son interlocuteur. Des centaines de peaux s'entassaient autour de lui, les conversations allaient bon train, mais il n'y prêtait plus attention, le regard soudain perdu vers l'horizon lointain, au-delà du petit bras de la baie d'Avatcha, essayant de distinguer quelque trace de terre, quelque tache sombre au bord du ciel. C'était son sang de *promychlenik* qui parlait, l'incitant comme toujours à repartir plus loin, à franchir les obstacles, la mer qui le séparait de la « grande terre », de ses montagnes et de ses fleuves immenses aux richesses infinies.

Une étrange sensation de vide s'était emparée de lui, comme si ce pays inconnu lui manquait déjà. Ses ancêtres avaient traversé la Sibérie, les monts Stanovoï, avant d'arriver dans la péninsule du Kamtchatka, toujours à la poursuite de nouvelles zibelines. Leurs anciens terrains de chasse se trouvaient presque épuisés, désormais, et voilà qu'une nouvelle contrée s'offrait à lui ; la distance n'était rien, seul le temps comptait. A vingt-cinq ans passés, il savait que sa jeunesse le fuyait. La fortune qu'il attendait depuis si longtemps passait peut-être à portée de sa main. Il ne la laisserait certes pas lui échapper.

Les mouettes voletaient à fleur d'eau, poussées par un

15

vent mouillé qui venait lui fouetter le visage ; de lourds nuages s'engouffraient à l'intérieur de la baie mais il en voyait maintenant d'autres s'amonceler au loin, sur la mer grisâtre, comme retenus par quelque piton mystérieux et prometteur.

Que la preuve de l'existence de ces îles lui parvînt précisément ce jour-là ne pouvait relever du simple hasard. La veille, en effet, il avait failli quitter Petropavlovsk pour se joindre aux chasseurs d'une expédition en Sibérie. Un seul obstacle l'avait alors arrêté : il n'avait pas eu le temps de demander la bénédiction du prêtre, qu'il estimait indispensable depuis que, l'ayant manquée une année, il avait connu la saison de chasse la plus désastreuse de son existence.

Luka ne s'encombrait pas de considérations philosophiques sur la religion, qu'il pratiquait surtout par superstition, et trouvait tout naturel, à peine sorti de l'église, de rejoindre directement les cosaques de l'auberge pour s'y enivrer de mauvaise vodka.

Le retour des survivants du bateau de Vitus Béring incita Luka à reporter son départ de quelques jours afin de prendre part aux festivités de bienvenue. Bien lui en prit car le *praznik* auquel il participa fut un des plus éblouissants de sa vie. Le premier jour, viandes, alcool et tabac leur furent servis en abondance. Les balalaïkas ne cessèrent de jouer, les femmes de danser, les servantes de remplir les verres des hommes.

Luka ne perdit pas une occasion de parler avec les membres de l'équipage et tous corroborèrent les dires de leur camarade. Dès lors, il apprit tout ce qu'il voulut savoir sur ces îles oubliées de Dieu et des hommes, qui s'éparpillaient dans la mer comme une gigantesque traînée d'étoiles, peuplées de tous ces animaux aux fourrures précieuses.

Cet hiver-là, il chassa la zibeline dans les steppes de Sibérie et, par temps clair, put observer les trois faux soleils qui formaient un arc autour du vrai. Il réfléchit aux histoires qu'il avait entendues, se représenta les multitudes de peaux qu'il avait vues sur le quai. Cette terre lointaine l'appelait. Tout son jeune âge, il l'avait passé à errer par les plaines et les monts du Kamtchatka. Désormais, il lui fallait d'autres horizons. Il irait là-bas. Telle était sa destinée. La fortune ne lui avait pas souri dans sa presqu'île ; il partirait la trouver dans ces îles du continent américain.

PREMIÈRE PARTIE

Les Aléoutiennes

Gonflées par un vent généreux, les voiles carrées du vaisseau s'arquaient devant les deux mâts comme pour se libérer de leurs attaches de cuir. Des vagues vertes s'ouvraient sous l'étrave, qui se dressait vers le soleil avant de plonger dans l'eau d'où elle émergeait en lapant l'écume blanchie par la vitesse. Copié sur un bateau de la Volga, le bâtiment plat ne possédait pour ainsi dire pas de quille et, pourtant, demeurait remarquablement stable sur la mer. Par manque de fer, ses planches avaient été jointes, ou plutôt « cousues », avec des nœuds de cuir qui lui donnaient son nom russe : *chitik*, du verbe *chi-it*, signifiant « coudre ».

Dans quelque direction que se tournent les nombreux passagers, ils n'apercevaient que la mer de Béring, montant et descendant au gré de la houle. Luka Ivanovitch Kharakov se tenait lui aussi sur le pont, les pieds en équilibre selon le mouvement du *chitik*, l'œil rivé sur le Sud-Est.

Il se moquait que ce bâtiment n'ait pas été prévu pour naviguer en haute mer. Deux ans plus tôt, un bateau similaire, commandé par un cosaque du Kamtchatka, était parti pour une expédition en direction des îles du Commandeur, où Béring avait trouvé la mort, et il était rentré sans encombre à l'été, chargé de fourrures précieuses, prouvant par là sa fiabilité sur mer.

Il se moquait également que le *chitik* n'ait pas été bâti par des spécialistes ; lui-même avait fait partie des constructeurs, malgré une expérience limitée à des barques tout juste bonnes à traverser les lacs de Sibérie. Seul leur commandant connaissait la mer. Arrivé comme orfèvre au Kamtchatka, où il pensait faire fortune,

Mikhaïl Nevodchikov ne possédait pas de passeport et s'était retrouvé enrôlé de force sur le *Sv Piotr* de Béring. Malgré ces curieux antécédents, la rumeur publique avait vite fait de lui le découvreur des îles Delusive en Amérique.

C'était là que se rendait le *chitik*. Six jours auparavant, le bateau avait quitté l'embouchure de la Kamtchatka et des vents favorables l'avaient poussé vers ces terres vierges qu'ils n'auraient à partager avec aucun chasseur.

Une cloche sonna, annonçant un nouveau coup de vent. Depuis le début de la traversée, les passagers s'étaient habitués aux vagues plus hautes que le navire, qui ne parvenaient cependant pas à le submerger. Malgré tout, chaque fois qu'il escaladait ces murailles liquides, la chute qui s'ensuivait leur retournait le cœur. Luka faisait partie des rares voyageurs à ne plus en souffrir.

Il suivait d'un œil indifférent le cosaque Wladimir Chekurdine, qui tanguait entre ses voisins, les lèvres serrées, les yeux mi-clos. La plupart de ses compagnons de chasse n'étaient pas dans un meilleur état ; ils provenaient de tous les milieux possibles — voleurs, criminels, mais aussi fils de famille, exilés politiques, serfs fuyant la tyrannie de leur maître ou, tout simplement, descendants de *promychleniky*. En fait, leur passé ne l'intéressait guère : sa propre vie lui avait apporté son lot de brutalités et de violences.

Son regard tomba sur la physionomie étrange d'un Kamtchadale avec ses paupières fendues et ses pommettes larges de Mongol. Alors, portant instinctivement une main à sa cicatrice, il ne put réprimer un haut-le-corps en le trouvant trop semblable à ses cousins Tchouktches, qui avaient massacré son père avant de le défigurer à vie. Baptisé dans la religion orthodoxe, cet homme devenait pourtant l'égal de n'importe quel Moscovite mais pas pour Luka. Jamais il ne l'admettrait.

Il recula, préférant s'en éloigner plutôt que de se laisser aller au réflexe meurtrier qui s'emparait de lui, et constata que Yakov Petrovitch Tchouprov recouvrait son équilibre et sa sérénité. Un instant, il soutint son regard intelligent puis le salua d'un signe de tête. La réputation de chasseur de Tchouprov n'était plus à faire ; aussi Luka entendait-il ménager celui qui pouvait fort bien devenir, à terre, le chef de leur petite troupe. L'ayant vu discuter avec le capitaine peu auparavant, il demanda simplement :

— La route est-elle encore longue avant les îles ? Que dit Nevodchikov ?

Depuis les îles du Commandeur, ils n'avaient en effet plus croisé aucune terre, rencontrant seulement un ciel aussi plombé que la mer, entrecoupé parfois de faibles éclaircies, ainsi que quelques mouettes qui voletaient à proximité.

— Il pense que nous n'en avons plus pour longtemps. D'après lui, ces oiseaux indiquent qu'une terre est toute proche.

— Le croyez-vous ?

— Le vent s'apaise, la tempête se calme. De plus, il est déjà venu par ici. Moi, jamais.

A l'arrière, l'un des Kamtchadales, malade, réclamait de l'eau. La haute silhouette du cosaque Chekurdine se dirigea vers lui.

— Vas-tu gaspiller notre eau pour lui, Wladimir Andreïevitch ? intervint Luka.

Selon la coutume russe, chacun portait deux prénoms : le sien, suivi de celui de son père terminé en « itch ».

— Cet homme a soif, répliqua tranquillement Chekurdine.

Pourtant, il fut stoppé sur son chemin par un autre *promychlenik*, un géant, une sorte de brute tout en muscles :

— Autant jeter l'eau tout de suite par-dessus bord ! De toute façon, il la suivra sans tarder.

Le rictus de Belaïev révéla une gencive dépourvue de

23

toutes ses dents de devant, ce qui lui donnait un air imbécile aussitôt démenti par de petits yeux rusés. Chekurdine tenta de l'éviter mais le géant ne lui permit pas d'aller plus loin.

— Tu ne lui donneras pas à boire.

Le cosaque ne se laissa pas impressionner.

— Je t'ai pourtant vu dans le même état deux ou trois fois.

— Mais je n'ai bu que mon eau.

La barbe et la moustache noires de Belaïev soulignaient encore l'espace vide de sa gencive.

— Si ce Kamtchadale ne peut s'en tirer seul, il n'y a qu'à le passer par-dessus bord. Ça n'en grossira qu'un peu plus notre part de fourrures.

Luka partageait son opinion. Tous s'étaient engagés à répartir entre eux le butin après en avoir cédé la moitié aux deux marchands qui avaient financé leur expédition ; le navigateur recevrait trois parts, le *peredovtchik*, leur chef, deux, et une irait à l'Église. Si la chasse se révélait bonne, chacune pouvait représenter une véritable petite fortune, assez pour acheter une ferme ou un emploi, ou bien boire de la vodka une année durant sans dessoûler.

— Regardez ! s'exclama une voix. Quelle est cette ombre à l'horizon ?

La discussion sur le pont perdit soudain de sa véhémence tandis que Luka faisait volte-face pour scruter la ligne grise séparant ciel et mer. Un marin escalada un des mâts ; chaque homme guettait la parole qui le délivrerait du grincement des planches mal jointes.

— Vois-tu quelque chose ? cria Luka, penché dangereusement sur le bastingage.

Interminables, les secondes s'écoulèrent avant que l'homme pointât un index à tribord :

— Terre !

Les voyageurs s'assemblèrent sur la droite du navire pour vérifier l'annonce qu'ils attendaient depuis si longtemps et crièrent en chœur à l'apparition d'une crête de montagne. Même les plus faibles trouvèrent assez d'énergie pour se hisser sur leurs pieds et contempler enfin l'île promise.

Lentement mais sûrement, le bateau s'en approchait. Luka sentit sourdre en lui ce flux d'impatience qui accompagnait chacun de ses premiers pas sur une terre nouvelle, cette sorte de fébrilité qui aiguisait sa curiosité, aiguillonnait son énergie. Déjà on entendait les vagues s'écraser contre les rochers entourant l'île.

Comme ils longeaient la côte Nord, il en profita pour étudier le terrain dénué d'arbres mais verdoyant, peuplé de buissons et de broussailles. Les pierres elles-mêmes se couvraient de mousse. Plus loin, des montagnes aux crêtes tourmentées indiquaient les origines volcaniques de ce pays.

Un navigateur fut envoyé à l'avant pour guider le bateau tandis que le capitaine Nevodchikov tournait son gouvernail afin d'éviter au mieux les récifs.

Contournant l'île, ils parvinrent au rivage Sud, pour découvrir une large baie protégée par les hautes falaises de l'Est. La vie animale paraissait intense à cet endroit. Guettant les loutres de mer, Luka s'était joint aux autres passagers, le cœur battant. Un lourd nuage cachait le soleil mais il nota le changement subtil de température, comme si un courant tiède monté du Pacifique s'était mêlé aux eaux froides de la mer de Béring. Les cris sourds des cormorans accompagnaient l'éclatement ruisselant des vagues sur les rochers blanchis par l'écume, ainsi que le claquement des voiles dans le vent froid. Aucune trace de civilisation ne venait troubler le paysage.

— Je pensais rencontrer des indigènes ici, remarquat-il à l'adresse de Chekurdine.

— Peut-être toutes les îles ne sont-elles pas habitées. Celle de Béring, par exemple, ne l'était pas.

— Celle-ci est grande, pourtant. A première vue, elle compte bien soixante-dix verstes. Je suis certain que nous finirons par y trouver des villages.

25

Luka n'avait pas l'intention de céder si vite aux airs supérieurs du cosaque.

L'homme possédait toutes les qualités d'un chef, avec son intelligence vive et son expérience ; et, malgré une apparence mince, il s'était révélé d'une force étonnante. A l'évidence, il ne manquait ni de courage ni d'initiative, mais sa compassion à l'égard du Kamtchadale ne lassait pas d'irriter Luka.

Relâchées depuis un moment, les voiles se gonflèrent de vent pendant que le bateau virait de bord et s'éloignait de la baie.

— Pourquoi repartir ? lança la voix rude de Belaïev. L'endroit regorge de loutres de mer. Nous pourrions nous arrêter là.

— C'est bien de toi ! coupa Luka, moqueur. Quand quelque chose te plaît, tu te jettes dessus sans vérifier si tu ne trouveras pas mieux ailleurs !

Quelques rires étouffés accueillirent cette remarque mais, prudents, les hommes n'insistèrent pas, de peur de mécontenter le géant. Pourtant, celui-ci répondit d'un ton suffisant :

— Si je trouve mieux, je le prendrai aussi ! Cependant, il ne sera pas dit que j'aurai laissé passer cette aubaine pour chercher plus encore !

Pendant ce temps, le *chitik* regagnait la haute mer afin de s'approcher de l'île suivante. Luka regardait disparaître la première terre qu'il eût aperçue depuis des jours. L'océan ne constituait pas exactement son élément favori et il avait hâte, comme tout un chacun, de quitter ce pont surpeuplé pour poser enfin le pied sur la terre ferme. Pourtant, la perspective de pousser plus avant lui souriait tout autant.

— Pour une fois, je suis d'accord avec Belaïev, marmonna Chekurdine. J'aurais aimé jeter l'ancre dans cette baie.

Levant les yeux sur son fier profil, le *promychlenik* répliqua tranquillement :

26

— A cette heure matinale, nous avons tout le temps de continuer vers une autre île.

— A condition qu'il en existe. Là-dessus, nous ne pouvons nous fier qu'à la parole de Nevodchikov, un paysan, un orfèvre qui n'a pour toute expérience qu'une traversée avec ce Danois, Béring. Il faudrait pourtant nous réapprovisionner au plus vite en eau potable. J'aurais aimé profiter des ressources de cette terre avant de poursuivre. Et puis nous aurions saisi cette occasion pour nous procurer aussi de la viande fraîche. Nous ne tiendrons plus longtemps avec nos maigres réserves.

Ce raisonnement parut des plus sensés à Luka, qui ne le contredit pas. Ils étaient partis avec peu de victuailles : quelques jambons, une petite quantité de beurre rance, des sacs de seigle et de farine de froment pour fabriquer du pain les jours de fête, du saumon séché et, surtout, une ample ration de légumes secs afin d'éviter le scorbut. Pour le reste, ils comptaient sur la chasse et la pêche.

— En ce qui me concerne, déclara Luka, je demande à voir les autres îles avant.

Un bon chasseur devait toujours choisir soigneusement son terrain, et non pas se contenter du premier qui se présentait.

Chekurdine ne demeura pas longtemps auprès de lui et préféra retourner parmi les autres membres de l'expédition. Le *chitik* voguait maintenant en direction du Sud-Est sur une mer couleur d'acier, parmi les mouettes et les cormorans qui plongeaient autour de la coque.

Il ne s'écoula pas un long temps avant que Luka entendît la rumeur de mécontentement qui montait des *promychleniky*. La terre venait d'être avalée par l'horizon et aucune autre n'apparaissait. Percevant, parmi les protestations, que le manque d'eau allait se faire sentir, il en déduisit vite le nom de celui qui avait pu les inspirer.

Dans l'après-midi, la deuxième île fut en vue et tout le monde attendit la décision.

Comme la première fois, le *chitik* longea la côte. A

27

l'approche d'une crique de sable blond, en fer à cheval, Luka vit Tchouprov s'adresser brièvement au capitaine. Quelques secondes plus tard, ordre fut donné d'amener l'une des voiles carrées.

La tension de l'équipage retomba comme par enchantement lorsque le bâtiment s'engagea au milieu des falaises verdoyantes. Un homme fut chargé de se pencher à la proue afin de surveiller au plus près les rochers immergés.

— Nous allons jeter l'ancre pour la nuit, annonça solennellement Nevodchikov.

— Pourrons-nous mettre pied à terre ? cria l'un des hommes.

— Pas avant demain matin. Tchouprov partira alors avec quelques-uns d'entre vous pour chercher de l'eau. Nous passerons la journée à explorer les alentours à la recherche d'un mouillage correct pour l'hiver.

Luka remarqua aussitôt la colère mal rentrée de Chekurdine, qu'on n'avait pas désigné pour cette mission, mais il approuva secrètement ce choix : il se fiait plus à l'expérience et au jugement de Tchouprov qu'à ceux du cosaque.

Bientôt l'ancre, lestée de pierres, fut jetée dans l'eau glauque. La longue étendue tranquille de la plage ne laissait pas deviner la moindre cabane ni aucun signe de présence humaine ; cependant, les dernières heures de l'après-midi ne furent pas gaspillées en vaines observations. En vue de la première exploration, l'unique barque du bord fut soumise à un minutieux examen, les mousquets sortis et nettoyés, et des tonneaux vides chargés afin de transporter l'eau potable sur laquelle tous comptaient.

Dès les premières lueurs de l'aube, des passagers firent leur apparition sur le pont, et Luka se trouva parmi les premiers à réclamer sa ration d'eau, pressé de se débarrasser de l'engourdissement cotonneux qui lui encombrait la bouche. Beaucoup bâillaient, s'étiraient, se grattaient la barbe mais très peu osaient élever la voix, comme s'il valait mieux écouter le clapotis des vagues contre la coque.

Lorsque enfin il put boire sa part, Luka s'interrompit après la première gorgée pour jeter un regard vers cette rive où il allait bientôt aborder avec les hommes désignés la veille. La plage n'était plus déserte.

— Où est Tchouprov ? cria-t-il.

— Pourquoi ? maugréa une voix endormie.

— Allez le chercher. Nous avons de la visite.

D'un geste, il désigna la foule des indigènes rassemblés au bord de l'eau.

Oubliant sa soif encore intense, il abandonna le gobelet à moitié plein à l'homme qui attendait derrière lui et courut vers la rambarde. Ses compagnons commencèrent par tourner la tête dans la direction indiquée, trop stupéfaits pour le rejoindre immédiatement. Enfin, l'un d'entre eux réagit et tous se précipitèrent en criant.

— Combien sont-ils ?

— Je dirais bien une centaine.

Les indigènes portaient d'étranges costumes qui semblaient faits de plumes bariolées, leur arrivant jusqu'aux jambes qu'ils gardaient nues, et, sur le crâne, ils arboraient d'extraordinaires coiffes en cône, relevées sur leur front pour les protéger du soleil.

En réponse aux exclamations des occupants du bateau, ils se mirent à crier dans un langage inconnu et à gesticuler pour former un grand cercle rituel, en agitant des arcs et des flèches tandis que, dans le lointain, résonnaient des battements de tambour. Luka sentit ses cheveux se dresser sur sa tête.

— D'où sortent-ils ? lui demanda son voisin.

Nul ne sut répondre à cette question. Tchouprov apparut alors sur le pont, armé d'une longue-vue, pour observer longuement la danse des îliens.

Belaïev haussa les épaules.

— S'ils veulent nous attaquer, nous saurons les recevoir !

Tchouprov abaissa enfin sa lunette.

— Distribuez la poudre et les mousquets, ordonna-t-il sans quitter des yeux le rivage.

Un sourire satisfait aux lèvres, le géant s'empressa d'obtempérer. Il aimait les sensations fortes qu'offraient les femmes, la vodka et la bataille. Luka aussi, mais son goût pour le combat provenait plutôt de la sourde haine qui l'habitait en permanence.

Chekurdine vint bientôt les rejoindre.

— D'après le capitaine Nevodchikov, ces gens seraient plutôt amicaux.

— C'est vrai, acquiesça ce dernier. Au cours de notre voyage de retour, ils nous ont procuré de l'eau potable... dans des vessies de phoque.

— On dirait, reprit le cosaque, songeur, qu'ils cherchent à nous faire venir à terre. Voyez, ils semblent nous accueillir, sans un geste menaçant.

D'un ton de défi, il ajouta :

— Si nous descendions avec nos tonneaux, peut-être nous donneraient-ils tout de suite de l'eau.

— Ils sont armés et trop nombreux pour que nous prenions ce risque, rétorqua Luka.

— Les cosaques n'ont jamais hésité à marcher sur des ennemis en plus grand nombre. Nos armes semblent plus efficaces que les leurs. Aucune lance ne peut se mesurer à un mousquet.

— Attendons, coupa Tchouprov. Nous aurons tout le temps de nous battre s'il le faut.

Les roulements de tambour continuaient d'accompagner la danse sauvage des indigènes, qui s'y livraient l'un après l'autre, sans ordre apparent, pour ne s'arrêter qu'à bout de souffle. Ils chantaient aussi mais sans qu'il fût possible de distinguer une voix d'une autre, comme s'ils cherchaient à se mêler dans une sorte de frénésie générale.

— Personne ne comprend ce qu'ils disent ? demanda Luka.

— N'est-ce pas du kamtchadale ? Ou du koryak ?

— Non, je connais le koryak... et le tchouktche aussi, répondit l'un de ses compagnons, originaire de l'Est de la Sibérie.

— Ce sont peut-être des Aléoutes.

Le nom de cette peuplade redoutée qui résistait agressivement depuis des siècles à toutes les tentatives russes de pacification fit passer un frisson d'appréhension parmi les hommes. Ils s'emparèrent des mousquets que leur distribuait Belaïev. Comme Luka chargeait hâtivement le sien par le canon après avoir accroché un sac de poudre à sa ceinture, Tchouprov s'éloigna du petit groupe pour descendre chercher du matériel de troc, essentiellement composé de verroterie, de tissus, d'ustensiles d'étain et de cuivre, de méchants couteaux et d'aiguilles.

— Que comptez-vous en faire ? demanda Luka.

— Leur offrir des cadeaux pour déterminer leurs intentions à notre égard.

— Ils s'amadoueront plus vite avec ceci, indiqua Belaïev en montrant son arme.

— Tu es plus avide de sang que ces sauvages, Nikolaï Dimitrievitch ! l'accusa Chekurdine. Qui te dit qu'ils ne veulent pas d'abord faire du commerce ? Et s'ils possédaient des peaux de loutre ?

Cet argument ne parut pas convaincre le géant, dont la bouche se tordit d'un sourire méprisant. A son avis, la mort de ces autochtones ne l'empêcherait certes pas de s'emparer de toutes les fourrures qu'il voudrait, au contraire, puisqu'il les aurait alors pour rien. Un tel raisonnement ne choquait pas Luka. Celui-ci avait vécu assez longtemps parmi les peuplades hostiles de la steppe pour savoir que sa vie dépendait d'abord de la peur qu'il pouvait susciter. De toute façon, les Sibériens ne lui inspiraient aucune confiance, les Aléoutes moins que

31

tous les autres. Quand il le fallait, il traitait avec eux mais jamais il ne se serait risqué à leur tourner le dos.

Devant la rambarde, Tchouprov leva les bras en direction des indigènes, exhibant les cadeaux à grand renfort de gestes amicaux qui eurent pour effet de redoubler leur agitation. Les îliens lui firent signe de venir tandis que le tambour résonnait de plus en plus fort. Mais le chasseur préféra leur lancer les paquets, autour desquels se formèrent aussitôt des cercles de curieux. Bientôt leur contenu fut présenté à toute l'assemblée, d'où jaillirent des cris de joie tandis que les objets passaient de main en main. En réponse, les indigènes envoyèrent sur le *chitik* des oiseaux récemment tués.

— Ils veulent faire du troc, lança Chekurdine, triomphant.

Il en fallait cependant plus pour venir à bout du scepticisme de Luka, qui serrait toujours son mousquet avec méfiance.

— Nous avons besoin d'eau, commenta paisiblement Tchouprov.

— Oui.

— Mettez le canot à la mer.

Avec quatre de ses camarades munis d'armes et de tonneaux, Luka prit place dans l'embarcation au côté du chef de l'expédition, qui venait de charger une dizaine de balluchons cadeaux ainsi que des pipes et du tabac pour procéder à quelques échanges.

Parvenus à proximité de la plage, deux marins sautèrent à l'eau pour amener la barque sur la terre ferme. La main de Luka se crispa sur son mousquet lorsque plusieurs indigènes se précipitèrent pour les aider.

Sans quitter des yeux leurs armes — des flèches et des lances à pointe de silex ainsi que des arcs rudimentaires — il se plaça près de Tchouprov, prêt à répliquer au moindre geste suspect.

Il faisait froid et pourtant le *promychlenik* sentait la

sueur lui couler le long du dos. Les Aléoutes les entouraient maintenant en jacassant dans leur langue incompréhensible. Il s'humecta les lèvres et leva son mousquet, un doigt sur la détente, le cœur battant.

Les tuniques des indigènes étaient faites de dépouilles d'oiseaux parmi lesquels il identifia cormorans, macareux et guillemots. Leurs étranges chapeaux se composaient de fines lattes de bois collées et peintes de dessins géométriques aux couleurs brillantes. Certains comportaient en outre des plumes ou des figurines d'ivoire sculpté. Toutefois, Luka regardait surtout les visages, nettement mongols, comme la plupart des Sibériens de l'extrême Est, y compris les Aléoutes, avec leurs larges pommettes saillantes et leurs yeux noirs aux paupières bridées. Ils avaient de longs cheveux sombres et plats et, souvent, une barbiche ou de fines moustaches, dont aucune cependant ne présentait l'abondance des épaisses barbes russes.

Leur enthousiasme avait quelque chose d'enfantin ; ils examinaient chaque détail des vêtements de leurs visiteurs, désignant leurs couteaux, s'extasiant sur leurs bottes sans cesser de bavarder.

Du coin de l'œil, Luka voyait son chef distribuer pipes et tabac ; les indigènes paraissaient ignorer comment s'en servir. L'un d'entre eux tendit un bâton surmonté d'un crâne de loutre à Tchouprov, tout en montrant qu'il désirait son fusil en échange.

— Non ! dit fermement celui-ci.

Les sourires s'effacèrent instantanément des physionomies pour faire place à la colère tandis que d'autres Aléoutes s'approchaient en renfort.

— La barque ! cria Luka.

Aussitôt, ses camarades se replièrent autour de leur unique moyen de retraite, sous les lances des guerriers déjà pointées.

Luka savait qu'ils ne devaient compter que sur eux-mêmes, leurs camarades du bateau se trouvant beaucoup

33

trop loin pour les aider. Il devenait de plus en plus clair qu'ils ne pourraient regagner le bord qu'en se battant. Déjà les premières flèches venaient s'abîmer autour d'eux ; bientôt elles les toucheraient.

— Feu ! cria Tchouprov.

Il n'était pas nécessaire de viser pour atteindre un ennemi dans cette foule et l'index de Luka appuya aussitôt sur la détente. Les falaises retentirent du premier coup de feu qu'elles eurent jamais entendu ; un flot de sang jaillit sur la plage où s'écroula un indigène. Effrayés par le bruit, les assaillants se replièrent. Tandis que trois des *promychleniky* rechargeaient leurs mousquets, Luka aidait les deux marins à remettre la barque à flot.

Puis il appela ses compagnons. Les voyant reculer, les guerriers crurent pouvoir revenir à la charge et, de nouveau, les fusils crachèrent le feu, causant un mouvement de panique dans les rangs adverses. Enfin la barque s'éloignait hors de leur portée et elle atteignit miraculeusement le *chitik* sans dommages.

Une fois à bord, ordre fut donné de hisser aussitôt les voiles et de lever l'ancre. Longtemps Luka demeura sur le pont, luttant contre les embruns et les mouvements du bâtiment, guettant déjà les nuages, à la recherche d'une nouvelle terre.

Ils mouillèrent pour la nuit dans la baie de la première île, croisée le matin, et on organisa un tour de garde pour parer à toute attaque.

2

Le lendemain matin, Tchouprov se rendit sur l'île, accompagné d'un nouveau groupe. Ils découvrirent des pièges, ce qui confirmait la présence d'indigènes, sans cependant rencontrer âme qui vive, pas plus qu'ils ne trouvèrent trace d'eau potable autour de la baie. Le *chitik* repartit, longeant la côte au plus près, à la recherche d'un autre endroit où jeter l'ancre.

Le soir, un mouvement de protestation s'éleva parmi les *promychleniky*, qui, devant l'amoindrissement de leurs réserves d'eau, se mirent à évoquer ouvertement les occasions perdues. S'ils avaient commencé par explorer la première île, ils n'en seraient pas là... Et puis, s'ils avaient capturé un des indigènes pour l'emmener en otage... Si... Le nom de Chekurdine revenait aussi fréquemment que celui de Tchouprov.

A l'aube, le lendemain, on désigna Luka pour l'expédition suivante car il avait été remarqué pour son habileté à communiquer par signes avec ceux dont il ne connaissait pas le langage. Cette fois, c'était Chekurdine qui dirigeait les opérations.

Un vent violent soufflait des montagnes dénuées d'arbres, ce qui gênait l'accostage. De même, les hommes mesurèrent combien il pouvait être pénible de marcher sur ce terrain semé de roches volcaniques qui écorchaient leurs semelles. Ils découvrirent des vallées peuplées de mauvaises herbes, de buissons et de fougères, une végétation de toundra qui transformait le sol en un dangereux marécage de sables mouvants, de cendres volcaniques et de plantes en décomposition. Chaque pas coûtait un effort pour extirper son pied de cette fange.

Le petit groupe restait serré, inspectant soigneusement les lieux afin de pouvoir avertir le *chitik*, encore visible au loin, en cas de danger.

Tard dans l'après-midi, après avoir escaladé l'une des collines dominant l'île, Luka s'accorda une pause pour reprendre son souffle. Les longues journées de navigation lui ayant quelque peu engourdi les muscles, il ne se sentait pas au mieux de sa forme. Il chercha un rocher afin de s'asseoir un instant. Derrière lui, ses compagnons venaient de s'arrêter à leur tour et se laissaient lourdement tomber à terre, heureux d'échapper à la violence du vent, que coupait l'autre flanc de la montagne.

A leurs pieds s'étalait une vallée plus verte que celles qu'ils avaient traversées. Luka remarqua un torrent qui dévalait le versant opposé pour venir arroser la prairie grasse avant de disparaître dans une baie avoisinante.

— De l'eau douce ! lança-t-il à l'adresse de Chekurdine.

Le cosaque se redressa d'un bond.

— Allons-y ! ordonna-t-il.

Luka prit une longue inspiration avant de saisir son mousquet et se releva lourdement, ajustant le tonneau de bois dont les bretelles lui sciaient les épaules, puis descendit à la suite de ses compagnons.

L'herbe mouillée de la prairie se dérobait sous leurs pas. Son instinct de chasseur reprenant le dessus, le *promychlenik* humait l'air, guettait la présence d'un renard ou de quelque autre proie. Deux fois, dans la matinée, ils avaient trouvé des traces humaines mais plus rien depuis quelques heures.

Au pied d'un rocher qui descendait jusqu'à la mer, Luka crut percevoir un mouvement et s'immobilisa, plissant les paupières pour tenter de distinguer s'il s'agissait d'un homme ou d'un animal.

— Un Aléoute !

A son insu, Chekurdine s'était arrêté en même temps que lui, aussitôt imité par le reste du groupe.

— Vois-tu autre chose ?

— Nous sommes trop loin.

— Je ne crois pas qu'il nous ait aperçus, indiqua le cosaque, les yeux brillants. Capturons-le pour l'emmener au *chitik*.

Son peuple pratiquait fréquemment ce genre d'enlèvement pour assurer sa sécurité, de préférence sur les membres importants d'une tribu ; en l'occurrence, Chekurdine n'avait pas le choix.

Tous se mirent à ramper parmi les hautes herbes en direction du rocher.

Parvenus à quelques mètres de leur objectif, ils aperçurent une silhouette au sommet, une femme vêtue de fourrures mais la tête nue, les cheveux noirs relevés en chignon. Un instant, celle-ci ne bougea pas, immobile comme une statue ; alors Luka se rendit compte qu'elle était en train de le regarder. Aussitôt elle donna l'alerte et disparut de sa vue.

Chekurdine se précipita en faisant signe à ses compagnons de le suivre. La végétation humide de la toundra rendait leur course difficile. Lorsqu'ils arrivèrent en vue de monticules herbus, ce fut pour apercevoir une ribambelle de femmes et d'enfants, accompagnés de quelques hommes, qui s'enfuyaient en courant vers une falaise creusée de multiples grottes.

— Ce n'est pas la peine ! cria Luka, à bout de souffle. Nous ne les rattraperons jamais avant la nuit.

A son grand regret, Chekurdine fut obligé de reconnaître le bien-fondé de sa remarque.

— Combien y avait-il d'hommes parmi eux ?

— J'en ai compté cinq, répondit un *promychlenik* en haletant.

— Ce doit être leur village.

Le cosaque désigna des paniers abandonnés et les étals où séchait du poisson.

— Ces monticules doivent correspondre à des toits

37

d'habitations souterraines. On dirait qu'ils vivent dans des *barabary*, comme les Kamtchadales.

— Je vais voir, marmonna Luka en s'emparant de son mousquet.

Se précipitant dans la direction où avait disparu la femme, il escalada l'un des tertres pour se pencher sur une ouverture béante et noire qui servait à la fois de cheminée et d'entrée à l'une des *barabary*. Rien ne bougeait. Pas un bruit à part le vent dans les herbes et les vagues qui s'écrasaient sur le rivage. Une perche à encoches, servant d'échelle, menait à l'intérieur de la grotte. Luka l'emprunta précautionneusement, aveuglé par la fumée d'une lampe à huile qui envoyait des ombres tremblantes sur les parois rocheuses.

Lorsqu'il posa le pied sur le sol de terre battue, de l'herbe séchée crissa sous ses semelles. Il se mit alors à inspecter les lieux, surveillant particulièrement les coins d'ombre. La *barabara* mesurait bien douze mètres sur six ; des os de baleine soutenaient le toit de terre et de chaume tandis que des poutres verticales servaient de support aux murs.

Des rideaux d'herbes sèches formaient des cloisons qui divisaient la hutte en compartiments. Luka écarta lentement chacun d'eux du canon de son mousquet. Nul ne se cachait derrière.

Respirant, il se mit en devoir d'examiner les objets usuels, dont une grossière lampe constituée d'une cuvette de pierre emplie d'huile de baleine et d'une mèche de mousse, qui réchauffait autant qu'elle éclairait la pièce. Un berceau, des ustensiles de cuisine, des plats en bois et en pierre, des outils en os étaient rangés le long des murs, mais aucune poterie. En revanche, de nombreux paniers de toutes tailles, habilement tressés, s'alignaient à ses pieds. Il en saisit un qui lui parut d'une grande finesse mais le relâcha bientôt, cherchant plutôt de la nourriture.

38

— Luka Ivanovitch, lança la voix de Chekurdine, as-tu trouvé quelque chose ?

— Non.

Comme il s'apprêtait à grimper à l'échelle, il aperçut un grand panier dans l'ombre, dont il vint soulever le couvercle pour y trouver une multitude de blancs de baleine. S'emparant du tout, il remonta à l'air libre et le tendit à son camarade :

— C'est tout ce qu'il y avait.

— Nous camperons ici ce soir, déclara Chekurdine sans prêter grande attention à son butin. Demain nous regagnerons le *chitik*.

Profitant de la lumière de cette fin d'après-midi, filtrée par de lourds nuages, les *promychleniky* remplirent leurs tonneaux d'eau prise au torrent puis explorèrent le rivage à la recherche de petit bois. A la nuit tombée, un feu dansait dans l'âtre de la *barabara* et les hommes s'assemblèrent afin de se réchauffer.

Chargé du premier tour de garde, Luka s'installa sur le monticule formé par le toit afin de dominer le paysage alentour. Il entendait sous ses pieds les derniers craquements du feu et les ronflements de ses camarades. La mer, toujours, giflait la plage de ses vagues glacées et le vent murmurait dans les herbes hautes. Par intermittence se faisaient entendre les battements des ailes d'oiseaux de nuit ou les déroutants éclats de rire d'un pétrel.

Parfois, les nuages laissaient deviner un ciel constellé d'étoiles. Luka ne bougeait pas, l'esprit envahi de pensées désordonnées. A vingt-huit ans, il se devait de songer sérieusement à son avenir, mais son esprit demeurait occupé surtout par l'image des voiles carrées du *chitik* qui l'avait amené et par la silhouette fuyante d'une jeune indigène effarouchée.

Il changea de posture, vaguement irrité par cette dernière évocation, puis s'avisa que dans une telle solitude il était naturel qu'un homme regrettât de se retrou-

39

ver sans femme. Néanmoins, celle-ci l'obsédait plus qu'il ne l'eût souhaité.

Ce n'étaient pourtant pas les conquêtes éphémères qui lui avaient manqué. Il ne connaissait d'ailleurs rien d'autre des femmes, à part le doux souvenir de sa mère. La douceur, quelle notion désormais lointaine pour lui ! La seule qui lui restât encore accessible était celle des fourrures de loutre.

Au matin, ils firent signe à ceux du *chitik* de venir chercher l'eau et attendirent assis sur la plage. Puis ils chargèrent leurs tonneaux sur la barque et firent demander des renforts. Chekurdine avait l'intention de capturer les indigènes aperçus la veille.

Une bruine lancinante les trempait jusqu'aux os. Sans aucun abri, sans arbres ni rochers assez creux pour leur servir de toit, les hommes se résignèrent à demeurer sous la pluie en attendant leurs camarades. Plusieurs fois, Luka vérifia que sa poudre restait bien sèche dans son sachet de peau ; dans la mer, il repéra une loutre qui se prélassait paresseusement à la surface de l'eau et sourit en songeant que l'animal ne perdait rien pour attendre.

Une heure plus tard, la barque revenait, remplie de *promychleniky* qui sautèrent dans l'eau pour la laisser repartir chercher un nouveau contingent de chasseurs. Enfin arrivés, ceux-ci renvoyèrent l'embarcation et se mêlèrent à leurs compagnons. Sa troupe au complet, Chekurdine donna alors le signal du départ dans la direction où s'étaient enfuis les indigènes.

A leur tour, les nouveaux arrivants découvrirent le terrain lourd sur lequel il leur fallait courir.

Vers midi, ils repérèrent un groupe d'une quinzaine d'îliens sur une falaise, sans pouvoir dire s'il s'agissait de ceux de la veille.

— Personne ne tire avant mon ordre ! s'écria le cosaque en donnant l'assaut. Je veux des otages, pas des cadavres !

40

Le vent couvrait le bruit de leur approche. D'ailleurs, les indigènes regardaient vers la mer, semblant guetter quelque navire, peut-être simplement intrigués par la présence du *chitik* qui avait repris son exploration le long des côtes. Leurs assaillants les atteignirent avant qu'ils puissent donner l'alarme. Ne pouvant compter que sur eux-mêmes, les indigènes s'emparèrent de leurs armes et formèrent une ligne de défense pour couvrir la retraite des femmes et des enfants.

Comme il se lançait en avant, Luka vit passer devant lui une jeune mère portant un petit garçon dans ses bras mais il n'eut pas le temps d'intervenir qu'un guerrier se dressait déjà devant lui, brandissant sa lance. Sans plus réfléchir, il fit tournoyer son mousquet par le canon et en assena un coup violent dans le ventre de son ennemi, qui se plia en avant pour recevoir un second coup sur la nuque et s'effondrer sans connaissance.

— Laisse-le maintenant, cria Chekurdine. Nous tenons notre otage !

Faisant volte-face, il découvrit un adolescent d'une quinzaine d'années qui se débattait, maintenu par deux *promychleniky*.

Les autres indigènes avaient disparu. A ce moment, Luka entendit un cri strident.

Une vieille femme se tenait près des rochers derrière lesquels elle avait dû se cacher pendant l'assaut. Elle frottait son épaule blessée, le dos courbé par les ans, les cheveux gris comme les nuages ; pourtant, la peau tannée de son visage semblait assez peu ridée. Luka demeura fasciné par les tatouages qui lui barraient les joues et le menton, par les fines pointes d'ivoire qui perçaient les coins de sa bouche, mais plus encore par son manteau de loutre.

— D'où sort cette femme ? demanda Chekurdine, sur la défensive.

Si celle-ci avait pu surgir aussi facilement de nulle part,

ses compatriotes comptaient sans doute en faire autant, guettant le moment propice.

— Je l'ai trouvée ici, répondit Luka, elle devait se cacher derrière ce rocher.

Le cosaque envoya deux éclaireurs inspecter les alentours tandis que la garde se resserrait autour de l'otage. Au lieu de chercher à s'enfuir, la vieille femme se précipita dans leur direction et l'adolescent parut lui crier désespérément de s'enfuir. Un *promychlenik* le fit taire en le frappant de sa crosse à la tête. Le jeune garçon tomba et le sang jaillit de son arcade sourcilière éclatée, ce qui ne fit que redoubler les clameurs affolées de la femme. Chekurdine l'écarta avant qu'elle l'atteignît.

— Va-t'en !

De la main, il lui fit signe de partir mais elle demeura sur place et le fixa d'un air buté.

— Va-t'en ! Va rejoindre les autres !

Elle lui répondit dans sa langue rocailleuse et désignant l'adolescent.

— Relevez-le, ordonna le cosaque à ses hommes. Montrez-lui qu'il n'a rien.

Ceux-ci s'exécutèrent.

— Tu vois, ajouta-t-il à l'adresse de la femme. Il n'est pas vraiment blessé. Va le dire à ton peuple.

Mais elle resta immobile. La prenant par les épaules, Chekurdine la tourna dans la direction où avaient fui ses compatriotes puis la poussa pour la forcer à faire quelques pas, mais, dès qu'il s'arrêta, elle s'arrêta aussi avant de revenir en arrière. Exaspéré, le cosaque lui frappa le dos du plat de la main et la relâcha.

— Partons ! lança-t-il à ses hommes.

En rejoignant ses camarades, Luka jeta un dernier regard vers la vieille femme pour s'apercevoir qu'elle les suivait.

— C'est peut-être sa mère, suggéra son voisin.

— Elle est trop vieille.

A plusieurs reprises ils tentèrent de la décourager en

lui adressant de grands gestes mais alors elle s'arrêtait puis repartait dès qu'ils reprenaient leur marche. Finalement, ils préférèrent l'ignorer. Seul Luka s'en souciait encore. Il se sentait mal à l'aise avec cette indigène sur les talons. Elle était encore là lorsqu'ils parvinrent à la crique où le bateau devait venir les reprendre. En attendant, ils s'assirent lourdement sur le sable et Luka remarqua que leur obstinée suivante ne quittait pas des yeux l'adolescent.

Lorsque le *chitik* apparut, Chekurdine demanda la barque pour le premier voyage, qui emporterait le jeune guerrier. Comprenant qu'ils allaient l'emmener, la femme se jeta désespérément dans la mêlée.

— Va-t'en, vieille folle ! lança Chekurdine en la repoussant durement.

Elle se releva et, Luka l'empêchant de se lancer à leur poursuite dans l'eau, elle se mit à lui crier des phrases incompréhensibles en désignant le bateau. Il secoua la tête et leva sur elle un bras menaçant. Les lèvres serrées, l'expression déterminée, elle se tut. Il put enfin se joindre à la discussion de ses camarades sur les excellentes perspectives de chasse qui les attendaient sur cette île.

Au retour de la barque, Luka descendit dans l'eau. A peine l'attrapait-il afin de la tirer vers le rivage que la femme surgissait devant lui et s'y jetait avant qu'il eût rien pu faire pour l'en empêcher. Elle se réfugia sous l'un des bancs et croisa les bras autour de ses genoux, se tassant au maximum pour empêcher les hommes de l'agripper.

— Après tout, puisque tu tiens à monter à bord du *chitik*, la vieille, maugréa-t-il alors en souriant, nous t'emmenons !

Faisant signe à ses camarades de la laisser tranquille, Luka remit la barque à la mer et y prit place le dernier. Face à lui, leur passagère le dévisageait, l'expression dénuée de toute peur.

Comme il l'aidait à embarquer sur le bateau, Chekurdine explosa :

— Que fait-elle ici ? Pourquoi ne l'as-tu pas laissée sur l'île ?

— Elle voulait absolument venir. Et puis j'ai pensé que son manteau de loutre pourrait intéresser les hommes. Regardez.

Belaïev se précipita le premier, appréciant d'un œil expert la qualité des peaux. Puis il haussa le menton de la vieille femme afin de mieux voir son visage :

— L'affreuse sorcière ! ricana-t-il. A-t-elle seulement encore des dents ?

Comme il lui ouvrait la bouche pour y plonger les doigts, elle le mordit violemment, arrachant un cri au géant, qui recula d'un bond.

— Espèce de...

Il allait la frapper quand Tchouprov l'arrêta d'une main de fer.

— Personne ne doit brutaliser les otages ! lança-t-il à la cantonade. Nous perdrions tout crédit si les indigènes venaient à l'apprendre.

A contrecœur, Belaïev abaissa le bras et se détourna en maugréant des menaces, qui se transformèrent en railleries à l'adresse de Luka :

— La prochaine fois que tu prendras une femme en otage, arrange-toi pour en choisir une jeune. Que veux-tu que je fasse de cette *baba-yaga* ?

— Ce que tu voudras, rétorqua ce dernier. Sorcière ou non, jeune ou vieille, une femme est toujours une femme. D'ailleurs il fait presque nuit, tu ne verrais même pas son visage. A moins que tu ne craignes encore de te faire mordre ?

Dans un éclat de rire général, le géant se détourna en haussant les épaules. Profitant de cette diversion, la vieille traversa en hâte le pont pour se précipiter vers l'adolescent.

3

La Tisserande, ainsi que l'appelait sa tribu, commença par examiner à la hâte Petite Lance pour vérifier s'il n'était pas blessé. Il portait au front une bosse de la taille d'un œuf mais ses yeux restaient ouverts et montraient même une certaine joie en découvrant qu'elle avait pu se faufiler jusqu'à lui.

Tout rentrait dans l'ordre. Ils étaient *anaagisagh* l'un à l'autre, liés par un lien plus fort que le sang puisque la coutume voulait qu'à la naissance de chaque enfant un vieillard fût désigné pour veiller sur lui et le suivre jusqu'à sa mort. Depuis sa plus tendre enfance, la Tisserande s'occupait de Petite Lance, l'habillait, partageait ses repas. Jamais une critique n'était adressée à ce dernier sans l'atteindre elle aussi et, quand il avait de la peine, elle pleurait pour lui.

La Tisserande atteignait sa soixantième année quand Petite Lance entamait seulement sa seizième mais elle ployait encore ses vieux os pour l'accompagner partout où elle le pouvait, fabriquait toujours pour lui des paniers de ses doigts meurtris, jusqu'au jour où ce serait lui qui devrait l'aider à quitter ce monde, comme elle l'avait aidé à y entrer.

Tout ce qui arrivait à Petite Lance devait lui arriver à elle aussi. Elle eût manqué à tous ses devoirs en ne montant pas sur ce bateau.

Fatiguée, elle s'assit à même le pont et remarqua la déchirure du manteau de son compagnon. Celui-ci avait retourné son vêtement pour en cacher les plumes qu'il n'arborait qu'à l'occasion de fêtes, ou par temps froid, et elle regretta de ne pas avoir ses aiguilles de corne sous la main pour le réparer.

Le ciel donnait de nombreux signes de tempête imminente ; elle se demanda pourquoi ces étrangers ne les voyaient pas. Son regard se posa sur le géant qui lui avait mis les doigts dans la bouche. Elle ne l'aimait pas. Il ressemblait à l'aigle à tête blanche des montagnes, un esprit malfaisant.

Celui qui l'avait empêché de la frapper, avec ses cheveux couleur de blé mûr, devait être leur chef. Elle ne savait encore trop que penser de lui. C'était celui dont parlait son gendre en revenant de l'île Agattu, où il avait vu ces étrangers armés de bâtons qui crachaient le tonnerre. Le village leur avait offert une danse de bienvenue mais, après que l'inconnu eut amené ses guerriers sur la plage, il avait accepté une canne de chef ornée d'ivoire et refusé d'offrir un de ses bâtons de fer en échange. Insulte suprême. D'après le mari de sa fille, l'homme avait alors ordonné à ces bâtons de parler et ceux-ci avaient fait un grand bruit, plus fort que le tonnerre. Un de ses cousins, qui se trouvait trop près, en avait reçu un trou dans la main. Comment, dès lors, faire confiance à ces gens ?

Inquiète, elle ne se berçait pas d'illusions sur le sort qu'ils leur réservaient ; sans doute les emmener dans leur village pour les y garder en esclaves. Petite Lance était jeune et fort, mais elle ne pouvait plus servir à grand-chose. Que feraient-ils d'elle ? En même temps, son œil se posait sur l'homme à la cicatrice ; il aurait pu plusieurs fois la tuer mais n'en avait rien fait, disant aux autres hommes de la laisser monter à bord.

Le vent soufflait maintenant avec violence et la Tisserande rentra les épaules pour s'en protéger comme elle le pouvait. Une vague immense souleva le drôle de bateau plat. Enfin, les hommes parurent remarquer l'orage qui se levait.

Elle écouta leurs cris, saisit une sorte d'affolement

dans leurs voix sans rien comprendre à ce qu'ils disaient, se demandant seulement s'ils venaient de l'*Alyeska*, la grande terre. A l'évidence, ils n'habitaient pas les îles alentour, sinon ils ne se seraient pas laissé surprendre par la soudaineté des tempêtes dans cette région.

Torturé par la fureur de la mer, le bois du vaisseau grinçait désespérément. Quelqu'un cria et elle vit la barque, dont l'amarre avait lâché, s'éloigner dans une houle gigantesque. La pluie se mit à tomber en trombe et des hommes vinrent les saisir par le bras, Petite Lance et elle, pour les emmener dans le ventre du bateau.

La tempête faisait rage et le *chitik*, malmené par des vagues hautes comme des cathédrales, s'éloignait irrésistiblement des îles. Seuls le capitaine, son second et parfois Tchouprov demeuraient sur le pont, s'efforçant de diriger comme ils le pouvaient la malheureuse embarcation. Les autres, hommes d'équipage et chasseurs confondus, s'étaient réfugiés dans les cales.

Un marin ne cessait d'activer la pompe afin d'écoper l'eau qui ne cessait d'envahir le bateau. Une odeur de poisson séché se mêlait à celle de la transpiration des hommes, que le mal de mer n'épargnait pas. Cependant aucun d'entre eux ne se fût risqué à monter sur le pont, de peur de se voir emporté par une lame.

Les heures passèrent, le jour entier s'écoula sans que s'apaisât la tempête ; comme la plupart de ses camarades, Luka se sentit envahi par le découragement, furieux devant cet enfer qui n'en finissait pas. Ils n'étaient pas venus de si loin pour que leur échappent les richesses qu'ils venaient à peine de découvrir.

Pour se changer les idées, il voulut manger quelque chose et dut enjamber plusieurs hommes malades avant d'atteindre le cellier où séchait le poisson.

— Qui a faim ? lança-t-il à la cantonade.

Seuls des grognements indignés lui répondirent. Moqueur, il avisa Chekurdine, qui luttait tant bien que mal contre la nausée.

— Mange ! lança-t-il. Il ne faut pas rester l'estomac vide.

Le regard fiévreux, le cosaque accepta la part de saumon pour ne pas sembler aussi mal en point que ses voisins.

— Donnes-en aux otages, dit-il.

Sur le moment, l'idée ne sourit pas du tout à Luka de partager leurs maigres provisions avec ses sauvages puis, songeant qu'il valait mieux les garder en bonne forme, il partit à leur recherche.

Il les repéra l'un contre l'autre dans un coin et leur tendit deux parts de saumon séché. Le garçon détourna son visage livide et, au moment où il s'adressait à la femme, Luka fut déséquilibré par un brusque sursaut du *chitik*, pour venir s'effondrer devant un Belaïev aux yeux révulsés.

— La femme est vieille, cracha celui-ci, elle va bientôt mourir, de toute façon, pourquoi lui donnes-tu à manger ?

— Nous risquons tous de mourir ! rétorqua Luka en luttant contre le tangage.

— Alors, répliqua le géant en sortant son couteau de sa ceinture, autant les tuer maintenant.

La peur de Belaïev se lisait sur son visage aussi clairement que sur celui d'un animal traqué ; seul ce genre de diversion pouvait l'en délivrer. Sans partager son avis, Luka n'éprouvait aucune envie de risquer sa peau en l'empêchant de supprimer sommairement des otages. Il serait toujours temps d'en capturer d'autres si la nécessité s'en faisait sentir. Aussi se contenta-t-il de suivre l'homme qui rampait plus qu'il ne marchait.

Chekurdine jaillit brusquement de l'ombre pour s'interposer :

— C'est moi qui les ai pris, Belaïev. Tu n'as aucun droit sur eux.

— Fiche-moi le camp, cosaque !

Rapide comme l'éclair, ce dernier désarma le géant,

qui fit volte-face, et les deux hommes roulèrent à terre. Plus puissant, Belaïev eut vite le dessus malgré l'agilité de son adversaire et bientôt il se dressa en le maintenant au sol, les yeux injectés d'une rage meurtrière. Cette fois, Luka ne pouvait le laisser faire. Surgissant par-derrière, il enserra entre ses bras la gorge du géant et l'obligea à lâcher prise.

— Arrête ! cria-t-il. Les amis du cosaque ne te laisseront pas vivre une minute de plus que lui ! Tu as de la chance qu'il ne soit pas encore mort.

Tandis que Chekurdine toussait pour reprendre son souffle et que Belaïev se relevait lentement, Luka avisa son couteau resté à terre.

— Range-le ! marmonna-t-il.

Furieux, le géant s'exécuta sans mot dire.

— Tu me paieras ça, Belaïev ! promit Chekurdine.

— J'en tremble déjà ! railla son adversaire.

Cependant, lorsqu'il se tourna vers Luka, il ne riait plus :

— Tu aurais dû me laisser le tuer.

Cependant, le cosaque regagnait sa place, humilié par cette défaite ignominieuse. Jamais les *promychleniky* ne l'éliraient pour chef, désormais.

Dans l'obscurité, quelqu'un murmurait des prières dont Luka ne comprit pas bien l'utilité. Pourtant, il se rappelait les icônes de Petropavlovsk, les popes en robe noire. Selon lui, Dieu restait dans les églises, Il ne pouvait se trouver partout à la fois comme le prétendait sa mère. Si la tempête ne s'achevait pas bientôt, ils deviendraient tous fous ou le bateau finirait par couler corps et biens et rien ne resterait de cette malheureuse expédition. Aucune prière n'y changerait quoi que ce soit.

Au milieu de la nuit, Luka s'éveilla pour ne plus entendre que la pluie. Il monta sur le pont, heureux de livrer son corps à l'eau fraîche, de se laver de sa crasse autant que de sa peur.

49

Toutes voiles déployées, le *chitik* voguait à nouveau en direction des îles.

Tchouprov se tenait près du capitaine.

— Nous n'avons pas le choix. Dès que nous toucherons terre, nous devrons trouver un endroit où mouiller pour tout l'hiver. Nous avons perdu l'ancre en même temps que la barque. Il faudra réussir, *s'Boge pomochtchiou*, avec l'aide de Dieu.

Luka s'aperçut que les deux Aléoutes étaient remontés sur le pont. A ce moment, la vieille femme tendit un doigt devant eux, le sourire aux lèvres.

— Attu ! dit-elle.

A l'horizon où montaient déjà quelques lueurs rosées, il crut distinguer la masse sombre et pointue d'une montagne.

Il fallut pourtant une demi-journée au bateau pour l'atteindre. Contournant l'île, ils finirent par retrouver la baie déjà repérée pour passer l'hiver mais durent encore attendre la marée avant d'accoster.

Sur la mer, Nevodchikov avait seul exercé la suprême autorité. Maintenant qu'ils se trouvaient à terre, les *promychleniky* devaient élire leur chef. Yakov Petrovitch Tchouprov fut choisi.

Le soir, en guise d'action de grâces, il fit dire des prières au saint patron de l'expédition puis, distribua une double ration de kwas ; la brûlure de l'alcool de grain acheva de réconforter les hommes, heureux à la perspective de ne plus prendre la mer que lestés d'une précieuse cargaison de fourrures. Aussi dansèrent-ils des heures durant autour du feu en chantant à tue-tête.

Au matin, Tchouprov emmena Luka et la vieille femme à l'écart, pour montrer à cette dernière comment se servir d'aiguilles de métal. Ensuite, ils lui indiquèrent par signes qu'elle devait retourner à son village et demander à son chef de venir parlementer.

Pour mieux se faire comprendre, Luka ajouta que l'adolescent resterait sous sa protection jusqu'à son retour. Il lui remit de l'eau et un peu de poisson séché puis la regarda s'éloigner à grands pas.

— Crois-tu qu'elle reviendra ? demanda Tchouprov.

— Nous tenons le garçon. Il faudra bien qu'au moins l'un d'entre eux vienne le récupérer. Le tout est de savoir s'ils choisiront ou non de prendre leurs armes.

De son poste d'observation, Longues Moustaches scrutait les alentours du village, laissant errer son regard du ciel à la mer, puis à la terre.

Le malheur venait de le frapper en lui ôtant son fils, Courte main, ainsi que son ami, Pleine Lune, tués au cours de la rixe avec les brigands qui avaient enlevé Petite Lance et la Tisserande. Lui-même avait longtemps suivi ces hommes pour les voir emmener sa mère et son cousin dans leur grand bateau de bois. La perte était cruelle pour lui : à la fois son fils et sa mère, son avenir et son passé.

Bien des légendes racontaient qu'un jour des étrangers viendraient à bord d'embarcations inconnues aux lames de bois tenues entre elles par une substance plus dure que la pierre. Longues Moustaches y croyait. Son frère, Roc Solide, avait échangé beaucoup de peaux contre un petit morceau de cette substance plus dure que la pierre. A force de travail, il était parvenu à en tirer une pointe pour son harpon.

Les étrangers qui avaient emmené sa mère et tué son fils possédaient des bâtons de cette même matière. Il les avait aperçus, sans toutefois les entendre hurler plus fort que le tonnerre, ainsi que l'avait raconté le mari de sa sœur, qui vivait sur Agattu.

Depuis trente-huit étés qu'il connaissait le jour, peu d'événements étaient à ce point venus marquer son existence. Sans doute le calme reviendrait-t-il, sans doute cette histoire irait-elle rejoindre les autres que récitait le Conteur, le soir à la veillée.

Un mouvement dans la baie attira son regard : un

kayak piloté par un homme seul. Roc Solide revenait de la pêche au flétan.

Décidant de descendre l'accueillir, Longues Moustaches crut distinguer en chemin une petite silhouette qui ressemblait à celle de sa mère. Il se frotta les yeux et son cœur bondit dans sa poitrine : c'était bien la Tisserande qui revenait au village.

— Nous pensions ne jamais te revoir !

— Comment va Petite Lance ?

— Il est resté avec eux, répondit-elle enfin.

Alors tous se turent pour la laisser parler.

— Ils m'ont séparée de lui après la tempête. La mer était très en colère et a tellement secoué leur bateau que le bois en tremblait et criait de douleur. Souvent j'ai cru que les vagues allaient l'engloutir.

Plusieurs hommes secouèrent la tête au souvenir d'expériences similaires dans leurs kayaks.

— Elle a fini par les ramener jusqu'ici, reprit la Tisserande. Je crois qu'ils veulent s'installer sur l'île un moment pour chasser. Leur chef m'a donné ceci avant de me laisser partir.

Elle leur montra les extraordinaires aiguilles, si petites, si fines qu'elles rendaient possibles les plus inimaginables des broderies.

— Et Petite Lance ?

— Il va bien, assura-t-elle à la mère de l'adolescent. Leur chef l'a gardé avec lui. Je ne sais pas pourquoi. Il veut que vous veniez le chercher.

D'un regard circulaire, elle désigna la troupe qui l'entourait.

— Il veut que vous veniez tous.

Un murmure de désapprobation parcourut l'assemblée et Longues Moustaches dut expliquer à sa mère que Pleine Lune et Courte Main étaient morts des suites de leurs blessures.

— Que nous veulent-ils ?

La question venait de Lampe de Pierre, père de Petite Lance et chef du village.

— Peut-être est-ce un piège pour nous capturer tous et nous emmener comme esclaves de l'autre côté de la mer, suggéra Œil Rapide. Demandons à Roc Solide ce qu'il en pense.

Soulagée, Cygne d'Hiver vit son mari parvenir à leur hauteur, portant trois grands flétans dans son panier. Un bandeau de bois entourait sa tête, retenant ses longs cheveux noirs, et une petite moustache lui barrait la lèvre supérieure. Son large cou émergeait de la parka imperméable qu'elle avait fabriquée à partir de boyaux d'otarie. Aussitôt elle se sentit rassurée par sa présence et fière d'avoir pour époux celui qui par sa force était l'un des hommes les plus respectés de la tribu.

Il commença par écouter attentivement la Tisserande, puis il examina les cadeaux qu'elle avait apportés. Malgré ceux-ci, malgré la façon à peu près correcte dont ils avaient traité leurs otages, Cygne d'Hiver ne parvenait pas à faire confiance à ces hommes à l'étrange figure. Cependant, comme les autres, elle attendait l'avis de Roc Solide.

Celui-ci finit par déclarer :

— Nous devrions leur parler. S'ils ne sont venus que pour chasser sur Attu, la bonne entente pourra régner entre nous.

Par la force des choses, les Aléoutes formaient un peuple pacifique : toute leur énergie s'écoulait à lutter contre la mer pour en tirer leurs seules richesses. Occupés à chasser et à pêcher afin de se nourrir, ils n'avaient pas de temps pour se battre.

— Qui paiera pour la mort de Courte Main et de Pleine Lune ?

— Tuer deux étrangers en représailles permettra-t-il de rétablir la paix ?

Tous comprirent que non et décidèrent d'oublier leur vengeance afin de ne pas envenimer la situation.

4

Les trente habitants du village, enfants compris, prirent place dans la grande embarcation de peau d'otarie qui les emmena vers la baie où les attendaient les étrangers. La Tisserande, à l'instar de toute la tribu, avait revêtu ses plus beaux atours à l'exception de son collier d'ambre qu'elle venait d'offrir à Cygne d'Hiver. Sa belle-fille était jeune et possédait moins de bijoux qu'elle. Du temps de Harponneur de Baleine, il en était de même pour elle, mais son mari était mort depuis bien des années, tué à son tour par l'animal qu'il avait eu tant de gloire à chasser. Ce collier constituait le dernier présent qu'il lui eût fait, l'été de sa disparition.

Elle jeta un regard attendri sur sa jeune voisine dont la tête gracieuse, ornée de boucles d'oreilles en ivoire, reposait sur un col de fourrure blanche qui contrastait avec ses cheveux de jais. Les labrets perçant les commissures de sa bouche ne faisaient que souligner le tracé harmonieux de ses lèvres bien pleines. Sa peau, légèrement tannée, ses joues rosées étaient aussi lisses que la surface de l'eau. Pourtant, ses traits respiraient une force paisible, un rayonnement tout intérieur. La Tisserande appréciait la femme de son fils, Roc Solide ; elle les trouvait remarquablement semblables et faits pour s'entendre.

Un petit garçon, de cinq printemps, vint distraire son attention en se penchant au rebord du bateau. Une épaisse chevelure noire descendait sur ses épaules et il se tenait si droit qu'il paraissait déjà un petit homme. A sa vue, elle sentit s'apaiser quelque peu la douleur de ses vieux os. Ils représentait l'avenir de sa chair, plein de sève et de vigueur.

— Quand arrivons-nous ? demanda-t-il à sa mère avec un sérieux d'adulte.

— Bientôt, assura Cygne d'Hiver.

A l'approche d'une baie voisine, en effet, ils découvrirent le *chitik* échoué sur la plage, telle une monstrueuse baleine. Les visages poilus les attendaient devant, immobiles.

— Pourquoi ne nous offrent-ils pas une danse de bienvenue ? demanda Œil Rapide à la Tisserande.

— Ils ne connaissent pas nos coutumes.

— Et puis ils nous rendent visite, renchérit Lampe de Pierre. C'est à nous de les accueillir.

— Ils portent leurs bâtons de tonnerre, observa l'un des guerriers.

— Je suis certaine qu'aucun ne résisterait à Roc Solide, allégua Fleur d'Été.

Épouse de Saute Falaise, un des nombreux petits-fils de la Tisserande, elle enviait secrètement sa tante de posséder pour mari un homme si fort, dont seule une initiation sévère avait permis de développer la musculature, mais aussi la force de caractère et la sagesse. Cependant, elle savait, comme tous, qu'une mort prématurée était souvent le prix à payer pour une telle puissance ; et la vie était un bien précieux.

Quand le bateau des indigènes apparut à l'entrée du port naturel, tous les *promychleniky* se levèrent, mousquet au poing. Une dizaine d'hommes accompagnèrent Tchouprov au bord de l'eau afin de tenir les autochtones en respect si la nécessité s'en faisait sentir, tandis que les renforts demeuraient à l'arrière pour protéger le *chitik*. Trois jours venaient de s'écouler depuis qu'ils avaient relâché la vieille femme et, malgré leur otage, ils se méfiaient des réactions des Aléoutes, Luka plus que tout autre, la mâchoire serrée, l'œil frémissant sous sa cicatrice.

— Sont-ils armés ? demanda-t-il à Tchouprov, qui les examinait avec sa longue-vue.

— Non. Ils viennent avec femmes et enfants. C'est bon signe, nous n'avons plus rien à craindre.

Son voisin en fut le premier soulagé et reposa son fusil en soupirant. Deux hommes furent envoyés pour aider l'embarcation à accoster.

— On dirait que ce bateau ressemble au *baïdar* des Sibériens, déclara Tchouprov, pensif. Nous pourrions en utiliser un de ce genre pour remplacer notre barque perdue. Je voudrais bien savoir quel prix ces gens réclameraient pour nous en construire un.

Depuis la tempête, Luka aussi se demandait comment chasser sans barque la loutre de mer, qui abandonnait rarement l'eau, son élément naturel, pour les rochers escarpés. D'autant que le bois se faisait rare sur l'île. Dans ces conditions, le *baïdar* offrait une solution des plus pratiques.

De tous les hommes qui arrivaient, sept seulement étaient en âge de se battre : les autres, trop jeunes ou trop vieux, ne représentaient pas la moindre menace. Si cette tribu refusait de travailler pour eux, elle ne pourrait empêcher les *promychleniky* de finir par s'emparer de leur bateau.

— La vieille femme se trouve parmi eux, indiqua-t-il à son chef.

— Bien, murmura celui-ci.

Un brusque roulement de tambour lui fit hausser un sourcil.

— J'ai l'impression que nous allons avoir droit à une nouvelle danse.

Les hommes restés de garde devant le *chitik* s'approchèrent, attirés par les mimiques des gamins dans leurs costumes colorés. Si cruels ou rudes qu'ils pussent être, les *promychleniky*, comme tous les Russes, adoraient les enfants. Luka lui-même, malgré la hargne qui lui habitait le cœur en permanence, ne pouvait se défendre d'une certaine émotion.

Quand le dernier écho du dernier tambour fut avalé par les falaises, la vieille femme amena devant Tchouprov son chef de village. C'était un grand homme au visage large et à la peau tannée ; seules ses tempes argentées pouvaient donner une indication sur son âge.

Les Russes présentèrent leurs cadeaux, mouchoirs brodés, aiguilles et dés, et Luka s'efforça de traduire en gestes ce qu'ils avaient à demander.

— Explique-lui, commença Tchouprov, que nous venons d'une terre lointaine située à l'Ouest, au-delà des mers, que notre monarque est une puissante femme très sage et très généreuse envers ceux qui acceptent de devenir ses amis.

La réaction des indigènes en apprenant que les Russes obéissaient à une reine fournit à Luka la preuve qu'ils comprenaient son langage par signes.

— Ils s'étonnent que des hommes aient placé une femme à leur tête.

— Redis-leur combien elle est puissante, sur quelles immenses terres elle règne, quelles multitudes de tribus elle a sous ses ordres.

Tandis que Luka traduisait ces paroles en gestes, Tchouprov ajoutait :

— Fais comprendre à leur chef que, comme les femmes de son village, elle aime la fourrure de loutre par-dessus toutes les autres. Dis-lui que nous avons vu combien de bêtes habitaient autour de l'île et que nous sommes venus pour les chasser.

Tâchant de comprendre la réponse de leur interlocuteur, Luka fronça les sourcils.

— Il dit que... je ne suis pas certain... que sa sœur la loutre partage l'île avec lui mais qu'il nous autorise à la prendre.

— Si les chasseurs de son village veulent nous vendre leurs peaux, nous sommes également prêts à les négocier.

Tchouprov désigna les colliers de verroterie étalés à leurs pieds, les ustensiles de cuivre et d'étain, les couteaux à bon marché.

Le chef fit signe que ses hommes vendraient ce qu'ils voudraient mais que la chasse à la loutre de mer requérait beaucoup de travail et d'énergie pour un piètre résultat, sa chair n'étant pas comestible.

— C'est bon, fit répondre Tchouprov en clignant discrètement de l'œil. Qu'il sache également que notre tsarine s'attend à recevoir des cadeaux de son village, par exemple dix peaux de loutre par chasseur. Quand notre bateau partira, l'été prochain, nous emporterons leurs présents.

La ruse ne parut produire aucun effet sur l'Aléoute, qui changea de sujet.

— Il veut savoir comment se porte le garçon que nous avons emmené.

— Belaïev, va le chercher.

Un murmure parcourut les rangs des indigènes quand ils virent le géant à barbe noire se diriger vers le *chitik* et plus encore quand il revint, l'adolescent marchant librement à côté de lui.

Tchouprov l'amena lui-même devant Lampe de Pierre.

— Explique-lui, demanda-t-il à Luka, que nous ne l'avons pas molesté et qu'il a été bien nourri.

— Il dit qu'il est heureux de revoir son fils.

Luka songea que, par bonheur, ils étaient tombés sur un otage de valeur.

Tchouprov eut un petit sourire.

— Fais savoir au chef que nous aimerions garder son fils ; c'est un garçon intelligent... Tu trouveras quoi dire, Luka Ivanovitch, par exemple que nous avons besoin de lui pour apprendre leur langue, ce que tu voudras, pourvu qu'il reste avec nous.

A leur grand étonnement, le chef accepta sans se faire prier et l'atmosphère devint franchement cordiale. Tchouprov invita les villageois à examiner de plus près les présents qu'il voulait leur offrir, avant d'entraîner leur chef à l'écart.

— Indique-lui, précisa-t-il à Luka, que nous aimerions racheter son pauvre bateau. Demande-lui ce qu'il désire en échange.

— Il dit que le *baïdar* appartient à la tribu. S'il l'échangeait, son peuple ne pourrait plus rentrer au village. Il serait trop long, pour eux, de le regagner à pied par l'intérieur. La terre tremble souvent et de gros rochers s'écroulent sur ceux qui n'avancent pas vite.

— Prie-le tout de même de reconsidérer sa réponse. Ses hommes pourront toujours lui en construire un autre plus beau.

— Il promet d'y réfléchir.

Au cours des deux semaines qui suivirent, les *promychleniky* établirent leur camp de base dans la baie et s'activèrent surtout à engranger des réserves de nourriture. La mer leur fournissait autant de poissons qu'ils pouvaient en souhaiter, la terre et le ciel plus de gibier qu'ils ne l'eussent rêvé. Ils découvrirent également assez d'herbes odorantes pour préparer l'alcool qui les réchaufferait en hiver. Le soleil ne faisait que de rares apparitions, contrairement au vent et au brouillard. Cependant, ce climat leur paraissait presque doux, comparé aux froidures brutales de la Sibérie en automne.

La troisième semaine, Tchouprov divisa ses hommes en cinq groupes. Le premier, le plus important, resterait au camp pour chasser sous ses ordres, tandis qu'il superviserait la distribution de la nourriture et garderait leur otage. Les quatre autres groupes s'égailleraient dans les différentes parties de l'île afin d'y prendre contact avec d'autres tribus et d'établir des camps secondaires.

Il désigna quatre chefs pour ces groupes. Quand il

parvint au sien, Chekurdine se crispa anxieusement puis serra les poings en entendant nommer Nikolaï Dimitrievitch Belaïev. Luka, qui n'avait rien perdu de la scène, sourit intérieurement : l'expédition ne serait pas de tout repos.

Déjà, cependant, Tchouprov donnait ses dernières recommandations :

— Surveillez vos hommes. Qu'ils se montrent honnêtes les uns envers les autres, qu'ils ne détournent pas une partie de la chasse pour leur seul profit, qu'ils ne mangent pas en cachette. Quant à vous, *promychleniky*, ne quittez pas non plus vos chefs des yeux, qu'ils respectent nos lois. Toute infraction devra m'être rapportée à votre retour.

La réunion s'acheva sur une prière dite en commun puis chacun partit remplir sa mission.

Le groupe de Luka se dirigeait vers le Sud-Ouest, région qu'il connaissait déjà. Encombrant et lourd, son chargement lui pesait mais les chasseurs ne pouvaient compter que sur leur dos pour transporter leur matériel : outre leurs affaires personnelles, chaque balluchon contenait des provisions pour plusieurs jours ainsi qu'un sac de farine pour la préparation du pain, des pièges à renard, des harpons et des filets pour attraper les loutres de mer. De plus, chaque homme était armé d'un mousquet, d'une épée, d'une lance et d'un pistolet. Quant à Belaïev, il s'était de surcroît lesté des munitions.

Dans l'après-midi, il ordonna une halte et Luka ne fut pas le dernier à déposer son fardeau. Il s'assit à côté du géant, étendit les jambes et, regardant autour de lui, reconnut sous un angle différent la falaise où ils avaient capturé l'adolescent.

Comme il l'indiquait à Belaïev, celui-ci leva la tête, intéressé.

— Alors nous ne sommes pas loin du village ? demanda-t-il.

— A deux ou trois heures ; il se trouve de l'autre côté des collines, sur la baie.

Examinant le ciel, le géant tenta de calculer le temps de lumière qu'il leur restait.

— Nous devrions pouvoir y parvenir avant la nuit, conclut-il en souriant. Pourquoi ne pas y dormir ? Cela nous épargnerait de préparer notre dîner.

— D'autant plus que les indigènes possèdent un *baïdar* qui nous serait bien utile.

— Tu as raison.

Lorsqu'ils parvinrent à proximité des huttes souterraines, Luka, du haut de la falaise, évalua du regard les forces dont disposaient à ce moment les Aléoutes. Une quinzaine d'hommes valides vaquaient à diverses occupations, certains assis au bord de la mer, en grande discussion avec leurs voisins tout en réparant des filets, d'autres déchargeant leurs kayaks, des *bidarky*, comme les appelaient les Sibériens. Des mouettes piaillaient autour d'un groupe de femmes qui dépeçaient du poisson. Soudain, au cri d'un guetteur surgi d'un sommet voisin, Luka vit les villageois se rassembler en courant, avertis de l'arrivée imminente des Russes.

En frémissant, Cygne d'Hiver regarda les étrangers dévaler la falaise. Elle serra instinctivement le manche de son couteau, oubliant le flétan qu'elle était en train de nettoyer. Roc Solide s'approcha, son pas lourd s'enfonçant dans le sable. Elle se tourna vers lui et demanda d'un ton méfiant :

— Pourquoi viennent-ils ?

— Peut-être pour faire du troc.

Il semblait peu se soucier de cette visite impromptue ; pourtant, elle le suivit des yeux avec inquiétude quand il se joignit au groupe d'accueil, à la suite de Lampe de Pierre.

Fleur d'Été, elle, se remettait au travail avec ardeur.

— Nous devrions préparer un peu plus de nourriture

pour honorer nos visiteurs. La soirée s'annonce joyeuse en leur compagnie.

— Oui.

Sa tante était pourtant loin de partager son enthousiasme.

— Peut-être l'un d'entre eux offrira-t-il un cadeau pour passer la nuit avec moi, reprit la jeune femme, les yeux brillants.

Cygne d'Hiver, pour sa part, n'accepterait jamais une telle demande, bien qu'elle en eût parfaitement le droit. Hommes et femmes étaient libres de se choisir de nouveaux partenaires s'ils le désiraient, mais Roc Solide la comblait plus qu'aucun de ces étrangers ne saurait certainement jamais le faire.

Tous les hommes s'en allaient à leur rencontre, à part Longues Moustaches et trois de ses amis partis pour la chasse.

Le moment du repas venu, tous descendirent dans la *barabara* du chef et Cygne d'Hiver sentit immédiatement l'atmosphère s'alourdir, comme si leurs visiteurs craignaient quelque attaque surprise. D'ailleurs, ils ne lâchaient pas leurs armes.

Cependant, quand les femmes se mirent à servir le plat de poisson cru assaisonné d'une sauce de baies rouges, il sembla que chacun se détendît. A force de signes, Russes et Aléoutes parvinrent même à entretenir une conversation sommaire.

La chaleur aidant, hommes et femmes ôtèrent leurs lourdes parkas de fourrure qu'ils ne conservaient que rarement à l'intérieur des huttes, afin d'aérer leurs corps dénudés.

Tout en ramassant les écuelles, Cygne d'Hiver sentit peser sur elle le regard des étrangers. Elle s'habituait peu à peu à leurs yeux ronds et à leurs faces barbues mais se demandait quand ils se décideraient à se déshabiller eux aussi. Ils semblaient pourtant avoir très chaud dans leurs lourds vêtements.

Le festin terminé, vint le temps de la danse. Cygne d'Hiver regarda non sans fierté son mari s'avancer, impressionnant de force et d'assurance. Elle entendit leurs visiteurs murmurer entre eux des paroles dans leur langage incompréhensible et devina qu'ils l'admiraient eux aussi.

Voyant leurs hôtes enlever devant eux leurs parkas sous lesquelles ils ne portaient rien, Luka fut d'abord étonné par la pâleur ivoirine de leur peau, qui contrastait avec leurs visages et leurs mains tannés par le grand air. Il regardait les poitrines nues des femmes quand il vit s'avancer la silhouette musclée d'un véritable colosse.

— As-tu remarqué celui-ci ? murmura-t-il à l'adresse de Belaïev, assis près de lui.

A regret, ce dernier quitta des yeux le dos d'une femme sur lequel tombaient les plus longs cheveux noirs qu'il lui eût été donné de voir.

— Oui, répondit-il, je n'aimerais pas avoir à me battre contre lui. Il serait capable de tuer trois hommes en même temps.

— Nous ferions bien de le surveiller.

— Observe plutôt les femmes, elles sont plus belles que je ne le pensais après que tu nous as amené cette vieille sorcière dans le *chitik*. Je me demande si nous pourrions en persuader quelques-unes de venir réchauffer nos couches, ce soir.

— A ta place, je n'y songerais même pas, avec cette force de la nature dans les parages. A moins que tu ne veuilles faire usage de ton mousquet.

Il n'aimait pas se sentir pris ainsi au piège dans cette *barabara*. La place leur manquerait s'ils se trouvaient dans l'obligation de se battre et ils auraient toutes les peines du monde à sortir en cas d'attaque. Leurs fusils ne leur seraient pas d'une grande utilité, il leur faudrait lutter à mains nues. Toute cette nourriture, ces danses n'étaient-elles pas destinées à endormir leur méfiance afin de mieux les dépouiller ensuite ?

— Je pense, reprit Belaïev en suivant des yeux le balancement des hanches d'une femme, que cet endroit pourrait accueillir notre campement d'hiver. Les falaises protègent la vallée contre le vent, les torrents nous donneront toute l'eau douce dont nous aurons besoin et la baie contient beaucoup de poissons. De plus, la région regorge de loutres de mer ; en nous installant ici, nous pourrons donc disposer des bateaux des indigènes — ainsi que de leurs femmes.

— Et les hommes pourront nous supprimer quand nous dormirons.

— J'y ai pensé aussi.

D'un large sourire, il découvrit sa mâchoire édentée.

— En fait, je ne vois pas à quoi ils nous sont utiles. Ils ne paient pas de tribut, ils ne veulent pas chasser la loutre et refusent de nous louer leur bateau. Ils se montrent tout à fait aimables mais ni plus ni moins que les habitants de l'autre île. En fait, nous aurions tout à gagner en éliminant quelques obstacles de notre chemin...

Luka considéra sérieusement la proposition. Se débarrasser d'un de ces indigènes ne le troublait pas plus que d'écraser un cafard. En outre, eux-mêmes risquaient à tout moment de se faire tuer. C'était donc à qui réagirait le premier.

— Pas ici ni maintenant, poursuivit Belaïev.

Cependant, il était désormais clair qu'au moindre danger les *promychleniky* prendraient les mesures qui s'imposeraient.

Des tambours montait un battement syncopé tandis qu'hommes et femmes se mettaient à danser. Luka ne parvenait pas à quitter des yeux le colosse aux muscles luisants qui représentait un tel danger, pour lui autant que pour ses camarades.

5

Tandis que Cygne d'Hiver préparait le repas du matin, Roc Solide entraînait son fils dans des jeux destinés à développer sa force autant que ses réflexes. En général, c'était Longues Moustaches qui s'en chargeait mais il n'était pas encore revenu de la chasse.

Elle observa son mari qui massait les jambes de l'enfant tout en lui disant de résister le plus qu'il pouvait à la pression de ses mains. D'ici à cinq ans, Marche Droit serait capable de diriger lui-même son kayak des journées entières sans souffrir de crampes.

Quand le repas fut prêt, elle les appela et les regarda venir à elle, emplie d'une fierté qu'elle ne montrait cependant jamais.

De loin, elle entendit le langage incompréhensible des étrangers et demanda à son mari :

— Quand partent-ils ?

— Ils vont rester.

— Combien de temps ?

— Jusqu'à l'été prochain, sans doute. Alors ils reprendront leur bateau et rentreront chez eux, de l'autre côté des mers.

Le visage soucieux, elle se rappela combien leur présence l'avait mise mal à l'aise, la veille. Jamais, chez d'autres Aléoutes, elle n'avait ainsi senti peser sur elle un regard qui exprimait tant le désir de la posséder. Sans pouvoir vraiment se l'expliquer, elle n'aimait pas cette impression.

— Ils ne peuvent demeurer ici, murmura-t-elle, nous manquons de place.

— Ils se construiront un abri.

Mais la perspective de les voir dormir ailleurs ne lui suffisait pas ; elle désirait qu'ils quittent le village. La mort de Courte Main et de Pleine Lune restait imprimée dans sa mémoire. La tribu d'Agattu ne l'oublierait pas aussi facilement que la famille de Roc Solide. En s'opposant à ces étrangers, ses frères étaient parvenus à les battre et à les chasser de leur île.

— Pourquoi fais-tu confiance à ces gens ? Moi, je ne peux pas. Quand ils me regardent, je vois des lueurs mauvaises dans leurs yeux.

— C'est l'impression que te donnent leurs visages, parce qu'ils sont différents des nôtres.

— Leurs manières aussi sont différentes. As-tu oublié qu'ils ont tué deux de nos frères ? Nous ne devons pas tolérer leur présence ici. Va-t'en parler à notre chef, avertis-le du danger que nous courons en acceptant de les recevoir. Il t'écoutera.

— Mais leurs intentions sont pacifiques. Ils ne veulent que chasser nos sœurs les loutres. Nous ne pouvons les repousser.

— Ils vont apporter le malheur sur notre village. Je le sens.

— Tant qu'ils ne manifesteront pas de mauvaises intentions, nous nous montrerons accueillants. Le malheur ne pourrait nous venir que de la guerre que nous leur livrerions.

Cygne d'Hiver contempla son mari en train de manger, cherchant désespérément à partager sa belle confiance.

Luka regardait l'Aléoute sortir du toit de la *barabara*, la parka de peaux d'oiseaux lui battant les chevilles et camouflant la puissance de ses muscles ; mais il l'avait aussitôt identifié à la largeur de son cou. Un petit garçon sur ses talons, l'homme s'avançait souplement vers le centre du village.

D'après les comptes de Luka, le nombre des guerriers valides, jeunes et vieux, s'élevait à quinze. Il jeta un regard en coin vers Belaïev, se demandant en quoi consistaient finalement ses intentions après ses déclarations de la veille. A ce moment, son attention fut attirée par une jeune indigène et il comprit que son camarade l'avait aussi remarquée ; souriante, elle jeta sur ce dernier un regard engageant.

— J'aime ta parka, lança le géant en caressant son épaule couverte de fourrure de loutre.

La femme recula légèrement mais pas assez pour s'écarter. Encouragé, Belaïev poursuivit son geste.

— Quelle fourrure pleine de douceur ! Je me demande si ta peau l'est autant.

Joignant le geste à la parole, il glissa la paume sous le vêtement.

Cette fois, elle sembla s'effaroucher et se détourner comme pour fuir, mais il l'arrêta brutalement par le bras.

— Ne t'en va pas si vite ! Nous avons à peine fait connaissance.

Elle se débattit, le regard soudain effrayé. Un homme s'approcha pour interpeller Belaïev dans sa langue incompréhensible, mais aucune traduction ne fut nécessaire pour saisir, à son attitude menaçante, qu'il désirait le voir lâcher sa prise. Alarmé, Luka se demanda jusqu'où irait l'algarade.

— Elle t'appartient donc ? demanda froidement le géant en laissant partir sa proie. Je ne faisais qu'admirer sa parka.

Avec des gestes, il expliqua qu'il souhaitait échanger ce vêtement de fourrure contre des cadeaux à choisir dans un sac qu'il posa sur l'herbe détrempée. Une dizaine d'indigènes l'entourèrent bientôt avec curiosité. Belaïev commença par sortir des colliers mais l'un des hommes sembla porter son choix sur un autre objet, dont il s'empara en poussant des cris d'enthousiasme. A son tour, Luka s'approcha pour voir de plus près ce qui ressemblait à un petit tuyau de fer rouillé.

Il ne put dissimuler son étonnement en constatant

l'insistance avec laquelle les indigènes le montraient à leur athlète, qui l'examina un instant avant de hocher la tête pour leur plus grande joie. Belaïev demanda qu'on le lui rendît et fut aussitôt assailli d'offres pour l'échanger mais il le rangea dans son sac en répondant par des signes négatifs.

— Pourquoi ne veut-il pas se débarrasser de ce morceau de fer sans valeur ? demanda Chekurdine avec une grimace.

Luka se posait la même question.

— Il doit avoir ses raisons, répondit-il sans cependant deviner lesquelles.

— En attendant, il nous fait perdre une matinée entière. Nous devrions être en train d'établir notre camp et de rassembler des provisions. Au lieu d'envoyer un éclaireur chercher un bon terrain de chasse, il nous laisse tous à l'attendre sans rien faire. Quel grand chef nous avons, en vérité !

— Il s'attend peut-être à des difficultés.

— Nous ne risquons rien avec ces gens. Tchouprov détient le fils du chef en otage et eux-mêmes nous ont spontanément offert de nous aider dans l'installation de notre camp.

Luka le trouvait trop confiant. Remarquant que Belaïev passait furtivement une main dans un pan de sa tunique avant de venir dans leur direction, il fronça les sourcils. S'il n'avait vu le géant ranger le tuyau dans son sac, il aurait juré qu'il venait de le glisser contre sa poitrine.

— Ils seraient prêts à vendre leur mère pour ce morceau de fer ! s'esclaffa celui-ci.

— Qu'attends-tu pour en acheter une ? persifla Chekurdine.

— Tu ne t'y connais pas bien en affaires, on dirait ! Sache qu'il ne faut jamais avoir l'air pressé quand on veut faire monter les enchères. Plus tu laisses languir tes clients, plus ils désirent ce que tu leur refuses, et plus les prix augmentent.

— Sommes-nous donc des marchands ou des chasseurs ?

— J'ignore ce que tu es, cosaque ! Je peux seulement te dire que tu as de la chance d'être encore vivant et, si tu veux que ça dure, écarte-toi de mon chemin.

Un éclair de rage passa dans le regard de Chekurdine, qui finit cependant par se détourner sans répondre, sachant qu'il n'était pas de force à lutter contre le géant. Néanmoins, se dit Luka, il trouverait certainement un autre moyen de le contrer.

— Ne touchez pas à cela ! s'exclama brusquement Belaïev en se pécipitant vers les indigènes, qui commençaient à fouiller parmi les cadeaux.

Après avoir vérifié le contenu du sac, il se dirigea d'un air menaçant vers l'homme qui s'était le premier emparé du tuyau de fer.

— Il a disparu ! Qu'en as-tu fait, voleur ? Où l'as-tu mis ?

Attrapant le poignet de l'Aléoute, il l'obligea à montrer le contenu de sa paume, qui s'avéra vide ; de même que l'autre.

— Où l'as-tu caché ? A qui l'as-tu donné ?

D'un geste brutal, il le prit à la gorge et se mit à le secouer en le serrant de plus en plus fort. Les indigènes commencèrent par se regarder d'un air incertain, jusqu'à ce qu'il renvoyât sa victime tomber parmi eux.

— Il a volé le fer ! s'exclama-t-il alors à l'adresse de ses *promychleniky*. Si nous laissons ce forfait impuni, ils nous dépouilleront de tout ce que nous possédons. Nous devons faire immédiatement un exemple.

Se tournant vers le chasseur le plus proche de lui, il ordonna :

— Tue-le.

Sans discuter, celui-ci chargea posément son mousquet par le canon, le fixa sur l'extrémité en fourchette d'un bâton de fer puis visa. Le coup de feu partit, laissant un nuage de poussière autour du tireur. Une femme poussa un cri tandis que l'indigène, mortellement touché, s'écroulait au sol. Quelque part, un enfant se mit à pleurer.

Au lieu de reculer de terreur comme les autres, le colosse s'avança, trop vite pour que Luka pût réagir, arracha son arme au *promychlenik* qui venait de tirer et la plia en deux sur sa cuisse. Frappés de stupeur, les Russes demeurèrent un instant sans bouger. Puis celui qui venait d'être ainsi désarmé sortit son couteau en poussant un cri de rage.

— Non ! cria Luka.

Que pourrait une pauvre lame de couteau contre cet hercule ?

Sans tenir compte de l'avertissement, l'homme se jeta pourtant sur l'Aléoute, qui lui tordit le bras et le souleva comme un fétu de paille. Encouragés par le spectacle, les indigènes se lancèrent à l'attaque.

— Tuez-les ! Tuez-les tous !

Galvanisés par leur chef, les Russes braquèrent leurs armes à feu.

Luka le premier tira sur l'athlète, qui n'avait pas lâché son camarade. Il vit son corps se raidir tandis qu'un petit trou rouge marquait sa tempe. Il n'eut pas le temps de le voir tomber ni de recharger qu'il apercevait un couteau.

Dans un réflexe fulgurant, il arrêta et retourna le poignet de l'homme, le forçant à plonger sa lame dans sa propre poitrine. Le sang éclaboussa les deux adversaires. Les claquements des mousquets, les cris des enfants, la confusion s'éloignèrent brusquement des oreilles de Luka, envahies par un bourdonnement plus puissant que le grondement du tonnerre.

La tuerie venait de commencer. Rien ne pourrait plus l'arrêter.

Cygne d'Hiver quitta la *barabara* peu après Roc Solide. Cherchant à éviter les étrangers qui la mettaient si mal à l'aise, elle ne se joignit pas à ses compagnes pour la pêche mais prit un panier et s'en alla cueillir des baies derrière le village.

Elle s'en trouvait encore à courte distance lorsqu'elle entendit une explosion assourdissante, suivie d'un cri de femme. Épouvantée, elle laissa tomber son panier, comprenant immédiatement qu'il s'agissait d'un bâton de tonnerre, d'autant qu'elle voyait déjà s'enfuir la meute désordonnée de ses compatriotes.

Les sanglots d'un enfant affolé lui parvinrent aux oreilles. Craignant qu'il ne s'agisse de son propre fils, elle se précipita.

Au centre d'une indescriptible mêlée, elle aperçut Roc Solide qui s'affalait sur le sol, la physionomie déjà glacée par la mort, un filet de sang lui maculant le front. Horrifiée, elle vit alors d'autres corps s'effondrer, les corps de ses frères, des hommes de son peuple. Les étrangers demeuraient indemnes, certains partant à la poursuite des derniers fuyards qui renonçaient à la lutte, trois d'entre eux s'emparant de Lampe de Pierre, le vieux chef, pour l'achever à coups de couteau.

Frappée de terreur, elle crut que tout le village allait être décimé. Dès lors, une seule idée occupa son esprit : emporter son fils pour se cacher dans les montagnes. Elle prenait l'enfant par la main quand la Tisserande l'arrêta, les larmes aux yeux.

— Non. N'essaie pas de fuir. Ils rattrapent tous ceux qui courent et les tuent.

— Il faut pourtant que je mette Marche Droit à l'abri !

— Viens.

L'entraînant à l'intérieur de sa *barabara*, la vieille femme descendit à sa suite.

— Cache-le dans le trou du mur.

Enfin, Cygne d'Hiver comprenait où elle voulait en venir.

Toutes deux coururent vers une des pièces privées que séparaient des rideaux d'herbe sèche et écartèrent la natte qui couvrait le fond du mur. Derrière, une cavité avait été aménagée pour recevoir des provisions. L'une après l'autre, elles serrèrent Marche Droit contre elles puis le poussèrent dans le trou, où l'enfant se tassa en pliant les genoux contre sa tête.

— Écoute-moi bien, murmura sa mère. Tu dois rester là, sans faire aucun bruit, sans bouger, quoi qu'il arrive, quoi que tu puisses entendre. Reste... jusqu'à... jusqu'à ce que tous ces affreux étrangers soient partis...

— Et toi, où iras-tu ?

Elle s'efforça de sourire.

— Ne t'inquiète pas. Reste là.

Les hurlements de terreur à l'extérieur semblaient diminuer. Bientôt, les hommes viendraient voir si personne ne se cachait dans la hutte.

S'arrachant à son fils, Cygne d'Hiver laissa retomber la natte, éparpilla un peu d'herbe sèche dans l'alcôve pour effacer toute trace de son passage, puis rejoignit la Tisserande au centre de la *barabara*.

A ce moment, un visage apparut dans l'ouverture du plafond, un visage barbu aux yeux ronds.

Instinctivement, les deux femmes se réfugièrent dans les bras l'une de l'autre tandis que l'homme tournait la tête pour sans doute appeler ses compagnons avant de descendre, son bâton de tonnerre à la main. Presque aussitôt, un comparse vint le rejoindre.

Parvenu à mi-hauteur de l'échelle, le premier sauta au sol puis se mit à examiner les pièces une à une tout en gardant un œil sur les deux femmes. Cygne d'Hiver retenait son souffle, craignant qu'il ne découvrît la cachette de son fils. Du fond de sa gorge s'élevait un cri silencieux intimant à l'enfant de ne surtout pas bouger.

Finalement, les chasseurs leur firent signe d'escalader l'échelle et la jeune femme laissa passer la Tisserande devant elle, désirant demeurer aussi longtemps que possible près de son fils. Elle se sentit poussée dans le dos par le dur bâton de tonnerre mais elle étouffa son cri de frayeur dans sa poitrine, de peur de voir accourir Marche Droit.

Parvenue à la lumière de l'extérieur, elle put mesurer l'étendue du désastre. Tous les hommes sans exception avaient été tués. Parmi les cadavres erraient leurs épouses en sanglots et leurs enfants qui ne comprenaient pas. Sans doute les étrangers les avaient-ils épargnés pour les emmener par-delà les mers et les garder comme esclaves.

Ses pas menèrent Cygne d'Hiver presque malgré elle vers son mari. Les chasseurs n'essayèrent pas de l'arrêter. Elle s'agenouilla devant le grand corps sans vie, lui ferma les paupières en pleurant doucement.

Ses épaules s'affaissèrent sous le poids de sa culpabilité. Elle avait voulu faire chasser ces intrus, elle avait voulu que les hommes du village les expulsent à tout jamais. Ils avaient essayé et maintenant ils gisaient tous là, y compris Roc Solide, son invincible époux. Du bout des doigts, elle caressa la peau encore tiède de sa large mâchoire.

Luka venait de compter quinze morts, l'entière population adulte masculine du village. Autour de lui, les *promychleniky* restaient encore les yeux exorbités de sauvagerie ; ils avaient eu peu à souffrir du combat, tout au plus quelques égratignures et le bras cassé de Kmetevski. L'odeur fade du sang régnait sur tout le village, mêlée à l'âcreté de la poudre et aux relents acides de la sueur. Luka n'éprouvait ni remords ni satisfaction ; il se sentait simplement libéré d'un danger potentiel.

— Que comptes-tu faire des corps ? demanda-t-il à Belaïev.

— Laissons leurs épouses s'en charger selon leurs coutumes. Ça les occupera.

Hochant la tête, Luka allait changer de sujet quand il aperçut une femme en pleurs devant le cadavre du colosse qu'il avait lui-même abattu. La dignité dont elle faisait preuve dans son chagrin le mit quelque peu mal à l'aise mais cette dernière impression s'évanouit lorsque Chekurdine apparut devant eux, la tunique maculée de sang, tremblant d'une rage mal contenue.

— Tu n'es pas un chasseur, Belaïev, mais un assassin qui tue pour le seul plaisir de tuer !

— Remets-toi, cosaque, tu n'as pas bonne mine !

— Tu as massacré ces gens pour un bout de fer sans valeur !

Il serrait tellement les dents que ses paroles sifflaient en franchissant leur barrage.

— Où se trouve-t-il, maintenant ? Où est le morceau de métal pour lequel tu as ordonné la mort de tous ces hommes ?

Le géant sortit tranquillement de sa tunique l'objet incriminé.

— Le voici.

— Je parie que tu l'as toujours gardé sur toi. Tu cherchais un prétexte pour les exterminer, tu ne pensais qu'à cela depuis le début !

— Parfaitement. Et remercie-moi, car maintenant nous possédons des bateaux qui ne nous auront rien coûté, un abri pour l'hiver tout prêt... et des femmes pour nous faire la cuisine, coudre nos vêtements et adoucir notre sommeil.

— C'était donc pour avoir une femme que tu as provoqué cette boucherie ?

Une moue de haine et de dégoût tordait la bouche du cosaque.

— Allons, Chekurdine ! rétorqua le géant. Ne me dis pas que tu n'apprécieras pas leur compagnie !

— T'arrive-t-il jamais de réfléchir avec le pois chiche qui te sert de cerveau ? Ne comprends-tu donc pas ce que tu as fait ? L'otage détenu par Tchouprov ne nous servira plus à rien, maintenant ?

— Il en prendra un autre ailleurs !

74

— A quoi bon ! Comment veux-tu que les indigènes nous fassent confiance, désormais ?

— Je me moque de leur confiance. Je préfère qu'ils me craignent !

— Tu devras répondre de ce massacre ! Je te promets de ne pas le passer sous silence.

— Vas-y ! Ne te gêne pas ! railla le géant. Qui se soucie de la mort de quinze sauvages ! Ni Dieu tout en haut de son ciel ni la tsarine dans son palais lointain ! Dis-le même à Tchouprov. Ça n'y changera rien.

— Je le lui dirai. Et si cela ne suffit pas à te faire fouetter, je le dirai à l'agent du gouvernement de Bolcheretsk.

— Tes menaces vont me faire trembler de peur ! s'esclaffa Belaïev. Va-t'en vite rapporter mes crimes à Tchouprov !

— J'irai. Ensuite, je serai le premier à regarder le fouet t'arracher la peau du dos, promit Chekurdine en s'éloignant.

— Prends deux hommes avec toi, cosaque, pour rapporter la poudre et les munitions dont te chargera Tchouprov ! Et pendant que tu y es, demande-lui aussi du grain pour la vodka !

6

Un voile de brouillard couvrait le champ du massacre et s'effilochait à l'entrée des *barabary*, dévoré par la chaleur des lampes à huile. Les *promychleniky*, assemblés en une masse bruyante autour du feu, achevaient avec appétit le dîner préparé par les villageoises craintivement tapies dans l'ombre.

Belaïev cria qu'il avait soif puis suivit d'un œil égrillard la jeune femme qui lui apportait une gourde d'eau fraîche. La lui prenant des mains, il en but quelques gorgées qu'il recracha aussitôt.

— Il me faut quelque chose de plus fort ! lança-t-il à ses hommes. Demain, nous enverrons les femmes cueillir les herbes odorantes qu'il nous faut pour aromatiser la vodka. Un chasseur a besoin de sa ration quotidienne pour se réchauffer le cœur !

Les Russes approuvèrent avec enthousiasme. Au moment où la femme esquissait un geste pour s'éloigner, Belaïev la retint par la cheville.

— Assez dîné ! déclara-t-il. Il est temps de goûter maintenant à d'autres plaisirs.

Laissant glisser la main le long de sa jambe, il releva sa parka jusqu'au genou. L'indigène recula et rejoignit le groupe des femmes silencieuses ; alors le géant se dressa pour la rattraper, sautant, la relâchant, faisant mine de ne pouvoir l'atteindre, riant aux éclats tant que ce petit jeu l'amusa.

Luka observait la scène tout en nettoyant consciencieusement le fond de son auge avec ses doigts. Puis il s'essuya la barbe du dos de la main tandis que les hommes criaient pour encourager leur chef :

— Attrape-la, Nikolaï Dimitrievitch !

Enfin, Belaïev attira violemment la jeune femme contre lui, la serra pour l'empêcher de se débattre, tirant en arrière ses longs cheveux noirs afin de l'obliger à le regarder en face.

— Tu m'as fait de l'œil, ce matin ! lui rappela-t-il. Me voilà tout à toi, ma jolie !

Se tournant vers ses camarades, il ajouta :

— Qu'attendez-vous donc ? Tiens, prends celle-ci, Luka Ivanovitch !

Sans lâcher sa proie, il attrapa la première femme qui lui tomba sous la main et l'envoya sur son voisin. Trébuchant, celle-ci tomba aux pieds de celui auquel elle était destinée mais n'essaya même pas de se relever. Un peu gêné, Luka savait cependant ce que ses camarades attendaient de lui.

La saisissant par le poignet, il l'entraîna vers l'une des chambres sans chercher à voir son visage, qu'elle gardait obstinément baissé. Quand il voulut l'attirer derrière le rideau, elle tenta de résister en poussant un petit cri mais elle se tut dès qu'il la secoua d'un air mécontent.

Il rabaissa la tenture pour se sentir à peu près tranquille et s'aperçut que la femme s'était réfugiée contre le mur du fond, tassée sur elle-même, et le regardait maintenant de ses grands yeux noirs. Malgré la pénombre, il reconnaissait l'épouse du colosse qu'il avait tué le matin même.

Son hésitation ne fut que de courte durée. Il fit signe à la femme d'ôter sa parka mais il fallut à celle-ci un long moment avant de répondre à son ordre. Lorsque la peau d'ivoire apparut dans la semi-obscurité, il se sentit attiré comme rarement il l'avait été dans sa vie, peut-être parce qu'il n'avait pas eu de femme depuis longtemps.

Les yeux clos, la bouche fermée, elle ne réagit pour ainsi dire pas au contact du corps lourd contre le sien, mais Luka n'en avait cure et il prit son plaisir sans se soucier de ce que pouvait ressentir cette indigène.

Tapi dans son refuge, Marche Droit demeurait épouvanté par les multiples bruits qu'il venait d'entendre. Il savait que sa mère se trouvait encore dans la chambre de ses parents mais n'osait pas bouger.

Tremblant de faim autant que de peur, il ne voulait plus rester seul dans ce trou noir. Lentement, prudemment, il écarta la natte. Les lumières qui brillaient à travers le rideau d'herbe séchée lui parurent éblouissantes, comparées aux ténèbres qu'il venait de quitter. Sa mère gisait sur la couche, les yeux grands ouverts, regardant le plafond sans paraître le voir.

Oubliant toute prudence, l'enfant se glissa hors de sa cachette et fit crisser l'herbe séchée sous ses paumes. Cygne d'Hiver tressaillit, tellement épouvantée qu'il s'arrêta aussitôt, honteux de l'avoir effrayée. Elle commença par lui faire signe de retourner d'où il venait puis, après un regard furtif par-dessus son épaule, l'attira pour le presser contre son cœur.

Sans que le petit garçon pût dire ce qui se passait, il sentait que l'heure était grave. Les bras tendres de sa mère avaient beau l'étreindre, il n'en éprouvait ni réconfort ni apaisement, et sa peur ne faisait qu'augmenter.

Brusquement, le rideau qui les séparait de la grande pièce centrale se souleva. Ébloui par la lumière, Marche Droit commença par ne distinguer qu'une silhouette inconnue, sans doute celle de l'un de ces étrangers. Blotti contre la poitrine de Cygne d'Hiver, qui se mit à trembler en le serrant convulsivement, il s'aperçut petit à petit que l'homme portait une large cicatrice qui lui fermait à moitié un œil.

La jeune femme poussa un cri en voyant l'homme tendre la main vers eux mais il se contenta d'écarter la natte qui masquait la cachette. Puis il regarda l'enfant et sortit sans mot dire. Un long moment passa avant que Cygne d'Hiver se détendît un peu.

Le soleil faisait quelques apparitions à travers les nuages et les vagues argentées reflétaient sa lumière. Deux chasseurs, les pieds dans l'eau, maintenaient la *bidarka* pendant que Luka grimpait à bord, glissait les jambes dans l'ouverture prévue à cet effet et s'asseyait en les allongeant devant lui. Il prit la rame et fit signe à ses deux camarades de le pousser vers le large.

Le village ne possédant qu'un *baïdar*, les *promychleniky* préféraient ne pas se rassembler dans cette seule embarcation. Aussi certains furent-ils heureux de profiter des petits kayaks afin d'explorer d'autres parties de la côte. Cependant, ces bateaux semblaient trop légers pour lutter efficacement contre la mer souvent déchaînée. C'est pourquoi, à titre d'essai, Luka se lançait le premier dans les eaux protégées de la baie.

Presque aussitôt, une vague le submergea et, handicapé par ses jambes emprisonnées, il ne put empêcher l'esquif de se retourner. Suffoquant, il ne dut la vie qu'aux deux paires de mains qui le hissèrent au-dessus de la surface.

Toussant et crachant l'eau qu'il venait d'avaler par le nez, par la bouche et par les oreilles, il se plia en deux pour tenter de retrouver sa respiration.

— J'ai bien failli me noyer ! parvint-il enfin à grommeler.

— Alors, Luka Ivanovitch ! s'écria Belaïev, sarcastique. Tu n'as pas la force de manœuvrer ce petit bateau ?

— Laisse-moi donc reprendre mon souffle et j'y retourne !

La deuxième fois, il se concentra pour surmonter la vague mais, dès qu'il plongea la rame dans l'eau, son centre de gravité se déplaça et l'embarcation se retourna de nouveau. Les *promychleniky* se précipitèrent encore, sous les rires redoublés de Belaïev.

C'est alors qu'ils virent un enfant de dix ans se précipiter dans l'une des *bidarky*, qu'il manœuvra sans peine sous leurs yeux. Jamais Luka ne s'était senti aussi vexé de sa vie. Néanmoins, aucun argument ne l'eût décidé à remonter dans ce piège mortel pour lui.

De loin, Cygne d'Hiver avait assisté à la scène, priant silencieusement pour que la mer engloutît l'homme qui avait fait d'elle son esclave. Mais il revenait sain et sauf et ses espérances s'évanouirent. Rien ne pourrait la délivrer, ni elle ni son village. Les bâtons de tonnerre des étrangers leur donnaient trop de puissance.

C'est alors qu'elle aperçut deux points sur la mer, deux *bidarky* doubles qui se dirigeaient vers la plage. L'heure qu'elle redoutait tellement venait de sonner : Longues Moustaches, le frère de son mari, rentrait de la chasse avec ses compagnons. Les étrangers avaient tué tous les hommes du village, ils les tueraient eux aussi. Elle cria pour les avertir mais le vent porta son appel vers l'homme à la cicatrice et, prise de désespoir, elle vit ce dernier faire signe à ses camarades.

Luka observa, non sans une admiration un peu envieuse, l'habileté avec laquelle les indigènes amenaient sur la plage leurs *bidarky* chargées de loutres.

— Faut-il les tuer tout de suite ? demanda son voisin à Belaïev.

— Non, intervint Luka. Ils doivent nous apprendre à manier ces bateaux.

Le géant garda la bouche ouverte sans répondre immédiatement puis, reconsidérant son point de vue, hocha lentement la tête.

— Tu as raison. Ils peuvent encore nous rendre quelques services.

Inconscients de ce qui se passait, les quatre Aléoutes furent pris par surprise, désarmés et capturés sans pouvoir opposer la moindre résistance.

Leur entrée dans le village coïncida avec le retour de Chekurdine et de ses deux compagnons.

— Alors, demanda Belaïev, comment a réagi Tchouprov ?

— Il n'a rien dit, siffla le cosaque entre ses dents.

— Il vous fait parvenir ces armes, ces munitions et ce sac de grains, ajouta son voisin en souriant.

— Quand je vous le disais ! triompha le géant.

Cygne d'Hiver ne trouva pas un instant pour parler à Longues Moustaches jusqu'au soir, quand elle lui apporta son dîner. Il avait appris la mort des autres hommes et il accueillit la jeune femme avec un désespoir mêlé d'amertume.

— Que faire ? lui dit-il. Je me demande ce qu'aurait décidé Roc Solide. Peut-être de s'échapper pour rejoindre une autre tribu et ramener des guerriers afin de punir le forfait de ces hommes.

— Non, répondit-elle doucement. Ils les tueraient tous avec leurs bâtons de tonnerre.

Elle lui tendit un étrange objet en forme d'ogive, brillant et aplati.

— Regarde. Voilà ce que j'ai trouvé dans le front de Roc Solide. C'est ce que nous envoient leurs bâtons de tonnerre. J'ai vu ces hommes les mettre à l'intérieur pour qu'ils les recrachent à la vitesse de l'éclair.

— Mon cœur enrage devant notre impuissance.

— Le mien aussi, mais souviens-toi de la sagesse de Roc Solide : il nous avait recommandé de rester en paix avec eux.

Et elle qui avait tout gâché en exigeant de les faire partir ! Les hommes le payaient de leur vie, les femmes et les enfants, de leur liberté.

— Tu ne leur as pas résisté, continua-t-elle, les larmes aux yeux, et ils ne t'ont pas tué. Si nos hommes avaient fait de même, peut-être Roc Solide serait-il encore vivant. Mais moi, au contraire, je les ai poussés à se battre. Aujourd'hui je dois porter le poids de ma faute.

Voyant la femme qui semblait comploter quelque plan avec les prisonniers, Luka s'approcha, la prit par le bras pour la renvoyer de l'autre côté de la pièce.

— Tu te trompes si tu crois pouvoir me tuer dans mon sommeil ! maugréa-t-il, menaçant.

Elle baissa la tête mais ne lui opposa aucune résistance.

7

Luka choisit le plus moustachu des quatre prisonniers pour qu'il lui montrât le maniement de la *bidarka*. Cet homme paraissait d'ailleurs plutôt paisible : pas une fois, il ne sembla perdre patience devant son peu d'aptitude à manœuvrer un bateau.

Au bout d'un mois, il osa s'aventurer hors de la baie. Entre-temps, il avait appris quelques rudiments de la langue aléoute, non sans avoir enseigné des mots de russe à l'indigène. Ainsi tous deux purent communiquer dans un langage plus élaboré que les simples gestes dont ils s'étaient contentés jusque-là.

Les *promychleniky* avaient eu le temps d'explorer la région alentour et d'amasser d'importantes provisions pour l'hiver, pratique que ne connaissaient pas les Aléoutes, habitués à pêcher au jour le jour dans la grande réserve de la mer.

Pressé de recueillir les riches fourrures qu'il convoitait tellement, Luka ne put se contenter de chasser à partir du *baïdar*, comme ses compagnons, qui ne parvenaient que rarement à lancer leurs harpons depuis un bateau trop lourd pour s'approcher des rochers. Il restait persuadé que rien ne vaudrait la légèreté d'un kayak dès qu'il saurait s'en servir.

Il emmena Longues Moustaches comme guide, dans une *bidarka* à deux places ; ce genre de chasse sur la mer le déroutait encore trop, tant il craignait de se voir submergé par les eaux glacées.

De plus, il lui arrivait sans cesse de se perdre au milieu de l'océan sous un ciel plombé, sans soleil. Il crut, au début, que son compagnon cherchait à le désorienter dans le but de se débarrasser de lui, mais il comprit vite que l'Aléoute n'avait d'autre intention que de le ramener sain et sauf sur la terre ferme. Quand il lui demanda sur quelles connaissances il se fondait pour ne pas se perdre, celui-ci répondit qu'il « se souvenait » de la direction prise, qu'il « sentait » les vents.

Comme pour la chasse dans la steppe, il fallait tout d'abord débusquer l'animal, puis s'en approcher silencieusement, parfois au prix d'heures entières de patience. Selon Longues Moustaches, il eût mieux valu encercler les loutres avec une douzaine de *bidarky* afin de les empêcher de fuir.

Par la suite, Luka se rendit compte que les armes des Aléoutes étaient nettement supérieures aux siennes, qu'ils pouvaient lancer leurs harpons plus loin que lui, grâce à un système plus sophistiqué que son simple jet de javelot. Il lui fallut bien se rendre à l'évidence que jamais, sans l'indigène, il ne parviendrait à chasser la loutre tout en dirigeant sa *bidarka*.

Un blizzard de février hurlait à l'extérieur de la *barabara* mais il faisait bon dans la hutte. Quelques *promychleniky* jouaient aux cartes, grognant ou poussant des cris de victoire, observés par certains de leurs camarades, tandis que d'autres s'amusaient avec des enfants aléoutes ou surveillaient la filtration de la vodka qu'ils aromatisaient d'herbes odorantes.

Assis à l'écart de ce remue-ménage, Luka fumait pensivement sa pipe, observant le travail de Longues Moustaches, qui sculptait un harpon. Depuis des mois qu'il le côtoyait, le Russe ne craignait plus de le voir tenir une arme : en maintes occasions, son guide aurait pu le tuer. Simplement, Luka ne comprenait pas ces gens qui ne semblaient pas les haïr, ses camarades et lui, pour ce qu'ils leur avaient fait.

Machinalement, il se passa une main sur sa cicatrice et posa son regard sur la pile de fourrures qui grandissait de jour en jour ; il en avait rapporté une petite part, comme ses compagnons, mais la majorité provenait, il devait bien le reconnaître, des quatre Aléoutes forcés de chasser pour eux.

L'herbe sèche crissa près de lui et Chekurdine s'approcha, un gobelet à la main.

— A quoi penses-tu, tout seul dans ton coin ? demanda celui-ci.

— A la fortune que nous aurions pu amasser avec quinze indigènes travaillant pour nous au lieu de quatre seulement !

— Tu vois ! marmonna sombrement le cosaque en s'asseyant. Tu commences à regretter de les avoir tués.

La fortune de chaque *promychlenik* eût été faite en une seule saison. Jamais Luka ne se le pardonnerait.

De loin, il vit Cygne d'Hiver qui empêchait son fils de chahuter avec Belaïev. Il avait appris que son nom lui venait de l'apparition des cygnes, quelques jours au cœur des plus grands froids, lorsqu'ils fuyaient son pays à lui, la Russie, alors encore plus glacée. Malgré lui, il admirait la grâce et l'énergie de celle qu'il avait prise pour compagne, mais aussi sa discrétion et sa dignité.

Cette nuit-là, il resta immobile sans dormir auprès d'elle, songeant aux mille habitudes qu'il avait prises de son peuple, allant jusqu'à se réjouir de la parka de peaux d'oiseaux qu'elle lui confectionnait. Ni les labrets ni les tatouages ne lui répugnaient plus ; ils valaient bien sa cicatrice. Et puis elle lui servait ses repas, nettoyait les peaux qu'il rapportait, réparait ses vêtements, obéissait à chacune de ses demandes. Pour une indigène, elle l'impressionnait.

Pensant à son corps, si blanc et si tiède, il se retourna pour la regarder, incapable de deviner si elle dormait ou non. Pour la première fois, il la désirait intensément. Il se mit à lui caresser la poitrine d'un geste doux qu'il n'avait sans doute encore jamais prodigué à aucune femme.

Brusquement, il tressaillit, croyant sentir un étrange volume sous ce ventre qu'il croyait toujours plat, et il demanda, dans leur langage qu'ils s'étaient inventé en mêlant le russe et l'aléoute :

— Enfant ?

— Oui, murmura-t-elle en hochant la tête.

Retirant sa main comme s'il venait de se brûler, il roula sur le dos. Jamais il n'avait songé à cette possibilité. Quel chasseur deviendrait un tel garçon ! se dit-il mi-moqueur, mi-effrayé, sur ce territoire où, contrairement à la Sibérie, l'océan ne gelait pas, où, hiver comme été, il trouverait autant de loutres marines qu'il le désirerait.

Chaque jour, le soleil demeurait un peu plus longtemps dans le ciel, parvenant parfois à percer les nuages et le brouillard d'Attu. Les blocs de glace qui n'avaient cessé de dériver par la mer de Béring commençaient à se laisser fondre aux courants tièdes du Pacifique. L'herbe verdissait, les buissons se couvraient de bourgeons.

Les *promychleniky* chassaient avec fièvre, conscients de ce que le temps passait. Bientôt il leur faudrait repartir, alors qu'il restait tant de loutres, de phoques et d'otaries à capturer. Poussés par l'avidité, ils ne quittaient leurs bateaux qu'à la tombée de la nuit, sachant que plus ils rapporteraient de peaux, plus grande serait leur part du butin.

Les femmes abattaient un lourd travail. Outre les peaux à tanner, elles devaient ramasser des baies et recueillir des herbes pour préparer les paniers et les nattes, sans compter les saumons qui commençaient à remonter les courants. Elles les pêchaient et les faisaient sécher par centaines.

Rentrant d'une féconde journée, Luka aidait, ce soir-là, son partenaire aléoute à ramener la *bidarka* à deux places sur la plage, évitant prudemment les rochers acérés. Ses jambes encore raides de froid le faisaient souffrir ; incapable de les allonger la journée entière, il avait pris l'habitude de pêcher agenouillé et ses muscles s'en ressentaient durement.

Il aperçut Cygne d'Hiver qui achevait de dépecer une loutre et se redressait, une main sur les reins, le ventre gonflé comme un ballon. Elle parviendrait bientôt à son terme, songea-t-il. Pourtant, elle ne se plaignait jamais, remplissant docilement chacune de ses tâches.

S'arrêtant devant elle, il jeta le produit de sa chasse à ses pieds.

— J'ai faim. Prépare-moi quelque chose.

Fatigué, il se laissa tomber à l'écart des odeurs fortes de la chair déjà faisandée des bêtes qu'elle travaillait. C'est alors que Longues Moustaches tendit un doigt vers la falaise.

— Des hommes arrivent.

Luka reconnut aussitôt les longues tuniques russes de ses camarades du camp de base, puis la barbe blonde de Tchouprov.

— Va le dire aux autres, ordonna-t-il en se levant lourdement.

Peu après, les *promychleniky* se réunissaient joyeusement autour d'une vodka réconfortante. Belaïev attendit la fin de ces préliminaires pour poser sa question :

— Quel bon vent t'amène dans notre camp, Yakov Petrovitch ?

— Nevodchikov dit que nous devons rentrer d'ici à deux semaines. Il nous faut bien ce temps pour rassembler toutes les peaux et préparer le *chitik* au voyage.

— Non ! protesta involontairement Luka.

Aussitôt, il se sentit obligé d'expliquer sa position :

— La chasse est plus fructueuse que jamais. Le temps s'adoucit. Pourquoi partir maintenant ? Pourquoi ne pas attendre encore quelques semaines ?

— Il paraît que les vents ne seront jamais plus favorables. La traversée nous paraîtra facile dans ces conditions.

— Alors, pour accomplir un voyage agréable, nous

manquerions les meilleurs jours de chasse ? Sommes-
nous venus de si loin pour rapporter moitié moins de
peaux que si nous restions encore quelques semaines ?
Nous en tirerions peut-être neuf mille roubles de plus au
marché chinois. Je trouve que ça en vaut la peine.

— Moi aussi ! intervint son voisin.

— Oui !

— Restons !

— Luka Ivanovitch a raison.

Ses compagnons le soutenant, il sourit, satisfait. Il
savait que si Tchouprov insistait encore pour repartir
plus tôt, les *promychleniky* le destitueraient de son
autorité.

— Que disent les autres camps ? reprit-il.

— Ils sont de ton avis, reconnut son chef.

— C'est toi le *peredoutchik*, intervint Belaïev. Tes
ordres doivent être obéis. Dis au capitaine quel jour nous
partirons.

— C'est bon, acquiesça ce dernier. Je fixe cette date
à la mi-août, pas plus tard.

Le murmure des insectes au-dessus du champ de
fleurs se faisait assourdissant. Cygne d'Hiver ignora les
dangereux aconits bleus pour recueillir des racines comestibles, essayant d'oublier son dos qui la faisait de plus
en plus souffrir. En se penchant pour ramasser son
panier, elle ressentit la première contraction et appela la
Tisserande, qui se précipita pour la ramener vers le
village.

Tandis que d'autres femmes l'aidaient à gagner sa
barabara, Petite Fleur, la veuve de Lampe de Pierre, fut
appelée à son chevet.

Avec son aide, la jeune mère ne craignait pas les
complications. Jamais aucune naissance ne s'était mal
passée en sa présence. Une fois, elle avait même ouvert
le ventre d'une femme pour en tirer son bébé et tous
deux vivaient encore.

Au plus fort des douleurs, Cygne d'Hiver garda confiance.

— Voici la tête ! s'écria enfin Petite Fleur.

Alors, la jeune femme sentit la vie exploser en elle. Un sourire de joie détendit ses traits grimaçants et elle laissa retomber sa tête tandis qu'un vagissement lointain la rappelait à la conscience.

— C'est une fille, annonça la Tisserande en nettoyant le bébé. Forte comme sa mère.

Peu après, en accueillant son enfant sur sa poitrine, elle regarda longuement le duvet noir qui lui couvrait la tête, la peau encore violacée de son petit visage chiffonné et si fragile, les yeux ronds et noirs, comme ceux de cet homme appelé Luka. Mais Cygne d'Hiver y attacha peu d'importance, en se félicitant une fois de plus d'être tombée sur un si bon maître. Il la traitait bien, ne la frappait jamais comme d'autres le faisaient parfois. Si des larmes lui venaient encore au souvenir des jours heureux, elle ne s'en prenait qu'à elle-même et à la faute qu'elle avait commise.

Néanmoins, cette petite fille lui faisait bondir le cœur de joie, même si le village avait besoin de chasseurs. Celle-ci l'aiderait dans ses travaux et la comprendrait mieux qu'aucun garçon ne le pourrait jamais.

Dans l'après-midi, la Tisserande amena Marche Droit pour lui montrer sa petite sœur et, lorsqu'il tendit la main pour la caresser, il sentit des doigts minuscules se serrer autour des siens. Il leva sur sa mère un regard aussi surpris qu'émerveillé et celle-ci éprouva une bouffée de fierté à la vue de ses deux beaux enfants.

Le ciel se tachait de rose lorsque Luka revint de la chasse. Il chercha Cygne d'Hiver, vaguement irrité de ne pas la trouver au travail ; il avait faim et soif et rêvait d'un massage dans le dos.

— Ta femme a eu son bébé ! lui annonça Longues Moustaches.

Tout d'abord, il ne comprit pas. Son enfant venait de naître. Il tentait d'enregistrer ce que signifiaient exactement ces mots quand une nuée de *promychleniky* l'entourèrent en lui tapant sur l'épaule et en le félicitant. Il crut entendre aussi quelques quolibets mais n'y prêta pas attention et se laissa pousser vers la *barabara* à grandes bourrades dans le dos.

Il descendait encore l'échelle quand il aperçut Cygne d'Hiver assise en tailleur à côté du hamac de peaux d'otarie. La lampe à huile éclairait sa chevelure noire et cette image évoqua en lui l'icône de la Vierge qu'il avait si souvent vue dans l'église de son enfance. Elle leva la tête et, aussitôt, l'illusion fit place à la réalité des labrets piqués dans ses lèvres.

A grands pas, Luka s'approcha du berceau de son fils. Le petit être lui sembla tellement minuscule et laid qu'il fronça les sourcils et dut se forcer pour caresser son crâne duveteux.

— Quelle impression cela fait-il d'être papa ? lança derrière lui la voix ironique de Belaïev.

Luka se redressa d'un bond.

— Un jour ce sera un grand chasseur !

Il s'écarta pour laisser ses compagnons voir le bébé.

— Pas chasseur, souffla la voix douce de Cygne d'Hiver. Fille.

Le premier choc passé, une amère déception envahit le *promychlenik*. Jamais il n'avait imaginé cette possibilité. Les railleries de ses camarades ne firent qu'ajouter à son mécontentement.

— Comment vas-tu l'appeler ? insista le géant. Tu dois tout de même lui donner un nom !

Il hésita. S'il ne s'exécutait pas immédiatement, les hommes se moqueraient de lui des jours durant.

— Tacha, marmonna-t-il.

C'était un prénom des plus courants, mais aucun autre ne lui vint à l'esprit sur le moment.

— Tacha Lukaïevna, renchérit Chekurdine, pensif.

— Tacha, répéta Cygne d'Hiver avec difficulté.

D'un geste doux elle remonta la couverture sur le menton du bébé.

— Tacha, murmura-t-elle.

8

Le temps toujours aussi beau, la chasse toujours aussi féconde amenèrent les *promychleniky* à retarder de nouveau leur départ de l'île d'Attu. Ils ne commencèrent à charger le *baïdar* qu'à la fin d'août pour rejoindre le camp de base.

Toute la semaine, Cygne d'Hiver les avait entendus parler de leurs préparatifs puis les avait vus assembler les peaux en paquets avant de les installer sur le grand bateau. Elle restait maintenant au milieu du tumulte de la *barabara*, portant sa fille Tacha sur un bras, tenant son fils Marche Droit par la main.

Luka venait de rassembler ses affaires et elle attendait, incertaine de ce qu'il allait décider pour elle. Elle était son esclave. Il comptait certainement l'emmener, elle et ses enfants, dans son village, de l'autre côté de la mer. Pourtant, il ne lui avait pas dit de se préparer. Tout d'un coup, elle eut peur qu'il ne la mît sur le *baïdar* sans la laisser rien emporter. Elle ne voulait pas abandonner toutes ses affaires derrière elle, partir les mains vides.

Prenant une brusque décision, elle déposa la petite fille dans son hamac et se mit à réunir tout ce qu'elle pouvait, ses outils de travail, ses bijoux...

— Que fais-tu ? lui demanda Luka.

— Je me prépare puisque nous allons dans ton village.

Le voyant hausser un sourcil surpris, elle ajouta :

— Tu nous emmènes avec toi, n'est-ce pas ?

— Non.

Il se pencha en évitant son regard, pour ramasser son paquet.

— Tu restes ici. Je n'ai pas de place pour toi.

Assise sur ses talons, elle le considéra, interdite.

Un peu plus tard, elle se retrouvait sur la plage, parmi les autres femmes et les enfants, à regarder Longues Moustaches et les trois autres Aléoutes pousser le lourd *baïdar* ; à vigoureux coups de rame, les Russes s'éloignèrent bientôt sur l'eau. Le vent et la pluie fouettèrent le sable, obscurcissant l'horizon à leur vue.

Alors elle comprit que le village était libre, que leurs maîtres s'en allaient à jamais. Pourtant, son exaltation ne dura pas, noyée par une pénible sensation d'abandon. Qu'allaient-ils devenir avec seulement quatre hommes pour subvenir à leurs besoins ? Elle serra plus fort le bébé contre sa poitrine.

Le temps que les *promychleniky* se réunissent au camp de base, chargent le *chitik*, préparent des provisions pour le voyage du retour, deux semaines entières s'étaient écoulées. A la mi-septembre, ils levèrent enfin l'ancre en direction de la Russie. Adopté par le capitaine Nevodchikov, qui s'y était fort attaché, leur jeune otage, Petite Lance, les accompagnait.

De lourds nuages gris camouflaient le sommet des montagnes et de violentes vagues s'écrasaient contre les rochers. A l'arrière, Luka regardait s'éloigner l'île où il venait de passer près d'une année.

— A combien évalues-tu notre chargement ? lui demanda Belaïev.

— Je dirais bien à une centaine de milliers de roubles.

Il doutait que les peaux aient beaucoup augmenté en leur absence.

— Que comptes-tu faire de ta part ?

Chacun tissait mille projets, du plus sage au plus fou. C'était une bonne façon de passer le temps. Quant à Luka, il devinait que la majeure partie de ses compagnons se laisseraient dépouiller par le jeu et par l'alcool. Ces régions isolées de la Sibérie n'offraient pas beaucoup de luxe à qui voulait dépenser son argent. Pour profiter de la vie, mieux valait repartir vers l'Ouest. Ceux qui resteraient ne demeureraient pas longtemps riches.

— Je n'ai pas l'intention de perdre mon argent aux cartes, déclara-t-il.

Belaïev s'esclaffa. Ils disaient tous la même chose.

— Alors, quels sont tes projets ?

L'œil toujours fixé sur l'île, Luka vit une loutre qui suivait le *chitik* à distance, sa tête émergeant des vagues comme un bouchon.

— Je vais peut-être revenir, murmura-t-il. J'aimerais construire mon propre bateau et financer une nouvelle expédition.

Il en tirerait une véritable fortune. Les loutres marines pullulaient encore dans ces mers inexplorées.

— Nous étions bien sur cette île, approuva Belaïev. Avec toutes ces bêtes à portée de main. Et les femmes n'étaient pas désagréables non plus...

Il lui tapa sur le dos en riant tandis que Luka rêvait au corps blanc de Cygne d'Hiver. A nouveau, il regretta que l'enfant ne fût pas un garçon.

Chacun se doutait qu'avec le retard de leur départ leur voyage ne se déroulerait pas dans les meilleures conditions. Le deuxième jour, en effet, la mer se gonfla et une pluie violente se mit à tomber, accompagnée d'un vent glacial.

La quatrième semaine, il ne leur restait que la pluie pour toute eau potable et que les poissons de la mer pour nourriture. Le scorbut commençait à s'installer parmi les hommes, qui en venaient à se reprocher amèrement d'être partis si tard.

Le *chitik* dut lutter encore deux semaines contre les courants et les vents contraires, tandis que l'équipage, Luka le premier, se battait pour le maintenir à flot, recousant les voiles déchirées, réparant les mâts brisés, comblant les trous dans la coque, priant le ciel de ne pas les abandonner.

Un beau jour, enfin, une voix surexcitée s'éleva de la vigie :

— Terre ! Terre !

A ce moment, Luka se rendit compte qu'il avait été souvent près de perdre courage. Maintenant, au contraire, l'espoir le portait, lui donnant la force de dix hommes pour oublier sa faim et sa fatigue.

Alors qu'il courait vers l'avant pour contempler lui aussi la côte tant attendue, il fut brusquement submergé par une lame plus puissante que les autres. S'agrippant au mât central, il tenta d'émerger à l'air libre pour respirer tandis que ses oreilles bourdonnaient sous les flots tumultueux. Enfin, sous les nuages blancs, il découvrit la terre glacée comme un sourire au milieu de la tempête.

— Le Kamtchatka ! s'écria-t-il. Enfin ! Nous avons réussi !

La vague suivante catapulta le bateau à des sommets vertigineux avant de s'abattre sur lui en déchirant ses planches dans un claquement sec, suivi d'un déluge d'eaux furieuses. Les chasseurs comprirent alors que la terre ne serait pas facile à atteindre, même si la tempête semblait les porter dans sa direction.

Avec son fond plat et ses voiles carrées, le *chitik* était déjà difficile à manœuvrer en eau calme mais devenait pratiquement impossible à tenir sur ces flots déchaînés. Impuissants, les hommes virent qu'ils fondaient sur une roche luisante, aiguisée comme une lame de rasoir. Un instant plus tard, le craquement qui retentit leur donna l'impression d'être eux-mêmes coupés en deux. Sous le choc, Luka perdit l'équilibre et tomba à genoux.

— Empêchez le bateau de se retourner ! cria quelqu'un.

Mais déjà la plupart de ses passagers ne songeaient qu'à sauter par-dessus bord pour rejoindre la côte, à une centaine de mètres de là. Luka tenta de lutter contre cette marée humaine. Attrapant Chekurdine par le bras, il hurla :

— Les fourrures. Il faut sauver les fourrures !

— A ta guise, rétorqua le cosaque. Je préfère me sauver moi-même !

Avisant Belaïev, il parvint à l'entraîner à sa suite pour arracher au ventre du bateau leur précieuse cargaison et la jeter paquet par paquet dans le *baïdar* qui venait d'être mis à flot.

— Arrête ! cria enfin le géant. Tu prends trop de risques.

Une dernière fois, cependant, Luka voulut descendre chercher ce qu'il restait des peaux. Il entendit un fracas assourdissant et sentit le bateau se dérober sous ses pieds.

De loin, il vit ses derniers compagnons qui prenaient place à bord de la barque de secours.

Une nouvelle lame submergea l'épave et Belaïev à son tour sauta dans l'eau, s'agrippant à la perche que lui tendaient ses camarades et se laissant tirer jusqu'à l'embarcation prise aux Aléoutes.

Comme il se hissait à bord, il entendit un *promychlenik* demander :

— Où est Kharakov ?

— Là.

A bout de souffle, le géant tendit le doigt vers l'endroit où venait de s'abîmer le *chitik*. Rien n'en restait que quelques planches qui flottaient sur la houle grise.

9

Au cours des cinq étés qui suivirent, aucun bateau étranger ne vint aborder les côtes d'Attu et les Aléoutes vécurent comme ils l'avaient toujours fait, laissant leurs sœurs les loutres de mer batifoler dans l'océan et n'en chassant que quelques-unes à de rares occasions. Parfois, un conteur reprenait l'histoire de ces hommes barbus qui vécurent une année sur leur île. Pour preuve de leur passage, un enfant aux yeux ronds habitait dans presque chaque *barabara*.

Un beau jour pourtant, un bateau revint avec des étrangers qui parlaient la même langue que les premiers visiteurs. Eux-mêmes se disaient cosaques. Ils intimèrent aux Aléoutes l'ordre de payer tribut à leur grande reine sous forme de peaux de loutre et promirent d'échanger du fer contre les fourrures. Cependant, lorsque les chasseurs furent partis en mer sur leurs *bidarky*, ils ne se privèrent pas d'abuser de leurs femmes.

Bientôt les voyageurs se succédèrent. Certains se montraient amicaux, d'autres agressifs ou méprisants, mais toute résistance se retrouvait systématiquement noyée dans le sang.

Dix étés après l'arrivée du premier bateau, un *chitik* semblable à beaucoup d'autres accosta sur l'île. Néanmoins, l'homme qui le commandait parut immédiatement différent. Il s'appelait Andreï Nikolaïevitch Tolsty. Il avait des yeux couleur de ciel sans nuage et ne portait pas la tunique habituelle des cosaques mais des vêtements taillés dans une étoffe plus fine. A son doigt brillait un anneau représentant un oiseau à deux têtes.

Plus encore que son apparence, c'était son attitude qui le distinguait des étrangers de la baie du Massacre. Il traitait bien les Aléoutes et punissait ses hommes quand ceux-ci essayaient de profiter d'eux. Il paya les indigènes qui acceptaient de chasser pour lui et donna du fer en échange des peaux de loutre. Parmi les enfants qui lui furent remis en otages se trouvaient Marche Droit et sa demi-sœur Tacha. Placés sous sa protection, ceux-ci apprirent vite la langue des cosaques.

Les Aléoutes surent par lui combien le massacre de leurs frères avait déplu à la grande reine, qui avait fait sévèrement punir les coupables.

Reconnaissants, ils chassèrent beaucoup pour lui et la paix revint sur l'île. Ils furent tristes lorsque son bateau repartit l'été suivant, chargé de plus de cinq mille peaux. Tacha la première le regretta, mais les cosaques repartaient toujours. Beaucoup promettaient de revenir, peu le faisaient.

En revanche, les bateaux russes ne cessèrent de se succéder année après année en amenant toujours d'autres chasseurs cosaques, et la vie suivit son cours.

Aussi loin que Tacha remontait dans ses souvenirs, il y avait toujours eu des cosaques sur son île, bien que sa mère lui eût parlé d'un temps où ils n'existaient pas. Elle entendit plusieurs fois l'histoire de la mort de Roc Solide, le père de Marche Droit, tué par un groupe de ces étrangers, mais il devait s'agir de cosaques très différents de ceux qu'elle connaissait. Elle savait que certains ne tenaient pas leurs promesses ou battaient les femmes, mais, avec elle, ils s'étaient toujours montrés gentils, faisant souvent allusion à ses yeux noirs et ronds, très légèrements bridés. Ils jouaient avec elle, riaient à ses farces d'enfant, lui offraient des babioles. A jamais, pourtant, le souvenir d'Andréï avait marqué sa mémoire.

Ils la disaient sang-mêlé, mi-cosaque, mi-aléoute. A quinze ans, elle atteignait la taille de sa mère, dont elle avait hérité les pommettes hautes et la peau satinée, mais son visage semblait plus mince, son ovale plus étroit. Aux commissures de ses lèvres demeuraient les fines traces des labrets qu'elle avait portés enfant, jusqu'au jour où un cosaque insista pour que sa mère les lui ôtât.

Ce soir-là, elle rentrait au village, un panier d'oursins négligemment posé sur la hanche. Un groupe de cosaques, assis devant la haute *barabara* qu'ils s'étaient construite en ménageant une ouverture sur le côté au lieu de percer le toit, la suivirent des yeux avec insistance.

— Qu'apportes-tu dans ton panier, Tacha ? demanda l'un d'eux.

— Des oursins, jeunes et tendres.

— Est-ce ainsi que tu les aimes, Fedor Petrovitch, s'esclaffa un autre, jeunes et tendres ?

Tacha passa devant eux, consciente de l'intérêt que lui portait Fedor. Jusqu'ici, il ne lui avait pourtant offert aucun cadeau mais elle espérait qu'il ne tarderait pas. Elle était en âge de prendre un mari.

— Que disais-tu à ces cosaques ?

La question venait de son demi-frère et elle tressaillit car elle ne s'attendait pas à le voir.

— Ils m'ont posé une question, je leur ai répondu.

D'un mouvement souple, Marche Droit sauta du tertre de la *barabara*. Il avait fière allure dans sa parka de peaux d'oiseaux, les muscles presque aussi développés que ceux de son père, dont il se rappelait les exercices. Ses longs cheveux raides, d'un noir bleuté, encadraient son large visage aux pommettes saillantes et s'éparpillaient autour de son col. Il possédait l'acuité de tout chasseur, observait le moindre détail, à commencer par le regard lourd des cosaques sur sa sœur. Il ne les en détestait que plus et ne comprenait pas pourquoi son peuple ne résistait pas plus à leur insolence.

— Tu parles trop avec eux, Tacha, dit-il en lui emboîtant le pas vers les étals de saumon.

— Ce sont mes amis.

Elle s'arrêta devant leur mère et la vieille Tisserande aux cheveux blancs. Les deux femmes étaient en train de nettoyer la dépouille d'un cormoran, prenant garde à ne pas en abîmer les plumes, afin de fabriquer une parka destinée à un cosaque. Cette idée n'en irrita qu'un peu plus Marche Droit.

— Ce ne sont pas nos amis. Regarde comme ils font travailler notre mère !

— Ils vont la payer, répliqua Tacha en s'asseyant pour vider les oursins.

— Rien n'est moins sûr ! Ils m'ont promis du fer en échange de peaux de loutre marine. Toute la semaine j'ai chassé pour eux mais, lorsque ce matin je leur ai rapporté dix peaux, ils ont refusé de me donner mon dû sous prétexte que le fer en valait douze !

A l'évocation de cet incident, sa mâchoire se crispa durement.

— Ils les ont tout de même prises et m'ont dit d'en rapporter douze autres ! Quand j'ai répondu qu'il n'en manquait que deux, ils ont ri en déclarant qu'il en fallait douze à la fois pour être payé. Maintenant ils gardent le fer ainsi que les peaux, et moi je n'ai aucune possibilité de me défendre !

— Peut-être, mais tous les cosaques n'agissent pas ainsi, répliqua sa sœur. Souviens-toi d'Andreï Tolsty. Lui était honnête.

— Il exigeait un tribut comme tous les autres. Pourquoi devrions-nous fournir des fourrures à une femme qui gouverne un pays de l'autre côté des mers ? Ils prétendent qu'elle nous protégera en retour mais ce ne sont que des mensonges afin de mieux nous voler notre bien.

— C'est ainsi qu'ils vivent, intervint Cygne d'Hiver. Nous devons respecter leurs coutumes.

Marche Droit fit volte-face mais se tut, considérant un instant les fils grisonnants qui commençaient à éclaircir sa chevelure. Combien de fois avait-il entendu l'histoire de son père mort pour avoir résisté aux cosaques ? Il était fier de Roc Solide ; pourquoi sa mère ne parlait-elle de cette époque qu'avec tristesse, comme si elle regrettait qu'il ne se fût pas soumis, lui aussi ?

Cependant, il ne voulait pas la blesser et préféra se maîtriser en sa présence.

— Pourquoi serait-ce à nous de les respecter ? finit-il par maugréer en choisissant ses mots. Notre peuple vivait sur cette île longtemps avant leur arrivée. Nous devrions les en chasser !

— Nous avons toujours respecté les principes de l'hospitalité.

— Même envers ceux qui violent nos lois et tuent nos frères ?

— Répondre à la violence par la violence ne ferait qu'aggraver les choses. Les cosaques sont trop nombreux et trop forts pour nous. Nous ne possédons pas d'armes à opposer à ces bâtons de tonnerre qu'ils appellent mousquets. Il faut préserver la paix à tout prix.

— Si nous avions leurs mousquets, nous pourrions les battre, je saurais m'en servir, je les ai souvent observés quand ils les chargeaient.

— Jamais ils ne t'en donneront un, déclara Tacha. Offre-leur autant de peaux que tu voudras, ils refuseront de les échanger contre un mousquet. Tu n'es pas le premier à y penser, crois-moi.

— Je le sais, mais un jour j'en aurai un.

— Ne commets pas de folie, mon fils.

Il n'insista pas. Les femmes ne pouvaient comprendre quelle colère habitait son cœur.

— Non, murmura-t-il en se détournant.

Une ombre sur la mer attira son regard, des voiles qui rompaient l'uniformité de l'horizon. Il frémit à l'idée d'une nouvelle invasion des cosaques.

— Encore ? soupira-t-il. Quand donc se lasseront-ils de venir ?

Les villageois s'assemblèrent sur la plage en compagnie de quelques Russes qui ne chassaient pas à ce moment-là. Les peaux de cormoran et les oursins furent vite oubliés et, tandis que Tacha se précipitait, Marche Droit resta auprès de sa mère et de la vieille Tisserande, qui ne se déplaçait que très lentement.

Les voiles furent amenées, l'ancre jetée. De loin, la jeune fille crut reconnaître l'homme à l'avant de la barque qui venait d'être mise à la mer. Son visage lui paraissait vaguement familier et elle ne le quitta plus des yeux ; elle avait déjà vu ces traits anguleux, ce menton imberbe, mais ces tempes grisonnantes sur les cheveux bruns l'étonnèrent. Jamais encore elle n'en avait rencontré chez un étranger.

Lorsque l'embarcation parvint à proximité de la plage, deux Aléoutes et deux cosaques se lancèrent dans l'eau pour la haler sur le sable. Maintenant, la foule se pressait tellement autour des arrivants que Tacha ne savait plus où se trouvait l'homme qu'elle avait reconnu. Enfin elle le revit, qui dominait les autres de sa haute taille, et elle remarqua ses yeux, bleus comme un ciel d'été.

— Regarde ! cria-t-elle à sa mère. Regarde qui est là ! Andreï Tolsty. Il est revenu !

Folle de joie, elle bouscula les curieux pour s'approcher de lui. A part ces ailes argentées de chaque côté de son front, il avait peu changé depuis cinq ans, toujours aussi grand, aussi mince, toujours habillé différemment des autres Russes. Au lieu de la tunique et du pantalon large, il portait une cape sur un pourpoint noir boutonné jusqu'à la taille, qui s'ouvrait sur une culotte serrée aux genoux, laissant deviner ses longues jambes musclées. Elle devinait en lui une puissance paisible qui l'emplissait d'admiration.

— Où est votre chef ? demanda-t-il à un Aléoute.

— Il est mort il y a deux années, répondit Longues Moustaches. Je le remplace désormais.

— C'était un ami très cher, commenta Tolsty. Je

102

regrette qu'il nous ait quittés. Il m'avait autorisé à chasser sur Attu.

— Je m'en souviens. En votre compagnie, nous connaissions la paix. Vous êtes loyal.

— Je reviens pour chasser de nouveau et vivre en paix parmi vous.

Longues Moustaches secoua lentement la tête, l'air contrit.

— Je ne puis malheureusement vous en donner l'autorisation. Trois bateaux de cosaques sont actuellement installés ici. Nous ne saurions en accepter plus. Il vous faudra partir pour une autre île.

La déception de Tacha fut grande à cette dernière réponse. Elle avait pourtant entendu souvent Marche Droit se plaindre de la difficulté que représentait désormais la chasse aux loutres de mer ; bientôt, il n'en resterait plus assez pour tous les hommes qui désiraient les capturer. Cependant, elle en voulut à Longues Moustaches de renvoyer le cosaque qui s'était montré tellement bon pour eux.

— Nous permettez-vous cependant de rester ici quelques jours ? insista Andreï Tolsty. Mes hommes sont fatigués après cette longue traversée et nous avons besoin de nous réapprovisionner en eau et en vivres avant de mettre le cap sur une autre île.

— Restez tant que vous voudrez mais vous n'êtes pas autorisés à chasser.

— Acceptez tout de même les cadeaux que j'ai apportés en gage de ma bonne foi.

Il fit signe à un marin de montrer une grosse marmite en fer et des bottes en chèvre pour le chef, de la farine de seigle, des aiguilles, quatre grosses vestes, des tissus en assez grand nombre pour fournir une tunique, des gants épais pour l'hiver ainsi qu'une large ceinture pour chaque habitant du village.

Rarement cosaque s'était montré aussi généreux ; au contraire, lorsqu'une demande était refusée, les cadeaux disparaissaient. Longues Moustaches fut ému par ce geste et Tacha se prit à souhaiter qu'il renvoyât un autre bateau afin de garder celui-ci ; cependant, il ne pouvait revenir sur la parole donnée.

— Je regrette, reprit Andreï, de ne pas mieux connaître votre langue. Si nous devons partir pour d'autres îles, il nous faudra des interprètes. J'aimerais que vous laissiez deux ou trois personnes nous accompagner afin de traduire ce que nous aurons à dire à vos voisins.

— J'y songerai, répondit prudemment le chef.

— Nous désirons que les autres tribus sachent que nous sommes pacifiques ; cette condition est indispensable à de bons échanges. J'attendrai votre réponse à bord de mon bateau et, pendant ce temps, quelques-uns de mes hommes viendront chercher de l'eau potable.

— Je vous invite dans ma *barabara* pour célébrer votre retour. Mes femmes prépareront le repas puis nous danserons et chanterons.

— J'en suis très honoré, répondit le Russe en s'inclinant.

Comme ils s'éloignaient, Cygne d'Hiver se pencha vers sa fille.

— Viens, nous avons beaucoup à faire.

— Je veux lui parler ! répliqua Tacha.

Sans laisser à sa mère le temps de répondre, elle courut à leur rencontre mais attendit que Tolsty la remarquât pour, à son tour, lui souhaiter la bienvenue.

Étonné par cette beauté peu commune chez une indigène, il s'arrêta un instant afin de mieux la regarder et comprit alors qu'elle était sans doute métisse.

— Vous souvenez-vous de moi ? demanda-t-elle anxieusement.

Fronçant les sourcils, il scruta plus intensément son visage.

— Je suis Tacha.

Pour appuyer ses paroles, elle sortit de son col une croix orthodoxe en argent.

— C'est vous qui me l'avez donnée.

— Tacha ! répéta-t-il, incrédule.

La petite fille qu'il avait gardée en otage cinq années plus tôt !

— Tu as tellement grandi que je ne te reconnaissais pas. Te voilà une jolie jeune fille, aujourd'hui !

— Je suis contente que vous ne m'ayez pas oubliée, murmura-t-elle, confuse.

— Qui le pourrait ?

Qui pouvait, en effet, oublier ces yeux noirs en amande, cette carnation nacrée, ces pommettes hautes ? A quarante ans passés, il ne se sentait pas encore trop vieux pour convoiter une femme...

— Quel âge as-tu, maintenant ? Quinze ans ?

— Oui.

— Alors tu as sûrement un mari.

— Non. Les hommes sont peu nombreux chez nous et ceux des autres tribus nous rendent rarement visite depuis que les cosaques habitent ici.

— Tu trouveras vite un époux ! assura-t-il.

Elle recula.

— Il faut que je m'en aille. Nous devons préparer la fête de ce soir.

Le cosaque la suivit des yeux avant de rejoindre le chef du village, qui l'attendait à l'écart. Il avait compté sur les bonnes relations établies autrefois avec les habitants d'Attu pour obtenir sans peine le droit de chasser. Maintenant il devait repartir pour d'autres terres. Il lui faudrait à tout prix persuader Longues Moustaches de le laisser emmener des interprètes, qui lui serviraient également d'otages afin d'assurer sa sécurité et le succès de son expédition.

Le lendemain de la fête, Tacha s'était assise devant le tertre de la *barabara* qui la protégeait du vent, et tressait un minuscule panier d'herbe sous les directives de la

Tisserande, tandis que sa mère achevait de coudre la parka en peaux de cormoran.

— J'aime bien Andreï Tolsty, déclara-t-elle soudain d'un ton songeur.

— Faut-il que tu manques de cervelle !

Irrité, Marche Droit venait de se lever de son poste d'observation pour se tourner vers sa sœur. Celle-ci répondit vertement qu'elle avait le droit de ne pas penser comme lui et acheva d'un ton de défi :

— Je regrette que Longues Moustaches ne l'ait pas autorisé à chasser sur nos terres !

— Et moi je regrette qu'il n'ait pas renvoyé son bateau, ainsi que tous les autres ! rétorqua-t-il avant de s'éloigner à grands pas vers la plage.

— Tacha, murmura la Tisserande, sois gentille, descends me chercher un manteau, tes jambes sont plus souples que les miennes et j'ai un peu froid.

Comme la jeune fille s'exécutait, sa grand-mère se tourna vers Cygne d'Hiver afin de lui confier d'un ton soucieux :

— Je suis une vieille femme et mes yeux ont vu de multiples événements. Lorsque je regarde tes enfants, je pressens bien de la peine entre eux... beaucoup de peine.

Troublée, sa belle-fille interrompit son ouvrage en soupirant :

— Pourquoi dis-tu cela ?

— Il y a trop de colère envers les cosaques dans le cœur de ton fils.

— Il ne commettra pas d'imprudences. Il sait que les étrangers sont trop nombreux et trop bien armés.

— C'est un homme jeune et fier ; il finira par leur lancer un défi.

— Non, car ils le tueraient.

— Les hommes jeunes ne songent pas à la mort. Seules les vieilles gens savent que la mort reste constamment proche.

Cygne d'Hiver ne répondit pas mais la Tisserande

comprit que, alarmée, elle préférait ne pas poursuivre cette conversation pour le moment. Respectant son désir, elle changea de sujet.

— Tu as des yeux, toi aussi, tu as vu quel regard les cosaques posaient sur ta fille. Ce n'est pas comme celui qu'ils portent sur les autres femmes. Je pense qu'ils la considèrent un peu comme une des leurs. Ils n'ont pas encore essayé, mais bientôt ils la prendront sous leur *barabara* pour la faire vivre avec eux.

— Les cosaques prennent toujours les femmes. Nous n'y pouvons rien.

Cygne d'Hiver était trop âgée, maintenant, pour intéresser encore l'un d'eux et cette découverte récente la faisait souffrir. Elle ne voulait pas que sa fille connût un jour la même situation.

— L'homme aux yeux bleus s'est montré généreux envers les Aléoutes, répliqua la Tisserande. Il ne cherche pas à nous exploiter. Il ne s'empare pas de nos *baïdary* et ne laisse pas ses hommes nous commander les parkas sans les payer. Il a bien traité ceux qui sont restés avec lui pour apprendre sa langue.

Cygne d'Hiver se remit à coudre, la tête basse.

— C'est vrai, souffla-t-elle.

— Je l'ai entendu demander à Longues Moustaches de le laisser emmener des interprètes avec lui. Il serait salutaire pour tous que Marche Droit et Tacha partent sur son bateau.

— Tous les deux ?

La pauvre femme ne put cacher l'émoi où la mettait cette suggestion. Elle désirait que ses enfants restent encore avec elle, même s'ils avaient grandi. Un jour, Tacha s'en irait chez un mari mais ce temps n'était pas encore venu.

— Non, s'écria-t-elle.

— Ce serait préférable pour eux, insista la Tisserande. Si Marche Droit est bien traité, sa colère diminuera. De plus, il doit visiter d'autres tribus pour y trouver une femme.

Cette logique tranquille eut raison de la résistance de Cygne d'Hiver.

Sans doute, finit-elle par reconnaître, mais Tacha n'a pas besoin de partir.

— Sonde encore ton cœur et vois où se trouve l'avantage de ta fille. Si Roc Solide vivait encore, que conseillerait-il ?

— Ce n'est pas à moi de prendre cette décision, mais à Longues Moustaches.

— Il est ton époux, maintenant. Tu peux lui parler sans crainte. Nous avons accompli tant de sacrifices pour préserver la paix ! Cette fois, tu peux choisir lequel il te reste encore à faire.

Examinant la parka, la Tisserande déclara ensuite avec une moue :

— Telle quelle, celle-ci suffira bien pour un cosaque. Mon corps se plaint maintenant de sa fatigue ; il a besoin de repos.

D'un pas laborieux, elle se dirigea vers l'ouverture de la *barabara*. Bientôt, elle ne pourrait plus y descendre seule ; il lui faudrait alors aller sur le dos de son fils, Longues Moustaches. En temps normal, ce devoir eût incombé à son *anaagisagh*, Petite Lance, mais celui-ci était parti depuis longtemps avec les cosaques pour ne jamais revenir sur Attu. Presque chaque fois qu'un bateau levait l'ancre pour la Russie, il emportait à son bord un, deux ou trois Aléoutes, la plupart du temps des fils nés de femmes indigènes avec qui les chasseurs vivaient durant leur séjour sur l'île. La Tisserande pensait que sa belle-fille avait eu de la chance de pouvoir garder si longtemps ses enfants auprès d'elle. Il était temps, désormais, de les laisser partir.

Une bonne semaine s'était écoulée depuis qu'Andreï

Nikolaïevitch Tolsty avait jeté l'ancre de son bateau, l'*Andreï y Natalia*, dans la baie. Il avait passé le plus clair de son temps à étudier les cartes des îles alentour, tracées par l'amiral Nagaïev à partir des indications de Béring et de Chirikov.

Marchand dans l'âme, il savait que les bénéfices à tirer de cette expédition valaient bien quelques risques supplémentaires. Trois fois déjà, il avait fait fortune pour tout perdre ensuite au jeu. Il ne voulait pas rester sur ces échecs.

Finalement, il était presque reconnaissant à Longues Moustaches de lui avoir refusé la permission de chasser sur Attu. Ces derniers jours, il avait eu l'occasion de bavarder avec quelques cosaques et plusieurs indigènes. Bien que les loutres envahissent encore la mer côtière, leur nombre avait notablement diminué. De surcroît, elles se montraient désormais méfiantes et plongeaient à l'apparition de la moindre embarcation.

Plus il examinait ces cartes, plus l'aiguillonnait le désir de découvrir ces terres inconnues que parcouraient sans hésiter les Aléoutes pour leur commerce, tout au long d'un archipel de près de deux mille kilomètres.

Conscient de ne pouvoir davantage retarder son départ, il se mit à la recherche de Longues Moustaches afin de lui reparler de ces interprètes. De plus, la présence d'otages devenait vitale pour lui, s'il venait, par exemple, à rencontrer des populations hostiles, qui hésiteraient tout de même à massacrer les leurs.

Approchant de la *barabara*, il distingua une jeune fille qui marchait parmi les lupins sur un champ baigné de soleil. Elle allait la tête haute, le visage tourné vers les rayons tièdes. Il s'arrêta pour admirer sa grâce de femme-enfant.

L'écharpe de soie multicolore qu'il avait l'intention de lui offrir se trouvait toujours pliée dans sa poche ; il la portait en permanence sur lui depuis plusieurs jours mais mille événements imprévus l'avaient chaque fois empêché d'y penser. Maintenant, il se demandait comment il avait pu l'oublier.

Faisant signe aux deux *promychleniky* qui l'accompagnaient de le laisser seul un instant, il partit à la rencontre de la jeune fille et ne fut pas sans remarquer combien sa physionomie s'éclaira lorsqu'elle l'aperçut ; ce qui le flatta.

— Bonjour, Tacha !

— Bonjour, commandant ! répondit-elle presque sans accent.

— Je vois que tu as ramassé des baies.

Il y en a beaucoup, cet été. Désirez-vous en goûter quelques-unes ?

— Non, merci. Tiens, je t'ai apporté quelque chose.

Comme il lui tendait la soie légère aux vives couleurs, Tacha rougit d'émerveillement.

— Que c'est joli !

Elle déposa son panier sur le sol pour mieux admirer l'écharpe.

— Quelle est cette étoffe plus légère qu'une plume d'oiseau ?

— On l'appelle soie. Elle vient de Chine.

— Soie.

Tout en répétant ce mot, elle se caressa la joue de la douce étoffe dont les couleurs chatoyaient en contraste avec sa peau blanche et ses cheveux noirs.

— Attends.

Andreï prit l'écharpe pour la lui draper sur les épaules ; la transformation fut spectaculaire. Il eut l'impression de se trouver face au buste de la plus ravissante des femmes russes et ne put s'empêcher de laisser ses mains sur les épaules de la jeune fille.

— Est-ce ainsi qu'on la porte ? demanda-t-elle.

— Oui, répondit-il sans la quitter des yeux.

— Allez-vous au village, maintenant ?

— Oui. Je dois parler avec le chef.

— Alors je viens avec vous.

Otant l'écharpe, elle la plia soigneusement puis reprit son panier.

Tout d'un coup, une idée lumineuse traversa l'esprit d'Andreï.

— Tacha, il est important que Longues Moustaches comprenne parfaitement chacune de mes paroles. Voudrais-tu nous servir d'interprète ?

— J'en serais très heureuse.

Les deux *promychleniky* leur emboîtèrent le pas lorsqu'ils arrivèrent en vue de la *barabara* du chef. Après les salutations d'usage, Andreï expliqua la raison de la présence de Tacha à son côté, espérant qu'il ne se formaliserait pas de voir une femme assister à leur discussion. Longues Moustaches hocha la tête.

— Bientôt mon bateau devra partir, commença-t-il alors. Vous êtes un grand chef et votre nom est respecté sur toutes les îles alentour.

Andreï ignorait ce que cette dernière assertion pouvait avoir de vrai mais, un peu de flatterie ne pouvant faire de mal, il poursuivit après que Tacha eut fini de traduire :

— J'aimerais porter vos salutations aux autres tribus, afin qu'elles sachent que nous avons vécu ici en paix et procédé à de multiples échanges fructueux.

Les quelques notions d'aléoute qu'il possédait lui permirent de se rendre compte que Tacha embellissait encore ses paroles et il comprit qu'il avait trouvé en elle une alliée.

— Le nom d'Andreï Nikolaïevitch Tolsty aussi est connu à travers les îles comme celui d'un homme qui sait tenir parole, répondit le chef par la bouche de la jeune fille. Ce qui ne saurait, malheureusement, être dit de la plupart des cosaques qui sont venus chasser et faire du commerce chez nous.

— Il est d'autant plus important que vos frères des autres tribus que je visiterai sachent que je viens en ami, avec des intentions pacifiques. Si Longues Moustaches consent à me laisser emmener quelques interprètes,

111

ceux-ci ne feront pas que traduire mes paroles, ils pourront aussi témoigner de mon désir de paix avec les Aléoutes.

— J'ai pris ma décision.

Tacha laissa ensuite le chef achever et Andreï s'efforça de ne rien montrer de ses réactions, quoi qu'il puisse arriver.

— Il a choisi mon frère, Marche Droit, dit-elle.

Le cosaque en fut à la fois soulagé et déçu. Un seul otage valait mieux que rien mais il eût préféré prendre au moins deux Aléoutes avec lui.

— Il regrette de ne pouvoir vous laisser emmener plus de chasseurs, poursuivit-elle.

— Dis-lui que je comprends.

— Longues Moustaches précise que mon frère est un excellent chasseur et qu'il saura vous aider à découvrir les îles où abondent les loutres de mer. Et puis il comprend votre langue mieux que la plupart des autres hommes de notre village.

Alors, il crut deviner qu'elle ajoutait un commentaire de son propre cru :

— Pourtant, tout le monde sait qu'il n'aime pas les cosaques. Il éprouvera donc des difficultés à parler en votre faveur.

Quelque peu troublé par cette dernière réflexion, Andreï perdit le fil de ce que disait le chef et dut attendre la traduction de Tacha afin de connaître la suite :

— Longues Moustaches dit aussi que vous aurez besoin d'une femme pour faire la cuisine et s'occuper de vos vêtements ; et les femmes de l'Est ne savent pas comment apprêter les repas qui plaisent aux Russes.

Brusquement, elle parut stupéfaite. Au lieu de continuer à fixer le chef, comme elle le faisait depuis le début, elle tourna de grands yeux étonnés vers le cosaque.

— Il dit qu'il sait que votre épouse cosaque n'est pas venue avec vous... qu'elle est restée dans votre pays, de l'autre côté de la mer. Qu'il vous en faudra donc une autre ici... Il offre de me donner à vous en tant que seconde épouse. Comme preuve de son amitié. Il ne demande aucun cadeau en retour.

Tout aussi surpris, Andreï dévisagea Tacha. Le chef devait savoir qu'il ne voyait aucun inconvénient à prendre une femme indigène. Au cours de son précédent voyage, il en avait obtenu une contre quelques présents à sa famille. Selon la coutume aléoute, elle était alors devenue son épouse ; ce peuple ne connaissait pas de cérémonie de mariage à proprement parler. Le contrat était scellé par les cadeaux offerts aux parents de la femme. Andreï savait également que refuser la générosité du chef correspondrait à une véritable insulte. Heureusement pour lui, ce dernier continuait à parler, ce qui lui laissait un peu de temps pour réfléchir :

— Il dit que je sais fabriquer de jolies parkas et que je sais préparer la cuisine qui plaît aux cosaques. Il dit aussi que je pourrais vous être utile en parlant en votre faveur aux autres tribus. Il sait que vous me traiterez bien et serez un bon mari.

Elle rougit légèrement.

— Il dit aussi que vous trouverez les femmes d'Attu beaucoup plus plaisantes à regarder que celles des autres îles.

Plaisante à regarder... l'expression était très en dessous de la réalité en ce qui concernait Tacha. A grand-peine, il parvint à détacher ses yeux de la ravissante jeune fille pour se tourner vers le chef, tout en songeant déjà aux longs mois — et aux longues nuits — qui l'attendaient en compagnie de sa nouvelle femme.

— Dis à ton chef que sa générosité me comble. Il me fait un très grand honneur et j'accepte sa très sage décision. Je te prie de l'informer que je compte partir avec la marée de demain.

10

Par-dessus les mâts voletaient des mouettes, leurs ailes d'ivoire brillant sur le ciel gris. Un marsouin accompagna le vaisseau poussé par le vent, sautant et plongeant jusqu'à la sortie de la baie. Tacha regardait s'éloigner la plage, les *bidarky* alignées au bord de l'eau. A cette distance, elle apercevait à peine les tertres de son village, et encore, parce qu'elle savait où regarder.

Sa peine était grande de quitter l'univers qu'elle connaissait, son île, sa maison, sa famille, particulièrement sa mère et la Tisserande. Pourtant, son enthousiasme surpassait encore cette mélancolie. Les chasseurs voyageaient fréquemment d'une île à l'autre pour procéder à des échanges ou parlementer avec les tribus voisines, mais rarement les femmes, à moins que le déplacement ne fût organisé pour la famille entière quand ce n'était pas pour tout le village. Tacha n'avait pas quitté son île depuis que, petite fille, elle s'était rendue sur Agattu pour faire la connaissance de la famille de sa mère. Maintenant, elle s'en allait pour une destination inconnue. Andreï Tolsty, son nouveau mari, avait précisé à Longues Moustaches que deux étés s'écouleraient sans doute avant qu'il revînt sur Attu.

Tournant la tête vers son frère, elle lui demanda :

— Sais-tu sur quelle île nous allons nous arrêter ?

— J'ai parlé aux cosaques d'Adak et des îlots qui l'entouraient, où les loutres de mer sont nombreuses.

Le peu d'empressement avec lequel il venait de répondre refroidit quelque peu la joie de Tacha, qui pourtant commenta d'un ton léger :

— La chasse sera bonne là-bas.

— Si les tribus nous donnent la permission d'occuper leurs territoires.

— Nous l'aurons. Andreï leur offrira des cadeaux en échange et nous dirons qu'il désire vivre en paix afin de faire du troc avec eux.

Lisant une lueur de scepticisme dans son regard, elle ajouta :

— Tu sais que c'est vrai. Il ne se comportera pas comme les autres.

— Peut-être, mais c'est un cosaque. Ne lui fais pas trop confiance. Pour ces gens, un Aléoute ne vaut pas plus qu'une loutre. Lorsqu'ils en ont tiré ce qu'ils désiraient, ils jettent le reste aux requins.

Des vagues de deux mètres soulevaient maintenant le bateau et Tacha sentit alors avec exaltation que le voyage venait vraiment de commencer. Longtemps, elle demeura près du bastingage à regarder la mer, à écouter les grincements des planches giflées par la houle.

Les journées qui suivirent ne furent cependant pas aussi exquises qu'elle l'avait espéré. Insulaire, elle ne possédait pourtant pas le pied marin et souffrait terriblement du mal de mer. Andreï se montra des plus attentionnés à son égard et la laissa se reposer dans sa cabine tandis qu'il dormait sur deux chaises pour ne pas la déranger. Lorsqu'elle reprenait conscience, c'était pour constater qu'il ne cessait de s'occuper d'elle, à moins qu'il ne plaçât Marche Droit à son chevet.

Après une semaine de traversée, elle gisait encore, dolente, sur sa couche, affaiblie par le manque de nourriture, tandis qu'Andreï faisait chauffer de l'eau dans le samovar de cuivre. Il versa un thé très concentré dans des verres à anse d'argent, y ajouta l'eau frémissante en soupirant de satisfaction ; l'odeur bienfaisante le réconfortait déjà. Il en fit boire quelques gorgées à Tacha, qui commença par fermer les yeux, puis les rouvrit.

— Je crois que je me sens mieux, annonça-t-elle.

Il sourit d'un air distrait.

— Aimerais-tu monter un peu prendre l'air ?

— Oh oui !

Peu après, il l'emmenait sur le pont, enveloppée dans une couverture, et l'installait à l'abri d'un auvent. Toutes ces attentions ne faisaient pas ricaner son équipage, qui comprenaient au contraire, sans la moindre équivoque, que cette femme appartenait à leur chef et à lui seul.

Respirant à pleins poumons, Tacha avait l'impression d'émerger enfin d'un mauvais rêve, sombre et poisseux. Le mouvement du *chitik* ne la gênait plus et elle se prit à espérer qu'elle parviendrait à s'y habituer. Jamais plus, elle ne voulait être malade, bien qu'elle gardât dans un coin de son cœur le souvenir rassurant des multiples fois où, soulevant les paupières, elle avait aperçu son mari penché sur elle.

Du coin de l'œil, elle l'observait penché sur la boussole, se disant qu'elle aimait son profil sans doute autant que ses yeux, à cause de la force et de la détermination qu'ils dégageaient. Sous sa couverture elle caressa la chemise qu'il lui avait passée ; elle s'était habituée à la douce sensation de cette étoffe qui la protégeait de la couverture rugueuse. Andreï s'était montré bon à son égard. Même son frère serait obligé de le reconnaître.

Seul contre le bastingage, Marche Droit était en train de scruter l'horizon d'un air absent. Elle comprit alors que jamais il ne deviendrait l'ami des cosaques, pas même de son mari.

Très vite, elle sentit la tête lui tourner. L'air vif l'étourdissait encore et, fermant les yeux, elle prit peur en constatant sa propre faiblesse, elle qui avait toujours été si forte. Une main se posa sur son épaule et Andreï se pencha sur elle.

— Comment te sens-tu ?

— Je suis fatiguée, reconnut-elle.

Sans perdre une minute, il la souleva dans ses bras et

116

la descendit dans sa cabine. Roulant sur le côté, elle s'endormit presque instantanément.

Le lendemain après-midi, elle achevait tranquillement un petit bol de soupe. Andreï lui avait assuré qu'elle ne pouvait rien faire de mieux, pour se rétablir, que de manger un peu et se reposer beaucoup. Cependant, au fur et à mesure que les forces lui revenaient, elle ne songeait plus qu'à remonter sur le pont pour regarder la mer et les manœuvres de l'équipage.

Soudain, il lui sembla percevoir un bruit inhabituel au-dessus de sa tête, ainsi que des pas précipités. L'esprit aux aguets, elle se demandait ce qui se passait quand son frère entra précipitamment dans la cabine.

— Qu'y a-t-il ? demanda-t-elle. Ont-ils aperçu une baleine ?

Au village, en tout cas, rien n'eût pu causer plus d'agitation.

— Non. La terre. Les montagnes de l'île d'Adak se détachent bien sur les nuages. Nous nous dirigeons droit dessus.

— Alors, nous sommes arrivés ?

— Ils verront bientôt que je ne leur ai pas menti et que le gibier y foisonne.

— Pourquoi ? Ils ne te croyaient pas ?

— J'en ai entendu certains se demander si je ne les emmenais pas se perdre au milieu de la mer, répondit-il amèrement. L'un d'entre eux a fait un trou dans ma *bidarka* afin que je ne puisse pas m'échapper.

— Un gros trou ?

Sans sa *bidarka* un chasseur devenait impuissant.

— Il déchire presque deux peaux entières.

— Je te le réparerai, promit-elle. Andreï est-il au courant ?

— A quoi bon ? Ses hommes diront qu'il s'agit d'un accident, mais moi je sais distinguer un coup de couteau d'un accroc.

À sa mine défaite, Tacha comprit combien il avait le cœur gros, mais aussi qu'il cherchait à la mettre en garde.

— Te sens-tu mieux ? demanda-t-il en changeant abruptement de sujet.

— Oui.

— Bien.

Il la contempla un instant sans mot dire puis tourna les talons et referma la porte derrière lui.

Restée seule, Tacha écouta un instant l'agitation qui continuait au-dessus de sa tête puis tenta de se lever en songeant qu'Andreï aurait bientôt besoin d'elle pour parler aux tribus des îles qu'ils allaient accoster.

À peine debout, elle fut prise d'un tel vertige qu'elle dut s'appuyer à la table pour ne pas tomber à la renverse. C'est ce moment que choisit Andreï pour entrer. La voyant chanceler, il se précipita.

— Tacha ! Que fais-tu ici ?

— Je dois commencer à marcher ; je ne vous serai pas d'une bien grande aide si je reste encore longtemps couchée.

Les pans de la chemise révélaient une longue jambe finement galbée. Il sourit en se rendant compte, pour la première fois, qu'elle était d'une taille particulièrement élevée. Plus petite que lui d'à peine une demi-tête, elle pouvait, pieds nus, presque le regarder en face.

— À l'avenir, Tacha, laisse-moi seul juge de la façon dont tu pourras le mieux m'aider.

Maintes fois, au cours de la semaine passée, il avait pu admirer son corps musclé, mais toujours allongé ; trop souvent ses mains l'avaient caressé sans recevoir de réponse. Tout d'un coup, ce fut elle qui s'agrippa à son cou et il se pencha pour cueillir enfin sur ses lèvres mi-closes le baiser qu'il avait tant attendu.

Ce regard brûlant, Tacha l'avait déjà perçu dans les yeux des hommes qui la désiraient mais, au lieu de s'en amuser ou de s'en irriter, cette fois elle sentit une onde de chaleur inconnue lui parcourir le dos. Quand il la serra contre lui, elle éprouva dans toute leur puissance les muscles de son torse et de ses cuisses.

Les cosaques lui avaient appris qu'ils appelaient baiser ce mouvement qui rapprochait deux bouches l'une de l'autre. Au début elle n'en comprit pas l'intérêt puis se rendit compte qu'il suffisait de se laisser aller un peu pour y trouver quelque agrément. Elle commençait tout juste à se détendre quand il se détacha brusquement, ce qui lui fit presque perdre l'équilibre.

— Grands dieux ! maugréa-t-il, tu ne tiens pas sur tes jambes. Retourne t'allonger, je n'ai que faire d'une femme sans forces !

Elle écarquilla les yeux, soudain consciente que cet homme la désirait réellement, pas seulement parce que Longues Moustaches la lui avait donnée.

— Qu'as-tu à me regarder ainsi ? demanda-t-il, irrité.

— Vous ne regrettez pas d'avoir dû me prendre pour épouse. Vous me convoitiez aussi.

— Il est des choses qui ne se disent pas, Tacha.

— J'ai appris que les cosaques se montraient rudes envers les femmes.

Andreï la contempla longuement avant de soupirer :

— Parfois le désir d'un homme est si violent qu'il en oublie sa force. Couche-toi sagement dans ce lit avant que je n'oublie la mienne.

Comme il sortait, Tacha sourit, secrètement ravie de sa découverte.

11

Un chapelet d'îles volcaniques se succédaient, ouvrant des dizaines de baies, de golfes et de récifs. Andreï laissait errer son regard sur les montagnes pointues qui fermaient l'horizon et considérait le sol sans arbres, les collines abruptes, les falaises à pic sur la mer, les plages de sable ou de galets. Mais rien de tout cela ne l'intéressait autant que les loutres qui semblaient pulluler autour.

— La chasse sera bonne, annonça-t-il au jeune Aléoute debout près de lui.

— Je vous l'avais bien dit !

— Oui.

Andreï se demanda pourquoi ce garçon qui paraissait tellement hostile les avait amenés dans une région aussi prometteuse. Quelles que fussent ses raisons, ils se trouvaient pourtant arrivés à bon port. Néanmoins, avec toutes ces îles, il lui faudrait répartir ses *promychleniky* en petits groupes de quatre ou cinq, ce qui les rendrait très vulnérables. Il devenait donc vital d'établir de bons rapports avec les populations locales.

Longeant une plage, il aperçut deux petites baleines dont la viande et la graisse pourraient nourrir sa troupe pendant plus d'une semaine. Il nomma donc quelques chasseurs, dont l'Aléoute, afin de les envoyer à terre capturer les deux mammifères.

Voyant Marche Droit saisir alors une arme comme les autres hommes, il s'interposa vivement :

— Non !

— Il me faut un mousquet comme à chacun ! protesta le jeune homme.

— Non !

Les Russes s'étaient donné pour règle de ne jamais céder ni épées ni fusils aux indigènes des terres nouvelles. Il eût fallu être fou pour armer ces peuples primitifs !

— Tu n'en as pas besoin, conclut-il d'un ton sans réplique.

Se détournant, il donna l'ordre de mettre un canot à la mer.

Dans l'après-midi, ils croisèrent un pêcheur sur sa *bidarka*. Marche Droit l'avait rencontré quelques années auparavant, au cours d'un voyage avec son oncle. Après lui avoir offert de la viande de baleine, le capitaine lui fit demander où ils pourraient jeter l'ancre sans risques. L'homme leur indiqua une baie proche d'une source d'eau douce et leur promit que sa tribu viendrait bientôt leur rendre visite. Tout se pasait bien, beaucoup mieux qu'Andreï n'eût osé l'espérer.

L'île brillait des derniers feux de l'été, déjà de lourds nuages chassés par un vent violent couvraient en partie le soleil mais, sur la plage où marchait Tacha, seule une brise légère soufflait encore, qui emportait quelques mèches de ses cheveux retenus en chignon. C'était sa première sortie depuis qu'ils avaient jeté l'ancre, deux jours plus tôt.

— J'avais perdu l'habitude de la terre ferme, déclarat-elle à Andreï. Quelle étrange sensation de ne plus sentir le sol bouger sous ses pieds !

— Tes jambes s'y referont vite.

Machinalement, elle repérait les anfractuosités des rochers où elle pourrait ramasser des oursins, des calamars et des coquillages à marée basse. La baie lui semblait assez abritée pour lui permettre de pêcher même par temps fort. Des nids de cormorans et de macareux offriraient leurs œufs à profusion ainsi que des peaux pour les parkas. Quant aux saumons, à première vue, rien ne les empêchait de traverser la baie où débouchaient plusieurs torrents. Sur le versant des montagnes, elle voyait aussi des prairies où devaient pousser toutes les herbes nécessaires à la fabrication de paniers.

— J'aime cet endroit, conclut-elle malgré le peu de petit bois qu'il pouvait offrir.

— Tant mieux.

Andreï n'éprouvait pas la moindre envie de poursuivre une conversation technique alors qu'il pensait à tout autre chose.

Sa jeune femme lui tournait le dos, sa parka enveloppant le corps souple qu'il commençait à bien connaître pour l'avoir si souvent aperçu et qu'il rêvait d'enfin conquérir. Doucement, il posa les mains sur ses épaules et la sentit tressaillir à ce contact inattendu ; sa lourde chevelure fraîchement lavée brillait comme l'aile d'un corbeau. Il se pencha pour l'embrasser.

— J'aimerais dormir auprès de ma femme, cette nuit.

Sa voix cassée venait de trahir une émotion qui ne fit que grandir à la vue des yeux fervents qui se levaient sur lui.

— Je serais heureuse de dormir auprès de vous, mon mari, répondit-elle dans un russe impeccable.

À cet instant, il faillit se demander s'il ne tenait pas quelque enchanteresse entre ses bras. Depuis toujours, elle le fascinait par son teint d'Aléoute et ses traits slaves mais, surtout, par ses immenses prunelles, presque trop larges pour leurs paupières en amande.

— Appelle-moi Andreï, murmura-t-il, Andreï Nikolaïevitch, et cesse de me vouvoyer.

— Je serais heureuse de dormir auprès de toi, Andreï Nikolaïevitch.

Elle ne le quittait pas des yeux, comme si elle aussi attendait depuis longtemps ce moment. La plupart des femmes qu'il avait connues manquaient de passion. Quelle amoureuse serait Tacha avec le sang mêlé qui coulait dans ses veines ?

Ce soir-là, à la lumière de la lampe-tempête, il cares-

122

sait son corps d'ivoire, admirant la douce sensualité dont elle faisait déjà preuve, jamais indifférente au moindre de ses gestes. Prenant son temps, il guettait avec émerveillement chacune de ses réactions, chacun de ses frémissements, tressaillant aux gémissements étouffés qu'elle laissait parfois échapper.

Une fierté enivrée s'empara de lui lorsqu'il posséda enfin ce tendre corps de vierge qui s'offrait avec une émouvante spontanéité. A ce moment, il eut l'impression d'avoir vingt ans et quelque chose lui dit qu'il ne la quitterait jamais.

Au cours des mois qui suivirent, un camp de base fut établi sur Adak, et Andreï séjourna en compagnie de Tacha parmi plusieurs tribus avoisinantes. Partout où ils se rendaient, ils recevaient un accueil amical. Chaque fois, ils laissaient un groupe de *promychleniky* sur l'île visitée, afin d'y installer un camp secondaire. Presque tous les indigènes qu'ils rencontrèrent manifestèrent un vif désir de devenir de fidèles sujets de Sa Majesté Impériale et de lui verser un tribut sous forme de peaux de loutre.

Tout se passait mieux qu'Andreï n'eût jamais osé l'imaginer. Même avec Tacha, dont il se sentait chaque jour plus amoureux. Au lit, rien ne l'arrêtait, elle se comportait avec une audace et un naturel confondants ; pourtant, il devait tout lui apprendre et c'était comme si lui-même redécouvrait tous ces gestes. Elle agissait sur lui tel un élixir de jeunesse, si bien que, parfois, la tête lui en tournait. Désormais, il était le dernier à redouter les longues nuits d'hiver et il regretta presque l'arrivée du printemps, quand les jours commencèrent d'allonger.

Rentrant d'une tournée d'inspection parmi les camps secondaires, il poussa son *baïdar* dans la baie en direction de l'*Andreï y Natalia*. Un long kayak aléoute était rangé à côté, et il distingua bientôt deux indigènes en grande discussion avec trois de ses *promychleniky*. Ces derniers, apercevant leur capitaine, coururent dans l'eau à sa rencontre. Comme ils l'aidaient à aborder, Andreï sauta sur la plage.

— Que veulent ces gens ? demanda-t-il en ramassant son mousquet.

— Je crois qu'ils sont venus faire du troc, répondit Popov. Ils ont apporté des peaux mais je ne comprends pas ce qu'ils veulent en échange.

— Où est Tacha ?

C'était la première fois qu'il ne l'emmenait pas avec lui.

— Elle est partie vers midi. Je crois qu'elle se rendait aux sources chaudes.

— Et Marche Droit ? Est-il rentré de la chasse ?

— Non.

— Bon. Je vais tâcher de voir ce que veulent ces deux-là.

Après une conversation largement ponctuée de mimiques, Andreï conclut qu'ils venaient donner des fourrures, en guise de paiement de leur tribut à la tsarine, et ne comprenaient pas pourquoi rien ne leur était remis en échange. Afin que d'autres cosaques ne leur demandent pas une seconde fois la même chose, il leur signa un reçu.

Aussitôt, ils regagnèrent leur *bidarka*, apparemment satisfaits. Andreï les suivit des yeux un instant puis décida de rejoindre sa femme aux sources chaudes.

En cette fin d'avril, les bourgeons faisaient à peine leur apparition sur les buissons. Les sommets des volcans étaient encore couverts de neige. D'ici à un mois, les phoques traverseraient l'archipel pour leur migration annuelle vers le Nord et reviendraient à l'automne avec leurs petits. Nul ne savait où ils allaient, bien qu'une légende aléoute prétendît qu'ils se réunissaient par centaines de milliers sur une grande île de glace.

Le paysage devenait de plus en plus noir, les roches de plus en plus escarpées. Autrefois, le volcan avait craché sa lave jusqu'à la mer, laissant ces traces solidifiées de son activité. Par endroits, sourdaient encore des points d'eau chaude directement issus de ses entrailles brûlantes, et qui s'entouraient d'une vapeur opaque.

Au bord de l'un d'entre eux, Andreï dut se protéger les yeux avant de commencer à distinguer à contre-jour une statue d'ivoire à genoux, les bras grands ouverts au soleil. Dans cette lumière étrange, Tacha lui paraissait presque irréelle.

Il descendit la rejoindre au bord de la source.

— Que fais-tu dans ce vent glacé ? lui cria-t-il. Par saint Nicolas ! Tu vas attraper froid !

Attrapant sa parka de fourrure, il courut vers elle et l'en couvrit.

— Une femme qui porte un enfant, annonça-t-elle tranquillement, doit montrer son corps au soleil.

Étonné, il lui lâcha la main tandis qu'elle descendait vers la source.

— Viens dans l'eau, elle nous réchauffera.

Après un temps d'hésitation, il posa la question qui était demeurée informulée sur ses lèvres :

— Dois-je comprendre... que tu attends un bébé ?

— Oui.

Elle s'immergea jusqu'à ne plus laisser dépasser que son cou. Il se précipita vers elle.

— Andreï Nikolaïevitch, tu vas mouiller tes vêtements ! Déshabille-toi.

En trois gestes, il s'exécutait et la rejoignait gaiement.

— Tu vas avoir un bébé ? répéta-t-il près d'elle.

Comme elle hochait la tête en souriant, il passa la main sur son ventre mais le sentit aussi plat que d'habitude.

— En es-tu certaine ?

— L'enfant est encore très petit. Il viendra pour la fin de l'été.

Elle leva sur lui un regard soudain anxieux.

— En es-tu heureux ?

— Très.

Depuis longtemps, il avait abandonné tout espoir d'être à nouveau père, après la mort de son fils et le chagrin de son épouse, Natalia, qui n'en avait plus conçu d'autre. Apprendre que Tacha, la femme qui lui avait déjà procuré tant de bonheur, allait lui en donner un le comblait au-delà de tous ses désirs.

— Tu ne peux savoir quelle joie tu m'apportes, reprit-il en la serrant dans ses bras.

Sans répondre, elle frotta familièrement le front contre ses lèvres. Il se détacha d'elle pour la regarder à nouveau.

— Il sera magnifique ! déclara-t-il.

— Ce sera peut-être une fille.

— Peu importe. Ce sera notre enfant et, avec toi pour mère, il ne pourra être que magnifique.

— Avec toi pour père, encore plus.

Longtemps, elle scruta ce visage qu'elle adorait, caressa du bout des doigts ces tempes argentées.

— Notre coutume exige que la femme vive dans le village de son mari. Parle-moi encore du tien, de cette ville que tu appelles Irkoutsk.

— Aimerais-tu la voir ?

Des jours et des nuits durant, il s'était demandé comment il pourrait jamais la quitter. Plus le temps passait, plus il se disait qu'il n'avait aucune raison de ne pas l'emmener avec lui. Cette expédition allait le pourvoir d'une fortune d'au moins cinq cent mille roubles. Il aurait les moyens de l'installer dans une maison, sans rien en dire à Natalia. De toute manière, en épouse raisonnable, elle saurait fermer les yeux.

Tacha l'écouta une fois encore raconter cette ville de pierre, ces ouvertures qu'il nommait fenêtres à travers lesquelles il était possible de voir au-dehors, ces chemins couverts de planches de bois afin de permettre aux gens de marcher ou de courir à des animaux à quatre pattes appelés chevaux, et puis cet édifice spécial où des hommes et des femmes récitaient des histoires tout en faisant mine de les vivre. Comment se représenter ces habitations divisées en pièces spécialisées, l'une pour recevoir des visites, la deuxième pour manger, la troisième pour préparer les repas, la quatrième pour dormir ?

— Quel monde étrange tu dois habiter !

— Peut-être visiterons-nous Saint-Pétersbourg. Nous pourrons nous y promener en troïka...

— En troïka ? Qu'est-ce que c'est ?

Il se mit à rire et décrivit le véhicule tiré par trois chevaux. Avec quelle joie il lui ferait découvrir les merveilles de la Russie !

Tout en buvant ses paroles, Tacha ne pouvait réprimer une certaine frayeur, même si elle savait qu'en sa compagnie rien de fâcheux ne pouvait lui arriver.

— Quand partons-nous ! demanda-t-elle en l'entourant de ses bras.

— Pas cet été, la chasse est trop bonne. Et je n'aimerais pas te faire courir le moindre risque pendant le voyage. La mer peut se montrer très mauvaise. Nous attendrons l'été suivant.

— Marche Droit sera surpris quand il apprendra qu'il va avoir un neveu.

Elle brûlait d'impatience d'apprendre à son demi-frère ce que serait sa vie dans un village cosaque, même si elle savait qu'il ne l'approuverait pas.

— Il est toujours à la chasse, maugréa Andreï, soucieux.

— Tu crois qu'il ne reviendra pas ? observa-t-elle, sur la défensive. Si, nous le reverrons bientôt. Il est venu avec nous pour te servir d'interprète auprès des tribus et s'en tiendra à sa mission. Je crois seulement qu'il est parti très loin pour chasser tranquillement. Il n'aime pas le faire avec tes *promychleniky*, il trouve que ce sont de mauvais chasseurs.

— Les Aléoutes sont peut-être meilleurs, reconnut Andreï, mais j'estime que ton frère est absent depuis trop

127

longtemps. Je serai seul responsable s'il lui arrive quelque chose.

— Il sera là bientôt.

Des nuages couvrirent le soleil et, brusquement, l'eau ne parut plus aussi chaude.

— Nous devrions partir, reprit Tacha, ou notre peau sera bientôt aussi ratatinée que celle d'un poisson séché !

Elle sortit de l'eau et le vent se mit à souffler, la faisant frissonner tandis qu'elle s'emparait de sa parka.

Une semaine entière s'écoula encore avant le retour de Marche Droit, chargé d'une trentaine de magnifiques loutres. Pourtant, malgré l'accueil triomphal qui lui fut réservé, il toisa fièrement Andreï, refusant toute manifestation d'amitié pour demander à échanger aussitôt ses peaux.

La discussion ne dura pas longtemps et Tacha trouva que son époux s'était montré particulièrement généreux avec son demi-frère en lui offrant une hachette, un collier multicolore et du tabac. Pourtant, il ne paraissait pas satisfait.

Pendant qu'Andreï accompagnait ses hommes vers le bâtiment de bois où ils gardaient les fourrures, Tacha apportait à son frère un repas. Assise en face de lui, elle attendit patiemment qu'il lui fît signe de parler. La politesse voulait en effet, chez les Aléoutes, que nul ne se permît d'interrompre les pensées d'un tiers. C'était grâce à cette discrétion qu'ils pouvaient vivre à trente ou quarante par *barabara* avec une simple tenture d'herbage pour s'isoler. La jeune femme trouvait d'ailleurs que les cosaques manquaient de manières, sur ce point et sur bien d'autres également. Marche Droit en était à la moitié de son plat lorsqu'il parut s'apercevoir de la présence de sa sœur.

Elle mourait d'impatience de lui annoncer sa grossesse mais, mue par un irrésistible instinct, elle n'en fit rien et commença par l'interroger sur son voyage :

— Es-tu parti loin pour rapporter un tel butin ?

Hochant la tête, il ramassa de ses doigts courts une dernière portion de poisson.

— Je suis allé sur Umnak et Unalaska. D'autres cosaques s'y trouvent. J'ai vu trois de leurs bateaux. Ils exploitent les Aléoutes, volent leurs peaux et leurs *baïdary* et tout ce qu'ils convoitent. Ils forcent les hommes à chasser pour eux, emmènent leurs femmes dans leurs lits et les battent si elles refusent.

— Ils se conduisent mal et leurs supérieurs, en Russie, les puniront quand ils en seront informés.

— Quand donc viendra ce jour ? En attendant, notre peuple est opprimé.

— Je sais, murmura-t-elle en baissant la tête.

— Il faut les empêcher d'agir ainsi.

Lisant dans son regard une détermination farouche, elle fut prise de peur.

— Comment faire ?

— Certains chefs, sur les îles d'où je viens, prétendent que nous devrions tous nous unir afin d'attaquer une bonne fois les cosaques et de les mettre à mort.

— Pas tous les cosaques.

— Depuis le début, nous avons essayé de vivre en paix avec eux mais ils se sont toujours mal comportés envers nous, en commençant par tuer mon père et tous les hommes de notre tribu. En ne leur faisant pas payer ce forfait, nous avons commis une erreur. Maintenant ils se croient tout permis parce que nous ne réagissons pas. Les anciens d'Umnak et d'Unalaska ont décidé de se débarrasser d'eux une fois pour toutes. La paix est à ce prix.

— Ils ont raison mais ils ne parlaient certainement pas de tous les cosaques. Andreï Nikolaïevitch vit en paix avec les Aléoutes, et ses hommes aussi. Ils ne nous ont fait aucun mal.

— Les anciens disent qu'il est injuste de nous faire payer un tribut. Nous devons nous unir et, à nous tous, nous les battrons malgré leurs armes, si nous les prenons par surprise.

Il avait beau parler d'une voix résolue, son ton s'enflammait.

— J'ai promis à Canard Sauvage de parler aux tribus voisines.

— Tu dois épargner Andreï Nikolaïevitch ! Son enfant grandit en moi. C'est un homme bon et droit. Pourquoi lui faire la guerre ?

— Parce qu'il nous la fera le jour où il apprendra que nous attaquons les autres cosaques.

En se levant, il ajouta brutalement :

— Tu raisonnes en égoïste, Tacha. Nos frères souffrent et ne connaissent plus la paix. Ils ne la connaîtront pas tant qu'il restera un cosaque sur l'archipel.

En le regardant se diriger vers sa *bidarka* pour rassembler son matériel, la jeune femme pensa qu'il avait raison, qu'elle ne se préoccupait que de son bonheur dans les bras de son époux. Elle ignorait les souffrances infligées à son peuple et se retrouvait maintenant déchirée entre son amour pour un cosaque et sa loyauté envers les siens.

Comment douter un instant que son mari défendrait les Russes si ceux-ci étaient attaqués ? Il n'hésiterait pas à tuer des Aléoutes, comme les autres. Et cette pensée lui glaçait le cœur.

Le printemps faisait place à l'été et le ventre de Tacha se gonflait d'une vie nouvelle. Peu à peu, elle parvenait à oublier ses appréhensions en constatant combien son frère avait du mal à unir les tribus entre elles. Sur Adak, les villageois appréciaient l'homme aux yeux bleus qui se montrait honnête envers eux et ne voyaient aucune raison de le chasser sous prétexte que les autres îles connaissaient des difficultés avec leurs occupants.

Marche Droit partit pour une prétendue chasse, en réalité pour faire son rapport aux chefs d'Unalaska.

Tacha espérait qu'à son retour il lui annoncerait qu'ils renonçaient momentanément à leur projet, mais il n'en fut rien :

— Ils sont plus déterminés que jamais à se débarrasser des cosaques. Les Aléoutes devront comprendre qu'ils ne sont pas plus redoutables que n'importe quel autre ennemi. Toutes les tribus d'Umnak et d'Unalaska se sont déjà mises d'accord et travaillent à un plan d'attaque.

— Que comptes-tu faire ? Te joindre à eux ?

— Je ne sais pas.

Pourtant elle lisait dans ses yeux un ardent désir de se battre.

— Les chefs veulent que je reste ici, poursuivit-il. Sans doute, quand nos frères verront que les cosaques peuvent être vaincus, se joindront-ils alors à l'insurrection.

— Non.

Mais ce n'était qu'une faible protestation, à peine audible.

— Promets de ne pas dévoiler nos projets à Andreï Nikolaïevitch.

Silencieusement, elle hocha la tête.

12

Deux vautours aux ailes sombres tournoyaient au-dessus des sources chaudes en poussant des petits cris aigus. Un vent déjà froid parcourait l'herbe grasse des prairies. Les montagnes couvertes de mousse et de lichens déployaient les rouges, les jaunes et les orange de la palette automnale. Cependant la température demeurait douce.

Les *promychleniky* s'étaient réunis devant l'entrée d'une hutte à la russe pour la cérémonie. A l'intérieur, Andreï prit fièrement des bras de Tacha le bébé âgé d'une semaine, soutenant avec précaution sa tête couverte d'un fin duvet noir et lui dégagea le cou tout en le berçant afin qu'il cessât de vagir.

— Ils nous attendent, murmura-t-il à sa jeune femme.

— Je me disais... que je pourrais peut-être me faire baptiser, moi aussi.

Andreï haussa un sourcil étonné. Pas une fois, cette idée ne lui était venue à l'esprit. Lui-même n'avait jamais été très pratiquant et ne se considérait pas en état de péché en commettant l'adultère avec une indigène païenne. Tout autre serait sa faute si cette seconde épouse devenait chrétienne.

— Ce n'est pas nécessaire, assura-t-il. Je fais cela uniquement pour permettre à notre fils de ne pas payer de tribut quand il sera grand.

Le bébé fut accueilli par des exclamations de joie et des félicitations. Finalement, Andreï versa de l'eau sur le front de son fils devant ces témoins attentifs, tout en prononçant la formule sacrée :

— Zachary Andreïevitch, je te baptise au nom du Père, du Fils et du Saint-Esprit, amen.

Joignant les trois premiers doigts de la main droite après les avoir trempés dans l'eau, il traça sur l'enfant le signe de croix en partant du front pour aller sur la bouche puis sur l'épaule droite et enfin sur l'épaule gauche, ainsi que le préconisait la religion orthodoxe.

Alors les libations commencèrent. Des gobelets de vodka furent offerts à chacun ; cependant, les participants s'efforcèrent de modérer leurs éclats de rire afin de ne pas effrayer l'enfant.

— Donne-le-moi, proposa Tacha en le reprenant des bras de son mari.

Celui-ci ne se fit pas prier, pressé de se joindre à ses hommes. Elle posa la tête du bébé sur son épaule et rentra dans la hutte sous le regard d'Andreï. Jamais il ne l'avait vue aussi belle, aussi rayonnante. Pourtant, il se demandait s'il avait raison de vouloir l'emmener avec lui en Russie.

Songeant à sa longue parka, à ses pieds calleux nus sur la neige, il pouvait toujours envisager de lui faire changer ces habitudes avec le concours de femmes de chambre et de couturières. Mais comment l'imaginer jouant sagement au whist dans les salons du gouverneur, dînant parmi une société brillante ou assistant à une pièce de théâtre ? Leurs cultures étaient décidément trop différentes. Tacha serait sans doute la première à souffrir de la pesante vie bourgeoise d'Irkoutsk.

Malgré le chagrin que cela pourrait leur causer à tous deux, il jugeait préférable de la laisser parmi les siens. Mais son fils ? Il se sentait des obligations envers lui, il ne pouvait l'abandonner comme, sans doute, sa mère.

Longtemps ces réflexions hantèrent ses nuits d'automne et ses petits matins d'hiver.

Les flocons de neige tourbillonnaient dans la nuit. Une fine couche blanche couvrait déjà le sol, marquant les traces de deux paires de pieds nus qui s'éloignaient du village d'où s'élevaient encore des roulements de tambour étouffés.

Tacha marchait prudemment au côté de son frère, un peu essoufflée par la lourdeur de sa poitrine gonflée de lait.

La fête donnée en l'honneur de la mer lui avait plu et elle ne fut pas la dernière à participer aux chants et aux danses de son peuple. Elle était heureuse que Marche Droit l'eût persuadée d'abandonner pour un soir le petite Zachary aux soins d'Andreï.

— Le bébé doit avoir très faim maintenant ! J'aurais dû partir plus tôt mais je ne voulais pas manquer les danseurs masqués.

Chacun de ses mots s'accompagnait d'un petit nuage blanc exhalé par son haleine tiède.

— Il est bon de louer le Grand Esprit pour les richesses qu'il nous prodigue par la mer, répondit son frère. Et il est bon que Zachary éprouve un peu la faim d'un ventre vide.

— Oui, mais Andreï n'aime pas l'entendre crier. A la moindre plainte, il le prend dans ses bras. Je n'ai jamais vu un père s'occuper autant de son enfant.

Une pointe de fierté colora sa voix. Depuis la naissance, son époux se montrait plus attentionné que jamais. Tout allait si bien ! Jusqu'aux rumeurs de guerre qui avaient cessé ; tout au moins Marche Droit n'en avait-il plus reparlé.

Sur le point d'ouvrir la porte de la hutte, elle invita son frère à y entrer :

— Viens voir l'enfant. Il a déjà tellement grandi !

Mais il secoua la tête et se perdit dans la nuit sombre. Elle pénétra seule dans la petite pièce, aussitôt réconfortée par la douce tiédeur qui y régnait, referma vite derrière elle, percevant déjà des vagissements. Andreï vint à sa rencontre, son fils dans ses bras.

— Il a faim, dit-il.

— Je sais.

Otant hâtivement sa parka, elle dégagea un sein de sa chemise et l'offrit à la bouche du bébé, qui se mit à téter bruyamment.

Assis face à elle, son mari contemplait pensivement ses cheveux encore saupoudrés de flocons qui fondaient lentement.

— A quoi penses-tu ? demanda-t-elle.

— A mon pays, avoua-t-il à voix basse.

— Votre grande fête arrive bientôt, je crois ?

— Noël ? Oui.

— Parle-moi encore de ta ville, Irkoutsk, que je la connaisse le mieux possible.

Il hésita. Pourtant il lui fallait avertir sa femme au plus vite.

— J'ai changé d'avis, murmura-t-il sans la regarder. Tu ne t'y plairais pas, Tacha.

Devinant sa mine interdite, il se hâta de poursuivre pour l'empêcher d'intervenir :

— La Sibérie ne ressemble en rien aux îles. C'est un pays terne et gris.

Mieux valait, dès lors, ne plus parler des dômes en cuivre rouge des églises, éclatant de mille feux dans la lumière du soleil couchant. Le rouge était la couleur de la gaieté pour les Russes.

— Nos façons de vivre, de nous nourrir sont tellement différentes de ce que tu connais. Tout cela te paraîtrait tellement déroutant ! Et puis tu te trouverais loin de ta famille, de tes amis. Il fait froid, là-bas, Tacha. Très froid.

— Cela ne me gênerait pas.

Deux grands yeux brillants le fixaient. Elle ne comprenait plus.

— Que ferais-tu, là-bas ? Sans herbe pour tresser tes paniers, sans fourrures à tanner, sans peaux d'oiseaux pour fabriquer des parkas, sans poisson à pêcher, sans prairies ni torrents ? Tu ne verrais que des chambres, des chambres à perte de vue, pour y recevoir, pour y faire la cuisine, pour y dormir. Tu deviendrais très malheureuse et j'en serais seul responsable.

— Et les danses, et la maison où l'on se raconte des histoires ?

— Tout cela n'occupe qu'un temps très court dans la journée. Tu t'en lasserais vite, crois-moi.

Et puis, songeait-il, comment réagirait sa femme, Natalia ? A la rigueur, elle aurait pu ignorer Tacha mais elle souffrirait cruellement que cette femme lui ait donné un fils. Cependant, il savait aussi qu'elle élèverait avec bonheur un enfant venant de lui. Tacha seule, elle pourrait l'accepter, Zachary seul, elle pourrait l'accepter, mais certainement pas les deux ensemble.

— Pour notre fils, reprit-il vivement, ce sera différent. Il apprendra sans peine les coutumes de mon pays. Je veux qu'il reçoive une bonne éducation, qu'il sache lire et écrire, qu'il étudie. Cela, je pourrai le lui donner.

D'un geste de défense, elle serra le bébé entre ses bras.

— Tu ne m'enlèveras pas Zachary !

— Pour peu de temps, Tacha ! assura-t-il doucement. D'autres enfants aléoutes sont déjà partis pour la Russie afin d'y apprendre notre langue, nos coutumes et notre savoir, et puis ils sont revenus.

Ceux-ci étaient pourtant les moins nombreux. La plupart avaient été adoptés par leur nouvelle famille, au point d'en oublier totalement leurs origines. Zachary ne serait pas considéré comme son fils illégitime. Il suffirait, pour cela, de le reconnaître.

— Il te reviendra, Tacha. Et moi aussi. Il faut que j'emporte ce chargement de peaux cet été. Je suis marchand avant tout, comme Marche Droit est chasseur. J'aurai vite besoin d'autres fourrures. A ce moment, je te ramènerai Zachary.

Celui-ci pourrait demeurer dans l'archipel jusqu'à ce qu'il ait l'âge d'aller à l'école.

— Nous serons de nouveau réunis, comme aujour-

136

d'hui, ici, dans ces îles où tu es heureuse. Comprends-tu cela ?

Longtemps, elle le contempla de ses prunelles sombres, vides de toute expression, puis articula d'une voix très basse :

— Je comprends.

Andreï se redressa sur sa chaise, soulagé. Il s'était un peu demandé comment elle allait réagir ; finalement, l'intelligence de la jeune femme l'avait emporté sur la fureur ou les supplications qu'il redoutait.

— De toute façon, reprit-il en souriant, nous n'avons pas à nous soucier de cela pour le moment. L'été n'est pas encore là.

— Pas encore, murmura-t-elle en caressant le front de son fils.

Le soleil approchait du solstice d'hiver, les jours raccourcissaient. L'activité du camp et du village redoublait. Nul ne prêtait attention à Tacha, qui courait sur le chemin boueux en direction des rochers noirs et des prairies couvertes de neige. Un vol de macareux obscurcit le ciel tel un nuage de fumée sur la mer gris-vert.

Le regard fixé sur son frère, elle l'observait de loin qui réparait sa *bidarka*. Il se leva à son approche.

Depuis deux jours, elle guettait l'occasion de lui parler seule à seul. Aussi en vint-elle directement au vif de son tourment.

— Je dois partir. Zachary et moi devons quitter l'île. Peux-tu nous emmener ?

— Pourquoi ?

Avec un regard soupçonneux en direction de la hutte, il demanda :

— T'aurait-il frappée ?

— Non, mais il cherche à m'enlever mon fils.

Les larmes aux yeux, elle retenait mal le chagrin que lui causait la trahison d'un être tant aimé.

— L'été prochain, il compte prendre Zachary avec lui

137

quand il partira pour son village, sans moi. Il prétend que je dois rester ici à l'attendre, il promet qu'il reviendra.

Elle n'en croyait pas un mot. De tout ce qu'il lui avait dit la veille, elle ne retenait qu'une chose.

— Il veut me voler mon enfant !

— Il ne faut pas faire confiance aux cosaques.

— Je dois quitter l'île avec le petit pendant le sommeil d'Andreï.

— Où iras-tu ?

A court de réponse, elle secoua la tête.

— Pas sur Attu, il nous y retrouverait tout de suite.

— Mes amis d'Unalaska t'accueilleront dans leur tribu. Il ne pensera jamais à te chercher là-bas. Nous y serons en sécurité. Nous partirons cette nuit.

— J'ai déjà préparé mes affaires et je les ai cachées. Aussitôt qu'il dormira, je les récupérerai et je m'en irai avec mon fils.

— J'emprunterai le *baïdar* des cosaques et je t'attendrai devant la grotte.

Son plan établi, Tacha regagna la hutte et attendit patiemment la tombée du soir.

La nuit était pleine des murmures de la mer sur laquelle glissait le *baïdar*. Le bébé emmailloté dans ses bras, Tacha l'écoutait geindre doucement. Personne ne risquait plus de l'entendre, que son frère. L'île d'Adak se trouvait maintenant loin derrière eux. Seul le berceau du bébé restait dans la hutte. Tout le reste, tout ce qu'ils possédaient, ils l'avaient chargé dans le grand bateau de peau, y compris la *bidarka* et l'équipement de chasse de Marche Droit. Celui-ci fabriquerait un autre berceau dès qu'ils seraient installés à Unalaska.

L'onde mouvante brillait d'un éclat d'argent sous la lune dévoilée par de fréquentes déchirures des nuages. Alors les étoiles se miraient dans les vagues chantantes.

13

L'île d'Unalaska s'apprêtait à l'attaque contre les cosaques. Tout en fourbissant leurs armes et en mettant au point leur stratégie, les villageois observaient les rites qui leur permettraient d'obtenir la protection du Grand Esprit. L'union sacrée fut prononcée avec Umnak et les deux îlots voisins. Les forces ennemies n'étaient pas estimées à plus de deux cents cosaques, tandis que les Aléoutes comptaient trois mille guerriers.

Durant tout l'été et tout l'automne, ils avaient fait mine de se montrer amicaux afin que les chasseurs russes ne se sentent pas menacés et se divisent ainsi en petits groupes plus vulnérables.

Alors Tacha comprit que la formidable puissance des cosaques pouvait être vaincue. Une sorte de joie amère vint apaiser la tristesse de son cœur : ils seraient enfin punis pour le mal qu'ils avaient fait.

Le village où elle avait trouvé refuge avec son frère se situait au cœur d'une baie, au nord de l'île, et se composait de vingt familles, vivant toutes dans la même *barabara*. Non loin de là, onze cosaques avaient élevé leur propre hutte. Ils venaient d'un bateau ancré au large mais qui n'était visible que par temps clair.

Après avoir donné le sein à Zachary, la jeune femme le changea puis le déposa dans le berceau que venait de lui fabriquer Marche Droit. Elle entendit celui-ci entrer dans la grande pièce centrale, suivi de deux autres chasseurs, et souleva le rideau d'herbe séchée pour le voir exhiber triomphalement les poignards obtenus en échange de fourrures.

— Demain, ils sauront pourquoi nous voulions tant de couteaux !

Le jeune homme se rendit ensuite dans la cabine de Tacha, le regard brillant déjà de la fièvre du combat qu'il attendait depuis tant d'années.

— Notre revanche est pour demain, annonça-t-il. Avant l'aube, tu prendras Zachary avec toi pour aller te cacher dans la montagne en compagnie des autres femmes. Les vieillards ont accepté de rester parmi nous afin de ne pas éveiller les soupçons de nos ennemis.

— Je resterai moi aussi.

Elle connaissait leur plan : chaque matin, la majorité des *promychleniky* sortaient de leur hutte afin de relever leurs pièges à renard. L'un des villageois les conduirait jusqu'à l'endroit prévu pour l'embuscade. Quant aux Russes qui demeuraient au village, ils avaient pour habitude de venir dans la *barabara* chercher de la nourriture pour la journée. Quelques guerriers les y attendraient.

— Petite Étoile s'occupera du bébé à ma place, acheva-t-elle.

Sa proposition plut à Marche Droit : enfin tous deux luttaient pour la même cause.

— Alors tu te tiendras dehors jusqu'à l'attaque. Ensuite tu rejoindras les femmes dans la montagne.

Sa flamme éteinte, la lampe de pierre fut écartée du centre de la *barabara* afin de n'être pas renversée au cours de la bataille qui s'annonçait. La lumière encore faible de l'aube qui provenait du toit laissait presque toute la pièce dans l'ombre. Deux des guerriers aléoutes se tenaient sous l'entrée, matraques et couteaux camouflés dans les plis de leur parka. Marche Droit demeurait caché avec ses compagnons non loin de l'échelle par laquelle les cosaques allaient descendre. Le cœur battant, les nerfs tendus, il gardait les mains crispées sur ses armes.

Peu de temps auparavant, Face de Cuivre, la sentinelle postée sur le toit de la *barabara*, les avait avertis qu'un premier groupe de *promychleniky* venait de partir relever les pièges à renard. Ce qui signifiait que leurs compatriotes ne tarderaient pas, en principe, à rendre visite aux Aléoutes.

Soudain, des exclamations se firent entendre en russe ; des pas approchèrent. Face de Cuivre descendit précipitamment en annonçant :

— Ils sont trois. Le dernier porte une hache.

Marche Droit se tapit dans l'ombre, tournant le dos à l'entrée afin, s'il était aperçu, de ne pas avoir l'air de guetter. Au moment où le troisième cosaque posait pied à terre, ses camarades parurent flairer un danger.

Profitant de cet instant de flottement, Marche Droit donna le signal de l'attaque en hurlant et, se précipitant sur l'ennemi le plus proche, il le frappa de sa massue entre les épaules. L'homme s'effondra sans réagir.

Aussitôt, il lui plongea son poignard dans le dos, au milieu d'une indescriptible mêlée, d'exclamations rageuses et de cris de douleur. Un deuxième cosaque tomba, achevé par deux Aléoutes.

Comme Marche Droit abandonnait sa victime, il aperçut l'homme à la hache, déjà grièvement blessé, qui faisait tournoyer son arme autour de sa tête tout en reculant vers l'échelle. Marche Droit voulut lui barrer le chemin mais dut sauter de côté pour éviter la dangereuse lame qui fondait dans sa direction. Il sentit alors sur la poitrine un choc suivi d'une brûlure, tandis que sa parka se déchirait sous l'impact. Faisant fi de la douleur, il escalada tout de même la perche mais ne put retenir son ennemi par la cheville, de peur de recevoir un nouveau coup qui pourrait tout aussi bien lui couper la main.

Tous les guerriers, sauf deux blessés, suivirent le jeune homme qui, émergeant à la surface, vit le Russe s'enfuir en hurlant pour avertir ses camarades demeurés dans la hutte. Un cosaque hagard sortit d'un buisson en rajustant sa culotte bouffante. Marche Droit comprit immédiatement qu'il n'avait aucune chance de rattraper l'homme à la hache avant que celui-ci rejoigne son abri. Déviant sa course, il s'élança malgré le sang qui lui coulait le long de la poitrine.

En un instant, le Russe se trouva encerclé, les yeux écarquillés de terreur, sortant un pauvre couteau pour tout moyen de défense. Les lances des Aléoutes eurent vite raison de lui.

A ce moment, une série de déflagrations déchira l'atmosphère, faisant tournoyer deux indigènes comme propulsés par une force invisible. Les mousquets.

Les guerriers reculèrent, emmenant leurs blessés vers la *barabara*. Gravement atteint, Marche Droit commençait à sentir ses forces l'abandonner, ses muscles trembler de fatigue.

— Ils sont pris au piège, souffla-t-il, haletant. Nous ne pouvons investir leur hutte à cause des fusils, mais ils auront bientôt besoin d'eau et de nourriture. Nous nous tiendrons prêts.

— Autant que le pourront ceux qui n'ont pas été blessés, répliqua Face de Cuivre. Si seulement nous savions ce que deviennent nos compagnons avec leur embuscade ! Ont-ils réussi ?

— Nous l'apprendrons bientôt.

L'un d'entre eux viendrait bien avertir le village. Marche Droit se releva, tenant sa parka béante et tachée de sang.

— Viens, murmura-t-il. Nous devons éteindre les esprits de nos victimes et emmener nos blessés auprès des femmes afin qu'elles les soignent.

Trois Aléoutes demeurèrent près de la hutte des cosaques, d'où ne s'échappait plus aucun bruit, tandis que leurs compagnons dépeçaient les ennemis morts avant d'en jeter les restes à la mer afin de conjurer leurs âmes de ne pas revenir les tourmenter.

Marche Droit lava ses plaies dans l'eau salée mais

n'accompagna pas dans la montagne les autres blessés, préférant attendre devant le refuge des Russes.

Peu après, le groupe qui avait organisé l'embuscade revenait au village, brandissant deux pistolets et deux mousquets pris sur place.

— Montrez-les donc à ceux qui nous tirent encore dessus, lança Marche Droit. Qu'ils se sachent désormais seuls sur cette partie de l'île !

Tant que dura le siège, ni les femmes, ni les vieillards, ni les enfants ne regagnèrent le village. Au bout de quatre jours, cependant, il fut clair que les quatre cosaques avaient pu s'enfuir à la faveur de la nuit en empruntant leur *baïdar*.

— Nous n'avons pu les poursuivre, reconnut Marche Droit, nous n'osions charger leurs mousquets dans l'obscurité et nous n'étions pas assez nombreux.

— Maintenant, ils vont avertir les autres, répliqua Tacha, alarmée.

Elle savait que la surprise demeurait la meilleure arme des Aléoutes.

— Ils ne pourront avertir personne, rétorqua le jeune homme en grimaçant un sourire de satisfaction. Leurs camarades des îles voisines sont tous morts, le bateau ancré dans la baie a été coulé. Ils n'auront nulle part où se cacher. Nous les faisons rechercher.

— Oublies-tu leurs camarades des quatre autres bateaux ?

La jeune femme craignait qu'en cas d'alerte Andreï ne vînt en personne sur Unalaska. S'il la trouvait, il lui reprendrait Zachary à coup sûr.

— La plupart ont déjà été attaqués, les autres le seront bientôt. Je compte partir pour le village de Makuchine, sur Unalaska, afin de me joindre à l'expédition qui part contre leur camp de base.

Tacha ne voulait pas rester seule parmi ces Aléoutes, qui, s'ils s'étaient montrés bons pour elle, n'en demeuraient pas moins des étrangers. Elle avait besoin de son frère.

— Nous partons avec toi.

— Ce serait trop dangereux.

— Tant qu'il restera des cosaques dans l'archipel, le danger sera partout.

Malgré lui, Marche Droit s'étonna d'entendre de tels mots dans la bouche de sa sœur. Mais la trahison de son mari lui avait durci le cœur à tout jamais.

— Nous partirons à l'aurore, annonça-t-il.

Un groupe de soixante-dix hommes se constitua pour déloger les quinze cosaques signalés sur une plage voisine. Leur bateau restait encore à l'ancre dans la baie. Les Aléoutes apportèrent des fourrures afin de faire croire qu'ils venaient vendre leur marchandise. Néanmoins, à l'abri de sa hutte, le chef des *promychleniky* parut se méfier et leur cria, dès qu'ils furent à portée de voix, de ne plus avancer d'un pas.

Envoyé en émissaire, Marche Droit revint bientôt, la mine renfrognée.

— Il demande que nous nous approchions seulement par groupe de dix, expliqua-t-il ensuite à sa sœur. Contre quinze ennemis armés de mousquets, nous n'avons aucune chance de les inquiéter.

— Ils ont dû être avertis d'une façon ou d'une autre, répondit-elle pensive. Sans doute par les deux Kamtchadales que vous avez épargnés parce qu'ils ressemblaient à ceux de notre peuple. Maintenant, ils vous attendent de pied ferme.

— Alors nous aurons besoin de plus de guerriers pour en venir à bout.

Il fallut deux jours aux Aléoutes pour recevoir le renfort nécessaire. Armés de lances, d'arcs et de flèches, ils se lancèrent à l'assaut mais le feu nourri qui les accueillit fit reculer cette première offensive ; aussi décidèrent-ils d'assiéger également cette place, en faisant seulement mine d'attaquer de temps en temps afin d'épuiser les cosaques. De nouveau, ces derniers parvinrent à leur fausser compagnie sans toutefois hisser la voile de leur *chitik*, qui demeura immobile au milieu de la baie.

Regagnant la *barabara* du village qui les avait accueillis, Marche Droit connut un premier moment de découragement. Il passa devant sa sœur sans rien dire et se laissa tomber sur sa natte près de laquelle s'agitait le bébé. Un instant, il l'écouta pleurer puis se mit à lui serrer les poignets jusqu'à en blanchir les jointures. C'était l'un des premiers exercices que lui avait appris son père pour augmenter sa force.

— Presque tous les guerriers ont regagné leur village, annonça-t-il à Tacha d'un ton las. Leurs familles ont faim, ils doivent chasser pour les nourrir.

— Tandis que les cosaques n'ont à s'occuper que d'eux-mêmes.

— De toute façon, il serait trop dangereux de vouloir les attaquer en mer. Ils peuvent nous tuer avec leurs mousquets avant que nous parvenions à les aborder.

— Pourquoi ne sont-ils pas partis ?

— Peut-être espérent-ils recueillir encore plusieurs des leurs. Peut-être croient-ils que nous ne les avons pas tous tués.

Jusqu'au début du printemps, le *chitik* demeura ancré dans la baie. Les Aléoutes ne le quittaient pas des yeux et lançaient des flèches chaque fois qu'ils captaient un mouvement. Lorsque fut venue l'époque de la migration des phoques vers leur mystérieuse île du Nord, les cosaques levèrent leurs voiles et quittèrent la baie. Marche Droit les suivait des yeux, impuissant, lorsqu'il aperçut, non sans satisfaction, des signes de tempête. Le lendemain, un vent violent souffla sur Unalaska, accompagné de vagues gigantesques et d'une pluie diluvienne.

Plus tard, les guerriers apprirent que le bateau s'était écrasé contre les rochers d'Umnak, que les survivants avaient subi de lourdes pertes avant de pouvoir s'enfuir à pied dans la montagne en abandonnant sur place une grande partie de leur cargaison. Entre autres des armes. Marche Droit put enfin se procurer un mousquet ainsi qu'un peu de poudre et des balles en échange du *baïdar* sur lequel il avait fui Adak. Presque tous les soirs d'été, Tacha le regarda nettoyer amoureusement son trophée à la manière des cosaques.

La tribu avait vent, de temps en temps, des échauffourées entre les indigènes d'Umnak et les quelques Russes qui s'y cachaient encore. Cependant, c'était la paix qui prévalait parmi les Aléoutes, heureux d'être enfin débarrassés du joug des cosaques. La vie tranquille d'autrefois reprenait son cours.

Lorsque vint le temps de cueillir les baies et de chasser la baleine, Tacha s'en alla pensive par les chemins tièdes, contemplant souvent ce fils aux yeux bleus qui aurait dû partir en compagnie de son père pour le lointain pays de Sibérie.

Un jour, des voiles carrées apparurent au large de l'île. Craignant qu'il ne s'agisse du bateau d'Andreï, Tacha envoya son frère s'informer sur l'origine de ces cosaques ainsi que sur leur destination, et le jeune homme se mêla au groupe qui les observait depuis le sommet de la falaise.

La plupart des Aléoutes possédaient une arme à feu mais trop peu de munitions pour faire face à un groupe important d'assaillants. Ils seraient donc bien obligés de laisser les cosaques débarquer si ceux-ci en manifestaient la volonté.

— Regardez, indiqua Orque Noir, je reconnais Soloviev.

— Qui est-ce ? demanda Marche Droit.

— Un cosaque qui a passé autrefois une saison sur notre île pour chasser et collecter le tribut.

146

Après avoir observé à son tour le bateau et ses occupants, Marche Droit déclara :

— Nous devrions leur parler.

Ils descendirent sur la plage et firent signe aux voyageurs de venir.

Lorsque Soloviev, un gros homme au nez aquilin et à la barbe sombre, mit pied à terre, il salua d'abord Orque Noir et lui offrit du tabac.

— Tu ne manques pas de courage de venir jusqu'ici ! lança Marche Droit en russe.

— Pourquoi ?

— Tu n'as sans doute croisé aucun bateau de tes compatriotes ?

— Non.

— Tu n'en verras pas ici. Nous avons détruit tous ceux qui mouillaient dans les parages d'Unalaska, d'Umnak et des îles des Quatre Montagnes.

Le visage de son interlocuteur blêmit avant de rougir, tout aussi brusquement.

— Comment avez-vous fait ? demanda-t-il.

— Certains ont été jetés contre les rochers, d'autres brûlés.

— Où sont les hommes qu'ils transportaient ?

— Nous les avons tués.

Soloviev parut incrédule.

— De quelle façon ?

A dessein, Marche Droit raconta en détail la façon dont les Aléoutes entraînaient les Russes dans les défilés montagneux avant de les achever à coups de couteau. Il expliqua comment lui et ses compagnons, sous prétexte de commerce, pénétraient dans les camps avec des paquets de fourrure que leurs ennemis n'avaient pas le temps de détacher avant de se faire égorger.

Tremblant de rage, Soloviev semblait pourtant douter encore.

— Qu'avez-vous fait de leurs corps ?

— Nous les avons coupés en morceaux et jetés à la mer.

Le capitaine jura entre ses dents puis questionna les autres Aléoutes afin de vérifier les dires du jeune homme. Lui-même et ses six compagnons étaient armés de pistolets et de mousquets alors que les quatre indigènes ne portaient que leurs couteaux. Pourtant, ils roulaient des yeux de loutres flairant le danger, le regard fixé sur les collines proches, derrière lesquelles pouvaient se cacher de nombreux guerriers prêts à l'attaque.

C'était exactement la réaction sur laquelle comptait Marche Droit. Il voulait que ces cosaques connussent la peur face aux Aléoutes. Ce qui permettrait de les chasser sans se battre.

En remontant à bord du *Sv Piotr y Pavel*, Ivan Soloviev remarqua que plusieurs de ses hommes jetaient des regards craintifs en direction des Aléoutes demeurés sur la plage. Ce signe d'appréhension ne fit qu'ajouter à sa colère.

— Crois-tu qu'ils ont dit vrai ? demanda un *promychlenik*.

— Ils en rajoutent, maugréa-t-il, hors de lui. Peut-être ont-ils tué deux ou trois Russes isolés, mais éliminer cinq compagnies et leurs bateaux, certainement pas !

— Alors pourquoi racontent-ils cela ?

Soloviev se le demandait lui-même.

— Ce sont des sauvages, répondit-il cependant. Il ne faut pas croire leurs mensonges.

— Mais si c'était vrai ?

— Nous finirons bien par le savoir.

La nouvelle s'était répandue comme une traînée de poudre parmi tout l'équipage. Dominant le brouhaha, la voix de stentor du capitaine se mit à hurler :

— Silence !

Il fallait immédiatement tirer cette affaire au clair.

— Korenev ! lança-t-il au collecteur d'impôts, demain

tu te rendras sur l'île avec vingt hommes armés pour y effectuer une reconnaissance le long des côtes. Tâche de nous trouver quelques preuves de ce qu'avancent les Aléoutes.

Cette décision ramena un semblant de calme parmi les *promychleniky* mais, comme eux tous, Soloviev guetta anxieusement le retour de ses compagnons. Il avait du mal à croire que deux cents Russes, bien armés et bien entraînés, eussent pu être décimés par un petit groupe de sauvages munis d'arcs, de flèches et de lances.

Les passagers s'agglutinèrent sur le pont au retour de la barque et Koronev fut aussitôt interrogé par le capitaine :

— Alors ?

— Nous n'avons rencontré que trois villages indigènes. Ils étaient tous vides. Je crois que leurs habitants sont allés se réfugier dans la montagne en nous voyant arriver.

« Les couards ! » songea Soloviev.

— As-tu découvert la moindre preuve de ce massacre ?

— Nous avons rapporté quelques vêtements russes, deux pistolets et une épée pris dans les *barabary*. Je dirai donc que ces sauvages ont en effet tué quelques-uns des nôtres afin de les dévaliser.

14

Nul n'osait approcher Andreï Tolsty, immobile sur le
pont arrière du bateau. Tous évitaient son regard bleu
acier et se taisaient, bien qu'ils eussent remarqué combien il avait changé depuis que sa petite métisse l'avait
quitté, moins d'un an auparavant, en emportant leur fils
nouveau-né. Même s'il restait toujours aussi soigné, il
paraissait maintenant l'ombre de lui-même, les joues
creuses, des cernes aux paupières, les lèvres serrées. Il
sentait l'alcool presque en permanence, sans toutefois
apparaître ivre.

Ses nombreuses recherches étaient demeurées vaines,
ses questions à tous les indigènes sans réponse. Depuis
que la disparition d'un *baïdar* lui avait été rapportée, il
interrogeait tout voyageur qui mettait le pied sur l'île
mais, là aussi, ce fut sans succès, jusqu'au jour où il
apprit enfin que le demi-frère de la fugitive avait été
aperçu deux fois sur l'île d'Unalaska.

Oubliant la pluie qui lui fouettait le visage, il scrutait
la côte de la grande île, cherchant à repérer au moins l'un
des cinq *chitiky* qui devaient mouiller dans la région. Il
ne décela pas la moindre trace de ses compatriotes.
Néanmoins, l'instinct qui l'avait porté jusque-là parut se
réveiller à la vue d'une large baie encaissée, bordée de
plages et de rochers. Son fils se trouvait certainement
quelque part sur cette île. Il en déplacerait chaque pierre
s'il le fallait, mais il le reprendrait.

A la vue d'un autre *chitik* ancré dans les eaux calmes,
il donna l'ordre d'amener les voiles. Les *promychleniky*
se rassemblèrent sur le pont, heureux de retrouver enfin

quelques compatriotes après trois années de solitude, avides de nouvelles du pays.

Andreï fut déçu d'apprendre que le *Sv Piotr y Pavel* n'était là que depuis quelques jours ; il demanda cependant à rencontrer son capitaine, intrigué par les nombreuses armes que portaient ses hommes.

— Méfiez-vous, répondit l'un d'eux, nous avons été attaqués.

Néanmoins, il fit mettre la barque à l'eau pour se rendre dans l'abri fortifié que s'étaient construit Soloviev et ses chasseurs.

Les deux capitaines se connaissaient pour s'être souvent rencontrés à Okhotsk, dans des cabarets ou à des tables de jeu, et Andreï savait quel surnom portait Ivan Petrovitch Soloviev : *Ivan Grozny*, « Ivan le Terrible », comme le tsar sanguinaire du XVIᵉ siècle.

En signe d'amitié, tous deux se donnèrent l'accolade.

— Je finissais par désespérer de rencontrer un navire russe ! déclara Soloviev.

— J'ai pourtant entendu dire que cinq d'entre eux mouillaient dans les parages.

Son hôte parut prendre conscience des oreilles qui les écoutaient et lança, jovial

— Faut-il que j'aie perdu tout sens des usages ! Viens donc boire un verre et te réchauffer !

Faisant signe à ses hommes de rester en arrière, il entraîna le nouveau venu dans une petite pièce à l'arrière de l'isba. Seuls des tonneaux et un samovar l'occupaient. Soloviev referma soigneusement la porte derrière lui puis sortit une bouteille de vodka.

— Assieds-toi, dit-il en désignant les tonneaux.

Son interlocuteur n'en fit rien, pressé d'obtenir les informations qu'il attendait depuis si longtemps.

— Je suis ici sous la protection spéciale d'un ukase impérial signé par la tsarine Elisabeth Petrovna...

— Alors tu es resté absent longtemps, Andreï Nikolaïevitch ! Elle est morte en laissant le trône à son neveu,

Pierre, mais il n'a pas eu le temps de régner, crois-moi ! On dit que sa femme, Catherine II, l'a fait assassiner pour prendre sa place.

Il leva son verre d'un geste moqueur.

— Bien fou qui se fie aux femmes !

— Certes, murmura Andreï.

Lui-même ne s'était-il pas laissé berner par une indigène ?

— Deux otages que je gardais sous ma protection ont pris la fuite, expliqua-t-il. J'ai de bonnes raisons de croire qu'ils se sont réfugiés sur Unalaska. J'aimerais que tu me prêtes main-forte pour les retrouver.

— Je crains que tu n'aies pas bien compris la situation ici ! Moi-même, je me demande encore ce qui a pu se passer.

— Un de tes hommes a parlé d'une attaque que vous auriez subie.

— Pas nous, mais j'ai peur que ce ne soit beaucoup plus grave.

Soloviev baissa encore la voix en regardant la porte.

— Les indigènes prétendent qu'ils ont tué tous les Russes de la région. En tout cas, nous n'avons rencontré aucun des cinq bateaux dont tu parles.

— Ils sont peut-être repartis chez nous.

— Peut-être. Mais qui sait si leurs équipages n'ont pas été vraiment massacrés, coupés en morceaux et jetés à la mer ? J'ai vu que certains Aléoutes possédaient des mousquets et portaient des tuniques russes. De plus, il nous a été clairement signifié que nous ferions mieux de partir, si nous ne voulions pas subir le sort de nos malheureux camarades.

Ivan Soloviev se resservit d'une longue rasade d'alcool avant de continuer :

— Au début, je n'y croyais pas, mais tous les témoignages que j'ai reçus semblent concorder. Et ces sauvages ne sont pas avares de détails, plus atroces les uns que les autres...

— Si je comprends bien, plusieurs tribus ont dû parvenir à s'unir.

— Sans doute. Maintenant, ils tentent de nous impressionner, de semer la terreur parmi mes hommes en disant qu'ils attendent l'hiver ; ils savent que je devrai diviser ma troupe en plusieurs équipes, ce qui m'affaiblira. Seulement, je te promets que nous ne nous laisserons pas aisément trucider ! A mon tour de te demander ton aide pour venger l'assassinat de nos compatriotes. Nous ne pouvons laisser ces morts impunies.

— Peu importe qu'ils en aient tué un ou cent, répondit Andreï, la mâchoire crispée. Nous devons faire taire leurs vantardises, écraser la rébellion dans l'œuf, avant qu'elle gagne les autres îles.

— C'est exactement ce que je pense, et je ne me contenterai pas de les soumettre, je les écraserai, jusqu'au dernier !

— As-tu pu évaluer le nombre des guerriers qui habitent chaque village ?

— Non, je ne m'en suis pas encore occupé. J'ai commencé par m'implanter solidement ici tout en maintenant la discipline chez mes hommes.

— Puisque les indigènes semblent si bavards, nous pourrions toujours les faire parler. Nous apprendrions certainement des choses intéressantes.

A l'annonce de ces massacres, Andreï se sentait plus que jamais déterminé à retrouver son fils afin de ne pas le laisser entre les mains de ces primitifs sanguinaires.

Lorsque les Aléoutes comprirent que Soloviev n'avait pas l'intention de quitter l'île, les anciens mirent au point un plan en accord avec les chefs de guerre pour lancer une attaque contre le campement russe. Situé au beau milieu de la plage, il était d'un abord difficile à découvert, en raison des mousquets des cosaques. Marche Droit suggéra d'attendre l'un de ces épais brouillards qui couvraient si fréquemment l'île au petit matin, et son idée fut retenue.

Cependant, l'arrivée du second bateau russe sema la crainte parmi le conseil. Ils se savaient capables de battre les cosaques par surprise et avec des forces supérieures. Désormais, ils n'étaient plus certains du nombre de leurs ennemis. La pluie battante les empêchait de se rendre compte si une barque avait amené à terre d'autres cosaques.

Parce qu'il parlait bien leur langue, Marche Droit fut choisi pour leur rendre visite sous le prétexte de fourrures à échanger. En compagnie d'Orque Noir, il quitta l'abri où se tenaient prêts deux cents guerriers. Comme chaque fois, les femmes et les enfants avaient été envoyés dans un village fortifié à l'intérieur des terres.

Tandis qu'ils approchaient, sans arriver encore à la portée des mousquets, Marche Droit entendit une sentinelle avertir les *promychleniky* de leur arrivée. Aussitôt, il montra les fourrures.

— Nous avons de la marchandise à vendre !

Peu après, Soloviev fit son apparition et les invita à entrer.

C'était la première fois qu'un cosaque laissait un Aléoute franchir le seuil de sa cabane. Marche Droit ne se fit pas prier, trop heureux de profiter de cette occasion pour compter les hommes qui s'y abritaient ; mais quand la porte claqua derrière lui, il ne put réprimer un mouvement de nervosité.

— Montrez-moi cela, demanda Soloviev en s'approchant du paquet de fourrures, mais détachez-le d'abord vous-même !

Cette fois, le jeune homme parvint à cacher sa satisfaction : le Russe semblait faire allusion aux récits terrifiants qu'il lui avait faits quelques jours auparavant, et prenait des précautions alors qu'ils n'étaient que deux Aléoutes dans le camp ennemi !

Au-dehors, le vent sifflait sourdement mais, dans la

petite pièce chaude, régnait une forte odeur d'alcool et de tabac. Marche Droit déplia les peaux qu'il présenta une à une au capitaine puis recula. Pendant que celui-ci les examinait, il observa les murs de l'isba en repérant les ouvertures par lesquelles pouvaient tirer les mousquets.

— Ces peaux ne valent pas grand-chose, grogna Soloviev. Elles sont à moitié déchirées.

Tout en sachant pertinemment qu'il disait vrai, son interlocuteur se mit à marchander pour laisser le temps à son compagnon d'étudier leurs ennemis.

— Si vous n'en voulez pas, acheva-t-il, nous les proposerons à ceux de l'autre bateau. Leur capitaine n'est pas là ?

— Non. Nous avons à peine assez de place pour nous, ici. Et vous, à combien vous entassez-vous dans votre *barabara* ?

— A quarante-deux.

— Femmes et enfants compris ?

— Oui.

Tout en récupérant ses fourrures, le jeune homme entendit des voix s'approcher de l'isba. Puis la porte s'ouvrit et une haute silhouette en ombre chinoise s'encadra sur le seuil avant d'entrer en repoussant du pied le panneau ; brusquement, Marche Droit reconnut les tempes argentées et les yeux bleus de Tolsty. Tacha redoutait son arrivée depuis longtemps mais lui-même ne croyait pas qu'il monterait jamais jusqu'à Unalaska.

Pris au dépourvu, il esquissa un mouvement de recul. Cependant, le Russe l'avait déjà repéré et ordonnait de s'emparer de lui. Seul Orque Noir parvint à s'enfuir.

Marche Droit succomba vite au nombre de ses assaillants et cessa de résister quand il comprit qu'il risquait seulement de se faire assommer.

— Attachez-lui les mains ! cria Andreï.

Le capitaine reprenait espoir : tenir vivant le frère de Tacha lui donnait toutes ses chances de récupérer bientôt son fils. Il parvenait enfin à son but.

— Où sont-ils ? demanda-t-il au jeune homme, qui le toisa d'un regard méprisant. Parle !

A ce moment, un *promychlenik* couvert de boue fit son apparition sur le seuil.

— L'autre nous a échappé, mais il est blessé. Faut-il le poursuivre ?

— Non, répondit Soloviev, celui-ci nous dira tout ce que nous avons besoin de savoir.

— Emmenez-le sur le bateau, lança Andreï. J'ai tout mon temps, maintenant, pour l'interroger.

Il le fouetterait à coups de knout jusqu'à l'écorcher vif s'il le fallait, mais il le ferait parler.

15

L'épais brouillard semblait étouffer les bruits de l'extérieur tandis qu'un petit groupe de guerriers s'approchait précautionneusement de l'isba fortifiée où rien ne bougeait encore. Subitement, les Russes ouvrirent le feu, semant la mort parmi les Aléoutes, qui, en désespoir de cause, voulurent charger mais furent vite repoussés par un tir de barrage. Comprenant qu'ils n'avaient aucune chance, ils s'enfuirent en laissant une centaine des leurs blessés à mort sur le champ de bataille.

A bord de l'*Andreï y Natalia*, Marche Droit émergeait à grand-peine de son évanouissement, le dos ensanglanté, rongé à vif par le sel de l'eau de mer jetée sur lui après d'innombrables coups de fouet. Entendant les salves de mousquet et les hurlements affolés de ses compagnons, il se rendit compte qu'un drame se jouait sur le rivage, un drame atroce dont il était sans doute responsable. Avait-il parlé dans sa semi-inconscience ? Certainement, puisque son supplice avait cessé. Ajoutant à sa douleur, des larmes amères roulèrent sur ses joues. Il ferma les yeux mais aucun remède ne viendrait jamais apaiser sa souffrance tant physique que morale.

La sentinelle aperçut trop tard la troupe de Russes conduite par « Ivan le Terrible » pour faire évacuer les femmes et les enfants. Aussi coururent-ils se réfugier dans la *barabara* fortifiée, où de nombreux tertres étaient prévus pour envoyer des flèches.

Prenant son fils entre ses bras, Tacha rejoignit les mères tapies au fond de la grande pièce avec les enfants en bas âge, tandis que d'autres femmes s'apprêtaient à soigner les éventuels blessés. Le premier coup de feu leur arracha des cris de terreur, mais ce n'était que le commencement.

A la volée des flèches aléoutes répondit une salve assourdissante de mousquets, qui désarçonna plus d'un guerrier de son perchoir. Les hommes tombèrent alors au milieu de la salle, éclaboussant de leur sang les familles impuissantes.

Très vite, les guerriers prirent conscience que toute résistance devenait inutile ; aussi descendirent-ils de leurs échelles, qu'ils couchèrent le long du sol, pour venir eux-mêmes s'asseoir sans bouger au milieu de la tribu, tandis qu'au-dessus de leurs têtes les balles continuaient à siffler et que l'abri précaire de leur toit s'effritait inexorablement.

Soudain tout bruit cessa. Au milieu du silence de mort qui s'ensuivit, le cœur de Tacha lui parut résonner de paroi en paroi jusqu'à emplir sa tête d'un grondement plus terrifiant que tous les tonnerres. Elle serra son enfant dans ses bras sans quitter des yeux l'ouverture par laquelle les cosaques arriveraient. Mais rien ne bougeait et son anxiété n'en grandit qu'un peu plus. Au contraire de quelques-uns de ses voisins, elle ne pensait pas que leurs ennemis aient pu partir.

Le grattement était tellement discret qu'elle ne l'entendit tout d'abord pas mais, lorsqu'il parvint à ses oreilles, elle s'écarta vivement du mur, qu'elle se mit à scruter des yeux en cherchant à le localiser plus précisément. Au moment où elle allait avertir la tribu que les cosaques creusaient un tunnel, le bruit cessa. Elle attendit, en vain, et finit par regagner sa place.

Une explosion assourdissante la propulsa brutalement en avant puis l'obscurité totale envahit son corps.

En revenant à elle, Tacha crut d'abord que les hurlements venaient de sa tête. Mais non, c'était bien autour d'elle que criaient et s'agitaient des corps affolés. Elle sentit un poids considérable lui immobiliser les jambes mais tenta de s'asseoir, à la recherche de son bébé. Alors elle se rendit compte que le mur s'était en partie écroulé, ensevelissant la plupart de ses voisins et lui emprisonnant les membres inférieurs.

Des cosaques sautaient à travers la brèche, mettant à mort les guerriers qui tombaient sous leurs épées, ignorant les femmes et les enfants. A force de ramper, Tacha parvint à se libérer de la masse de pierres et de poussière qui la bloquait et se mit à errer en tous sens, à la recherche de son fils parmi les décombres. Au milieu de la panique générale, de la poussière qui lui brûlait les yeux et la gorge, elle crut soudain apercevoir deux petites jambes s'agitant fébrilement sous un amas de terre.

— Zachary ! hurla-t-elle.

Comme elle se précipitait pour le dégager, elle se sentit brutalement poussée de côté. Folle d'épouvante, elle se jeta de nouveau en avant, pour s'apercevoir qu'Andreï avait pris sa place. Un instant elle le dévisagea, glacée d'effroi. Il était revenu s'emparer de son fils, ainsi qu'elle l'avait toujours redouté. Il allait lui enlever à tout jamais Zachary.

Sautant sur son dos comme une bête fauve, elle se mit à le frapper, à le tirer en arrière en essayant de l'éloigner de l'enfant, mais il ne parut pas lui prêter plus d'attention qu'un corbeau gobant des œufs dans le nid d'une linotte affolée. En même temps, elle le voyait tirer le garçonnet de sa gangue de terre ; alors elle s'immobilisa, découvrant les lèvres bleues, le teint cireux de l'enfant mort étouffé. Mais ce n'était pas Zachary. Oubliant aussitôt la petite victime, elle se détourna pour continuer à chercher son fils ailleurs.

— Non !

Le gémissement accablé d'Andreï plié en deux sur le pauvre corps inerte lui rappela qu'il n'avait connu qu'un nourrisson et pouvait donc prendre ce bambin pour le sien. Instinctivement, elle lui attrapa le bras pour lui dire sa méprise mais, avant d'avoir pu ouvrir la bouche, elle croisait son regard fou de douleur et recevait une violente gifle qui l'envoya au sol, étourdie.

En se redressant, elle le vit qui emportait doucement le petit corps et comprit qu'elle pouvait encore trouver Zachary parmi les fugitifs et s'échapper ailleurs, hors de la portée de son époux.

Comme elle sortait de la *barabara*, un cosaque la saisit par les épaules pour la pousser vers un groupe apeuré de femmes et d'enfants. Elle était donc prise au piège, elle aussi. Un éclair de terreur lui traversa la poitrine à l'évocation du massacre perpétré sur Attu, au cours duquel Roc Solide avait perdu la vie.

Pourtant, toute frayeur l'abandonna quand elle aperçut enfin son petit garçon dans les bras d'une vieille femme. Elle se retint néanmoins de courir vers lui. Mieux valait qu'Andreï le crût réellement mort.

A ce moment, des cris atroces s'élevèrent de la *barabara*, d'où émergea une femme hagarde, hurlant :

— Ils achèvent nos blessés !

Les hommes qui avaient survécu furent rassemblés à l'extérieur et passés un à un par les armes.

Le temps ne s'écoula plus qu'au fil du sang des suppliciés. La scène d'horreur continua ainsi sous les yeux des mères, des sœurs et des épouses, dont les hurlements se heurtaient aux parois des montagnes. Les yeux rivés sur l'abominable massacre, Tacha ne parvenait pas à s'en détourner alors même que sa raison criait grâce.

Qu'allait-il advenir des femmes et des enfants quand les cosaques en auraient fini avec les hommes ? Tentant sa dernière chance, elle se glissa vers sa vieille voisine, lui réclama son enfant et, petit à petit, avec la complicité de quelques-unes de ses compagnes, elle recula de rangée en rangée, jusqu'à la dernière, à quelques pas d'une colline. Mettant à profit la confusion créée par une nouvelle salve, elle courut en jouant le tout pour le tout, son fils sur la hanche, refusant de regarder derrière elle.

Tombant à genoux à l'abri d'un premier rocher, elle reprit son souffle, le bras endolori par le poids du petit garçon, qui ne disait rien, médusé de surprise et de frayeur. Rien ne bougeait autour d'eux. Alors elle repartit en direction des grottes où elle se cacherait le temps qu'il faudrait. Elle ne se reposerait pas avant de se sentir en sécurité.

Tacha trouva refuge dans une grotte qui contenait les restes momifiés d'une Aléoute. Tout ce que la femme avait possédé entourait son cadavre : ses plats de bois, ses couteaux, ses paniers. Son corps, enveloppé de peaux de phoque, reposait sur une haute plate-forme de branchages. La coutume des îles du Nord de conserver ainsi les morts n'étant pas pratiquée sur Attu, Tacha pénétra sans crainte dans le domaine de la momie.

Il faisait tiède à l'intérieur de la grotte et la jeune femme se laissa enfin tomber, les muscles tétanisés par son escalade. A quatre pattes, Zachary se mit à jouer avec les ustensiles qui se trouvaient à sa portée. Elle le regarda en souriant un court instant puis monta récupérer sous le corps momifié les peaux de phoque intactes afin d'en faire un lit pour son enfant. Lorsque celui-ci finit par s'endormir, elle s'accorda enfin le loisir de s'asseoir pour tenter de trouver quelque repos, mais d'insoutenables visions dansaient dans son cerveau exténué.

Elle se retrouvait seule pour la première fois de sa vie, loin de son île natale, sans la protection d'un membre de sa famille, ignorant s'il restait un seul survivant dans la tribu qui l'avait accueillie. Contemplant son fils endormi, elle s'effarouchait de l'immense responsabilité qui reposait maintenant sur ses épaules.

Toute la nuit, elle berça le petit garçon aussi affamé qu'elle. Une telle situation ne pourrait durer longtemps. Frigorifiée, elle finit par voler la natte qui enveloppait la momie pour s'en couvrir avec l'enfant.

Le lendemain, son premier souci fut de trouver de la

nourriture. Elle ne pouvait se permettre de retourner au village tant qu'elle risquait d'y rencontrer Andreï mais, non loin de la grotte, la mer offrait toutes les réserves dont elle pourrait avoir besoin. Fixant le berceau de Zachary sur son dos à l'aide d'attelles de cuir, elle se mit en route vers la falaise.

L'océan était à marée basse ; aussi fallut-il peu de temps à la jeune femme pour recueillir des coquillages et des algues à profusion.

Soudain, elle vit s'envoler un groupe de sanderlings jacassants. Un signal d'alarme infaillible. Elle se retourna pour apercevoir de loin un vieil homme courbé qui arrivait dans sa direction en lui faisant de grands signes. Il était nu, le corps couvert de blessures, dérapant à chaque défaut de terrain.

Craignant qu'il ne fût poursuivi par les cosaques, elle commença par courir se cacher derrière les rochers puis s'aperçut que le fugitif, tombé à terre, ne se relevait plus. Elle hésita, guettant le moindre bruit, mais aucun son ne montait plus à ses oreilles que le murmure des vagues sur l'océan.

Alors elle s'approcha prudemment du vieillard, maîtrisant son dégoût à la vue des plaies infectées qui ensanglantaient son dos souillé de sable et de cailloux. Il brûlait de fièvre, sentait la maladie et la sueur, gémissait doucement, incapable de seulement porter sa tête.

Lentement, elle souleva les cheveux blancs et recula d'épouvante en reconnaissant son frère.

Non, ce n'était pas possible ! D'une main hésitante, elle toucha le fantôme qui gisait à ses pieds ; pourtant, il s'agissait bien de lui.

Dominant son effroi, elle glissa une main sous son torse pour tenter de le redresser, ce qui eut pour effet de le ramener à un semblant de vie. De ses yeux vitreux, il la regarda sans paraître la reconnaître.

— Aidez-moi ! articula-t-il.

Elle obéit en pleurant et, après avoir caché son bébé

162

dans une anfractuosité du rocher, finit par hisser Marche Droit jusqu'à son refuge ; comment elle y parvint, elle n'aurait su le dire. Toujours est-il que, à la fin de la matinée, elle était en train de désinfecter son dos comme elle le pouvait, Zachary en sécurité auprès d'elle.

Jamais elle n'avait vu de telles blessures ; les stries boursouflées ne laissaient pas un carré de peau intact, et pourtant il lui faudrait le soigner elle-même. Personne ne leur viendrait en aide.

Inlassablement, elle descendit chercher de l'eau claire et remonta pour laver les plaies avant d'y appliquer les onguents qu'elle savait composer avec des herbes fraîches, de la boue et des algues. Puis elle se mit en quête de poissons et de coquillages afin de les nourrir tous les trois. Les premières nuits elle veilla son frère, incapable de dormir tant il délirait.

C'est ainsi qu'elle apprit peu à peu ce qui s'était passé, et qui lui avait fait subir un tel traitement. Elle commença par s'horrifier de ce qu'il appelait lui-même sa « trahison » puis comprit qu'il était à un seuil de douleur au-delà duquel nul ne pouvait plus résister. Et elle pardonna.

— J'ai déshonoré Roc Solide, pleurait-il. Il est mort bravement en défendant les siens, alors que moi je... j'ai cédé à ma faiblesse.

Peu à peu, son corps recouvrait force et santé mais, même après qu'il eut reconnu sa sœur, Marche Droit parla peu, hanté par le secret de ses remords, ignorant qu'elle savait déjà tout. Elle n'aborda jamais ce sujet et le laissa discrètement à sa peine. Des journées entières, il demeurait allongé sur le ventre sans bouger, le regard vide. Même les facéties de Zachary ne parvenaient pas à le tirer de sa torpeur.

Il accepta néanmoins de s'occuper de l'enfant chaque fois qu'elle devait sortir chercher leur nourriture ; aussi put-elle s'aventurer plus loin. Pourtant, il lui semblait qu'elle n'apportait jamais assez pour satisfaire leur faim à tous trois.

La neige s'était remise à tomber, couvrant de son voile blanc le sol que Tacha grattait continuellement, à la recherche de quelque racine comestible. Un jour, elle rencontra une femme du village, qui lui apprit que la plupart d'entre elles avaient été épargnées.

— Les cosaques sont partis ? demanda-t-elle anxieusement.

— Pas tous. Soloviev occupe toujours son camp fortifié, mais l'autre bateau a disparu.

Tacha poussa un soupir de soulagement : elle n'avait plus besoin de se cacher d'Andreï. Qu'il serait bon de retrouver la chaleur d'une *barabara* et le réconfort des repas collectifs !

Comme si elle lisait dans ses pensées, la femme reprit :

— La faim règne sur le village.

— Aucun chasseur n'a été épargné ?

— Si. Les cosaques en ont pourtant tué près de deux cents, mais nous mourons à petit feu car, avant de partir, ces hommes ont tout détruit, les *bidarky*, les arcs et les flèches, les harpons. Nous ne pouvons plus capturer de gibier ni de poisson.

Qu'allaient-ils devenir sans viande pour se nourrir en hiver, sans peaux pour s'habiller, pour faire leurs kayaks, sans ivoire pour tailler leurs armes ? Fallait-il rester pris au piège de cette terre où la vie n'était plus possible sans chasse ni pêche ?

Rentrée à la grotte, elle raconta ce qu'elle avait appris à Marche Droit, sans toutefois mentionner l'état désespéré dans lequel se trouvait le village. Il ne songerait qu'à s'en culpabiliser aussitôt.

— Nous ne risquons plus rien, maintenant, Andreï est parti. Nous n'avons plus besoin de nous cacher ici.

Pourtant, son frère resta immobile à sa place, la tête baissée.

164

— Prends Zachary avec toi et retourne au village, dit-il.

Ses cheveux blancs n'étaient pas la seule marque du changement opéré en lui. Il gardait en permanence les épaules voûtées et ne relevait la tête qu'en de rares occasions, sa volonté brisée, sa fierté piétinée. Tacha avait l'impression de n'avoir ressuscité que l'ombre de l'homme orgueilleux qu'il avait été. Il lui paraissait en fait aussi mort que la momie sur sa plate-forme, la peau et les os intacts, mais toute vie éteinte en lui. Elle savait très bien qu'il dépérirait s'il elle ne s'occupait plus de lui.

— Je ne tiens pas à regagner le village. Trop d'événements malheureux s'y sont produits. Quand tu te sentiras mieux, nous partirons pour le nord de l'île afin d'y retrouver la tribu qui nous a recueillis au début.

— Tu iras sans moi. Je préfère rester seul ici.

— Mais que mangerais-tu ? Comment vivrais-tu ?

— Il est sans doute préférable que je meure.

— Non ! cria-t-elle. Non, j'ai besoin de toi, et Zachary aussi ! Qui nous protégera ? Qui lui apprendra à chasser ? Tu n'as pas le droit de nous abandonner, même si la mort reste ta dernière délivrance ! Tu es son oncle !

Tremblante de colère, elle se détourna et, un long moment, le silence ne fut plus rompu que par les babillages de Zachary.

— Je viendrai avec vous, l'entendit-elle soudain répondre.

Trop bouleversée, elle ne réagit même pas.

Les jours suivants, il fit de multiples efforts pour se lever et se rendre utile mais Tacha n'en pouvait plus de lui insuffler les restes de sa propre volonté. Elle finit par descendre au village pour y mendier une vieille parka afin de l'en couvrir.

La tribu du Nord les accueillit à bras ouverts. De nouveau ils purent dormir le ventre plein dans une chaude *barabara*. Tout au long de l'hiver, Tacha vit son fils grandir et son frère reprendre des forces. Bientôt, ce dernier se remit à chasser, seul la plupart du temps, refusant de se mêler aux hommes avec lesquels il avait fomenté la révolte contre les cosaques. Il jouait avec Zachary, lui apprenait peu à peu les exercices qui fortifieraient ses muscles et l'enfant s'en amusait beaucoup. Cependant, jamais plus Marche Droit ne sourit, pas plus qu'il ne participa aux fêtes, ni ne chanta ni n'écouta les récits des conteurs.

Toute la population de l'île était au courant des exactions des cosaques car des survivants s'étaient réfugiés dans les divers villages où ils possédaient de la famille. Tacha en déduisit que son frère aussi connaissait désormais ces atrocités, bien qu'il n'en parlât pas. Cependant, les indigènes ne songeaient pas à se venger, par crainte de représailles plus féroces encore. Certains groupes allèrent jusqu'à conclure la paix avec Soloviev.

Le temps des longues nuits s'acheva et le soleil se remit à flâner dans le ciel. Un soir, un orage obligea un chasseur d'une autre tribu à s'abriter dans leur *barabara* et, cette nuit-là, tandis que la tempête faisait rage, tous se réunirent autour du visiteur afin d'entendre des nouvelles d'autres parties de l'île.

Zachary endormi dans son berceau, Tacha s'était installée près de la lampe à huile pour assembler des boyaux d'otarie afin de confectionner une parka imperméable pour son frère ; celui-ci, assis à côté d'elle, taillait un os en forme d'hameçon.

L'un des villageois interrogea le chasseur sur le village dévasté par les cosaques.

— Ils n'ont presque rien à manger, répondit l'homme. Certains ont fini par mourir de faim.

Tacha jeta un regard d'appréhension en direction de son frère, qui sembla ne pas réagir.

— Mais les Russes aussi ont souffert de l'hiver, continuait le visiteur. Ils ont presque tous perdu leurs dents, leurs mâchoires saignent et onze d'entre eux sont morts ;

beaucoup sont si faibles qu'ils ne parviennent même pas à se mettre debout.

Marche Droit s'immobilisa puis, tandis que des murmures de haine commençaient à courir parmi l'assistance, il se leva pour aller se coucher, sans que nul s'en aperçût, à l'exception de Tacha.

Celle-ci le suivit discrètement et vint s'agenouiller devant lui.

— Que t'arrive-t-il ?

Un long moment, il ne répondit que par le silence, puis finit par dire :

— Nous ne pourrons jamais nous libérer des cosaques.

— Pourquoi ? Nos guerriers les ont déjà battus à plusieurs reprises. Cinq de leurs bateaux ont été coulés. Pour quelle raison ne pourrions-nous recommencer ?

— Ils sont trop forts pour nous.

— Parce qu'ils possèdent des mousquets ?

— Parce qu'ils savent faire régner la peur.

Reconnaissant qu'il avait raison, la jeune femme baissa la tête sans rien dire. La peur pouvait constituer la plus redoutable des armes. Il n'était que de voir ce qu'elle avait fait de Marche Droit.

L'île commençait de verdoyer, les phoques partirent pour leur migration annuelle vers le Nord et six cosaques de plus moururent du scorbut sur Unalaska. Quelques indigènes tentèrent encore de soulever leurs frères contre l'occupant mais n'obtinrent à peu près que des réponses négatives. Parfois, cependant, certains les écoutaient et, de temps en temps, un courant de révolte se répandait dans l'île. Chaque fois que la rumeur en parvenait à Marche Droit, il se retirait, fuyant toute information qui pourrait ensuite lui être arrachée à force de tortures.

A part quelques escarmouches isolées, les cosaques connurent à peu près la paix avec les indigènes. Mais, la menace montant, Soloviev décida de faire un nouvel exemple et marcha contre les villages. Les tribus s'enfuirent à son approche sans résister, pour découvrir, à leur retour, leurs abris saccagés, leurs fourrures volées, leurs armes détruites. Ainsi, les privant de leurs derniers moyens de subsistance, le cosaque parvint-il à juguler toute forme de révolte.

Tacha regardait jaunir la prairie. Un vent glacé se leva du Nord-Ouest en poussant des nuages contre les montagnes. Il n'y avait plus de baies à cueillir, plus de racines comestibles à déterrer, plus d'œufs à prendre dans les nids. Les réserves de saumon séché de l'été s'épuisaient.

Son petit garçon d'à peine quatre ans maigrissait à vue d'œil.

— Tu avais raison, murmura-t-elle à l'adresse de son frère. Les cosaques sont les plus forts. D'ici au printemps, des centaines d'entre nous mourront, à commencer par les vieillards et les jeunes enfants.

Après une courte interruption, elle conclut :

— Si nous voulons vivre, il faut nous en aller.

— Où ? Tous les villages de l'île connaissent la même situation et nous ne possédons pas de bateaux.

— Au camp des cosaques. Ils ont de la nourriture, des *bidarky* et des armes de chasse. Nous vivrons parmi eux.

— Ils ne voudront jamais de nous.

— Si.

C'était leur dernière chance et elle s'y accrocherait de toutes ses forces ; de sa vie commune avec Andreï, elle avait retenu que les Russes ne craignaient et ne respectaient qu'un seul être, le Créateur de toute chose, qu'ils appelaient Dieu.

Sa décision prise, elle ne perdit plus de temps ; Marche Droit n'opposa pas d'objection. Ils firent leurs bagages et partirent en emmenant Zachary.

Comme ils approchaient du camp, cinq cosaques armés de mousquets vinrent les accueillir. Tacha repéra Soloviev parmi eux et dut réprimer un mouvement de dégoût à sa vue. Cependant, elle ne craignait pas qu'il reconnût Marche Droit dans l'homme aux cheveux blancs et aux épaules voûtées qui l'accompagnait.

— Que désirez-vous ? demanda le capitaine d'un ton hargneux.

— Le baptême.

L'étonnement qui accueillit sa déclaration lui confirma qu'elle avait vu juste.

— Nous connaissons la puissance de votre Dieu et nous voulons être baptisés et vivre parmi vous.

— Tu parles bien le russe, jeune femme ! observa Soloviev sans la quitter des yeux.

— Mon père était cosaque. Il m'a appelée Tacha, et voici mon fils, Zachary.

L'enfant aux yeux bleus convainquit sans peine le Russe ; sa mère ne mentionna cependant pas qu'il avait été déjà baptisé. Un second ondoiement ne pourrait certainement pas lui faire de mal.

— Quel est cet homme ? reprit le capitaine.

— Mon frère. Il faudra lui donner un nom russe lorsque vous le baptiserez.

Une cérémonie fut vite organisée et les trois nouveaux chrétiens reçurent le nom de Tarakanov, emprunté à l'un des cosaques morts. Désormais, Marche Droit serait Pavel Ivanovitch Tarakanov.

La famille de ces premiers Aléoutes orthodoxes reçut l'autorisation de se creuser une petite *barabara* près de l'isba des occupants. Tacha Lukaïevna Tarakanova fut engagée comme cuisinière et Pavel, son frère, devint chasseur de loutres pour leur compte.

Bien qu'une résistance sporadique des Aléoutes s'opposât encore aux cosaques au cours des années qui suivirent, les actions punitives menées par Soloviev et ses successeurs mirent bientôt fin à toute forme de révolte. La moitié de la population aléoute mourut de faim ou de maladie. Le reste s'accommoda tant bien que mal de l'occupation russe, chassant les mammifères marins dont ils échangeaient les peaux contre de la nourriture et des biens de première nécessité, continuant de payer le tribut à la couronne. Il y eut bien encore quelques actes de cruauté commis par les cosaques mais les indigènes apprirent d'autres îliens que ceux qui s'en rendaient coupables finissaient par être punis lorsque leurs supérieurs de Russie venaient à le découvrir. Aussi ces méfaits furent-ils systématiquement dénoncés. Cela devint l'unique consolation des Aléoutes.

Marche Droit, dit Pavel Ivanovitch Tarakanov, s'était résigné à l'idée qu'il n'en serait plus autrement pour son peuple. Il en restait brisé, ainsi que beaucoup de ses compatriotes.

Achevant de réparer un trou dans sa *bidarka*, il jeta un coup d'œil vers son neveu, Zachary, âgé maintenant de seize ans, qui inspectait également son kayak en vue de sa première chasse en haute mer.

Un fin duvet châtain dessinait un début de moustache sur ses lèvres. Il n'avait pas les cheveux noirs, comme les Aléoutes de sang pur, mais bruns, et les yeux très bleus de son père. Sous sa parka de peaux d'oiseau, il portait la culotte bouffante des cosaques. Habitué à leur présence, il acceptait sans peine de les voir arriver chaque été par l'océan, passer quelque temps parmi eux, vivre sous le toit des femmes aléoutes comme sa mère, leur laisser des enfants comme son petit frère Mikhaïl, pour s'en aller ensuite et être remplacés par d'autres cosaques dans d'autres bateaux.

A ce moment, précisément, une *bidarka* emplie de Russes s'approchait de la plage. Les hommes en débarquèrent hâtivement pour courir vers l'isba de leur chef. Intrigué, Marche Droit les suivit afin de connaître la cause de cette agitation.

Zachary le rejoignit bientôt.

— Que se passe-t-il ?

— Ils ont dû voir une baleine.

S'ils parvenaient à en tuer une, leur nourriture était assurée pour tout l'hiver ; bien que la saison fût avancée, l'une d'entre elles avait pu s'attarder dans les parages, peut-être morte ou blessée.

Le capitaine du *Sv Pavel* et chef de l'expédition, Gerasim Grigrorevitch Ismaïlov, sortit de la cabane. C'était un homme sévère dans son uniforme, qui possédait l'arrogance des officiers habitués à être obéis sur-le-champ sans souffrir la moindre contestation.

— Pour quelle raison me dérange-t-on ? demanda-t-il aux *promychleniky* hirsutes qui lui faisaient face.

— Les deux bateaux anglais, ceux que nous avions aperçus au début de l'été à proximité d'Unalaska, viennent de jeter l'ancre au nord de l'île.

Ismaïlov se raidit à cette nouvelle. La première fois, il avait envoyé un message de protestation aux Britanniques, qui devaient pourtant être au courant de l'occupation de ces îles par les Russes, sans recevoir de réponse.

— Savez-vous ce qu'ils veulent ?

Lui s'en doutait : les Européens, lancés comme eux dans le commerce des fourrures, avaient déjà investi le continent nord-américain, mais en passant par l'Atlantique, pour s'installer surtout aux alentours de la baie

171

d'Hudson. La curiosité les poussait sans doute maintenant à découvrir les limites de ces nouveaux territoires.

— D'après les indigènes, ils se livrent à des réparations sur leurs navires et refont leurs réserves d'eau potable. Mais ils ont également déchargé du matériel sur la rive.

Jusque-là, les richesses de l'archipel des Aléoutiennes n'étaient connues que des Russes ; d'un commun accord, les *promychleniky* taisaient soigneusement les origines des précieuses fourrures de loutre marine qu'ils vendaient aux Européens et aux Chinois.

— Nous allons devoir reprendre contact avec nos visiteurs, déclara Ismaïlov, contrarié.

Il rentra en maugréant dans son isba richement meublée d'objets provenant de sa cabine et jeta un coup d'œil en direction du bambin de deux ans qui jouait aux pieds de sa compagne, la belle Aléoute dont il tirait assez d'agrément pour trouver la vie à peu près supportable sur cette île. La jeune femme leur était quasiment fournie avec la maison et passait de capitaine en capitaine chaque fois que ceux-ci prenaient possession des lieux.

Comme il se débarrassait de son lourd manteau, il sentit de petites mains qui venaient à son aide. Il ne pouvait le nier, Tacha le servait bien, elle connaissait à peu près la cuisine russe, savait tirer un thé buvable du samovar et réparait correctement ses vêtements. Elle se montrait intelligente, presque civilisée.

— Apporte-moi mon papier et mon matériel d'écriture, ordonna-t-il en se dirigeant vers son bureau. Prépare ensuite un *kouliebiak* de saumon au seigle.

En Russie, les visiteurs étaient accueillis avec du pain et du sel, signifiant le vœu qu'ils ne manquent jamais des nourritures essentielles à la vie. Si ses messages n'obtenaient aucune réponse de la part des capitaines britanniques, peut-être un petit cadeau de bienvenue y parviendrait-il.

172

Zachary attendait ce moment depuis longtemps. Enfin il pouvait partir en mer avec Marche Droit, malgré l'inquiétude de sa mère. Enfin, il allait découvrir ce qui se cachait de l'autre côté de l'horizon.

Sa déception fut grande quand il comprit que celui-ci reculait indéfiniment pour finir par entourer de toute part son minuscule bateau. Combien l'océan était grand ! Combien il pouvait être facile à un chasseur de se perdre !

Après un temps qui lui parut une éternité, il eut l'impression de voir son oncle froncer les sourcils, ce qui confirmait ce qu'il avait déjà senti.

— Le vent a tourné, n'est-ce pas ?

— Oui.

Au Sud, le ciel se couvrait de nuages noirs, très vite, comme toujours. Imprévisible à leur départ, la tempête semblait venir droit sur eux. Le jeune homme savait quel comportement adopter dans ces circonstances et il manœuvra sa *bidarka* pour venir se ranger auprès de celle de Marche Droit. Alors ils lièrent ensemble les deux embarcations afin d'offrir une plus grande résistance aux vagues.

Le vent grandit, la mer grossit et, tout d'un coup, Zachary eut l'impression qu'ils venaient d'être avalés par les ténèbres. Une pluie battante s'écrasait sur le toit imperméable qu'ils avaient eu le temps de dresser au-dessus de leur tête. Le courant malmenait violemment leur double esquif, l'envoyant en mille sens à la fois, leur faisant perdre toute notion d'orientation.

Bientôt, il en vint à se demander si la nuit était déjà tombée ou non. Seule la tempête occupait encore son esprit ; tout le reste paraissait égaré dans un rêve inaccessible : son foyer tiède, sa mère et son petit frère. Il était prisonnier d'un piège infernal qui l'entraînait... il ne savait où.

Lorsque le calme revint, il eut la sensation que la tempête continuait à gronder dans sa tête ; il se rendit compte que le déluge de pluie s'était transformé en une petite bruine lorsqu'une main lui serra le poignet pour le faire revenir à la réalité. Tournant la tête, il aperçut enfin le visage impassible de son oncle.

— C'est fini.

Alors il vit que la mer se remettait à clapoter tranquillement autour de leurs kayaks et sentit l'épuisement le gagner, tant il s'était crispé de terreur.

— Où sommes-nous ?

Marche Droit se contenta de secouer la tête avec une moue d'ignorance. L'océan les entourait de toute part et les nuages bas leur obscurcissaient encore la vue. Humant le vent, cherchant la direction des vagues, les deux hommes scrutèrent le moindre indice. En prêtant l'oreille, ils finirent par distinguer un faible claquement d'eau contre des rochers. Une île devait se trouver dans les parages, peut-être assez proche mais noyée par le brouillard.

Ils détachèrent leurs deux *bidarky* et se mirent à ramer en direction du clapotage. Une brume blafarde leur cachait encore la rive mais le bruit grandissait et suffisait à les guider. Zachary écouta plus attentivement. Il ne reconnaissait plus le son du ressac mais une sorte de rumeur sourde et continue.

Peu à peu, le voile de brouillard se leva sur une masse sombre et mouvante tandis que le grondement devenait fracas puis vacarme vociférant de cris, de vagues déchaînées et d'appels assourdissants de phoques.

Ils étaient des millions qui formaient un incroyable amas de corps luisants et ondulants en perpétuel mouvement.

Déjà, Marche Droit accostait sur un coin de sable que les animaux n'avaient pas encore envahi. Zachary se hâta de le rejoindre, encore fasciné par cette foule grouillante de mâles géants, de femelles et de petits inextricablement mêlés, qui rampaient sans arrêt les uns vers les autres.

Le jeune homme sentit un obstacle heurter son

embarcation et se retourna vivement, craignant d'avoir heurté un rocher coupant. Alors il aperçut une magnifique loutre marine se prélassant paresseusement sur le dos. Sa fourrure brillante comme il en avait rarement vu pouvait valoir une fortune. Il s'emparait de son harpon quand son oncle l'arrêta d'un geste impérieux :

— Non ! Non !

— Pourquoi ?

— Descends et regarde autour de toi. Il y en a partout.

En effet, des têtes dépassaient de l'eau à quelques pas seulement de sa *bidarka*. Ignorant toute notion de chasse, les animaux ne se méfiaient pas.

— Pourquoi faudrait-il débarquer alors que nous tenons tant de fourrures à portée de la main ? interrogea-t-il.

— N'as-tu pas deviné où nous nous trouvions ?

— Non.

— Sur l'île légendaire découverte en des temps anciens par un fils de chef. Tout comme nous, il avait dérivé à la suite d'une tempête. Les phoques viennent ici pour mettre bas leurs petits et les élever. Aucun homme n'a posé le pied ici depuis des temps immémoriaux.

Étonné, Zachary vit une loutre s'approcher de lui pour le flairer, comme si elle cherchait à faire connaissance.

— Elle n'a pas peur ! murmura-t-il. Elle me rappelle la mouette que j'avais apprivoisée étant petit.

— Il en était de même chez nous du temps de mon père, répondit Marche Droit, songeur. La loutre ne nous craignait pas, elle était notre sœur et venait se reposer en confiance dans les eaux autour de l'archipel. Jusqu'à l'arrivée des cosaques. Regarde bien et dis-toi que tout cela existait autrefois sur Attu, sur Unalaska, sur toutes nos îles.

Jamais Zachary ne l'avait entendu tant parler. Mal à l'aise, il ne comprenait pas très bien où voulait en venir son oncle.

— C'est le dernier endroit où la loutre peut encore

vivre en paix, poursuivit ce dernier. Les Russes occupent maintenant notre pays tout entier. Ils ont tué des milliers, peut-être des millions de nos sœurs à fourrure. Il ne faut pas qu'ils connaissent cet endroit.

Marquant une pause pour reprendre son souffle, Marche Droit poussa soudain un gémissement qui tenait presque de la plainte animale.

— Ils ne doivent rien en savoir ! soupira-t-il à nouveau. Jamais. Je ne le permettrai pas !

Sa voix se brisa dans un cri qui glaça son neveu d'effroi et il tomba à genoux, se cachant la tête contre le sol en hurlant :

— Ils sauront me faire parler ! Ils sauront me faire parler ! Non Je ne veux pas !

Zachary ne comprenait plus rien à ce qu'il disait. Il avança d'un pas hésitant vers le malheureux, sans trop savoir que dire ni que faire. Brusquement, Marche Droit courut vers sa *bidarka*, qu'il remit à l'eau.

— Où vas-tu ? cria le jeune homme.

— Ils vont me faire parler ! Je ne les laisserai pas m'attraper, cette fois !

Sautant dans son embarcation, il se mit à ramer avec frénésie pour s'éloigner de l'île.

— Attends !

Zachary se précipita dans son kayak à sa suite mais il ne possédait pas l'expérience de son oncle et, le temps qu'il fût lui aussi à flot, Marche Droit se trouvait déjà loin devant lui ; d'un seul coup, ce dernier cessa de ramer et son neveu crut que c'était pour l'attendre. Il dut déchanter en le voyant alors prendre son harpon afin d'en trouer frénétiquement les parois de son bateau jusqu'à ce que la *bidarka* piquât du nez dans l'eau et finît par disparaître.

Hurlant de désespoir, Zachary rama furieusement pour tenter d'empêcher le drame mais, bientôt, il ne resta de Marche Droit et de son bateau qu'une onde silencieuse qui s'agrandissait en cercles concentriques.

— Pourquoi ? murmura-t-il d'une voix blanche.

A ce moment, une loutre soyeuse s'approcha nonchalamment de lui, comme pour le narguer. Après tout, elle était un peu responsable de l'accès de folie de son oncle. Pris d'une rage impuissante, il s'empara de son harpon pour qu'elle paye.

Au fond de sa mémoire, résonna de nouveau le cri désespéré de Marche Droit :

— Non ! Non !

Et il ne put le faire. Il ne pouvait tuer cette loutre. Aveuglé par les larmes, il tourna sa *bidarka* en direction de l'île des phoques.

Lorsque le soir tomba, il s'était tapi au fond de son bateau, pelotonné dans sa parka, essayant d'oublier le froid et l'humidité tandis qu'un brouillard épais noyait à nouveau le paysage de la nuit. Au matin, il ramerait vers le Sud, quitte à se perdre en mer. Tout plutôt que de devenir fou sur cette île.

Ismaïlov partit sept jours avec son bateau et son équipage au grand complet, invité par les Britanniques. Lorsqu'il revint, il était d'une humeur charmante. Il ne cessa de bavarder, aidé en cela par la bouteille d'alcool que lui avaient offerte ses hôtes.

Depuis qu'elle le connaissait, Tacha avait compris qu'il était vital pour elle de faire mine de l'écouter ; peu importait qu'elle comprît ou non ce qu'il disait, il n'attendait d'elle qu'une oreille attentive, une présence silencieuse à qui parler.

— Au début, ce n'était pas facile ! s'esclaffa-t-il. Je ne parle pas un mot d'anglais et eux ne connaissent pas le russe ! Nous avons fini par nous entendre grâce au français que ce capitaine Cook maîtrise pourtant très mal ! Le Roi George III lui a confié une mission de fou, je te le dis ! Il cherche un passage du Nord-Ouest à travers l'Arctique, ce qui permettrait aux Britanniques de ne pas effectuer le long voyage par le cap Horn pour se rendre en Chine. Béring et Chirikov ont pourtant déjà prouvé qu'il n'existait pas ! Ces Anglais se croient plus forts que les Russes en matière d'exploration !

Derrière elle, le petit Mikhaïl s'était mis à babiller dans son berceau.

— Il a fallu que je leur dise que ce qu'ils appelaient l'île d'Uminak faisait partie de toute une péninsule. Le capitaine Cook m'a montré la carte qu'il a dessinée de cette grande terre qui descend loin vers le sud. Qui sait, peut-être cela nous servira-t-il un jour ?

Vidant sa bouteille, il ajouta en riant :

— De toute façon, avec leurs colonies américaines en révolte, les Anglais ont autre chose à faire que de s'occuper de ces cartes !

Comme il levait un regard sur elle, étonné de la voir tellement silencieuse, Tacha s'empressa de poser la première question qui lui vint à l'esprit :

— Où se trouve-t-il en ce moment ?

— Toujours au nord d'Unalaska. Dès que ses bateaux seront réparés, il partira. Il a l'intention de passer l'hiver dans des îles tropicales qu'il a découvertes au Sud. Il les appelle les îles Sandwich. Et puis il reviendra au printemps prochain, toujours à la recherche de ce passage qui n'existe pas !

Longtemps encore, il poursuivit ce bavardage avant de laisser tomber sa tête sur la table, ivre d'alcool autant que de paroles. Tacha l'aida à se déshabiller et à se mettre au lit et il l'attira près de lui.

Plusieurs fois, au cours de la nuit, elle fut éveillée par un bruit et se demanda s'il ne provenait pas de Mikhaïl. A côté d'elle, le cosaque ronflait comme un sourd. A la fin, elle se leva, inquiète, pour vérifier si le petit dormait bien. Alors elle se rendit compte que la porte d'entrée s'ouvrait sur une silhouette noire.

— Zachary ! souffla-t-elle en se précipitant vers lui. Je suis heureuse de te voir enfin là ! Pourquoi arrives-tu si tard ?

Le jeune homme remua la tête d'un air épuisé.

— Je me suis perdu, murmura-t-il. Quand j'ai reconnu notre île, je n'ai plus arrêté de ramer jusqu'à ce que j'arrive ici !

— Où est Marche Droit ?

Il lui fallut presque lire sur les lèvres de son fils pour comprendre.

— Il est mort, articula-t-il.

D'une main elle se couvrit la bouche pour ne pas crier mais déjà les pleurs montaient dans sa poitrine brûlante. Afin de se donner une contenance, elle resserra autour d'elle les pans de sa couverture.

— Que s'est-il passé ?

A voix basse, Zachary lui relata l'histoire de l'île légendaire.

— Il n'a pas voulu me laisser tuer une loutre. Il ne cessait de répéter qu'elles vivaient là comme chez nous avant l'arrivée des cosaques. Et puis... il est devenu fou et s'est mis à dire de drôles de choses... que les Russes sauraient le faire parler...

— Oh non ! gémit Tacha.

— Alors il a pris sa *bidarka* et a commencé de la déchirer avec son harpon.

Un sanglot étouffa sa voix avant qu'il pût reprendre en s'essuyant les yeux :

— Si seulement j'avais pu l'arrêter ! J'ai bien essayé d'arriver jusqu'à lui, mais trop tard ! Pourquoi a-t-il fait cela ? Pourquoi ?

— Il avait peur.

La jeune femme se sentit soudain vide et seule. Pourtant, au fond d'elle-même, elle était presque soulagée de savoir son frère enfin délivré de ses tourments.

— Pourquoi ? reprit Zachary.

Pour la première fois, sa mère lui raconta la vérité sur sa naissance, comment ils avaient fui Adak grâce à l'aide de Marche Droit ; quel homme puissant et fier il avait été. Elle lui raconta le soulèvement des Aléoutes, la part qu'y avait prise son frère, l'arrivée de Soloviev et de

Tolsty, la façon dont ils l'avaient torturé en anéantissant son esprit et sa personnalité.

— Il craignait que les cosaques n'apprennent qu'il connaissait l'île aux phoques et ne le torturent pour le faire parler.

Levant sur son fils un regard mouillé de larmes, elle ajouta :

— Il est mort pour garder ce secret. Tu dois le garder, toi aussi ! Personne ne devra savoir où tu étais ni ce que tu as vu.

— Ils demanderont ce qu'est devenu Marche Droit.

— Tu diras qu'il s'est noyé. Il n'est pas le premier à qui ce drame est arrivé.

Sur ces paroles, Tacha regagna discrètement le lit, envahie par la tristesse, auprès de l'homme qui ronflait. Mais ce n'était plus une tristesse propre à la faire pleurer. C'était un profond regret du temps passé, si mal passé.

17

La dureté de sa vie commençait à marquer les traits de Tacha. Sans arrêt exposée au vent, sa peau se flétrissait sous ses paupières et deux sillons marquaient le coin de ses lèvres. Après trente-huit années passées en compagnie des cosaques, elle ne les intéressait plus. Ceux qui arrivaient à Unalaska préféraient les femmes plus jeunes, comme celle que Zachary avait prise pour épouse l'année précédente.

Tout en réparant un collier, Tacha jeta un coup d'œil furtif en direction de sa belle-fille, une sang-mêlé comme elle, appelée Katya, âgée d'à peine dix-sept ans. Un bon âge pour son fils de vingt-deux ans. Pourtant, ce n'était pas le genre de jeune fille qu'elle lui eût choisie, malgré ses qualités de couturière et de cuisinière. Elle eût préféré une compagne à l'esprit plus vif, aux réactions moins placides, à l'apparence moins quelconque. Mais, passant le plus clair de son temps à chasser, peut-être Zachary avait-il opté pour une femme que les cosaques ne sauraient convoiter. Réprimant un soupir, elle se concentra de nouveau sur son ouvrage.

— Des bateaux ! Des bateaux !

Mikhaïl arriva tout essoufflé devant sa mère, un doigt pointé vers l'océan.

— C'est moi qui les ai vus le premier ! Zachary m'a laissé emmener la *bidarka* hors de la baie, et là je les ai aperçus ! Viens vite. Ils vont mettre une barque à l'eau pour venir ici.

Bientôt rejointe par Katya, Tacha se leva et courut derrière l'enfant, les articulations quelque peu raidies par une trop longue position assise. L'arrivée d'un navire était toujours saluée par les habitants de l'île, cosaques, sang-mêlé ou Aléoutes.

Un peu plus tard, en voyant débarquer les marins, elle reconnut parmi eux le capitaine Ismaïlov, vieilli, grisonnant mais toujours sanglé dans son sévère uniforme, toujours arrogant et porté sur les femmes autant que sur l'alcool.

Parmi les passagers, arrivaient un riche marchand d'Irkoutsk, Grigori Ivanovitch Chelikof et son épouse, la noble Natalia Alexeïevna Chelikovna, qui devinrent aussitôt le centre d'attractions des îliens.

Grigori « Gricha » Chelikof était un imposant homme d'une cinquantaine d'années, rasé de près, à la mode européenne, et doté d'une belle assurance. Il semblait capable de tout comprendre en un clin d'œil et de prendre ses décisions sans hésiter.

Quelques années plus tôt, il avait entendu parler de la fortune que pouvaient rapporter quelques peaux de loutre vendues sur le marché de Canton, selon les rapports du capitaine Cook lui-même, assassiné depuis par les indigènes d'une île tropicale du Pacifique. Les mêmes documents lui avaient également permis de conclure que la présence russe aux Aléoutiennes et dans tout le Nord-Ouest américain était insignifiante.

Depuis que la richesse en fourrures de cette région avait été connue du reste du monde, les bateaux anglais affluaient, suivis de près par ceux de la jeune Amérique, qui venait de gagner son indépendance. Catherine la Grande paraissait pourtant ignorer les pressants appels qui émanaient des marchands russes. Elle avait adopté, du moins pour ces terres lointaines, la commode politique du laisser-faire.

C'est alors que la jolie épouse de Chelikof avait suggéré à ce dernier de venir s'établir quelque temps sur place afin d'y assurer sa position. Grande et bien faite, Natalia ne pouvait nier ses origines tartares avec ses pommettes hautes et ses yeux en amande. Elle s'était

182

révélée une remarquable femme d'affaires, adorant le pouvoir et l'intrigue, si bien que son mari n'avait pas hésité, à plusieurs reprises, à lui confier la charge de ses bureaux d'Irkoutsk tandis qu'il séjournait à Okhotsk. Certains prétendaient qu'elle avait commis une mésalliance en se mariant avec un homme de condition inférieure mais tous deux s'entendaient à merveille, alimentant mutuellement leurs ambitions, prêts à courir toutes sortes de risques pour parvenir à leurs fins.

Malgré leur immense fortune, ils n'avaient pu financer à eux seuls les comptoirs qu'ils désiraient établir sur les terres nouvelles et avaient dû faire appel à d'autres commerçants pour armer les trois vaisseaux nécessaires à une telle expédition : le sloop *Sv Simeon*, les galions *Tre Sviatiteli* (« les Trois Saints »), et *Sv Mikhaïl*. Ils avaient d'ailleurs été séparés de ce dernier par une tempête et restaient sans nouvelles de son sort. Leur escale à Unalaska avait essentiellement pour but d'effectuer quelques réparations et de compléter leurs provisions avant de repartir plus à l'Est. Chelikof fit aussi descendre les troupeaux qu'il emmenait à bord, afin de leur permettre de brouter un peu d'herbe fraîche.

Tacha n'avait plus à s'interroger sur ce que pouvait faire son jeune fils depuis que ces étranges bêtes à quatre pattes restaient sur l'île. Mikhaïl paraissait brusquement se désintéresser de sa *bidarka* ou de son apprentissage à la chasse.

Aux abords de la prairie, Tacha s'arrêta, tout en gardant une distance respectable entre elle et le troupeau. Elle se rappelait vaguement qu'Andreï avait une fois essayé de lui décrire un cheval et se demanda s'il ressemblait à ces bêtes à cornes appelées « vaches » et qui semblaient mâcher indéfiniment la même portion d'herbe, soufflant un air chaud par leurs énormes nasaux. Elle les trouvait très laides.

— Mikhaïl ! cria-t-elle au petit garçon, qui se tenait

devant d'autres animaux plus petits, au poil frisé, appelés « moutons ». Viens, le repas est prêt.

Il obéit à regret. Le vent chassait ses cheveux courts de son front.

— Tu devrais caresser leur fourrure ! s'écria-t-il. Ma main y est entrée presque jusqu'au poignet ! L'homme qui les gardait m'a dit que ça s'appelait de la « laine ». Les Russes la leur coupent pour en tirer du fil avec lequel ils se tissent des habits.

Sur le chemin de leur *barabara*, Mikhaïl apprit ainsi une multitude de nouveautés à sa mère, qui l'écoutait en riant.

Au lieu de creuser leur abri dans le sol, ils l'avaient édifié à la manière des isbas russes, en bois, avec une entrée sur le côté. En approchant, Tacha reconnut Ismaïlov en compagnie du gros homme et de son épouse. Tous trois semblaient se diriger vers sa cabane. D'un œil curieux, elle détailla le volumineux habillement de la femme, qui traînait sur le sol en faisant un bruit soyeux. Celle-ci cachait ses mains dans une boule de fourrure dont elle ornait également sa tête.

S'approchant d'Ismaïlov, Tacha plia un genou ainsi qu'elle l'avait appris des années auparavant.

— Capitaine.

Il répondit d'un signe de tête mais s'adressa au couple :

— Voici la mère de l'homme dont je vous parlais, Tacha Tarakanova. C'est une métisse.

La femme sourit et inclina la tête en direction de leur interlocutrice.

— Je suis Mme Chelikovna.

— Madame.

L'intéressée haussa brièvement un sourcil étonné.

— Cet enfant est-il aussi votre fils ? ajouta-t-elle, méfiante.

— Oui.

184

— Nous sommes venus parler de Zachary, intervint Ismaïlov. Est-il ici ?

— Oui. Mikhaïl, va dire à ton frère de venir.

Le petit garçon courut vers la maison, dont il claqua la porte avant de ressortir presque instantanément, suivi de Zachary et de Katya.

— Puisque tu parles très bien le russe... commença Ismaïlov.

Il fut presque aussitôt interrompu par un Chelikof plus pressé :

— Nous avons l'intention de repartir vers l'Est d'ici peu afin de trouver un endroit où installer un village permanent. Des familles y vivront toute l'année. Il nous faut de jeunes hommes robustes comme vous pour nous aider, en expliquant aux indigènes que nous venons vivre en paix avec eux, afin de bâtir des maisons russes, des églises et des écoles. Selon Ismaïlov, vous pourriez nous servir d'interprète dans cette expédition.

— Des maisons russes...

Brusquement, cette idée rappelait à Tacha les descriptions qu'Andreï lui avait faites de son village. Des maisons avec beaucoup de pièces, une pour chaque occupation. Cela ressemblait à un rêve qu'elle avait presque oublié.

— Je suis honoré que le capitaine vous ait parlé de moi en si bons termes, répondit Zachary dans un russe impeccable. Cependant, si je dois partir avec vous, il n'y aura plus personne pour nourrir ma famille. Mon frère est encore trop jeune pour la chasse.

— Nous cherchons des hommes responsables, exactement comme vous.

— Puis-je vous faire une suggestion, Grigori Ivanovitch ? proposa Ismaïlov.

— Bien sûr.

— J'ai cru comprendre que Mme Chelikovna aurait besoin d'une femme de chambre pour l'aider. Je puis tout particulièrement vous recommander la mère de

Zachary. Elle sait aussi préparer notre cuisine et c'est également une excellente couturière. De plus, elle parle couramment le russe, comme ses fils, ce qui vous épargnerait toute difficulté de communication.

— Avez-vous compris ce que le capitaine vient de dire ? demanda Mme Chelikovna à Tacha.

— Oui.

Emportée par son rêve, elle ne put s'empêcher d'ajouter :

— Allez-vous construire des maisons avec beaucoup de pièces ? Une pour s'asseoir et une pour faire la cuisine et une pour dormir ?

— Oui.

Chelikof et sa femme échangèrent un regard complice.

— Oui, nous en avons l'intention.

Les quatre membres de la famille Tarakanov se retrouvèrent à bord du *Tre Sviatiteli* lorsque le bateau leva l'ancre à la suite du *Sv Simeon* en direction d'une île appelée Kodiak. En outre, les Chelikof avaient emmené dix autres chasseurs aléoutes et un deuxième interprète.

Tacha restait accoudée à la rambarde en regardant s'éloigner les sommets volcaniques et se rappelait son premier voyage sur un navire cosaque qui l'avait emmenée loin d'Attu, mais aussi sa fuite dans un *baïdar* en compagnie de son frère et de Zachary, pour venir s'installer sur cette île. Elle ne regrettait pas de s'en aller ; ces souvenirs resteraient à jamais entachés de toutes les souffrances subies sur Unalaska.

18

Située à proximité de la grande terre d'Aleyeska, l'île de Kodiak était habitée par une tribu Koniaga, de souche innouit, d'où descendaient également les Esquimaux. Quand les navires de Chelikof jetèrent l'ancre dans une large baie de la côte Sud, ces indigènes se montrèrent hostiles à toute démarche de paix. Quelques années plus tôt, ils avaient déjà réussi à repousser un vaisseau russe. Cependant, grâce à une éclipse de soleil, puis à deux batailles gagnées par les *promychleniky*, ainsi qu'à une prise d'otages, ces hommes que Chelikof prenait à tort pour des Aléoutes finirent par se soumettre.

En l'honneur de son bateau, il baptisa l'endroit baie des Trois Saints. En grande partie escarpée, la côte offrait une avancée de terre en forme de fer à cheval qui se révéla providentielle. Sur cette jetée naturelle au sol pierreux, ils construisirent des maisons, à l'abri de toute attaque grâce à la mer qui les entourait sur trois côtés. Nul arbre ne poussait sur cette partie de l'île, qui comptait plus de cent cinquante verstes de long et à peu près la moitié de large, mais de grasses prairies tapissaient les collines et offraient une pâture idéale pour le bétail ainsi qu'une bonne terre pour la culture des potagers.

Les *promychleniky*, environ cent cinquante hommes, établirent aussitôt les premières bases du comptoir. Une dizaine de maisonnettes de style russe, aux toits en pente et aux pignons découpés, furent ainsi édifiées, ainsi que des remises, une forge, un bureau, des étables, et une bergerie, une coopérative, une corderie, un entrepôt pour les fourrures et des bains.

En un an, l'installation des Russes dans la baie des Trois Saints s'était solidement établie. Les potagers commencèrent à donner des pommes de terre, des navets, ainsi qu'une dizaine de graminées dont Chelikof avait apporté les graines de Russie. Le bétail broutait les pâturages des collines, non sans y laisser quelques têtes lorsque de gros ours bruns du voisinage venaient à l'attaquer.

Pourtant, Chelikof n'était pas satisfait. S'ils désiraient revendiquer cette « grande terre » comme nouvelle possession russe et prévenir toute incursion britannique ou américaine, il leur fallait l'occuper partout. Ce vaste territoire était encore vierge avant son arrivée. Une seule colonie existait le long de la côte Ouest du continent nord-américain, le petit *presidio* espagnol de San Francisco fondé neuf ans plus tôt, en 1776. Les Chelikof ne se contenteraient pas d'un simple comptoir à Kodiak. Ils voulaient fonder un empire.

Au début de l'été, une expédition fut organisée, comprenant une cinquantaine de *promychleniky* et quelques Aléoutes, dont Zachary. Ils partirent de la baie des Trois Saints dans quatre grands *baïdary*, accompagnés par plus de cent Koniagas dans leurs *bidarky* à deux places. Leur mission consistait à explorer les îles alentour ainsi que la grande terre d'Aleyeska, à établir des contacts avec leurs habitants, avant d'installer un avant-poste fortifié dans le golfe de Cook.

Ils ne revinrent qu'après trois mois d'absence. Toute la famille Tarakanov se réunit le soir de son retour autour de Zachary pour entendre les histoires de son merveilleux voyage.

— Les montagnes nous encerclaient de tout côté, des montagnes aussi hautes que le ciel.

Ainsi décrivait-il le grand bras de mer que les Russes appelaient golfe de Cook.

— Partout se déversaient les eaux blanches des cascades dans un rugissement plus fort que le tonnerre. Et puis il y avait des arbres, aux troncs larges comme cinq hommes réunis, qui remontaient le long des torrents. J'ai marché parmi eux. Ils se serraient les uns aux autres, si hauts que vingt hommes montés sur la tête l'un de l'autre ne sauraient les dépasser, et leurs branches s'emmêlaient pour nous cacher le ciel à la manière d'un toit.

— Ainsi donc il y faisait toujours nuit ? interrogea Mikhaïl.

— Non, car la lumière se faufilait par les moindres ouvertures. De nombreux oiseaux vivaient là-bas. J'ai vu des corbeaux et des oies, et un petit oiseau qui battait des ailes tellement vite qu'on ne les voyait plus et qui produisait un bourdonnement comme celui de la mouche.

— Et les indigènes que tu as rencontrés, comment étaient-ils ?

D'après les Koniagas, Tacha savait déjà qu'ils appartenaient à une race de guerriers.

Zachary haussa les épaules.

— La plupart d'entre eux n'aimaient pas les Aléoutes. Mais nous avons pu échanger des fourrures. Plusieurs villages nous ont donné des otages. Le long de la baie du Prince Guillaume, nous avons rencontré les Chugachs et les Kenaïtzés. Beaucoup de familles vivent là-bas, dans de grandes maisons en rondins. Ce sont des cousins des Kolochs.

Ce nom évoquait immanquablement la tribu la plus belliqueuse des côtes Sud, une troupe sauvage dont la réputation de fourberie et de traîtrise avait gagné à peu près tous les villages des alentours.

En écoutant son frère aîné décrire sa rencontre avec un cousin des redoutables Kolochs, Mikhaïl se sentit frémir d'enthousiasme. Il enviait Zachary d'avoir vécu ces dangereuses et palpitantes aventures, visité ces terres inconnues, rencontré ces populations étranges. Toutes les anecdotes qu'il avait précieusement emmagasinées au cours de cet été — aller à l'école pour y entendre

M. Chelikof parler du Dieu tout-puissant, apprendre à bien faire le signe de croix — paraissaient maintenant vides de tout intérêt. L'enfant soupira. Son frère avait tout fait, tout vu. Jamais il ne pourrait lui en raconter autant.

Le deuxième hiver éprouva rudement les colons russes. Beaucoup de chasseurs établis loin du camp de base attrapèrent le scorbut, plusieurs en moururent, malgré les provisions fraîches que les Koniagas leur fournissaient régulièrement. Sans manquer de rien, Chelikof lui-même paraissait préoccupé par la menace qui pouvait à tout moment fondre sur lui. Tacha lui ayant expliqué qu'hiver et famine allaient souvent de pair, il exigea que l'on constitue d'importantes réserves chaque été en vue des mois les plus froids.

Au printemps suivant, il eut l'heureuse surprise de voir reparaître le galion perdu, *Sv Mikhaïl*. Fortement éprouvé par la tempête qui l'avait séparé des autres, le bateau avait passé l'hiver à Unalaska, où de nombreuses réparations lui avaient été nécessaires.

Peu après, les Chelikof entreprirent des préparatifs en vue d'un prochain retour en Russie. Le commandement du comptoir fut confié au *peredovtchik* nouvellement arrivé, Samoïlov.

Tacha écoutait d'une oreille distraite les objectifs que récapitulait le couple dans la pièce voisine quand sa maîtresse l'appela.

Elle jeta un coup d'œil pour vérifier que l'eau chauffait bien dans le samovar puis vint discrètement sur le seuil du salon attendre les ordres. Face à son mari, la grande femme brune lui tournait le dos, feuilletant avec lui de grands livres et des amas de papier.

— Tu as raison, Gricha, je crois qu'emmener ces indigènes avec nous, afin de prouver à quel point nous sommes parvenus à les civiliser et à les instruire dans la vraie foi, nous aiderait grandement à persuader la tsarine de nous accorder exceptionnellement un droit exclusif d'exploitation de cette nouvelle terre, bien qu'elle ait aboli les monopoles. Jusqu'ici, elle n'avait entendu parler que de commerce de fourrures et, à sa grande irritation, de l'oppression des habitants par des *promychleniky* irresponsables. Nous devons lui démontrer combien nos méthodes sont différentes.

— L'argument porterait d'autant mieux que des bateaux anglais ne cessent de croiser dans les parages. Les Britanniques prétendent avoir des droits sur des îles découvertes depuis longtemps par nos chasseurs ; s'ils venaient à s'y installer, c'est toute la Sibérie qui s'en trouverait menacée.

Remarquant enfin la présence de leur servante, Chelikof se redressa.

— Ah ! Tacha, viens ici !

— Le thé n'est pas encore prêt.

— Nous le boirons plus tard. Mme Chelikovna et moi-même désirons t'entretenir de nos projets.

— Comme tu le sais, nous prenons quelques indigènes avec nous. Nous voulons qu'ils découvrent nos villes et nos villages russes, notre façon de vivre.

— Je le sais.

— Ton fils Mikhaïl est un garçon très intelligent, reprit Chelikof. Il apprend vite. Nous aimerions l'emmener en Russie pour le faire entrer dans une école.

— En Russie ? Il est trop jeune ! protesta la pauvre femme, affolée. Il n'a que dix étés... dix ans.

— C'est l'âge auquel nos enfants apprennent à lire et à écrire, expliqua patiemment Mme Chelikovna. Il pourra ensuite choisir la voie qui lui conviendra le mieux : la navigation, l'administration, l'architecture ; ce qui sera d'une grande utilité au comptoir lorsqu'il y reviendra.

— Non. Un fils ne peut aller en Russie sans sa mère. Vous-mêmes l'avez dit.

C'était en effet l'une des premières règles édictées par

les Chelikof en arrivant à Kodiak. Jamais plus une femme ne devrait craindre, comme si souvent Tacha, qu'un enfant lui soit arraché par son père russe.

— Il ne partira pas définitivement, seulement pour suivre des études. Il reviendra. Mme Chelikovna et moi-même y veillerons personnellement.

— Et puis Mikhaïl tirerait une expérience unique de sa visite de la Russie . Reconnais-le, Tacha !

Celle-ci ne voyait qu'une chose : son plus jeune fils allait lui être enlevé pour ne revenir que dans un lointain et hypothétique avenir. Un léger bruit retentit derrière elle ; en se retournant, elle découvrit Mikhaïl caché dans le coin de la porte.

— Que fais-tu ici ? gronda-t-elle. Je croyais que tu étais parti à la chasse avec Zachary !

L'enfant avança d'un pas en baissant la tête. Son air contrit le quitta cependant vite et il leva sur sa mère un regard perçant.

— Je veux partir.

— C'est trop loin, murmura-t-elle.

— Je veux partir là-bas.

Il insistait, d'un air à la fois buté et désolé de la faire souffrir.

Tacha se raidit puis fit face aux Chelikov.

— Combien de temps sera-t-il absent ?

— Cinq ans, répondit sa maîtresse avec un sourire complaisant. Il ne lui en faudra pas moins pour achever ses études.

Par un bel après-midi d'été, Tacha se tenait sur la longue jetée en fer à cheval de la baie des Trois Saints, regardant le galion s'éloigner en direction de la haute mer. Son regard demeurait fixé sur la petite silhouette qu'elle distinguait de plus en plus mal à l'arrière, et son cœur lui faisait mal.

19

BAIE DES TROIS SAINTS, KODIAK
ÉTÉ 1790

Lorsque la nouvelle de l'arrivée d'un navire se répandit à travers le comptoir, Tacha abandonna les peaux de loutre qu'elle était en train de nettoyer pour se précipiter vers la jetée. La femme de Zachary la suivit, ralentie par le poids de Larissa, la petite fille de quatre mois qu'elle portait sur son dos. Entourée d'une foule de curieux, sa belle-mère guettait anxieusement le bateau, espérant que Mikhaïl s'y trouverait enfin.

Peu de changements depuis son départ s'étaient opérés dans la baie des Trois Saints. Aucune construction nouvelle n'y avait été édifiée, bien qu'une importante communauté Koniaga se fût installée à proximité. L'air marin avait seulement patiné les rondins des maisonnettes et le Grec Eustrate Delarov avait repris le commandement de Samoïlov.

Lentement, le grand vaisseau blanc entrait dans le port, manœuvrant majestueusement ses voiles tandis que le cuivre de ses canons brillait au soleil. Alors que descendait l'ancre, Tacha scrutait un à un les visages des hommes d'équipage.

Le vieux gouverneur Ismaïlov en grand uniforme, représentant officiel de l'empire pour la baie des Trois Saints, ordonna qu'une barque fût mise à la mer.

Déçue de n'avoir pas aperçu son fils parmi les voyageurs, Tacha s'en retourna le cœur lourd, comme après chaque apparition d'un bateau.

Des heures durant, elle gratta encore la peau fétide des loutres et n'aperçut qu'au dernier instant Zachary, qui approchait de leur maisonnette. Elle se redressa pour s'asseoir sur ses talons et se frotta les reins. L'air accablé de son fils l'inquiéta.

— Que se passe-t-il ? demanda-t-elle.

— Ils l'ont trouvée, souffla-t-il en baissant la tête. Un marin m'a raconté qu'il y a quatre ans, un navigateur du nom de Pribilof a découvert l'île aux phoques.

Muette d'émotion, Tacha se remit machinalement au travail, les yeux secs mais pleurant dans son cœur ce dernier souvenir de son frère qui s'en allait, cet ultime refuge qui leur restait de la vie d'autrefois.

Le navire ancré dans la baie avait pour nom *Slava Rossie*, « Gloire de la Russie ». Il amenait une expédition scientifique commandée par le capitaine Joseph Bilongs, qui avait une première fois exploré ces mers en compagnie de Cook et s'était maintenant mis au service de la tsarine. Un pope orthodoxe accompagnant l'expédition étonna les indigènes par sa longue robe noire, sa grande barbe qui laissait à peine deviner sa lourde croix d'or sur la poitrine, et sa haute coiffe cylindrique.

Bien des chasseurs furent enchantés d'apprendre sa présence et, lorsqu'il mit pour la première fois le pied à terre, il dut aussitôt bénir les nombreux fidèles qui venaient s'agenouiller devant lui.

Au cours des deux journées qui suivirent, Tacha trouva Zachary étrangement silencieux ; elle respecta cependant sa prostration, sachant que la découverte de Pribilof l'avait bouleversé.

Plusieurs fois, elle le surprit, songeur, à l'entrée de la tente où l'homme de Dieu appelait ses fidèles à la prière.

Un matin, il fit irruption dans la cabane, souriant de ses yeux plus bleus que jamais, et prit sa femme Katya par la main.

— J'ai parlé au prêtre, annonça-t-il. Il accepte de vous baptiser toutes les deux, notre fille et toi... et de nous marier.

— Nous... marier ? Que signifie ce mot ?

194

Katya fronçait les sourcils sans comprendre et Zachary dut se concentrer pour trouver les paroles qui exprimaient sa pensée.

— Cela veut dire que nous allons nous engager solennellement devant Dieu et que tu promettras de n'avoir d'autre homme que moi dans ta vie. Et moi je promettrai que tu seras ma seule femme... Et que nous vivrons toujours ensemble.

Il la fixait intensément.

— Comprends-tu ?

— Oui, articula-t-elle sans conviction.

Tacha n'avait que rarement entendu parler de cette coutume russe appelée mariage mais saisissait parfaitement le sens de ce que son fils comptait faire. Tout comme elle avait autrefois deviné que sa seule chance de survie, pour elle et sa famille, consistait à vivre parmi les Russes, Zachary arrivait maintenant à la même conclusion. Il parlait leur langue, portait leurs vêtements, vivait à leur façon. Maintenant, il choisissait d'embrasser leur croyance dans ce Créateur qu'ils appelaient Dieu.

Le lendemain, ils rendirent visite au pope. Katya et Larissa furent officiellement baptisées, puis Zachary et Katya se marièrent.

Pour autant que Tacha pût le comprendre, il ne suffisait pas, aux yeux des Russes, de vivre ensemble pour être mariés. Deux personnes pouvaient décider de s'unir mais mieux valait le faire avec la bénédiction de Dieu. Peu à peu elle s'habituait aux coutumes de la communauté russe sans toujours en saisir la signification profonde. Elle se demandait si Mikhaïl ne lui reviendrait pas complètement transformé.

Une année passa sans qu'aucun navire envoyé par Chelikof apportât les provisions promises ni la relève pour les hommes qui avaient accompli leurs cinq années. Depuis trois ans, ils ne recevaient plus aucune nouvelle de leur armateur et ce n'est pas l'équipage du *Slava*

Rossie qui put leur en donner. Malgré leurs précautions, les *promychleniky* vinrent à manquer de thé et furent obligés de restreindre leur consommation de seigle, au risque de ne plus pouvoir fabriquer le pain bénit du dimanche. Beaucoup craignaient d'avoir été abandonnés par Chelikof.

De retour de la chasse, un matin, Zachary vint donner le bonjour à sa mère avant de revenir sur la plage pour y retourner sa *bidarka* et la laisser sécher au soleil. C'est alors qu'il remarqua un *baïdar* qui venait de s'engager dans la baie. Ne sachant de quel village il pouvait venir, le jeune Aléoute plissa les paupières pour tenter d'en distinguer les occupants. Non loin de lui, une assemblée de mouettes criardes se disputaient les restes du poisson que sa mère venait de mettre à sécher.

Une quinzaine de Russes occupaient l'embarcation ; Zachary n'en reconnut aucun mais remarqua que tous portaient des *kamleiky* imperméables d'Unalaska. Comme ils approchaient de la plage, il distingua leurs faces barbues et hagardes.

— Qui sont ces gens ?

Il jeta un regard vers sa mère, qui venait de s'approcher de lui, et secoua la tête en signe d'ignorance. Il dévisagea encore les hommes qui se prenaient maintenant dans les bras les uns des autres, riant et pleurant.

— Remercions pour son aide la Sainte Mère de Dieu ! s'écria l'un d'eux.

Enfin ils parurent voir les indigènes et annoncèrent qu'ils avaient échappé, au large d'Unalaska, au naufrage du *Tre Sviatiteli* envoyé l'année précédente par Chelikof. Deux autres *baïdary* devaient les rejoindre sans tarder.

— Aidez-nous, l'un des nôtres va très mal.

Comme Zachary se précipitait vers l'homme délirant de fièvre, un de ses compagnons l'avertit :

— Prenez-en bien soin. Baranov sera le nouvel administrateur envoyé par Chelikof... s'il reste en vie.

Un des chasseurs se précipita vers le village pour

annoncer la nouvelle tandis que les autres accompagnaient le malade. Celui-ci fut installé dans la cabane du Grec Delarov. Tacha les suivait de loin. Si ce Baranov avait été envoyé par Chelikof, il savait sûrement quelque chose de Mikhaïl. Aussi fallait-il à tout prix le guérir de sa pneumonie.

Nul ne s'opposa à ce qu'elle le soignât et elle passa les jours suivants auprès de lui, l'écoutant délirer, guettant ses moindres soupirs. En fait, tous le croyaient condamné à plus ou moins long terme mais Tacha ne relâcha pas ses efforts un seul instant.

Alexandre Andreïévitch Baranov était un petit homme mince et naturellement pâle, du même âge qu'elle, quarante-cinq ans. Il avait des cheveux roux qui se raréfiaient sur le sommet du crâne. Rien en lui ne paraissait le destiner à commander les rudes *promychleniky*.

Pourtant, selon ceux qui le connaissaient, il était doté d'une énergie sans faille. Par exemple, il avait mis à profit l'hiver passé sur Unalaska pour apprendre la langue aléoute, le maniement de la *bidarka* ainsi que la chasse aux loutres.

Tacha se moquait de ces commentaires et s'accrochait à sa seule idée d'obtenir des nouvelles de Mikhaïl.

Un matin, son malade lui réclama de l'eau.

Tressaillant au son de cette voix éraillée, elle courut lui en chercher puis lui fit boire quelques gorgées.

— Où suis-je ? demanda l'homme en regardant faiblement autour de lui.

— Dans la cabane du capitaine Delarov, dans la baie des Trois Saints.

— Ah !

Ce fut son seul commentaire, comme s'il gardait pour lui le reste de ses pensées.

Tacha lui tendit de nouveau un peu d'eau, jusqu'à l'en faire tousser. Patiemment, elle le laissa reprendre son souffle.

— Savez-vous où se trouve mon fils ? demanda-t-elle alors. M. Chelikof l'a emmené avec lui en Russie, il y a six ans, et je n'en ai jamais plus reçu aucune nouvelle. Il s'appelle Mikhaïl Tarakanov. En auriez-vous entendu parler ?

Comme si la force lui manquait pour répondre, Baranov se contenta de secouer la tête. Tacha ferma les yeux en s'adossant à son siège, ses espoirs déçus. Où se trouvait son fils ? Nul ne semblait le savoir.

Il fallut encore plus d'un long mois à Baranov pour pouvoir se lever et faire la connaissance du comptoir dont il prenait la charge. Au début de l'automne, les deux *baïdary* annoncés amenèrent le reste de l'équipage du bateau naufragé. Laissant le commandement du village à Delarov, le nouveau chef partit explorer l'île, accompagné de Zachary et de quelques autres Aléoutes. Les indigènes l'appelèrent Nanouk, « le grand chef des chasseurs blancs ».

Au printemps, le galion *Sv Mikhaïl* fut mis à flot, emmenant Delarov et les *promychleniky* dont l'engagement était terminé. Ce n'est qu'à cette époque que Baranov commença à prendre son véritable commandement et à appliquer la stricte discipline dont il était féru. Le drapeau portant l'aigle à deux têtes de l'empire des Romanov fut abaissé chaque soir au son du canon. Le jeu fut interdit ; la boisson autorisée seulement pendant les heures de loisir ; la fréquentation des femmes indigènes fut strictement réglementée : quand un homme en avait choisi une, il devait la garder. Les dimanches et jours de fête, des prières furent récitées. D'un autre côté, il laissa organiser de ces délirants *prazniky* auxquels lui-même se joignait pour chanter, boire et danser.

L'été ramena sur la mer le calme qui facilitait la chasse aux loutres marines. Baranov rassembla une flotte de six cents *bidarky* à deux places, occupées par des Koniagas qu'attirait la promesse d'un peu de fer pour chaque peau rapportée.

Toutefois, l'administrateur songeait à autre chose qu'à une simple expédition de chasse. Au sud et à l'est de Kodiak, des navires anglais et américains longeaient sans arrêt l'archipel Alexandre et la baie du Prince Guillaume, lésant les Russes de ce qu'ils estimaient être leurs possessions. Chelikof s'était montré fort clair sur ce point : outre le comptoir fortifié dans le golfe de Cook, il devait établir d'autres postes sur la côte Sud. La tsarine n'avait pas donné au commerçant le monopole que celui-ci espérait mais elle lui avait garanti des droits exclusifs sur les terres qu'il occupait... ou viendrait à coloniser. Baranov comptait fermement explorer ces régions et les annexer.

Dans la nuit, Tacha regardait les embarcations alignées sur la plage et qui brillaient sous le clair de lune ; elle se sentait vieillir, déjà le sommeil la quittait fréquemment.

Un pas léger se fit entendre derrière elle et, se tournant, elle aperçut Zachary.

— Je t'ai entendue sortir, expliqua-t-il.

— L'été ne se prête pas au sommeil.

Dans l'air immobile où se taisait le vent, seuls se faisaient entendre les vagues légères de la baie tranquille et les appels du bétail resté dans les pâturages des collines.

— J'ai l'impression que les ours ne dorment pas, ajouta-t-elle d'un ton qui se voulait léger.

— Tu pensais à Mikhaïl.

— Je me demande si je le reverrai jamais, avoua-t-elle.

— Tu n'es pas seule. Tu as Katya, Larissa et moi.

— Oui.

Eux aussi étaient sa chair et son sang. Mais Mikhaïl demeurait le plus jeune, son petit. Comment le dire à Zachary, son aîné, sans le blesser ? Aussi sourit-elle doucement afin qu'il pense qu'il était parvenu à la consoler.

— C'est vrai.

Un moment, elle demeura silencieuse, les yeux rivés sur les barques.

— Avec tant de chasseurs, vous allez rapporter beaucoup de peaux de loutre, cette saison. Tu pourras acheter du tabac.

En tant que métis, Zachary pouvait bénéficier de certaines faveurs qui lui permettaient de posséder son compte à la coopérative.

— Il n'y en a pas beaucoup à acheter. Tout le monde fait durer le sien aussi longtemps que possible.

— Un jour, tu me feras goûter à ta pipe, que je sache quel plaisir tu peux y trouver.

Zachary sourit.

— Je t'en achèterai une.

Les cris rauques de pétrels emplirent la nuit, assourdissant un instant les appels plus doux des macareux et autres palmipèdes.

— Les oiseaux sont bruyants cette nuit, observa-t-elle, songeuse.

Brusquement, le sol remua légèrement sous ses pieds. Ce n'était pas la première fois qu'elle sentait la terre trembler, aussi attendit-elle que l'alerte cessât ; pourtant, le mouvement ne fit qu'augmenter, au point de la déséquilibrer. Son fils se précipita pour l'attirer vers la plage, plus protégée que la jetée. Autour d'eux s'élevèrent les craquements des maisonnettes qui s'écroulaient, les cris de leurs habitants brutalement tirés du sommeil.

— Katya ! s'écria Zachary.

Il voulut courir vers leur cabane mais Tacha le retint.

— C'est trop dangereux !

A cet instant, la porte s'ouvrit violemment et la jeune femme sortit en titubant, protégeant de son corps la petite fille de deux ans serrée contre sa poitrine.

Le village entier s'effondrait sur une population

affolée qui s'égaillait en hurlant à travers les poutres renversées, les tonneaux éventrés, les meubles fracassés. Autour d'eux, des vagues ronflantes menaçaient à tout moment de les submerger.

Peu à peu, la secousse parut s'apaiser ; elle n'avait duré que quelques secondes, qui semblèrent pourtant des siècles à ceux qui venaient de la subir. Hébétés, incrédules, ils demeuraient immobiles dans la crainte que le séisme reprît de plus belle.

Zachary se pencha sur Tacha pour l'aider à se relever ; elle frissonnait encore de tout son corps glacé d'effroi.

Assise non loin d'eux, Katya tentait d'apaiser les hurlements terrorisés de sa fille.

Pas un bâtiment ne restait debout et les villageois se mettaient à ramasser les quelques débris dérisoires qui leur semblaient encore utilisables.

— Regardez ! Regardez !

Une clameur affolée fit tourner la tête à Tacha en direction de la mer. A l'horizon se levait un gigantesque mur gris qui semblait fondre sur eux : un raz de marée.

— Vite ! s'exclama Zachary.

D'une main, il entraîna sa mère, qui se voyait prise dans la foule désordonnée des fuyards. Elle avait beau tenter de courir de toutes ses jambes, derrière son épaule la lourde vague semblait s'enfler à chaque coup d'œil. Déjà ils sentaient son souffle froid passer sur leur tête, la bruine salée emplir l'atmosphère. Comment échapper à un tel monstre ?

La violence des eaux qui s'abattirent sur Tacha la plaqua au sol avant de la rouler dans un flot bouillonnant où elle perdit toute notion du ciel et de la terre, ne sachant plus dans quelle direction il fallait tenter de se redresser, si l'air était sous sa tête ou par-dessus ses pieds. Elle retint son souffle aussi longtemps qu'elle le put mais ses poumons lui parurent éclater et le monde autour d'elle n'en finissait toujours pas de s'emmêler dans un fleuve de boue.

Une seule notion existait encore : la main de Zachary crispée sur son poignet, comme s'il pouvait la retenir, l'arracher encore à cet infernal tourbillon où lui-même devait être pris sans merci.

A demi inconsciente, elle crut soudain respirer et s'aperçut que sa tête émergeait à la surface de la nuit liquide qui avait failli la noyer. C'était fini, déjà la vague se retirait. Les jambes flageolantes, Tacha s'efforça de reprendre contact avec la réalité et regarda ce qui avait été son monde des années durant.

Elle avait perdu la main de Zachary et ne retrouvait pas encore la force de le chercher des yeux, concentrant toute son énergie pour tenter de sortir du magma liquide où restait plongé son corps jusqu'à la taille.

Toussant, hoquetant, respirant de petites goulées d'air qui la faisaient suffoquer, elle entendait autour d'elle des appels au secours. Tant de personnes avaient été entraînées vers la mer en furie ; pourtant, il lui fallait songer seulement à gagner le rivage, tant que ses forces lui permettraient de lutter contre le courant, contre les multiples obstacles qui encombraient sa route vers le salut — rondins flottants, sections de toits, kayaks déchirés, multiples épaves impossibles à identifier.

— Zachary !

Elle venait de l'apercevoir, à genoux, essayant de reprendre son souffle. Oubliant son épuisement, elle courut vers son fils, le tira par le bras vers la plage mais il était trop lourd.

— A l'aide ! cria-t-elle.

Baranov, qui se trouvait à côté d'eux, saisit Zachary par la ceinture, lui passa le bras autour de son épaule et l'entraîna vers le sable, où il le laissa s'affaisser. Tacha vit l'eau qui coulait par les lèvres du jeune homme et le fit asseoir avant de lui taper dans le dos avec une violence qu'elle ne se connaissait pas.

Reprenant vie peu à peu, il parvint enfin à articuler faiblement :

— As-tu vu Katya ?

— Non.

Elle promena un regard circulaire sur les restes du village inondé mais n'aperçut que le crâne brillant de Baranov, qui tentait de rejoindre une femme en train de se noyer... Katya ! Sans rien dire, elle courut dans leur direction, les rejoignit au moment où Baranov la saisissait par les épaules.

— Prenez le bébé ! cria-t-il.

Tacha tendit les bras vers le fardeau que sa malheureuse belle-fille avait tenu tant bien que mal hors de l'eau avant de sombrer.

— Katya ! cria-t-elle. Non !

Baranov lui-même ne vit qu'au dernier instant la poutre qui venait de s'abattre sur la jeune femme et manqua le frapper à son tour. Comprenant qu'il n'y avait plus rien à faire, il abandonna la malheureuse pour tenter de porter secours à d'autres, laissant Tacha atterrée devant le corps de sa belle-fille qui se laissait emporter par les eaux dans le petit matin à peine levé.

Serrant l'enfant contre sa poitrine, elle demeura un long moment immobile, sans prendre garde aux vagues furieuses qui giflaient son ventre.

Baranov fit rebâtir le village au sud de Kodiak, où les arbres poussaient en assez grand nombre pour fournir le bois nécessaire. Il renvoya les Koniagas chez eux en leur ordonnant de revenir au bout d'un mois pour la chasse. Il avait la ferme intention de poursuivre sa mission, coûte que coûte.

Dans un port moins large mais mieux protégé que la baie des Trois Saints, il fit réparer le *Sv Simeon* en priorité et travailla lui-même à couper du bois pour encourager ses hommes. Lorsque les Koniagas se présentèrent, à l'heure dite, avec quatre cent cinquante *bidarky*, ils découvrirent un nouveau village au milieu d'un site baptisé Saint-Paul.

Très peu d'hommes y demeurèrent, la plupart ayant suivi Baranov à la chasse.

L'été parut long à Tacha ; avec une enfant à élever, elle n'eut pas le temps de se lamenter sur son sort ou sur celui de sa famille. L'existence dans ces contrées représentait un perpétuel combat.

Lorsque le retour des premières *bidarky* fut annoncé, elle se joignit aux Russes sur le rivage pour les accueillir. Zachary arrivait avec l'une d'entre elles. Tacha en fut agréablement surprise jusqu'au moment où elle découvrit sa mine défaite, ses traits tirés.

— Es-tu malade ? demanda-t-elle en l'aidant à mettre pied à terre.

— Les Kolochs nous ont attaqués l'autre nuit et j'ai reçu une flèche à l'épaule.

— Viens. Je vais te soigner.

Dans leur cabane, elle examina la blessure de son fils et constata avec soulagement que la plaie restait saine et trop haut placée pour avoir touché une partie vitale. Après y avoir appliqué des herbes fraîches, elle refit les bandages.

A peine avait-il enfilé sa tunique qu'une voix cria au bateau à travers le village.

Comme chaque fois, Tacha se précipita aux nouvelles, le cœur battant. Ce navire avait pour nom *Orel*, l'« Aigle », et venait directement de Russie, chargé de tabac, de farine, de munitions, de nouvelles, de courrier, de vodka. Une fête comme les *promychleniky* n'en avaient connu depuis longtemps.

Tacha examinait soigneusement le visage de chacun des passagers. Son regard s'arrêta sur une longue silhouette mince, aux cheveux noirs et aux yeux bleus. D'une main hésitante, elle prit le bras de Zachary, le cœur soudain pris d'un fol espoir.

— Mikhaïl ! souffla-t-elle.

Mais était-ce bien son fils ? Se pouvait-il qu'il eût à ce point changé ? Elle l'ignorait, elle n'en était pas sûre. La barque lui parut mettre un siècle pour atteindre le rivage et Tacha ne retint plus son cri :

— Mikhaïl !

A ce nom, il se tourna, la vit. Un large sourire lui éclaira la physionomie tandis qu'il se précipitait vers elle, les bras ouverts. Sa mère éclata en sanglots, serrant contre elle son petit garçon devenu ce grand gaillard de seize ans. De ses doigts tremblants, elle dessina la moustache brune qui lui bordait les lèvres, devinant encore quelques rondeurs enfantines sur ces joues déjà marquées par la barbe.

— Te voilà revenu !

Sans parvenir à y croire, elle tentait de s'habituer à cette idée.

— Je redoutais que tu n'aies encore trop de choses à voir et que tu n'aies voulu rester.

Mikhaïl rit d'un grand rire d'homme.

— J'ai beaucoup à te raconter, en effet. Et je verrai bientôt beaucoup d'autres choses puisque je vais devenir marin.

Sans lâcher sa mère, il embrassa Zachary puis remarqua la petite fille qui se cachait dans ses jambes et s'accroupit devant elle.

— Comment t'appelles-tu ?

Muette, la petite se réfugia derrière les jupes de sa grand-mère.

— C'est ma fille, répondit fièrement Zachary. Larissa.

Ils passèrent le reste de la journée à se raconter leurs aventures réciproques. Le soir, les deux frères assistèrent au *praznik* donné par Baranov ; entre la viande grillée, la vodka et le tabac, la fête dura jusqu'aux premières heures de l'aube.

De nombreux toasts furent portés à l'invité d'honneur, le capitaine de l'*Orel*, Yakov Igorievitch Chiltz, dit l'« Anglais », aux larges épaules et aux multiples tatouages. James Shields, constructeur de bateaux de formation, officier de la Marine impériale de la tsarine, répondait à chacun de leurs saluts par un souhait prononcé dans un russe fantaisiste et fruité qui faisait la plus grande joie de ses compagnons.

Mikhaïl fut un des premiers à s'éclipser, tenant une jeune fille aléoute par la taille, et Zachary ne tarda pas à l'imiter.

Pendant ce temps, Baranov lisait les instructions de Chelikof, réitérant, entre autres, l'ordre d'établir de nouvelles colonies le long de la côte Sud. C'était dans ce but que Shields lui avait été envoyé. Baranov allait devoir commencer par construire quelques bateaux.

DEUXIÈME PARTIE

Alaska du Sud-Est

20

Le sommet en cône du mont Edgecumbe, encore coiffé de neige et de nuages, marquait l'entrée du détroit de Sitka. Couvertes de hautes forêts de cèdres, d'épicéas et de sapins, les côtes de l'île principale présentaient un enchevêtrement de buissons et de branchages à peu près infranchissable qui donnait sur une mer constellée d'îlots, de fjords et d'estuaires. Des vautours volaient en cercles lents dans le ciel bleu qu'ils partageaient avec les mouettes.

Le brick à coque de cuivre, la *Bohémienne*, qui provenait de Salem, dans le Massachusetts, venait d'apparaître au large. Depuis un an qu'il sillonnait les mers, il avait quelque peu perdu de son éclat mais demeurait un bon bateau, léger, rapide et facile à manœuvrer, idéal pour ces contrées du Nord.

Des abris en peau de bœuf séchée, achetée en Californie, protégeaient son équipage contre les flèches. Seule une ouverture à l'arrière permettait de procéder à d'éventuels échanges commerciaux. Outre les pierriers du bastingage, il était armé de dix canons et chacun de ses hommes possédait fusil à baïonnette et mousquet. Il emportait dans ses soutes de quoi faire du troc, babioles de cuivre brillant, colliers de verroterie, vêtements et écharpes de couleurs vives mais, surtout, du rhum et des caisses de vieux pistolets datant de la guerre d'Indépendance et rachetés à bas prix au jeune gouvernement américain.

Il entrait au cœur du pays des Tlingits, des Indiens réputés autant pour leur intelligence que pour leur férocité. Leurs villages aux grandes maisons communales de bois massif se dressaient fièrement face à la mer derrière leurs hautes colonnes colorées et sculptées de différentes formes animales.

De son poste sur le pont, Caleb Stone observait trois canoës creusés à même le tronc d'un cèdre qui arrivaient à hauteur de son navire. Les guerriers qu'ils amenaient avaient le visage strié de couleurs éclatantes et portaient leurs cheveux longs ramenés en arrière et ornés de plumes jaunes et noires.

C'étaient des hommes impressionnants de puissance, très grands, la peau cuivrée, les rois de cette contrée qu'ils entendaient bien défendre envers et contre tous.

Le capitaine jeta un regard circulaire sur son équipage qui se tenait prêt à toute éventualité, sachant d'expérience que les sauvages cherchaient souvent à voler leur butin plutôt qu'à l'échanger.

Lui-même était déjà venu plusieurs fois dans ce pays, d'abord en tant que mousse dès l'âge de douze ans, puis comme simple matelot avant son dernier voyage commencé comme second et achevé comme capitaine après la mort de son prédécesseur, en pleine mer de Chine. Ses fourrures vendues à prix d'or à Salem, il était aussitôt reparti. A vingt-sept ans, il restait sur la *Bohémienne* « seul maître à bord après Dieu ».

De haute taille, mince, il avait le visage émacié et buriné par le vent du large, des cheveux bruns que le soleil teintait parfois de reflets acajou, des prunelles grises et brillantes trop souvent cachées par le plissement de ses paupières.

— Ils jouent avec le feu à trop vouloir nous approcher, marmonna son second, Asa Hicks.

Caleb ne répondit pas car un des Indiens venait de crier :

— Hommes de Boston !

Ainsi appelaient-ils tous les Américains car la plupart de leurs navires venaient de cette ville. Quant aux Anglais, ils étaient qualifiés d'« hommes du roi George ».

— Venez nous montrer vos marchandises ! poursuivit l'indigène.

Secouant la tête, le capitaine expliqua qu'il repasserait une autre fois. L'invitation fut plusieurs fois répétée mais en vain.

En fait, au cours d'une longue escale hivernale à Hawaii, Caleb avait appris que les Russes venaient d'édifier une redoute *Sv Mikhaïl* sur l'île de Sitka, afin d'y confirmer leurs prétentions et d'en éloigner les navires étrangers. Il avait l'intention de s'y rendre pour tenter d'évaluer leurs forces.

A environ six milles de l'entrée du détroit, la *Bohémienne* parvint en vue des fortifications. A elle seule, la palissade était bâtie de rondins dont chacun était épais de plus de soixante centimètres. Derrière s'élevaient les toits de plusieurs bâtiments dont le plus haut portait le drapeau impérial russe.

Dès que l'ancre fut jetée, Caleb ordonna de mettre une barque à la mer. A peine y avait-il posé le pied qu'il apercevait une troupe de Russes s'amassant sur la plage. Fermant son caban, levant son col pour mieux se protéger du vent, il ne les quitta plus des yeux jusqu'à son arrivée.

Il y avait parmi eux, aisément reconnaissable grâce à son turban, le serviteur bengali de l'administrateur Baranov. Ce dernier aussi était facile à repérer, avec sa courte taille, sa ridicule petite perruque noire et son teint rougeaud. Il s'était rendu célèbre pour sa faculté d'ingurgiter d'incroyables quantités d'alcool. Caleb avait hâte de vérifier le bien-fondé d'une telle légende. Mais, déjà, son regard se posait sur l'un des leurs, un grand homme brun aux yeux très bleus.

Zachary devait assister à la réunion entre les deux officiers ; bien qu'il parlât quelques mots d'anglais grâce aux nombreux navires qui abordaient l'île depuis deux ans, il n'était pas encore capable de soutenir une

211

conversation. Aussi Richard, le serviteur bengali, lui traduisait-il à voix basse.

Deux années auparavant, il avait laissé sa petite Larissa aux soins de sa mère, Tacha, et de son frère, afin de se mêler à l'expédition envoyée par Baranov pour coloniser le pays des Kolochs hostiles.

En pénétrant dans la cour fortifiée, Caleb remarqua les hommes armés sur les chemins de garde, les canons braqués vers la mer autant que vers la forêt.

Quant à Zachary, il ne quittait plus des yeux une des femmes koloches, grande et bien faite, avec de longs cheveux noirs et brillants, des bracelets de cuivre autour de ses chevilles nues. Sa longue robe de peaux tannées et cousues entre elles, surmontée d'une sorte de tablier du même cuir, dansait joliment autour de ses hanches rondes et cachait ses bras jusqu'aux poignets.

Zachary savait qu'il ne pouvait se fier à aucun de ces Kolochs (ou Tlingits, ainsi qu'ils s'appelaient eux-mêmes) mais, dès qu'il croisait Merle des Neiges, il perdait tout sens critique. Chaque fois qu'il l'apercevait, il la désirait, oubliant ce qu'il pouvait lui en coûter de s'attacher à une telle femme.

Abandonnant l'escorte de Baranov, il traversa la place ; en le voyant venir dans sa direction, la jeune femme haussa fièrement le menton. Ses longs cheveux noirs, partagés par une raie médiane, coulaient souplement sur ses épaules. Ses pupilles sombres et brillantes l'attiraient irrésistiblement, tels deux gouffres vertigineux.

Il s'arrêta devant elle, la gorge sèche.

— Il y a longtemps que l'on ne t'a vue au village, Merle.

Jamais il ne l'appelait par son nom entier.

— Merle manqué à Zachary ?

Une étincelle de satisfaction sembla traverser le beau regard noir quand les lèvres pleines et douces s'écartèrent sur un sourire éclatant.

— Oui, reconnut-il.

Depuis sept nuits qu'ils ne s'étaient pas retrouvés, le temps lui avait paru infiniment long.

— Viendras-tu me voir ce soir ? demanda-t-il.

Penchant la tête de côté, elle le dévisagea, l'expression circonspecte.

— Merle vouloir un miroir.

Habituellement, un collier réglait le prix de sa compagnie. Cette fois, elle montait considérablement les enchères. Déjà, Zachary avait dû emprunter à la coopérative plus qu'il ne gagnerait cette saison.

— Deux colliers, proposa-t-il à contrecœur.

L'idée de marchander les faveurs de sa belle amie ne l'enchantait guère.

Le regard de la jeune femme se durcit.

— Non.

Tournant les talons, elle fit mine de s'éloigner mais, navré de l'avoir offensée, Zachary la prit par le bras.

— Va pour un miroir.

Elle le toisa d'un air hautain.

— Zachary aura Merle pour un miroir et deux colliers.

En temps normal, jamais il n'eût accepté une telle exigence ; ne lui demanderait-elle pas encore plus la fois suivante ? Pourtant, le petit nez droit, les pommettes roses eurent raison de sa prudence et, furieux de sa faiblesse, il se prit à murmurer :

— Pour un miroir et deux colliers, Merle devra se surpasser cette nuit.

Un sourire triomphant lui répondit.

— Merle toujours plaire à Zachary.

Il la regarda s'éloigner, brûlant à la fois d'impatience et de rage.

Depuis dix ans que son épouse, Katya, était morte, il n'avait jamais eu de liaison durable avec une femme. Sa mère se chargeant de toutes les tâches domestiques ainsi que de l'éducation de Larissa, il ne sentait nul besoin de se remarier et se contentait de rencontres passagères au cours de ses voyages.

Merle l'attirait comme aucune autre femme dans sa vie ; pas même avec la pauvre Katya il n'avait éprouvé pareille fascination, et cette situation le désemparait complètement.

Rude chasseur sans attache, il avait laissé sa famille loin derrière lui, à la charge de Mikhaïl. D'ailleurs, qu'eût-il pu apprendre à une petite fille comme Larissa ? Son frère, qui avait étudié en Russie, sa mère savaient mieux que lui.

Aucune raison ne l'obligeait à regagner Kodiak. Sa famille n'avait pas besoin de lui, alors que l'idée de ne jamais revoir Merle l'emplissait de frayeur.

La lampe à huile se balançait au rythme du ressac. Sur la table d'acajou sculpté brillaient deux verres en cristal et une bouteille de brandy. S'adossant à sa chaise, Caleb regarda Baranov tirer une bouffée de cigare que venait de lui allumer son serviteur et inévitable compagnon, le jeune Bengali appelé Richard.

— Je suis curieux de voir les marchandises que vous nous proposerez, capitaine, traduisit ce dernier.

— Rien que de très courant, répondit Caleb.

Prudent, il soupçonnait son interlocuteur de beaucoup mieux comprendre l'anglais qu'il ne voulait bien le laisser croire.

— De la cire, énuméra-t-il, des boutons, des couvertures, du cuivre, des manteaux, des ciseaux.

Délibérément, il omit de mentionner les pistolets et l'alcool. La question ne se fit pas attendre :

— Ne transportez-vous pas d'armes ni de munitions ?

— Si, répondit-il en souriant, ainsi que du rhum de la Nouvelle-Angleterre.

La sèche observation de son interlocuteur lui fut vite traduite :

— Il est pourtant interdit de procurer de l'alcool et des

armes aux sauvages en Amérique russe. A la première occasion, ils pourraient les retourner contre nous. Vous devez immédiatement cesser de telles pratiques.

— J'ai parcouru quinze mille marins pour faire du commerce avec les Tlingits, ou les Kolochs, comme vous les appelez. Je désire des peaux de loutre marine, ils désirent des armes ; je suis marchand et je leur paierai le prix qu'ils demandent.

— J'élève une protestation solennelle ! Avec de tels raisonnements, c'est la sécurité de tout l'archipel que vous mettez en péril.

— Dans ce cas, puis-je faire une suggestion ? Puisque vous prétendez soumettre toute cette région à la domination russe, pourquoi n'interdisez-vous pas tout simplement aux indigènes d'acheter des armes ?

Une lueur d'admiration agacée passa dans l'œil de Baranov. Tous deux savaient pertinemment qu'il n'était pas question de trop réglementer le commerce entre Tlingits et Anglo-Américains dans la mesure où les Russes ne possédaient pas de moyens de contrôle. Les fourrures pouvaient rapporter de véritables fortunes à qui parviendrait à les exporter vers l'Occident ou la Chine, et Caleb entendait en profiter ; un jour, il finirait par armer son propre bateau.

Adoptant une prudente politique de *statu quo*, les deux hommes changèrent de conversation, s'entretenant des menées guerrières de Bonaparte en France, qui inquiétaient les Britanniques au point de diminuer considérablement le nombre de leurs navires marchands vers l'Amérique du Nord et l'Asie. En Russie, le tsar Paul, fils de Catherine la Grande, venait de mourir en laissant le trône à son fils, Alexandre Ier.

A la fin de la soirée, Caleb dut reconnaître que son hôte buvait, en effet, des quantités étonnantes d'alcool. Heureusement, son serviteur bengali lui prêtait alors un bras secourable pour le ramener jusqu'à son lit.

A l'orée du bois, Merle s'arrêta, encore protégée par l'ombre des futaies. De loin, elle distinguait Zachary qui l'attendait devant la palissade et elle compta le nombre de sentinelles. Toujours le même. Le rire du chef russe surnommé Nanouk jaillit du bateau de Boston. Elle était certaine qu'armes et poudre se trouvaient à bord, peut-être même de ces nouveaux pistolets à cartouche.

D'autres clans de la côte en voulaient à son *kwan* d'avoir laissé les Russes installer leur comptoir de Sitka en échange de quelques bijoux, de cuivre et de bouteilles. Les hommes de son village possédaient déjà quelques armes, mais il leur en fallait plus ; et, tout en prétendant vivre en paix, les Russes restaient sur leurs gardes. Merle en avait conclu depuis longtemps qu'il valait mieux ne pas sous-estimer l'intelligence de ce Nanouk.

Un de ses compagnons cria quelque chose à Zachary. Sans en saisir tous les mots, la jeune femme comprit qu'il se moquait de lui. Elle sortit de son abri, marchant d'un pas lent, consciente qu'il la regardait. Il ne l'en désirerait que plus. Le clair crépuscule du printemps lui permettait de deviner le désir sur la physionomie de l'homme. Elle aimait ce pouvoir que lui donnait sa beauté.

— Merle venue, selon la volonté de Zachary, déclara-t-elle enfin.

Comme il la prenait dans ses bras, elle sentit le frémissement qui agita son corps puissant. D'un geste impatient, il la guida vers les baraquements adossés aux remparts ; elle surveillait d'un œil avisé l'activité intense de tout le village.

Au matin, Caleb avait discrètement levé l'ancre en direction du nord de l'île. Il aborda quelques heures plus tard une plage en anse, au fond de laquelle il avait aperçu les colonnes massives et les totems tlingits. Bientôt, trois canoës entourèrent sa barque. Deux femmes accompagnaient les guerriers, ce qui était plutôt mauvais signe car elles se révélaient de bien meilleures négociatrices que leurs compatriotes.

Les discussions s'engagèrent dès qu'ils eurent mis pied à terre et Caleb comprit soudain pourquoi il avait affaire à des squaws. La plus âgée d'entre elles, Outarde, parla longuement aux hommes avant de se tourner vers lui pour dire dans un mélange d'anglais et de russe :

— L'homme de Boston payer un fusil et quatre livres de poudre pour une peau de loutre.

C'était assez cher mais il savait les Tlingits assez réalistes pour se tenir au courant des prix et ne pas se laisser berner. Il allait accepter quand la vieille femme ajouta :

— Combien de fusils vaut un grand fusil ?

Alarmé, Caleb comprit que le « grand fusil » ne désignait rien moins qu'un canon. Que diable ces sauvages voulaient-ils faire d'un canon ? Fronçant les sourcils, il demeura évasif.

— Beaucoup, répliqua-t-il. Plus que vous ne possédez de fourrures.

Un guerrier au visage peint de noir insista d'un ton impatienté :

— Combien ?

Caleb réfléchit, puis :

— Quarante peaux de loutre au moins, d'une seule pièce et des plus belles.

Si ces fourrures valaient toujours autant en Chine, sur le marché de Canton, il pouvait gagner plus de trois mille dollars en échange d'un simple petit canon. L'affaire du siècle.

— Homme de Boston attendre. Nous revenir.

L'attente s'éternisant, Caleb regagna son bateau, curieux de ce qui allait se passer par la suite. Frigorifié, il demanda du café chaud qu'il se fit servir sur le pont.

— Comptez-vous vraiment céder un canon à ces faces de démon ? intervint son second.

— Parfaitement.

Réchauffant ses mains sur la tasse qu'on venait de lui apporter, le capitaine ne dit plus rien. Canon ou mousquet, il ne voyait guère la différence. Les Tlingits pouvaient en faire ce qu'ils voudraient, ce n'était pas son affaire ; cependant, il doutait que ces Indiens sachent jamais charger une telle arme.

Peu après, ceux-ci montaient à bord, chargés de peaux d'une qualité infiniment supérieure à tout ce qui lui avait été proposé jusqu'ici. Satisfait, il conclut le marché et l'un de ses petits canons fut descendu dans un canot avec mille précautions.

21

Quelques nuages rosés s'attardaient dans le ciel clair ; les eaux bleues de la baie reflétaient la clémence du temps estival. Sur la plage de galets, Zachary s'arrêta un instant de tailler le bois d'une future quille et se redressa pour essuyer la sueur qui mouillait son front.

La quiétude alentour lui paraissait presque irréelle maintenant que la plupart des deux cents Aléoutes étaient partis pour la chasse aux loutres.

Après avoir bu, il versa la moitié du contenu de sa gourde sur sa nuque et ses épaules, et il allait reprendre son travail quand il l'aperçut.

Doucement elle était venue jusqu'à lui, en prenant garde de ne faire tinter qu'au dernier moment ses bracelets de cuivre. Figé de désir, le cœur battant, il contemplait Merle en silence quand elle prit la parole, le regard planté dans le sien :

— Zachary fatigué ?

— Non, j'avais seulement besoin de boire.

D'un regard circulaire, il put constater qu'aucun de ses compagnons ne le surveillait.

— J'avais hâte de te revoir, murmura-t-il.

La jeune femme n'avait pourtant manqué aucun de leurs rendez-vous, mais il ne se lassait jamais de sa présence.

— Viens, allons nous asseoir à l'ombre.

Familièrement, elle s'appuya contre lui, laissant reposer sur son torse le tendre poids de son corps.

— Village de Zachary paraître bien paisible aujourd'hui. Tous les mangeurs de poisson partis à la chasse aux loutres ?

— Oui.

— Zachary partir lui aussi ?

— Te manquerais-je alors ?

— Oui. Plus de jolis cadeaux.

Les colliers, les bracelets de cuivre et les anneaux d'argent de ses oreilles venaient tous de lui.

Des cadeaux. Ne représentait-il donc que cela pour elle ? Il avait beau s'en douter, il ne s'était pas attendu à le lui entendre avouer si franchement. Il s'aperçut qu'il en souffrait. Machinalement, il cessa de la caresser.

— Zachary partir ? insista-t-elle.

Elle le scrutait avec une telle intensité qu'il s'en étonna.

— Non, murmura-t-il cependant. Pas cette année. Je reste avec la garnison.

Il croisa les bras autour de ses genoux, les yeux perdus dans l'immensité du ciel.

— Zachary a l'air contrarié. Merle commis erreur ?

Doucement, elle effleura son torse nu et ce geste suffit à le faire tressaillir. Il lui prit la main, le regard brûlant de désir.

— Si tu veux me plaire, Merle, viens vivre avec moi. Je veux que tu sois ma femme.

Maintenant qu'il avait exprimé ses pensées jusque-là informulées, il sut qu'il n'en démordrait plus.

— Qu'exigent les coutumes de ton peuple ? Dois-je faire des cadeaux à tes parents ?

Retirant la main qu'il tenait encore, elle recula légèrement.

— Nanouk fâché quand revenir sur bateau.

— Baranov... Nanouk ne rentrera pas avant longtemps, pas avant l'été prochain. Il est parti pour Kodiak. Et il ne se formalisera pas de te savoir ma femme.

Merle songea que son père et les autres chefs de clan apprendraient avec intérêt que Nanouk ne devait pas revenir de sitôt. Il était brave et sans peur. Aucun d'eux ne désirait l'affronter au combat.

La proposition de Zachary ne risquait pas de l'intéresser ! Si elle devenait sa femme, il cesserait de lui offrir des cadeaux. Il trouverait normal de la garder chaque soir auprès de lui ; de plus, elle perdrait son statut de princesse dans sa tribu.

Par-dessus tout, Merle connaissait les projets de son peuple. Avant la fin de l'été, le comptoir des Russes serait détruit. D'autres clans se joindraient à son *kwan* pour l'attaquer avec assez de fusils et de poudre. Ils n'attendaient plus que l'occasion favorable. Elle et les autres femmes tlingits autorisées à pénétrer dans le fort avaient pris l'habitude d'en observer chaque détail afin de le rapporter à leur tribu.

Toisant d'un regard amusé le naïf métis qui la dévorait du regard, elle pensa que, bientôt, il serait mort et que sa tête se retrouverait au bout d'un pieu fiché dans le sol.

— Merle pas devenir femme de Zachary, déclara-t-elle alors. Revenir seulement le voir parfois, comme avant.

Lentement il hocha la tête en se détournant mais elle avait repéré le rictus d'émotion qui lui faisait trembler les lèvres.

— Zachary pas vouloir de Merle. Alors, Merle partir.

Comme elle faisait mine de s'éloigner, elle entendit l'Aléoute qui se levait derrière elle.

— Ne t'en va pas !

Du bout des doigts, il lui prenait le bras.

La jeune femme se retourna, le considérant avec insolence.

— Merle pas aimer ce que dire Zachary aujourd'hui. Elle revenir quand il sera content.

Un instant, elle crut qu'il allait insister mais comprit qu'au contraire il abandonnait le combat.

— Après-demain sera jour de fête et personne ne travaillera. Nous donnerons un *praznik*, avec des chants et des danses. Viendras-tu ?

Elle sourit.

— Dans deux jours ?

221

— Oui.

— Époque favorable pour fête. Merle venir sans doute.

La jeune Indienne s'efforça de garder un pas mesuré quand elle s'éloigna mais, dès qu'elle se sentit à l'abri de la forêt, elle se mit à courir en direction de son village afin de rapporter ce qu'elle venait d'apprendre.

Songeur, Zachary laissa le seau vide lui battre la jambe en s'éloignant de l'entrée du fort à travers les pâturages. D'une des baraques qu'il venait de dépasser monta le rire d'une Aléoute qui préparait la fête du soir. Par une fenêtre ouverte, il aperçut le berceau d'un bébé que sa mère avait placé dans un rayon de soleil pour le réchauffer. A l'extérieur, une dizaine de *promychleniky* restaient appuyés sur leurs mousquets, à rire et bavarder.

Dans l'atmosphère ensoleillée flottait une sorte d'indolence qui semblait gagner les êtres et les choses. Devant Zachary, un veau noir et blanc gambadait dans la prairie mais il vint se réfugier auprès de sa mère à son approche. Le tapement d'un pic-vert dans les sous-bois cessa soudain.

Zachary s'arrêta devant la clôture qu'il s'apprêtait à franchir. Dans le lointain il entendit un cri, immédiatement suivi d'un coup de gong. Lâchant son seau, il se précipita en direction du fort. Le claquement d'un mousquet rompit le silence.

Il s'immobilisa quand il aperçut la troupe de Kolochs avec leurs grotesques masques à face animale qui encerclaient la palissade. Déjà ils l'escaladaient sans que les Russes aient eu le temps d'en fermer les ouvertures, tandis que des archers demeurés à l'arrière tiraient des flèches enflammées sur les toitures intérieures. Zachary cherchait refuge sur la plage quand il vit les canoës qui l'abordaient, remplis d'autres guerriers masqués en démons.

Désarmé, sans la moindre chance d'atteindre le fort ni

la mer, il battit en retraite vers les pâturages. Les cris presque animaux des assaillants emplissaient l'air, entremêlés des hurlements provenant du fort en flammes, malgré les tirs de mousquets qui répondaient encore à l'attaque.

A ce moment, Zachary vit surgir une Aléoute terrorisée, un enfant sur le dos, qui devait cueillir des baies à proximité.

— Les Kolochs ! cria-t-il. Cours te cacher dans les bois !

Elle poussa une exclamation, sans qu'il comprît ses paroles, avant de disparaître en direction des buissons d'où elle sortait. Tournant la tête, il aperçut alors quatre guerriers brandissant leurs lances et s'enfuit droit devant lui avant de leur servir de cible, en évitant cependant le refuge de la femme qui venait de se sauver.

Parvenu au cœur sombre des sous-bois, il se jeta parmi la végétation dense, rampant au milieu des ronces et des feuillages. Derrière lui, ses poursuivants faisaient bruyamment craquer les branchages. Cherchant désespérément une cachette, il finit par se réfugier sous les racines emmêlées d'un sapin foudroyé et s'y tapit, le cœur battant à tout rompre.

Immobile, retenant son souffle à grand-peine, il écoutait les bruissements du feuillage écrasé par le pas impatient des Kolochs qui exploraient les alentours. Ils ne cessaient de se rapprocher. Fermant les yeux comme si cela pouvait l'aider à se faire plus petit, il n'osait plus respirer quand un coup de canon lui parvint du fort et se répéta en mille échos à travers les collines.

Les pas autour de lui parurent se rassembler pour s'éloigner enfin. Zachary attendit cependant un long moment sans bouger avant de risquer un œil à l'extérieur. Les coups de canon se multiplièrent. Silencieusement, le fugitif se faufila jusqu'à l'orée du bois, où il escalada un arbre afin de vérifier si l'attaque avait été repoussée.

Une fumée noire s'élevait des toits encore léchés par des flammes jaunes. Trois *promychleniky* sautèrent du second étage pour venir s'empaler sur les lances koloches et se faire dépecer sur place.

Des hurlements de femmes attirèrent son regard vers les baraquements : elles se jetaient avec leurs enfants littéralement dans les bras de leurs ennemis pour échapper à l'incendie. Le massacre fut immédiat et sans pitié.

A ses pieds, Zachary distingua l'Aléoute épouvantée qui s'était dissimulée dans un buisson avec son bébé. Aussitôt, il descendit de son perchoir pour l'entraîner le plus loin possible du drame.

Après avoir quitté le détroit de Sitka, la *Bohémienne* cabotait parmi les îles brumeuses du Nord, allant de village en village afin d'échanger diverses marchandises contre le maximum de fourrures.

Caleb décida de jeter l'ancre devant la redoute *Sv Mikhaïl*. Après tout, la perspective d'une autre soirée de beuverie en compagnie de ce coquin de Baranov ne lui déplaisait pas.

— Capitaine ! lui annonça son second. Un homme nous fait des signes depuis l'embouchure de ce fleuve. Un homme blanc, semble-t-il.

Caleb ajusta sa longue-vue afin d'observer la silhouette qui s'agitait sur la rive, en haillons, dépenaillée. Sans doute un déserteur.

— Envoyez une barque, ordonna-t-il. Mais assurez-vous de vos armes. Il pourrait bien s'agir d'un piège.

Peu après, un marin revint en annonçant qu'ils avaient affaire à un Russe.

Agé d'une quarantaine d'années, bâti en athlète, celui-ci portait barbe et cheveux noirs mais son regard bleu frappait par sa clarté. La chemise et la culotte en loques et la peau déchirée de multiples égratignures récentes laissaient deviner qu'il vivait dans les bois depuis quelque temps déjà. Le cuisinier lui versa un bol de café et lui offrit un morceau de pain bis qu'il dévora sans se faire prier.

— Il tentait de nous expliquer je ne sais quoi à propos d'une femme, commença l'un des marins.

— Femme, répéta le Russe en fixant Caleb. Oui... femme...

Indiquant le rivage. Il forma un berceau de ses bras repliés dans le but de préciser qu'elle était accompagnée d'un bébé.

— Je crois qu'elle se cache aussi dans les bois, conclut le capitaine. Retournez avec la barque et tâchez de la trouver.

S'adressant au Russe, il tenta de l'interroger :

— D'où venez-vous ? De la redoute ?

— Kolochs... murmura l'homme avec force signes.

Caleb finit par comprendre que la garnison avait été attaquée par les Tlingits, quelques jours plus tôt, et que l'homme ignorait s'il y avait des survivants.

La femme et son enfant furent amenés à bord, mourant de faim autant que de frayeur. Un repas fut servi aux trois fugitifs et des vêtements leur furent fournis tandis que le bateau repartait en direction du fort.

Il ne restait de l'orgueilleuse bâtisse qu'un tas de ruines noircies. Caleb fit jeter l'ancre au large de la baie et, après une journée d'exploration, ne trouva pas un survivant parmi la trentaine de Russes qui avaient habité là en compagnie d'une vingtaine de squaws aléoutes.

Bouleversé, Zachary contemplait les ruines de la redoute *Sv Mikhaïl*. Toute la matinée, avec les marins de la *Bohémienne*, il avait identifié puis enterré les restes des victimes, cadavres parfois atrocement mutilés d'hommes, de femmes, d'enfants... L'attaque des Kolochs les avait pris par surprise, en pleine préparation du *praznik*.

En y invitant Merle, il les avait trahis, comme elle l'avait trahi. A cause de lui, des dizaines de ses compagnons venaient de perdre la vie dans des conditions abominables. Tremblant de colère et de chagrin, il regagna la barque, les poings serrés.

Deux bateaux vinrent mouiller dans la baie. L'un, l'*Alerte*, sous les ordres de John Ebbets, venait de Boston ; l'autre, la *Licorne*, était commandé par un Anglais, Henry Barber, connu pour sa sanglante brutalité. Caleb songea que plus d'un Russe avait dû payer pour ses exactions envers les tribus indigènes.

Un soir, les trois capitaines se réunirent sur l'*Alerte* afin de discuter des mesures à prendre.

— Un tel massacre ne peut rester impuni, déclara d'entrée Barber.

— D'autant qu'ils détiennent sans doute plusieurs captifs parmi les cinq ou six disparus dont nous n'avons pas retrouvé les cadavres, poursuivit Ebbets.

— Je propose que nous joignions nos forces afin d'organiser une action de représailles !

— Il vaudrait mieux commencer par prendre plutôt quelques Tlingits en otage lorsqu'ils viendront faire du troc. De préférence des chefs de tribu, afin d'exiger qu'ils nous rendent leurs prisonniers.

— S'ils refusent, nous les ferons pendre un à un au mât d'artimon !

Durant cet échange, Caleb était demeuré silencieux, sirotant son rhum d'un air ennuyé.

— Qu'en pensez-vous ? lui demanda son compatriote.

— Rien, maugréa-t-il. J'estime que nous nous mêlons de ce qui ne nous regarde pas.

Barber blêmit.

— Vous plaisantez !

— Certainement pas. Après tout, ce ne sont ni des Américains ni des Anglais qui sont morts.

— C'est pourtant ce qui nous arrivera un jour si nous ne faisons pas rendre gorge à ces damnés barbares ! Je viens plusieurs fois par an dans ces eaux pour y faire du commerce et...

— Moi aussi, précisément, coupa Caleb. Je fais des affaires avec ces Indiens de Sitka et je n'ai pas l'intention de tout gâcher pour venger une action dont nous ne connaissons ni les tenants ni les aboutissants. Qui sait si ces Russes n'ont pas mérité ce qui leur est arrivé ?

Empêchant d'un geste le bouillant Anglais de lui sauter à la tête, Ebbets intervint froidement :

— Autrement dit, vous ne serez pas des nôtres.

— Non.

Le jeune Américain repoussa sa chaise pour se lever.

— La *Bohémienne* prendra le large dès demain matin.

— Et les survivants que vous avez recueillis ? continua Ebbets, les lèvres serrées. Que comptez-vous en faire ? Les jeter à la mer pour que ces sauvages achèvent ce qu'ils ont commencé ?

Comprenant que son interlocuteur cherchait à le provoquer dans le but de prolonger la discussion, Caleb préféra ignorer l'insulte. Sur un salut moqueur, il tourna les talons.

— Avec votre permission, messieurs, je regagne mon bord.

— Je me rends à Kodiak, proposa Barber. Si vous le désirez, je puis y emmener vos Russes.

Caleb n'hésita pas longtemps. Il ne savait au fond que faire de ces trois rescapés.

— Soit. Je les ferai mener sur la *Licorne*. A vous revoir, messieurs !

22

Les saumons remontaient les baies et les estuaires à contre-courant des rivières, à la grande excitation des vautours qui volaient en cercle au-dessus des bancs argentés folâtrant dans les eaux calmes.

De gros ours bruns espéraient, eux aussi, les pêcher d'un coup de patte massif et précis, tandis que les Tlingits s'apprêtaient à installer leurs pièges en amont des torrents glacés.

Caleb regardait deux canoës se diriger vers son bateau. Tout était prêt pour commencer le troc : les auvents abaissés, les hommes préparés à tirer en cas de nécessité, les canons braqués.

Comme à l'accoutumée, les indigènes ne furent admis à bord que trois par trois et, parmi eux, monta une jeune femme dont les bracelets de cuivre tintaient aux chevilles. Tout de suite, le capitaine remarqua sa silhouette aux courbes harmonieuses, sa démarche altière, ses longs cheveux brillants, ses yeux d'onyx, ses oreilles percées d'anneaux d'argent.

Sans s'effaroucher, elle soutint son regard. Elle ne devait pas avoir seize ans mais, déjà, possédait une assurance sauvage et fascinante. A l'évidence, elle se savait belle et trouvait naturel de se servir de cet atout comme d'une arme irrésistible.

A ce moment, un de ses hommes apporta au capitaine un paquet de peaux et lui fit remarquer que la façon dont elles avaient été travaillées indiquait plutôt une main de Russe ou d'Aléoute que de Tlingit. Celles-ci avaient sans doute été volées dans le fort dévasté.

Pourtant, Caleb poursuivit la palabre comme si de rien

n'était, sentant toujours peser sur lui le lourd regard de l'Indienne. Le chef désirait en échange de ses fourrures un rouleau de calicot écarlate qu'elle venait de désigner du menton ; si bien que l'Américain se demanda si elle était sa squaw ou sa fille.

— Deux longueurs de tissu par fourrure, précisa-t-il d'un ton sans réplique.

Le chef commençait à compter les peaux quand la fille lui parla dans sa langue avant de s'adresser directement à Caleb dans un anglais des plus approximatifs.

— Homme de Boston avoir épouse ? demanda-t-elle d'un ton de défi.

— Non, répondit-il, quelque peu surpris.

— Être resté longtemps sans femme ?

— Assez...

— Merle plaire homme de Boston ?

Ce nom lui allait bien. Du passereau elle avait la légèreté gracieuse mais aussi la liberté sauvage, autant que la couleur noire des cheveux et des yeux. Caleb refusa de réfléchir plus longtemps aux éventuels désagréments d'une si étrange proposition.

— Combien ? demanda-t-il.

— Rouleau tissu.

Comme il commençait à secouer la tête, elle ajouta vivement :

— Pour Merle et fourrures.

D'un coup d'œil aux deux guerriers qui l'accompagnaient, il put vérifier que ceux-ci semblaient n'y voir aucun inconvénient.

— D'accord, acquiesça-t-il.

— Merle revenir ce soir.

Comme elle esquissait un geste en direction du calicot, il l'interrompit.

— Non. L'étoffe restera jusqu'à ton retour.

Il se doutait qu'en la laissant emporter maintenant son butin il risquait de ne jamais la revoir.

— Homme de Boston pas garder fourrures et tissu. Ou partir sans attendre Merle.

Pas un instant il ne l'avait crue sotte mais cette dernière phrase en disait encore long sur sa ruse. Une telle femme, si elle ne les dominait pas immédiatement, devenait un véritable défi pour les hommes qu'elle rencontrait.

— Tu rapporteras les fourrures en revenant, répondit-il.

A la fin de la matinée, lorsque les Indiens eurent quitté son bord, Caleb se prit à songer avec amusement aux mille pensées qui lui avaient traversé l'esprit en présence de cette squaw. Décidément, il était resté trop longtemps privé de femme.

A tout hasard, il fit doubler la garde de nuit, ignorant si cette étrange princesse viendrait ou non à leur rendez-vous.

Peu après huit heures, une voix annonça l'approche de deux canoës. A l'avant de l'un d'eux se tenait une femme drapée dans une couverture.

— Homme de Boston ! souffla-t-elle en arrivant sous la coque.

— Je suis là ! répondit Caleb.

— Merle venir.

Jusqu'à la dernière seconde il s'était demandé si elle n'avait pas lancé sa promesse en l'air ou, tout au moins, pour tenter de lui soutirer une pièce d'étoffe.

— Monte !

Dans une tension quasi palpable, la jeune femme fut hissée à bord, gardant toujours autour d'elle sa couverture bleu et blanc.

Le capitaine savait ce que pouvaient ressentir ses hommes ; il avait vécu assez longtemps parmi eux pour les connaître, imaginer leur frustration, aussi ne tarda-t-il pas à descendre dans sa cabine avec la jeune Indienne.

En refermant derrière eux, il la regarda examiner les

230

lieux d'un œil curieux. Après avoir ôté son pistolet de sa ceinture, il le déposa dans son coffre. Entendant le déclic du couvercle, elle se retourna juste à temps pour le voir le rabaisser.

Caleb demeura sur place, sans esquisser le moindre geste dans sa direction. Le rouleau de calicot se trouvait dans un coin de la cabine ; la jeune femme ne put cacher qu'elle l'avait aperçu mais, sans plus de détours, se débarrassa de sa couverture. Dessous, elle portait une robe de peau blanc crème à poils longs et sa chevelure sombre tombait librement sur ses épaules jusqu'au milieu de la poitrine.

— Homme de Boston aimer Merle ?

— Appelle-moi Caleb.

Lentement, il s'approcha d'elle.

— Caleb, répéta-t-elle.

Avec une assurance peu commune, elle le laissa venir à elle. Jamais il n'avait rencontré telle détermination, pas même chez une femme blanche.

Elle n'opposa pas la moindre résistance quand il la prit dans ses bras, penchant au contraire le visage en arrière pour mieux s'offrir à ses baisers.

Doucement, il la conduisit à sa couchette et se mit à déboutonner sa chemise. Comme s'il venait de lui donner un signal, elle passa son vêtement par-dessus les épaules et la tête. Caleb admira le corps qui se révélait à lui, la peau d'un doux satin cuivré, les longues jambes galbées, les cuisses fermes et musclées, les hanches élastiques et rondes, la taille fine et bien marquée, la poitrine arrogante et pleine des très jeunes femmes.

Comme un chat paresseux, elle s'étendit sur la couche et l'attendit en s'étirant.

Il vint s'allonger auprès d'elle, effleurant d'une main délicate la chair pulpeuse qui ne frémit pas à ce contact ; simplement, Merle se cambra en soupirant de plaisir, innocente et provocante à la fois.

Un bruit léger réveilla Caleb, un son étranger aux craquements habituels du bateau. Il ouvrit les yeux dans le noir et demeura un instant immobile, l'oreille aux aguets, puis identifia le tintement des bracelets de cheville. Merle ne se trouvait plus à ses côtés ; il n'avait même pas besoin de le vérifier pour le savoir.

Quelque part dans la cabine, elle remuait doucement, prenant apparemment grand soin de n'être pas surprise. Un long silence s'ensuivit, puis une planche craqua dans la coursive et il comprit que la jeune femme était parvenue à lui fausser compagnie. Avec d'infinies précautions, il se leva à son tour et enfila sa culotte en essayant de deviner ce qui l'entourait dans la semi-obscurité. La couverture avait disparu, ainsi que le rouleau de tissu. Son coffre ouvert lui fit pressentir le pire : effectivement, son pistolet s'était aussi envolé. Sans prendre le temps de vérifier si l'Indienne avait dérobé autre chose, il sortit de sa cabine aussi silencieusement qu'elle.

Le lointain hululement d'un hibou retentit dans la nuit. Mais était-ce bien un hibou ? Prudemment, Caleb émergea sur le pont ; une brume épaisse l'enveloppait si bien qu'il ne vit aucune des sentinelles censées monter la garde. Il se jura de pendre ces hommes haut et court s'ils s'étaient endormis.

Mais, pour l'instant, l'important consistait surtout à retrouver Merle au plus vite. Une seule certitude l'apaisait : elle ne plongerait pas ; pas avec sa couverture, son métrage de calicot et son pistolet. A nouveau, il entendit un appel aigu d'oiseau nocturne... à moins que ce ne fût un... merle ? Un mouvement léger l'alerta sur le gaillard d'arrière.

Cependant il ne s'y rendit pas directement et préféra s'armer d'un tromblon qu'il gardait caché en permanence derrière la porte de la coursive. Le brouillard se condensait maintenant en fines gouttelettes et Caleb ne distingua pas immédiatement le clapotis des vagues contre la coque du lapement de rames à la surface de l'eau. Puis il s'aperçut que ce bruit provenait de plusieurs directions à la fois. Pointant son arme, il tira au jugé en criant :

— Tout le monde sur le pont !

Faisant volte-face, Merle se dressa derrière lui ; des cris s'élevèrent de l'eau, mêlés à ceux de l'équipage qui s'assemblait. Le capitaine allait faire feu à nouveau quand il se rendit compte que l'Indienne le tenait en joue avec son propre pistolet. Dans un réflexe fulgurant, il saisit le bout d'une écoute, qu'il lui lança sur les bras pour la désarmer. En tombant, l'arme partit et le projectile passa en sifflant à son oreille.

Il se pencha pour la ramasser au moment où, quelque part depuis le port, retentissait un coup de canon, suivi de près par le naufrage d'un canoë. Merle cria quelque chose dans sa langue. La saisissant par le cou, Caleb lui interdit de parler et elle se débattit à coups de pied et coups de poing, toutes griffes dehors, comme un chat sauvage.

Bientôt le silence retomba, seulement bercé par le clapotis des flots. Abandonnée des siens qui fuyaient, Merle ne bougeait plus, visiblement sur le point de reprendre sa lutte de plus belle.

Laissant l'équipage faire bonne garde, Caleb emmena la jeune femme dans sa cabine sans relâcher son emprise avant d'avoir claqué la porte derrière lui. Alors l'Indienne se redressa et lui fit face, ses yeux sombres luisant d'un éclat de haine animale.

Il pointa sur elle le pistolet qu'elle lui avait pris.

— J'ai cru comprendre que tu m'aurais bien brûlé la cervelle avec ceci...

Il n'acheva pas sa phrase qu'elle se jetait sur lui. L'éclair d'une lame brilla dans un rayon de lumière provenant de la chandelle de veille ; il fit un bond de côté mais pas assez vite pour éviter l'estafilade qui lui déchira l'avant-bras. En jurant, il lui tordit le poignet pour l'obliger à lâcher prise.

Entendant le couteau tomber au sol, Caleb poussa un

bref soupir, pour se faire aussitôt griffer le visage. Se protégeant les yeux de justesse, il saisit les deux mains qui venaient de tenter de l'aveugler et se fit mordre jusqu'au sang.

— Quelle furie ! s'exclama-t-il en la repoussant violemment.

Trébuchant, l'Indienne perdit l'équilibre et vint s'assommer contre le coffre. Caleb en profita pour lui lier pieds et poings avant de se verser un verre de rhum en soupirant.

L'alcool brûlant dans son gosier éveilla sa colère. Il s'en voulait autant qu'à elle du piège dans lequel il avait failli tomber.

A l'aube, une dizaine de canoës emplis de guerriers peinturlurés entouraient le bateau. Caleb ordonna que l'Indienne fût amenée sur le pont afin d'être vue de tous.

Le chef qui l'avait accompagnée la veille se leva pour parler :

— Nous venir chercher Merle.

— Non, elle restera ici. En otage.

Le murmure de colère des guerriers se mua vite en une clameur de protestation.

— La nuit passée, cria Caleb, vous avez tenté d'attaquer mon bateau. Je prenais les Tlingits pour mes amis, j'avais confiance en eux. J'avais accepté d'échanger une pièce de tissu contre vingt peaux et la présence d'une femme pour la nuit.

Il fit signe à Hicks d'envoyer le rouleau de calicot par-dessus bord.

— Voici donc l'étoffe, pour vous prouver que je tiens parole mais, tant que je demeurerai dans vos eaux, cette femme restera avec moi. Elle sera bien traitée et, lorsque je partirai, je la relâcherai, à moins qu'un des vôtres ne m'attaque de nouveau. Alors je la tuerai.

De nouvelles protestations s'élevèrent des rangs des Indiens, qui finirent cependant par éloigner leurs canoës.

Caleb attendit qu'ils aient atteint la plage pour se tourner vers son équipage.

— Maintenant surveillez-la, ordonna-t-il. Ne lui parlez pas, ne l'écoutez pas non plus, quoi qu'elle puisse vous dire. Si elle s'approche du bord, tirez sans sommation.

Comme ses hommes marquaient une hésitation, il insista :

— Est-ce bien compris ?

— Oui, capitaine ! répondirent-ils en chœur.

— Si vous tenez à la vie, ajouta-t-il, n'accordez pas la moindre confiance à cette femme, ou vos têtes finiront par se dessécher sur des pieux, comme pour les Russes du fort. Ne l'oubliez jamais.

Le soleil couchant teintait d'or les premiers nuages et de rose les voiles de la *Bohémienne*. L'équipage au complet était réuni sur le pont pour prendre quelque repos en buvant, fumant et jouant aux cartes.

Caleb se tenait éloigné sur le gaillard d'arrière, humant les parfums du soir rapportés par la brise marine. Son bateau gardait dans ses soutes la plus riche des cargaisons de fourrures de loutre. Tout en laissant son regard errer sur les solitudes sauvages de ce paysage, il songeait au port grouillant de Canton où il se retrouverait bientôt, parmi les sampans, pour vendre ses deux mille peaux. Aussitôt, il réinvestirait le bénéfice dans des soieries, du nankin, du thé et du crêpe. Et si la chance le permettait, il n'hésiterait pas à traiter quelques-unes de ses plus belles pièces avec les contrebandiers de la route de Macao.

Huit heures sonnèrent, l'arrachant à ses pensées. Il s'apprêtait à regagner sa cabine quand il entendit dans la coursive la voix exaspérée de Dawson :

— Rends-le-moi, sorcière, ou tu vas bientôt goûter de ceci !

Il aperçut alors son intendant qui menaçait Merle de son ceinturon. Elle gardait les mains cachées derrière le dos, le regard fixé sur lui, grondant sourdement avec l'expression d'un fauve en cage.

Depuis dix jours, elle ne sortait sur le pont que quelques heures le matin et demeurait le reste du temps confinée dans les quartiers privés du capitaine.

— Que se passe-t-il, Dawson ?

— En rangeant les couteaux de cuisine, je me suis aperçu qu'il en manquait un.

— Rends-le, Merle.

Caleb lui tendit une paume. Après un long moment d'hésitation, la jeune femme tendit une lame, qu'il savait meurtrière entre ses mains. Sans attendre de savoir si elle comptait la donner ou s'en servir, Caleb lui tordit le poignet pour lui faire lâcher prise.

Dawson parut désorienté par son peu de résistance.

— Vous devriez la fouetter pour lui apprendre à ne plus voler, capitaine !

A l'évidence, l'homme se porterait aussitôt volontaire pour l'exécution de la sentence.

— Ce faisant, je devrais tout autant vous punir pour avoir laissé cette arme à sa portée, Dawson !

L'intéressé pâlit et recula lentement.

— Sans doute, capitaine, marmonna-t-il en jetant un regard furtif sur l'Indienne. Avez-vous besoin d'autre chose ce soir ?

Caleb avait encore présentes à l'esprit les évocations colorées de Canton et de ses femmes lascives en robes de soie.

— Oui. Trouve un vêtement décent pour cette personne. Je suis fatigué de la voir dans cette peau de chèvre.

— Quoi qu'elle porte, ce sera toujours une sauvage ! maugréa l'intendant.

— C'est un ordre, Dawson !

Se raidissant, celui-ci répondit en s'éloignant :

— Tout de suite, capitaine. Ce que j'en disais...

Lorsque tous deux se retrouvèrent seuls dans l'escalier, Caleb interrogea de nouveau sa prisonnière :

— Qu'as-tu dérobé d'autre, Merle ?

Les lèvres serrées, elle lui jeta soudain deux boutons dorés à la figure.

— Rien n'échappe à Caleb ! murmura-t-elle en se détournant.

A l'entendre c'était plus une critique qu'un compliment.

Le capitaine sourit et la poussa devant lui vers sa cabine.

— Heureusement pour moi, commenta-t-il, narquois. Sinon il y a longtemps que tu m'aurais planté un couteau entre les omoplates.

Comme elle ne répondait pas, il en conclut que la chose était vraie. Cependant, au lieu de l'effrayer, l'idée fit monter en lui une vague de désir. Son geste se transforma peu à peu en une caresse dans le dos de la jeune femme.

— Non ! s'exclama celle-ci en se dégageant. Merle ne veut pas de Caleb.

A part lui, il ne put s'empêcher d'admirer combien, en un peu plus d'une semaine, elle avait fait de progrès en anglais.

— Tu dis toujours cela ! observa-t-il, moqueur, en la faisant entrer dans sa cabine.

Brusquement, il l'étreignit et l'embrassa, pour reculer d'un bond, la lèvre inférieure mordue jusqu'au sang.

— Sale petite peste ! souffla-t-il en souriant malgré lui.

Avec elle, chaque seconde apportait son élément de surprise si ce n'était de danger.

— J'adore que tu me résistes ainsi, ajouta-t-il. Toi aussi, n'est-ce pas ?

— Je veux respirer à l'air libre !

— Je m'en doute, mais il te faudra patienter jusqu'à demain.

Sortant son mouchoir, il épongea le sang de sa lèvre.

— Ton esclave arrive, annonça-t-elle soudain.

Une seconde plus tard, un grattement à sa porte confirmait ses dires.

— Entrez.

Dawson apparut, portant un kimono en velours de soie aux couleurs vives.

— C'est tout ce que j'ai trouvé, capitaine. A moins que vous ne désiriez l'habiller en matelot.

— Non, ça ira bien. Prends-le, Merle.

Les yeux de la jeune femme se mirent à briller.

— C'est pour moi ?

— Oui.

Sans plus attendre, elle ôta sa robe de peau, sous l'œil scandalisé de l'intendant.

— Est-ce que ce sera tout, capitaine ? s'empressa-t-il de demander.

Caleb fit signe que oui tout en tendant le kimono à Merle pour l'aider à l'enfiler. Comme la porte se refermait derrière Dawson, il la regarda croiser sur elle le délicat vêtement, passer une paume admirative sur la douce étoffe. La rivière de ses cheveux noirs flottant sur ses épaules et son dos lui donnait un air d'Asiatique ; elle parut aux yeux de Caleb infiniment plus civilisée avec cette tournure. Il n'était cependant pas certain de la préférer ainsi.

— Personne ne m'a jamais fait un tel cadeau, assura-t-elle, enchantée, pas même Zachary.

Oubliant visiblement qu'elle n'était pas seule, elle ferma sa ceinture devant le miroir en ajoutant comme pour elle-même :

— Zachary Tarakanov.

Un long moment, elle s'admira, immobile et muette, puis elle se tourna, souriante, vers lui.

— Je saurai montrer ce soir à Caleb combien son cadeau me réjouit.

Comme elle s'approchait, il lui prit les bras pour la tenir loin de lui.

— Sais-tu qu'il est vivant ? demanda-t-il. Il n'a pas été tué parmi les autres Russes du fort.

— Je sais.

Son indifférence ne paraissait pas feinte. Pas plus, sans doute, que s'il lui avait annoncé sa mort. A l'évocation du massacre, Caleb se prit à la haïr de toutes ses forces ; si lui-même se trouvait un jour empalé sur les piques tlingits, elle s'en moquerait tout autant. Mais lui-même, songea-t-il en souriant intérieurement, quel regret éprouverait-il à la voir subir un tel sort ? Aucun. Rassuré à cette pensée, il la souleva dans ses bras pour l'emporter sur sa couche.

A la fin de la semaine suivante, Caleb décida qu'il était temps de poursuivre sa quête le long des côtes Sud de l'île. Il découvrit alors qu'un autre bateau avait déjà traité avec les indigènes locaux et ne s'attarda donc pas. Il relâcha Merle dans un village qu'elle prétendait connaître et partit vers la haute mer.

Au loin sur la plage, s'amenuisait la silhouette dans le kimono aux couleurs vives. Une telle tenue créa une sensation parmi les compatriotes de la princesse, qui disparut bientôt à la vue de Caleb, happée par la foule des curieux. Il n'éprouvait aucun regret. D'Amérique du Sud, d'Hawaii, d'Asie ou d'Afrique, il avait connu toutes sortes de femmes qu'il ne reverrait jamais, ou serait de toute façon bien en peine de reconnaître.

23

Après avoir passé les deux dernières années avec sa famille sur Kodiak, Zachary abordait de nouveau la baie où s'était élevée la redoute *Sv Mikhaïl*. Aucune trace n'en demeurait. Aucune pierre n'indiquait les tombes des victimes russes alors qu'une multitude de tentes s'installaient brusquement sur le site. Plus de trois cents *bidarky* s'alignèrent ainsi le long de la plage. L'atmosphère ne sentait plus la mort mais la cuisine et le feu de bois. Des gardes furent postés jusque dans les bois sombres où Zachary s'était autrefois réfugié.

Chacun des vaisseaux expédia, outre les *bidarky*, une barque emplie d'hommes d'équipage. Le *Yermack*, l'*Alexandre*, le *Rotislav* et l'*Ekaterina*, sur lequel Mikhaïl avait voyagé, étaient maintenant tous arrivés, dominés par l'imposante frégate *Neva*, de la Marine impériale russe.

Oubliant le bruit et les mouvements, Zachary pensait à Merle, à la dernière fois qu'il l'avait vue, sur cette même plage. Saurait-il un jour si la jeune femme l'avait délibérément trahi ou si son clan s'était servi d'elle à son insu pour attaquer un jour de fête ? Tant que subsisterait un doute, il ne parviendrait pas à la détester vraiment et ne reprocherait qu'à lui-même la mort de ses compagnons.

Une main se posa soudain sur son épaule.

— Zachary.

A la voix familière de son frère, il se retourna.

— Je ne pensais pas te retrouver aussi aisément, poursuivit Mikhaïl en souriant.

Durant la traversée depuis Kodiak, tous deux n'avaient

eu aucun contact ; leur dernière rencontre remontait au départ, dans une cabine où se trouvaient leur mère et une jolie jeune fille de quatorze ans qui avait nom Larissa, sa fille. En tant que marin, Mikhaïl, l'élégant officier au visage lisse, bénéficiait en effet d'avantages auxquels ne pouvait prétendre le simple chasseur barbu qu'était Zachary.

— As-tu fait bon voyage ? demanda celui-ci.

— Sans incident.

Le jeune homme regarda autour de lui.

— Cette terre ressemble bien à ta description ; même sans carte, je crois que je l'aurais trouvée.

Autour d'eux se poursuivait le mouvement incessant des hommes qui dressaient le camp, allumaient des feux, déchargeaient les barques.

— Il lui aura peut-être fallu deux ans, mais Baranov a fini par monter une imposante armée, observa Mikhaïl après un silence.

— Oui, marmonna son frère, songeur.

La reconquête de Sitka obsédait en effet leur chef, le nouveau gouverneur officiel de l'Amérique russe. Cependant, Zachary ne rêvait pas, comme lui, de vengeance, en partie parce qu'il se sentait plus ou moins responsable du massacre.

A la lumière d'un des foyers, il distingua la courte silhouette du gouverneur, accompagné d'un homme en uniforme.

— Qui est-ce ?

— Le capitaine Lisianski, de la *Neva*.

A la grande surprise de tous, de Baranov le premier, un navire officiel de Sa Majesté venait en effet leur rendre visite en Amérique. Il était prévu d'envoyer dès le lendemain une expédition chez les Kolochs.

— Nous commencerons par nous montrer conciliants, ajouta Mikhaïl, en leur demandant seulement de quitter Sitka.

— Ils n'accepteront jamais.

L'Aléoute redoutait un nouvel affrontement entre les deux communautés ; depuis que le capitaine anglais l'avait ramené sur Kodiak pour l'échanger auprès de Baranov contre une forte rançon, tous disaient qu'il avait échappé par miracle au massacre de la redoute. Lui-même se demandait seulement s'il devait la vie à Dieu ou à Merle ; celle-ci avait-elle supplié les siens de n'attaquer qu'après son départ du fort, ou ne s'agissait-il que d'un hasard ?

Il ne portait pas ces indigènes dans son cœur mais s'inquiétait encore pour elle.

L'annonce du retour de Nanouk venait de se propager dans le village de Merle comme une traînée de poudre ; toute la journée, elle et les gens de son peuple avaient surveillé les embarcations russes et aléoutes mais, maintenant, son attention se reportait sur le canoë qui ramenait le chef de sa tribu, son frère et son mari, Loup Rapide, qui étaient allés demander des explications à Baranov sur son propre bateau. Soudain, un coup de canon fut tiré du grand navire à multiples voiles, manquant retourner l'embarcation des trois Kolochs et faisant crier de terreur les enfants du voisinage. Pourtant, le bambin assis devant Merle ne tressaillit pas et se leva simplement vers elle afin de s'agripper à sa jambe. La jeune femme prit son fils dans ses bras, prête à s'enfuir s'il le fallait, mais le canon ne tira plus.

Rassurée, elle jeta un regard vers le petit Loup Gris, fière de ne lire aucun signe de frayeur dans son regard. Avec ses cheveux raides et noirs et sa peau mate, il ressemblait à sa mère, mais ses yeux bleu-gris trahissaient de tout autres origines.

A sa grande surprise, la jeune femme vit son mari passer devant elle sans explication pour pénétrer dans leur maison. Elle le suivit à l'intérieur.

Il se rendit au second étage, où se trouvaient les dortoirs et les réserves à grain.

— Que s'est-il passé ? questionna-t-elle, inquiète.

— Nanouk nous a demandé des otages avant de nous laisser placer un mot. Il prétend n'avoir plus aucune confiance en notre peuple.

Merle se raidit sous l'insulte. Il était inutile d'en savoir plus : son mari courait peut-être aussi vite qu'un loup mais il réfléchissait à l'allure d'un escargot. Parfois elle se demandait s'il s'était rendu compte que leur fils n'était pas de lui. Agacée, elle se détourna pour voir entrer son frère, Cœur de Cèdre.

— Le chef pense-t-il que Nanouk compte attaquer notre village ?

— Sans doute, répondit le jeune homme. Nous avons accepté ses deux premières exigences, à savoir que nous les laisserions s'installer à la place de leur ancien fort et rendrions nos esclaves aléoutes. Mais nous ne pouvions céder à la dernière : abandonner nos terres.

— Il exige l'impossible afin d'obtenir un prétexte pour nous faire la guerre, murmura-t-elle, atterrée.

— La nuit va bientôt descendre. Nanouk attendra le lever du soleil ; notre chef veut profiter de ce délai pour réunir un conseil. Je pense qu'il nous fera quitter les lieux dès la tombée du jour pour nous rendre à la maison fortifiée près de la rivière.

Merle sourit.

— Même le canon du grand bateau ne pourra tirer aussi loin.

— Non, en effet.

Le jeune homme ne put cacher son admiration pour sa vivacité d'esprit.

— Mais Nanouk a beaucoup trop d'hommes et de munitions, reprit-elle.

— Nous enverrons des messagers aux autres clans pour leur demander de l'aide. Tu verras : ils seront là dans quatre jours au plus tard.

Les Russes prirent tout leur temps pour mettre au point leur attaque mais, le cinquième jour, le commandement de l'*Ekaterina* fut donné au lieutenant cosaque Arbousov. Plusieurs canons de la frégate furent transbordés sur son vaisseau et, sous les ordres de son capitaine, Mikhaïl pilota jusqu'à l'entrée de la baie où se tenait la maison fortifiée des Kolochs. Les trois autres navires le suivirent tandis que la *Neva* demeurait sur place.

Pas un indigène ne se montra au cours des jours qui suivirent mais Mikhaïl savait que leur refuge en était plein, puisque, chaque soir, s'élevaient de la maison de longues mélopées guerrières qui avaient le don de jouer sur les nerfs des assiégeants.

Aux premières lueurs de l'aube, le chant montait encore, ce matin-là, comme si les Kolochs avaient senti que cette journée serait décisive, si bien que l'ordre vint pour tous comme une délivrance :

— Feu !

L'air vibra d'un roulement de tonnerre et le pont trembla sous les pieds de Mikhaïl. Néanmoins, peu de boulets touchèrent la forteresse, affaiblis par la distance, et ne causèrent que peu de dommages.

Nullement découragés, les artilleurs poursuivaient leur tir de barrage, laissant envahir toute la baie d'une âcre fumée aussi insupportable que le vacarme des bouches à feu. Cependant, l'objectif semblait se rire d'une si vaine démonstration de force. Baranov fit bientôt cesser ce gaspillage de poudre et se dirigea vers Mikhaïl.

— Est-il possible d'amener le navire plus près de la côte, Tarakanov ?

— Non, monsieur.

C'était pour apaiser sa soif de grands voyages que Mikhaïl avait opté pour le métier de marin ; pourtant, depuis son retour de Russie, il n'effectuait que de courtes traversées à travers l'Amérique russe. Lui que les noms de Chine, Europe, ou même Nouvelle-Angleterre faisaient rêver, il devait se contenter des quelques baies froides où croisaient les *promychleniky*.

On décida d'emporter les pièces d'artillerie les plus légères sur la plage afin de donner l'assaut des deux côtés à la fois, Baranov commandant un groupe de cent hommes, Arbousov l'autre.

C'est en mettant pied à terre que Mikhaïl rencontra de nouveau son frère, dont la mine sombre l'étonna quand un tel combat aurait dû cent fois le réjouir.

— Je te souhaite bonne chance ! murmura-t-il en lui tapant sur l'épaule.

— Merci, répondit Zachary d'une voix à peine audible.

En effet, ce dernier ne pouvait s'empêcher de penser que Merle se cachait quelque part derrière ces murs. Les canons, eux, ne choisiraient pas leurs victimes.

Des heures durant, la lugubre canonnade retentit dans la baie, entrecoupée de silences encore plus terrifiants au cours desquels plus rien ne bougeait de part et d'autre. Quand les hommes attaquaient à pied, ils étaient invariablement repoussés par des vagues de guerriers aux visages peints de noir et de rouge, armés de lances et de flèches meurtrières plus rapides que les lourds mousquets à un coup.

Le soir, cependant, après qu'eurent retenti les canons de la *Neva* venue en renfort, un vieil homme fit son apparition, portant un drapeau blanc. Les Kolochs acceptaient de se retirer.

Incapable de fermer l'œil de la nuit, Zachary demeura sur le pont de l'*Ekaterina* à marcher de long en large, remâchant amèrement ses pensées. A Kodiak, loin de Merle, il lui avait été à peu près facile d'oublier celle qui demeurait l'unique amour de sa vie, mais maintenant, alors qu'il se savait si près d'elle, son chagrin se ravivait avec l'acuité des premiers jours. Il voulait croire qu'elle aussi l'avait aimé, qu'il ne s'était pas trompé en lui faisant confiance.

Depuis la forteresse monta un chant plaintif. Zachary

s'immobilisa pour l'écouter. Un tambour lointain l'accompagnait. Sans en comprendre les paroles, l'Aléoute en saisit la détresse et frémit.

Peu avant l'aube, le silence se fit à nouveau, peut-être pis encore pour les nerfs des assiégeants.

Les premières lueurs du jour ne révélèrent pas le moindre mouvement parmi les indigènes.

Une petite troupe, dont Zachary voulut faire partie, fut envoyée en avant-garde. Ils ne virent dans la maison fortifiée que quelques oiseaux charognards réunis sur un totem au milieu de la cour intérieure. Au sol gisait un amoncellement de cadavres abandonnés par les fuyards.

La mort les avait déjà figés en statues froides que Zachary se précipita pour écarter une à une, brûlant de la plus folle inquiétude, terrifié à l'idée de découvrir Merle parmi ces corps. Mais une seule femme adulte se trouvait dans ce macabre rassemblement, trop vieille et trop ridée pour évoquer la grande et radieuse silhouette de celle qu'il aimait encore. Les autres étaient pour la plupart des guerriers sans doute blessés au cours des quelques sorties de la veille, ainsi que des enfants ou des vieillards.

Tombant à genoux, Zachary poussa un immense soupir de soulagement, certain désormais que Merle était vivante... quelque part.

24

A la place du village koloch, les Russes installèrent un comptoir qu'ils appelèrent la Nouvelle-Arkhangelsk, un bastion défendu par vingt canons et qui dominait le pŏrt en contrebas. Du bétail y avait été transporté puis élevé, vaches, porcs et chèvres ; un potager protégé par une haute palissade y poussait.

Après un hiver à Kodiak, la *Neva* revint y mouiller en compagnie du brick *Maria*.

Depuis le pont, Mikhaïl aperçut Zachary qui montait la garde sur le mur fortifié et prit la première barque pour monter le rejoindre.

— Tu as du courrier de Kodiak, annonça-t-il. Une lettre de ta fille.

Zachary regarda sans le prendre le papier que lui tendait son frère, car il ne savait ni lire ni écrire.

— Que dit-elle ? demanda-t-il seulement. Comment se porte notre mère ?

— Elle va bien.

Mikhaïl lut à haute voix le message dans lequel Larissa racontait comment elle poursuivait ses études sous la direction du père Herman, comment elle aidait aussi Tacha dans son travail.

— Il paraît que Baranov veut donner sa démission, reprit Zachary pour tout commentaire.

— Ce n'est pour l'instant qu'une rumeur.

Les chiens du camp se mirent à aboyer et, tournant la tête, les deux frères découvrirent une dizaine de canoës kolochs arrivant vers la plage. Les hommes et les femmes qui s'y trouvaient ramaient en chantant.

Parvenus sur le rivage, ils se turent et un homme

portant les attributs d'un chef descendit pour venir parler sous les remparts. Zachary comprit presque tout ce qu'il disait.

— Nous étions vos ennemis, commença-t-il. Nous vous avons fait du mal. Vous étiez nos ennemis, vous nous avez fait du mal. Nous voulons devenir vos amis, oublier le passé. Nous ne souhaitons plus vous voir partir, ne nous chassez plus, devenez nos amis.

Le même discours fut répété par d'autres chefs tout autour des remparts. Déjà plusieurs villages avaient conclu la paix avec Baranov.

Celui-ci finit par se montrer. La fatigue, l'alcool et l'humidité du climat avaient eu raison de sa santé. Proche de la soixantaine, dévoré par les rhumatismes, marchant à l'aide d'une canne, il n'aspirait plus qu'à rentrer au pays afin de s'y reposer enfin. Pourtant son regard conservait la même énergique vivacité.

Zachary l'accompagna devant l'entrée du fort pour traduire la conversation avec le chef koloch. C'est alors que le regard de l'Aléoute fut attiré par une femme vêtue d'une robe aux couleurs vives. Son sang se glaça dans ses veines. Merle !

Pétrifié, il n'émergea de son vertige qu'en sentant la canne de Baranov lui battre impatiemment le mollet. Alors il aperçut l'enfant aux pieds de la jeune femme, un petit garçon d'environ trois ans, aux yeux infiniment bleus.

Tout en traduisant machinalement, il éprouvait les plus grandes difficultés à se concentrer. Jamais Merle ne lui avait paru aussi belle, avec son regard brûlant le feu et la glace. Un éclair de désir lui traversa instantanément le corps et ses derniers doutes s'évanouirent dans le brasier de sa passion. Elle était là et il la chérissait toujours. Rien d'autre ne pouvait plus compter.

En réponse à son sourire, il reçut un léger regard de sympathie. Ce fut comme si les années d'absence s'effaçaient subitement, comme s'ils s'étaient quittés la veille.

Inconsciemment, il se redressa, le cœur soudain empli d'une indicible joie.

Les discours échangés lui parurent infiniment longs et solennels. Enfin, Baranov donna l'ordre d'improviser une cérémonie de bienvenue dans la grande tente, prévue pour recevoir les tribus pacifiées. Mais Zachary ne parvint à apprécier ni la viande ni l'alcool, les yeux rivés sur Merle, dont la seule vue suffisait à l'enivrer.

Enfin les Kolochs se mirent à danser et il put s'approcher d'elle sans éveiller les soupçons. S'asseyant près de l'Indienne, il ne parvint cependant pas à parler, la langue paralysée, incapable d'articuler les mots qui lui venaient à l'esprit. Tout en chantant doucement avec les autres femmes, la jeune Indienne le regardait, laissant l'enfant jouer sur ses genoux.

— Est-ce ton fils ? finit-il par demander.

Hochant la tête, elle répondit :

— Il s'appelle Loup Gris.

— C'est un joli petit garçon. Quel âge a-t-il ?

— Il est né il y a deux hivers, à l'époque où les ourses ont leurs petits.

Dans le langage koloch, cette indication signifiait à peu près le mois de février. Cet enfant ne pouvait être que le sien. A cette idée, Zachary se sentit envahi d'un élan de fierté.

La danse atteignait un rythme lancinant, les voix montaient dans un irrésistible crescendo. Au lieu de participer à la joie générale, il s'agaçait de ce que ses retrouvailles avec la femme qu'il aimait eussent lieu en présence de tant de témoins importuns.

Se penchant vers elle, il tenta de se faire entendre en criant :

— Si nous sortions un peu ?

Elle le dévisagea un instant, comme si elle hésitait puis :

— Va. Merle te rejoindra bientôt.

Sans trop s'interroger sur les précautions qu'elle

croyait devoir prendre, il obtempéra, déjà trop heureux de la voir accepter.

A l'extérieur, le crépuscule baignait les nuages de pourpre dans une fraîche brise salée. Zachary se dirigea le cœur léger vers les canoës alignés sur la plage.

Entendant crisser un pas derrière lui, il se retourna pour s'apercevoir qu'il s'agissait de Mikhaïl. L'air soucieux, celui-ci l'avait suivi.

— Que t'arrive-t-il, Zachary ?

— Rien.

— Pourquoi es-tu sorti ? Je t'ai vu parler avec une femme koloche. Tu avais l'air de la connaître.

— En effet.

A ce moment, Merle se glissa sous l'ouverture de la tente et vint dans leur direction en tenant son enfant par la main. La désignant du menton, Zachary poursuivit en souriant :

— J'ai rendez-vous avec elle. Et vois-tu ce petit garçon ? C'est mon fils.

— Pardon ?

Sans prendre garde à l'exclamation incrédule de son frère, Zachary accueillit la jeune femme à bras ouverts, l'embrassa avec la plus tendre des émotions. Il croyait l'avoir aimée, et cependant ses souvenirs n'avaient rien de commun avec l'adoration passionnée qu'elle lui inspirait maintenant.

Sans lâcher son étreinte, il lança joyeusement :

— Merle, je te présente mon jeune frère, Mikhaïl Tarakanov. Mikhaïl, voici Merle.

Puis, se penchant, il souleva le garçonnet, qui ne le quittait plus des yeux, éberlué.

— Et ce petit bonhomme s'appelle Loup Gris. Nous ne nous quitterons plus, désormais.

Comme pour infirmer cette promesse, un grand guerrier koloch se matérialisa devant l'entrée de la tente où les danses venaient de cesser.

250

— Non, murmura Merle en se dégageant. Voici venir Renardeau.

— Qui est-ce ?

— Le frère de mon défunt mari. Il m'a prise comme sa seconde épouse.

La coutume koloche obligeait en effet tout homme à prendre sous son toit la famille d'un frère mort, particulièrement lorsque celui-ci avait été rituellement achevé par le chaman afin que ses blessures de guerre ne retardent pas la retraite de la tribu.

Merle acceptait cependant à grand-peine de ne passer qu'après la première épouse, une femme laide et plate qui prouvait, s'il en était besoin, que Renardeau manquait encore plus de cervelle que Loup Rapide.

— Retourne à la tente ! ordonna froidement son mari.

Furieuse de se voir parler comme à une esclave, elle se raidit, tendant subrepticement la main vers le couteau glissé dans la ceinture de Zachary.

Comme Renardeau s'approchait encore, l'air menaçant, elle fit subitement jaillir la lame.

— Je reste avec Zachary ! lança-t-elle en russe.

Surpris, le guerrier finit par esquisser un geste pour la désarmer mais, ainsi qu'elle l'espérait, l'Aléoute s'interposa.

— Laisse-la !

Devant les yeux effarés de Mikhaïl, il sortit son pistolet.

— Zachary ! intervint ce dernier. Au nom du ciel, que crois-tu faire ? Nous venons à peine de conclure la paix avec ces gens !

— Je ne veux plus vivre avec lui, poursuivait Merle d'un air dédaigneux. Je ne serai la seconde épouse de personne.

— Ce n'est pas moi qui t'ai demandée ! protesta Renardeau, furieux.

— Alors je ne suis plus ta femme et tu n'es plus mon mari.

Abaissant son couteau, elle se détourna tranquillement. Tout était dit. Il ne faudrait même pas rendre les cadeaux de mariage puisque leur volonté de séparation était partagée.

Pris au piège, Renardeau serra les dents puis se tourna vers Zachary.

— Tu veux cette femme ? demanda-t-il en russe.

— Oui.

— Donne-moi deux paires de ciseaux et une couverture. Elle sera tienne.

— Non ! protesta Merle avec colère. Tu acceptes que le mariage soit annulé. Zachary ne te doit rien.

— Je paierai ce qu'il demande, promit ce dernier d'un ton apaisant.

— Non.

Furieuse, elle se mit à abreuver d'injures le Koloch qui, à son tour, finit par la traiter de tous les noms.

Gêné par la tournure que prenaient les événements, incapable de calmer les esprits, Zachary vit soudain arriver Baranov.

— Que se passe-t-il ? demanda le gouverneur, irrité.

Son intervention ne fut pas plus couronnée de succès. Alors il sortit son pistolet et tira en l'air. L'explosion donna enfin le résultat désiré.

— Peut-on m'expliquer une bonne fois de quoi il s'agit ? reprit-il.

Zachary s'empressa de lui répondre avant que les deux antagonistes s'en mêlent à leur tour. Finalement, Baranov leva les deux mains et demanda le silence, pour se tourner vers son interprète :

— Tu veux cette femme ?

— Oui. Je suis le père de son enfant. Je paierai le prix demandé, même si Merle estime que je ne dois rien à personne.

Un sourire moqueur étira les lèvres du Russe, qui esquissa un léger salut de la tête en direction de la jeune femme.

— Je félicite madame de veiller ainsi sur tes intérêts. Cependant, au nom de la paix et de notre bonne volonté à tous, il te faudra payer.

Nul ne s'avisa de contredire la décision de Nanouk. Renardeau reçut ses ciseaux ainsi que sa couverture, et Merle devint la femme de Zachary.

A la fin de la même semaine, Baranov baptisa Loup Gris sous le nom de Vassili Zacharievitch Tarakanov mais personne n'appela jamais l'enfant par ce nom. Loup il était, Loup il resta.

En octobre, la pluie se mit à tomber, un déluge sans fin aux yeux de Mikhaïl, qui pataugeait dans la boue en direction de l'isba de son frère. Autant le froid savait se faire discret dans cette région de Sitka, autant l'humidité ne cessait d'y incommoder les habitants.

N'obtenant pas de réponse après avoir frappé, il poussa doucement la porte. Seul résonnait le martèlement de la pluie sur le toit de la maisonnette en rondins. Il s'apprêtait à repartir en soupirant quand il entendit un pas derrière lui. Merle rapportait du bois coupé. Une couverture lui protégeait la tête, qu'elle tenait plus droite qu'aucune autre femme. A plusieurs reprises, Mikhaïl avait admiré cette fierté qui confinait parfois à l'insolence.

L'apercevant sur le seuil, l'Indienne marqua une légère hésitation avant d'entrer.

— Tu es mouillé, remarqua-t-elle.

— Je cherchais Zachary.

— Il reviendra bientôt.

Comme elle repoussait la porte du pied, sa couverture tomba, révélant la chevelure noire et brillante qui encadrait son visage. Mikhaïl se détourna.

— Laisse-moi te décharger de ce fardeau, murmura-t-il, la tête basse.

Il se pencha pour faire du feu et tressaillit quand il entendit sa belle-sœur murmurer de sa voix grave :

— On dirait que tu n'as pas eu de femme depuis longtemps.

— Elles ne sont pas nombreuses par ici, s'empressa-t-il de répondre. Zachary ne tardera plus, m'as-tu dit ?

— En effet.

Étendant sa couverture sur le coffre à bois, elle se rapprocha du jeune homme.

— Tu as besoin d'une femme, pourquoi ne me le demandes-tu pas ? Me trouves-tu donc laide ?

— Non.

La vérité lui avait échappé comme un cri.

— Mais tu appartiens à Zachary, ajouta-t-il.

— Tu es son frère. Chez moi, une femme peut avoir deux maris s'ils sont frères.

Mikhaïl eut un petit rire.

— Les Russes n'admettent pas ce genre de pratique.

— Pourquoi ? Une femme doit concevoir des enfants. Zachary se fait vieux. Toi, tu es jeune et vigoureux. Tu pourrais me donner beaucoup de fils.

Les yeux rivés sur les flammes jaunes, il répliqua d'une voix sourde :

— Ne dis pas cela. Avec seize ou dix-sept ans de plus que lui, Baranov a un fils de trois ans.

— Nanouk, c'est autre chose. Pourquoi ne veux-tu pas de moi ?

Faisant volte-face, Mikhaïl allait lui expliquer sa notion de la trahison, quand la porte s'ouvrit sur Zachary, dont le rire se mêlait à celui de son fils.

— J'ignorais que tu te trouvais ici ! s'exclama gaiement l'Aléoute.

Secouant vigoureusement sa tête mouillée, Loup envoyait en s'esclaffant des gouttes d'eau tout autour de lui.

— Je ne suis là que depuis un instant, répondit le jeune homme, gêné.

Ce besoin d'assurer qu'il n'était pas resté longtemps seul en compagnie de sa belle-sœur ne fit qu'augmenter son sentiment de culpabilité.

— Baranov veut réunir le conseil, acheva-t-il en hâte. Il nous attend.

— Je vais avec vous ! s'écria le petit garçon en courant vers la porte.

— Non, tu restes pour veiller sur ta mère.

Le sourire aux lèvres, Zachary ferma derrière lui et rejoignit son frère, qui s'engageait à grands pas sur le chemin boueux.

Jamais Mikhaïl ne l'avait vu si joyeux ; la fierté se lisait sur son visage. Son bonheur était encore trop neuf pour qu'on pût y déceler la moindre ombre.

Ils marchèrent d'abord en silence puis Zachary observa, songeur :

— Je suis content que l'envoyé du tsar ait fait arrêter la chasse sur l'atoll Pribilof. Cela tournait au massacre ; à ce rythme il n'y aurait bientôt plus eu de phoques, alors qu'autrefois l'île en grouillait.

— L'as-tu donc vue ? demanda Mikhaïl, surpris.

— Une fois, il y a longtemps. J'ai entendu dire que pour cette seule année, les hommes de Boston avaient tué plus d'un million de bêtes.

— Ils nous font perdre beaucoup de fourrures et les Kolochs obtiennent bien des fusils de leurs mains. Parfois j'ai même l'impression qu'ils sont mieux armés que nous. Heureusement qu'il est question de négocier un marché avec les Britanniques. Nous ne pouvons plus dépendre ainsi d'Okhotsk. A la première tempête nous nous retrouvons à court de farine et de munitions.

L'hiver s'avéra effectivement désastreux sur ce point. Plusieurs bateaux russes firent naufrage, ce qui obligea les colons à s'habituer aux nourritures aléoutes avant de racheter à prix d'or toute la cargaison d'un navire yankee, le *Juno* ; malgré tout, en février, le scorbut s'installait sur Sitka. Sur les deux cents Russes de la redoute, huit moururent et soixante perdirent toutes leurs forces.

La situation devenait désespérée. Une expédition à Hawaii eût résolu toutes les difficultés mais la mer ne le permettrait pas avant l'été. Il fut alors décidé d'envoyer un navire à l'embouchure du fleuve Columbia pour y recueillir du gibier et du poisson, tandis que le *Juno* descendrait le long de la côte jusqu'au *presidio* de San Francisco, en Californie. Bien que les Espagnols eussent pour consigne de fermer leurs ports aux visiteurs étrangers, Baranov et l'envoyé du tsar, Rezanov, espéraient obtenir une dérogation, eu égard à la mission officielle dont ils étaient chargés au nom de la Russie.

Mikhaïl se porta aussitôt volontaire mais Baranov, qui ne partait pas, s'y opposa formellement car le jeune homme restait l'un de ses derniers interprètes en bonne santé. L'amertume de Mikhaïl tourna à l'aigreur quand il apprit que Zachary ferait partie du voyage.

— Pourquoi emmenez-vous mon frère et pas moi ? protesta-t-il auprès de Rezanov. Je suis marin. Je vous serai plus utile qu'un chasseur.

— Précisément, son expérience nous sera indispensable lorsque nous atteindrons les ports espagnols et qu'il faudra refaire nos provisions.

Tremblant de rage, Mikhaïl comprit qu'il était vain de discuter davantage. Sans l'avoir jamais cherché, son frère connaissait presque toute l'Amérique russe, et faisait toujours partie des expéditions à la découverte de nouveaux territoires.

Le cœur lourd, Mikhaïl n'adressa plus la parole à Zachary, comme si ce dernier avait intrigué pour lui prendre sa place.

A sa demande, Mikhaïl vint pourtant s'installer dans l'isba familiale afin de veiller sur sa femme et son fils pendant son absence, de s'assurer qu'ils recevaient leur part de nourriture et de les protéger en cas d'attaque koloche.

Il déposa sa paillasse devant la cheminée et dormit

peu les premières nuits, le regard tourné vers les flammes dansantes qui lui parlaient de ce soleil de Californie qu'il ne verrait sans doute jamais.

Le jour, quand il ne travaillait pas, il passait le plus clair de son temps en compagnie de Loup. Tous deux s'en allaient souvent à la chasse dans les bois proches afin d'apporter une variante à leurs monotones menus de poisson séché.

Ce soir-là, tandis que le petit garçon vidait gloutonnement son assiette, Mikhaïl ne put s'empêcher de remarquer les yeux particulièrement brillants de Merle. Comme tous les colons, elle avait maigri à cause des restrictions de nourriture, ce qui ne faisait qu'accentuer la beauté de son visage anguleux, le sombre éclat de ses prunelles. Seule sa bouche demeurait pleine et pulpeuse comme une fleur d'été.

D'un geste nerveux, le jeune homme emplit son verre de vodka.

— N'as-tu donc pas faim ? demanda-t-elle.

— Non.

— Désires-tu autre chose ?

Quelque sous-entendu qu'elle ait pu mettre dans cette question, il fit mine de ne pas comprendre.

— Non.

— Dois-tu assurer un tour de garde sur les remparts, cette nuit ?

— Non.

— Alors, il ne faut pas te fatiguer plus longtemps sur cette paillasse. Viens te reposer pour une fois dans un vrai lit.

— Non

Elle se mit à rire.

— Ne connais-tu donc d'autre mot que « non », ou crains-tu de parler ?

— J'aimerais que mon frère soit ici en ce moment pour constater quelle sorte de femme il a épousée ! s'écria-t-il brutalement.

— Seulement, Zachary n'est pas là.

— J'aurais mieux fait de refuser de venir m'installer ici.

— Tu es venu parce que tu le désirais.

— Non !

Merle répondit à cette violente dénégation par un haussement d'épaules avant de se remettre à manger silencieusement. Une bûche éclata dans la cheminée, son craquement rompant le silence pesant. La gorge sèche, Mikhaïl regarda jaillir les étincelles en se demandant si la jeune femme n'avait pas raison et il vida son verre puis la cruche afin de ne plus penser.

Cette nuit il rêva d'elle, comme cela lui arrivait souvent, découvrant son corps dénudé avec une acuité qui le laissait tremblant de désir à son réveil. La vision dorée se glissa auprès de lui, vint le caresser langoureusement en gémissant.

Alors il s'abandonna à son ivresse, satisfaisant enfin l'impitoyable passion qui le torturait à chaque instant depuis des mois.

Au matin, la tête lourde, il se tourna et sentit un corps auprès de lui. Merle dormait paisiblement sur sa paillasse, nue sous sa couverture. Cette fois, il n'avait donc pas rêvé.

— Non ! cria-t-il.

Lentement, elle ouvrit les yeux, le regarda, s'étira en souriant.

— C'est ce que tu désirais, expliqua-t-elle seulement.

Bien sûr, elle disait vrai. Il sut à ce moment qu'il ferait mieux de sortir immédiatement, de franchir cette porte pour ne jamais revenir. En restant, il ne ferait qu'accomplir la pire des trahisons envers son frère. Pourtant, si ce dernier ne revenait jamais de son voyage ? Qui veillerait alors sur Loup ? Qui protégerait sa femme si les Kolochs attaquaient ? Pourquoi se priver de ce que Merle aspirait tant à lui donner ?

Mikhaïl resta.

Au cours des mois qui suivirent, de nouvelles tombes furent creusées par suite du scorbut mais le printemps arriva enfin, redonnant vie aux habitants de la Nouvelle-Arkhangelsk.

En juin, le canon tonna joyeusement pour fêter le retour du *Juno*, les soutes emplies de vivres. De nouveau, les Russes survivants virent la couleur du sarrasin, de l'avoine, des haricots, de la farine, de la viande salée, du suif et du sel.

Lorsque Zachary mit pied à terre, son fils courut lui souhaiter la bienvenue sur ses petites jambes de garçonnet déjà bien aguerri malgré sa maigreur. L'Aléoute eut néanmoins honte de sa propre mine florissante, comparée à la pâleur de son enfant, et il le prit dans ses bras, les yeux pleins de larmes.

Demeurant au côté de Mikhaïl, Merle ne fit pas un geste dans la direction de son mari ; tous deux se tenaient par la taille, comme pour lui faire comprendre immédiatement ce qu'ils avaient à lui dire. Zachary comprit. Le cœur serré, il se détourna pour se mordre les lèvres.

En même temps, il ouvrait son sac afin de montrer à Loup le cadeau qu'il lui destinait. Les Californiens s'étaient montrés disposés à toutes sortes d'échanges contre des fourrures et Zachary rapportait quantités d'objets inconnus sous ces latitudes.

Il sortit également un châle brodé de dentelle et un peigne d'écaille pour Merle.

Du coin de l'œil, il la vit se détacher enfin de Mikhaïl. Tristement, il en conclut alors qu'elle n'avait pas changé. Sa fidélité tout comme sa compagnie étaient à vendre au plus offrant.

Mikhaïl s'éloigna et son frère ne garda pas de colère dans son cœur. Il éprouvait trop de chagrin... pour lui-même autant que pour le jeune homme.

25

Les canons saluèrent l'entrée du bateau américain dans le port russe sans que Zachary y prêtât grande attention. Tant de navires étrangers avaient abordé Sitka depuis deux ans qu'ils en avaient fait le second port du Pacifique après les îles Sandwich.

Il s'arrêta sur le trottoir de bois qui bordait maintenant les rues, afin de mieux identifier les visages les plus proches. Sa vue baissait, trop longtemps éprouvée par l'éclat du soleil à la surface de l'eau, la pire des menaces pour un chasseur. Merle ne semblait pas se trouver parmi les silhouettes qui le croisaient, aussi pressa-t-il le pas devant la boulangerie dont les odeurs appétissantes de pain fraîchement cuit vinrent lui flatter fugitivement les narines. Caressant la soie colorée de l'écharpe pliée dans sa poche, il se rassurait inconsciemment à ce contact. Tant qu'il offrirait de jolis cadeaux à sa femme, celle-ci resterait avec lui. S'il venait à cesser, elle partirait bientôt.

Approchant des isbas aux massifs fleuris, il aperçut deux ombres qui sortaient de la maison de son frère, deux femmes vêtues à la mode russe d'une longue *sarafane* droite d'où dépassaient les manches de mousseline du corsage. Elles étaient peu nombreuses à s'habiller ainsi dans la Nouvelle-Arkhangelsk, comme Anna Gregorievna, la femme indigène de Baranov, qui venait de recevoir le titre de princesse de Kenaï par décret impérial. En même temps, leurs deux enfants de sang-mêlé s'étaient trouvés légitimés.

Après une courte hésitation, Zachary reconnut sa mère, Tacha, et sa fille, Larissa, toutes deux arrivées de Kodiak le mois précédent pour répondre au vœu de

Mikhaïl, qui les logeait dans son isba plus spacieuse que la maisonnette de son frère. Le travail chez Ivan Banner devenait en effet trop dur pour la vieille femme, qui allait en outre jouir d'un statut social beaucoup plus élevé, en tant que mère de marin.

— Où partez-vous de si bon matin ? demanda Zachary avec une gaieté un peu forcée.

— Nous ne voulons pas manquer l'entrée du bateau dans le port !

Le chasseur dévisagea cette intimidante jeune personne qui était sa fille dans la beauté épanouie de ses dix-huit ans. Les traits fins, les yeux et les cheveux noirs, elle attirait les regards de tous les hommes de la Nouvelle-Arkhangelsk peu habitués à ces gracieuses manières. Cependant, rares étaient ceux qui osaient s'en approcher tant sa fière innocence les effarouchait.

Ces réticences n'étaient pas le fait de la vingtaine de Yankees qui travaillaient au chantier naval. Bien qu'elle s'aventurât rarement de ce côté, ils saisissaient toutes les occasions de lui adresser la parole, ravis d'entendre son accent chantant quand elle parlait anglais.

— Je sais que tu as l'habitude de toutes sortes de bateau, papa, s'exclama-t-elle, mais moi je trouve encore cela passionnant !

— Je le sais bien.

L'attention de Zachary fut détournée par la toux discrète de sa mère, qui essuya d'un geste furtif quelques gouttes de sang dans son mouchoir. Il n'aimait pas la voir si pâle et si frêle, en proie, parfois, à des spasmes qui lui coupaient le souffle. Pourtant elle ne s'était jamais plainte et refusait que l'on en parlât.

Les épaules désormais voûtées, elle portait ses cheveux gris roulés sur la nuque et son front se striait de rides de fatigue.

— Viens avec nous, papa ! insista Larissa.

Hésitant, il jeta un regard anxieux derrière les deux femmes.

— Elle n'est pas là, murmura Tacha.

Comme si, instinctivement, elle savait qui il pensait trouver dans la maison de son frère. Cette perspicacité le mit mal à l'aise.

— Elle est partie vers le port, ajouta la vieille femme.

De plus en plus embarrassé, il comprit que, s'il n'avait pas croisé Merle en route, c'était qu'elle avait dû s'arranger pour l'éviter...

— Allons-y, marmonna-t-il, inquiet.

Le long du chemin, il la chercha en vain des yeux, jusque dans la foule qui s'était assemblée sur les quais pour voir approcher le brick avec son grand mât cassé. Savoir que Mikhaïl était chargé de piloter tous les navires entrant de jour dans le port ne lui apportait qu'une piètre consolation : Merle pouvait alors se trouver en compagnie de n'importe qui d'autre.

— Regarde, *babouchka* ! s'écria Larissa à l'adresse de sa grand-mère. Il s'appelle la *Bohémienne* !

Ce nom suscita un flot de souvenirs dans la mémoire de Zachary, qui cependant ne s'y arrêta pas, trop préoccupé par ses pensées. Le regard vide, il se disait que, bientôt sans doute, il lui faudrait embarquer sur l'un de ces navires.

— Tu sembles bien songeur, observa Tacha.

— C'est que... je viens d'être désigné pour une nouvelle mission, annonça-t-il d'un seul coup. Je repartirai peut-être par ce bateau.

La vieille femme se détourna, les yeux pleins de larmes.

— J'espérais garder mes enfants auprès de moi pour mes vieux jours, soupira-t-elle. Mais Dieu en a décidé autrement. Où vas-tu ?

S'il existait une personne à qui il redoutait de l'avouer, c'était bien elle. Toutefois, il ne pourrait bientôt plus chasser, ce qui signifiait qu'il devrait alors prendre un emploi de manœuvre mal payé, en tout cas pas assez pour continuer à gâter Merle.

— Il existe un endroit, souffla-t-il la tête basse, où je pourrai continuer à chasser les yeux fermés.

Voyant que Larissa ne prêtait aucune attention à ses paroles, il se retourna vers sa mère, dont l'expression alarmée prouvait qu'elle devinait déjà.

— Zachary, non !

— Je pars pour les Pribilof.

Il venait de prendre sa décision. La Compagnie avait déclaré les îles interdites pour deux ans afin de donner aux phoques une chance de se reproduire.

Tacha laissa échapper un long soupir, retenant à grand-peine sa respiration pour ne pas tousser encore. Zachary la prit par le bras et l'emmena s'asseoir à l'écart de la foule.

— Ne va pas là-bas ! l'implora-t-elle.

— Il le faut.

Incapable de soutenir son regard angoissé, il s'efforça de chasser de son esprit le souvenir de son oncle, Marche Droit, et de sa folie.

Tandis que la barque approchait de la plage, Caleb Stone contemplait le formidable bastion qui dominait la baie, ses canons pointés dans tous les azimuts, ses tours et ses chemins de garde.

— Vous nous avez construit là un véritable Kremlin sur le Pacifique ! remarqua-t-il à l'adresse du pilote qui venait d'amener son vaisseau dans le port.

— Sitka est devenue l'état-major de nos colonies, répondit Mikhaïl Tarakanov.

L'Américain détailla alors le drapeau bleu et blanc flottant au sommet de la tour principale, puis le chantier naval. Il n'espérait pas trouver tant de facilités pour réparer son bateau.

— J'avais cru comprendre que Baranov venait de démissionner, reprit-il en apercevant la courte silhouette du gouverneur sur la plage.

— Rezanov est mort en regagnant la Sibérie. Il a bien

fallu que Baranov reste pour le remplacer. D'autant que la guerre en Europe ne permet pas au tsar de beaucoup s'occuper de nous pour le moment.

En mettant pied à terre, le capitaine salua le vieil homme et il s'apprêtait à le suivre à l'intérieur du fort quand son regard fut soudain attiré par une fraîche jeune fille qui se précipitait au cou de Tarakanov. Sa pureté gracieuse tranchait violemment avec la rudesse des lieux.

— Présentez-moi ! murmura-t-il instinctivement à l'oreille du pilote.

Celui-ci parut surpris mais s'exécuta :

— Ma nièce, Larissa Tarakanova. Caleb Stone, capitaine de la *Bohémienne* de Salem.

L'Américain prit la petite main qui se tendait vers lui pour voir, ravi, la jeune fille esquisser une légère révérence.

— Je suis honorée de faire votre connaissance, capitaine !

Visiblement, la phrase était apprise par cœur ; cependant, l'accent qui l'accompagnait tinta délicieusement dans ses oreilles.

— Tout l'honneur est pour moi, mademoiselle.

S'il le pouvait, il enverrait au diable Baranov et ses cérémonies, mais le devoir l'appelait.

— J'espère trouver bientôt l'occasion de vous revoir, acheva-t-il en s'éloignant à regret.

L'image exquise de la jeune fille occupait encore tellement son esprit qu'il ne remarqua pas le regard sombre d'une femme koloche posé sur lui.

La maison du gouverneur le surprit presque autant par son luxe et son raffinement, à des milles et des milles de toute civilisation. C'était un véritable petit palais, dont le rez-de-chaussée était consacré à l'administration avec ses bureaux autant qu'aux réceptions avec ses salons, ses cuisines et sa grande salle de banquet, tandis que le premier étage restait réservé aux appartements particuliers.

Par-dessus tout, Caleb fut étonné par l'authentique bibliothèque qui jouxtait l'entrée, avec ses peintures et ses douze cents volumes traitant de sujets aussi divers que la théologie, l'histoire, l'astronomie, la navigation, les mathématiques et la métallurgie, sans oublier quelques bonnes œuvres littéraires. La moitié était en russe, le reste se partageait entre le français, l'allemand, le latin, l'espagnol et l'italien. Quelques modèles réduits de voiliers ornaient les vitrines et, au milieu de la pièce, trônait un magnifique piano-forte apporté depuis l'Europe via le cap Horn.

Caleb ne manqua pas de marquer son admiration devant les progrès accomplis par la « Compagnie russo-américaine » en une si courte période. Puis il demanda l'autorisation de rester à Sitka le temps de faire réparer son navire. En fait, Baranov ne pouvait l'en empêcher mais mieux valait obtenir son accord officiel s'il désirait bénéficier des meilleurs services, ainsi que du droit de chasser sur les territoires russes.

Ses tâches les plus urgentes accomplies, Caleb s'autorisa enfin à visiter la petite ville, avec ses rues et ses isbas entourées de potagers et de jardinets fleuris.

Il ralentit l'allure en apercevant la jeune fille qui taillait un massif bordant une allée ; il savait bien qu'il finirait par la retrouver. Un moment, il se contenta de l'admirer dans sa simple tenue de style russe ; à la différence de la première fois, elle avait retroussé les manches de son corsage de mousseline et serré sa taille fine dans une ample ceinture qui soulignait encore sa minceur.

Cueillant un coquelicot au passage, il vint la rejoindre et se découvrit.

— Bonjour, mademoiselle.

Elle se redressa, étonnée puis apparemment contente de le voir.

— Vous êtes bien jolie, ajouta-t-il, mais vous le seriez plus encore avec ceci.

Joignant le geste à la parole, il glissa la fleur dans ses longs cheveux noirs et lisses. Elle ne frémit pas à ce contact, pure et naturelle comme les filles du pays d'où il venait, plus plaisante encore puisqu'elle ne rit pas sottement ainsi que l'eussent fait la plupart d'entre elles.

— Les femmes d'Hawaii, expliqua-t-il, en portent toutes sur la tête et s'en font aussi des colliers.

— Pourquoi ?

— C'est une coutume. Si elles la mettent derrière l'oreille gauche, c'est qu'elles sont mariées, derrière l'oreille droite, qu'elles ne le sont pas, ou peut-être le contraire, je confonds toujours.

Elle sourit et il aima ce sourire.

— Il me plairait bien de voir ce pays un jour, murmura-t-elle. D'autres Yankees m'ont dit qu'il y faisait constamment chaud. Est-ce vrai ?

— Oui.

— Alors ce doit être comme en Californie. Les femmes d'Hawaii sont-elles aussi belles que celles de la Californie ?

Caleb se demanda si cette question ne cachait pas une tentative pour s'attirer d'autres compliments. Cependant, elle paraissait trop spontanée pour utiliser ce genre de procédé.

— Je ne saurais vous répondre. Je n'ai jamais rencontré de Californiennes. Les Espagnols gardent jalousement leurs ports du Pacifique. Qui vous a parlé de ce pays ?

— Mon père. Il a séjourné à San Francisco, où notre grand chambellan a épousé l'une d'entre elles.

Ce haut personnage étant inconnu de Caleb, celui-ci songea seulement que ces maudits Russes ne lui avaient jamais parlé de leurs visites dans ces régions interdites aux étrangers.

— Combien de fois vos bateaux sont-ils allés jusque-là ? demanda-t-il, agacé.

La jeune fille eut une moue d'ignorance.

— Je ne sais pas. Une seule, je crois. Est-il donc défendu de s'y rendre ?

— C'est exact.

En outre, elle était intelligente, conclut-il, ravi.

A ce moment, une toux sèche monta de l'isba.

— C'est *babouchka*, dit Larissa en se précipitant. Elle ne va pas bien.

Sans trop y réfléchir, Caleb la suivit à l'intérieur pour découvrir, sur un petit lit, une vieille femme à bout de souffle, le mouchoir rougi par le sang. Il y vit aussitôt un signe de phtisie. La malheureuse était condamnée, à plus ou moins long terme.

— Il faut l'aider à s'asseoir, intervint-il presque machinalement.

Cherchant du regard des coussins, il avisa une pile de vêtements en fourrure qu'il plia ensemble et vint lui glisser sous le dos pour l'aider à se redresser. Enfin, la vieille femme articula quelques phrases en russe à l'adresse de Larissa.

— *Babouchka*... Grand-mère vous remercie, traduisit celle-ci.

— Ce n'est rien, assura-t-il avec un petit salut. Depuis combien de temps est-elle malade ?

— Sa toux empire depuis deux ans, surtout quand elle est fatiguée. Il faut qu'elle se repose, ensuite tout ira mieux.

Caleb en doutait mais il n'osa contredire la jeune fille. Celle-ci lui transmit à nouveau les paroles de Tacha :

— Grand-mère vous propose de boire le thé avec nous.

— J'accepte avec plaisir.

Tandis que l'eau chauffait dans le samovar, ils bavardèrent, ou plutôt Larissa répondit aux multiples questions de Caleb, qui ne se lassait pas d'entendre son mélodieux accent.

L'imaginant au milieu des dames de la société dans un salon de Boston, il songea qu'elle ferait sensation plus par sa dignité et sa beauté que par sa race mi-russe mi-indienne. Une telle femme lui ferait honneur dans le manoir qu'il espérait bâtir un jour sur les hauteurs de cette ville... Intérieurement, il sourit en s'apercevant que, pour la première fois de sa vie, il pensait au mariage.

Alors qu'au beau milieu de la nuit il rentrait d'un dîner fort arrosé en compagnie de Baranov, Caleb calculait mentalement les nombreux avantages d'un mariage avec une femme russe. Il serait peut-être alors le premier avec qui le gouverneur accepterait de signer un contrat commercial.

Ce prétexte lui convenait parfaitement : ainsi pouvait-il se sentir attiré par la jeune fille si jolie qui aimait à travailler dans son jardin, et qui, songea-t-il pensif, devait dormir depuis longtemps à cette heure.

— Homme de Boston, l'interpella une voix près de lui. Caleb Stone !

Il s'arrêta, scruta la nuit brumeuse. Une silhouette apparut : une femme tlingit vêtue d'une étrange robe, qu'il reconnut sans savoir où il l'avait déjà vue.

— Que me veux-tu ?

Il n'était pas d'humeur à se laisser solliciter par une prostituée ce soir.

Sans répondre, elle s'approcha. Caleb fronça les sourcils ; où avait-il croisé ces yeux si noirs ? Un enfant d'environ six ans traînait accroché à la main de la femme, trop fatigué pour avancer tout seul.

— As-tu oublié Merle ? demanda-t-elle.

Ce nom, enfin, lui rendit la mémoire. Levant la main gauche, il sourit sans aménité.

— Je porte encore la trace de ton couteau sur la joue.

— Est-ce tout le souvenir que tu gardes de moi ?

— Non.

Il ne tenait pas le moins du monde à reprendre leur ancienne relation.

du massacre. Pris d'une rage subite, il lui arracha le vêtement des épaules, le déchira d'autant plus facilement que l'étoffe en était ancienne et en jeta au feu les lambeaux, sans tenir compte des ongles qui s'enfonçaient désespérément dans sa chair pour tenter de le retenir.

— J'en aurai d'autres ! cria-t-elle, furieuse. Il m'en donnera beaucoup d'autres.

— Certainement pas. Parce que si je te prends à rôder encore auprès d'un homme, n'importe lequel, je te tuerai !

26

Larissa et Caleb se promenaient main dans la main le long de l'allée qu'empruntait souvent Baranov. L'atmosphère sentait la pluie et déjà un grand rideau gris couvrait le mont Edgecumbe.

— Dépêchons-nous, proposa Caleb à regret, ou nous allons nous faire inonder.

Au lieu de suivre ce conseil, la jeune fille ralentit le pas, écarta de son visage le fichu de laine qui le protégeait et sourit à son compagnon, qui la trouva infiniment belle avec ses yeux noirs si brillants.

Découvrir, quelque temps auparavant, que Zachary Tarakanov était son père lui avait causé un choc mais il s'était vite rassuré en apprenant qu'elle n'avait que très peu de contact avec lui. Telle qu'il connaissait Merle, celle-ci eût été capable de nuire à sa belle-fille si toutes deux avaient partagé le même toit.

Au cours de la semaine précédente, Caleb avait passé tout son temps libre en compagnie de la jeune fille, ce qu'il n'avait fait avec aucune autre femme. Mais Larissa lui offrait ce mélange si peu courant de sérénité et de vitalité qui l'enivrait littéralement. Elle l'apaisait autant qu'elle l'enthousiasmait et chaque jour le confortait dans sa certitude qu'il ne saurait plus se passer d'elle.

— Ton bateau sera bientôt réparé, soupira-t-elle d'un ton sincèrement attristé.

— En effet, reconnut-il. Encore trois jours, quatre au maximum, et je pourrai partir.

— Tu me manqueras.

— Attends.

La prenant par le bras, il l'invita à s'arrêter.

— Jusqu'ici, poursuivit-il très doucement, je ne souffrais pas de ma vie solitaire, mais, après cette semaine que je viens de passer avec toi...

Il hésita.

— Tu vas peut-être me trouver bien pressé...

— Non.

Instinctivement, elle se rapprocha de lui.

Jamais encore il n'avait osé, avec elle, pousser l'audace au-delà d'un baiser furtif sur la main. Pourtant, il se retrouvait maintenant en train d'embrasser cette bouche qui s'était si spontanément offerte à lui, tremblante de sa jeune innocence mais frémissante d'ardeur et de conviction. Oubliant la retenue dont il s'était jusqu'alors efforcé de faire preuve, il l'attira violemment contre lui.

D'un geste apeuré, elle le repoussa de ses deux mains à plat contre son torse, et il s'en voulut de l'avoir effarouchée avec ce geste de passion intempestive. Une petite pluie fine tombait maintenant sur eux. La jeune fille se mit à courir vers un abri.

— Larissa, attends !

La pluie redoubla et le corsage de la jeune fille était détrempé sous sa *sarafane* lorsqu'il la couvrit de son manteau. Dans un mouvement rapide, elle se haussa sur la pointe des pieds pour l'embrasser avant de reprendre sa course.

Parvenue à l'isba, elle s'y engouffra sans lui laisser le temps de la rejoindre.

Songeur et ravi, Caleb demeura un instant sur le seuil puis repartit sous la pluie, un large sourire aux lèvres, indifférent aux trombes d'eau qui tombaient du ciel.

— Elle n'est pas faite pour toi. Jamais elle ne t'apportera les plaisirs que j'ai su te donner.

La voix rauque de Merle parut venir de partout à la fois.

Le rire de Caleb se figea quand il se retourna pour découvrir la mince silhouette enveloppée d'une couverture. Après un bref coup d'œil en direction de l'isba pour vérifier que personne ne pouvait le voir, il sauta du trottoir de planches sur la rue boueuse.

— Que fais-tu ici ?

Découvrant son visage, Merle lui montra sa joue droite tailladée et bleuie d'une large ecchymose.

— C'est Zachary qui m'a fait ça.

— Tu l'as bien mérité. A sa place, je t'aurais battue deux fois plus.

— Je le sais.

L'air modeste, elle baissa les yeux, sans toutefois réprimer un petit sourire, s'arrangeant cette fois pour lui présenter le côté intact de son visage.

— Tu es le seul homme capable de me tenir tête. Tu peux me faire crier de douleur autant que de plaisir.

Ruisselante, sa peau ocrée brillait comme le bronze d'une statue.

— J'ai appris que ton bateau serait bientôt réparé. Emmène-moi avec toi.

— Non.

— Nous nous compléterons, Caleb. Tu veux acheter des fourrures, je te montrerai les villages qui en ont beaucoup à vendre.

— Lesquels ?

— Ils ne traitent que contre des armes. En as-tu sur ton bateau ?

— Oui. Où se trouvent ces villages ?

— Je te les montrerai.

— Je n'ai pas besoin de guide.

— Je parlerai pour toi. Tu obtiendras beaucoup de peaux contre un seul fusil.

Voyant que cet argument n'emportait pas le succès escompté, elle l'abandonna pour un autre.

— Zachary part bientôt vivre sur une île située plus au Nord. Il veut m'emmener mais moi je ne tiens pas à abandonner la terre de mes ancêtres. Laisse-moi partir avec toi. Emmène-moi.

— Non. Si tu cherches à quitter Zachary, retourne

274

plutôt dans ta famille. A moins qu'ils ne veuillent pas non plus de toi ?

Une lueur de colère passa dans le regard de l'Indienne, qui rétorqua :

— Je vais tout dire à Larissa.

— Cet enfant n'est pas de moi. Cependant, si tu lui en souffles le moindre mot, je préviendrai le premier chaman rencontré sur mon chemin que tu es une sorcière et qu'à cause de toi ton peuple ne peut reprendre cette terre aux Russes.

Les supplices réservés aux femmes accusées de sorcellerie étaient pis que tout ce qu'il avait jamais vu et, prenant sa menace au sérieux, Merle ne dit plus rien. Alors il put continuer tranquillement en direction du port.

Finalement, la *Bohémienne* fut prête un jour plus tôt que prévu. Caleb lèverait l'ancre au plus tard le surlendemain s'il ne voulait pas mécontenter son équipage, qui avait hâte de rattraper le temps perdu. Un soleil radieux se levait sur la baie dans l'atmosphère purifiée par la pluie de la veille. Déjà la cité bruissait d'activité. Seule la grand-mère, Tacha Tarakanova, chauffait ses vieux os devant l'isba de son second fils. Caleb s'aperçut qu'elle le contemplait d'un regard soucieux, comme si elle désapprouvait ses fréquentes visites, bien qu'elle n'en eût rien laissé paraître. Or c'était son accord qu'il venait chercher, sachant le rôle prépondérant qu'elle avait joué dans la vie de Larissa. La jeune fille avait assez souvent déploré la maigre place tenue par son père dans son éducation. Maintenant, il lui fallait à tout prix obtenir l'aval de la vieille femme. Malgré ses efforts pour lui être agréable, il n'était pas certain d'être parvenu à lui plaire.

De loin, il aperçut Larissa, qui sarclait le petit potager, tâche qui lui rapportait un rouble par jour, payé par la Compagnie. Un fichu de soie noué sous son menton lui couvrait les cheveux et une ceinture lui enserrait la taille.

275

Comme si elle l'attendait, elle se redressa pour se précipiter à sa rencontre.

— J'espérais tant que tu reviendrais ! s'écria-t-elle, les yeux brillants.

— Dis plutôt que tu le savais, lança-t-il, taquin.

Le sourire de la jeune fille illumina son visage. Elle s'approcha de Caleb mais, jetant un regard par-dessus son épaule, elle se souvint de sa grand-mère et réprima cet élan. Elle préféra se contenter de le prendre par la main pour l'emmener vers l'isba.

— Bonjour, *babouchka*.

Dès le début, il avait pris l'habitude de l'appeler « grand-mère » en russe, comme sa petite-fille, afin de l'amadouer.

— Je vois que vous profitez du beau temps pour sortir un peu. Le soleil vous fera du bien.

Larissa traduisit ses paroles au fur et à mesure et en fit autant quand ce fut la vieille femme qui parla :

— Elle te dit bonjour et dit qu'elle apprécie ce beau temps.

Caleb tendit à Tacha le paquet qu'il portait sous le bras.

— C'est pour vous, *babouchka*.

Chaque fois qu'il venait à l'isba, il apportait de menus présents, du thé, ou du sucre, ou du tabac. Désireux de marquer l'occasion, il avait aujourd'hui choisi un cadeau plus cher : plusieurs mètres de cotonnade anglaise. Cependant, la vieille femme laissa le paquet plié sur ses genoux sans chercher à en découvrir le contenu.

— Dis-lui de l'ouvrir.

Larissa traduisit mais parut s'étonner de la réponse qu'elle traduisit après un court silence :

— Elle vous remercie mais ne comprend pas la raison de ce présent. Elle demande... *babouchka* !

La jeune fille s'interrompit et vira à l'écarlate.

— Que demande-t-elle ?

— Que... Aux Aléoutiennes... où est née ma grand-mère... quand un homme désire... prendre une femme chez lui, il offre... des présents à ses parents. Si ceux-ci les acceptent, elle s'en va vivre avec lui. C'est la coutume.

— Et elle croit que je veux t'acheter ?

Larissa le regarda droit dans les yeux.

— Je suis baptisée dans la foi chrétienne. Pour moi, vivre avec un homme sans la bénédiction de Dieu serait un péché.

— Dis à ta grand-mère qu'il est vrai que je t'aime et que je désire faire de toi ma femme, mais que je n'apporte ces cadeaux qu'en témoignage de mon admiration et de mon respect. Confirme-lui cependant que je voulais aussi lui demander ta main. S'il se trouvait un prêtre à Sitka, je le ferais venir pour nous donner le sacrement du mariage, mais il n'y en a pas. Interroge ta grand-mère afin de savoir ce que je dois faire.

Rayonnante de joie, la jeune fille s'agenouilla devant Tacha pour lui adresser en russe un discours-fleuve de sa voix douce.

La vieille femme frémit imperceptiblement :

— Tu nous quitterais pour aller t'installer à Boston ?

— Caleb dit que nous reviendrions souvent puisque son métier le ramène régulièrement ici pour acheter des fourrures. Il compte même bâtir une maison ici pour nos séjours parmi vous.

Sans répondre, Tacha songeait qu'elle n'était jamais revenue sur sa chère Attu, malgré les promesses d'Andreï à Cygne d'Hiver. Russes ou Yankees, les hommes ne tenaient pas leur parole. Frissonnante, elle s'enveloppa dans son châle.

— *Babouchka*, je l'aime et il s'en va bientôt.

— Il faut pourtant que je réfléchisse.

— Je t'en prie, *babouchka* !

— Dis-lui que je veux en parler d'abord à mes fils.

Quittant son fauteuil, elle se dirigea lentement vers l'isba d'un pas aussi lourd que son cœur.

Une longue larme coula sur la joue de Larissa.

Caleb s'arrêta sur le rocher plat qui dominait la mer et prit Larissa dans ses bras pour l'embrasser avec une pieuse ardeur.

— Je ne supporte pas l'idée de te quitter, ma chérie. M'aimes-tu, toi aussi ?

— De tout mon cœur, murmura-t-elle avec ferveur.

— Que ferons-nous si ta famille nous refuse sa permission ?

Il désirait cette union pour cimenter sa position en Amérique russe, pas pour créer des dissensions.

— Je ne sais pas.

— Il faut à tout prix que tu parviennes à les convaincre. Je te promets de veiller à ce que ta grand-mère ne manque de rien en ton absence.

— Je...

— Capitaine ! Saint Patrick soit loué ! Je vous trouve enfin !

Un de ses matelots, O'Shaughnessy, pressa le pas dans leur direction, à bout de souffle, les joues aussi rouges que ses cheveux poil de carotte. Aussitôt, Caleb s'écarta de la jeune fille.

— Avec votre permission, mademoiselle, poursuivit l'Irlandais en se découvrant. Capitaine, j'ai mis cette pauvre ville sens dessus dessous pour vous chercher !

— Que me voulez-vous ?

— Moi rien, c'est votre second qui m'envoie.

— Pourquoi ? Que lui arrive-t-il ?

— C'est le gouverneur russe, Baranov. Il est monté à bord avec plusieurs soldats pour nous ordonner de lui remettre l'inventaire des marchandises contenues dans nos cales.

— Vous ne le lui avez pas donné, j'espère ?

— C'était ça ou il ouvrait le feu. Ensuite il a demandé que vous veniez.

Caleb jura à voix basse.

— Il va trouver les armes que nous emportons. Viens, Larissa.

La saisissant par le bras, il l'entraîna sans lui expliquer ce qu'il comptait faire. Alors la jeune fille suggéra qu'il fallait qu'elle rentre chez sa grand-mère et il accepta en souriant de la laisser partir.

Parvenu sur le pont de la *Bohémienne*, il feignit la surprise en apprenant que Baranov l'y attendait et, avant que l'interprète ait eu le temps de parler, il se lança dans un discours jovial :

— Je vois que vous avez eu vent de mes visites fréquentes chez une jeune fille russe, Larissa Tarakanova. Ne vous inquiétez pas sur mes intentions, elles sont des plus honorables ; en fait, je comptais vous demander votre appui pour intercéder en ma faveur auprès de la grand-mère afin qu'elle nous donne l'autorisation de nous marier.

La nouvelle ne parut pas produire le moindre effet sur le vieil homme. La réponse qu'il fit traduire à l'interprète n'avait d'ailleurs rien à voir avec la demande de Caleb :

— J'ai été informé que vous passiez cent trente mousquets avec votre cargaison.

— C'est exact, acquiesça le capitaine américain en se raidissant.

— Pourquoi cette information m'a-t-elle été délibérément cachée ?

— Il n'en est rien. Avec tout le respect que je vous dois, nul n'a demandé si nous transportions des fusils.

— Vous savez pourtant qu'il est interdit d'en vendre aux Indiens kolochs en Amérique russe.

— C'est vrai.

— Vous avez vu ce qui peut se produire lorsque ces gens se trouvent en possession d'armes à feu, vous avez été témoin du massacre de la redoute *Sv Mikhaïl*, et pourtant, vous continuez d'en échanger avec eux.

Tout en pesant soigneusement la portée de chacune de ses paroles, Caleb répliqua lentement :

— Je dois avouer que je n'en ai pris conscience que très récemment. Maintenant, avec la pensée que la famille de ma fiancée vit sur Sitka, je me sens plus que concerné par la sécurité des habitants de cette île. Si vous désirez acquérir ces armes pour renforcer les stocks de votre arsenal, je suis prêt à les vendre à votre Compagnie.

— Vous ne vendrez rien car vos armes et munitions sont saisies.

Le capitaine se figea.

— En quel honneur ?

— Ce genre de cargaison dans les eaux russes est considéré comme un acte malveillant vis-à-vis du territoire souverain qui vous accueille.

— Une telle saisie serait parfaitement illégale.

— Peu importe, aucune autorité au monde ne vous soutiendrait dans votre trafic. En outre, Washington est loin d'ici. Si nous vous arrêtons et confisquons tous vos biens, une éternité s'écoulera avant que votre gouvernement en soit informé.

Caleb fut bien obligé de reconnaître qu'il se trouvait en mauvaise posture. Dans un salut moqueur, il s'inclina devant Baranov.

— Je me ferai une joie de faire don de ces armes à la défense de Sitka. Mon équipage vous les remettra sur l'heure.

— Votre bateau sera en état de fonctionner dès ce soir, aussi êtes-vous invité à lever l'ancre demain dès la première marée. Votre présence n'est plus souhaitée sur Sitka.

Tous ses efforts de conciliation demeuraient lettre morte. Il ne pouvait pas résister pour le moment aux forces de Baranov : seuls trois de ses hommes étaient armés contre la quinzaine de soldats qui entouraient le gouverneur. Les poings serrés, il fit mine d'accepter le marché, en se promettant d'accueillir comme ils le méritaient les Russes qui viendraient prendre possession des pièces les plus précieuses de sa cargaison. Mieux valait commencer par gagner du temps.

— Je vous rappelle, poursuivit Baranov, que vingt canons sont actuellement braqués sur votre vaisseau, prêts à tirer au premier signe de résistance.

Il était fait comme un rat. Ravalant sa rage à grand-peine, il ne put que demander l'autorisation de mettre une dernière fois pied à terre afin d'aller faire ses adieux à Larissa.

Devant toute la famille réunie à sa demande, Caleb contait ses mésaventures à la jeune fille indignée. Brusquement, une longue conversation en russe s'instaura entre ses hôtes ; sans en saisir toutes les paroles, le capitaine comprit de quoi il s'agissait.

— Je pars avec lui ! s'exclama Larissa.

— Non ! répondirent en chœur sa grand-mère et son oncle.

— Je l'aime, je ne veux plus être séparée de lui.

— T'en aller ainsi avec un homme serait te mettre en état de péché ! gronda Tacha.

— Papa n'est pas marié avec Merle, pourtant, il l'emmène aux Pribilof.

Troublé, Zachary ne dit mot et Mikhaïl intervint :

— Merle n'est pas baptisée, toi si.

— Alors il faut nous marier très vite.

— Comment cela ? Nous n'avons pas de prêtre sur l'île.

— Caleb m'a dit que Baranov pouvait très bien présider la cérémonie, au nom du tsar. N'est-ce pas lui qui baptise les bébés et lit les prières les jours de fête ?

Voyant son oncle marquer une hésitation, la jeune fille s'enhardit. Elle ne savait que trop combien l'opinion de Mikhaïl pouvait être importante aux yeux de sa grand-mère.

— Je t'en prie, *babouchka* ! Va-t'en parler à Baranov. Va le convaincre au moins de nous marier ce soir !

Elle se tut, haletante, inquiète, sachant que toute sa vie se jouait en ce court moment.

Dans un lourd silence, la vieille femme se leva lentement.

— Où est mon châle ? demanda-t-elle d'une voix brisée. Alexandre Andreïevitch aime que les femmes se présentent à lui la tête couverte à la russe.

Éclatant de rire à travers ses larmes, Larissa se précipita pour le lui donner. Alors la vieille femme ajouta en anglais :

— Venez ! Nous allons voir Baranov tous ensemble.

Le gouverneur se montra courtois envers ses hôtes et plus qu'attentionné pour Tacha, qu'il fit asseoir dans un profond fauteuil devant une fenêtre ensoleillée.

— C'est étrange, murmura-t-il après qu'elle eut parlé. Voilà que la famille Tarakanov vient plaider pour ce capitaine yankee alors que sa disgrâce provient de la dénonciation de la femme koloche qui vit sous ton toit, Zachary.

— Merle ? demanda Larissa.

— Elle est venue me voir ce matin pour m'apprendre que ton cher capitaine avait proposé d'échanger des armes à son peuple contre de la fourrure. Elle a pris peur à l'idée des troubles qui pourraient s'ensuivre.

— Que dit-il ? demanda Caleb à Larissa.

Celle-ci traduisit aussi vite qu'elle le put les paroles du gouverneur. Le capitaine se leva d'un bond.

— Merle a menti ! s'exclama-t-il, indigné.

Baranov haussa les épaules.

— Alors comment connaissait-elle la cargaison de la *Bohémienne* ?

— N'importe quel matelot aurait pu lui en parler, suggéra Larissa d'une petite voix.

— C'est le privilège des femmes que de pouvoir croire la voix de leur cœur. Malheureusement, dans ma position, je dois regarder la vérité en face. Aussi mes ordres demeureront-ils valables malgré tes supplications.

Après quelques échanges en russe et en anglais, elle transmit fièrement la réponse de Caleb :

— Le capitaine dit qu'il n'a pas lancé des paroles en l'air en parlant de son projet de mariage avec moi. Il serait honoré de me prendre pour épouse, ainsi que de se soumettre à votre autorité.

— Et toi, mon enfant ? demanda Baranov en se penchant vers elle.

— Je désire devenir sa femme.

— Alors tu l'épouseras en connaissance de cause, car mes ordres seront aussi valables pour toi : tu deviens indésirable à Sitka. Accepterais-tu donc de ne jamais revoir ta famille ?

Deux larmes coulèrent de ses paupières baissées.

— S'il le faut, oui.

Sur-le-champ, Baranov les maria dans le bureau dominant la baie. La cérémonie eut lieu en russe et Caleb n'en comprit à peu près aucun mot, aussi dut-il répéter simplement les phrases que Larissa lui soufflait. Le regard perdu sur le port, il contemplait sans le voir le mât dénudé de son navire.

Merle. Il aurait dû se douter que le gouverneur n'était pas monté inspecter sa cargaison par pure inspiration. Trop préoccupé par les racontars que l'Indienne aurait pu colporter auprès de Larissa, il n'avait pas songé qu'elle pouvait aussi le dénoncer aux autorités russes.

— C'est fait, entendit-il soudain auprès de lui, nous sommes mariés.

Redescendant sur terre, il s'efforça de sourire à sa jeune épouse, même si celle-ci ne lui apportait pas tous les avantages qu'il avait cru pouvoir tirer d'une telle union. Elle avait fait son possible sans toutefois déjouer les manœuvres néfastes de Merle.

— Vous et votre femme devez avoir quitté le port demain à midi, énonça Baranov en guise de félicitations.

— Attendez !

En deux enjambées, Caleb le rejoignit au moment où il allait franchir la porte. Sortant de sa poche une bourse de cuir, il la déposa sur le bureau.

— Voici cinq cents dollars en or. Pour Mme Tarakanova. Veuillez vous assurer qu'elle n'a pas besoin d'autre chose.

— Voilà un bien noble geste, capitaine !

— Ne le prenez pas sur ce ton ! Je me sens désormais responsable de cette famille qui est devenue la mienne.

— C'est ce que vous m'avez déjà fait comprendre tout à l'heure. Mais je ne m'estimerai tout à fait satisfait qu'avec vos mousquets rangés dans notre arsenal.

Décidément, aucune tentative ne saurait l'amadouer, songea Caleb, ulcéré. Maudite Merle, maudit Baranov !

Au pied de la citadelle, il conseilla à sa jeune épouse d'accompagner sa grand-mère jusqu'à l'isba afin d'y faire ses bagages, tandis qu'il regagnerait en hâte son bateau, où il avait encore à faire. Deux matelots viendraient la chercher dans la soirée.

27

Tenant d'une main sa jupe serrée pour se protéger du vent, de l'autre une tasse de café fumant, Larissa se dirigea vers l'arrière du bateau. Discrètement, elle salua de la tête les matelots qui travaillaient sur le pont.

Par ce beau matin de juillet, la jeune femme voyait s'achever son deuxième mois de traversée. Pas un instant elle ne s'était impatientée de cette vie au ralenti et contemplait avec la même admiration qu'au premier jour le beau visage de son mari. Cette seule évocation emplissait son cœur de fierté et elle n'aspirait qu'à jouer bientôt un rôle plus actif dans sa vie.

Nul n'ouvrait la bouche lorsque Caleb était en vue, tant il savait en imposer par son instinctive autorité. Toutefois, la jeune femme en avait beaucoup appris sur le vocabulaire et la vie des marins car elle n'occupait ses journées qu'à observer les mouvements du bateau.

— Veux-tu du café ? proposa-t-elle en s'approchant du capitaine.

Apparemment perdu dans ses pensées, il ne prêta guère attention à elle mais il prit la tasse d'un geste machinal. Un coup de vent fit frissonner Larissa, qui croisa son châle sur sa poitrine.

— Arriverons-nous bientôt ? demanda-t-elle.

— Oui.

Après avoir caboté sans grand succès le long des côtes pour échanger quelques verroteries aux Kolochs contre des fourrures, il n'avait révélé à personne le secret de leur nouvelle destination. Pourtant Larissa, tout comme l'équipage, semblait pressentir qu'ils allaient faire halte d'ici peu.

— Le temps est beau, murmura-t-elle.

— Oui.

— Mais cela ne durera pas. Le vent va tourner et le brouillard se lever.

— Que me racontes-tu là ?

— Je sais que nous faisons cap sur les Pribilof, affirma-t-elle d'un ton tranquille.

— Comment...

— Tu laisses toujours tes cartes ouvertes sur ton bureau. Et puis j'ai déjà repéré quelques phoques. Ils ne s'éloignent pas beaucoup de leur île, à cette époque de l'année.

Elle prit une expression malicieuse avant d'ajouter :

— Vois-tu, cher mari, il ne faut rien chercher à me cacher !

— Larissa, je ne puis me permettre de passer deux ans sur les mers pour emplir mes cales de fourrures comme certains marchands. Dans la situation où nous a mis Baranov, il me faut tirer un important bénéfice de ce voyage, très vite.

— Je ne te demande pas de te justifier, je te suivrai partout les yeux fermés.

Souvent, dans l'intimité de leur cabine, Caleb lui avait dévoilé ses rêves et ses plus secrètes ambitions, allant même, un soir où il avait trop bu, jusqu'à lui confier quelle était sa déception après ce qu'il appelait la « trahison » de Baranov. Aussi comprenait-elle que cette expédition aux Pribilof ne représentait pas seulement une occasion d'équilibrer ses comptes mais encore une sorte de vengeance à l'égard du gouverneur, qui avait interdit toute chasse sur ces îles pendant deux ans afin de laisser à la faune le temps de se reproduire.

— Mon père est là-bas, objecta-t-elle doucement.

— Je sais.

Une petite toux sèche déchira la poitrine de la jeune femme, qui se détourna en hâte.

— Ce n'est rien, dit-elle.

— Tu devrais rentrer à l'abri avant d'attraper froid.

Larissa obéit sans se faire prier. Elle se sentait un peu lasse mais attribuait ses vertiges à la présence constante de la brise marine.

Dans la soirée, un envol de mouettes assombrit brusquement l'horizon, emplissant l'air de cris aigus. Alors monta dans le lointain une vibration qui s'amplifia lentement jusqu'à devenir tonnerre assourdissant. Peu à peu, Caleb put distinguer les rives, perdues dans l'épais brouillard.

A la lumière incertaine de la brume blanchie par les interminables journées d'été, Caleb dirigea son navire jusqu'à une crique où il put mouiller en toute quiétude, à l'opposé des campements russes. Puis il informa l'équipage qu'ils avaient quatre heures pour dormir avant l'aube et quarante-huit heures de chasse.

Au matin, tous partirent, armés de pied en cap, à l'exception de Larissa et de quelques hommes devant monter la garde.

Ils ne revinrent qu'après deux jours de tuerie, lourdement chargés d'innombrables fourrures dépecées sur place, les vêtements maculés de sang, les yeux brillants de fatigue et de fièvre.

Caleb avait tué autant de phoques que chacun de ses hommes et, déjà, il songeait à leur accorder un peu de repos avant d'organiser une nouvelle expédition. Pourquoi se contenter de cinq mille peaux quand ils pouvaient en emporter dix ou vingt mille ? Il y avait plus d'un million de phoques sur cette île. Pourquoi en laisser l'exploitation aux Russes ?

Zachary ralentit le pas afin de ne pas trop essouffler le petit garçon qui marchait à côté de lui dans l'herbe haute de la toundra, parmi les fleurs sauvages, lupins bleus et blanches gentianes.

Un brouillard continuel couvrait l'île dépourvue

d'arbres mais le vacarme des phoques suffisait à lui indiquer la direction du rivage.

Il voulait que Loup découvrît à son tour l'incroyable scène qu'offraient ces masses d'animaux dans leur refuge secret, afin de ne jamais l'oublier. Il lui raconterait ensuite dans quelles conditions lui-même était venu un jour avec son oncle, Marche Droit, et il finirait bien par lui apprendre les circonstances de sa mort.

Le cœur serré, il s'efforça de ne plus songer aux tristes événements du passé. Aujourd'hui, il se devait à ce fils finalement arraché aux bras de sa mère contre des cadeaux qui l'avaient endetté pour deux années auprès de la Compagnie. Mais il eût payé de ses yeux le plaisir de se retrouver enfin seul avec lui.

L'enfant lui agita le poignet afin qu'il lui donne les dernières baies cueillies sur les buissonnets de la prairie et l'homme sourit en découvrant sa bouche barbouillée de mauve.

— Si tu continues à manger autant, tu deviendras gras comme un petit cochon ! assura-t-il en lui pinçant affectueusement la joue.

— Des phoques ! s'écria soudain Loup.

Devant eux apparaissaient une douzaine d'animaux qui se déplaçaient aussi vite que le leur permettait la lourde masse de leurs corps. Sentant la panique qui les guidait, Zachary s'arrêta aussitôt, intrigué de les voir s'éloigner ainsi de la mer, leur milieu naturel.

Brusquement, il comprit que les cris aigus et les sifflements qui montaient de la plage ne provenaient pas d'oiseaux. Il se mit alors à courir droit devant lui, flairant une odeur âcre qui se mêlait aux embruns. Alors il sut ce qu'il allait voir parmi les rochers.

— Marche Droit ! souffla-t-il, pris de vertige.

C'était dans cette crique que son oncle l'avait entraîné, à cet endroit que des loutres marines s'étaient approchées de lui sans méfiance. Aucune ne vivait plus depuis longtemps dans ces parages. Combien de temps les phoques résisteraient-ils aux incessants carnages des hommes ?

De loin, il voyait la silhouette du bateau ancré dans la brume. Les hommes s'interpellaient en américain, tout en remplissant leurs barques de peaux ensanglantées. Interdit, il s'arrêta, le cœur soulevé d'horreur. Jamais il n'avait assisté à un tel spectacle. Ce n'était plus de la chasse mais un massacre, une hécatombe.

Après avoir fait asseoir Loup derrière un rocher, il se dirigea, tremblant de rage, vers les Yankees, ces voleurs qui ne respectaient rien.

— Arrêtez ! cria-t-il, hors de lui. Regardez ce que vous faites !

C'est alors qu'une silhouette se dressa devant lui, un pistolet à la main. Malgré l'air de folie meurtrière qui hantait son regard, Zachary le reconnut aussitôt.

— Caleb Stone ! Toi !

— Moi-même, répondit le capitaine en souriant.

— Comment as-tu pu faire cela ?

— Tu sembles surpris. Il fallait pourtant bien que je rattrape d'une façon ou d'une autre le tort que m'a causé Baranov.

— Mais pas comme cela... murmura Zachary, atterré. Pas comme cela... Tu savais pourtant...

Les yeux pleins de larmes, il se détourna pour disparaître dans le brouillard, au milieu des phoques en déroute.

— Zachary !

Instinctivement, Caleb avait relevé son arme, tandis que ses hommes s'interrompaient dans leur travail, prêts à le poursuivre.

Alors il aperçut le petit Loup qui détalait à son tour dans la direction de son père. Après une courte hésitation, Caleb s'élança derrière lui.

Bientôt il revit Zachary qui courait comme un homme ivre le long de la plage et il l'appela, tout en sachant qu'il ne serait pas entendu au milieu des hurlements terrifiés des animaux. Tout à coup, un énorme mâle, fou de fureur, le chargea et tomba sur Zachary, l'écrasant de tout son poids sans qu'il pût esquisser le moindre mouvement pour se dégager.

Le petit garçon s'arrêta en criant puis ramassa des galets qu'il se mit à lancer contre les phoques pour les éloigner de son père, mais cette dérisoire défense ne les impressionna pas plus que des gouttes de pluie.

Parvenu à sa hauteur, Caleb le prit par la main pour l'entraîner à l'abri tandis que ses hommes dégageaient enfin le corps disloqué de Zachary.

— Il est mort, petit, murmura-t-il doucement.

L'enfant lui adressa des paroles rageuses en russe et se dégagea d'un seul coup pour s'enfuir vers l'intérieur des terres, vite avalé par la brume épaisse.

28

Mikhaïl écoutait les cloches célébrer le mariage entre la fille de Baranov, Irina, et le lieutenant Semyon Ivanovitch Yanovsky, appelé à reprendre la charge de gouverneur de l'Amérique russe. L'état de sa mère, Tacha, lui interdisait d'assister à la fête. Étendue sur son lit, la malheureuse se mourait de phtisie, tentant désespérément de trouver encore un peu d'air à respirer, luttant contre la pneumonie qui l'avait prise l'avant-veille.

Il se pencha doucement sur la silhouette maigre et pâle qui haletait bruyamment, l'emplissant d'une infinie compassion. Elle avait tant désiré assister au mariage de la fille de son vieil ami Baranov et admirer les calices d'argent que Loup, en apprenti orfèvre, venait de ciseler pour l'église...

Une main se posa sur son épaule et, faisant volte-face, Mikhaïl découvrit le regard bleu de son neveu qui lui rappelait tant Zachary, malgré les pommettes saillantes et les cheveux noirs hérités de sa mère.

— Le thé est prêt, annonça l'adolescent. Je vais rester près de *babouchka* pendant que tu boiras ta tasse.

Après la mort de son frère, il avait dû recueillir le petit garçon, qui sut, avec sa gaieté grave d'enfant trop tôt frappé par un sort brutal, apaiser la douleur de Tacha.

Ses nouvelles responsabilités empêchèrent à jamais Mikhaïl de faire partie des expéditions lancées par Baranov à travers le Pacifique, tout d'abord à Hawaii, puis en Californie et enfin à l'embouchure de la Columbia, vers la Nouvelle-Angleterre. Tous ses rêves s'écroulaient à cause de la famille qu'il prenait en charge malgré lui, et une lourde amertume commença d'aigrir son caractère. Depuis dix ans, il en voulait au destin de le tenir enchaîné sur Sitka, depuis dix ans il s'en voulait de traîner avec si peu d'enthousiasme le fardeau de ces deux êtres aimés qui avaient tant besoin de lui.

Parfois, il avait l'impression de souhaiter obscurément la mort de sa mère et ce remords le hantait comme s'il devenait lui-même la cause de son agonie.

Depuis quelques semaines, elle racontait tous ses souvenirs à Loup, pour lui transmettre l'histoire de sa famille, la mort de Marche Droit, la vie aux Aléoutiennes et particulièrement sur Attu, où s'était déroulée son enfance, parmi les paniers tressés de la Tisserande et les parkas en peaux d'oiseaux de sa mère, Cygne d'Hiver, tandis que son oncle, Longues Moustaches, récitait les contes de leur peuple dans la *barabara*.

Loup se rappelait encore le jour tragique où sa mère était venue le reprendre, quand il avait huit ans. Devant les protestations de Tacha, Merle avait alors déclaré cruellement :

— Je n'ai jamais dit que Zachary était son père. C'est lui qui l'a cru.

Il avait bien fallu la suivre, aller vivre dans les grandes maisons de rondins pour ne plus passer que quelques jours à Sitka, dans l'isba de sa grand-mère où il aimait tant à se réfugier.

Souvent, il demandait à Merle si Zachary n'était pas son père. Une seule fois, ivre de kwas, elle répondit que ce pouvait être l'homme de Boston, Caleb. Et lui ne connaissait qu'un homme de ce nom...

Trois ans auparavant, alors qu'il avait douze ans, sa mère avait contracté la syphilis, la grande peste des Blancs, et aucun ne voulut plus d'elle, si bien qu'elle ne reçut plus de cadeaux. Alors Mikhaïl les recueillit, elle et son fils, pour faire apprendre à ce dernier le métier d'orfèvre.

Entouré de l'affection de sa grand-mère et de son oncle, il avait fini par se considérer bel et bien comme le fils de Zachary, malgré les doutes que Merle tentait encore d'instiller en lui.

Soudain le souffle de Tacha s'apaisa ; les yeux fermés, elle reposait enfin calmement.

— Elle va mieux, murmura l'adolescent. Elle dort, maintenant.

Mikhaïl hésita puis s'approcha du lit pour entendre sa mère pousser un long soupir tremblé. Ensuite ce fut le silence. Tout doucement, presque paisiblement, elle venait de mourir.

Loup contempla le frêle corps qui reposait immobile, presque invisible sous la couverture. Désespérément, il guetta un signe de respiration, un frémissement qui pût le rassurer. Mais elle était partie, elle l'abandonnait, comme son père autrefois. Le chagrin et la colère s'emparèrent de lui et il serra les dents à s'en faire mal.

Et puis, vinrent à ses lèvres, malgré lui, les mots qu'il avait entendu prononcer une fois :

— Qu'ils vivent à jamais.

Alors son ressentiment s'apaisa. Loup s'agenouilla, fit le signe de croix et s'efforça de prier. Derrière lui, Mikhaïl retomba lourdement sur sa chaise, pour se cacher le visage dans les mains.

29

Un jeune homme de vingt-cinq ans, vêtu de l'uniforme d'un second de vaisseau yankee, descendait lentement la rue. Dans le lointain résonnaient les marteaux des charpentiers en train de construire un bâtiment de trois étages qui allait dominer toute la baie, faisant écho aux martèlement d'une forge.

L'église orthodoxe russe se dressait au sud de la rue. Vingt années plus tôt, Baranov avait fait mettre à sec un navire qui servit bientôt de lieu de culte à toute la population de la Nouvelle-Arkhangelsk.

La boutique d'un orfèvre parut intriguer le marin, qui s'arrêta un instant, comme s'il avait du mal à en déchiffrer l'enseigne. Puis sa physionomie s'éclaira et il franchit le seuil de l'atelier.

Assis devant son établi Loup Tarakanov ne posa pas tout de suite le regard sur l'homme qui entrait. Ses épais cheveux noirs, sa peau légèrement cuivrée dénotaient des origines indiennes mais ses prunelles gris-bleu prouvaient que du sang slave coulait également dans ses veines. Il finit par déposer le bracelet qu'il était en train de travailler et se leva, passant machinalement les mains sur son tablier de cuir, intrigué par le visage vaguement familier de ce visiteur aux cheveux noirs et aux yeux bleus, lui aussi.

Dans un russe hésitant, celui-ci commença :

— Je chercher Tacha ou Mikhaïl Tarakanov. Ce nom inscrit sur enseigne vôtre, je supposer vous peut-être me dire où trouver les.

Loup le dévisagea avec curiosité avant de demander en anglais :

— Vous êtes yankee ?

— Oui.

Le marin parut soulagé de se voir répondre dans sa langue.

— Mikhaïl Tarakanov vit en Californie, dans le comptoir que nous y avons installé. Quant à Tacha Lukaïevna, elle est morte il y a presque vingt ans et enterrée au cimetière. Je suis son petit-fils.

— Et moi Matthew Edmund Stone, de New Bedford, dans le Massachusetts, le fils de sa petite-fille, Larissa.

Surpris, Loup écarquilla les yeux.

— Il me semblait bien vous reconnaître d'une certaine façon. Maintenant je comprends pourquoi...

En fait, le jeune homme lui ressemblait comme un véritable sosie.

— Ainsi, vous êtes le fils de Caleb Stone.

— Oui.

Un sentiment de haine traversa le sang du Russe, qui ne répondit pas tout de suite au salut de ce neveu tombé du ciel, son cadet d'à peine neuf ans. Le nom de son père lui rappelait trop de douloureux souvenirs. Enfin, il accepta de serrer la main tendue.

— Je suis le fils de Zachary Tarakanov, expliqua-t-il. Merle, ma mère, était koloche. Elle habitait dans un village indien proche d'ici.

Matthew ne parut pas ciller à l'évocation de ce nom.

— Je n'étais qu'un petit garçon, poursuivit Loup, lorsque votre mère a quitté la Nouvelle-Arkhangelsk, et je ne me souviens pas très bien d'elle, d'autant que nous ne recevons plus de ses nouvelles depuis des années. J'espère qu'elle va bien.

— Elle est morte de phtisie il y a quinze ans.

— Je suis navré de l'apprendre.

Il voulut interroger son neveu sur Caleb Stone mais les mots ne parvinrent pas à franchir le seuil de sa bouche.

— Votre vaisseau vient d'arriver à Sitka ? finit-il par demander lentement.

— Oui. C'est l'*Étoile du Nord*, un baleinier.

Loup serra les dents. Il avait entendu parler de ces trois-mâts commandés par de véritables tyrans qui régnaient sur des équipages de brigands et d'assassins. Il se demanda si le regard un peu fixe du jeune homme, les plis désenchantés de sa bouche ne venaient pas de sa vie sans doute plus qu'éprouvante.

— Vous ne faites donc pas de commerce comme votre père.

— Il n'en fait plus. Il est capitaine de l'*Étoile du Nord* depuis la fin de la guerre de 1812 avec l'Angleterre.

Matthew n'expliqua cependant pas que le blocus britannique avait quasiment ruiné sa famille.

— Nous sommes à la recherche de quelques bons harponneurs, poursuivit-il. Il paraît que les Aléoutes n'ont pas leurs pareils pour la chasse à la baleine.

— Oui, mais seulement sur leurs petites embarcations. Jamais ils ne voudront se joindre à vos expéditions en haute mer.

— C'est bien ce que je pensais, maugréa le jeune homme en haussant les épaules.

Loup s'éclaircit nerveusement la gorge et questionna :

— Votre père est-il descendu à terre lui aussi ?

— Non, en fait il.. ne se sent pas bien.

— Nous avons un médecin en ville, et aussi un apothicaire. Si vous voulez, je...

— Ce n'est pas la peine. Il a contracté cette fièvre sous les tropiques, elle lui passera en quelques jours. Nous ne désirons pas rester trop longtemps ici. C'est seulement pour répondre au vœu de ma mère que je suis venu voir si elle avait encore de la famille à Sitka.

— Voulez-vous dîner chez nous ce soir ? Je vous présenterai ma femme, Marya, et nos trois enfants.

— Non... je regrette. J'ai été ravi de faire votre connaissance... Loup, mais il faut que je regagne mon bord, maintenant.

Au fond, le Russe était soulagé de ce refus.

— J'espère que votre père se rétablira vite.

— Merci.

Son visiteur sorti, Loup se remit au travail, pensif. Depuis toujours, il s'efforçait de considérer Zachary comme son père mais sa ressemblance avec le fils de Caleb Stone lui avait tellement sauté aux yeux qu'il se demandait brusquement si ce garçon n'était pas son frère.

Jamais sa mère ne le lui dirait : elle était morte de la petite vérole la semaine précédente.

Le soir même, le baleinier quittait le port dans le brouillard, violant la quarantaine qui lui était imposée. Quelques jours plus tard, il fut rapporté qu'un navire yankee avait capturé quatre Kolochs.

La variole se répandait dans Sitka. Beaucoup de Russes y échappèrent grâce au sérum de l'apothicaire mais il fallut envisager de soigner tous les comptoirs russes, des Aléoutiennes à la baie de Bristol jusqu'au golfe de Norton ; cependant, à part les Aléoutes, toutes les tribus refusèrent la médecine blanche et la moitié des populations indigènes disparut avant que les survivants se soumettent enfin aux soins qui pouvaient les sauver.

30

SITKA
PAQUES 1864

Les cloches de bronze de la cathédrale Sv Mikhaïl sonnaient la gloire du jour de Pâques dans l'air clair du matin, annonçant la fin des restrictions du Carême.

A l'intérieur de l'église flottaient de lourdes odeurs d'encens. Loup Tarakanov se tenait parmi la foule des fidèles, une cravate de soie noire nouée autour du col de sa chemise de lin, sa veste noire déboutonnée. A soixante et un ans, il arborait toute la dignité du monde, grand, la tête droite, avec son air de patriarche à l'épaisse chevelure argentée. Ses yeux gris-bleu brillaient comme au temps de sa jeunesse quand il contemplait avec la même fierté les calices d'argent autrefois ciselés par lui.

Un léger coup de coude le rappela à ses dévotions ; sa femme, la pieuse Marya, savait toujours repérer le moment où il laissait vagabonder ses pensées au lieu de prier. Cependant, son geste n'eut cette fois d'autre effet que d'entraîner les rêveries du vieil homme sur sa propre famille : sa fille, la belle Anastasia, si bien mariée à un lieutenant de la Marine impériale, Nikolaï Ivanovitch Politovski ; son fils cadet, Stanislav, chaudronnier, accompagné de sa femme, Dominika, une métisse d'origine koloche et de leur fils, Dimitri, dont les yeux noirs rappelaient ceux de Merle ; et son fils aîné, Lev, ingénieur des mines, sa blonde épouse, Aïla, fille d'un capitaine finlandais, et leurs deux filles, Nadia, âgée de treize ans, déjà coquette dans sa robe de mousseline, et la petite Eva, si sage et si sérieuse du haut de ses quatre ans.

Le cœur gonflé de fierté, Loup reporta son attention sur la cérémonie. L'interminable station debout commençait à lui ankyloser les jambes et il se demanda si, dans le temple luthérien de l'autre côté de la rue, les fidèles avaient eu la bonne idée d'installer des bancs. Il sourit intérieurement en imaginant combien sa femme serait offusquée s'il lui faisait part d'une telle pensée.

A la sortie de l'office, on s'embrassa dans la joie et les rires, échangeant des œufs durs vivement colorés. Tous tombaient dans les bras les uns des autres en s'écriant : « Christ est ressuscité ! » et en répondant : « C'est vrai qu'Il est ressuscité ! » dans le chant joyeux des cloches lancées à toute volée.

Dans l'après-midi, la famille se rassembla chez Anastasia autour d'un banquet qui dura jusqu'au milieu de la nuit.

Après le repas, Loup put enfin allumer la pipe dont il s'était privé durant les quarante jours de Carême. Tirant de longues bouffées satisfaites, il écoutait ses fils discuter à côté de lui.

— Il paraît, disait Lev, qu'à la fin de la guerre de Sécession entre l'Union yankee et la Confédération des États du Sud, l'Amérique russe sera vendue aux vainqueurs.

Jusque-là, seul le comptoir de Fort Ross, en Californie, avait été cédé, en 1841, à un certain John Sutter ; à la suite de la Ruée vers l'or de 1849, un marché florissant s'était établi entre la Compagnie russo-américaine avide de métal précieux et son ancienne colonie, qui avait besoin de glace. Tout l'hiver, les nombreux lacs de Kodiak et de Sitka étaient débités en gros blocs, conservés dans des magasins réfrigérés pour être acheminés à l'été vers San Francisco.

— Voilà trois ans qu'il en est question, intervint leur beau-frère Nikolaï Politovski, sans qu'il n'arrive rien. Jamais le tsar ne vendra cette terre aux Américains. Ce serait contraire à toute la politique de la Russie depuis ses origines.

— Alors pourquoi la charte de la Compagnie n'a-t-elle

pas été renouvelée ? demanda Lev. Depuis trois ans, nous ne disposons que d'un gouvernement par intérim. S'agirait-il d'une simple coïncidence ?

— Assurément ! clama Nikolaï en se levant. Le pays tout entier n'existe que pour la gloire du tsar et, plus ses frontières s'éloignent de Saint-Pétersbourg, plus il en tire de puissance !

— Peut-être, suggéra Stanislav, sommes-nous justement situés trop loin de la capitale. Peut-être la guerre de Crimée a-t-elle fait comprendre au tsar que la Marine ne pourrait intervenir à temps aux Aléoutiennes en cas d'attaque yankee. Déjà ceux-ci nous empoisonnent avec leur continuelle chasse aux baleines qu'ils laissent pourrir sur nos côtes après les avoir dépecées, au risque d'empoisonner nos compatriotes. Ils ne cessent d'enlever des guerriers kolochs pour leur servir d'esclaves et des femmes pour satisfaire à leurs débauches. Si la Marine ne peut les en empêcher, comment parviendrait-elle à nous défendre face à une invasion armée ?

— Les Américains sont nos alliés, ils l'ont prouvé en nous fournissant des armes pendant la guerre de Crimée. Quant aux Anglais, bien qu'ils tiennent le Canada, jamais ils n'oseront envahir nos terres, par peur, précisément, d'une contre-attaque américaine.

— Effectivement, reprit Stanislav, je ne crois pas que nous ayons grand-chose à craindre des Britanniques, mais bien des Américains. Souviens-toi de ce qui s'est passé lorsqu'ils ont découvert de l'or en Californie. Ils se sont jetés dessus comme des mouches sur un pot de miel.

S'adressant à son frère, il ajouta :

— Lev, ne nous as-tu pas dit que tu avais trouvé des traces d'or chez nous, au cours de tes dernières prospections ?

— En effet.

— Quand je pense que, déjà, les hommes d'affaires de San Francisco cherchent à racheter nos fourrures,

300

imaginez ce que ce sera s'ils apprennent l'existence de filons d'or !

— C'est simple ! conclut impérieusement Nikolaï. Nul ne doit en parler.

Parfois, le jeune lieutenant avait le don d'irriter Loup avec son arrogance inconsciente d'officier de la Marine impériale. S'il se félicitait que sa fille eût fait un si beau mariage, il n'en grinçait pas moins des dents chaque fois que son gendre les toisait tous de sa haute taille et de ses airs supérieurs.

— L'Amérique n'a pas besoin de le savoir, poursuivait celui-ci. Seule la Compagnie exploitera des richesses qui lui reviennent à part entière si elles existent vraiment.

— Il est possible, renchérit Lev, plein d'espoir, que le tsar n'ait pas renouvelé la charte simplement parce qu'il avait l'intention de faire de notre pays une véritable province de la Russie. Dans ce cas, il devrait agir vite, afin que nous n'ayons plus à subir les diktats et les tarifs exorbitants de la Compagnie.

De nombreux colons partageaient cette opinion, qui se répandait de plus en plus à travers Sitka.

— Pourtant, objecta Stanislav, songeur, s'il n'attend que la victoire de l'Union pour lui vendre cette terre, qu'en sera-t-il de nous ? Toi, Nikolaï Ivanovitch, tu as la chance d'être né en Russie, tu y retourneras sans problème, mais nous ?

— Cette terre est notre patrie, murmura Lev. Notre père n'a pas vécu ailleurs. Qui osera nous déraciner ? Comment vivrions-nous, alors ? Où travaillerions-nous ? Nous ne connaissons pas d'autre mode d'existence.

— Préférerais-tu rester ici, prononça lugubrement Stanislav, quand on sait comment les Américains traitent ceux qui ne sont pas de pure race blanche ?

Un lourd silence s'ensuivit. Loup regarda les cendres s'éteindre dans sa pipe. Depuis trois années, les conversations de la colonie ne tournaient qu'autour du même sujet. Nul n'osait plus investir ni entreprendre de nouveau commerce. Seul demeurait celui du thé. Le vieil homme savait qu'une telle situation ne pouvait durer indéfiniment.

Un après-midi de septembre, enfin, alors que Loup buvait du thé devant sa maison, il nota une agitation inhabituelle par les rues de la ville. Le premier, Lev accourut vers lui, souriant en agitant les bras.

— Tu as entendu ? Le prince Dimitri Maksoutov rentre de Saint-Pétersbourg ; il vient d'être nommé gouverneur. Et il paraît que le propre frère du tsar, le grand-duc Constantin, aurait signé une nouvelle charte de vingt ans !

— Alors... murmura Loup, abasourdi, il n'y aura pas de vente !

— Non ! Nous avons sa parole ! Ce soir un grand *praznik* réunira toute la population, aux frais de la Compagnie !

— J'étais sûr que jamais le tsar ne vendrait notre terre ! cria quelqu'un.

— Moi aussi !

Et tous de se mettre à crier qu'ils n'avaient pas cru un instant à ces rumeurs. Les rires et les clameurs fusaient maintenant de toute part, les chapeaux sautaient en l'air, des danses étaient improvisées en pleine rue. Bras dessus bras dessous, Loup et Lev partirent annoncer la bonne nouvelle à leur famille.

31

— *Diedouchka*, pourquoi le prince fait-il venir tout le monde au château ?

À sept ans, Eva prononçait encore ces mots magiques avec une nuance d'admiration rêveuse dans la voix. Sa croix d'argent dansa autour de son cou quand elle se précipita dans les bras de son grand-père.

— Sans doute parce qu'il a quelque chose d'important à nous dire.

— Je me demande de quoi il s'agit. Et si le tsar était mort ? Ou alors les Kolochs vont nous attaquer ? Ils se cachent peut-être déjà dans la forêt, camouflés derrière leurs peintures de guerre ou leurs masques de bêtes féroces ! Penses-tu que les cousins de tante Dominika tueraient quand même notre famille ? Et les tiens ?

— Ne laisse pas galoper ainsi ton imagination, ma petite ! répondit le vieil homme en riant. Si les Kolochs devaient nous attaquer, le prince aurait déjà envoyé tous ses soldats sur les remparts. Tu vois bien qu'il n'y en a aucun nulle part.

— Eva, cesse d'importuner *diedouchka* avec tes incessants bavardages ! la morigéna sa sœur Nadia, qui se pavanait dans une robe à crinoline. Nous allons apprendre de merveilleuses nouvelles. Qui sait si nous n'allons pas célébrer une fête ? Je suis certaine qu'il y aura un bal, ce soir. Et ne saute pas ainsi dans la boue, tu vas salir ma robe !

Un peu refroidie par cet accueil glacial, Eva prit la main de son grand-père pour marcher sagement à son côté. À en croire sa sœur, elle agissait toujours en dépit du bon sens. Heureusement, la tendre poigne du vieil homme qui serra sa petite paume vint à temps la rassurer et elle lui adressa un sourire radieux. Lui ne semblait jamais se lasser de ses incessants discours. Peut-être l'aimait-il quand même.

La famille Tarakanov s'arrêta au pied des remparts du « château », surnom donné à la résidence du gouverneur. Seule Marya, l'épouse de Loup, n'était pas venue, retenue au lit par une maladie qui nécessitait la présence constante d'une femme aléoute pour la veiller.

Sans faire partie de la noblesse, les Tarakanov jouissaient d'un rang relativement élevé parmi les habitants de Sitka ; et Nadia ne rêvait que bals et soirées auxquels il lui arrivait de participer grâce au titre d'officier du mari d'Anastasia. Son élégance et sa beauté faisaient merveille parmi les invités, qui s'empressaient de la convier à d'autres réceptions.

Des soldats dans leur tenue noir et rouge vinrent s'aligner en haut de l'escalier monumental et un murmure de curiosité traversa la foule lorsque le prince Maksoutov fit son apparition en grand uniforme, la poitrine décorée d'un nombre impressionnant de médailles gagnées sur le front de Crimée. Il descendit quelques marches puis lança d'une voix forte :

— J'ai le pénible devoir de vous informer, de la part de Saint-Pétersbourg, que l'Amérique russe vient d'être vendue aux États-Unis.

Un silence stupéfait s'abattit sur l'assistance. Nul ne s'attendait à une telle nouvelle.

— Et la charte, cria quelqu'un, à quoi servait-elle, alors ?

Comme le prince ne répondait pas, Loup se sentit brusquement trahi, abandonné par le tsar, et la tristesse qu'il lut sur la physionomie de leur gouverneur ne fit que renforcer cette impression.

— Ils prendront possession de ce territoire dès octobre, poursuivait ce dernier, qui lisait maintenant une lettre officielle. Ceux d'entre vous qui désireraient y demeurer sont libres de le faire, sauf les marins et les soldats, qui devront ragagner la Russie. A l'exception des tribus indigènes demeurées à l'état sauvage, ils jouiront de tous les droits et privilèges inhérents aux citoyens des États-Unis et conserveront leurs possessions, leur liberté ainsi que leur religion.

Ainsi, il n'était pas question de race. Seuls les sauvages ne seraient pas des citoyens à part entière. Soulagé, Loup en conclut qu'il ne serait pas obligé, à son âge, de quitter la terre de ses ancêtres. Nul ne serait inquiété pour ses origines métisses ou russes.

Tournant incidemment le regard vers sa fille, il lut une véritable appréhension sur son visage et comprit aussitôt que ces nouvelles signifiaient une séparation définitive entre eux. En tant que femme d'un officier de la Marine impériale, Anastasia se devrait de suivre son mari dans son pays d'origine.

— Ceux d'entre vous qui auront choisi de rester disposeront de trois années pour changer d'avis et partir s'installer en Russie s'ils le désirent. Les autres recevront les titres de propriété de leurs maisons et des terres qu'ils occupent actuellement. La Compagnie signera des actes de reconnaissance pour les commerçants et artisans, afin qu'ils puissent exercer leur métier où ils le voudront. Nous espérons que les marchands de San Francisco obtiendront une franchise de leur gouvernement afin de pouvoir continuer à acheter des fourrures à ceux d'entre vous qui en vivent.

Le prince expliqua encore que le traité avait été signé à Washington et détailla les diverses options offertes aux habitants de Sitka. A la fin de son discours, la foule se dispersa dans un silence consterné. Toute leur vie, ils avaient été dirigés par la Compagnie ; comment prendre désormais seuls d'aussi importantes décisions ?

— Peut-être, finalement, n'en souffrirons-nous pas autant que nous le craignions, observa Stanislav sur le chemin du retour.

— Ils ne peuvent pas dire que nous ne sommes pas civilisés !

Dominika, sa femme sang-mêlé, lançait un regard anxieux sur leur fils, qui venait de brillamment réussir l'École navale.

— Nous ne devons pas prendre une telle décision à la hâte, continua Lev en se frottant la moustache. Nous avons la possibilité d'essayer de vivre selon les lois américaines. A mon avis, nous devrions voir venir. Qu'en penses-tu, mon père ?

Loup ne regardait que sa fille qui s'éloignait lentement, au bras de son mari, la tête basse. Elle n'avait pas le choix.

Nadia courut rejoindre sa tante.

— Où allez-vous ? demanda-t-elle, inquiète.

— Nous avons beaucoup de choses à préparer si nous devons partir dans trois mois.

Tout en gardant un ton posé, Anastasia ravalait ses larmes, à grand-peine. Elle se sentait incapable, pour le moment, d'écouter ses frères hésiter entre la possibilité de rester ou de partir quand elle était forcée de s'en aller. Aussi saisit-elle la première excuse qui lui venait à l'esprit :

— Il faut que j'établisse la liste de tous nos meubles, de tous nos ustensiles pour choisir ceux que nous emporterons et ceux que nous laisserons.

— Mais...

Désespérée, la jeune fille comprit soudain que tout un monde allait sans doute s'écrouler autour d'elle. Qui l'inviterait au bal lorsque sa tante ne serait plus là, lorsque le prince aurait regagné la Russie, lorsque le palais serait transformé en caserne ?

— Je ne veux pas rester ici ! protesta-t-elle. Je veux partir, moi aussi.

— C'est à ton père de prendre cette décision ! lança Nikolaï en entraînant sa femme.

Aussitôt, Nadia se tourna vers l'intéressé.

— Papa ! Nous allons partir, n'est-ce pas ?

— Je ne sais pas encore.

— Mais nous sommes russes ! Comment demeurer dans cette colonie alors que les Américains vont venir s'en emparer ? Ce ne serait pas loyal !

— Le tsar nous a trahis ! objecta son cousin Dimitri. Qu'avait-il besoin de signer une nouvelle charte, s'il n'entendait pas l'honorer ? Pourquoi cette terre a-t-elle été vendue en secret ? Du fond de sa capitale, notre empereur se moque de tout ce que nous allons devenir ! J'estime que, dorénavant, nous sommes relevés de tout devoir de loyauté vis-à-vis de lui.

— *Diedouchka*, murmura Eva en lui serrant la main, que vas-tu faire ?

Loup secoua la tête.

— Il faut avant que j'en parle avec Marya Sergueïevna.

Il savait que sa femme désirerait, tout comme lui, finir ses jours sur la terre où ils avaient toujours vécu. Cependant, il redoutait de lui annoncer que leur unique fille allait devoir les quitter pour suivre son mari.

32

Sortant du palais du gouverneur, Ryan Colby s'arrêta au sommet des marches pour tirer un long cigare de sa poche.

Il contemplait la baie qui s'étendait à ses pieds avec les deux navires de guerre américains et le *John L. Stevens* à côté d'eux. Des troupes du Neuvième infanterie et du Deuxième artillerie restaient à bord. Toute permission de descendre à terre était refusée par les Russes tant que le territoire ne serait pas devenu officiellement possession des États-Unis. Pour cela, il fallait que le nouveau gouverneur, le général Jefferson C. Davis, arrivât de Washington.

Ryan Colby cracha le bout de son cigare et l'alluma, ses yeux bruns dénués de toute expression, comme à son habitude. A vingt-cinq ans, il n'avait jamais montré à quiconque ce qu'il pouvait penser.

La porte s'ouvrit derrière lui et, retirant le cigare de sa bouche, il regarda l'élégant jeune homme blond qui venait à lui.

— J'aurais aussi bien fait de m'abstenir ! maugréa Gabe Blackwood en reboutonnant la veste de tweed de son costume trois-pièces. Le prince paraissait faire peu de cas de mon offre. J'ai l'impression qu'il avait depuis longtemps décidé de vendre les stocks de la Compagnie à Hutchinson.

— Et pour une bouchée de pain, encore ! renchérit Ryan. A peine soixante-cinq mille dollars.

— Comment le sais-tu ? demanda le jeune avocat, interloqué.

— Peu importe comment je le sais. Toujours est-il que

maintenant il va tout revendre en Californie pour cinq fois plus cher après avoir sans doute promis à Maksoutov de ne rien sortir du territoire. Voilà un superbe bénéfice que je me serais bien mis dans la poche !

Quelque peu scandalisé par le cynisme de son compagnon, Gabe Blackwood le suivit vers le port sans rien dire.

— D'ailleurs, reprit Ryan, il vaut peut-être mieux ne pas repartir maintenant. Nous pouvons encore gagner de l'argent ici, de mille autres façons.

— Par exemple ?

— Regarde un peu cette ville, avec ses églises, ses écoles, ses ateliers, sa boulangerie. Où les gens vont-ils étancher leur soif, dans tout cela ? Je ne vois pas un saloon, pas une salle de jeu. Nous pourrions en installer quelques-uns et attirer rapidement une clientèle.

— Mais... ce serait illégal. La loi interdit explicitement d'importer des boissons alcoolisées dans les territoires.

Ryan éclata de rire.

— D'abord, elle ne sera applicable ici qu'au mois d'octobre. Et, fais-moi confiance, illégal ou pas, il y aura des saloons ici comme partout ailleurs ! Je ne serai pas le dernier à en profiter. Tu ne crois tout de même pas que je suis venu ici dans la seule intention d'acheter les stocks russes de peaux de mouton et de légumes séchés ! Hutchinson pourra bien en faire ce qu'il voudra, moi, ce qui m'intéresse, ce sont leurs tonneaux de rhum et de vin, leurs réserves de sucre, de mélasse et de grain pour distiller mon propre alcool. Je tâcherai de les racheter à Hutchinson. Sinon, j'en importerai moi-même.

— Tu te mettras en infraction, objecta l'avocat.

— Et qui viendra m'arrêter ? Toi ? L'armée ne posera pas le pied avant quatre mois au plus tôt. Maintenant, montre-moi un seul soldat qui ne boive pas. Ce ne sont pas eux qui fermeront mes établissements. Néanmoins, s'il devait m'arriver des ennuis, je t'enverrais chercher en Californie pour me défendre !

— Tu ne m'y trouverais pas, soupira Gabe, blessé par la désinvolture de son compagnon. J'ai l'intention de me fixer ici pour y ouvrir un cabinet.

— Quelle idée !

— Un jour l'Alaska deviendra un État à part entière et j'aurai participé à son édification.

— Qui sait si tu n'en seras pas le premier gouverneur, remarqua Ryan, songeur.

— Peut-être.

Gabe ne pouvait discerner quelle était la part de l'ironie dans cette réflexion.

— Il te faudra commencer par trouver des locaux. Tiens, que dirais-tu, par exemple, d'une échoppe du genre de celle-ci ?

Ce disant, Ryan s'arrêtait devant une petite boutique fermée. Gabe ne répondit pas, le regard fixé derrière lui ; il venait d'apercevoir une jeune fille et une enfant qui se dirigeaient vers la porte. Fasciné, il ne quittait plus des yeux la vision blonde qui venait vers lui, son délicat visage à la petite bouche bien dessinée, ses joues rosées et la douceur liquide de ses prunelles sombres. Il se prit à regretter de n'avoir pas apporté avec lui le dictionnaire russe acheté à San Francisco.

— Êtes-vous américains ?

La voix flûtée de la petite fille le fit sursauter. Elle s'exprimait avec un fort accent mais dans un anglais tout à fait convenable.

— Vous parlez notre langue ? demanda-t-il, étonné.

— Oui, et aussi l'allemand et le français, intervint la blonde inconnue en souriant.

— Vous êtes si jolie !

Le compliment lui avait pratiquement échappé. Prenant conscience de ce qu'il venait de dire, il se maudit pour son manque de manières et s'empressa de se découvrir en leur adressant à toutes deux un petit salut.

— Pardonnez-moi. Je ne voulais pas vous brusquer. Permettez-moi de me présenter : Gabriel Blackwood, avocat. J'ai l'intention d'ouvrir un cabinet à Sitka. Voici mon ami, Ryan Colby.

— Nadia Lvovnaya Tarakanova, répondit la jeune fille avec un léger sourire. Cette enfant est ma petite sœur, Eva Lvovnaya, et la boutique appartient à mon grand-père, Vassili Zacharievitch Tarakanov, l'orfèvre.

— Est-elle fermée définitivement ? demanda Ryan, intéressé. Votre famille aurait-elle l'intention de quitter Sitka ?

— Non.

— Alors vous restez ! s'écria Gabe.

— Pour le moment, oui. Nous voulons voir venir.

Bien qu'à l'évidence cette perspective n'enchantât guère la jeune fille, l'avocat sourit chaleureusement.

— J'en suis très heureux !

— Nous aimerions voir l'intérieur de la boutique, insista Ryan. Serait-il possible que votre grand-père nous la fasse visiter ?

— Il est veuf depuis peu et je ne sais pas quand il compte rouvrir.

— Acceptez mes condoléances pour ce deuil, s'empressa de répondre Gabe, et veuillez les présenter de ma part à toute votre famille, mademoiselle.

— Je vous en remercie.

— Ce n'est rien. Je me rends compte que les circonstances ne se prêtent guère à une telle demande, toutefois, quand l'occasion s'en présentera, pourrez-vous lui dire que je serais prêt à lui racheter son échoppe s'il venait à la vendre ?

Gabe venait de trouver la plus parfaite des excuses pour entrer officiellement en relation avec la famille Tarakanov... et la belle Nadia. Il poursuivit :

— Sans doute prendrai-je la liberté de lui rendre visite la semaine prochaine. Parle-t-il anglais aussi bien que vous ?

— Il pratique peu cette langue.

— Dans ce cas, vous ou votre père pourriez peut-être

assister à l'entrevue afin qu'aucun malentendu ne s'installe entre nous lorsque je ferai mon offre.

— Peut-être.

— Comment vous joindre ? Où habitez-vous ? Laissez-moi vous raccompagner.

Après un court temps d'hésitation, la jeune fille lui indiqua son adresse.

— Comptez-vous acheter beaucoup de terres ? demanda l'enfant, jusque-là demeurée silencieuse à côté d'elle.

— Je ne sais pas encore.

Il était difficile de croire que cette petite fille aux cheveux bruns, à la bouche trop grande, au nez trop droit fût la sœur de Nadia.

— Pourquoi ? insista-t-il.

— Parce que vous êtes américain et que les Américains nous rendent tous tristes en achetant ce pays. Les Kolochs disent qu'il leur appartient.

— Les Kolochs ?

— Je crois qu'il s'agit d'une tribu d'Indiens, expliqua Ryan.

— Vous voulez parler de ces sauvages qui vivent près d'ici dans des huttes de bois !

— Ils disent que c'est à eux qu'il faut verser l'argent.

— L'armée devrait les parquer dans une réserve, eux et leurs semblables ! marmonna sèchement Gabe.

Depuis sa plus tendre enfance, il haïssait tous ceux qui pouvaient lui rappeler la mort cruelle de ses parents, missionnaires tués par une tribu qu'ils venaient évangéliser non loin de San Francisco.

— Qu'entendez-vous par « semblables » ? demanda Nadia.

— Tous ceux qui en comptent dans leur famille, de près ou de loin.

— Les métis ? Beaucoup vivent ici, fréquentent nos écoles et travaillent pour la Compagnie.

— Je vois.

Eva s'apprêtait à dire quelque chose, mais Nadia l'interrompit vivement.

— Ne faites pas attention, elle croit que tout le monde veut lui parler, à elle aussi.

Gabe sourit.

— Je comprends.

— Il faut que nous partions, maintenant. Je suis très honorée d'avoir fait votre connaissance, messieurs.

Sur un gracieux signe de tête, elle s'éloigna, tenant sa petite sœur par la main.

— Eh bien ! observa Ryan, tu n'as pas perdu de temps ?

— Non... Tu n'es pas le seul à savoir ce que tu veux ! Toi qui voyais en moi le futur gouverneur, tu viens de rencontrer la future première dame de l'État. Plus j'y pense, plus je me dis qu'un mariage serait le bienvenu entre l'ancien et le nouvel Alaska.

La famille Tarakanov descendait les rues de la Nou
velle-Arkhangelsk à la suite de son patriarche, Loup
dont le récent veuvage venait de faire un vieil homme
éperdu de douleur. Le pas hésitant, l'œil éteint, il se
soumettait sans révolte à son sort qu'il savait depuis
longtemps inéluctable.

Malgré son deuil, il avait tenu à assister aux cérémo
nies qui allaient ouvrir l'ère américaine de l'Alaska. Le
bateau qui amenait les officiers russes et yankees était
arrivé depuis le matin.

Contrairement à bien des habitants de l'île, Loup
estimait que sa famille devait assister à cette passation de
pouvoirs.

Déjà, les rues de la ville que les Américains s'obsti
naient à appeler Sitka résonnaient sous le pas de ses
nouveaux occupants. D'ici peu, toute sa vie quotidienne
en serait changée. Loup lui-même avait accepté de
vendre son échoppe au jeune avocat présenté par Nadia.

Seule Dominika avait préféré demeurer à la maison,
craignant que les traits de son visage, trop marqués de
sang indien, ne réveillent les préjugés des Américains.
Cependant, Stanislav, son mari, était venu, accompagné
de leur fils, Dimitri.

Un ciel bas et gris couvrait les toits de la résidence du
gouverneur mais il ne pleuvait pas. Un léger incident vint
troubler le début de la cérémonie quand les Kolochs, qui
n'avaient pas été conviés, arrivèrent dans le port avec
leurs canoës et se mêlèrent aux vaisseaux russes et
américains. Ils se méfiaient des nouveaux venus, à cause
des nombreux raids des baleiniers contre leurs villages.

tout en appréciant qu'à l'inverse des Russes ceux-ci acceptent de leur vendre de l'alcool.

Debout près de sa tante Anastasia, Nadia serrait sa main gantée, déchirée à l'idée de la voir partir, de devoir dire adieu aux bals et aux réjouissances du passé, mais plutôt satisfaite de l'admiration sans bornes que lui portait Gabe Blackwood. Finalement, elle ne tenait plus vraiment à partir tout de suite.

Les battements de tambour commencèrent à résonner dans l'atmosphère lourde de la baie et les armées se mirent à défiler sur le monumental escalier dont l'une prenait possession tandis que l'autre s'éloignait dans un ordre impeccable. Puis le drapeau russe fut amené, la bannière américaine hissée. Derrière sa nièce, Anastasia pleurait à chaudes larmes.

Les cris de joie des Américains n'en parurent que plus cruels à la jeune fille. Enfin ils se turent tandis que s'avançait le nouveau commandant de ce territoire que les Américains nommaient Alaska.

— Moi, général Jefferson C. Davis, commandant unique de la garnison, déclare que tous les bâtiments militaires et toutes les terres occupés par les troupes des États-Unis sont désormais propriété unique de notre gouvernement.

— Non ! s'écria Anastasia. Je n'ai pas fini mes paquets. Ils ne vont pas nous jeter dehors ! Nous ne devons partir que dans un mois !

— Toi et Nikolaï viendrez habiter à la maison, déclara Loup. Je dispose de toute la place nécessaire pour vous accueillir tous les deux.

Les Américains ne s'embarrassaient pas de détails inutiles : ils s'emparaient de la place et jetaient littéralement les Russes à la rue.

En un mois, Sitka changea totalement d'aspect. Les beaux uniformes de l'armée sibérienne sur les remparts avaient fait place à la tenue bleu marine des soldats de l'Union. Les rues portaient maintenant chacune un nom, l'artère principale devenant Lincoln Street et les deux avenues qui la croisaient, Russia et America.

Une foule d'émigrants, originaires de toutes les îles alentour et en partance pour la Russie, s'étaient entassés vaille que vaille dans les maisonnettes que n'occupait pas l'armée, dans l'attente du prochain bateau qui lèverait l'ancre. Sans compter les nombreux colons américains, qui entendaient bien profiter de tous ces mouvements afin de s'établir au plus vite et profiter de l'exclusivité de leurs droits pour vendre leurs marchandises et à des prix exorbitants. La plupart des magasins et des maisons changeaient de main jour après jour ; leur valeur s'élevait chaque fois un peu plus.

— Regarde, Gabe, observa Ryan, qui déambulait en fumant son éternel cigare : Sitka devient une véritable ville champignon, et son essor ne fait que commencer. Les marchands s'installent, suivis de prospecteurs, de cuisiniers, de boulangers, d'aventuriers, de banquiers, de promoteurs, de spéculateurs, de joueurs et de prostituées.

Il semblait qu'une nouvelle enseigne dût s'épanouir dans Lincoln Street à chaque heure qui passait.

— Tiens, poursuivit-il, voici maintenant un barbier. Tu vas voir que nous ferons fortune ici en moins de temps qu'il n'en faut pour le dire.

— Raison de plus pour doter rapidement ce territoire de lois précises, pour élire un maire et un conseil municipal, afin d'en contrôler l'essor. Nous n'allons pas demeurer éternellement sous la responsabilité de l'armée. Il faut que le Congrès finisse de payer la Russie afin que nous devenions un territoire à part entière.

— En attendant, coupa son ami, viens donc prendre un café dans mon saloon.

— Je... pas tout de suite...

Ryan n'eut pas besoin de suivre son regard pour

savoir : Nadia Tarakanova venait dans leur direction, accompagnée de son grand-père et de sa petite sœur.

— Mademoiselle.

Le jeune avocat leur barra carrément le chemin pour les saluer.

— Quelle charmante surprise de vous rencontrer de si bon matin, et vous aussi, monsieur ! Pardonnez-moi si je ne puis détacher mes yeux de votre petite-fille, mais jamais je n'ai rencontré une aussi jolie personne.

Trop absorbé par le ravissant visage encadré par une capuche de fourrure, il ne remarqua pas l'agitation de la jeune fille.

— Je suis très heureuse de vous voir, monsieur, murmura-t-elle d'une voix cassée. Nous rentrons du marché, où nous voulions acheter de la viande, mais les Kolochs, les Tlingits comme vous les appelez, ont refusé notre argent.

— Votre argent... ?

Hésitant, Gabe chercha comment formuler sa question le plus délicatement possible :

— S'agit-il du papier autrefois utilisé par la Compagnie russo-américaine ?

— Oui.

— Je suis navré, mais vous risquez effectivement d'avoir du mal à l'écouler désormais.

— Pourtant je n'en ai pas d'autre. Que faire ? Nous mourrons de faim si...

— Ne vous inquiétez pas. Vous l'échangerez tout simplement contre de la monnaie américaine et le tour sera joué.

S'il en avait eu les moyens, il eût été heureux de lui rendre ce service sur-le-champ. Néanmoins, un regard par-dessus son épaule lui indiqua que Ryan se trouvait toujours derrière lui.

— M. Colby se fera une joie de vous aider. Venez, nous allons prendre le thé avec lui et en discuter tranquillement.

317

La jeune fille rapporta leur conversation en russe à son grand-père, sans que Gabe en comprît le dixième. Le vieil homme hocha la tête.

— Nous vous suivons, monsieur, annonça-t-elle alors.

— Parfait.

C'était la première fois que Nadia pénétrait dans un restaurant. Le bruit et le mouvement commencèrent par l'étourdir et elle suivit machinalement leurs hôtes vers une petite table à l'écart.

En deux gestes discrets, Gabe fit signe à son ami d'accepter, pour lui, un argent qui n'avait pratiquement plus de valeur et Ryan s'exécuta de bonne grâce.

— Vous voyez qu'il ne fallait pas vous tourmenter ! conclut triomphalement l'avocat.

— Je ne sais comment vous remercier...

— Pardonnez-moi pour mon audace, mademoiselle, coupa-t-il brusquement, mais vous me faites penser à une princesse russe.

Réprimant un sourire, Ryan renchérit :

— Et c'est peut-être le futur gouverneur de l'Alaska qui vous fait ce compliment !

— Est-ce possible ? s'extasia Nadia.

— En Amérique, tout homme peut prétendre à un poste officiel pourvu qu'il en possède les capacités. Vous comprendrez cela très vite.

— Je pense que vous ferez un excellent gouverneur, monsieur, murmura la jeune fille. J'espère me trouver encore ici le jour où vous recevrez cette charge.

— Moi aussi, je l'espère de tout cœur.

Elle baissa modestement les yeux.

— D'ici là, vous m'aurez oubliée.

— Non, jamais je n'oublierai ma princesse russe. Mon plus cher désir est que vous vous trouviez à mon côté ce jour-là.

Opportunément, Ryan entreprit le grand-père sur son passé, s'efforçant de comprendre l'anglais incertain du vieil homme. Cependant, la ruse n'opéra pas longtemps et les Tarakanov finirent par se lever pour reprendre leurs courses, non sans que Gabe eût promis de leur rendre visite le soir même.

Demeurés seuls, les deux amis remplirent leurs tasses et ils entamaient une nouvelle conversation quand un serveur barbu interpella Ryan :

— Est-ce vous qui possédez le saloon des *Deux Aigles*, de l'autre côté de la rue ?

— En effet.

— Je suis mineur et je possède une concession le long de l'American River. Croyez-en un professionnel, il y a de l'or, dans ce pays. Je travaille ici afin de me procurer le matériel nécessaire mais, dès cet été, je me lancerai à fond dans la prospection, et je suis à la recherche d'un partenaire solide.

— Je n'ai pas d'argent à jeter par les fenêtres ! rétorqua sèchement Ryan.

— Je vous ai dit que j'étais professionnel ! protesta l'autre, indigné.

— Cela ne m'intéresse pas.

— Le jour où je découvrirai un filon, vous vous mordrez les doigts pour cette réponse ! maugréa l'homme en s'éloignant.

— Tout le monde ici ne pense qu'à faire fortune ! soupira Gabe.

— A t'entendre, on dirait que c'est un crime.

— Non, mais j'ai peur que les gens ne se déchirent ce territoire comme un lot de fête foraine, sans penser qu'il y a autre chose à bâtir, ici.

— On ne peut certes pas t'accuser de vénalité, mais je me demande parfois si tu as toute ta tête !

— Pourquoi dis-tu cela ?

— Combien d'offres as-tu déjà reçues pour vendre ton bureau de Lincoln Street ?

— Plusieurs.

— Et l'une chaque fois plus alléchante que la précédente ?

— Oui, mais je suis content de ce local, d'autant que je peux dormir dans la pièce annexe. D'ailleurs, c'est toi qui m'as conseillé de l'acheter.

— En effet, car, à ce moment, les prix allaient monter. Maintenant je te conseille de le revendre avant qu'ils tombent.

— Je n'ai pas fait l'acquisition de cette boutique pour spéculer dessus !

— Quand je disais que tu perds la tête !

— Parce que je veux continuer à exercer mon métier ?

Ryan se pencha en avant.

— Cette ville a aussi des limites. Un jour son essor stagnera ou même retombera. Pourquoi courir un tel risque quand tu tiens une véritable fortune avec ces locaux ?

— Imagine que je n'ai pas le même objectif que toi ! Je veux m'établir ici, épouser une jeune fille de bonne famille russe et...

— De bonne famille ?

Malgré lui, Ryan l'avait interrompu. Son ami ne se rendait même pas compte que les Tarakanov étaient des sang-mêlé, comme la plupart des habitants de Sitka ! Après tout, conclut-il en haussant les épaules, les rêveries de Gabe ne regardaient que lui, mais plus dure serait la chute.

34

Le glacial vent de mars s'insinuait par les rues en sifflant autour des maisons, faisant craquer d'humidité les rondins et les planches ; de lourds nuages gris noyaient d'une ombre crépusculaire ce début d'après-midi et forçaient les habitants de Sitka à s'éclairer de leurs lampes à pétrole, dont les flammes illuminaient les fenêtres de lueurs jaunes.

Un grand feu dansait dans l'âtre du salon, réchauffant la grande pièce où se tenait réunie toute la famille de Loup. Seule manquait sa fille, Anastasia. Avec son mari, elle avait pris la mer au mois de décembre pour la Russie.

— Tu me fais du chagrin, Stanislav, murmura-t-il d'une voix brisée.

— Je n'ai pas pris cette décision sans remords, répondit son fils. Ce n'est pas de gaieté de cœur que j'emmène la famille loin d'ici. Mais nous ne pouvons demeurer plus longtemps à Sitka. Ces Américains sont incapables de maintenir l'ordre. Deux fois, ma femme a été abordée dans la rue par des soldats ivres. Nous ne possédons aucun moyen de les punir. Ces hommes passent leur temps libre à boire, nul ne cherche à les en empêcher, pas même leur général ! Il paraît que la vente d'alcool n'est pas illégale, mais seulement son importation. Voilà leurs raisonnements ! Nos épouses ne sont plus en sécurité dans la rue, maintenant.

— Pourquoi ne m'en avoir jamais parlé ? soupira le vieil homme.

— Tu as tellement dit que tu tenais à rester ici...

— Et toi, Lev, étais-tu au courant ?

Ce dernier finit par faire signe que oui. Autrefois,

aucune décision concernant la famille n'eût été prise sans l'accord de Loup ; il semblait désormais que, les idées individualistes des Américains aidant, le patriarche serait plutôt mis devant le fait accompli.

— Papa.

Stanislav prit la main de son père.

— Rappelle-toi, nous avions décidé d'attendre un peu pour voir ce que deviendrait notre terre sous la domination des Américains. Je ne crois pas qu'une famille puisse vivre en sécurité, ici ; les prix ont considérablement augmenté. Mes ouvriers, y compris les Aléoutes, demandent à être payés en dollar-or. Je ne peux plus faire face. Et puis, tu sais comment les Yankees traitent ma femme, de quel nom ils l'appellent.

D'une main tremblante, Loup sortit sa pipe de sa poche et se mit à la bourrer silencieusement.

— Nous prendrons le premier bateau pour la Russie, conclut son fils d'un ton navré.

— Et toi, Lev, demanda le vieil homme, comptes-tu me quitter, toi aussi ?

Un cri de protestation s'éleva du fond du salon. Nadia vint se jeter aux pieds de son père :

— Papa ! Tu ne feras pas cela, dis ! Je veux rester.

Dans un même mouvement, Eva s'était précipitée sur les genoux de son grand-père :

— Je ne veux pas te quitter !

— Rassurez-vous, intervint Lev. Nous restons.

— Moi aussi, déclara Dimitri.

Ce fut le moment que choisit Gabe Blackwood pour frapper à la porte et ouvrir. Un courant d'air glacé s'engouffra dans la pièce tandis qu'il tapait ses bottes sur le seuil pour les débarrasser de leurs restes de neige.

— Bonsoir ! cria-t-il joyeusement à la cantonade.

Nadia fut la première à se ressaisir. Elle se leva pour accueillir le nouveau venu.

— Entrez, venez vous réchauffer.

Mais le cœur n'y était pas et le jeune avocat comprit

oudain qu'il aurait sans doute mieux valu se faire annoncer.

— Pardonnez-moi si je vous dérange, murmura-t-il. Je reviendrai une autre fois.

D'un regard suppliant, Nadia fit comprendre à son grand-père qu'il fallait l'inviter à rester.

— Je vous en prie, entrez ! dit celui-ci. Vous devez être gelé. Nadia, emmène donc M. Blackwood à la cuisine et offre-lui une tasse de thé.

— Ce ne sera pas de refus, monsieur. Merci.

La jeune fille ne put s'empêcher de remarquer l'empressement de Gabe à saisir cette occasion de se retrouver seul avec elle, mais elle se sentait encore trop bouleversée pour en éprouver la moindre satisfaction. Elle avait bien compris que si Lev restait, ce n'était pas pour son plaisir mais pour veiller sur son père.

Dans la cuisine, elle emplit le samovar d'eau avant d'en allumer la flamme, puis saisit la théière d'un geste incertain.

— Que se passe-t-il ?

Plaquant un sourire sur ses lèvres, Nadia se tourna vivement.

— Rien, mais grand-père n'a pas de sucre pour votre thé, il faudra vous contenter de miel.

— Écoutez, en entrant, j'ai tout de suite senti une atmosphère tendue. Votre famille aurait-elle reçu de mauvaises nouvelles ?

— Oui, murmura-t-elle en baissant la tête. Enfin, non... Seulement, mon oncle a décidé de quitter Sitka pour la Russie. Avec ma tante, ils trouvent qu'un trop grand désordre règne ici.

— Ce n'est que passager. Je reconnais que les soldats ne se conduisent pas très bien, mais vous n'allez pas juger tous les Américains sur la mauvaise conduite de quelques-uns.

— Je ne sais pas.

De ses mains encore refroidies par le vent de la rue,

Gabe prit la jeune fille par les épaules et expliqua d'un ton grave :

— Tout cela changera dès que le Congrès garantira un statut de territoire à l'Alaska. Les militaires devront alors s'en aller et nous aurons un gouvernement autonome, avec des tribunaux pour punir les abus. En ce moment, les hommes profitent de la situation encore incertaine, mais ils sont les premiers à savoir qu'ils n'en ont pas pour longtemps. Bientôt, nous posséderons des lois qui mettront les familles à l'abri de tout danger.

Nadia n'avait écouté ce discours que d'une oreille, trop occupée à scruter ce beau visage intelligent, ce front haut, ces traits anguleux, ces favoris qui ne faisaient que creuser encore des joues émaciées. S'il lui fallait partir, elle aussi, ils ne se reverraient jamais. Et cette idée, la jeune fille ne pouvait la supporter.

— Papa dit qu'il veut rester mais je crois qu'il ne le fait qu'à cause de grand-père. Il n'est pas heureux ici, il partira dès qu'il se sentira libéré de cette obligation. Et alors je ne saurai que faire, Gabe, car, moi, je ne veux pas m'en aller.

Elle n'osa terminer en précisant qu'il était la seule cause de son attachement à cette terre.

— Non, souffla-t-il en l'attirant contre lui, il ne le faut pas.

— Si mes parents le décident, je n'aurai pas le choix. Ils ne me laisseront pas seule ici. Et alors, vous me manquerez !

— Je ne vous laisserai pas partir, Nadia. Vous êtes ma princesse.

L'ardeur avec laquelle il venait de prononcer ces paroles la bouleversa. Elle ferma les yeux pour se rappeler à jamais la sensation de ces bras solides autour de ses épaules, l'odeur de cette veste de tweed, la texture rêche du lainage contre sa joue.

— J'aimerais que vous puissiez faire quelque chose,

que vous convainquiez mon père de ne pas prendre une
elle décision.

— J'ai une idée.

Étonnée par cette soudaine assurance, elle leva la tête.

— Laquelle ?

— Je vais vous demander en mariage. Enfin... si vous
acceptez de devenir ma femme.

D'un regard adorateur, il scruta ce visage que ses
doigts parcouraient lentement.

Nadia ouvrit la bouche mais aucun son n'en sortit,
tant la joie la rendait muette.

— Je n'ai plus eu d'autre désir depuis que je vous ai
aperçue devant l'échoppe de votre grand-père.

— Moi non plus. C'est ce que je souhaite le plus au
monde.

— Si vous saviez comme je suis heureux ! Je vous
aime, Nadia... ma princesse.

— Moi aussi, je vous aime.

Quand il l'embrassa, elle se crut aux portes de ce
paradis que lui avaient tant décrit les prêtres. Rien au
monde ne pouvait exister de plus enivrant. Elle cherchait
encore à retenir Gabe lorsqu'il se détacha d'elle.

— Notre mariage représentera un véritable symbole
pour l'Alaska, reprit-il, une union entre l'ancien et le
nouveau monde. Vous et moi saurons prouver que
Russes et Américains peuvent vivre ensemble.

— Oui.

Sans comprendre la moitié de ce qu'il disait, elle en
approuvait d'avance chaque terme. Il savait toujours
parler avec tant de sérieux ! A ses yeux, nul ne saurait
mieux que lui endosser la charge de ce territoire. Il serait
un jour gouverneur et elle sa femme. De telles perspectives suffisaient déjà à lui couper le souffle.

Une froide pluie d'avril frappait les carreaux de la
maison tandis que, dans sa robe de mariée, Nadia
s'agenouillait devant son père pour lui demander, avant

l'office à l'église, le traditionnel pardon de toutes se[s]
fautes. A leurs côtés, Loup observait le rite, les larme[s]
aux yeux, en regrettant que si peu de membres de l[a]
famille fussent réunis pour une si belle cérémonie.

Lev remit à sa fille un morceau de pain ainsi qu'u[n]
grain de sel. Alors Eva pressa la main de son grand-père[.]
Celui-ci se pencha sur elle pour l'entendre demander [à]
voix basse :

— *Diedouchka*, pourquoi papa fait-il cela ?

— Pour que ta sœur ne manque jamais de rien, même
loin du toit de ses parents.

Le futur mari s'était agenouillé à côté d'elle et la jeune
fille lui offrait d'un geste solennel une mèche de se[s]
cheveux.

— Maintenant, poursuivit Loup, elle lui remet son
destin pour le meilleur et pour le pire.

Puis il baissa la tête afin d'entendre les prières que Lev
se mettait à lire.

Lorsqu'ils partirent en cortège pour la cathédrale S[t]
Mikhaïl, le père de la mariée ne ferma pas sa porte, en
signe de l'accueil qui serait toujours fait à sa fille si elle
devait revenir.

35

Après leur mariage, les Blackwood s'installèrent dans une maisonnette si peu meublée que Nadia éprouva toutes les peines du monde à y créer l'illusion d'un foyer confortable.

Elle ne cessait de coudre rideaux et napperons afin de cacher le mieux possible le méchant bois de la table et les coussins usés des fauteuils. Mais son regard ne se satisfaisait jamais du résultat, tant il restait encore à faire pour donner un aspect chaleureux aux deux tristes pièces qu'ils habitaient.

La plume grattait le papier sur lequel son mari écrivait une lettre ; abandonnant un instant son ouvrage, la jeune femme se leva et marcha sur la pointe des pieds pour que ses talons sur le sol nu ne puissent le déranger. Dans la cuisine, elle prépara du thé qu'elle apporta sur un plateau d'argent offert par son grand-père, avec deux tasses et un pot de miel.

Le jeune avocat leva la tête d'un air si juvénile et préoccupé à la fois qu'elle eut envie de lui caresser la joue, comme chaque fois qu'elle le regardait depuis deux semaines qu'ils étaient mariés.

— Quelle bonne idée, ma princesse ! murmura-t-il en s'étirant.

Quand elle lui tendit son thé adouci au miel, il l'attira par la taille.

— A qui écris-tu ? demanda-t-elle.

— Au Congrès, pour leur demander d'activer la procédure, afin que nous ayons au plus vite un gouvernement civil. On ne peut pas demeurer plus longtemps dans une telle situation.

— Tu sauras les convaincre.

D'un geste apaisant, elle lui pressa l'épaule en souriant.

— Quel exécrable mari je fais ! soupira-t-il. Je ne t'a
pour ainsi dire pas adressé la parole de la soirée
N'importe quelle femme à ta place se plaindrait de mor
manque d'attentions.

— Jamais je ne dirai une chose pareille !

Rougissante, elle se pencha pour embrasser la main
qui lui caressait la poitrine et se dégagea doucement
Nadia ne parvenait pas encore à envisager sereinemen
l'intimité de leur vie conjugale. Elle eût aimé pouvoir se
contenter de baisers.

— T'ai-je dit que mon cousin Dimitri avait trouvé du
travail ?

— Non, quelle bonne nouvelle ! Que fait-il ?

— M. Colby l'a engagé...

— Ryan Colby ?

Gabe sursauta. Il avait rompu depuis longtemps toute
relation avec ce personnage peu recommandable qui
vendait de l'alcool aux soldats et aux prostituées et se
fournissait par la contrebande.

Étonnée par la colère qu'elle crut lire dans ses yeux,
Nadia bredouilla :

— Je... je pensais que vous étiez amis...

— Avec lui ? Jamais de la vie !

Il se leva et se mit à parcourir la pièce de long en large.

— Ses saloons sont en grande partie la cause de la
corruption de cette ville ! Ce sont des maisons de
débauche qu'il faudrait fermer au plus vite !

S'arrêtant soudain, il regarda sa femme dans les yeux.

— Quelle mouche a piqué ton cousin d'accepter un
emploi dans ce genre de lieu ! Il va enfreindre la loi.
Alors, pendant que moi je me bats pour rendre cette ville
un peu plus décente, les gens de ta famille viennent se
discréditer dans les endroits que je suis le premier à
réprouver. De quoi vais-je avoir l'air, maintenant ?

— Attends, protesta Nadia. Dimitri ne va pas travailler dans un de ses saloons. Il est marin ! M. Colby l'a engagé pour commander son bateau.

— Quel bateau ? demanda Gabe, interdit.

— Il paraît que M. Colby a l'intention de faire du commerce avec les villages indiens de la côte, pour troquer de la fourrure, s'empressa d'expliquer la jeune femme. Et Dimitri connaît à fond ces régions, ainsi que la langue koloche.

— Ces sauvages avec leurs idoles de guerre... Nul ne devrait s'en approcher à moins d'un kilomètre.

— Les totems ne sont pas des idoles de guerre mais des monuments religieux qui racontent les légendes de chaque clan.

— Comment le sais-tu ?

— Je l'ai toujours su...

— De toute façon, ce sont des croyances païennes qu'il faudrait interdire. D'ailleurs, l'armée ferait bien de nettoyer un peu les porcheries qui leur servent de village et de chasser tous ces sauvages loin de l'île.

Hors de lui, il regagna sa chaise et se mit à écrire furieusement.

Les mains de Nadia tremblaient sur sa tasse de thé refroidi. A l'avenir, elle ne mentionnerait plus le mot « koloch » devant son mari. Jamais elle ne l'avait vu dans une telle colère.

Un an et demi après que la bannière étoilée se fut mise à flotter sur la ville de Sitka, l'ancienne résidence de Baranov demeurait une caserne occupée par l'armée. Mais un maire avait été nommé, à la tête d'un conseil municipal dont faisait partie Gabe Blackwood.

Ce qui n'empêchait pas Ryan Colby de continuer ses trafics d'alcool et de fourrure, avec l'accord tacite du gouverneur militaire, dont les soldats restaient les premiers clients des saloons et des salles de jeu. Leurs effectifs avaient quasiment doublé en un an et leurs baraquements occupaient maintenant à peu près la moitié de la ville. Quands ils étaient ivres, leur principale distraction consistait à terroriser la population.

Avec l'aide efficace de Dimitri, Ryan fournissait les villages indiens en rhum et en whisky, contre de fructueux échanges en fourrures. A son exemple, de nombreux « armateurs » opéraient des trafics comparables, si bien que les débits de boissons et autres maisons de plaisir s'épanouissaient à chaque coin de rue.

Un jour, les Indiens avaient appris de quelques soldats comment fabriquer eux-mêmes leur alcool à base de mélasse et de grain pour donner l'*hotchino*, une sorte de mauvais rhum fortement titré. Ryan en distillait lui aussi, qu'il mélangeait au whisky ou même servait tel quel quand il ne lui restait rien d'autre à offrir à des clients aussi insatiables que peu regardants.

Eva ne pouvait pas s'endormir à cause de ses parents qui parlaient dans la pièce voisine. D'habitude, leurs discussions ne la dérangeaient pas mais, cette fois, leur ton inquiet la troublait assez pour l'empêcher de fermer l'œil. Pourtant, elle avait déjà entendu son père se demander s'il ne commettait pas une lourde erreur en restant à Sitka, et sa mère tenter de le rassurer comme elle pouvait.

La fillette ne comprenait pas comment ils pouvaient envisager de laisser seul son grand-père. Néanmoins, Lev insistait sur le fait qu'il eût mieux fait de songer d'abord à la sécurité de sa famille, d'autant qu'il trouverait sans peine du travail dans les mines d'or de la Colombie britannique.

S'ils voulaient bien lui demander son avis, elle leur dirait ce qu'elle pensait d'un tel abandon, mais nul ne semblait attacher la moindre importance à ses sentiments, à part *diedouchka*. Une seule fois, Nadia s'était donné la peine de parler longuement à sa petite sœur : quand, avant son mariage, elle lui avait fait promettre de ne révéler à personne leurs origines koloches et aléoutes, poussant la bonne volonté jusqu'à lui expliquer que les Américains se moqueraient d'eux si elle venait à raconter de telles choses. Et la petite avait fidèlement tenu sa promesse.

Remontant la couverture sur ses oreilles, Eva s'efforça de penser à autre chose mais le murmure monotone de la pluie sur le toit n'offrait qu'un faible dérivatif aux voix angoissées qui lui parvenaient à travers la paroi. De la rue montèrent des rires gras et des cris, probablement des soldats éméchés qui regagnaient leur caserne. Elle n'aimait pas ces gens-là ; ils étaient méchants et ne songeaient qu'à boire et à se bagarrer quand ils ne se moquaient pas des citoyens qu'ils étaient censés protéger.

Les voix des hommes s'enflèrent en s'approchant et Eva eut l'impression qu'ils s'arrêtaient devant la maison. Brusquement, un coup résonna contre la porte d'entrée. L'enfant sursauta puis s'agrippa à sa couverture, sans oser bouger. Un court silence s'ensuivit. Même ses parents venaient d'interrompre leur conversation.

Les coups reprirent, un des soldats se plaignit qu'il pleuvait tandis qu'un autre actionnait vainement la poignée. Le cœur battant à tout rompre, Eva restait figée sur son lit, terrifiée.

Un affreux craquement emplit alors la maison. Elle entendit son père qui sortait de sa chambre en criant aux intrus de partir.

Sans plus réfléchir à ce qu'elle faisait, la fillette courut pieds nus vers sa porte, qu'elle entrouvrit, pour se rendre compte que les soldats venaient d'enfoncer l'entrée principale. En se bousculant, ils pénétrèrent dans le salon, les yeux injectés de sang.

Affolée, l'enfant se précipita dans les bras de son père.

— Eva, non !

D'un geste vif, Lev la poussa derrière lui.

— Regardez, s'esclaffa l'un d'entre eux, l'affreux petit singe dans sa chemise rose !

— Tu dois bien cacher quelque part une grande sœur plus jolie que toi !

— Laissez-la tranquille ! menaça Lev en brandissant un tisonnier.

— Tu ne nous trouves pas assez bien pour elle, peut-être ?

— Sortez immédiatement de cette maison !

— Tu pourrais au moins nous offrir à boire avant de nous renvoyer dans le froid et la pluie ! Qu'en penses-tu, Nate, nous ne sommes pas tombés chez des clients très hospitaliers !

Ce dernier s'avança, plus ivre que les autres si cela était possible.

— Où caches-tu ton alcool, bonhomme ?

— Lev ?

La voix angoissée d'Aïla s'éleva dans un silence glacé.

— Vous entendez ! reprit Nate. On dirait qu'il y a des femmes dans cette maison !

— Je le savais ! cria un de ses compagnons, les yeux luisants. Je vous l'avais bien dit ! Je les sens à dix lieues à la ronde.

— Partez ! intervint Lev. Vous n'avez strictement rien à faire ici.

— Que tu dis ! Puisque tu as tellement envie de nous renvoyer sous la pluie, vas-y donc toi-même !

Joignant le geste à la parole, les soldats l'empoignèrent et le jetèrent dans la rue.

— Papa ! cria Eva en courant derrière lui.

Trop petite et trop agile pour laisser les hommes la rattraper, elle vint se pencher sur son père, qui se relevait lentement, encore étourdi par les coups qu'il venait de recevoir.

— Ils t'ont fait mal, papa ?

Comme il secouait la tête, la fillette entendit brusquement monter du fond de la maison les cris désespérés de sa mère. Lev lui jeta un regard angoissé.

— Cours chez ton grand-père, petite.

L'enfant considéra un instant ses pieds nus et sa simple chemise sous la pluie glacée :

— Mais...

— Vite !

Il la poussa pour la faire partir.

— Pour l'amour de ta mère, fais vite !

Au milieu des cris et des rires, l'enfant s'élança dans la direction de l'isba, éloignée de quelques rues, tandis que son père escaladait le perron. Bientôt, un silence moite l'entoura et elle crut que la boue voulait la retenir sur place, tant elle éprouvait de difficultés à y arracher ses pas. Il se passait quelque chose d'épouvantable qu'elle n'aurait su définir mais qui la bouleversait jusqu'au plus profond de son être.

— Va ! ordonna son grand-père lorsqu'elle se fut expliquée d'une voix entrecoupée de sanglots. Cours chez ta sœur, avertis-la de ce qui se passe. Dis-lui que je suis parti en avant avec mon mousquet.

Sans chercher à raisonner, l'enfant fit ce qui lui avait été ordonné, car elle avait confiance en Loup Tarakanov. Lui saurait remettre de l'ordre dans cet abominable cauchemar.

Rapide et silencieuse comme le vent, elle courut encore dans la nuit noyée de pluie monotone. Plus aucun bruit ne lui parvenait de la maison à cette distance et, si elle savait se guider, c'était bien parce qu'elle connaissait par cœur son quartier, les nuages voilant d'ombres le moindre recoin.

Parvenue à la maison de Nadia, elle frappa de toute la force de ses poings, pour voir bientôt une lueur se promener d'une fenêtre à l'autre.

— Qui est là ? cria une voix d'homme.

— C'est moi ! Laissez-moi entrer. Je veux voir Nadia !

La porte s'ouvrit sur la haute silhouette de Gabe, qui dévisagea, stupéfait, la fillette haletante sur le seuil.

— Eva ! cria sa sœur, qui venait de surgir. Grands dieux ! Tu vas attraper la mort dans cette tenue ! Que t'arrive-t-il ?

— C'est maman... articula l'enfant.

— Elle est malade ?

En quelques mots, Eva raconta comme elle le put ce qu'elle avait retenu des événements : le bruit, le rire des soldats, son père jeté dans la boue, les cris de sa mère, sa fuite chez Loup, qui lui avait dit de venir ici. Sa frayeur se mua en épouvante quand elle vit l'expression horrifiée de Nadia.

— Gabe ! cria-t-elle. Vas-y !

Les mâchoires serrées, l'Américain saisit une pelisse.

— Je vais d'abord passer chez le maire, le sortir du lit s'il le faut.

Au moment de sortir, il se retourna et ordonna :

— Barricadez-vous ici et ne laissez surtout entrer personne.

— Vite, Gabe !

Quand elle eut refermé derrière son mari, Nadia prit dans les bras sa petite sœur, qui claquait des dents.

— Viens te réchauffer.

Après un bain chaud dans un baquet, l'enfant se retrouva roulée dans une couverture devant le feu de la cuisinière, un bol de thé brûlant dans les mains. Cependant, la sourde angoisse qui habitait Nadia suffisait à la faire frissonner.

— Pourquoi Gabe ne rentre-t-il pas ? demanda-t-elle. Il est parti depuis si longtemps déjà. Que s'est-il passé ?

— Je ne sais pas.

— Que voulaient ces soldats ? Qu'ont-ils fait à maman ? Elle criait tellement...

— Rien, Eva, rien... Elle devait faire un cauchemar. Ne t'inquiète pas.

Quelques coups brefs à la porte les firent toutes deux

tressaillir. Les yeux écarquillés d'épouvante, Eva regarda sa sœur se diriger vers le salon en prenant la précaution de tirer sur elle la porte de la cuisine avant d'ouvrir.

— Tâche de dormir, Eva, ce ne sera rien.

Incapable de dominer ses appréhensions, la fillette colla son oreille au panneau pour entendre des pas lourds sur le seuil puis deux voix chuchoter. Bientôt, elle reconnut le timbre de Gabe :

— ... le maire et moi sommes entrés mais trop tard... Ton grand-père s'était fait assommer avant d'avoir pu se servir de son arme.

— Et papa et...

— Ton père s'est montré d'un courage admirable, néanmoins il ne pouvait pas grand-chose contre toutes ces brutes avinées. Il est blessé mais je crois qu'il se remettra vite.

— Et maman ? Comment va-t-elle ?

Gabe marqua une longue hésitation :

— J'ai peur que... qu'ils ne l'aient pas épargnée...

— Oh non ! souffla Nadia.

— Je te jure qu'ils le paieront très cher ! ajouta-t-il d'une voix vibrante de colère.

— Il faut que je me rende auprès d'elle.

— Non. Elle ne veut pas te voir.

— Mais il le faut ! Elle a besoin de moi !

— Lorsque je le lui ai proposé, elle s'est mise à crier qu'on la laisse tranquille, expliqua-t-il d'une voix blanche. Seul ton père a pu l'approcher.

— Pauvre maman !

Eva crut entendre un sanglot interrompre ces dernières paroles et se sentit elle-même submergée par les larmes.

— J'espère, reprit la jeune femme, que tu as fait mettre ces hommes en prison avant de jeter la clef à la mer !

Comme son mari ne répondait pas, elle insista d'un ton anxieux :

— Tu l'as fait, n'est-ce pas ?

— Écoute, tu sais que le maire n'a aucun pouvoir sur les militaires. Il n'a pu que les remettre à leur sergent. Mais j'ai l'intention de me rendre personnellement chez le général Davis, dès demain matin, afin de réclamer la cour martiale à l'égard de ces criminels. Je te promets qu'ils resteront en prison jusqu'à ce qu'ils aient complètement payé.

— Je les déteste ! Je les déteste tous ! Je veux aller voir maman !

— Crois-moi, il vaut mieux que tu restes ici. Ta petite sœur a besoin de toi. Peut-être ferais-tu bien de lui expliquer ce qui s'est passé. Où se trouve-t-elle ? L'as-tu couchée ?

— Non, elle...

A ce moment, la fillette crut bon de se montrer, menue et frissonnante dans sa couverture.

— Eva ! Je t'avais dit de ne pas bouger !

— Mais je voulais savoir ! Qu'est-il arrivé à maman ? Va-t-elle mourir ?

— Non !... s'écria Nadia.

Elle se précipita vers l'enfant avant d'ajouter plus calmement :

— Non, elle guérira vite.

— Elle est malade ! Que lui ont-ils fait ?

— Ils... ils l'ont brutalisée...

— Comme papa ?

— A peu près, oui...

Ce furent toutes les explications qu'Eva put soutirer à sa sœur.

36

Un pâle soleil perçait les derniers pans de brume tandis que Gabe escaladait les marches de la caserne. Plusieurs heures s'étaient écoulées depuis qu'il avait demandé cette entrevue avec le général Davis, qui enfin acceptait de le recevoir.

L'homme l'accueillit les pieds sur son bureau, la pipe à la bouche, sans daigner fermer les boutons de sa vareuse.

— J'imagine, commença-t-il d'un ton condescendant, que vous avez une raison très pressante pour me déranger à cette heure !

— En effet, mon général. La nuit dernière, trois de vos soldats ont forcé la porte de mon beau-père et agressé ma belle-mère chez elle.

— L'incident m'a été rapporté.

— Il ne s'agit pas d'un incident, mon général, mais d'un crime qui doit être puni.

— Les coupables sont aux arrêts. Est-ce tout, monsieur ?

— Vos hommes ont déjà commis de telles exactions par le passé, mais sur des familles indiennes. Cette fois, ils ont passé les bornes ! Je demande la réunion d'une cour martiale afin qu'un châtiment exemplaire leur soit infligé.

— Vous n'avez rien à demander ! s'exclama le général en se levant. C'est moi qui commande ici et je ferai ce que bon me semblera.

— Si vous ne prenez pas les mesures qui s'imposent, j'irai me plaindre jusqu'au Congrès s'il le faut.

L'officier se raidit, appuya ses doigts sur le bureau.

— Vous n'allez pas faire tant d'histoires pour de simples métis !

— Les Tarakanov ne sont pas métis. Ce sont des Russes qui ont choisi de rester parmi nous, et voilà comment nous...

— Ils sont peut-être à moitié russes, mais du sang indien leur coule dans les veines, aléoute, tlingit ou esquimau, je n'en sais rien, mais...

— D'où tenez-vous cette calomnie ? siffla Gabe entre ses dents.

— Ce n'est pas une calomnie, mais un fait établi, cher monsieur. J'ai ici la liste de chaque famille avec leurs origines remontant à plusieurs générations. Les Tarakanov sont rangés dans le chapitre des métis.

Une digue venait de se rompre dans l'esprit de Gabe. Dans une sorte d'hallucination, il entendit le général hurler, et il se sentit pris aux épaules par trois soldats qui l'entraînèrent avant qu'un choc brutal le plongeât dans l'obscurité.

Quand il revint à lui, il gisait dans la boue, au pied des marches de la caserne. Tant bien que mal, il se releva et se mit à tituber à l'aveuglette, incapable de se diriger.

Avisant un saloon, il tenta d'y entrer mais se heurta aux portes closes. Alors il se mit à tambouriner contre les vitres jusqu'à entendre une voix lui crier :

— C'est fermé ! Revenez plus tard.

— Ouvrez !

Bizarrement, l'homme s'exécuta et le laissa entrer avec une courbette confuse.

— C'est vous, monsieur ? Faites excuse, je ne vous avais pas reconnu.

Le bousculant, Gabe se dirigea lourdement vers le bar en heurtant une table au passage.

— Quel est tout ce bruit, Lyle ?

Le tenancier leva la tête vers Ryan Colby, qui venait d'apparaître sur le palier du premier étage.

— C'est M. Blackwood. Je lui ai bien dit que nous étions fermés mais il voulait absolument entrer.

— J'ai soif ! marmonna ce dernier.

— Verse-lui du café, Lyle.

— Si je désirais du café, je serai allé au restaurant ! lança Gabe. Donnez-moi du whisky.

Arrivé derrière le bar, Ryan écarta son employé pour déboucher une bouteille en souriant.

— Si tu y tiens... Quant à moi, tu m'excuseras si je ne prends que du café, mais il est un peu tôt pour que je me mette déjà à l'alcool.

— Laisse-moi la bouteille.

— Vraiment ?

Ryan haussa un sourcil. Jamais il ne l'avait vu s'enivrer.

— J'ai de quoi payer, maugréa Gabe en sortant de la monnaie de sa poche.

Haussant les épaules, Ryan obtempéra puis vint s'asseoir à une table avant d'allumer tranquillement un cigare.

— J'aurais dû lui casser la figure, marmonna Gabe en remplissant son verre.

— A qui ?

— A cette ordure de général qui se croit autorisé à nous insulter.

— Qu'a-t-il dit ?

— Ça ne te regarde pas.

Ryan haussa les épaules en sortant un jeu de cartes qu'il commença à étaler devant lui.

— As-tu un pistolet ? reprit soudain Gabe.

— Pour quoi faire ?

— Pour tuer ce fils de garce ! Je ne le laisserai pas traîner ainsi ma femme dans la boue, ma belle princesse russe.

— Que lui a-t-il fait ?

— Il l'a traitée d'Indienne, elle ! Avec ses cheveux blonds et sa noblesse !

— Si tu le dis...

Gabe blêmit.

— Qu'est-ce que cela signifie ? Saurais-tu quelque chose que je ne sais pas !

— Rien de spécial. Je n'ai jamais attaché grande importance à ces histoires.

— Ce n'est pas une réponse !

Le jeune avocat s'approcha de Ryan, qui poursuivait sa patience sans le regarder.

— C'est la meilleure que je puisse te donner.

Du plat de la main, Blackwood envoya les cartes voler aux quatre coins du salon.

— Je veux la vérité, bon sang ? Prends-tu, toi aussi, ma femme pour une Indienne ?

— Tu tiens donc tant à le savoir ? ricana Ryan. A mon avis, elle l'est, seulement je n'en possède aucune preuve. Ce n'est pas à moi qu'il faut t'adresser, si tu veux connaître la vérité, mais à elle. Alors, avant de brandir une arme au nez de ceux qui le prétendront, va donc t'informer.

Chancelant, Gabe repoussa la bouteille.

— Tu as raison, murmura-t-il.

Il traversa le saloon d'un pas incertain et se dirigea vers la porte.

Nadia ne savait plus que faire. Malgré les conseils de son mari, après avoir confié Eva à son grand-père, elle s'était rendue dans la maison de ses parents. Jamais elle n'oublierait les yeux hagards de son malheureux père, son visage tuméfié, son silence effrayant. Quant à sa mère, elle avait poussé un cri si terrible en la voyant entrer que la jeune femme n'avait su que reculer et s'enfuir, désespérée. Sur le chemin du retour, elle se promit seulement de ne rien dire à quiconque du drame qui s'était déroulé la nuit précédente. Elle mourrait de honte si quelqu'un l'apprenait.

En ouvrant, la porte de sa maison, elle crut reconnaître, derrière elle, le pas familier de Gabe.

— Enfin, te voilà ! s'écria-t-elle, soulagée. Je suis contente de te voir.

Elle lui tendait les bras quand elle remarqua son air étrange.

— En es-tu certaine ? bougonna-t-il en claquant du pied la porte derrière lui.

— Bien sûr, murmura-t-elle, abasourdie. Donne-moi ta pelisse et viens t'asseoir.

Au lieu de la suivre sur le divan, il demeura immobile, le regard planté dans ses yeux.

— Qu'y a-t-il, Gabe ?

— Que pourrait-il bien y avoir, je te le demande ?

— Je ne sais pas. Mais tu me dévisages avec un tel air ! Elle partit d'un petit rire nerveux.

— Vraiment ? répondit-il.

Incapable de soutenir ce ton menaçant, elle se détourna en faisant mine de s'occuper à ranger la pelisse.

— Qu'a dit le général ?

— Beaucoup de choses, ma petite princesse.

Alarmée par ce ton sarcastique, la jeune femme jeta un coup d'œil par-dessus son épaule.

— En fait, reprit son mari, c'est exactement la question qu'il a soulevée : es-tu bien une princesse russe, ou une Indienne ?

— Que racontes-tu là ? s'écria-t-elle. Serais-tu pris de boisson ? D'ailleurs, tu sens...

Il la prit par le bras, la secouant durement.

— Réponds à ma question ! Es-tu russe ou indienne ?

S'écartant de lui autant qu'elle le pouvait, elle tenta de se dégager.

— Pourquoi demandes-tu cela, Gabe ? Es-tu devenu fou ?

— Oh non, princesse ! Pas fou du tout. Et réponds-moi, maintenant.

— Tu me fais mal !

— As-tu du sang indien ?

Le bras endolori, affolée par les invectives de son mari, elle finit par laisser échapper un faible :

— Oui.

— A quel degré ?

Il la serrait tellement fort qu'elle en cria.

— Ma... ma grand-mère avait une mère... aléoute. Et mon grand-père... est à moitié koloch.

Elle n'eut pas le temps d'ajouter que les ancêtres de sa mère avaient aussi des origines finlandaises, russes, aléoutes et koloches.

— Charogne !

Il la gifla à toute volée, ce qui la fit trébucher sous le choc. Instinctivement, elle porta la main à sa joue pour y recueillir une goutte de sang.

— Tu m'as menti ! cria-t-il.

— Non, Gabe ! Je te jure que non !

— Toute la ville savait que j'épousais une métisse, sauf moi, le principal intéressé ! Tu avais bien pris garde de ne pas m'en avertir !

— Jamais tu ne me l'as demandé.

De nouveau, il la frappa, au même endroit, si bien qu'elle crut sentir sa tête exploser de douleur.

— C'est tout ce que tu trouves à répondre ? Même si je t'avais demandé, tu aurais menti. Ce mariage n'est qu'une sinistre farce.

— Gabe ! supplia-t-elle en se protégeant la figure. Je te jure que je t'aime ! J'ai voulu devenir ta femme pour t'aider à réaliser tes rêves.

— Tu les as gâchés, tu as détruit toutes mes chances, ne le vois-tu pas, sale petite peste ? Jamais je ne serai nommé gouverneur de ce territoire ! J'aurai de la chance s'ils m'acceptent comme facteur, avec une épouse à moitié indienne.

Apeurée, la jeune femme recula vers la chambre mais il la suivit en hurlant de plus en plus fort :

— Tu as brisé ma carrière ! A cause de toi, je suis la

risée de toute la ville. Comme ils devaient se moquer de moi quand je paradais fièrement dans les rues avec une moins-que-rien à mon bras ! Comment ai-je pu me montrer si aveugle ?

— Gabe, je t'en prie...

— Tais-toi !

Hors de lui, il recommença à la battre. Nadia tenta de lui échapper mais il la retint par les cheveux. Elle ne parvint plus alors qu'à cacher son visage entre ses bras pour l'empêcher de la défigurer.

A demi évanouie de terreur, abrutie par les coups, elle ne sut combien de temps s'écoula avant qu'il cessât de la maltraiter, tournant soudain les talons pour partir en claquant la porte. Tapie dans un coin comme un animal blessé, tremblant de tout son corps endolori, elle pleura jusqu'aux dernières larmes de son corps, redoutant de le voir revenir et recommencer de plus belle.

A la tombée de la nuit, elle se barricada dans sa chambre et l'attendit, incapable de marcher tant ses membres et son dos lui faisaient mal.

Gabe ne revint ni cette nuit-là, ni le lendemain, ni les jours suivants. Peu à peu, Nadia se prenait à craindre de ne jamais le voir reparaître. Le cinquième jour, les maigres provisions de la maison étaient épuisées. Elle laissa encore passer vingt-quatre heures, persuadée qu'il finirait bien par se montrer. Tous ses vêtements restaient dans le coffre, avec la plupart de ses livres et de ses papiers. Elle attendit une autre journée sans manger, se doutant qu'un membre de sa famille s'apercevrait de son absence à l'église et viendrait prendre de ses nouvelles.

Finalement, elle dut prendre une décision. Son visage avait presque repris un aspect normal ; il lui suffit de poser un peu de poudre sur les dernières marques jaunissantes de ses joues et de sa tempe. Quant aux bleus violacés de ses bras et de son dos, ils resteraient invisibles sous ses vêtements.

Dans la rue, elle eut l'impression que chacun de ses

pas lui coûtait un douloureux effort. Prenant bien garde de ne pas s'éloigner du trottoir, elle se rendit ainsi jusqu'au bureau de Gabe ; devant la porte, elle hésita, prête à faire demi-tour, se souvenant qu'ils s'étaient rencontrés pour la première fois à cet endroit même. Il y avait si longtemps...

Rassemblant tout son courage, elle poussa la porte et entra, pour s'arrêter sur le seuil, désorientée : le triste désordre qui régnait dans la pièce lui fit aussitôt craindre le pire.

— Gabe ?

Pas de réponse.

Enfin, elle entendit un craquement dans la chambre voisine. Le cœur battant, elle voulut s'enfuir mais trop tard, Gabe venait de se matérialiser dans l'encadrement de la porte.

Échevelé, le menton marqué d'une barbe de plusieurs jours, les yeux cernés, les vêtements sales, il présentait l'aspect d'un homme qui venait de souffrir une longue agonie.

— Que fais-tu ici ?

Ni la colère ni l'amertume n'avaient quitté sa voix. Cependant, Nadia y perçut également une intonation douloureuse.

— Je m'inquiétais pour toi, répondit-elle doucement.

— Tu avais tort, je n'ai que faire de la sollicitude d'une squaw ! Va-t'en, maintenant que tu as tout brisé !

— J'aurais dû t'avertir, je m'en rends compte maintenant, mais je préférais penser que tu étais au courant. J'ai commis une erreur, mais seulement parce que je t'aimais et que je craignais de te perdre. Je comprends ta colère, je l'ai amplement méritée, pourtant laisse-moi une chance de me racheter ! S'il te plaît, Gabe ! Je veux que tu reviennes.

— Où ? Chez toi !

— Chez nous.

— Va-t'en ! Disparais ! Que je ne te revoie jamais !

Instinctivement, elle recula pour heurter la porte derrière elle.

— Comme tu voudras, murmura-t-elle.

Les yeux brûlants de larmes, elle sortit, baissant la tête afin de cacher son état aux passants. Puisque Gabe ne voulait plus d'elle, il ne lui restait qu'un refuge.

Quand elle trouva fermée la porte de ses parents, elle faillit éclater en sanglots et ce fut avec une main sur la bouche qu'elle insista longuement, jusqu'à entendre des pas dans le corridor. Enfin, sa petite sœur vint tourner la clef dans la serrure.

— Tu devrais être à l'école à cette heure-ci ! lança Nadia pour se donner une contenance.

— Papa préfère que je reste ici afin de m'occuper de maman. Que t'est-il arrivée ? Ces marques sur tes joues...

— Je suis tombée. Où est papa ?

— Au salon.

Le cœur serré, elle se demanda soudain comment expliquer à son père l'échec de son mariage, par sa faute. Il serait furieux en apprenant que Gabe l'avait battue, et plus encore qu'elle l'avait mérité.

Eva la suivit sans mot dire. Lev se tenait assis devant la cheminée, contemplant le feu d'un regard absent. Son visage gardait encore les marques de ses blessures mal cicatrisées. Nadia s'arrêta devant lui, attendant qu'il lui adressât le premier la parole mais il ne parut même pas remarquer sa présence.

— Quand il ne reste pas auprès de maman, expliqua Eva, il passe tout son temps comme ça, devant le feu sans bouger.

— Va voir si maman n'a besoin de rien, je désire rester seule avec lui.

— Elle ne veut pas de moi dans la chambre, elle n'aime pas que je la regarde. Pourquoi me repousse-t-elle, Nadia ?

— Plus tard, Eva, s'il te plaît !

— Tout le monde me dit la même chose, murmura la fillette en s'éloignant.

Nadia regarda son père, qui ne réagissait toujours pas ; alors elle s'agenouilla devant lui et posa la tête sur ses genoux, comme elle aimait à le faire quand elle était enfant.

— Papa ! soupira-t-elle.

— Nadia, mon petit !

Émergeant soudain de sa torpeur, il lui caressa la tempe et les cheveux.

— Il fallait que je vienne, papa.

Brusquement, il se prit le front dans les mains et éclata en sanglots.

— Qu'ai-je fait ? hoqueta-t-il. Tout est de ma faute !

— Non, papa, tu n'y es pour rien.

Se méprenant sur la cause de ce chagrin, elle crut d'abord qu'il pleurait sur ses malheurs à elle.

— Si ! répliqua-t-il en relevant la tête. Nous n'aurions pas dû rester ici, mais partir avec ton oncle. Alors rien de tout cela ne serait arrivé. Ta mère serait...

Il retomba en avant, redoublant de chagrin.

Stupéfaite, Nadia comprit qu'il n'avait pas remarqué ses bleus, submergé par ses propres soucis.

— Papa, ne pleure pas.

Il fit un effort pour se dominer, parvint petit à petit à ravaler ses larmes, puis s'essuya les joues du revers de la main.

— Ne dis plus rien, mon petit. J'avais la responsabilité de ma famille et je n'ai pas su protéger ma propre femme. Je sais que ta mère désirait partir, sans le dire, et voilà, maintenant...

Désolée, Nadia se sentit désormais incapable de lui raconter ses propres malheurs.

— Papa, il ne faut pas te tourmenter ainsi. Je suis certaine que maman ne te reproche rien.

— L'as-tu vue, aujourd'hui ?

— Pas encore.

Il secoua la tête, accablé.

— J'ignore totalement quoi faire. Dieu sait pourtant que j'ai tout essayé. J'ai demandé au père Herman de venir mais elle a refusé de prier ou même de baiser la croix. Elle s'affole si je fais mine de quitter la maison. Je...

— Papa, lança Eva en passant la tête par la porte, j'ai porté son bouillon à maman mais elle refuse de le prendre.

— Il faut qu'elle mange.

Voyant son père se lever, Nadia intervint :

— J'y vais.

Pris d'un vertige, puisqu'elle n'avait rien avalé depuis trois jours, la jeune femme ferma un instant les yeux et gagna le corridor d'un pas aussi ferme que le lui permit sa faiblesse. L'odeur du poulet dans le bol la fit presque défaillir mais elle s'efforça de regarder droit devant elle et de ne plus y penser quand elle parvint à la chambre de ses parents.

Un choc l'arrêta sur le seuil à la vue du changement de sa mère, en une simple semaine, avec ses yeux creusés, son teint jaunâtre, ses cheveux blonds autrefois si nets, maintenant étalés en tous sens autour de ses épaules, ses mains qui n'en finissaient pas de trembler tout en essayant de remonter la couverture de laine. Consternée, Nadia croyait apercevoir une folle.

— Maman ?

Une lueur de frayeur passa dans les prunelles éteintes.

— Où est Lev ? demanda-t-elle d'une voix cassée. Où est Lev Vassilievitch ? Lev !

— Papa se repose.

La pauvre femme criait trop fort pour entendre les explications de sa fille.

Nadia n'avait plus ou aller, si ce n'était dans sa propre maison, qu'elle regagna lentement, au bord de l'épuisement. Quand elle arriva dans le petit salon qui servait d'entrée, elle s'immobilisa en découvrant Gabe effrondré dans un fauteuil.

— Que fais-tu ici ? demanda-t-il d'un ton mauvais.

— Où veux-tu que j'aille ? Je suis ta femme, ma maison est ici.

Le souffle court, elle n'osa en dire plus, de peur de le voir s'emporter. Il se leva brusquement, la faisant tressaillir.

— Prépare-moi mon déjeuner.

— Nous n'avons malheureusement plus rien à manger, sinon ce serait avec plaisir...

Après une courte hésitation, il sortit quelques pièces de sa poche.

— Tiens, va-t'en acheter ce qu'il faut, et vite, ou je t'échange à un soldat contre une miche de pain !

37

En cette fin d'après-midi de janvier, le saloon des Deux Aigles s'emplissait de soldats qui criaient plus fort les uns que les autres et couvraient de leurs voix les notes guillerettes d'un piano. Une épaisse fumée flottait dans la salle, masquant à peine la lourde odeur de bière et de mauvais whisky.

Chaque fois qu'Eva passait devant cet endroit, les portes ouvertes en révélaient l'infernale bacchanale. Alors elle baissait la tête, changeait de trottoir et se hâtait en serrant son cartable d'écolière où elle cachait son bien le plus précieux : la bible qui lui restait de sa mère.

Ces maudits soldats avaient fini par la tuer ; la fillette savait qu'eux seuls étaient responsables de sa mort, malgré le chagrin et les remords de Lev. Aussi, chaque fois qu'apparaissait un uniforme bleu, une haine sourde emplissait son cœur.

Plus d'une fois, certains l'avaient suivie en se moquant d'elle mais, au lieu de leur crier des injures, elle prenait ses jambes à son cou, car ils lui faisaient encore plus peur qu'ils ne la dégoûtaient.

A la maison, son père n'attendait plus que la mort, déjà immatériel comme un fantôme. L'enfant n'avait pas dix ans, et pourtant elle assumait toutes les tâches du ménage et de la cuisine, essayant de s'occuper d'un homme qui ne mangeait plus rien, refusait de changer de linge, ne dormait plus.

Son grand-père la traitait encore comme une petite fille et lui promettait qu'un jour Lev se remettrait, mais elle ne le croyait pas. Seule Nadia paraissait la comprendre. Jamais elle n'oublierait comment sa sœur, deux semaines auparavant, avait brusquement éclaté en sanglots en la serrant contre elle malgré son bras cassé à la suite d'une chute sur la glace.

Passant devant sa maison, Eva décida de lui rendre une visite et, trouvant la porte ouverte, entra sans frapper. Sa sœur sortit de la cuisine, le bras encore en bandeau, l'expression anxieuse.

— Eva ! s'exclama-t-elle, visiblement soulagée. Je croyais que c'était Gabe qui rentrait plus tôt. Tu reviens de l'école ?

Tout en frottant sa main droite contre son tablier, elle jeta un regard inquiet vers la porte d'entrée, qu'elle ferma avant de proposer :

— Viens à la cuisine ; je préparais un gâteau pour faire une surprise à Gabe.

Sans vérifier si sa sœur la suivait, la jeune femme regagnait déjà la petite pièce sombre.

— Je n'avais pas envie de rentrer tout de suite à la maison, répondit Eva, alors je suis venue te voir.

— Comment va papa ?

— Son état ne change pas. Il reste toute la journée sur une chaise et ne parle presque pas.

— La mort de maman l'a terriblement frappé.

La fillette regarda la cuillère qui remuait la pâte souple du gâteau puis lança brusquement :

— Je le déteste.

— Eva ! Comment peux-tu dire cela ?

— C'est sa faute si maman est morte, lui-même le dit. Il n'aurait pas dû laisser ces soldats la frapper. Il aurait dû tout le temps rester avec elle.

— Tu es injuste, il a fait tout ce qu'il a pu pour elle. Et que pouvait-il contre quatre hommes armés ?

— Nous aurions dû nous installer en Russie avec oncle Stanislav.

— Peut-être...

L'enfant ne s'attendait pas à cet aveu de la part de sa

sœur, qui s'était jusqu'à son mariage violemment opposée à toute idée de déménagement.

— Seulement voilà, ajouta Nadia, nous sommes restés, alors il est inutile d'en parler. Tu es assez grande pour comprendre que ce qui est fait est fait, personne n'y peut plus rien. Sinon, nous ne commettrions jamais deux fois les mêmes erreurs.

Ce ton désenchanté alarma la fillette. Eva ne répondit rien et trempa distraitement un doigt dans la pâte pour la goûter.

— C'est cette nuit-là, finit-elle par murmurer, songeuse, que tout a commencé à aller mal. Après, plus rien n'a été comme avant.

— Non, rien.

— Je les déteste !

— Qui ?

— Les soldats. Je les déteste tous. Ils devraient être punis. Pourquoi Gabe ne fait-il rien ? Il pourrait...

— Non !

Le cri de Nadia fit tressaillir la petite, qui leva sur elle un regard impressionné.

— Non, reprit la jeune femme en se maîtrisant. Je t'ai déjà dit qu'il ne pouvait rien faire. Et surtout, ne t'avise pas de lui en parler.

— Comment le pourrais-je ? Il n'est jamais là. Même pour l'enterrement de maman, il n'a pas pu venir à cause de son travail.

— C'est ainsi.

— Il ne vient plus jamais voir papa.

— Il est très occupé.

Eva s'aperçut que sa sœur se mordait les lèvres de douleur, en essayant de remuer la pâte de plus en plus consistante.

— Tu veux que je t'aide ? proposa-t-elle.

— Oui, merci. C'est terrible de constater combien l'on peut être handicapé avec un seul bras.

— Tu dois encore souffrir.

— Ça passera. Tiens, tu apporteras une part de gâteau à papa.

— Il n'en mangera pas.

— Son appétit lui reviendra bien un jour.

— Non, jamais. Il ne s'intéresse plus à rien. Si je ne rentrais pas ce soir, il ne s'en apercevrait même pas.

— Ne dis pas cela. Si tu savais combien il souffre, tu comprendrais mieux...

— Pourquoi pleures-tu, Nadia ?

— Pour rien, j'ai un peu mal...

La porte d'entrée s'ouvrit avec fracas, des pas lourds résonnèrent dans le salon. Eva remarqua aussitôt l'air effrayé de sa sœur, qui se précipita pour lui arracher le bol des mains.

— Laisse-moi finir. Et rentre vite, maintenant. Papa finirait par s'inquiéter.

— Mais qui est là ? Gabe ?

— Oui.

Baissant la voix, la jeune femme ajouta nerveusement :

— Je t'en prie, pars maintenant. Et n'oublie pas ton cartable.

— Mais...

— Femme ! Où es-tu passée ?

Surprise par la voix rageuse de Gabe, Eva fit volte-face pour apercevoir dans l'entrebâillement de la porte son beau-frère, les yeux rétrécis comme deux pointes d'épingle au milieu d'un visage sévère. Son charmant sourire d'autrefois, ses manières délicates avaient disparu.

— Que fait-elle ici ? demanda-t-il en désignant Eva.

— Elle est venue me voir en rentrant de l'école. Elle s'en va.

— Je vois... Tu ne m'attendais pas de sitôt !

— J'ignorais à quelle heure tu devais rentrer.

Sous le ton apparemment calme de Nadia, la petite fille sentait poindre une sourde anxiété. Se glissant le long de la table, elle tenta de récupérer ses livres.

— Si je comprends bien, reprit-il d'un ton soupçon-

ieux, tu allais donner ce gâteau à ta sœur derrière mon
dos ! C'est tout ce que vous avez trouvé pour vous
nourrir à mes frais.

— Non, Gabe ! Je voulais te faire une surprise.

— Menteuse !

D'un geste coléreux, il envoya promener la farine, le
bol et la pâte, puis se mit à jeter à terre tout ce qui lui
tombait sous la main, assiettes, couverts, tasses. Les yeux
écarquillés, Eva recula en criant de terreur quand il prit
sa femme par son bras cassé.

— Ne me frappe pas ! l'implora Nadia. Arrête, je t'en
supplie !

Il la gifla brutalement puis la rejeta en arrière après lui
avoir tordu le poignet.

— Cesse de mentir, sorcière !

Indignée, Eva se jeta sur lui pour l'arrêter, s'agrippant
à son dos en criant :

— Ne touchez pas ma sœur ! Laissez-la tranquille !

Il vira sur lui-même et, d'un moulinet, se débarrassa
de la fillette, qui fut projetée contre le mur qu'elle heurta
violemment. Un instant, elle demeura étourdie sans
bouger.

— Eva !

Dans le lointain, elle entendit le cri de Nadia qui se
transforma en un hurlement de douleur :

— Mon bras !

— Je te le casse encore si tu ne me dis pas la vérité !

Dans sa demi-inconscience, Eva tenta de s'asseoir en
cherchant désespérément à capter encore ce qui se
passait devant elle.

— Tu allais donner ce gâteau à ta famille, n'est-ce
pas ?

— Je... je pensais en offrir une tranche à mon père...
mais c'est tout !

— Je te crois, tiens !

Joignant le geste à la parole, il se remit à la frapper de
plus belle. Aveuglée par les larmes, la fillette gémissait en

353

essayant de se relever pour porter secours à sa sœur, q
venait de tomber à terre.

— Je t'avais pourtant avertie de ne plus me mentir
J'espère que cette fois tu te le tiendras pour dit !

Il sortit en claquant la porte mais Eva ne bougea pa
tant qu'elle n'entendit pas claquer également celle d
l'entrée. Alors, elle se remit sur pied, malgré un fo
vertige et, portant la main à son front, y sentit une boss
de la taille d'un œuf.

Se frayant un chemin au milieu des débris de vaissell
elle s'approcha de sa sœur, immobile par terre, q
pleurait doucement. Nadia lui présenta un visage blan
comme un linge, avec une lèvre fendue, et elle grimaç
de douleur lorsqu'il lui fallut remuer le bras.

— Je vais chercher grand-père, proposa Eva.

— Non ! souffla Nadia. Surtout pas ! Tu ne dois... rie
dire à personne.

— Mais tu es blessée.

— Ce n'est rien.

— Il t'a frappée.

— C'était entièrement ma faute. Je n'aurais pas dû l
mentir. Je... Eva, tu ferais mieux de t'en aller. Il pourrai
revenir.

— Alors viens avec moi. Je ne veux pas qu'il te fass
encore du mal.

— Je ne peux pas... Je dois rester ici, chez moi... che
mon mari.

— Drôle de mari qui te bat !

Brusquement, la fillette se rappela les bleus qu'ell
avait déjà aperçus sur le visage de sa sœur.

— Tu n'es jamais tombée dans l'escalier ni sur l
glace, n'est-ce pas ? C'est lui qui t'a cassé le bras.

— Oui... Je l'avais rendu fou de rage.

Cependant, Eva ne pouvait imaginer ce qu'avait pr
faire Nadia pour mériter pareil châtiment. Comme u
automate, elle se dirigea vers la sortie, la tête pleine de
brutalités des soldats contre sa mère, de leurs moquerie:

à son égard ; maintenant, c'était Gabe qui brutalisait sa femme.

Tremblante de rage et d'horreur, elle se demanda pourquoi les hommes commettaient de si terribles choses.

38

Un an après la disparition de sa femme, Lev Tarak:
nov rendait le dernier soupir. Certains dirent qu'il s'éta
laissé mourir de chagrin mais Eva considérait qu'il le
avait abandonnées, elle et sa sœur, aussi ne l'en détesta
t-elle que plus. Nadia et Loup pleurèrent à son enterre
ment, mais la fillette ne versa pas une larme.

Les créanciers firent saisir la maison et les meuble
pour se rembourser, si bien qu'aucune part du maigr
héritage ne revint aux deux filles. Eva s'installa chez so
grand-père en n'apportant avec elle que ses vêtements e
la bible de sa mère.

La vie reprenait son cours. Parfois, la fillette s'éveilla
en sursaut, encore hantée par le rêve des soldats ivres
Alors elle descendait dans le salon, pour y trouver so
grand-père qui montait inlassablement la garde, le
mousquet entre les genoux.

Durant les années 1871 et 1872, les seuls change
ments notables provinrent de nombreuses familles qu
abandonnaient Sitka, désillusionnées et sans le sou
Quelques aventuriers venaient parfois prendre leur place
attirés par les rumeurs qui prêtaient des gisements d'o
à Baranov, ainsi que s'appelait désormais l'île, Sitk
demeurant le seul nom de sa capitale. Cependant, peu d
prospecteurs découvrirent assez de métal précieux pou
ne pas mourir de faim.

Aucune loi ne régissait la propriété des concession
qui se transmettaient un peu au hasard. Le minerai devai
être arraché à la roche, ce qui supposait d'énorme
investissements. Pourtant, bien des hommes s'obsti
naient, sillonnant la montagne, qu'ils fouillaient e

retournaient comme des fourmis, l'esprit occupé de leurs seuls rêves de fortune. A Sitka, ils achetaient du matériel puis partaient s'enfoncer dans la nature sauvage pour des semaines, parfois des mois entiers.

Eva ne pouvait plus mettre un pied dehors sans voir un ivrogne dans la rue, qu'il fût koloch, soldat ou mineur. Elle en venait à appréhender d'aller à l'école. Lorsqu'il fallut fermer l'établissement, en 1873, par manque de crédits, la fillette se montra enchantée d'être dispensée de ses pénibles trajets sillonnés d'injures et autres quolibets. Sa haine des soldats avait fini par s'étendre à tous les hommes, à part son vieux grand-père et le prêtre.

Elle se réjouissait de n'avoir pas les cheveux blonds de sa mère et de sa sœur, et en venait à aimer ses innombrables taches de rousseur, sa bouche trop grande, ses lèvres trop pleines, ses yeux trop rapprochés ; quand elle se faisait traiter de « face de crapaud » ou de laideron, elle n'en éprouvait que du soulagement. La beauté devenait une malédiction qui ne la frapperait jamais.

Une nuit de printemps, elle s'éveilla en sursaut, écouta les bruits autour de la maison. Ce ne pouvait être son grand-père, qui restait dans le salon, alors qui ? Encore des soldats ? Saisie d'angoisse, elle dévala l'escalier pour vérifier si le vieil homme avait entendu, lui aussi.

Il se tenait devant l'entrée, aux aguets, son mousquet dans la main gauche. Un grattement à la porte les fit tressaillir tous deux.

— Qui est là ? demanda-t-il en anglais. Parlez ou je tire !

— C'est moi, répondit une voix en russe. Dimitri Stanislavitch. Ouvrez !

Encore sous le coup de la peur, Eva se précipita pour tourner le verrou et libérer le passage à son cousin.

— Comment se fait-il que tu débarques ainsi, au milieu de la nuit ? Nous croyions avoir affaire à des soldats qui voulaient entrer de force. Grand-père aurait pu te tuer !

— Est-ce ainsi qu'on accueille les gens, dans cette famille ?

— Comment pouvions-nous deviner que c'était toi ?

Sentant son haleine empestée par l'alcool, l'adolescente recula, dégoûtée.

Loup venait d'allumer une lampe à pétrole dont la lueur éclaira son petit-fils dans sa vareuse de marin.

— Personne ne nous a prévenus du retour de ton bateau, expliqua-t-il. Allons, viens t'asseoir.

— J'ai oublié de vous faire parvenir un message.

Remarquant le mousquet adossé au mur, Dimitri hocha la tête.

— En tout cas, si tu avais fait feu avec cette arme, je me demande qui de nous deux serait mort le premier. Je t'offrirai un fusil digne de ce nom, *diedouchka*.

— Merci, mais j'ai l'habitude de celui-ci, et il fera bien l'affaire. Eva, je te prie, apporte-nous donc de la vodka et des verres.

L'adolescente faillit répondre que son cousin semblait avoir déjà bien fêté son retour mais, l'hospitalité ancestrale reprenant le dessus, elle se dirigea sans un mot vers le buffet.

Voyant son grand-père se servir, elle fut frappée par le tremblement de ses mains et, brusquement, celui en qui elle avait toujours vu un protecteur invincible lui apparut comme un vieillard fragile ; en comparaison, Dimitri paraissait vibrer de force et de vitalité.

— Tu as l'air fatigué, *diedouchka*, murmura le jeune homme. Tu devrais monter te coucher.

— Ces temps-ci, je préférais sommeiller ici, mais puisque tu es là, peut-être dormirai-je plus facilement.

Alors Eva se rendit compte que les longues veilles de son grand-père n'étaient pas dues à de fortes insomnies, comme elle le croyait, mais au souci qu'il se faisait pour elle. Malgré son grand âge, il n'hésitait pas à sacrifier son repos, si ce n'était sa vie, au profit de sa sécurité à elle.

Bouleversée, elle vint vers lui et lui prit la main pour la serrer.

— Profites-en bien, ajouta Dimitri, car je ne resterai pas longtemps.

— Tu comptes déjà repartir ?

Eva sentit la déception dans le ton du vieil homme ; pourtant, son petit-fils parut n'en éprouver aucun remords quand il expliqua :

— Colby ferme son saloon pour s'installer à Fort Wrangell, au bord de la Stikine. Je l'y suivrai et c'est désormais de là-bas que partiront mes voyages.

— Alors, demanda-t-elle d'une voix blanche, tu ne reviendras plus ?

— Il se pourrait que j'apporte de temps en temps une cargaison d'alcool, répondit le jeune homme d'un air insouciant.

— Comment peux-tu nous abandonner ainsi ? se révolta-t-elle. Te moques-tu donc de ce qu'il peut advenir de nous ?

— Allons, Eva, allons ! intervint son grand-père. Dimitri doit faire son métier de marin. C'est ainsi qu'il gagne sa vie.

— Il gagne sa vie en passant de l'alcool en fraude pour les Américains et en massacrant des loutres marines et des otaries. Il ne traite même plus avec les Kolochs !

— Cela ne nous regarde pas, petite fille !

Bien sûr, songea-t-elle, tout le monde pensait qu'elle ne s'occupait encore que de ses poupées.

— Il travaille depuis si longtemps pour cette vermine de Colby, explosa-t-elle, qu'il en devient américain lui-même ! Il ne cherche qu'à gagner de l'argent, sans se soucier de ce qui peut arriver à sa famille. Grand-père se fait vieux, Dimitri. Il a besoin de toi ici.

— Non, mon petit, reprit le vieil homme en lui tapotant la main, nous saurons nous arranger, comme nous l'avons toujours fait depuis que ton cousin court les mers. Et puis nous ne sommes pas seuls, il y a ta sœur Nadia.

Avec un petit sourire indulgent à l'adresse de son petit-fils, il ajouta :

— Ne fais pas attention. Allons, Eva, il se fait tard. Tu dois remonter te coucher.

— Et toi, *diedouchka* ?

— Moi, je finis ma vodka avec ton cousin, nous avons à bavarder.

A contrecœur, elle les laissa seuls.

Une bouteille vide de whisky roula sous les pas de Gabe en plein soleil de midi. Il s'arrêta un instant, s'humecta les lèvres ; il n'avait plus rien à vendre pour s'acheter encore de la boisson. Même ses livres de droit étaient partis chez l'usurier. En Alaska, la loi n'avait pas cours. A son grand regret, il ne pouvait pas céder sa maison, car personne n'en voudrait. Sur les deux mille habitants qu'avait autrefois comptés Sitka, il devait en rester quatre cents à peine, sans parler des Indiens, dont Gabe ne faisait aucun cas.

Passant devant les *Deux Aigle*, il avisa Ryan Colby, qui faisait déménager son saloon.

— Décidément, lança-t-il, peu amène, ce sont toujours les rats qui quittent les premiers le navire.

— Je préfère être un rat en bonne santé plutôt qu'une noble âme sur le point de couler, rétorqua son ancien compagnon.

— D'où tiens-tu que je coule ?

— Regarde-toi, regarde cette ville. Autrefois, on trouvait plus de trente-cinq prostituées, aujourd'hui, il en reste à peine dix-huit. Voilà un signe qui ne trompe pas, non ?

Songeur, Gabe ne répondit pas immédiatement.

— Où penses-tu t'installer ? demanda-t-il enfin.

— A Fort Wrangell. Mon nouveau saloon m'y attend déjà.

— Je croyais que tu allais me dire San Francisco, mais Wrangell ? C'est aussi une ville de garnison, elle n'est guère différente de Sitka.

— En été, non, mais dès l'automne elle voit revenir les mineurs de Dease Lake et des Cassiars, en Colombie britannique. Comme ils ne peuvent travailler sur leurs concessions en hiver, ils viennent le passer à Wrangell et y dépenser tout leur or. Cette ville est en plein essor.

— Tu accours toujours là où il y a de l'argent à gagner facilement. C'est tout ce qui t'intéresse, tu ne cherches pas à créer quelque chose.

— Je suis venu ici pour faire fortune, rétorqua Colby avec un fin sourire, et je m'y emploie. Mais toi, au fait ? Te voilà établi avocat dans un pays sans loi. Pourquoi diable t'y accroches-tu ?

Gabe contempla le costume bien taillé de Ryan, la toile fine de sa chemise, le cigare qu'il tenait à la main, quand lui-même ne portait que de vieilles hardes informes. Les pièces d'or emplissaient les poches de son compagnon, tandis que lui ne pouvait en aligner deux ; il ne possédait même plus de quoi s'offrir à boire !

— Ce n'est qu'un mauvais moment à passer, maugréa-t-il. D'ici peu, le Congrès dotera l'Alaska d'une constitution.

— Je crains que tu n'aies encore quelques années à patienter ! Ne serait-ce que parce que la Compagnie commerciale fait fortune aux Pribilof avec les peaux de phoque. Tu ne crois pas qu'ils laisseront réglementer leurs profits aussi vite !

Gabe ne répondit pas, trop conscient de se trouver devant la cruelle mais unique réalité.

— Allons, poursuivit Ryan en le prenant par le bras, tu aurais dû suivre mes conseils. Je t'avais dit de profiter des occasions quand il en était temps ; maintenant, tu auras de la chance si tu peux encore gagner un malheureux dollar ici ! A moins, bien entendu, que tu ne découvres une mine d'or, qui sait ?

Son petit rire ulcéra l'avocat. Même si, un beau jour, il arrivait à exercer sa profession en Alaska, jamais il n'y réaliserait le moindre de ses rêves. Nadia, avec son sang indien, lui ôtait toute chance d'y réussir ; à force de mensonges et de ruses, elle était parvenue à le détruire. Il avait perdu sur tous les plans.

D'une façon ou d'une autre, il le lui ferait payer.

39

Par les vitres sales de l'entrée, Nadia vit son mari arriver. Nerveusement, elle s'humecta les lèvres ; pourtant, ce jour-là, elle guettait son retour avec impatience. Il lui adressa un petit signe de la main, preuve parmi d'autres qu'il avait bu. Cependant, considérant le mal qu'il s'était donné ces dernières années pour gagner leur pitance, elle comprenait qu'il pût chercher quelque réconfort dans la bouteille.

De tout temps, les hommes buvaient, et il en serait toujours ainsi. Peut-être Gabe s'adonnait-il plus à la boisson qu'aux premiers temps de leur mariage, mais Nadia lui trouvait bien des excuses. Trop de déceptions venaient assombrir leur triste vie. Rien de ce qu'il entreprenait ne donnait de résultat.

Il avait commencé par chercher de l'or, sans succès ; ensuite, il avait convaincu quelques mineurs de lui octroyer un pourcentage sur leurs découvertes, en échange de quoi il leur garantissait aide et protection auprès du gouvernement américain pour la propriété de leurs concessions. Jamais il n'obtint de réponse de Washington et, quand il résolut de céder ses parts, personne ne voulut les lui racheter.

Découragé, au bord du désespoir, il se lança dans le jeu, misant les quelques pépites obtenues de ses participations. Au début, il gagna mais la chance eut tôt fait de tourner. En quelques mois, il avait vendu tout ce que le couple possédait, du plateau d'argent offert par Loup en cadeau de mariage aux quelques bijoux de Nadia.

L'année précédente, enfin, il se lança dans le troc avec les Kolochs pour obtenir quelques peaux, convaincu que son intelligence supérieure ferait merveille en la circonstance, mais ce fut lui qui se retrouva possédé en échangeant d'importants stocks de nourriture contre des fourrures qu'il prenait pour du phoque ou du renard quand il ne s'agissait que de dépouilles d'animaux de moindre valeur, traitées de façon à donner le change à un œil aussi peu exercé que le sien.

Chaque fois, il accusait Nadia de ses échecs avant de se consoler avec une bouteille de mauvais rhum ou, pis, un pichet de *hotchino*. La jeune femme ne s'étonnait plus de le voir devenir tellement amer et coléreux.

Le déclin de Sitka ne pouvait qu'aggraver leur situation. Ses habitants l'abandonnaient si vite qu'elle en prenait des allures de ville fantôme. C'était tout juste s'il restait vingt-cinq familles dans une communauté qui en avait compté autrefois des centaines. L'armée demeurait en place mais chacun savait que ce ne serait plus pour longtemps, tout en se demandant s'il fallait le souhaiter ou le redouter. Curieusement, Gabe semblait n'y attacher aucune importance.

Nadia crut défaillir lorsqu'elle entendit la porte s'ouvrir sur son mari et posa les mains sur son ventre comme pour se rassurer, persuadée que la nouvelle qu'elle avait à lui annoncer le comblerait de bonheur. Elle désirait un enfant depuis longtemps, certaine que cela suffirait à cimenter leur union, et contenait mal sa joie.

— Eh bien, demanda-t-il l'air soupçonneux, tu as l'air de t'amuser ?

— Ce n'est pas cela.

Vivement, elle baissa les yeux et prit le chapeau et la pelisse qu'il lui tendait pour les suspendre.

— Où as-tu mis le pichet que j'ai entamé cette nuit ?

— A la cuisine, comme tu me l'as demandé.

— Je sais bien ce que je t'ai demandé.

Il la suivit pour découvrir en effet le pichet à la place indiquée. Avant qu'il eût rien ajouté, elle sortait un verre propre qu'elle posait devant lui.

— Gabe, j'ai quelque chose à te dire, une bonne nouvelle à t'annoncer.

Incrédule, il eut une moue de dédain. Rien de bon ne pouvait lui arriver de cette femme qui n'avait au contraire cessé de lui créer des ennuis depuis le jour de leur mariage.

— Nous allons avoir un bébé.

L'écho de ses paroles retentit à travers le cerveau de Gabe comme un coup de feu. Il leva sur son épouse un regard abasourdi.

— Je sais que cela te surprend, ajouta-t-elle en souriant, peut-être autant que moi. Enfin, nous sommes récompensés de notre longue patience...

— Débarrasse-t'en, maugréa-t-il.

— Comment ?

— Tu m'as fort bien entendu. Débarrasse-t'en.

Il se versa un verre qu'il but d'une traite.

— Va voir un de ces hommes-médecine de ta race, qu'il te donne une de ses potions. Fais ce que tu voudras, je m'en moque, pourvu que je n'en entende plus parler. Je ne veux pas avoir un enfant avec du sang indien.

— Non !

Horrifiée, elle porta sur son ventre deux mains protectrices.

— Bon sang ! Tu feras ce que je te dis !

— Non, non ! Jamais !

— Alors, c'est moi qui te l'arracherai du corps !

Se redressant, il leva sur elle une main menaçante qu'elle tenta de dévier, pour recevoir un coup violent sur la tempe.

Affolée, elle recula jusqu'au fourneau et, tandis qu'il l'attirait vers lui par le col de sa robe, il n'eut que le temps de voir fondre sur sa tête un poêlon qui lui ouvrit le front dans un jaillissement de douleur, de sang et de lumière blanche.

Eva sarclait méthodiquement le potager de son

grand-père, le visage caché sous un grand chapeau de paille resserré autour des oreilles par un fichu. Elle aimait travailler la terre, laisser au repos son esprit trop souvent tourmenté et plein de toute la colère qu'elle avait accumulée en dix-sept ans de vie.

Un peu plus bas, dans la rue, elle entendit une porte claquer une fois puis deux, ensuite un cri d'épouvante. Alarmée, la jeune fille se redressa, tourna la tête en direction de la maison de sa sœur en croyant reconnaître la voix de Nadia et ses mains se crispèrent sur sa bêche.

Elle ne vit pas tout de suite la femme qui courait à travers les jardins abandonnés du voisinage mais, quand elle l'aperçut, ce fut son regard affolé qui la frappa. Gabe la suivait de près, titubant, l'air hagard, une blessure sanguinolente au front.

— A l'aide, Eva ! Il veut tuer mon bébé !

Ainsi, songea la jeune fille en un éclair, cette brute avinée ne respectait rien ! Prenant sa sœur par le bras, elle l'entraîna vers la cuisine. Parvenue dans la pièce, Nadia continua sa course jusqu'à l'entrée principale pour la barricader, tandis qu'Eva poussait la porte derrière elle ; pas assez vite, cependant, pour éviter que Gabe n'y passât un pied, ce qui l'empêcha de fermer. Comme il pesait de tout son poids sur le panneau, elle recula, effrayée, et le vit l'enfoncer d'un seul coup d'épaule.

— *Diedouchka* ! hurla-t-elle.

Une claque violente la fit chanceler.

— Non ! Laissez-la tranquille !

Elle ne put en dire plus, car il la bouscula pour se ruer vers le salon, la jeune fille sur ses talons. Il mettait la main sur Nadia quand leur grand-père émergea de son fauteuil.

— Que se passe-t-il ?

Sans tenir compte de sa question, Gabe giflait déjà sa femme à toute volée.

— C'est la première et la dernière fois que tu essaieras de te sauver ! siffla-t-il entre ses dents.

Il s'apprêtait à la frapper de nouveau quand son bras fut arrêté par Loup ; malgré son âge, celui-ci possédait encore une poigne de fer qui força l'Américain à lâcher prise et à lui faire face.

— Ne vous mêlez pas de cela ! menaça Gabe.

— Personne ne battra ma petite-fille chez moi !

— Je ferai ce qui me plaira !

Brusquement, la bouche du vieil homme s'ouvrit dans un cri de douleur muette ; plié en deux, alors que Gabe ne l'avait pas touché, il tourna vers Eva ses yeux bleus étonnés. Sans comprendre ce qui se passait, la jeune fille se précipita pour le voir s'effondrer devant son adversaire stupéfait.

— *Diedouchka* !

Elle lui effleura le visage mais il ne bougea pas plus qu'une statue de marbre.

Nadia venait de tomber à genoux auprès d'eux ; leur grand-père demeurait totalement immobile. Seul Gabe restait debout, pétrifié de surprise.

— Que lui arrive-t-il ? demanda sa femme.

— Je ne sais pas, répondit Eva.

Nadia passa une main sur le nez et la bouche du vieil homme.

— Il ne respire plus.

Vivement, elle lui tâta le pouls puis leva la tête.

— Je crois que c'est fini.

— Non ! cria Eva en se penchant pour lui ausculter la poitrine.

— Est-il mort ? finit par demander Gabe.

Frappée par le ton indifférent qu'il employait, Eva lui jeta un coup d'œil haineux à travers ses larmes.

— C'est vous qui l'avez tué ! accusa-t-elle.

Haussant les épaules, son beau-frère regarda autour de lui et rétorqua :

— Je ne l'ai pas touché.

Dans une vitrine, il venait d'apercevoir les œufs en

filigrane d'argent que la famille recevait traditionnellement pour Pâques.

— Est-ce lui qui les a fabriqués ?

— Oui ! lança Eva en se relevant.

Déjà, l'Américain s'en emparait, ainsi que d'une icône de la Vierge en argent, de candélabres sur la cheminée et d'un petit samovar du même métal. Tous objets que Loup avait ciselés plus spécialement pour l'usage de sa famille et qu'Eva entretenait avec amour et admiration.

— Seigneur ! s'exclama-t-il. Il y en a pour une fortune.

— N'y touchez pas ! s'écria-t-elle, indignée. Cela ne vous appartient pas.

— Cette maison sera pillée à l'instant même où vos créanciers apprendront la mort de votre grand-père, maugréa-t-il d'un ton impatienté, exactement comme cela s'est produit pour votre père. Est-ce donc ce que vous voulez ?

— Non...

— Alors aidez-moi toutes les deux à camoufler ces objets de valeur avant que la nouvelle soit connue par toute la ville.

Hésitantes, elles finirent par se rendre à sa logique implacable et emplirent deux sacs de l'orfèvrerie qui restait encore.

— Maintenant, reprit Gabe, occupez-vous du corps. Pendant ce temps, j'irai cacher ceci à la maison puis avertir le prêtre de passer ici.

Jamais elles ne le revirent.

En juin, l'armée quitta Sitka et tout l'Alaska, appelée sur le territoire des États-Unis pour s'opposer à une révolte des Indiens nez-percé conduite par Chef Joseph. Eva vit avec soulagement s'éloigner les dernières houppelandes bleues. Enfin, elle n'aurait plus à endurer leurs sarcasmes.

Seul l'inspecteur des douanes aurait désormais la responsabilité de cette contrée grande comme la moitié du Canada ; pour la défendre, il disposait de quatre caisses de fusils et de munitions qui lui avaient été envoyées par erreur. Peu à peu, la population blanche se mit à redouter une éventuelle attaque indienne.

Eva, qui s'était installée dans la maison de sa sœur, prit l'habitude de garder le mousquet de son grand-père à portée de la main, de jour comme de nuit.

L'été puis l'automne passèrent sans autre alerte que quelques descentes de Kolochs ivres dans les rues de la ville. Le ventre de Nadia s'arrondissait de jour en jour et sa sœur se sentait de plus en plus responsable d'elle. Avec le peu d'argent qu'elle gagnait en nettoyant l'église une fois par semaine, elle trouvait le moyen de les nourrir toutes les deux ; pour chauffer la maison et les repas, il lui fallait se rendre dans la forêt afin d'y couper elle-même son bois.

Vers le Nouvel An, Nadia mit au monde une fille après deux journées de travail qui terrifièrent sa sœur ; pourtant, celle-ci l'aida sans mot dire, se basant sur la pauvre expérience qu'elle tenait de son observation des animaux de la basse-cour de son grand-père. A la fin, épouvantée par l'état où se trouvait Nadia, elle avait appelé à la rescousse une voisine, Mme Karotsky, qui prit les opérations en main avec une souveraine autorité.

Enfin, elles tinrent dans leurs bras un petit être rouge et hurlant qu'il leur fallut encore détacher de sa mère avant de le laver et de le langer. Jamais Eva n'avait rien vu de plus repoussant que ce goret fragile et chauve ; pourtant, quand elle le remit à Nadia, celle-ci lui donna aussitôt le sein en poussant des soupirs de joie.

Devant cette scène si nouvelle pour elle, Eva se sentit bouleversée de tendresse ; puis elle se rendit compte de l'état d'épuisement où se trouvait sa sœur, de son visage exsangue et creusé, de ses cheveux encore collés sur le front par les longues heures de souffrance qu'elle venait d'endurer. Néanmoins, la jeune femme souriait

369

maintenant, extatique devant le minuscule bébé qui tétait en toute confiance.

— Allons, il faut les laisser se reposer, déclara Mme Karotsky.

Comme elle refermait la porte derrière elle, la brave femme sourit.

— Votre sœur vient de mettre au monde une bien belle petite !

— Croyez-vous qu'elle finira par reprendre ses forces ?

— J'en suis certaine. La naissance a été un peu difficile mais elle s'en remettra.

— J'ignorais que donner le jour à un enfant pouvait tellement faire souffrir une femme.

— C'est la même chose pour chacune d'entre nous. Heureusement que votre beau-frère n'était pas là ; les hommes ne peuvent supporter le spectacle de tant de douleur.

Avec un clin d'œil, elle ajouta :

— Si c'était à eux de donner la vie, le monde se serait arrêté depuis longtemps ! Mais la nature est ainsi faite qu'ils ont tout le plaisir de les engendrer sans endurer le mal de les fabriquer.

De la souffrance ! C'était tout ce qu'un homme pouvait apporter à une femme, songeait Eva, le cœur empli de ressentiment.

Par un clair dimanche de février, Eva et Nadia sortaient de la cathédrale Sv Mikhaïl, protégeant du vent qui soufflait en bourrasques, la petite fille emmaillotée et encapuchonnée de fourrure, Maria Gavrielevna Blackwood. Eva ne comprenait pas pourquoi sa sœur tenait tant à lui faire porter le prénom de son père, à la russe, mais elle ne dit rien.

Toute la petite communauté de Sitka était désormais au courant de l'absence de Gabe ; ils étaient trop peu nombreux à vivre dans cette ville pour qu'une telle

370

situation demeurât longtemps secrète. Certains allaient jusqu'à prétendre qu'il était mort et Eva ne faisait rien pour les détromper.

— J'aimerais tant que Gabe revienne pour voir notre jolie petite fille ! murmurait parfois Nadia.

— Sois contente d'être débarrassée de lui ! rétorquait sa sœur avec une pointe d'agacement.

Pouvait-elle encore regretter cet homme après tout ce qu'il lui avait fait ?

D'un regard circulaire, elle détailla les rues sinueuses qui s'élançaient du pied de la cathédrale pour peupler une ville désormais en ruine ; la jeune fille se rappelait pourtant combien, autrefois, cet endroit avait été animé et coloré. Les hommes avaient bâti puis détruit. Ils finissaient toujours par tout détruire. En descendant les marches, elle résolut de ne pas cacher à sa nièce cette vérité première.

Le vieux phare au sommet du fort avait autrefois guidé de nombreux navires dans le port de la Nouvelle-Arkhangelsk. Maintenant, il tournait à vide dans le vent d'hiver.

TROISIÈME PARTIE

L'Alaska continental

40

SITKA
ÉTÉ 1897

Puisque le bateau à vapeur devait rester à quai plusieurs heures afin de débarquer sa cargaison et de prendre du carburant, Justin Sinclair saisit l'occasion pour visiter la vieille ville russe et se dégourdir les jambes. A vingt-sept ans, il n'avait pas souvent eu l'aubaine de profiter de ses voyages : que pouvait-on voir du pont d'un bateau de pêche ? Il s'était juré que, fortune faite dans les mines d'or du Klondike, il ne mangerait plus que de la viande. L'odeur du poisson lui donnait la nausée ; d'ailleurs, il détestait presque autant la mer. Son père s'en accommodait peut-être mais lui ne finirait pas ses jours dans la peau d'un pêcheur qui empestait la marée !

D'autres passagers se précipitaient à terre, visiblement dans le même but que lui. Un groupe d'Indiens, essentiellement composé de squaws, les entoura aussitôt pour leur proposer des marchandises, totems miniatures, bracelets d'argent ciselé et couvertures multicolores. Le jeune homme se fraya un chemin dans cette cohue, refusant fermement de la tête toute proposition.

Enfin libre, il commença par regarder autour de lui afin de choisir sa destination. Une montagne en forme de cône parfait se dressait dans le lointain, son cratère encore bordé de neige se découpant nettement sur le ciel d'un bleu intense.

— Pourriez-vous me dire où va ce bateau ?

La question venait d'une femme qui se tenait à l'écart de la foule, au bout du quai. Il ne remarqua tout d'abord que son triste accoutrement, sa robe terne, son sinistre châle de laine marron et son fichu noir noué au menton qui lui camouflait complètement les cheveux. Pourtant la voix paraissait jeune. Intrigué, il s'approcha d'elle :

— Vers Mooresville.

— Est-il exact que l'on ait découvert de l'or, au-delà du col de White Pass, dans le Klondike canadien ?

— Absolument.

Justin essaya de la dévisager mais l'inconnue paraissait vouloir lui cacher ses traits en gardant la tête obstinément tournée ou baissée, son fichu descendu presque jusqu'aux yeux.

Brusquement, elle leva sur lui des prunelles noires et perçantes comme deux pierres d'onyx, et il découvrit le plus joli des visages, fin et régulier, à la peau aussi transparente que de l'albâtre.

— Est-ce là que vous vous rendez ?

— Oui.

Il aurait volontiers admiré plus longtemps cette pure figure de madone mais elle reporta son regard sur le bateau.

— J'aimerais venir, moi aussi.

Ces paroles furent prononcées d'un ton trop bas pour lui être adressées, aussi fit-il mine de ne pas les avoir entendues.

— Habitez-vous la région ? demanda-t-il d'un ton détaché.

— Oui.

Tirant son châle sur ses épaules, elle paraissait vouloir se refermer en elle-même.

— J'ai quelques heures à passer ici avant le départ de mon bateau. J'avais l'intention de faire le tour de la ville. Il paraît que c'était la capitale russe de l'Alaska avant que nous le rachetions. Accepteriez-vous de me la faire visiter ?

— Il n'y a pas grand-chose à voir, quelques bâtiments en ruine, une église et un cimetière.

— Par exemple, dit-il en indiquant la toiture dorée

d'un monument, je n'avais jamais vu ce genre de bulbe ni aucune croix de cette forme.

— C'est l'ancienne cathédrale orthodoxe Sv Mikhaïl, aujourd'hui Saint-Michel.

— Pourquoi la croix porte-t-elle une barre transversale sur le pied ?

— Lorsque Jésus a été crucifié, ses pieds reposaient sur cette barre et, au moment de Sa mort, tout Son poids s'est reporté sur un seul côté. Vous devriez aller voir à l'intérieur, il y a de très belles icônes.

Justin remarqua qu'elle ne mettait aucune ferveur religieuse dans cette invitation.

— Et si vous m'y emmeniez vous-même ?

Elle recula.

— Non, je ne puis entrer avec vous.

— Pourquoi ?

Décidément, cette jeune femme étrange avait le don d'exciter sa curiosité.

— Ma tante pourrait nous voir.

— Et elle n'approuverait pas que vous teniez compagnie à un étranger ? Je comprends. Alors, laissez-moi me présenter : Justin Sinclair, de Seattle. Et vous ?

Une lueur malicieuse dansa dans les beaux yeux sombres.

— Macha Gavrielevna Blackwood. A vous de deviner pourquoi.

— Macha Gavrielevna. Êtes-vous russe ?

Ce qui expliquait le léger accent qui colorait son anglais.

— Russe, américaine, indienne, un peu de tout...

Surpris par cette franchise, il imagina quelle histoire tourmentée avait dû être celle de sa famille.

— J'ai été ravie de faire votre connaissance, reprit-elle, mais il faut que je m'en aille.

Comme elle s'éloignait, il lui posa une main sur le bras, sentant aussitôt la tiédeur de sa peau sous la rugueuse étoffe de la manche.

— Pourquoi ? Nous nous connaissons, maintenant. Votre tante ne devrait plus s'en contrarier.

— Tous les hommes contrarient ma tante ; elle prétend qu'on ne peut leur faire confiance, qu'ils ne peuvent apporter que du malheur. Mon père est parti avant ma naissance en emportant tout ce que nous possédions. D'après elle, vous vous valez bien tous.

— Votre mère ne vous a pas enseigné le contraire ?

— Elle est morte quand j'avais onze ans.

— Et maintenant, quel âge avez-vous ?

C'était impossible à deviner car il ne voyait d'elle que son visage.

— Dix-neuf ans. Je suis déjà vieille fille, comme elle...

Une pointe d'amertume accentua cette réponse, qui lui durcit la bouche.

— Il n'y a pas beaucoup de célibataires dans cette ville et elle s'est toujours arrangée pour éloigner les rares garçons qui ont voulu m'approcher.

— Où est-elle en ce moment ?

— Elle fait le ménage à Saint-Michel. En principe, je devrais être en train de travailler au jardin, mais je me suis échappée.

Un léger sourire lui éclaircit la physionomie quand elle révéla sans fard cette entorse à un mode de vie trop austère.

— Elle sera furieuse quand elle s'en apercevra, ajouta Macha.

— Venez-vous souvent ici ?

— Non, mais cette fois je voulais voir de près un bateau et savoir où il se rendait.

— Écoutez, puisque je n'ai rien de spécial à faire et que votre tante sera quand même fâchée, conduisez-moi dans un endroit que vous connaissez bien.

Un instant, elle parut hésiter, comme si elle mesurait le risque à prendre.

— Par ici ! déclara-t-elle d'un seul coup.

D'une démarche alerte, elle l'emmena hors de la ville,

378

le long du bord de mer, face aux multiples petites îles et aux superbes montagnes qui fermaient l'horizon. La plupart du temps, elle gardait le visage baissé, évitant le regard des passants qu'elle croisait. Deux fois, seulement, elle scruta les alentours pour s'assurer que personne ne les observait.

Ils finirent par s'arrêter sur une falaise dominant le Pacifique ; Justin continuait à se demander si sa compagne était un peu grasse ou seulement revêtue d'une robe informe.

Un vent parfumé d'iode leur caressait le visage et la jeune fille se mit à défaire le nœud de son fichu.

— Je déteste cette *babouchka* ! marmonna-t-elle.

— Que signifie ce mot ?

— Bien des choses ; en l'occurrence le fichu que portent les vieilles femmes russes. Mais il veut dire aussi vieille femme et grand-mère... ce que je ne serai sans doute jamais.

D'un geste vif, elle se débarrassa enfin de l'encombrant carré de laine.

— Alléluia ! s'exclama Justin.

La chevelure d'un blond lumineux qui coulait sur les épaules de la jeune fille scintilla dans le soleil et le contraste n'en devint que plus saisissant entre cette éclatante parure d'or, ce teint laiteux et le noir d'obsidienne de ses yeux.

— Dieu, que vous êtes belle ! murmura-t-il, confondu d'admiration.

Macha eut un timide sourire mais s'éloigna de lui en chiffonnant machinalement son fichu entre ses mains.

— La beauté est une malédiction. Tante Eva ne cesse de me le répéter.

Sous la voix désinvolte, il perçut quelle amertume habitait cette vision éblouissante comme une sirène triste.

— Selon elle, une femme ne devrait jamais se préoccuper de son apparence mais, au contraire, s'habiller de la façon la plus neutre possible, pour ne pas commettre le péché de vanité... Mais moi, je jure qu'un jour je porterai les plus belles toilettes du monde. Un jour...

— Votre tante a tort ! Le Créateur ne vous a pas dotée de cette beauté pour vous cacher mais pour Le glorifier. Ma mère, qui était très pieuse, a toujours dit que la chevelure était la première bénédiction que peut recevoir une femme. N'en faites pas une honte mais un gloria !

Macha palpa d'un air songeur les longues mèches qui lui couvraient la nuque.

— Un gloria... J'aime cette façon de penser !

— Alors vivez-le. Soyez Gloria la Belle, non Macha la Triste.

D'un geste nerveux, elle parut néanmoins chasser cette idée.

— Venez, je voudrais vous montrer quelque chose.

A sa suite, elle l'entraîna par un sentier en pente de plus en plus abrupt, qui courait entre les sapins et les rochers sur un sol meuble.

— Avez-vous déjà vu de l'or ? demanda-t-elle. Du vrai ? Le vieux Kelly, un prospecteur, m'en a montré une fois. J'aimerais en trouver moi aussi.

— Il y en a par ici ?

— Un peu. Deux mines ont été ouvertes du côté de Silver Bay mais je crois qu'elles ne donnent pas de grosses quantités de minerai.

— Allez dans le Klondike ; il est plus facile à recueillir puisqu'il suffit de le laver dans les rivières. Vous n'avez pas besoin de creuser des mines ni d'utiliser un gros matériel, seulement un tamis qui vous permet de trier les pépites des cailloux et de la terre. Ça devient un jeu d'enfant.

— Ou de femme, murmura-t-elle.

Brusquement, elle se tourna vers lui et ajouta :

— Emmenez-moi dans le Klondike ! Je ferai tout ce que vous voudrez si vous acceptez !

Décontenancé par une demande aussi inattendue, Justin écarquilla les yeux.

— Je ne demanderais pas mieux, mais malheureusement je n'ai pas de quoi payer votre passage sur le bateau. Je possède bien un peu d'argent, mais juste assez pour vivre jusqu'à Dawson City ; et puis la traversée des montagnes risque de vous paraître plutôt rude.

— Je suis solide, je ne vous retarderai pas. J'ai mis de côté quelques petites économies. En fait, je pensais prendre le bateau pour Juneau afin d'y chercher du travail, mais il paraît que les places sont rares là-bas. S'il suffit, dans le Klondike, de se pencher pour ramasser de l'or dans les rivières, je suis prête à y passer mes journées ; je n'aurai plus besoin d'un emploi.

Enivrée par le flux d'idées qui envahissait soudain son esprit, elle tremblait d'excitation.

— Combien, d'après vous, me faudrait-il pour payer mon billet sur votre bateau ?

— Je ne sais pas.

— Je me passerais d'un lit, vous savez ! Je pourrais prendre une couverture et dormir dans un fauteuil. J'emporterais du pain et de la nourriture de la maison afin de ne pas payer de repas. De quoi d'autre pourrais-je avoir besoin ?

— De vêtements chauds et d'une pelisse. Il fait froid là-bas, en hiver.

Dans un sens, la compagnie de Macha le tentait tout à fait, même s'il savait que le Klondike n'était pas un endroit pour une femme.

— Et puis des chaussures solides, ajouta-t-elle. Quand le bateau lève-t-il l'ancre ?

Essayant de deviner l'heure à la position du soleil, Justin finit par répondre :

— Dans à peu près une heure.

— Alors il faut que je rentre préparer mes bagages.

Vite, elle renoua son fichu sous le menton.

— M'attendrez-vous sur le quai ?

— J'en fais le serment.

— Alors, je tâcherai d'arriver aussi vite que possible.

Soulevant ses jupes, elle partit en courant à travers la forêt.

Au bas de la passerelle, Justin scrutait les rues désertes qui donnaient sur le port. Un vent frais venait de se lever, amenant quelques nuages blancs. Au-dessus de sa tête siffla soudain la sirène du bateau. Il tressaillit. La jeune fille ne donnait plus signe de vie ; un peu déçu, il se dit qu'après tout la Providence, en sa sagesse, avait dû la détourner de sa décision, ce qui valait mieux pour elle autant que pour lui. La vie serait rude dans le Klondike, s'encombrer d'une femme risquait seulement de lui compliquer la tâche. Peut-être Macha avait-elle simplement changé d'avis. A moins que sa tante ne l'eût obligée à rester.

— Attendez !

Il perçut immédiatement le cri dans le lointain et finit par apercevoir la silhouette qui accourait, les bras chargés de balluchons.

— Montez vite ! lança un des marins. Nous levons l'ancre.

— Une minute ! Vous avez encore un passager qui arrive.

Le jeune homme courut à la rencontre de Macha pour l'aider à porter ses bagages.

— Je croyais que je n'y arriverais jamais ! souffla-t-elle en riant.

— Seigneur Dieu ! C'était tout juste ! Dépêchez-vous, maintenant, qu'ils ne partent pas sans nous !

— Je n'ai pas payé mon passage !

— Nous réglerons cela à bord.

Le navire s'éloignait lentement du port. Macha resta sur le pont à se rappeler les nombreuses fois où elle avait regardé du haut de sa falaise partir d'autres bateaux. Depuis des années, elle ne rêvait que de quitter Sitka.

Ce n'était plus qu'une ville fantôme. Quand elle en arpentait les rues, c'était pour n'y voir que des maisons vides, des murs à demi écroulés, comme si le temps oubliait de passer dans cette partie du monde.

A la dernière minute, la jeune fille avait tout de même laissé un mot à sa tante, lui disant qu'elle partait mais sans préciser où, afin qu'au moins la malheureuse ne la crût pas enlevée ou assassinée. Sans aimer la vie en sa compagnie, elle ne voulait pas pour autant la faire mourir d'inquiétude.

Enfin elle partait, elle quittait cette sinistre ville et ses tristes pluies, cette existence morne où ni le droit de rire ni d'espérer n'existaient.

— Pas de regrets ?

Elle se retourna vers Justin, qui venait d'enlever son chapeau, révélant ses boucles brunes. Elle aima son visage, la puissance de sa mâchoire carrée, la façon dont ses yeux noisette se plissaient quand il souriait. Constamment exposée aux éléments, sa peau s'était burinée mais sa jeunesse se lisait encore sur sa bouche ourlée comme celle d'un enfant.

Macha se demanda combien de temps encore elle serait demeurée à Sitka si elle ne l'avait pas rencontré. Jusqu'ici, elle s'était abstenue par crainte de l'inconnu. Mais Justin avait apporté des réponses rassurantes à ses doutes. Tout comme elle, il lui raconta qu'il fuyait son père sur ce bateau afin de tenter une aventure totalement nouvelle.

— Pas un seul, répondit-elle gaiement. Je vis le plus beau jour de ma vie.

Impulsivement, elle se hissa sur la pointe des pieds et l'embrassa sur la joue.

— Merci.

— Ma belle Gloria.

D'une main, il la retint. Elle lui jeta un regard étonné ; alors il se pencha pour lui effleurer les lèvres d'un baiser.

Elle ne dit rien quand il la relâcha, détournant la tête vers l'avant du bateau, mais sentant intensément sa présence à côté d'elle. Jamais aucun garçon ne l'avait approchée ni, à plus forte raison, embrassée. L'expérience ne lui parut pas aussi révoltante que le lui avait laissé entendre tante Eva. En fait, elle en garda plutôt une impression fort agréable, sentant encore sur sa bouche la tiédeur veloutée du baiser d'un homme.

41

Au fur et à mesure que le bateau s'engageait dans le canal de Lynn, les montagnes côtières semblaient se resserrer comme pour mieux en interdire l'accès. Çà et là, des glaciers bleutés brillaient dans les gorges sombres, projetant parfois des masses géantes de neige compacte dans l'eau profonde.

— Nous arrivons.

Justin désigna une étroite et longue vallée qui venait d'apparaître derrière l'enclave du port.

Macha tendit le cou pour mieux détailler les bâtiments qui se dressaient en bordure d'un delta, édifiés par un certain capitaine William Moore, prospecteur et commerçant, dont l'endroit portait désormais le nom : Mooresville. Nichée dans l'ouverture du canyon, la bourgade s'étirait en longueur à la suite du fleuve.

— Oui, s'écria-t-elle, je la vois !

L'agglomération lui parut plus grande qu'elle ne l'avait imaginé et sa joie en fut décuplée. C'était la première fois qu'elle quittait Sitka, et voilà qu'elle découvrait une cité inconnue, dotée d'une vie propre, d'une population différente. Son ancienne vie se trouvait désormais loin derrière elle et la nouvelle ne faisait que commencer.

— La piste du Klondike commence là, dans ce canyon, jusqu'à White Pass.

Derrière ces montagnes l'attendaient donc le Canada et ses pépites, et tout ce qu'elles pourraient lui rapporter. La jeune fille ôta son fichu de laine, le contempla un instant : depuis combien d'années le portait-elle ? Depuis combien d'années lui râpait-il le cou ? Elle le détestait, autant que la vie morne qu'il symbolisait. Alors elle le lança par-dessus bord, comme si, en même temps, elle se débarrassait des multiples contraintes qui avaient jusqu'ici balisé le cours de son existence. Le voyant s'éloigner en flottant sur les eaux sombres, elle se sentit soudain follement libre.

— Miséricorde ! protesta Justin. Pourquoi jeter ce lainage ? Il vous aurait tenu chaud ! Vous allez bientôt maudire les anges et tous les saints de vous avoir laissée faire cela !

— Jamais ! répondit-elle en riant.

Dans ses bagages, elle avait emporté la grande houppelande de renard qui avait appartenu à sa mère, un peu usée, certes, mais qui la protégerait mieux qu'aucun autre vêtement.

Son compagnon s'écarta de la rambarde.

— Tant pis pour vous. Nous devons bientôt accoster. Allons chercher nos affaires afin de ne pas tarder à descendre.

Apparemment, les autres passagers avaient eu la même idée, car ils se retrouvèrent mêlés à une foule bruyante et agitée au moment de quitter le bord.

Près de Justin, Macha aperçut un élégant voyageur dont la tenue recherchée provoqua son admiration ; outre son costume de tweed sombre et sa cape, il n'était pas jusqu'à sa moustache parfaitement lissée qui ne le distinguât des autres. Sa valise de cuir fauve ressemblait à celles qu'utilisaient les voyageurs de commerce pour emporter leurs échantillons. Immobile, la tête haute, il paraissait totalement indifférent à l'agitation qui l'entourait. Lorsque ses yeux se posèrent sur elle, la jeune fille commença par se détourner instinctivement, puis, se rappelant qu'une telle modestie n'était plus de mise, elle répondit à son sourire.

— Excusez-moi, lança-t-il à l'adresse de Justin, mais vous m'avez l'air d'un *tchitchako*, un nouveau venu en Alaska... Quant à moi, je suis déjà passé plusieurs fois dans le pays, aussi, si je puis vous être de quelque utilité...

— Merci, répondit le jeune homme, mais je ne vois pas...

L'inconnu agita sa mallette.

— Corsets de femmes. Cela vous intéresse-t-il ?

— Non.

— Avant tout, il faudra trouver une chambre pour vous et votre jolie dame, sinon vous pourriez être obligés de dormir sur le pavé. La ville ne compte pas assez de lits pour tous ses visiteurs.

Son interlocuteur finit par hocher la tête en souriant.

— Merci pour le conseil.

Cependant, il ne rectifia pas les propos erronés de l'homme et le laissa croire que Macha et lui étaient mariés. Celle-ci trouva cette méprise fort amusante et faillit pouffer de rire en imaginant la réaction de sa tante si elle avait assisté à la scène.

En mettant pied à terre, tous deux se retrouvèrent, non sans confusion, face à un panneau indiquant que la ville s'appelait Skagway.

— C'est un mot tlingit qui signifie « balayé par le vent », expliqua Macha.

Intrigué, Justin s'approcha d'un homme qui entassait des pelles dans un tonneau en devanture de son magasin.

— Comment se fait-il que vos enseignes portent toutes le nom de Skagway ? Je croyais que nous nous trouvions à Mooresville.

— Mon pauvre monsieur, tout ça a changé depuis le 1er août ! Des agents du gouvernement sont venus d'Amérique pour nous expliquer que le capitaine Moore n'avait pas le droit de donner son nom à la ville et encore moins de se l'approprier, alors ils l'ont rebaptisée avant d'en redistribuer les parcelles. Le capitaine veut les traîner devant les tribunaux. En attendant, vous vous trouvez donc à Skagway.

Macha en conclut que des lois devaient enfin régir l'Alaska. Peut-être, à la longue, les titres de propriété seraient-ils reconnus.

Un attelage de chevaux traversa la rue à grand bruit ; la jeune fille eut juste le temps de s'écarter. Le calme de Sitka ne l'avait pas préparée à cette animation, à cette foule agitée qui passait et repassait en tous sens, habitée d'une fièvre contagieuse : l'or.

Son regard fut attiré par la table derrière laquelle un bonimenteur invitait les passants à jouer avec lui. Sous trois coques retournées, il proposait de découvrir où se cachait un pois. Un jeune homme s'approcha et devina plusieurs fois avant de repartir, la poche gonflée de dix dollars.

Macha avait bien regardé toute la partie, sans se tromper une fois. Le pari semblait facile. Sortant le mouchoir où elle gardait ses économies, elle allait se lancer à son tour quand une main la prit rudement par le bras. Sur le point de protester, elle se retourna pour constater qu'il ne s'agissait pas de Justin. Dans son sévère costume noir et sa chemise blanche, la tête coiffée d'un chapeau à large bord, l'homme paraissait gai comme un pasteur.

— Ce jeu n'est qu'un attrape-nigaud pour vous prendre votre argent ! murmura-t-il tranquillement à son oreille.

Étonnée par son calme, elle se laissa entraîner loin de la table.

— Mais j'ai vu ce garçon gagner... objecta-t-elle.

— C'était bien le seul, n'est-ce pas ? Il s'agissait d'un comparse qui va s'empresser de rendre l'argent à son patron.

En effet, le jeune homme venait de se glisser subrepticement dans le chariot du bateleur, s'apprêtant certainement à revenir une demi-heure plus tard. Pendant ce temps, les joueurs pariaient et continuaient à perdre leur argent.

— Pourquoi ne pas les avertir, eux aussi ? demanda-t-elle.

Un fin sourire illumina les yeux bleus de l'inconnu.

— Parce que ce sont des hommes. Tant pis pour eux s'ils se laissent prendre ! Mais je n'aurais pas aimé voir une jolie fille comme vous se faire déposséder de son argent.

Macha frémit d'aise sous le compliment ; elle n'avait pas encore l'habitude d'entendre flatter sa beauté mais elle y prenait goût.

— Merci, monsieur. Monsieur ?...

— Cole. Duncan Cole.

De l'index, il toucha le bord de son chapeau noir en guise de salut.

— Vous venez d'arriver par le bateau, je suppose ?

— Oui, nous devons partir chercher de l'or dans le Klondike.

Le sourire de l'homme devint franchement ironique.

— Vous risquez de n'en trouver que dans la couleur de vos cheveux ! Mais j'imagine que vous ne me croyez pas ; au moins, fuyez comme la peste les jeux de coques, d'anneaux et de cartes.

De nouveau, il toucha son chapeau.

— Bonne journée, mademoiselle.

— Bonne journée.

Songeuse, elle le regarda s'éloigner, grand et mince dans sa défroque de prédicateur. En secouant la tête, elle chassa les sombres pensées qu'il venait de lui inspirer avec ses décourageants avertissements, puis elle vit Justin émerger du groupe de badauds arrêtés devant la table du bonimenteur.

— Venez ! maugréa-t-il. Nous devons trouver un endroit où passer la nuit.

— Vous en faites une tête ! Que vous arrive-t-il ?

— Rien. Je viens seulement de perdre cinq dollars à ce jeu stupide. Dieu m'aura puni de m'être ainsi laissé tenter.

— Je bavardais avec un pasteur et...

Sur le point de désigner l'homme, elle s'interrompit, ébahie, en le voyant pénétrer dans un saloon. Jamais elle n'eût pensé qu'un serviteur de Dieu pût fréquenter un tel endroit. Muette de stupéfaction, elle en oublia ce qu'elle avait commencé à dire.

D'autant qu'à l'entrée se tenaient ce que tante Eva appelait des « filles de joie ». Bien sûr, elle en avait croisé à Sitka, mais grasses plutôt fanées, tandis que celles-ci ne leur ressemblaient pas, avec leurs lèvres vermillon, leurs yeux noircis au khôl, leurs cheveux savamment ornés de montagnes de boucles aile de corbeau pour l'une, rouge carotte pour l'autre, leur taille tellement serrée dans d'étroits corsets que la poitrine en paraissait monstrueuse. Ce fut la couleur éclatante de leurs robes de satin qui retint surtout l'attention de la jeune fille : un rouge plus brillant que la corole d'aucune fleur, un vert acide comme la peau d'une pomme. Quand elle aurait fait fortune, elle ne s'habillerait que de ces étoffes chatoyantes ; plus jamais elle ne porterait de noir, ni de marron ni de bleu marine.

L'une des deux prostituées tirait de longues bouffées voluptueuse d'un cigare. Jamais Macha n'avait vu fumer une femme. Brusquement, elle eut envie d'essayer, elle aussi. Tout ce que sa tante lui avait formellement interdit se parait maintenant pour elle d'un attrait irrésistible. Par exemple, la délicieuse impression de son premier baiser, présenté autrefois comme la plus libidineuse, la plus dégoûtante des approches. Si tout le reste était à l'avenant...

Plongée dans ses pensées, elle n'avait pas prêté grande attention aux recherches de Justin ; dont l'inquiétude grandissait devant le nombre d'auberges affichant complet. Enfin, il lui fit signe de le suivre après l'avoir laissée, une fois de plus, attendre dans les rue avec leurs paquets.

— Ils ont des lits ? demanda-t-elle.

Justin hocha la tête et répondit :

— Votre chambre se trouve au rez-de-chaussée.

La précédant dans un étroit corridor, il s'arrêta devant une porte et s'effaça pour la laisser entrer. Dans cette petite pièce, le lit occupait presque toute la place, avec une table de toilette, sa bassine et son broc d'eau.

— C'est propre, murmura Macha, ne sachant que dire.

— Oui.

Il lui tendit sa clef.

— Et vous ? ajouta-t-elle. Où serez-vous ?

— C'était leur dernière chambre. Je trouverai bien un coin où dormir dehors. Autant m'y habituer tout de suite, car c'est ce qui nous attend sur la route du Klondike.

La jeune fille sortit son mouchoir.

— J'allais oublier : combien vous dois-je ?

— Écoutez, répliqua-t-il, gêné, je sais que j'avais dit chacun pour soi, mais je ne puis décidément accepter d'argent d'une femme.

— Alors je ne resterai pas une minute de plus ici ! Puisque c'est vous qui avez payé, vous gardez la chambre et moi je vais coucher dehors.

Elle reprit ses balluchons déposés sur le lit.

— Grands dieux ! s'exclama-t-il. Il n'en est pas question ! Ce n'est pas la place d'une femme !

— Comme vous l'avez si bien dit, c'est ce qui nous attend sur la route du Klondike. Autant m'y habituer dès maintenant.

— Prenez cette chambre comme un cadeau. Au lieu de vous acheter des sucreries ou un colifichet, je vous offre un lit. Alors ne discutez plus et dites-moi merci.

— Merci. Mais cet argent...

— N'y pensez plus. Avec ce que j'ai perdu cet après-midi, il me faudra de toute façon trouver du travail pour acheter mon matériel. Ce n'est pas le prix de cette chambre qui y changera grand-chose.

Pour un peu, il se serait impatienté de son insistance. Cela ne découragea pas Macha, qui trouvait injuste de le jeter à la rue quand elle se blottirait sous un édredon de plumes.

— Le lit est assez grand pour deux, lança-t-elle.

391

— Dieu tout-puissant, répondit-il, choqué, ne me dites pas que vous me proposez de passer la nuit avec vous ! Vous rendez-vous compte de ce que cela signifie ?

Elle ne s'en rendait pas compte du tout mais l'expression de son compagnon suffit à lui faire deviner que le lit constituait sans doute un lieu privilégié pour les rencontres entre hommes et femmes. Ses quelques rares amies, à la sortie des leçons de catéchisme, y avaient parfois fait allusion en pouffant de rire. Sans bien saisir de quoi il s'agissait, puisque sa tante eût sans doute préféré mourir plutôt que d'aborder ce sujet, elle se doutait que ce « devoir conjugal » ou « péché de chair », selon qu'on était marié ou non, revêtait la plus grande importance dans la vie des adultes.

— Je m'en rends compte, répondit-elle tranquillement, et je désire néanmoins que vous restiez avec moi.

Pourtant, il hésitait encore.

— Macha, je ne vous ai fait aucune promesse.

— Je sais.

— Quoi qu'il arrive, je me mettrai en route pour le Klondike dès que j'aurai gagné assez d'argent pour partir.

— Je sais. Et j'y partirai moi aussi... pour trouver de l'or.

Elle ouvrit le balluchon où elle avait rangé ses provisions prises à la maison.

— Si vous avez faim, j'ai de quoi vous offrir un bon repas froid. Ce n'est pas beaucoup, juste un peu de saumon séché, de pain et de fromage.

— Amen. Je n'osais en espérer tant.

Son lourd sac sur l'épaule, Justin entra dans la chambre et ferma la porte derrière lui.

Tard dans la nuit, à la lueur vacillante de la lampe à pétrole, Macha restait encore dans les bras de Justin. Elle se rendait compte qu'il l'avait longuement embrassée et caressée dans le but de la libérer de son anxiété et se demandait ce qui allait encore se passer.

Si seulement quelqu'un lui avait expliqué ce qui devait arriver quand un homme et une femme se retrouvaient ensemble... Mais peut-être ne parlait-on jamais de ces choses entre gens honnêtes.

Pour la première fois, elle venait de voir un homme nu et il lui avait fallu toute sa volonté pour cacher son étonnement. Maintenant cet homme s'emparait de son corps avec une ardeur qui la surprenait d'autant plus qu'elle ne lui opposait aucune résistance. Quoi qu'il pût arriver, elle était décidée à le laisser faire. Mais avait-elle prévu la fulgurante douleur qui la déchira soudain ? Elle ne put retenir un cri et faillit se débattre quand une impression plus subtile s'empara d'elle, une sorte de compensation qui venait doucement apaiser sa souffrance.

— Gloria ! souffla-t-il. Vous êtes douée !

Elle cria de nouveau, en même temps que Justin, cette fois, puis elle le vit s'écrouler à côté d'elle et s'endormir presque immédiatement.

Finalement, songea-t-elle, surprise, l'expérience ne comportait rien de désagréable, mais valait-elle qu'on y attachât une telle importance ?

42

Macha ignorait qu'un homme pût tenir aussi chaud. Elle avait l'impression de dormir auprès d'un calorifère. Pour cette seule raison, elle aurait à jamais accepté sa présence dans son lit. En outre, elle venait de faire une découverte plus qu'étrange : la deuxième fois qu'il vint à elle, la sensation se révéla plus agréable que la première, la troisième plus que la deuxième et la quatrième plus que la troisième. De ce fait, sa propre curiosité ne fit qu'augmenter.

Et, chaque fois, il lançait les mêmes cris de victoire empruntés à ses souvenirs d'enfant de chœur :

— Gloria ! Alléluia !

Dès lors, nuit après nuit, elle se montra plus entreprenante, n'hésitant pas à poser toutes les questions qui lui venaient à l'esprit, pressée de combler ses lacunes.

Le manque d'argent les forçant à retarder leur départ pour le Canada, Macha aussi partit en quête d'un emploi. Elle fut plus heureuse que son compagnon en se faisant engager dès le deuxième jour pour laver la vaisselle dans l'arrière-salle d'un des restaurants de la ville. La paie était faible mais la jeune fille recevait un repas gratuit et s'arrangeait pour rapporter de la nourriture le soir afin d'économiser le prix de leur dîner.

Le troisième jour, un client fit remarquer au propriétaire qu'il commettait une grave erreur en cachant dans la cuisine une si jolie blonde.

Aussitôt, Macha devint serveuse. Très vite, elle prit goût à son travail, se montra efficace et rapide, apprenant vite comment se comporter avec les clients, à peu près tous des hommes.

Après une semaine passée presque en leur seule compagnie, elle se demanda pourquoi tante Eva les lui avait décrits comme des brutes malfaisantes qui ne songeaient qu'à humilier les femmes qu'ils rencontraient. Ils ne demandaient en général qu'un sourire ou un mot gentil. Certains paraissaient plus solitaires et cherchaient à engager la conversation.

Elle se faufilait parmi eux, la tête haute et la démarche souple, parfaitement à son aise au milieu de ce troupeau affamé et assoiffé.

Parmi les habitués, elle retrouva l'étrange pasteur du premier jour. Il occupait invariablement la même table, dans un coin, toujours seul. Elle ne le vit jamais habillé autrement qu'en noir, mais impeccable avec son large chapeau et sa sévère chemise blanche ornée d'un petit lien de crin de cheval en guise de cravate. Elle remarqua plus particulièrement ses mains, de longues mains pâles et fines, bien différentes des pognes calleuses qu'elle voyait à ses clients.

Un jour, elle demanda à son patron s'il connaissait un pasteur du nom de Duncan Cole.

— Un pasteur ? répondit le brave homme. A mon avis, les seuls cantiques que connaisse Duncan Cole seraient plutôt chantés dans les cafés-concerts.

La jeune fille fronça les sourcils.

— Il n'est donc pas prédicateur ?

— Lui ? Jamais de la vie ! C'est un joueur professionnel. Le malheureux qui s'assied en face de lui pour un poker est certain d'en sortir ruiné. D'ailleurs, Duncan Cole n'est vraisemblablement pas son vrai nom. Dieu sait ce qu'il était « en bas » !

Macha avait appris depuis peu que « en bas » désignait les États-Unis dans le vocabulaire coloré des habitants de Skagway.

Cette dernière remarque la fit réfléchir. Elle aussi était venue chercher une autre vie dans cette région. Les aventuriers et les fugitifs de tout poil devaient y pulluler,

395

s'inventant une nouvelle identité dans ce territoire encore à peu près vierge de lois.

Macha Blackwood avait été une petite jeune fille ignorante et timide, vêtue de châles et de robes de grosse laine, qui baissait les yeux quand un homme passait, qui ne riait pratiquement jamais. Désormais, un avenir insoupçonné s'ouvrait devant elle. Il était temps qu'elle aussi change de nom. Mais lequel adopter ?

Ce soir-là, elle s'assit en tailleur sur le lit et sortit de ses larges poches un paquet de viande subtilisé au restaurant ainsi qu'une miche de pain qu'elle déposa devant Justin.

— Je vais changer de nom, annonça-t-elle fébrilement. Il va falloir que j'en trouve vite un autre, et qui ne sonne pas russe. Je voudrais aussi qu'il sorte de l'ordinaire. Qu'en penses-tu ?

Choisissant un morceau de viande, elle se mit à le mâchonner, trop absorbée par ses idées pour remarquer le silence de son compagnon.

— Que me suggères-tu, Justin ?

Comme il ne répondait toujours pas, elle se pencha en avant.

— Tu ne m'écoutes pas !

Le regard fixe, il considérait la viande entre ses mains, le pain auquel il n'avait pas touché.

— Que dis-tu ? grommela-t-il.

— Tu n'as rien écouté !

Depuis deux jours, il affichait cette humeur sombre, faute d'avoir trouvé un emploi bien payé. Macha commençait à se lasser de cet abattement qui ne prenait fin que lorsqu'ils éteignaient la lumière pour se retrouver au lit. Repoussant son repas, il se leva pour se diriger sans hâte vers la fenêtre.

— J'ai dépensé des trésors d'imagination pour pouvoir t'apporter cette viande, protesta-t-elle. Tu ne manges donc rien ?

396

— Je n'ai pas faim.

— Que t'arrive-t-il encore ? soupira-t-elle.

— As-tu remarqué que les feuilles commençaient à jaunir sur les arbres ?

— Non, il fait aussi sombre lorsque je pars le matin que lorsque je rentre le soir.

— Pourtant, tu sais ce que cela signifie ?

— Non, quoi ? Dis-le moi.

— Je suis en train de perdre un temps précieux ! Si nous ne partons pas pour le Klondike au plus vite, il sera trop tard pour traverser les cols et je me retrouverai bloqué à Skagway durant tout l'hiver.

Du plat de la main, il frappa l'encadrement de la fenêtre et grogna :

— Une saison entière de perdue ! Il faut que je trouve cet argent au plus vite, que je trouve le moyen de partir !

— Combien nous manque-t-il encore ?

— A peine dix dollars, mais au train où nous allons, ils me semblent aussi inaccessibles que cent.

— Et si je prenais une autre place ?

— Laquelle ? Et quand ? Tu travailles déjà de l'aube jusqu'au soir !

— Je pourrais encore employer quelques heures, le soir, à faire des ménages, par exemple.

Ouvrant de grands yeux, le jeune homme revint s'asseoir au bord du lit.

— Dieu tout puissant, Macha, serais-tu complètement inconsciente ? Pour gagner la nuit tant d'argent en si peu de temps, une femme n'a pas mille solutions !

Exaspéré, il décrocha son manteau.

— Tiens, je vais prendre l'air ! annonça-t-il. Je reviens bientôt.

Demeurée seule dans la petite chambre, Macha replia les genoux sous son menton et tira machinalement sa jupe sur ses genoux. Elle comprenait parfaitement à quoi Justin venait de faire allusion. Elle savait que les prostituées se faisaient rémunérer leurs faveurs. Tout ce monde qu'elle ignorait encore un mois auparavant lui était désormais familier.

Fermant les yeux, elle vit scintiller dans son esprit les brillantes pépites qui alimentaient ses rêves depuis qu'elle avait quitté Sitka. Les eaux du Klondike en charriaient d'aussi grosses que des galets. Et la jeune femme ne pouvait imaginer plus grand bonheur que d'en tenir une poignée dans la main.

Au long des deux jours qui suivirent, elle ne pensa pour ainsi dire à rien d'autre, épiant chaque conversation qui se rapportait au Klondike. C'était à croire que tout le monde se rendait là-bas, sauf elle. Que resterait-il quand, avec Justin, tous deux arriveraient finalement sur place ?

En quittant le restaurant, elle s'arrêta dans la rue et écouta machinalement son patron tourner la clef dans la serrure derrière elle. Elle resserra son col de fourrure mais ne ramena pas la capuche sur sa tête.

Pour une fois, au lieu de se hâter de rentrer, Macha regarda autour d'elle le spectacle des ombres de la rue et des lumières des maisons.

Ses pas fatigués la portèrent lentement jusqu'à l'auberge, à travers une ville qui lui paraissait soudain étrangement calme et triste sans le mouvement de ses carrioles, de sa foule et de ses mules. A cette heure, toute la vie s'était repliée dans les saloons, les théâtres et les maisons de jeu. Parmi les notes aigrelettes d'un piano mécanique, elle entendit prononcer le fatidique :

— Rien ne va plus !

Un murmure continu de voix et de flonflons lointains entretenait une curieuse atmosphère dans la rue trop calme ; des rires s'élevaient parfois. Elle voyait des filles dansant avec des cow-boys mais, par-dessus tout, lui parvenait le tintement des pièces de monnaie sans cesse échangées, lancées, ramassées, jouées. Elle qui en avait tant besoin...

Ses pas sonnaient creux sur les planches du trottoir, parfois éclairées par un carré de lumière échappé d'une fenêtre. Trois hommes sortirent brusquement d'un des saloons, au moment précis où elle passait devant.

— Bonsoir, la belle ! cria l'un d'eux.

Elle reconnut un de ses clients du restaurant, un dénommé Curly, et le salua de la tête.

— Bonsoir, dit-elle en continuant son chemin.

Cependant, le plus jeune la retint par le bras.

— Vous n'avez pas peur, toute seule, la nuit ?

— Pourquoi ? répliqua-t-elle en souriant. Avec trois galants hommes comme vous pour me protéger, je ne risque rien !

— Alors accompagnez-nous dans notre cabane. Nous y passerons une bonne soirée !

Prise d'une inspiration subite, elle haussa le menton d'un air de défi.

— Combien me paierez-vous ?

Devant leur silence, elle comprit qu'ils ne s'attendaient pas à cela et, rouge de confusion, s'empressa de tourner les talons.

Alors elle les entendit courir derrière elle pour la rejoindre.

— Attends ! On peut toujours discuter, commença Curly. Seulement, nous ne savions pas que, le soir, tu faisais...

— Nous sommes prêts à payer ! l'interrompit son jeune compagnon.

Macha s'arrêta.

— Combien ?

— Eh bien, marmonna le plus âgé en grattant sa tête un peu chauve, en principe c'est trois dollars par personne. Comme nous sommes trois, ça fera neuf.

— J'en veux dix, souffla-t-elle, la gorge serrée.

Ils se regardèrent, puis Curly lança d'un ton protecteur :

— Tu les auras.

— Oui, mais il faut payer d'avance.

Sans trop savoir pourquoi, elle se méfiait. Peut-être remontait à la surface de sa conscience un reste des avertissements de tante Eva : ne jamais faire confiance aux hommes. Dix dollars furent comptés à la lumière d'une fenêtre, que la jeune femme glissa prestement dans sa poche.

— Alors, demanda-t-elle, où se trouve-t-elle, cette cabane ?

Les trois compagnons poussèrent des cris de joie en se tapant sur les cuisses.

— Hank, va donc nous chercher une bouteille ! cria Curly au plus jeune.

Les jambes flageolantes, l'estomac noué, elle suivit les trois cow-boys jusqu'à la sortie de la ville ; pourtant, elle n'avait pas hésité une seconde, pas plus qu'elle ne regrettait sa décision. Tout comme pour quitter Sitka, elle venait de trancher sans arrière-pensée. Si Justin et elle voulaient partir pour le Klondike, il leur fallait de l'argent. Elle ne connaissait pas de moyen plus rapide de s'en procurer.

Les pièces tintaient dans sa poche quand elle pénétra dans le corridor de l'auberge. Elle vit tout de suite qu'aucun trait de lumière ne filtrait sous la porte de leur chambre.

— Justin !

Doucement, elle actionna la poignée de la porte mais en vain. Inquiète elle se demanda si, constatant son retard, le jeune homme n'était pas sorti à sa rencontre. Elle avait hâte de lui annoncer qu'ils pourraient se mettre en route. Fouillant dans sa poche, elle finit par trouver la clef et la tourna dans la serrure.

Une pâle lueur venue du dehors éclairait une masse sur le lit. Sans allumer la lampe, Macha s'en approcha en souriant.

— Justin, vaurien, tu aurais pu m'attendre ?

Voulant le secouer, elle s'aperçut qu'il ne s'agissait que d'un tas de vêtements.

Elle se retourna. Où pouvait-il bien être à cette heure ? Peut-être avait-il finalement trouvé un emploi dans l'un des saloons ? Elle finit par allumer la lampe à pétrole et s'aperçut que tous les vêtements entassés sur le lit lui appartenaient. Pourtant, elle les avait laissés pliés dans un coin en partant travailler le matin. Qui donc était entré dans leur chambre ?

Alarmée, elle voulut s'assurer que rien ne lui avait été volé quand elle aperçut une feuille de papier pliée en deux sur la table de chevet. Une écriture à peine lisible la couvrait mais elle lui était bien adressée et signée Justin Sinclair. S'approchant de la lampe, elle commença de lire à haute voix :

« Chère Macha,

« Pardonne-moi, mais je n'ai pas trouvé le temps de te voir avant de partir... »

Partir ? Angoissée, elle relut ce dernier mot, avant de poursuivre :

« J'ai trouvé un emploi dans une caravane en partance, pour Dawson. Ils m'ont engagé à la place d'un homme renvoyé pour ivresse. C'était ma dernière chance de devenir moi aussi chercheur d'or. Je sais que tu comprendras... »

Interrompant sa lecture, elle se laissa tomber au bord du lit. Les pièces sonnaient inutilement dans sa poche et elle gardait les doigts crispés sur le papier chiffonné. Elle comprenait par-dessus tout qu'il l'avait abandonnée.

D'une voix rageuse, elle déchiffra les lignes suivantes :

J'avais besoin d'une couverture, je t'emprunte la tienne... »

Fébrilement, elle fit l'inventaire de ce qui restait, constatant qu'il avait bel et bien emporté sa couverture, ainsi que les sacs de farine, de sel ou de haricots secs pris chez tante Eva.

Furieuse, elle reprit le cours de la lettre :

« Je n'avais pas le temps d'acheter des provisions. Je te rembourserai, fortune faite. »

Suivait la signature, sans autre mot d'adieu ni de tendresse. Les yeux brûlants de larmes, Macha chiffonna le papier pour en faire une boule compacte qu'elle envoya au travers de la pièce.

« Il m'avait dit qu'il m'emmènerait. Il m'avait dit qu'il m'aimait... » Alors elle se rappela les paroles amères de tante Eva : « Ils finissent toujours par s'en aller. » Après avoir pris ce qui les intéressait chez les femmes, ils les abandonnaient.

Machinalement, elle sortit ses dix dollars de sa poche, en se rappelant amèrement ce qu'elle avait fait pour les gagner. Sur le moment, l'épreuve ne lui avait pas semblé terrible ; bien sûr, la comparaison ne pouvait se faire avec l'ardeur joyeuse de Justin, ses « gloria » de triomphe et le doux plaisir qu'ils partageaient. Peut-être avait-elle mal agi, peut-être fallait-il prendre la désertion de son compagnon comme sa punition. Pourtant, elle s'était laissé guider par un motif désintéressé, alors que conclure ? Où était le bien, où était le mal ?

Jouant avec les pièces brillantes, elle murmura pensivement :

— Si tu m'avais attendue, tu aurais profité de cet argent, toi aussi.

Sûrement, elle le lui aurait donné. Parce qu'elle l'aimait et que tous deux devaient se rendre ensemble dans le Klondike.

Comment affirmer, cependant, qu'il ne l'aurait pas quittée de toute façon ? Comment savoir s'il l'avait jamais aimée ? Elle n'était plus sûre de rien, désormais, excepté que ces dix dollars représentaient plus d'argent qu'elle n'en avait jamais possédé, plus qu'elle n'en gagnait en une semaine au restaurant. Tout cela pour deux petites heures, considérablement moins fatigantes. Cette somme ne suffirait cependant pas à l'emmener au

Canada, mais Macha ne se sentait pas prête à y partir seule.

En se déshabillant, en tirant sur la laine rugueuse de sa robe, elle songea qu'elle possédait assez pour s'acheter des sous-vêtements à la mode : corset, camisole, culotte, chemise, jupon et même une robe. Peut-être lui resterait-il encore quelque monnaie. Enfin, elle allait pouvoir jeter ses vêtements hideux, cette défroque appartenant à Maria Gavrielevna Blackwood, la femme qu'elle ne serait jamais plus.

Justin était parti, à quoi bon regarder en arrière ? Une vie nouvelle allait commencer pour elle. Elle posséderait de nouveaux habits, un nouveau nom...

Justin... Malgré tout, elle garderait le souvenir attendri de leurs nuits ensemble, de ces drôles de cris qu'il poussait pendant l'amour :

— Alléluia ! Gloria !

Souriant intérieurement, elle songea que c'était le premier mot qu'elle avait entendu en devenant femme : Gloria... Ainsi s'amusait-il à l'appeler quand il se sentait amoureux. Gloria... quel superbe prénom pour commémorer le souvenir de cette nuit inoubliable !

Elle lui devait cette justice : grâce à cet homme ingrat elle se retrouvait ici, entamant un virage décisif de son existence. Afin de ne jamais l'oublier, et peut-être en échange de sa couverture et de ses sacs de farine, elle décida de lui emprunter son nom en le transformant juste assez pour le rendre original. Dorénavant, elle s'appellerait Gloria Saint-Clair.

43

Paresseusement, Gloria s'étira sur ses coussins puis remonta la couverture sur sa poitrine, non par une pudeur déplacée envers l'homme qui enfilait face à elle un gilet de brocart de soie, mais parce qu'il faisait trop froid dans sa chambre. Ses longs cheveux répandus sur sa nuque et ses épaules ne suffisaient pas à la réchauffer. Machinalement, elle enroula une mèche autour d'un doigt.

— Tu me les donnes, maintenant, ces cinq dollars ?

En souriant, elle faisait allusion à la magnifique pièce d'or qu'il avait exhibée en promettant de la lui laisser après son départ. Son costume gris impeccablement coupé, ses bijoux, ses manières, tout laissait à penser qu'il possédait d'importants moyens financiers. Impressionnée par son allure, la jeune femme n'avait osé se faire payer d'avance.

— J'ai passé un excellent moment, Gloria, lança-t-il en lui montrant la pièce qu'il venait de sortir de sa poche de poitrine, mais ceci est tout l'argent que je possède pour le moment et je ne peux pas te le donner.

— Tu avais promis...

— C'est vrai. Malheureusement, je dois revenir sur ma promesse. Néanmoins, je ne m'en fais pas pour toi, ma jolie, tu es assise sur une mine d'or, tu ne mourras pas de faim !

Rangeant la pièce dans sa veste, il toucha le bord de son chapeau.

— Bonsoir.

Folle de rage, elle bondit à travers le lit pour l'empêcher de sortir.

— Reste ici !

Depuis deux mois qu'elle avait abandonné sa place de serveuse dans le restaurant, ce n'était pas le premier homme qui refusait de la payer.

Le temps qu'elle parvienne à la porte, il avait déjà gagné le corridor ; elle n'allait tout de même pas le poursuivre à moitié nue dans la rue ! Attrapant au passage sa vieille pelisse qu'elle enfila sur son peignoir de soie, elle troqua ses mules à duvet de cygne contre des bottines, sans prendre le temps de les lacer, pour se précipiter derrière le client indélicat.

Une couche de neige fraîchement tombée recouvrait toute la ville et de nouveaux flocons se mettaient à danser dans l'air léger. L'homme semblait s'être volatilisé mais Gloria repéra ses traces. La piste menait directement au casino de Jeff Smith. Après une courte hésitation, elle y entra.

Habituellement, elle ne fréquentait pas ces endroits, les filles qui y travaillaient la regardant plutôt comme une intruse que comme une collègue. En général, elle trouvait sa clientèle dans les hôtels et les restaurants de Skagway.

La façade pimpante de la maison de jeu cachait une sinistre salle aux murs de planches mal jointes et obscurcie par une lourde fumée de tabac. Les yeux piquants, Gloria jeta un regard circulaire sur les joueurs occupés à miser devant une roue de loterie, à tirer des cartes de poker, à compter leurs pièces pour les relancer sur les tapis de roulette, dans un brouhaha d'exclamations, de rires et de jurons.

Bientôt, elle distingua le costume gris et le chapeau rigide de son client et, se glissant derrière lui, elle l'attrapa par le bras.

— Mon argent !

Tout d'abord saisi de stupéfaction, il ne tarda cependant pas à reprendre contenance et posa un regard de dédain sur la jeune femme.

— Que signifie ? Je ne vous connais pas. Veuillez avoir l'amabilité de me lâcher !

— Ce n'est pas ce que tu disais il y a vingt minutes dans ma chambre, gredin ! A ce moment-là, tu demandais plutôt le contraire !

Les joueurs commençaient à observer la scène d'un air moqueur.

— Je ne vois pas de quoi vous voulez parler, poursuivit son interlocuteur, assez gêné.

La roue se mit à tourner et le croupier cria d'une voix indifférente :

— Faites vos jeux !

— Tu me dois cinq dollars et je les veux immédiatement ! reprit Gloria. Il ne sera pas dit qu'un escroc aura profité gratuitement de mes services !

— C'est ridicule ! rétorqua l'autre avec un rire forcé. Ai-je une tête à fréquenter ce genre de personne ?

A ce moment, Duncan Cole se matérialisa auprès de la jeune femme :

— Qui peut dire, monsieur, ce que vaut votre tête à côté de la sienne ou de la nôtre ?

L'homme se crispa.

— Ne vous mêlez pas de cela !

Aussi subitement qu'il était arrivé, le défenseur de Gloria venait de sortir un minuscule derringer de sa manche pour en menacer son adversaire.

— Accuseriez-vous cette dame de mensonge ?

Sa voix demeurait tranquille et sa physionomie de marbre mais, à l'évidence, il valait mieux ne pas lui résister. Toute la salle se taisait, maintenant ; on eût entendu une pièce glisser sur un tapis. Seule continuait à tourner la roue, dont les dents cliquetaient de plus en plus lentement.

— Non...

Une sorte d'affolement se lisait maintenant dans les yeux de l'homme, qui comprenait fort bien à quel dangereux opposant il avait affaire.

— Je... je n'ai pas de quoi la payer, ajouta-t-il.

— Il m'a montré une pièce de cinq dollars d'or qu'il a rangée dans sa poche ! accusa Gloria.

Comme Duncan Cole tendait la main, l'autre perdit tous ses moyens.

— Je ne l'ai plus ! Elle se trouve sur la table, je viens de la jouer.

En effet, une pièce scintillait parmi d'autres de métal moins précieux, sur un carré numéroté.

— Pinky, demanda Duncan Cole au croupier, ce monsieur a-t-il vraiment misé cinq dollars ?

— Oui, c'est exact.

Dans un silence glacé, la roue continuait à tourner. Gloria tendit la main pour s'emparer de son dû mais l'employé l'arrêta.

— Je regrette. Les jeux sont faits. Vous ne pouvez plus rien changer.

— Cette pièce revient à madame, Pinky, donc ce qu'elle gagnera aussi. N'est-ce pas, monsieur ?

Le canon du derringer collé sous son menton, l'homme en gris ne put que répondre :

— Oui, oui, tout est à elle !

— Parfait !

Pas du tout satisfaite, Gloria regarda la belle pièce d'or qui allait bientôt lui échapper et cette roue qui n'en finissait pas de grincer sur son axe, de ralentir, de s'arrêter, de revenir en arrière...

— La chance sourit à madame, à cinq contre un !

Tout d'un coup, la foule des joueurs poussa une clameur d'approbation. Quand à Gloria, elle n'en croyait pas ses oreilles. Au lieu de cinq dollars, elle se retrouvait à la tête de vingt cinq. Sous la forme des jetons, ses gains furent poussés devant elle, et elle s'en empara en les serrant contre sa vieille pelisse. Jamais elle n'avait possédé tant d'argent...

— Laissez-moi au moins ma mise ! se plaignit l'escroc.

Le derringer avait disparu dans la manche de Duncan Cole.

— Rien du tout, et que cela vous serve de leçon ! répliqua ce dernier.

Prenant Gloria par le bras il l'entraîna vers la caisse.

— Allons changer vos jetons.

— Mais, protesta la jeune femme, j'aurais aimé les rejouer !

— Tenez-vous vraiment à tout reperdre ?

— Pourquoi ?

— Essayer de comprendre, répondit-il à son oreille, cette roue est la plus truquée de la ville.

— Pourtant, j'ai gagné...

— Oui, parce que Pinky avait une dette envers moi.

Gloria ignorait comment le croupier s'y était pris, mais elle crut Duncan Cole sur parole et, sans plus résister, le suivit vers la caisse.

— Où est votre oncle ? demanda-t-il encore.

— Mon oncle ?

— Enfin, votre ami, votre partenaire, celui qui vous protège et avec qui vous dépensez votre argent.

— Mon argent est à moi et je le dépense seule. Personne ne me protège, je me suffis bien à moi-même !

Il s'arrêta net.

— Il n'y a pas longtemps que vous exercez ce métier, je suppose ?

— Non, répondit-elle en haussant le menton.

— J'ai l'impression qu'il vous reste encore beaucoup à apprendre.

— Peut-être, mais j'apprends vite.

— Les leçons ne sont pas toujours aussi agréables à recevoir, croyez-moi. Que diriez-vous de profiter, avant qu'il vous arrive malheur, des conseils de personnes... disons... plus expérimentées ?

— Lesquelles ?

Pour la première fois depuis qu'elle le connaissait, elle le vit sourire à pleines dents.

— Venez à l'hôtel *Golden North* demain vers midi ; je vous présenterai. Peut-être même y trouverez-vous du travail.

— Je n'en ai pas besoin.

— Si l'argent vous intéresse, sachez que vous en gagnerez plus dans les saloons que dans la rue. J'arriverai vers midi. Nous pourrions nous y retrouver.

— Je verrai. En attendant, dites-moi comment vous remercier de votre intervention de ce soir.

— C'est facile.

Avec un sourire désarmant, il expliqua en retournant ses poches :

— Je n'ai plus un sou. Il me faudrait dix dollars pour me refaire au poker.

— Croyez-vous que ce soit un jeu honnête ?

— Chère mademoiselle, le jeu honnête, dans cette ville, se fait aussi rare que les vraies jeunes filles.

Elle éclata de rire et lui offrit joyeusement ce qu'il demandait sous la forme d'une généreuse poignée de jetons. Sans lui, elle n'aurait pas vu le premier sou de cette somme rondelette.

— Bonne chance ! ajouta-t-elle.

— Soyez sans crainte.

Une fois en possession de son argent, il parut totalement oublier la jeune femme, le regard brillant fiévreusement en direction de la table de poker.

Les roues des chariots et les sabots des chevaux avaient transformé la neige en une boue noirâtre. Gloria souleva sa jupe de satin grenat au-dessus de ses chevilles enserrées dans des bottines lacées, pour traverser précautionneusement.

Devant l'hôtel *Golden North*, le trottoir de bois avait été nettoyé mais de nombreuses taches de pas le maculaient encore. La jeune femme s'arrêta sur le seuil vérifiant l'état de son boléro ajusté, brodé de fils d'or à la taille et aux poignets à manches gigot. Une longue plume de paon ornait son petit chapeau. Cachant les mains dans un manchon en fourrure de phoque, elle pénétra dans le hall de l'hôtel à midi juste.

Ses jupons de taffetas froufroutaient à chacun de ses pas, attirant sur elle l'attention des hommes, à commencer par celle de Duncan Cole.

— Je me demandais si vous viendriez, commença-t-il.

D'un regard de connaisseur, il l'avait déjà jaugée mais son expression ne révéla pas s'il appréciait ou désapprouvait.

— J'ai pensé que je pouvais toujours venir voir, lança-t-elle d'un ton négligent. Et puis, je n'avais rien de mieux à faire. Comment s'est passée la partie de poker, hier soir ?

— Très bien.

— C'est-à-dire ?

— Un vrai joueur n'avoue jamais le montant de ses gains.

Il sortit de sa poche une pièce d'or.

— Mais j'ai gagné assez pour vous rendre votre prêt.

— Gardez cet argent, je vous le devais bien.

— Je n'en ferai rien.

Tirant de son manchon la main de la jeune femme, il y glissa la pièce de dix dollars.

— S'il m'arrive de manquer de fonds à nouveau, je saurai où m'adresser.

— Dans ce cas, je vous la garderai de côté.

Il répondit à son sourire par un mince plissement des paupières.

La pendule indiquait déjà midi et quart.

— Je suis certain que Mlle Rosie commence à s'impatienter. Venez, je vais vous présenter.

— Où est-elle ?

— Pour le moment, dans ma chambre.

Au lieu dit, les attendait une impressionnante personne, grande et forte, sévèrement vêtue et coiffée malgré la couleur étrangement jaune de ses cheveux.

Paradoxalement, elle rappela irrésistiblement à Gloria sa prude tante Eva

A peine Duncan eut-il fait les présentations que Mlle Rosie l'interrompit d'un geste autoritaire.

— J'aimerais m'entretenir en privé avec... Mlle Saint-Clair.

Le nom fut prononcé avec un rien de mépris et, à l'instant où la porte se referma, la femme demanda :

— Comment obtenez-vous une telle couleur de cheveux ?

— C'est ma teinte naturelle.

— Elle est très jolie, mais j'imagine que vous le savez. Voyons, mademoiselle, ôtez-moi ce manteau, vous allez mourir de chaleur !

La chambre était strictement meublée d'un lit, d'une chaise et d'une commode surmontée d'un broc d'eau et de sa cuvette.

Gloria laissa glisser son manchon, défit sa pelisse qu'elle posa sur le lit.

— Très joli ! commenta la matrone en admirant la robe de satin. J'aime que mes filles s'habillent à la mode mais il faudra me serrer un peu plus ce corset. Les hommes apprécient les tailles fines.

— Je m'en souviendrai la prochaine fois, murmura Gloria .

Pourtant, les baleines la comprimaient déjà tant qu'elle pouvait à peine respirer.

— Quel âge avez-vous ?

— Dix neuf ans.

— Où avez-vous déjà travaillé ?

— Dans un restaurant au bout...

— Non, non, dans quel saloons, dans quelles maisons ?

— Aucun.

Fascinée, Gloria regardait son interlocutrice rouler une cigarette puis la glisser au bout d'un tube d'ivoire avant de l'allumer.

411

— Quelle est votre spécialité ?

Elle exhala une bouffée grise en nuage à travers ses lèvres arrondies. Quand elle ferma la bouche, deux fines colonnes de fumée s'échappèrent de ses narines. Gloria se demanda comment elle s'y prenait.

— Ma spécialité ? Je ne vois pas...

— Faites-vous autre chose que coucher ?

— Je sais préparer la cuisine et coudre...

— Duncan avait raison ! s'esclaffa la bonne femme. Vous êtes débutante. Je voulais savoir ce que vous pratiquiez d'autre avec vos clients.

Vexée, Gloria ne put que demander :

— Il existe autre chose ?

— Beaucoup d'autres choses, particulièrement pour les hommes mariés qui viennent chercher avec vous ce qu'ils n'osent demander à leurs épouses. Depuis combien de temps exercez-vous ce métier ?

— Deux mois.

— Ce qui explique peut-être tout. Qu'utilisez-vous comme protection ?

De nouveau, Gloria écarquilla les yeux.

— Quelle protection ? Un revolver, par exemple ?

Un rire gras secoua les épaules de Mlle Rosie.

— Non, voyons ! Pour ne pas avoir d'enfant ni attraper de maladie !

La jeune femme virait maintenant à l'écarlate.

— J'ignorais qu'il existait des moyens...

— Il va falloir vous informer, ma petite, ou vous courez droit à la catastrophe. Que vous a donc enseigné l'homme avec qui vous avez débuté ? Parce qu'il y a toujours un homme derrière ce genre d'initiative.

Gloria baissa la tête.

— Il est parti pour le Klondike.

— Je suppose qu'il vous a promis de revenir fortune faite. Ils disent tous la même chose.

La matrone écrasa sa cigarette et la jeta dans le crachoir.

412

— Je prends trois dollars par client. S'ils veulent une fille pour la nuit entière, c'est trente dollars. Vous en recevrez chaque fois la moitié. Vous garderez tous les pourboires et percevrez des commissions sur les bouteilles que vous les amènerez à consommer. Votre chambre vous coûtera sept dollars par semaine. Dès que le docteur vous aura examinée, vous pourrez apporter vos affaires et vous installer ici.

— Je n'ai jamais dit que je voulais travailler pour vous.

— Vraiment ?

— Je m'en tire très bien toute seule et je ne vois pas pourquoi je vous donnerais la moitié de mes gains.

— Combien demandez-vous par nuit ?

— Trente dollars, je connais les tarifs.

Cela ne lui était arrivé que deux fois mais elle jugea inutile de le préciser.

— Vous en gagnerez le double en travaillant pour moi, et plus encore si vous n'êtes pas paresseuse. J'emploie des hommes pour s'assurer que les clients ne battent pas mes filles. Vous avez de la chance si cela ne vous est encore jamais arrivé. Votre joli minois ne serait plus aussi appétissant après le passage d'un de ces tordus.

Aussitôt, Gloria se rappela les avertissements de tante Eva. Tout ce qu'elle savait de son père se résumait aux brutalités qu'il avait infligées à sa mère, allant jusqu'à lui casser le bras.

— Je me trompe peut-être à votre sujet, mademoiselle, mais vous devez être assez intelligente pour comprendre les risques que vous courez en ce moment. En outre, votre beauté vous permettra de fréquenter plutôt une clientèle riche et puissante. Vous pourriez bien finir par vous attacher quelques habitués. Enfin, sachez que l'auberge où vous exercez vos talents ne tolérera pas longtemps de fermer les yeux et vous jettera dehors. Où iriez-vous alors ? Dans la rue, comme les vieilles prostituées dont plus personne ne veut ? Une débutante a le droit d'être naïve, nous sommes toutes passées par là et cela se corrige facilement, mais l'inexpérience n'excuse pas la sottise.

Gloria hocha la tête.

— Je ne crois pas être sotte, en effet. Quand puis-je prendre ce rendez-vous avec votre médecin ?

Au printemps, avec l'arrivée des nouveaux chercheurs d'or en partance pour le Klondike, Gloria gagna certaines nuits plus de cent dollars grâce à ses pourboires et aux bouteilles qu'elle faisait consommer à ses clients.

Quand elle en trouvait d'assez fortunés, elle n'hésitait pas à les signaler à Smitty le Leste et sa bande de détrousseurs en tout genre qui contrôlaient la ville dans sa quasi-totalité. Toutefois, ceux-ci se contentaient de rançonner les étrangers de passage et se gardaient bien d'attaquer leurs concitoyens, allant jusqu'à financer la construction de la première église. Smitty prêchait la ruse, pas la violence.

Son règne fut cependant de courte durée. En juillet 1898, il mourut d'un coup de revolver dans une rixe. Les voyageurs ne cessaient néanmoins d'affluer, attirés par la fièvre de l'or et croisant ceux qui revenaient du Yukon, ruinés pour la plupart et cruellement désillusionnés. Le Klondike n'offrait pas autant de pépites qu'il suscitait d'espérances.

A plusieurs reprises, Gloria avait cherché à savoir ce que devenait Justin mais nul ne paraissait avoir entendu parler de lui. Elle ignorait s'il était riche, mort, encore prospecteur ou rentré la tête basse dans son pays.

Ceux qui revenaient arboraient un regard un peu fixe qui les distinguait des partants, fébriles et bavards.

Quand elle sortait dans la grand-rue, la jeune femme se demandait si Justin la reconnaîtrait avec ses jolies robes à la mode. Penserait-il à elle s'il entendait jamais parler de Gloria Saint-Clair ? Au cours de l'hiver de 1898-1899, tous ceux qui passaient par Skagway se virent vanter les charmes de la blonde Gloria du *North*

Star. Si bien qu'elle y gagna l'exorbitant privilège de choisir ceux à qui elle dispenserait ses faveurs.

Elle disposait de plus de vêtements qu'elle ne pouvait en porter, toujours à la dernière mode de San Francisco. Les hommes lui offraient toutes sortes de cadeaux, allant des bijoux à un magnifique husky aux yeux dorés qu'elle appela Pépite. Elle reçut d'innombrables demandes en mariage, certaines d'industriels parfaitement respectables. Pourtant elle n'entretenait de relations suivies qu'avec un seul homme. Elle possédait tout ce qu'elle pouvait désirer : argent, garde-robe, popularité ainsi que la compagnie d'un homme qu'elle aimait tendrement. Néanmoins, elle ne se sentait rien moins que satisfaite.

Une pluie battante frappait les carreaux de sa suite. La jeune femme se couvrit les oreilles d'un geste impatienté.

— Je déteste ce temps !

Il lui rappelait trop Sitka. Imperturbable, Duncan Cole continuait à raccourcir un as de cœur avec son rasoir à manche d'ivoire.

— Toi, rien ne te trouble jamais ! maugréa-t-elle.

— La pluie annonce le printemps.

Après avoir fait courir un pouce le long de la coupure pour en vérifier la régularité, il inséra la carte marquée dans un paquet.

— Le printemps ! soupira-t-elle. Si seulement il pouvait annoncer un quelconque changement !

— Viens ici, demanda Duncan en mélangeant les cartes. Essaie de me sortir un as.

Gloria savait qu'il les avait tous marqués en les coupant d'un cheveu sur la longeur mais ses doigts ne purent détecter la différence ; trois fois elle essaya sans succès.

— J'abandonne !

Elle lui rendit le paquet qu'il coupa quatre fois pour retourner les quatre as.

— Maintenant les rois.

— Tu les as marqués aussi ?

— Aux coins.

Depuis le temps qu'elle le regardait manipuler ses jeux, elle ne pouvait s'empêcher d'admirer l'habileté de ses longues mains, ces mains qui seules savaient la caresser comme elle l'aimait.

— Pourquoi tricher ? lui avait-elle demandé au début.

— Parce que je gagne ma vie de cette façon ; je ne puis me permettre de compter sur ma seule chance avec tous les bons joueurs que j'affronte.

La jeune femme se regarda dans la glace afin d'inspecter une dernière fois les plis de sa robe rose thé, la fraîcheur de ses dentelles, la netteté de son haut chignon bouclé qui formait un halo d'or autour de sa tête. Elle s'était poudré le visage pour faire ressortir la clarté de son teint ; une touche de khôl accentuait le noir de ses yeux et un rien de rouge à lèvres soulignait le tracé parfait de sa bouche pulpeuse.

Lui aussi la regardait, de ses yeux bleus totalement inexpressifs. A quoi pouvait-il penser ? Jamais il ne lui avait offert d'argent ni le moindre cadeau. D'ailleurs, elle n'en eût pas voulu, pas même la première fois. Elle savait que c'était une erreur de sa part, et pourtant, elle refusait de donner un prix à leur entente. Sans l'aimer vraiment, elle lui faisait confiance. Ce qui lui semblait tout aussi peu raisonnable. N'était-il pas joueur, tricheur ?

— J'ai entendu parler d'importantes découvertes d'or sur la Nome, en plein détroit de Béring. Il paraît que plus d'un prospecteur malheureux du Klondike a tout abandonné pour s'y rendre.

— C'est vrai ?

Aussitôt, elle se demanda si Justin en était.

— J'ai l'impression que Nome City va devenir une nouvelle ville champignon. Elle sera facile à rejoindre par la mer. On vend déjà des billets pour le printemps.

Il sortit un papier de sa poche.

— J'ai le mien.

— Tu y vas ? demanda-t-elle, incrédule.

— Skagway devient trop civilisé pour moi. Bientôt le

416

train fonctionnera et la mairie parle de faire installer l'électricité. La ruée vers le Klondike s'achève. Il est temps pour moi de partir vers des horizons nouveaux.

Gloria se dirigea vers la fenêtre et contempla la pluie qui tombait maintenant à verse.

— Il doit neiger, là bas, murmura-t-elle, songeuse.

Brusquement, elle revint vers la table de jeu.

— Peut-être accepterais-tu de la compagnie pour le voyage ? Moi aussi, j'en ai assez de cette ville. Un changement d'air me ferait le plus grand bien.

Il posa la dernière carte puis leva la main gauche, dans laquelle il tenait maintenant deux morceaux de papier.

— Je m'en doutais un peu, c'est pourquoi j'ai pris deux billets.

Il eut un mince sourire mais la jeune femme, elle, éclata d'un rire joyeux.

44

Les glaces qui bloquaient la mer de Béring tous les hivers ne se rompaient qu'en juin. Le 20 de ce mois, un navire jeta pour la première fois l'ancre à plus d'un mille de la côte, les eaux n'étant pas assez profondes dans l'embouchure de la Snake River. Passagers et matériel furent emmenés vers la terre dans d'étroites barges qui se laissèrent porter par les vagues jusqu'à une dizaine de mètres de la plage.

Vêtue de sa meilleure tenue de voyage, Gloria considéra la manœuvre d'un œil inquiet tandis que les autres arrivants, tous des hommes, s'empressaient de sauter dans l'eau, trop impatients d'atteindre Nome pour s'inquiéter de se mouiller les pieds.

— Te rends-tu compte du prix que j'ai payé cette tenue ? lança-t-elle d'un ton irrité à Duncan, qui venait de les imiter.

Levant la tête vers elle, il se contenta de sourire.

— Je ne trouve pas ça drôle ! insista-t-elle.

— Monte sur mes épaules, je t'emporterai à pied sec.

Luttant contre la longue jupe étroite qui lui emprisonnait les chevilles, la jeune femme parvint à se hisser sur son dos en glissant les bras autour de son cou. Plusieurs fois il trébucha avant d'atteindre le rivage mais put la mener à bon port.

Tout en remettant de l'ordre dans ses vêtements, elle considéra l'embryon de ville, officiellement appelée Anvil City, mais que tous connaissaient sous le nom de Nome. Quelques cabanes sur pilotis en constituaient les seules constructions solides, le reste se bornant à un alignement de tentes au milieu d'un site désolé. Les prétendues montagnes ressemblaient plutôt à des collines battues par le vent que l'été naissant faisait verdoyer ; mais pas un arbre n'apparaissait à l'horizon.

— J'ai l'impression que tu n'as encore jamais vu de ville minière, observa Duncan.

— Il faut reconnaître que ça n'a rien d'engageant, soupira-t-elle.

— Viens, nous allons en faire le tour.

— Et mes malles ?

Ses bagages venaient d'être déchargés sur la plage.

— Ne t'inquiète pas, elles n'intéresseront personne.

A contrecœur, elle le suivit sur un chemin qui serpentait entre des baraquements sans grâce et des tentes de toile brute. Au fur et à mesure de leur progression, les hommes accouraient en s'interpellant, s'arrêtaient en chemin pour les regarder passer.

— Crois-tu que tous ces gens ne reçoivent pas souvent d'étrangers, déclara-t-elle, pour nous emboîter ainsi le pas !

— C'est toi qu'ils suivent, ma chère ! Dieu sait depuis combien de temps ils n'ont plus vu de femme blanche, surtout dans ton genre.

Ils s'arrêtèrent devant une tente plus grande que les autres, d'où sortaient rires et exclamations. Un panneau de bois à moitié effacé se balançait dans le vent :

— Les *Deux Aigles*, déchiffra Duncan. Je me demande...

Poussant la jeune femme devant lui, il s'y glissa à sa suite.

Les consommateurs ne se faisaient pas nombreux devant le bar mais tous se turent à l'entrée du couple. L'estaminet était aussi sommairement meublé que l'annonçait l'extérieur, avec des tonneaux, des fûts et des caisses qui servaient à la fois de tables et de chaises. Le comptoir n'était constitué que d'une planche sur quatre barriques.

Un homme à cheveux gris se leva pour les accueillir.

Son costume sombre et sa veste brodée le distinguaient du reste de l'assistance. Son regard passa de Duncan à Gloria pour se fixer de nouveau sur le joueur, intrigué. Il retira son cigare de sa bouche.

— Duncan, articula-t-il d'un ton hésitant. Je ne me trompe pas, c'est bien toi ! Pourtant j'aurais dû me douter que toi seul étais capable de nous amener une aussi jolie femme !

— Et toi, tu appelles tous tes saloons du même nom, Ryan !

Chaleureusement, les deux hommes se donnèrent l'accolade.

— Il me porte bonheur. Mais je te croyais à Skagway !

— Et toi à Dawson. Il était écrit que nos chemins se croiseraient encore !

Paraissant soudain se souvenir de sa compagne, Duncan se tourna vers elle pour annoncer :

— Je te présente un viel ami, Ryan Colby, propriétaire des *Deux Aigles*. La dernière fois que je l'ai vu, c'était il y a quelques années, à Juneau. Ryan, voici Mlle Gloria Saint-Clair.

— J'ai entendu parler de vous, mademoiselle, assura Colby en s'inclinant galamment. Mais qui ne connaît la célèbre hétaïre de Skagway ? Si vous le permettez, je vous trouve encore plus belle que le prétend votre réputation.

— Je vous le permets, répliqua-t-elle avec un sourire.

— Laissez-moi vous offrir un verre pour vous accueillir dignement. Venez près du chauffage, nous y serons mieux.

Se tournant vers son serveur, il cria :

— Peter ! Apporte-nous du whisky. De ma cuvée spéciale, naturellement ! Et donne ma chaise personnelle à la dame.

Gloria s'installa le plus près possible du grand poêle de fonte, heureuse de pouvoir se réchauffer un peu. Le nombre de tables indiquait assez le succès que devait remporter cette taverne le soir, bien que seul le bar fût

420

occupé pour le moment. Le serveur revint avec une bouteille et trois verres que Ryan emplit lui-même.

— Bienvenue à Nome !

Poliment, Gloria en but une gorgée, appréciant le feu qui lui brûla un instant la gorge, bien qu'elle en détestât le goût.

— J'imagine, reprit leur hôte, que vous devez être surprise par l'aspect déroutant de cette ville.

— Autant que par son nom, répondit la jeune femme en posant son verre. Il doit encore venir d'un certain M. Nome.

— Pas cette fois. Il paraît que ce mot vient de l'expression esquimaude *Kn-no-me*, qui signifie « je ne sais pas ». Ce serait la réponse d'un indigène à un voyageur qui lui demandait où il se trouvait. En tout cas, ce nom sera bientôt sur toutes les lèvres, croyez-moi, l'or y abonde. Le bois qui doit servir à la construction de mon futur saloon a dû normalement arriver sur votre bateau. Je vais avoir besoin d'un responsable de jeux, Duncan. La paie sera de cent dollars par semaine.

— L'offre est attrayante. Malheureusement, il me faut la décliner. Vois-tu, j'ai réussi à persuader Mlle Saint-Clair de nous associer. Nous comptons ouvrir ici notre propre affaire.

— Moi qui espérais vous convaincre de travailler chez moi, mademoiselle ! Quand je pense au nombre de curieux que vous avez déjà attirés, vous êtes l'attraction de l'année ! Je suppose qu'il serait inutile de vouloir vous faire changer d'avis.

— En effet.

Grâce aux gains croissants de Duncan et à l'argent qu'elle était parvenue à mettre de côté malgré ses dépenses, tous deux possédaient de quoi s'établir à leur compte. Gloria commençait pourtant à se demander si, en connaissance de cause, elle eût encore choisi une telle ville pour se lancer dans l'aventure. Comparée aux cabanes qui la peuplaient, leur maison ressemblerait à un véritable palais. Comme elle ne connaissait pas d'homme qui n'appréciât le confort, s'il y avait à Nome autant d'or que le prétendait Ryan, leur fortune était assurée.

— D'ailleurs, ajouta Duncan, notre propre matériel de construction est aussi venu avec nous. Si tu pouvais nous indiquer un endroit valable où nous implanter, nous t'en saurions gré.

— Choisis n'importe lequel, ils feront tous l'affaire. Ici, les gens ont quarante jours pour construire sur leurs lotissements, mais ils laissent passer ce temps, pour la plupart, et ils perdent leur droit de propriété sans s'en rendre compte tandis que d'autres s'installent dessus. Ensuite, c'est la loi des villes champignons : le premier qui se fixe quelque part garde les lieux.

— Je préfèrerais obtenir un droit de propriété en bonne et due forme, intervint Gloria.

Sa tante lui avait suffisamment raconté les dures expériences familiales pour qu'elle y attachât de l'importance.

— Faites comme vous voulez, conclut Ryan en haussant les épaules. En attendant, vous allez devoir vous loger quelque part et Nome n'offre pas beaucoup de chambres d'hôtel ! Vous êtes les bienvenus dans mes quartiers privés, à l'arrière de ma tente, jusqu'à ce que votre maison soit construite. Sans doute les trouverez-vous un peu bruyants mais vous devriez vous y habituer.

— C'est tout à fait généreux de votre part, monsieur.

— Pas du tout. Je serai le premier à profiter de votre réputation, qui attirera tous les mineurs aux *Deux Aigles*. J'aurai bientôt une telle foule de clients que vous ne pourrez plus vous frayer un chemin.

— Dans ce cas, Duncan et moi pourrons commencer à faire de la réclame pour notre futur établissement.

— Exactement.

D'un sourire admiratif, leur hôte salua la prompte intelligence de la jeune femme. Puis il avisa un homme aux cheveux blancs qui s'approchait d'eux.

422

— Tenez, voici la personne qu'il vous faut, un avocat, Gabe Blackwood.

Foudroyée, Gloria ouvrit puis referma la bouche sans émettre un son. Toute fonction en elle venait de se paralyser, elle ne pouvait plus bouger, ni respirer, ni parler, et elle se demandait si elle avait bien entendu. Avait-il vraiment dit Gabe Blackwood ? A moins qu'il ne s'agisse d'un homonyme, mais se pouvait-il que deux hommes portent le même nom ? Elle croyait depuis toujours que le mari de sa mère avait quitté l'Alaska pour les États-Unis en emportant le trésor des Tarakanov. Alors, celui-ci était-il vraiment le père qu'elle n'avait jamais connu ?

Elle se retourna lentement, les doigts crispés sur son verre. Le nouveau venu portait une toque de fourrure aux oreillettes remontées sur les côtés, révélant une partie de ces cheveux blancs qu'elle avait déjà remarqués. Ses vêtements paraissaient solides et de bonne facture, bien qu'un peu souillés de boue, ce qui ne présentait rien d'étonnant dans une telle ville.

S'il existait toujours, son père devait être maintenant âgé d'une soixante d'années, à peu près comme celui-ci, bien que son visage bouffi portât surtout les traces de tout l'alcool qu'il avait dû ingurgiter. Mais tante Eva lui avait souvent précisé que son beau-frère était un grand buveur.

Sans qu'aucun des deux eût l'air de remarquer son trouble, Duncan et Gabe Blackwood venait d'engager la conversation.

— Excusez-moi, coupa-t-elle, j'ai cru mal comprendre votre nom.

— Gabriel Thornton Blackwood, madame, pour vous servir.

Parfaitement stylé, il avait ôté son chapeau pour s'adresser à elle : alors elle se rappela combien Nadia avait souvent fait l'éloge de sa galanterie.

Scrutant son visage, elle essaya d'y trouver quelque

ressemblance avec un daguerréotype qu'elle avait vu une fois dans la malle laissée par sa mère. Le cliché représentait son père en compagnie du maire de Sitka et de plusieurs de ses adjoints. Tante Eva s'était empressée de le détruire mais l'image, la seule qu'elle eût jamais vue de lui, demeura gravée dans sa mémoire. Maintenant, elle essayait de la confronter avec l'homme qui se trouvait en face d'elle.

Il avait la peau claire des blonds mais couperosée par la boisson ; son haleine sentait l'alcool ; sous ses yeux noisette injectés de sang de lourdes poches ridées révélaient le mauvais état de santé ; des petites veines bleuâtres s'entrecroisaient sur son nez ; ses joues bouffies et mal rasées portaient des traces d'une légère barbe blonde. L'homme dont elle gardait le souvenir avait une silhouette mince, infiniment plus séduisante que cette épave.

— Habitez-vous l'Alaska depuis longtemps, monsieur ?

— Non, j'arrive de San Francisco, via Council City. Je représente des clients qui ont des intérêts miniers dans la région.

— Est-ce votre premier voyage par ici ?

Marquant une courte hésitation, il jeta un coup d'œil en direction de Ryan Colby, puis :

— Non, je suis déjà venu, surtout du côté de Juneau.

Elle faillit lui demander s'il connaissait Sitka mais préféra s'en abstenir, bien qu'elle fût intimement persuadée de bien avoir affaire à son père. Et qu'en éprouvait-elle ? Peut-être de la haine, peut-être un amour insoupçonné, elle se sentait incapable de le déterminer pour l'instant.

Selon sa tante, cet homme avait voulu sa mort sans même lui offrir une chance de voir le jour, avant de laisser sa mère seule au monde, enceinte et sans le sou, en volant l'argenterie familiale.

Nadia n'avait cessé de se reprocher cet abandon.

Gloria ne pouvait en vouloir que davantage à ce véritable tortionnaire, sans oublier les années vécues sans père, à ne jamais manger à sa faim, à se vêtir chichement des anciens habits de sa mère, usés jusqu'à la trame. Elle avait détesté cette existence misérable et stricte, ce manque de chaleur humaine, cette interdiction de rire et d'aimer.

S'il était resté, tout eût été différent et sans doute ne se fût-elle jamais retrouvée dans ce trou perdu ; sans doute, non plus, n'eût-elle jamais possédé des malles entières de robes plus jolies les unes que les autres ni ce sac d'or caché sous son corset. Incapable de déterminer s'il fallait lui en vouloir ou le remercier, elle résolut de ne rien dire.

Avec l'aide de Gabe Blackwood, Gloria et Duncan acquirent en moins de deux semaines un lotissement dans la rue principale de Nome, Front Street. La construction commença presque aussitôt. La jeune femme ne manquait pas une occasion de demander son avis à Gabe, à propos de tout et de rien et, plusieurs fois Duncan l'interrogea sur ce qui pouvait l'attirer chez ce vieil ivrogne.

A l'été le soleil ne se coucha plus et les travaux purent se poursuivre vingt-quatre heures sur vingt-quatre. Comme presque chaque jour, à dix heures et demie du soir, Gloria se trouvait devant le chantier du *Palace*, comme l'appelaient déjà les habitants de Nome, à surveiller l'œuvre des charpentiers qui entamaient le premier étage. Le haut col de sa cape verte à broderie d'or lui frôla le menton quand elle tourna la tête en direction de l'homme qu'elle tenait familièrement par le bras.

— Je suis soulagée que vous ne trouviez pas les ouvriers en retard, murmura-t-elle. Je me demande toujours s'ils ne profitent pas de mon sommeil pour se donner du bon temps.

— Soyez rassurée, pour une fois cela ne paraît pas être le cas.

— Mon associé ne s'y connaît pas beaucoup dans ce genre d'affaires et je me demande à qui je me serais adressée si je ne vous avais pas rencontré.

— Je suis très heureux de pouvoir vous rendre ce petit service.

Elle avait remarqué que, depuis peu, il s'habillait avec plus de soin, ne se présentait à elle que rasé de près, comme s'il cherchait à lui plaire.

— Êtes-vous marié ? lui avait-elle demandé un soir à brûle-pourpoint.

— Non. Je l'ai été, à une très belle femme russe qui est décédée voilà longtemps.

Et Gloria se demanda s'il avait vraiment appris la mort de sa mère.

Plus tard, ils se promenaient au pied des collines, admirant le soleil de minuit.

— Un jour, déclara-t-il, j'avais fait le rêve de devenir gouverneur de l'Alaska.

— Mais vous le pouvez encore ! Qui vous en empê-cherait ? Tout le monde, ici, a confiance en vous. Je suis certaine que vous réussiriez magnifiquement !

— Vous me flattez, mais il faudrait plus que cela pour atteindre ce but.

— Oui, de l'argent. Quelle ironie, alors que nous sommes entourés de mines d'or ! Mais si vous deveniez propriétaire de l'une d'elles le tour serait joué !

— Si... souffla-t-il en souriant.

A ce moment les rejoignit Duncan, accompagné d'une femme esquimaude qui se tenait discrètement à deux pas derrière lui.

— Allons, reprit Gabe, je vous laisse, ou votre parte-naire s'impatientera de vous trouver trop souvent en ma compagnie.

— A bientôt.

D'un œil étonné, elle détailla la petite indigène vêtue d'une parka de peaux cousues et d'une paire de bottes fourrées, ou *mouklouks*. Le vent agitait ses longs cheveux noirs autour de son cou et de ses larges pommettes.

— Je te présente ta bonne ! annonça Duncan. Je l'ai gagnée au poker.

— Tu plaisantes ?

— Non, elle faisait partie des enjeux. Mon adversaire ne possédait pas de quoi suivre ma mise mais il était persuadé d'avoir une bonne main. Alors il a proposé cette femme en m'assurant que c'était une excellente cuisinière qui savait aussi coudre et faire le ménage.

— Ne me dis pas qu'il cherchait à se débarrasser d'une épouse !

— Non. Il paraît qu'il l'avait engagée à Kotzebue pour lui tenir lieu de servante, autant que de maîtresse à mon avis, mais ça, il ne l'a pas précisé ! En tout cas, je l'ai gagnée. Il faudra bien quelqu'un pour t'aider. Tu auras plus vite fait de former une indigène que d'attendre l'hypothétique venue d'une de tes compatriotes. D'ailleurs, elle parle notre langue.

— Encore heureux !

Gloria savait que Duncan avait raison, elle aurait bientôt besoin d'une bonne à tout faire.

— Elle porte un nom, je suppose.

— Matty, intervint la femme en se frappant la poitrine. Moi Matty !

— Et moi c'est Gloria Saint-Clair. Accepteriez-vous de travailler pour moi, Matty ?

— Sûr, mam'zelle Gloria . Travailler dur et bien.

45

Sous le soleil radieux du petit matin qui perçait à travers la toile de tente, Gloria laissait Matty donner les cent coups de brosse à sa chevelure longue jusqu'à la taille, appréciant son doigté à la fois précis et doux.

Elle se sentait tellement solitaire au milieu de cette ville peuplée d'hommes que la présence de sa bonne la rassurait. Pourtant, Duncan restait toujours près d'elle quand il ne jouait pas au poker, alors pourquoi cette constante impression de vide ?

En une semaine, Matty en avait appris plus que sa maîtresse ne l'eût espéré, si bien qu'elle ne pouvait plus s'en passer. En général, il suffisait de lui montrer une seule fois pour qu'elle comprenne immédiatement et se mette au travail. Elle ne cessait de rire, tout en sachant s'effacer le moment venu ; un jour, elle parvint à donner le fou rire à Gloria et celle-ci, à qui pareille chose n'était jamais arrivée, en fit éclater les baleines de son corset. Matty, qui le trouvait trop serré, en profita pour la réprimander encore sur la fâcheuse habitude qu'elle avait de se bloquer ainsi la cage thoracique.

A l'exception de sa mère, Gloria ne se sentait pas à son aise avec les femmes. Bien sûr, tante Eva l'avait aimée, à sa façon : insupportable. Quant à ses compagnes de travail chez Mlle Rosie, elles entretenaient entre elles trop de rivalité pour laisser passer la moindre gentillesse. Tandis qu'avec Matty une véritable complicité s'établissait jour après jour.

Finalement, Duncan était la seule personne en qui elle plaçât confiance et admiration, mais ils ne partageaient à peu près que leur lit et leur association, ni confidences ni véritable tendresse comme elle en avait connu avec Justin. Bien sûr, celui-ci l'avait abandonnée, mais elle lui devait sa liberté autant que ses premières expériences de femme heureuse. Pour cela, elle ne l'oublierait jamais.

Elle ne savait que peu de chose de Matty, sinon qu'elle avait vingt-cinq ans, que son mari et son petit garçon étaient morts de la maladie de l'homme blanc qui avait décimé la population esquimaude. Au cours des années suivante, elle n'avait eu d'autre choix que de vivre avec plusieurs prospecteurs.

— As-tu de la famille ? lui demanda-t-elle. Des frères et sœurs ?

— Non. Matty seule. Jamais voir sa mère, loin dans village.

— Et ton père ?

— Lui homme blanc.

— Alors tu es à demi blanche.

Pourtant, ses joues aplaties et ses pommettes saillantes, sa peau cuivrée dénotaient une nette prédominance de la race de sa mère.

— Lui pêcheur de baleines. Lui capitaine, précisa-t-elle d'un air important. Prend beaucoup femmes du village. Prend ma mère. Lui vieux mais bon avec elle. Elle l'aimer beaucoup. Elle triste quand lui partir. Elle contente quand moi venir au monde.

— L'as-tu jamais vu ?

La jeune femme se demandait si Matty avait été élevée comme elle, sans père.

— Lui pas revenir. Moi porter son nom.

— Comment s'appelait-il ?

— Capitaine Stone.

— Stone...

Gloria se retourna brusquement pour regarder la servante :

— Pas Caleb Stone ?

Non, évidemment ce n'était pas possible ! Il devait être mort depuis longtemps. Pourtant ce nom correspondait aux innombrables histoires que lui avait racontées sa tante sur la famille. Sans trop y réfléchir, elle en énonça la chronologie à haute voix pour mieux se la rappeler :

— La petite fille de Tacha, Larissa, a épousé un capitaine yankee nommé Caleb Stone avant de partir avec lui sur son bateau. Elle n'est jamais revenue.

La destinée romantique de cette grand-tante lui plaisait particulièrement, sans doute parce que celle-ci avait la première osé quitté Sitka, comme elle-même l'avait autant souhaité.

— Ensuite, poursuivit-elle, son fils est venu annoncer qu'elle était morte. Écoute cela, Matty : c'était un pêcheur de baleines et il s'appelait Matthew... Matthew Edmund Stone.

— Moi Matthew. Comme lui.

— Matthew... Matty. Mon dieu ! Te rends-tu compte de ce que cela signifie ?

Gloria partit d'un rire incrédule. Retrouver en quelques jours deux êtres aussi proches... Elle prit à deux mains le bras de l'Esquimaude :

— Nous sommes parentes, Matty. Cousines... éloignées, bien sûr, mais n'est-ce pas extraordinaire ? Je n'arrive pas à le croire !

— Vous cousine moi ?

— Oui. Nous faisons partie de la même famille, avec un aïeul commun, Zachary, le fils de Tacha.

De nouveau, elle éclata de rire, ravie de sa découverte.

— Figure-toi que nous avons toutes deux du sang américain, russe, aléoute et tlingit pour moi, esquimau pour toi. Quel mélange ! Je suis tellement heureuse que Duncan t'ait gagnée au poker ! Sans lui, nous ne nous serions jamais rencontrées.

— Moi heureuse aussi, répondit solennellement Matty. Avoir nouveau travail et famille maintenant.

— Oui, murmura Gloria, les larmes aux yeux, nous avons toutes deux retrouvé une famille.

Plus tard, lorsqu'elle rencontra Gabe, celui-ci lui confia son inquiétude de la savoir servie par une indigène.

— Je n'aime pas les Indiens, ajouta-t-il. On ne peut leur faire confiance. Ils trichent et mentent et celle-ci vous volera dès que vous aurez le dos tourné.

— Matty n'est pas indienne mais esquimaude.

— C'est la même chose.

— Pas pour un Esquimau. De plus, son père était américain.

— Métisse ou indienne, je ne vois pas la différence. Tous ces gens-là devraient être parqués dans des réserves sans distinction. Alors, peut-être n'aurions-nous plus besoin des services de l'armée en Alaska !

Gloria écarquilla les yeux.

— Je ne savais pas que vous leur en vouliez tant !

— Plus que cela encore et, comme je vous aime beaucoup, je me fais du souci à cause de votre imprudence.

La jeune femme baissa la tête, bouleversée. Cet amour d'un père lui avait tant manqué qu'elle désirait l'accepter désormais, sous quelque forme qu'il lui parvînt. En même temps, elle le haïssait pour le mal qu'il avait fait à sa mère. Elle voulait à la fois le garder près d'elle à jamais et le détruire. Car elle en avait le pouvoir ; de cela elle restait persuadée.

Troublée, elle s'écarta.

— On jase en ville à notre sujet, le saviez-vous ?

— C'est grotesque ! Je n'ai jamais rien fait de plus que vous baiser la main !

— Peut-être, mais souvenez-vous de ce que je suis. A nous voir si souvent ensemble, les gens ne croiront jamais que vous entretenez une relation platonique avec une prostituée.

— Il ne faut pas vous laisser impressionner par les mauvaises langues.

— Mais c'est pour vous que je me fais du souci ! Le

futur gouverneur de l'Alaska ne devrait pas être vu en
compagnie de la célèbre Gloria Saint-Clair.

— Ma jolie petite, vous me donnez tant de joie ! Je me
moque de ces rumeurs.

46

Depuis quelques jours, une nouvelle nuée de prospecteurs s'était précipitée vers la plage, où de la poudre d'or avait été trouvée parmi le sable.

Amusées, Matty et Gloria, cette dernière enveloppée dans la vieille pelisse de sa mère afin de ne pas provoquer les mineurs, se rendirent sur les lieux pour observer leur travail. L'énergie nécessaire à la récolte d'environ un gramme d'or leur parut considérable : pourtant, armés de pelles et de tamis, les hommes s'acharnaient à remuer toute la surface du littoral, soulevant une poussière blanchâtre, que le vent déposait sur ceux qui s'approchaient.

Les cheveux défaits, la peau irritée par l'air vif, la jeune femme s'apprêtait à rentrer quand une voix retentit derrière elle :

— Macha, attends !

A l'appel de ce nom, elle tressaillit. Nul ne pouvait le connaître sauf... Elle fit volte-face. Débraillé, couvert de poussière, les cheveux longs sur sa veste sale, l'homme arborait une barbe qui lui mangeait la moitié du visage. Pourtant elle le reconnut aussitôt.

— C'est toi ! déclara-t-il. Pardieu ! Je savais bien qu'il ne pouvait exister en Alaska deux femmes avec une telle chevelure.

— Justin !

Elle ne parvenait à l'identifier qu'à ses yeux et à sa voix. Passant une main sur son menton noir et broussailleux, il sourit à son expression consternée.

— Tu dois me trouver bien changé. Voilà tout ce que

m'ont rapporté deux années de prospection. J'en arrive à ne plus faire attention à ce que je mange pour survivre.

Gloria, qui s'était toujours demandé s'il la reconnaîtrait, sourit intérieurement à l'idée que tous deux se rencontraient précisément un jour où, dans le vent et la poussière, elle avait négligé coiffure et maquillage, et ne ressemblait plus désormais qu'à la terne Macha Blackwood.

— Seigneur tout-puissant ! Je ne parviens pas à croire que tu sois là ! murmura-t-il en secouant la tête. Je suis arrivé il y a deux jours. As-tu reçu ma lettre ?

— Ta lettre ? Non, je... pas le moindre petit mot, à part le message que tu m'as laissé en partant pour le Klondike.

Un instant, il détourna le regard, gêné.

— Je ne pouvais vraiment pas te prendre avec moi, et puis, comme si la Providence voulait me punir, cet hiver a été désastreux. Plus que tout, je craignais que tu ne cherches à me suivre au lieu de rester tranquillement à Skagway.

— Je croyais que tu m'avais oubliée.

— Non.

Son sourire révéla une belle rangée de dents entre la barbe et la moustache hirsutes.

— Comme tu peux le constater, je n'ai pas découvert le filon qui ferait ma fortune et, quand j'ai entendu parler de Nome, je t'ai écrit pour t'avertir que je partais y tenter ma chance.

Même en demeurant à Skagway, elle n'aurait jamais reçu la missive puisque la destinataire n'existait plus.

— Il aurait fallu que tu l'adresses à Gloria Saint-Clair, expliqua-t-elle. Je t'ai pris ton nom en échange des provisions et de la couverture que tu as emportées.

La physionomie du jeune homme parut se décomposer.

— C'est toi, Gloria Saint-Clair ?

— Parfaitement, assura-t-elle en souriant, tout au

moins lorsque je ne me retrouve pas en plein vent sur une plage poussiéreuse. Veux-tu que nous passions la soirée ensemble ?

— Volontiers. Où dois-je m'adresser ?

— Demande à n'importe qui en arrivant ; les gens savent toujours où me trouver.

— Alors... à plus tard, souffla Justin, encore abasourdi par sa découverte.

— Lui ami ? demanda Matty sur le chemin du retour.

— Oui, j'ai fait sa connaissance il y a longtemps.

Plus longtemps qu'une vie entière... Elle regretta d'ignorer ce qu'il lui avait écrit dans cette lettre.

— Moi préférer lui à vieil homme.

Sans doute Matty faisait-elle allusion à Gabe Blackwood, mais Gloria ne répondit pas. Nul ne savait pourquoi elle s'intéressait à ce dernier et elle n'entendait le révéler à personne.

Elles s'arrêtèrent au *Palace*. De l'extérieur, la maison paraissait achevée avec ses deux étages et son entrée surmontée d'une pancarte indiquant le nom en lettres d'or. A l'intérieur, cependant, de nombreux détails restaient à compléter, à commencer par les murs sans tapisserie, plus les miroirs, les tableaux et les lampes. Néanmoins, les tables de roulette et les chaises, récemment livrées, donnaient déjà sa véritable apparence à la salle de jeu, tandis qu'à droite de l'entrée le petit salon à la lanterne rouge prenait une allure plus intime avec ses canapés et ses chaises capitonnées.

Pas un ouvrier ne se manifesta. Un silence total régnait dans tout le bâtiment. Gloria s'apprêtait à repartir quand elle perçut un tintement de bouteilles derrière le bar sculpté qu'elle avait fait venir de San Francisco.

— Duncan ?

Il se redressa en bras de chemise, tenant trois chopes à bière.

— Enfin te voilà ! maugréa-t-il. Depuis des heures, je

déballe ces caisses de verres qui viennent d'arriver. Vous ne serez pas de trop pour m'aider.

— Je ne peux pas pour l'instant, ni Matty, j'ai besoin d'elle pour me refaire une beauté. Figure-toi que je viens de rencontrer un vieil ami sur la plage ; nous avons décidé de passer la soirée ensemble.

— Écoute, soupira-t-il, je sais que je n'ai aucun droit sur toi... Pourtant, j'ai l'intention d'ouvrir au plus vite, maintenant. Dès que tu en auras fini avec elle, fais porter à Matty toutes mes affaires dans une des chambres du haut, je m'installe ici dès ce soir.

— Comme tu voudras...

Un léger pincement au cœur la surprit : fallait-il que, malgré sa profession, Duncan la laissât si facilement rejoindre un homme qui n'avait rien d'un client ?

Gloria regretta de n'être pas encore installée au *Palace*, où l'attendait une somptueuse salle de bains. Aux *Deux Aigles*, elle devait se contenter des bassines d'eau réchauffées par Matty. Ensuite, celle-ci la frictionna à l'aide d'huiles parfumées et se mit en devoir de démêler sa chevelure puis de la coiffer avant de l'aider à passer son corset.

Par une sorte de défi, la jeune femme choisit la robe rouge au décolleté profond qu'elle réservait pour l'inauguration du *Palace*. Elle passa une cape de renard et de longs gants puis envoya Matty porter ses bagages à Duncan.

Plusieurs fois, elle vérifia son apparence dans un miroir, anxieuse de faire bonne impression sur Justin. Elle ne s'était pas sentie si nerveuse depuis son premier soir de travail chez Mlle Rosie.

Comme elle versait du whisky dans deux verres, elle entendit quelqu'un s'éclaircir la gorge derrière elle. Justin se tenait à l'entrée de la tente, son chapeau à la main ; la barbe et la moustache disparues, les cheveux coupés, les vêtements propres, il ressemblait enfin au jeune homme qu'elle avait connu. Pourtant, il paraissait paralysé d'émotion.

— Ils... ont dit que tu étais là. J'aurais bien frappé, mais c'est difficile sur de la toile.

Elle sourit, rassérénée par cette réaction.

— Entre. Veus-tu boire quelque chose ?

— Avec plaisir.

Prenant le verre qu'elle lui tendait, il vint s'asseoir familièrement sur le lit.

— Portons un toast, proposa-t-elle. A nous deux, à nos retrouvailles ! Tu verras, Nome est vraiment une ville comme on n'en fait pas deux.

Le jeune homme sourit timidement, peu enclin à partager sa gaieté.

— Je ne sais pas comment t'appeler, finit-il par avouer en baissant la tête. Tu ne ressembles vraiment plus à la Macha que j'ai connue.

— Macha est morte, je suis Gloria, maintenant.

— C'est bien ce que je pensais.

Songeur, il regardait son verre sans plus de commentaire.

— Eh bien, Justin ? Ne me dis pas que tu la regrettes !

Jamais il n'avait considéré la petite Russe naïve comme il la considérait maintenant.

— C'est que... répondit-il, je la connaissais.

— Et moi, tu ne me connais pas ?

— Je ne comprends pas, enfin... quand je suis parti, tu avais du travail, dans ce restaurant, de quoi manger, une chambre où dormir. Je pensais que tu t'en tirerais sans peine. Que s'est-il passé ?

— J'ai démissionné.

— Pourquoi ? A cause de moi ? Je ne t'ai pas abandonnée enceinte, au moins ?

— Non, rassure-toi.

Bien sûr, elle aurait pu lui mentir, le rendre responsable de sa situation ; cependant l'idée ne l'amusait pas.

— Regarde cette robe : elle a été coupée spécialement

pour moi à San Francisco. Aucune serveuse ne pourrait jamais se l'offrir, même en économisant durant cent ans. Connais-tu beaucoup de moyens, pour une femme, de posséder la moitié du *Palace* qui va bientôt ouvrir, au bas de la rue ? Soit elle découvre un filon, soit elle épouse un riche propriétaire. En ce qui me concerne, j'ai décidé de devenir ma propre mine d'or.

— Cet après-midi, sur la plage, j'ai cru que tu en cherchais avec nous. Tu aurais très bien pu gagner ta vie de cette façon.

— Pour en arriver à quoi ? A quatre-vingts dollars par jour, tout au plus ?

— Au bout d'un an, ça aurait donné un joli magot.

— Et moi, à quoi aurais-je ressemblé après un an de travaux forcés ? Ma peau serait transformée en un vieux parchemin, je serais musclée comme un homme avec des mains calleuses et des pieds plats. Je préfère rester femme, douce et jolie. J'aime mieux embaumer le parfum que sentir la sueur. A quoi bon être riche si c'est pour ressembler à une vieille carne ?

Les larmes aux yeux, elle ajouta :

— Tu sais pourtant mieux que personne qu'elle a été ma vie jusqu'à notre rencontre. Je t'avais dit que plus jamais je ne porterais les hardes informes de mon enfance. J'ai besoin de m'amuser, de rencontrer des amis, de rattraper tout ce temps perdu.

— Je m'en doute. Mais je n'imaginais pas que tu choisirais ce moyen. Je ne songeais pas à te faire de mal en m'en allant.

— C'est pourtant ce que tu as fait, mais cela ne m'a en rien influencée. Si je me prostitue, c'est pour de l'argent, pour faire des affaires.

— Je te crois. Cependant, peux-tu m'expliquer quel est mon rôle, désormais, dans ta vie ?

— Celui que tu veux. Dois-je te demander pourquoi tu es venu à mon rendez-vous ? Était-ce simplement pour alléger ta conscience ?

438

— Je ne sais pas trop, avoua-t-il. Peut-être était-ce aussi par curiosité. Gloria Saint-Clair est célèbre parmi tous les prospecteurs de l'Alaska et du Yukon. Quant à moi, je voulais revoir Macha ; jamais je n'aurais cru qu'elle me manquerait autant quand j'ai quitté Skagway. Mais toi, au juste, qu'attends-tu de moi ? Il paraît que tu as passé des accords avec ce joueur...

— Des accords, oui. Duncan est un ami autant qu'un associé. Mais tu ne trouveras pas ses effets dans cette chambre. Je n'ai personne de particulier dans ma vie.

— Personne ?

Elle secoua la tête.

— Tu es le seul qui m'ait jamais inspiré quelque sentiment. Nul ne me connaît autant que toi. Pour eux je ne suis que Gloria Saint-Clair, ils ne savent même pas où j'ai trouvé ce pseudonyme.

— Macha...

Il s'interrompit, un sourire contrit aux lèvres.

— Il faudra que je m'habitue à t'appeler Gloria.

S'approchant de lui, elle lui caressa la bouche.

— C'est pourtant un mot que tu employais souvent. Tu n'auras pas de mal à le redire...

— Gloria.

Éclatant de rire, il posa son chapeau et son verre qui lui encombraient encore les mains. Alors, elle tomba dans ses bras et tous deux s'étreignirent avec violence.

— Enfin, soupira Justin en s'étirant, il y avait une éternité que je n'avais pas vu de lit.

— Où dors-tu ?

— Sur la plage, avec mes compagnons de travail. Nous avons tout perdu dans une tempête de neige en partant du Yukon.

Gloria fit la grimace. Comment ces malheureux parvenaient-ils à fermer l'œil sur ce sable humide, sous ce vent glacé ? Elle ne pouvait rien imaginer de plus triste que de ne pouvoir abriter son sommeil dans un refuge douillet.

— Reste là, souffla-t-elle. Tu auras toujours une place auprès de moi.

— Merci, mais j'aurais l'impression de trahir mes amis. Ils savent que je suis ici, ce sont eux qui m'ont incité à me laver et à me coiffer. Que penseraient-ils s'ils me voyaient arriver tous les matins après avoir dormi entre des draps de satin ?

Finalement, elle se rendit compte de l'imprudence de sa proposition et préféra qu'il ait refusé de lui-même. Qu'aurait-elle fait d'un prospecteur éreinté tous les soirs dans une chambre dont elle avait tant besoin ?

Se levant d'un bond, elle courut vers l'une de ses malles, dont elle ouvrit le cadenas pour en sortir une bourse de cuir.

— Alors, prends ceci. Cinq cents dollars te suffiront-ils à t'équiper correctement ?

— Non, murmura-t-il, les yeux baissés. Je ne puis accepter.

— Considère-le comme une participation à tes futurs gains. Tu sais bien que j'ai toujours rêvé de chercher de l'or, moi aussi. Ainsi je le ferai par personne interposée. Nous devenons associés, en quelque sorte.

Après avoir longuement hésité, il prit l'argent, qu'il se mit à compter lentement comme un enfant devant un trésor irréel.

— Nous serons les princes des prospecteurs de Nome ! murmura-t-il, ému. Mais sais-tu par quoi je vais commencer ? Par de la viande ! Je n'en peux plus de me nourrir de poisson.

Jamais elle ne vit un homme se rhabiller aussi vite. Tout à son enthousiasme, il la quitta en hâte, après un rapide baiser sur le front et un dernier :

— Merci... Gloria !

Avec une pointe d'amertume, elle songea qu'il se serait certainement montré tout aussi excité par les dix malheureux dollars qu'elle avait autrefois rapportés afin de partir pour le Klondike.

Quelle eût été alors sa destinée ?

Bien qu'il ne fût pas tout à fait achevé, Gloria et Duncan ouvrirent les portes du *Palace* dès le lendemain, acceptant tous ceux qui possédaient de l'or. Immédiatement, l'établissement fut envahi par une multitude de prospecteurs pressés de célébrer leurs découvertes. Matty fut chargée de peser les pépites et la poudre et de les échanger contre des billets ou des jetons pour la salle de jeu.

Lorsque le pays apprit l'existence du précieux métal sur les plages, Nome prit rapidement un formidable essor. Aucun investissement n'était nécessaire à l'extraction de l'or de la plage ; n'importe quel vagabond pouvait espérer y devenir riche.

Les semaines qui suivirent s'écoulèrent dans un beau désordre pour Gloria et Duncan : les menuisiers et les tapissiers mettaient la touche finale au *Palace*, au milieu d'une foule de clients. Le piano arriva enfin de Seattle. Un musicien qui avait autrefois fait partie de l'Orchestre philharmonique de Philadelphie accepta de jouer pour eux tant qu'ils le fourniraient en morphine.

Deux prostituées furent recrutées, puis deux autres. Suivant l'expérience acquise chez Mlle Rosie, Gloria les examina de près avant de les engager. Une Indienne à la vague ascendance française fut appelée Frenchie ; la belle Alice, tout en rondeurs, prit l'aimable sobriquet de Pelote ; Gladys, aux bonnes joues enfantines, devint la Pleine Lune des mineurs, et Betsy, l'ancienne institutrice, se fit surnommer Bon Point.

La vie des filles au *Palace* fut sensiblement la même que chez Mlle Rosie, entre autres pour la répartition des gains à cinquante pour cent, chacune gardant le bénéfice de ses pourboires et de la vente des bouteilles. Mais elles durent payer plus cher pour leurs chambres ; nourries et blanchies, dans la mesure du raisonnable, elles étaient habillées à San Francisco aux frais de leur patronne. Le personnel se composait en outre de deux solides videurs qui faisaient également office de cochers et de coursiers, d'une femme de chambre, d'une cuisinière, de deux croupiers et d'un employé au bar. Malgré un tel train de dépenses, dès le premier mois, les bénéfices de la maison furent substantiels.

Pourtant, la concurrence était rude. En septembre 1899, une vingtaine de saloons battaient chaque soir leur plein dans Front Street, sans parler des prostituées plus ou moins clandestines qui tenaient leur commerce sous des tentes dressées à la sortie de la ville. Une haute palissade fut vite élevée pour les cacher aux yeux de la population bien-pensante de Nome.

Avec ses cinq mille habitants, la nouvelle cité pouvait offrir du travail à tous. Néanmoins, Justin préférait poursuivre sa prospection sur la plage, si bien que Gloria ne le voyait guère plus de deux ou trois fois la semaine. Elle avait trop à faire pour trouver le temps de s'en formaliser, d'autant que la brusque froideur de Duncan à l'égard de Justin l'inquiétait un peu. Cependant, Duncan restait toujours aussi courtois ; aussi décida-t-elle de n'y pas prêter attention.

Le long de la rue boueuse et sinueuse à force d'immeubles à la façade exagérément avancée, Gloria marchait en levant sa jupe autant que la décence le lui permettait pour ne pas trop la salir, quand elle s'arrêta net. Surprise, Matty se cogna contre elle et faillit répandre ses deux paniers de victuailles.

— Que t'arrive-t-il ? interrogea l'Esquimaude.

— Je me demande si pour passer cette flaque il va nous falloir barboter ou carrément plonger.

Gloria l'accompagnait souvent au marché, persuadée que les marchands chercheraient moins à la voler s'ils voyaient la petite domestique avec la propriétaire du *Palace*. De récentes rumeurs de restrictions pour l'hiver incitaient la jeune femme à accumuler des provisions de denrées non périssables. En général, elle faisait ses courses dans un traîneau tiré par quatre chiens que Duncan lui avait acheté, mais cette boue rendait le véhicule inutilisable.

Elle finit par se faufiler le long d'une maison en pataugeant dans la flaque jusqu'aux chevilles, et repartit vaillamment en direction de la boulangerie. Incapable de trouver ce magasin, elle le chercha des yeux et dut bien convenir qu'il avait disparu et fait place à un chantier.

— Eh voilà, plus boulangerie fulmina Matty. Cette ville folle, ces gens fous !

— Je suis d'accord avec toi, soupira la jeune femme.

Toutes deux entrèrent dans la boutique voisine, qui vendait à la fois des fruits et des cigares.

— Qu'est-il arrivé à M. Parker ? demandèrent-elles au marchand.

— Il a été délogé cette nuit parce qu'il n'avait pas payé je ne sais qui. Des cavaliers sont venus avec un chariot et des mules et ils lui ont carrément renversé sa maison sur la tête. Bientôt, une épicerie la remplacera.

L'histoire n'étonna pas Gloria. Le terrain valait aussi cher, à Nome, que s'il était recouvert d'or, et souvent le moindre règlement de comptes tournait au drame sanglant.

— Nous n'avons plus qu'à trouver une nouvelle boulangerie ! maugréa-t-elle en sortant.

C'est alors qu'elle aperçut Gabe Blackwood, qui lui adressait de grands signes de l'autre côté de la rue. Gloria lui trouvait de plus en plus des allures de vieux beau, dans ses vêtements neufs et trop ajustés. Elle se rendit brusquement compte que, depuis le temps qu'elle ne l'avait vu, il lui était bien égal de le savoir vivant ou non.

— Comment vont les affaires, Gabe ? demanda-t-elle d'un ton faussement jovial.

— Mal. La concurrence devient impossible pour un avocat, dans cette ville.

— Oui, j'ai appris qu'il y avait presque autant d'hommes de loi que de saloons, répliqua-t-elle sèchement.

— Aussi Nome devra-t-elle bientôt se passer de mes services.

— Vous partez ?

— Oui. Et je tenais à vous en informer moi-même. J'ai retenu ma place sur le prochain bateau pour San Francisco. De là, je prendrai le train pour Washington.

— Pourquoi la capitale ? demanda-t-elle en tremblant brusquement de tous ses membres. Je ne comprends pas. A quoi cela rime-t-il ?

— J'ai appris que le Sénat avait l'intention de nommer un gouverneur pour l'Alaska d'ici au printemps. C'est le moment ou jamais de me rappeler à leur souvenir, non pour ce poste, je n'entretiens plus d'illusions à ce sujet, mais au moins pour celui de juge, puisqu'ils devront créer plusieurs districts. Espérons que, bientôt, vous serez obligée de m'appeler « Votre honneur » !

— J'en serais heureuse ! Moi qui ai cru un instant que vous ne reviendriez pas ! Vous m'auriez manqué et j'ai déjà hâte d'apprendre la date de votre retour.

— C'est gentil. Je promets de prendre le premier bateau qui partira pour Nome l'été prochain.

— Le juge Blackwood, murmura-t-elle en s'éloignant.

Plus la position de l'homme serait haute, plus dure serait la chute.

47

NOME
HIVER 1899-1900

La plupart des habitants voulurent quitter Nome plutôt que d'affronter son implacable hiver, ses menaces de pénurie et de fièvre typhoïde, mais surtout son blizzard et ses températures dont les tentes de toile ou les huttes de planches ne sauraient les protéger.

Ils furent à peine trois mille à demeurer. Au *Palace*, cependant, seule Bon Point décida de partir.

Justin et ses amis préférèrent rester. Ils récupérèrent du bois et se construisirent un abri à même la plage. D'autres prospecteurs décidèrent, quant à eux, que leur tente suffirait à les protéger.

A la mi-novembre, un mètre cinquante de glace recouvrait tout le littoral et s'étendait loin sur la mer. Certains hivers, il arrivait que le détroit de Béring fût entièrement gelé, ce qui permettait l'accès à pied de l'Amérique à la Russie.

Ces régions de toundra subissaient le *permafrost*, le gel permanent du sous-sol. Seule une mince couche de terre parvenait à dégeler en été, ce qui posait de considérables difficultés aux habitants de Nome. Privés de puits, ils ne pouvaient compter que sur la Snake River pour se désaltérer ; or, celle-ci se figeant dès l'arrivée des premiers froids, ils devaient creuser chaque jour des trous afin de s'approvisionner en eau potable. De plus, les installations sanitaires, des plus sommaires, se détérioraient au milieu de l'automne et donnaient lieu à toutes sortes d'épidémies.

Pourtant, une multitude de nouveaux prospecteurs arrivèrent du Canada, attirés par les deux millions de dollars qu'avait rapportés, selon la rumeur, l'or extrait l'été précédent. Ils avaient suivi le cours des rivières gelées, acheté des chiens de traîneau pour venir tenter leur chance dans ce pays où il suffisait de se pencher pour découvrir du minerai. Cet exode fut bientôt suivi par un autre, plus redoutable, de joueurs, de prostituées, de pickpockets, de voleurs, d'escrocs et autres aventuriers.

A la fin de mars, un vent d'Ouest réchauffa la température et amena les premières lueurs sur la neige. La longue nuit glacée allait bientôt s'achever.

Quelques clients demeuraient encore dans la salle de jeu quand Gloria vint se réchauffer devant le grand poêle à charbon, auprès de Duncan.

— C'est calme, ce soir, observa-t-elle.

— Oui, répondit-il sans lever les yeux de sa patience. Je crois que la ville entière est rassemblée dans la salle de bal pour écouter les nouvelles.

Isolés du reste du monde comme ils l'étaient, les habitants de Nome accueillaient avidement tout journal de moins de trois mois. Or c'était ce que venait d'apporter un prospecteur monté de Seattle.

— Il paraît que des milliers de gens se sont entassés dans le nord des États-Unis pour immigrer vers Nome dès la fonte des glaces, reprit Gloria, songeuse. Cela devrait être une ruée encore plus impressionnante que sur le Klondike.

— Voilà qui ne me surprendrait pas. Le bateau les amènera ici dans des conditions beaucoup plus faciles que lorsqu'on traversait des cols impraticables pour passer dans le Yukon.

Brusquement, Gloria s'aperçut qu'il faisait sa patience avec des cartes marquées.

— Tu triches même quand tu joues tout seul ? demanda-t-elle en souriant.

— Tu ne crois pas que je vais laisser gagner le diable !

— Tu es incorrigible !

446

A ce moment, la porte s'ouvrit dans un courant d'air glacé, amenant avec une rafale de neige un Justin emmitouflé à en devenir méconnaissable. Gloria ne l'avait reconnu qu'à sa démarche.

— Je ne t'attendais pas ce soir ! lança-t-elle en se levant.

Il ôta ses gants fourrés puis, la saisissant par la taille, la souleva de terre pour se mettre à tournoyer en riant aux éclats dans un étourdissant mouvement de valse.

— Je suis venu faire la fête ! s'écria-t-il en la redéposant à terre.

— En quel honneur ?

— Nous avons mis au jour un filon d'or rose, le plus riche que j'ai jamais vu !

— Bravo ! Viens, je t'offre de mon meilleur whisky pour te réchauffer.

— Ce n'est pas exactement ce que j'espérais, protestat-il en riant. Mais commençons toujours par là !

Tout en se frottant les mains pour en chasser l'onglée, il la suivit vers une petite table à côté du poêle. Tandis que Gloria débouchait la bouteille, Duncan, à côté d'eux, poursuivait silencieusement sa réussite.

— As-tu faim, Justin ? reprit la jeune femme.

— Autant qu'un ours polaire à son réveil !

— Matty, dis à la cuisinière de couper du jambon et de préparer quelques crêpes !

La petite Esquimaude passa devant leur table en se dandinant dans sa belle robe de dentelle noire. Tout en continuant à se charger des travaux de couture, elle avait vu sa situation s'améliorer considérablement. Matty était devenue en quelque sorte la gouvernante de la maison, commandant aux domestiques, qui ne s'adressaient plus que rarement à leur patronne. Quand il lui restait quelques instants de liberté, elle apprenait à lire.

Quant à Duncan, il n'avait toujours pas levé la tête.

— As-tu vu, lui demanda Gloria, qui est là ? L'un de nos plus fidèles habitués !

447

— Pourquoi irait-il ailleurs quand il trouve gratuitement tout ce qu'il veut ici ?

La jeune femme, qui ne s'attendait guère à un tel persiflage, le regarda bouche bée se lever pour se diriger lentement vers le bar en leur tournant le dos. Décidément, cette remarque ne lui plaisait pas du tout et elle n'avait pas l'intention de la laisser passer.

— Excuse-moi, murmura-t-elle à l'adresse de Justin.

Sa robe de satin cramoisi crissa quand elle quitta sa chaise et traversa la salle. La voyant arriver près de lui, Duncan lui jeta un bref regard avant de le reporter sur son verre.

— Je crois que tu me dois quelques explications, siffla-t-elle entre ses dents.

— Je ne vois pas lesquelles. La situation devrait pourtant te sauter aux yeux aussi bien qu'à tout le monde dans cette ville !

— Vas-y ! Dis-le !

— D'accord.

Opérant un demi-tour, il planta dans les siens ses yeux bleu délavé.

— Depuis que nous avons ouvert le *Palace*, ce monsieur est venu passer ici deux ou trois nuits par semaine, boire notre meilleur whisky, manger tout ce qu'il pouvait souhaiter. Et tout cela sans bourse délier.

— Si c'est une question d'argent, Duncan, tu peux toujours déduire le prix de ses consommations de ma part des bénéfices. Je ne veux surtout pas te flouer d'un centime. Après tout, c'est mon ami, pas le tien.

— Ce n'est pas moi qui suis floué, dans l'histoire, mais toi. Ne le comprends-tu pas ?

— Non.

— Alors ouvre un peu les yeux. Parce que tu es en train de te faire exploiter.

La jeune femme ne se rendit compte qu'elle avait levé la main sur lui qu'au moment où sa paume heurta sèchement la joue de Duncan. Celui-ci commença par ne pas réagir, puis il reposa son verre d'un geste mesuré, trop mesuré, peut-être, et se raidit. Inconsciemment, Gloria retenait son souffle, prête à une réaction violente. Cependant, il ne fit que se détourner et prendre la direction de l'escalier.

Aussitôt, elle regretta son impulsivité. Jamais elle n'aurait souhaité se quereller ouvertement avec Duncan. D'un coup d'œil, elle avisa Justin, qui se faisait tranquillement servir par Matty, puis courut derrière son associé.

— Duncan !

Posant un pied sur la première marche, celui-ci s'arrêta.

— Excuse-moi. Je ne voulais pas te frapper, souffla-t-elle.

— Quant à moi, je n'ai pas l'intention de te présenter des excuses et je maintiens tout ce que j'ai dit !

— Tu fais erreur au sujet de Justin.

— Non, ma belle. Rappelle-toi le jour où je t'ai mise en garde contre le jeu de coques. Tu n'as pas regretté de m'avoir écouté, je crois.

— Je sais, mais cette fois tu te trompes.

— Tu as soi-disant investi dans ses parts d'or, tu lui offres ses repas, tu le gardes avec toi la nuit. Dis-moi, Gloria, si lui t'a jamais donné quoi que ce soit en retour. As-tu déjà vu la couleur de l'or qu'il extrait de la plage ? Jamais il n'a dépensé un centime pour toi.

— Que voudrais-tu qu'il m'achète ? Je possède déjà tout ce que je pourrais désirer.

— Autrement dit, un cadeau de sa part ne te ferait pas plaisir, pas même un petit ruban pour tes cheveux ? N'importe quoi qui prouve sa reconnaissance ? Il profite de toi, Gloria ! Faut-il que tu sois aveugle pour ne pas t'en rendre compte !

Là-dessus, il gravit une marche. Sans esquisser un geste pour le retenir, elle le regarda monter l'escalier puis regagna la salle de jeu.

— A quoi rimait tout cela ? demanda Justin.

— A rien.

Pourtant, un doute insidieux venait de se glisser en elle.

48

NOME
FIN JUIN 1900

Au pied du lit à baldaquin, Gloria regardait sans mot dire la femme au visage de poupée dormeuse, avec le ruban jaune qui ornait ses cheveux châtain clair, et ses cils étonnamment longs. Gladys eût offert la plus charmante image de l'innocence, si ce n'était sa pâleur extrême.

Deux heures auparavant, Matty l'avait découverte gisant dans une mare de sang. Gloria ne savait pas qu'elle était enceinte ; un drame pour une prostituée, qui pouvait perdre son travail du jour au lendemain. Malgré de nombreuses précautions, cet accident pouvait toujours arriver. Elle avait vu à Skagway une de ses camarades mourir exsangue à la suite d'une tentative d'avortement.

Le médecin venait d'ordonner un repos de sept semaines pour la malheureuse, ce que Gloria était prête à lui offrir... mais le moyen de la mettre au calme dans cette ville bruyante et sale ! Depuis le début de mai, un nouveau bateau était signalé à peu près chaque jour. La population de Nome s'élevait déjà à quinze mille personnes et cela ne faisait que commencer. Le plus optimiste des rêveurs n'eût jamais imaginé une telle ruée.

A cette saison, le soleil ne se couchait pas, brillant vingt-quatre heures sur vingt-quatre, si bien que les rues étaient aussi animées à minuit qu'à midi.

Le *Palace* ne ressemblait plus au saloon de première classe qu'il avait commencé par être. De nouveaux meubles, des peintures et des glaces venaient d'arriver de Seattle, lui donnant l'air désormais d'un club élégant où il fallait montrer patte blanche pour venir jouer ou boire un verre. Et l'accès au salon à la lanterne rouge, orné de peintures érotiques et de tentures de velours, ne valait pas moins de vingt-cinq dollars.

Soucieuse, Gloria regagna l'entrée pour expliquer à Duncan qu'à la suite de ce fâcheux événement et du mariage de Pelote avec un photographe, ils ne pouvaient plus compter que sur Frenchie et les trois nouvelles filles qu'ils venaient d'engager.

— Il y a si peu de femmes en Alaska, conclut-elle, que n'importe laquelle pourrait se trouver autant de maris qu'elle le voudrait !

— Et toi, quand te maries-tu ?

— Pas maintenant.

— Est-ce pour cette raison qu'on ne voit plus ton soupirant depuis une bonne semaine ?

— Pas si longtemps.

Levant les yeux, elle s'aperçut alors que Duncan se moquait d'elle, comme toujours quand il faisait allusion à Justin. Elle était lasse de cette incessante petite guerre des nerfs. Fort heureusement, Matty arrivait à point nommé pour créer une diversion, en annonçant dans son langage encore approximatif :

— Olivier apporter courrier.

Comme toujours, il était essentiellement composé de factures, mais Gloria s'arrêta sur une enveloppe portant au dos le nom de Gabe Blackwood.

— Il y a près de dix jours, pour être précis, que Justin n'a pas donné signe de vie, reprit Duncan.

— Moi aperçu lui ce matin en allant chercher docteur.

— Il est en ville ? s'exclama Gloria.

— Lui devant tente de pâtissière quand moi marcher.

— J'ai cru comprendre qu'il y passait beaucoup de temps, observa Duncan.

— Comment le sais-tu ?

— J'ai mes informateurs.

La jeune femme haussa les épaules sans insister.

— Que faisait-il là-bas ? demanda-t-elle à Matty.

— Lui assis et parler.

452

— Sarah Porter est veuve avec deux enfants à nourrir, précisa impitoyablement Duncan. Comme beaucoup d'autres personnes sans le sou, elle a quitté Portland en espérant trouver des kilos d'or dans le sable de l'Alaska. Maintenant, elle est obligée de fabriquer des gâteaux pour survivre. Il paraît que les mineurs en ont déjà fait une sorte de mascotte, alors qu'elle n'est installée ici que depuis quinze jours.

— Tu parais au courant de ses moindres faits et gestes ! Combien de fois es-tu toi-même allé la voir ?

— J'ai si souvent entendu dire que ces tartes étaient les meilleures de Nome que j'ai fini par vouloir y goûter à mon tour. C'est en effet un cordon-bleu.

— Est-elle jolie ?

Gloria se mordit la langue mais la question avait fusé malgré elle.

— Ravissante.

La jeune femme repoussa d'un geste nerveux la lettre de Gabe Blackwood.

— Comment se fait-il que je n'en aie jamais entendu parler, moi ? maugréa-t-elle.

— Voyons, Gloria ? Tu ne crois pas que les hommes vont t'entretenir d'une jeune veuve méritante, mère de deux enfants...

— Elle est trop respectable pour moi, peut-être ?

— Je n'ai pas dit cela...

Il ne l'avait pas dit mais largement suggéré. Étouffant de colère, Gloria décida d'en avoir le cœur net.

— Matty, fais-moi préparer le buggy. Si cette dame fabrique les meilleurs gâteaux de Nome, il faut que je les propose à ma clientèle !

D'un mouvement solennel, elle se détourna et monta jusqu'à sa chambre aussi calmement qu'elle le put. Là, elle se changea pour une sage robe bleue à col haut qu'elle assortit d'un large boléro du même satin.

L'un des deux cochers-videurs, Oliver, l'attendait devant l'entrée. Toujours très stylé, il inclina sa lourde masse d'ancien lutteur quand la jeune femme voulut prendre place dans le buggy.

— Dois-je vous accompagner, mademoiselle ?

— Non, merci, j'irai seule.

D'un coup de fouet, elle fit partir le cheval pour se mêler à la circulation agitée de la rue. De nouveaux bâtiments s'élevaient chaque jour, théâtres, banques, journaux, restaurants et plus d'une centaine de saloons. Quelques rues anciennes partaient du centre et s'achevaient au bout de trois ou quatre maisons tandis que Front Street s'étirait maintenant sur quelque huit kilomètres, commençant sur la plage pour se perdre loin dans la toundra.

En progressant lentement, Gloria inspectait chaque tente qu'elle croisait, jusqu'à une pancarte qui lui fit battre le cœur : PATISSERIE FAMILIALE.

Au nombre des hommes qui s'amoncelaient autour, elle conclut qu'il s'agissait de l'endroit qu'elle recherchait. Elle arrêta son buggy et sauta à terre.

Tous les pans de la tente étaient levés à l'exception de celui du fond, adossé à une sommaire palissade. Le comptoir ne laissait pas une place libre, un client remplaçant aussitôt celui qui s'en allait, ce qui empêcha Gloria de voir la personne qui l'intéressait.

Ramassant les plis de sa jupe afin de ne pas la souiller dans la poussière, elle se dirigea résolument vers cette foule compacte. Une bonne odeur de pâtisserie lui monta soudain aux narines. Alors son regard rencontra celui de Justin, qui venait de se retourner, comme irrésistiblement attiré. Il se figea. Son air de culpabilité mit la jeune femme en fureur ; pourtant, elle sourit en s'approchant de lui.

— Justin ! Quelle surprise !

— Que fais-tu ici ? demanda-t-il à voix basse.

— La même chose que toi, je suppose. Il paraît que ces gâteaux sont incomparables.

— C'est vrai.

Les mains dans les poches, il paraissait ne plus savoir quelle attitude adopter.

— Lequel me recommandes-tu ? ajouta-t-elle en entrant négligemment sous la tente. J'ai entendu dire que la tarte aux pommes les surpassait tous.

— Si on veut, bien que personnellement je préfère le sablé aux raisins.

Un vieux prospecteur libéra une place devant Gloria, qui s'empressa de s'y glisser. Un gamin d'une dizaine d'années, au visage constellé de taches de rousseur, s'approcha d'elle, un gros pot fumant à la main.

— Du café, m'dame ?

— Non, merci.

A l'autre bout du comptoir, son petit frère était plongé jusqu'aux épaules dans un baquet de vaisselle. Enfin, Gloria repéra la femme qui lui tournait le dos, en train de couper des tranches de gâteau. Ses cheveux bruns étaient relevés en chignon, laissant voir ses oreilles autour desquelles dansaient de jolies boucles échappées de la trop stricte coiffure. De petite taille, elle portait un simple chemisier blanc et un tablier rond sur une jupe noire.

« L'image parfaite de la petite femme courageuse, bonne ménagère et mère admirable », songea Gloria, sarcastique.

Immédiatement, elle la trouva antipathique et s'irrita également de la patience bon enfant des mineurs, qui s'abstenaient en outre de leurs habituelles remarques égrillardes. « Peut-être à cause des enfants, se dit-elle sans conviction, mais surtout pour le statut de veuve de Sarah Porter. »

— Que désirez-vous, madame ? lui demanda celle-ci en se retournant.

De plus près, elle faillit la trouver jolie, bien que ses yeux fussent trop rapprochés.

— J'aimerais goûter votre tarte aux pommes, mais

votre sablé aux raisins vient de m'être chaudement recommandé.

— Sans doute par M. Sinclair, répondit la jeune veuve en souriant à ce dernier. Il en raffole.

— En effet, admit sèchement Gloria. Alors, donnez-moi une part de chaque.

— Tout de suite. Voulez-vous du café avec ?

— Non, merci. Votre fils m'en a déjà proposé. C'est votre fils, n'est-ce pas ?

— Oui, je me suis mariée très jeune.

« Elle ne me fera pas croire cela ! pensa Gloria, de plus en plus agacée. Avec ses airs de sainte nitouche, elle paraît au moins vingt-huit ans ! »

— Ça me fait plaisir de rencontrer enfin une véritable dame, reprenait Sarah Porter. Il y en a tellement peu dans cette ville...

Gloria se demanda s'il fallait le prendre comme un sarcasme ou comme une simple preuve de naïveté. Toutefois, elle crut comprendre que sa première impression était la bonne quand la pâtissière lui annonça les prix exorbitants de sa production, allant jusqu'à prendre une consigne sur les moules « pour le cas où on ne les rapporterait pas » et à « se tromper » en rendant la monnaie.

L'innocente personne roulerait sans peine les hommes mais certainement pas Gloria.

Ses gâteaux soigneusement enveloppés dans leurs moules encore tièdes, celle-ci avisa Justin.

— Veux-tu que je te dépose quelque part ? proposa-t-elle d'un ton désinvolte.

— Non. Je... enfin, il va falloir que je retourne travailler. Je passais juste manger un morceau...

— Dans ce cas je t'emmène sur la plage.

— C'est gentil.

La réponse manquait singulièrement d'enthousiasme. Cependant, il paya sa part de tarte et lui prit des mains les deux paquets, comme pour se donner cette excuse afin de l'accompagner.

Dès qu'il fut installé près d'elle, Gloria fit claquer son fouet et le cheval partit au galop. Tous deux commencèrent par observer un silence prudent, jusqu'à ce que Justin lançât :

— Tu me diras des nouvelles de ces gâteaux. Sarah est une cuisinière hors pair. Je lui ai conseillé d'ouvrir plutôt un restaurant.

— Vraiment ?

Ainsi, il avait goûté à bien d'autres plats que ses pâtisseries. Sans répondre, la jeune femme l'écouta encore chanter les louanges de Sarah Porter.

— C'est une personne admirable ! conclut-il. Quand je pense au courage qu'il lui a fallu pour se débrouiller seule avec deux enfants à élever. Comment la trouves-tu ?

— Intéressante, commenta-t-elle sobrement. Mais il faut croire qu'elle possédait un petit pécule pour avoir pu se lancer dans le commerce.

— Enfin... je lui ai prêté un peu d'argent pour débuter.

— C'est très généreux de ta part, Justin !

Apparemment, il n'en était pas pour autant dispensé de payer ses gâteaux. Lui qui ne lui avait jamais offert le moindre cadeau ! Duncan avait-il donc raison à son sujet ?

— J'allais te demander comment marchait la prospection mais je vois que les affaires vont bien puisque tu peux te permettre de prêter de l'argent à Mme Porter. J'imagine que mes parts s'élèvent maintenant à une somme rondelette.

— En réalité, nous n'extrayons pas autant de poudre que nous le pensions au début. La plage commence à s'épuiser avec tous ces gens qui y travaillent.

La jeune femme avait beau connaître le bien-fondé de l'argument, celui-ci sonna terriblement faux dans la bouche de Justin : il se trouvait sur place depuis plus d'un

457

an. Il semblait que le jeune homme ne fût pas du tout pressé de lui rendre ce qu'il lui avait pris de si bon cœur.

Duncan avait bien tenté de l'avertir mais en vain. Pourquoi s'être ainsi bouché les oreilles ? Espérait-elle que Justin l'aimait ? Ou était-ce elle qui l'aimait ? Elle ne savait plus, comprenant soudain le ridicule de la situation. Comme à Skagway, il s'apprêtait tout simplement à l'abandonner.

Il parlait encore mais elle ne l'écoutait plus, s'efforçant seulement de refréner l'envie de lui lancer à la figure que sa pure et tendre veuve n'avait rien de la brebis désemparée qu'il croyait avoir recueillie. C'est tout juste si elle parvint à lui faire un signe d'adieu quand il descendit.

Rentrée au *Palace*, elle fit savoir à Paddy, le responsable du bar, que si Justin Sinclair revenait, ce monsieur serait à l'avenir tenu de payer chacune de ses consommations, et elle le pria de transmettre la consigne au reste du personnel. De loin, Duncan ne perdait pas une de ses paroles mais la jeune femme était trop fière pour reconnaître ouvertement qu'elle se trompait depuis le début. Dignement, elle passa devant lui, le regard fixe, les lèvres serrées, et monta directement dans sa chambre sans même s'enquérir de l'état de santé de Gladys.

Son courrier l'attendait toujours sur le lit. D'un œil rageur, elle contempla un instant la lettre de Gabe Blackwood, l'homme qui avait brutalisé, volé, abandonné sa mère. La violence en moins, c'était ainsi que Justin allait se conduire envers elle. Il était temps de faire payer ces hommes pour le mal qu'ils faisaient. Jusque-là, Gloria s'ignorait toute capacité de rancune, mais elle venait d'en découvrir le goût âcre.

Ouvrant la lettre de son père, elle en déchiffra la fine écriture.

« Ma chère Gloria,
« Lorsque vous recevrez cette missive, je serai probablement en route pour Nome. J'ai en effet retenu une place

sur le *Sénateur*, qui devrait arriver dans le courant de juillet.

« Vous avez certainement appris que le Congrès venait d'installer un gouvernement municipal dans toutes les grandes agglomérations de plus de cent habitants. Les choses ne se sont pas faites aussi facilement que je l'escomptais, ce qui explique mon retard.

« J'ai trop de choses à vous raconter pour les rapporter dans cette lettre. Sachez au moins que je regagne l'Alaska en compagnie du nouveau juge du deuxième district, ainsi que d'autres magistrats officiellement nommés.

« Il me tarde de retrouver votre délicieuse compagnie. Tant de perspectives agréables se lèvent à notre horizon ! Je serai bientôt près de vous pour vous annoncer plus encore. En attendant ce moment béni, je vous adresse mes plus tendres salutations.

« G. Blackwood »

Même s'il n'avait pas reçu la charge de juge tant convoitée, il paraissait d'excellente humeur, exactement dans les dispositions où elle voulait le voir.

49

Gloria reconnut Gabe Blackwood à l'instant où il sauta de la barge sur le bord de la plage.

— Oliver, lança-t-elle à son cocher, allez dire à ce monsieur que nous l'attendons par ici.

— Oui, mademoiselle.

De son buggy, un peu à l'écart de la foule grouillante des arrivants mêlés aux parents venus les accueillir et aux dockers qui déchargeaient les marchandises, la jeune femme scruta le personnage de haute taille qui parlait avec Gabe, en se demandant si c'était le juge. Enfin, Oliver s'approcha d'eux pour les amener dans la direction de l'équipage.

Son séjour à Washington avait métamorphosé le vieil homme : des cheveux plus blancs encore, un impeccable costume trois-pièces bleu marine rayé de gris, un large chapeau gris perle de bonne confection ne faisaient qu'accentuer une assurance qui, cette fois, ne devait rien à la bouteille.

— Ma chère, quelle délicieuse surprise ! Je n'osais espérer que vous viendriez me chercher !

— Vous êtes resté absent si longtemps ! Je me languissais.

— Un homme de mon âge ne saurait s'attendre à de telles attentions.

Avisant enfin son compagnon jusque-là demeuré silencieux, il ajouta, en soulignant ses mots de grands gestes :

— Permettez-moi de vous présenter M. Alexander Mackenzie, président-directeur général de la Compagnie des Mines d'Or de l'Alaska, dont les bureaux seront installés à Nome. Monsieur, voici Mlle Gloria Saint-Clair, propriétaire pour moitié du *Palace*, l'un des plus agréables établissements de Nome.

De large carrure, l'air souverainement sûr de lui, l'homme atteignait peut-être un mètre quatre-vingt-cinq. Son regard noir et dur n'avait pourtant pas la froideur de celui de Duncan, qui troublait surtout par son manque total d'expression émotionnelle, tandis que celui-ci dénotait un tempérament foncièrement calculateur. Une large moustache noire lui masquait presque la bouche mais il portait la tête haute et le menton en avant comme s'il défiait quiconque de se mesurer à lui. Gloria perçut instinctivement en lui un personnage à l'ambition agressive et sans scrupule.

— Bienvenue à Nome ! déclara-t-elle sans se laisser démonter.

— Merci, mademoiselle, répondit-il en touchant le bord de son chapeau. Je suis très heureux de faire votre connaissance.

— Je vous souhaite bonne chance pour trouver des locaux qui vous conviennent mais je doute que ce soit facile ou bon marché en ce moment. On se bat pour le moindre mètre carré.

— Je vous sais gré de vos avertissements mais je pense pouvoir m'en tirer sans trop de difficulté.

Son aplomb eût donné froid dans le dos à des interlocuteurs moins résolus que Gloria. Pourtant, elle imaginait difficilement comment il pourrait se frayer un chemin parmi les dizaines de milliers d'immigrants qui se pressaient dans les tentes sommairement installées les unes contre les autres, à moins de marcher sur ceux qui lui résisteraient...

De fait, en quelques jours, il fit proclamer que la compagnie minière devenait officiellement l'unique propriétaire des terrains aurifères ainsi que de leur production passée et à venir. Les prospecteurs mécontents pouvaient toujours demander à se faire engager comme mineurs salariés, à moins d'accepter un dédommagement de cinq mille dollars quand ils prétendaient posséder leur concession, ce qui devait représenter à peu près le millième de sa valeur...

Ce soir-là, personne ne parlait d'autre chose, au *Palace*. Il semblait qu'associé à Mackenzie, le juge avait reçu du gouvernement le droit de purement et simplement escroquer les chercheurs d'or.

Sur le seuil de la salle de jeu, un brouhaha retint soudain l'attention de Gloria. Elle aperçut Justin en discussion avec le videur et commençant à élever la voix. Un petit sourire aux lèvres, elle arriva à temps pour empêcher Oliver de le jeter dehors.

— Laissez cela, intervint-elle, je m'occupe de ce monsieur.

— Enfin te voilà ! s'exclama le jeune homme avec un sourire forcé. Je commençais à désespérer de te voir. Ce type ne veut pas croire que je suis un ami.

— Ce n'est pas de la faute de Hawkins, répondit-elle doucement. Après tout, depuis près de trois semaines qu'il travaille ici, il n'a connu qu'une fois l'honneur de te faire entrer.

— Je sais. J'ai eu beaucoup à faire ces derniers temps.

Il avançait le pied pour entrer quand l'employé s'interposa de nouveau. Justin jeta un regard stupéfait à la jeune femme.

— Enfin, dis-lui de me laisser passer !

— As-tu payé ton entrée ?

— Certainement pas !

— Alors, je regrette, mais le règlement est valable pour tout le monde, annonça-t-elle paisiblement.

— Depuis quand ?

— Depuis que j'en ai décidé ainsi. Tu paies bien tes sablés aux raisins. Chez moi c'est pareil.

— Vraiment ? Je ne t'avais pourtant fait aucune promesse !

— Moi non plus. En tant que vieil ami, tu es le

bienvenu au *Palace* mais, dorénavant, tu acquitteras ton droit d'entrée, comme tout le monde.

Justin demeura un long moment immobile sans réagir, pas même d'un cillement, puis tournant brusquement les talons, il partit en claquant la porte derrière lui.

Du fond de la salle, Duncan avait observé toute la scène et il parut à Gloria qu'une esquisse de sourire traînait sur ses lèvres. Elle lui lança un clin d'œil.

Au petit matin, après le départ de la plupart des clients, Duncan pénétra dans sa chambre. Et elle découvrit que leur entente d'autrefois était revenue. Point n'était besoin d'explications entre eux, ils connaissaient la différence entre travail et plaisir.

Avec août revinrent les pluies, qui transformèrent les rues poussiéreuses de Nome en cloaques, ajoutant encore à l'infortune de ses habitants.

Les prospecteurs qui avaient accepté de travailler pour Mackenzie le soupçonnaient de mettre la majeure partie de la récolte d'or dans ses poches au lieu de l'ajouter aux bénéfices qui seraient plus tard partagés. Le juge refusait d'écouter ceux qui ne possédaient pas de titres de propriété officiels, c'est-à-dire la majeure partie d'entre eux. Il leur disait de s'adresser à la cour d'appel de San Francisco.

A la fin de l'été, les mineurs quittaient à peu près tous leurs galeries, de peur que Mackenzie ne s'en emparât s'il entendait parler de la découverte d'un filon. Une sourde colère régnait sur la ville, où l'on commençait à parler de vols, d'agressions, de meurtres. Une loi interdit aux femmes de fréquenter les saloons à moins d'y être employées comme chanteuses ou actrices. Au *Palace*, à partir de ce soir-là, Gloria et ses filles prirent l'habitude de chanter à tour de rôle une chanson.

Le 12 septembre à midi, un violent orage s'abattit sur la ville, tandis que Gloria, installée dans sa chambre, écoutait en fumant Gabe Blackwood lui rapporter ses bonnes fortunes.

— J'ai bien fait d'investir chez Mackenzie, annonçait-il, aujourd'hui mon avoir s'élève à des milliers de dollars. D'autant qu'on va bientôt nous attribuer officiellement la plupart des concessions détenues autrefois par les prospecteurs.

— Vous paraissez bien sûr de vous.

— La plupart d'entre eux, expliqua-t-il patiemment, étaient des étrangers qui n'avaient aucun droit de posséder des propriétés sur le sol américain.

— Je comprends, mais pourquoi êtes-vous si certain qu'elles seront adjugées plus particulièrement à la compagnie de Mackenzie ?

— Parce qu'il tient le juge dans sa poche. J'attends avec impatience ce grand jour. Non seulement je serai riche mais, avec Mackenzie pour me soutenir, je deviendrai gouverneur de l'Alaska. Vous verrez.

— Et si les avocats partis pour San Francisco revenaient avec un jugement invalidant cette décision ? N'y songez-vous jamais, Gabe ?

— Que voulez-vous qu'ils obtiennent de si loin ? Et puis souvenez-vous que Mackenzie compte des amis influents, jusqu'au Président lui-même, paraît-il. Ce n'est pas pour rien qu'on l'appelle « Alexandre le Grand » !

Gloria devait reconnaître que, jusque-là, l'homme paraissait invincible, non parce qu'il enfreignait la loi mais parce qu'il la créait selon ses besoins. Ce qui ne la troublait pas outre mesure tant qu'elle ne risquait pas de s'en trouver lésée. Néanmoins, elle restait fascinée par la façon dont il subjuguait Gabe. Elle se rappelait pourtant quels grands rêves idéalistes il caressait autrefois, selon sa mère. Un seul demeurait : il n'avait pas renoncé à devenir gouverneur, malgré le temps qui passait. Simplement, son âge ne lui permettait plus de regarder de trop près aux moyens à employer.

La pluie redoublait de violence, un vent hurleur

soulevait des trombes d'eau contre les parois des habitations.

Matty entra, portant un plateau de café.

— La tempête beaucoup menacer, annonça-t-elle gravement. Les vagues en colère gonfler et bientôt envahir la plage.

— J'espère que tu exagères, Matty. Avec tous ces pauvres gens qui y vivent...

La jeune femme secoua la tête, préférant ne pas y songer.

— Quand ces mauvais signes arriver, mon peuple toujours quitter la côte pour se réfugier à l'intérieur des terres. Le ciel trop noir. Nous partir aussi.

— Ce n'est pas la première fois que nous essuyons un gros orage ! répondit Gloria. Celui-ci me paraît un peu plus violent que les autres, mais pas au point de nous faire quitter nos maisons, tout de même !

— Duncan dire que nous devoir partir.

Sans autre commentaire, la petite Esquimaude quitta la pièce.

Gloria pencha la cafetière d'argent sur les deux tasses, puis se dirigea vers la fenêtre tout en se demandant quel parti adopter. Duncan n'avait pas pour habitude de s'alarmer inutilement.

— Ces « mauvais signes » ! railla Gabe. Quelles superstitions stupides !

Pourtant, vue du premier étage, la rue semblait se transformer en un véritable torrent de boue jaunâtre qui s'engouffrait sous les fondations du *Palace*. A cette idée, Gloria frissonna.

— Je vois déjà des vagues s'attaquer à la porte d'entrée, s'écria-t-elle.

— Et alors ? Ce n'est pas la première fois qu'un orage inonderait quelque peu une ville ! Ces choses-là sont un peu désagréables, je vous l'accorde, mais elles s'oublient en quelques jours. Si seulement vous m'aviez écouté en renvoyant au plus vite cette... femme... Les gens de sa race ne valent rien.

— Ne revenons pas sur ce sujet ! Nous en avons déjà parlé.

— Je vous assure qu'elle ne vous apportera que des ennuis. Elle ne vous coûte peut-être pas cher, mais vous ne pouvez avoir aucune confiance en elle. Ces gens ne pensent qu'à mentir et à voler. C'est dans leur nature. Croyez-moi, je sais de quoi je parle. J'ai l'expérience des Indiens, il faut constamment les remettre à leur place.

Plus la jeune femme l'écoutait, plus sa colère grandissait. Elle ne savait que trop comment il s'y était pris pour remettre sa mère « à sa place ».

— Et quelle est-elle, cette place ? demanda-t-elle froidement.

Gabe ne parut pas remarquer son ton glacial.

— Le plus loin possible des honnêtes gens civilisés et blancs. Le mieux pour vous serait de vous en débarrasser. Vous perdez votre temps à vouloir l'éduquer. Ces gens sont à traiter comme des fauves, du bout d'une fourche pour ne pas les laisser vous atteindre. Vous avez tort de vous fier à cette race.

Cette fois, il allait trop loin. Écœurée par son discours, elle lança sourdement :

— Et si je vous disais que j'appartiens, moi, à cette race ?

Il écarquilla les yeux puis partit d'un petit rire embarrassé.

— Vous plaisantez !

— Si je vous disais que nous sommes toutes deux de la même famille ? Que Matty et moi sommes cousines ?

— Je ne puis croire cela.

— Il le faudra bien pourtant. Voyons, Gabe, ne me trouvez-vous pas des airs de princesse indienne ?

— Franchement non.

— Alors peut-être de princesse russe ? ajouta-t-elle perfidement.

Nerveux, sur la défensive, il fronça brusquement les sourcils.

— Russe ? Que voulez-vous dire ?

— Tout le monde m'appelle Gloria Saint-Clair, mais ce n'est qu'un pseudonyme. Aimeriez-vous connaître mon vrai nom ?

— Dites.

— Macha. Macha Blackwood, fille de Nadia Lvovnaya Blackwood, Tarakanova de son nom de jeune fille.

Le vieil homme se leva d'un seul coup, blême et balbutiant.

— C'est... impossible...

— Nadia Lvovnaya Tarakanova, de sang mêlé aléoute, tlingit et russe, épousa l'avocat américain Gabe Blackwood à la cathédrale Saint-Michel de Sitka. Ne me dites pas que vous avez oublié ce beau jour.

Marchant sur lui, elle ne le quitta plus des yeux.

— Peut-être vous rappelez-vous cet autre jour où vous l'avez quittée, quelques heures après que son grand-père, Loup Tarakanov, fut mort d'une crise cardiaque pour avoir voulu vous empêcher de la battre et de tuer l'enfant qu'elle portait, ce même jour où vous avez volé l'argenterie de la famille et fui par le bateau postal.

— Comment... comment avez-vous appris cela ? Qui vous l'a rapporté ?

Il reculait secouant la tête, incrédule et désorienté.

— Surtout la sœur de ma mère, tante Eva. Mère aussi m'a parlé de vous, en me racontant combien vous désiriez devenir gouverneur.

— Je ne sais pas d'où vous tenez tous ces mensonges ! explosa-t-il brusquement. Il n'y a pas un mot de vrai dans cette histoire ! Vous vous trompez si vous croyez pouvoir exercer sur moi un quelconque chantage. Je ne me laisserai pas faire.

— Du chantage, moi ? Connaissez-vous beaucoup de filles qui oseraient faire chanter leur père ? Car vous êtes mon père.

— Non, c'est faux.

— Croyez-vous ? Pourtant, dès le premier jour, selon vos propres paroles, vous vous êtes pris d'affection pour moi. Sans doute parce que je vous faisais penser à une jolie « princesse russe », ma mère ?

— Non.

— Niez tant que vous le voudrez ! Les faits sont là, vous ne pourrez rien y changer. Je suis votre fille et je peux le prouver. Ma mère est morte mais ma tante Eva vit toujours, et nombre de gens, à Sitka, se souviennent de moi, la pauvre petite Macha Blackwood. Je n'en suis partie qu'il y a trois ans.

Le visage blanc de terreur, il la dévisagea comme il eût dévisagé un hideux fantôme. Elle s'approcha encore de lui, passa une main sur le col de son costume.

— Eh bien, papa ? Tu ne parais pas très heureux de faire ma connaissance !

D'un geste brusque, il l'écarta de lui et se mit à gesticuler comme un volatile affolé.

— Ne me touchez pas ! Allez-vous-en !

— Selon toi, que pensera Mackenzie si je lui dis que tu es mon père ? A mon avis, il n'attachera pas grande importance à mon sang indien. En revanche, le futur gouverneur de l'Alaska ne saurait avoir pour fille la plus publique, dans tous les sens du terme, des traînées du territoire. Il me semble que cela pourrait lui donner des arrière-pensées.

— Il ne faudra rien dire.

— Vraiment ? Pourtant, les journaux aiment le scandale. Imagine un peu les titres : « Madame la fille du futur gouverneur »...

Elle éclata de rire.

— Tu ne porteras jamais ce titre, Gabe Blackwood ! Je m'en assurerai personnellement. Tu ne seras pas non plus juge, ni clerc, ni balayeur. Tu n'es rien du tout et tu le resteras !

— Tu m'as trompé ! cria-t-il rageur. Comme elle, tu

n'as fait que me tromper. Vous vous ressemblez, comme deux chiennes menteuses.

D'un pas menaçant il s'approcha d'elle mais Gloria demeura droite face à lui. Il ne l'intimiderait pas comme sa malheureuse mère.

— Elle a détruit toutes mes chances, fulminait-il. Je ne te laisserai pas en faire autant ! Voilà trop de temps que j'attends ce poste, trop d'années.

— Et tu risques d'attendre jusqu'à ta mort.

Alors la première claque partit. Prise par surprise, Gloria ne put s'en défendre et tomba, déséquilibrée par le choc de la gifle. Avec les pieds et les mains, il continua de la battre à lui en faire perdre la tête, si bien que la jeune femme ne put que se tasser sur elle-même pour tenter de se protéger de cette avalanche de coups, comprenant soudain quelle avait pu être la détresse de sa mère sous cet assaut de violence.

En tombant, elle heurta son lit derrière elle et voulut fuir de l'autre côté mais Gabe la retint par sa robe et elle entendit le crissement de l'étoffe qui se déchirait. Déjà il était sur le lit et lui serrait le cou de ses deux mains.

Gloria cria aussi fort qu'elle le put sans parvenir à dominer la fureur de l'orage ; et puis sa voix s'éteignit dans sa gorge martyrisée. Se débattant de toutes ses forces, à coups de pied et de griffe, lui arrachant la moitié de la joue avec ses ongles, essayant d'atteindre ses yeux, ses efforts empêchèrent l'étreinte mortelle d'enserrer plus fort son cou ; pourtant, sans lâcher le visage de son adversaire, à bout de souffle, la poitrine en feu, elle eut l'impression que ses poumons allaient exploser. Ses forces risquaient de bientôt la trahir. Si seulement elle trouvait une arme ! N'importe quoi pour le frapper et se débarrasser de lui.

Un voile noir se mit à danser devant ses yeux, elle allait s'évanouir et ce serait le signal de son exécution. Et puis, tout d'un coup, la pression cessa, l'être malfaisant qui voulait la tuer s'écarta d'elle, les mains abandonnèrent sa gorge vibrante de douleur. Alors l'air revint dans sa poitrine et elle se mit à tousser, croyant mourir sous la violence du soufflet de forge qui s'activait subitement en elle. Défaillant, elle tendit une main vers sa table de nuit où elle cachait son revolver, leva les yeux pour tenter de situer son adversaire mais ce fut Duncan qu'elle trouva à sa place. Quant à Gabe, elle le distinguait maintenant dans un coin de la chambre, en train de se frotter la mâchoire de la paume gauche.

— Ça va, Gloria ?

Penché sur elle, le joueur ne vit pas le vieil homme sortir un pistolet de son veston.

— Attention ! Il est armé !

Duncan fit volte-face. Le petit derringer jaillit de sa manche mais, avant qu'il eût le temps de tirer, Gloria vit le canon de Gabe cracher une flamme jaune avec une détonation assourdissante. Duncan tressaillit et s'écroula en saisissant son bras droit. Le derringer tomba, sa balle allant se loger dans le plafond.

— Non ! hurla la jeune femme.

D'un seul mouvement, elle se rua sur sa table de nuit pour y saisir son pistolet à manche de nacre avant de viser Gabe des deux mains. Elle appuya sur la détente en fermant les yeux. Le coup partit dans un claquement de tonnerre. Un trou s'ouvrit dans le mur, à un mètre de Gabe, épouvanté, qui parvint à rouler sur lui-même tandis qu'elle rechargeait désespérément son arme.

Duncan restait à genoux près du lit, la main crispée sur son épaule ensanglantée, le visage grimaçant de douleur. Oubliant Gabe et ses propres meurtrissures, Gloria se précipita vers lui puis se releva pour appeler Matty de toutes ses forces.

Revenant vers son compagnon, elle déchira en hâte la manche de sa chemise afin d'en faire un garrot qu'elle serra à l'aide d'une cuillère en guise de clef.

— Ton visage ! murmura Duncan.

A ces mots, elle se rendit compte que sa lèvre coupée

saignait abondamment, que de multiples contusions la faisaient souffrir sur tout le corps.

— Ce n'est rien, assura-t-elle.

Rien en comparaison de la blessure qu'il venait de subir à cause d'elle.

— Je montais te dire, expliqua-t-il en haletant, que la maison ne résisterait pas longtemps à la tempête si on ne l'arrime pas comme nos voisins. Il faut évacuer tout le monde et emporter ce que nous pourrons.

Comme il marquait une pause, elle s'aperçut qu'il respirait avec difficulté.

— Que s'est-il passé ici ? demanda-t-il encore. Blackwood avait l'air fou furieux.

— Chut ! Ne parle pas.

La pâleur de son visage épouvantait la jeune femme.

— Je t'expliquerai plus tard, souffla-t-elle d'un ton qui se voulait rassurant.

A Matty qui apparaissait sur le seuil, elle expliqua :

— Duncan vient de recevoir une balle. Il faut l'emmener chez le médecin.

— C'est grave ? demanda-t-il les dents serrées.

Elle ne pouvait lui répondre. A première vue la blessure semblait importante mais certainement pas fatale, à moins qu'il ne perdît tout son sang, ce qu'elle s'efforçait d'empêcher. Elle espérait seulement que son bras droit n'en souffrirait pas par la suite et qu'il ne se retrouverait pas handicapé, incapable de manipuler ses cartes.

Tandis que Matty jetait un imperméable sur les épaules de Duncan, Gloria enfila sa pelisse et glissa à tout hasard dans sa poche le pistolet rechargé.

Rassemblant toutes leurs forces, les deux femmes l'aidèrent à se lever et l'entraînèrent dans l'escalier. Quand elles croisèrent Oliver effaré, ce fut pour lui dire de faire évacuer toute la maison. Jamais Nome n'avait affronté une telle tempête et, de l'extérieur, il paraissait clair qu'aucune maison ne résisterait à ce vent infernal.

Tous trois progressaient tant bien que mal dans la boue déchaînée quand Gloria crut apercevoir, sortant d'une maison proche, la silhouette de Gabe qui se faufilait un cartable serré sur la poitrine. Brusquement elle crut sentir la pression de ses mains sur son cou ; toute sa rage et sa terreur remontèrent à la surface. Il fallait qu'il soit puni pour ce qu'il avait fait.

Comme elle lâchait Duncan, Matty s'arrêta.

— Continue ! cria-t-elle.

Tous deux lui dirent quelque chose qu'elle n'écouta pas.

Lorsque Gabe la reconnut, il s'arrêta pour jeter autour de lui un regard affolé. La jeune femme se rappela le pistolet dans sa poche, et sans quitter des yeux le vieil homme, elle fouilla dans sa pelisse pour l'empoigner, l'extraire comme elle le pouvait du vêtement plaqué sur elle par un vent furieux. Aucune pensée ne lui occupait plus l'esprit, que le désir de faire payer à cet homme tout le mal qu'il avait provoqué.

A côté d'elle, une fenêtre vola en éclats ; portant le bras à son visage pour se protéger des morceaux de verre, elle montra qu'elle était armée. Gabe commença par reculer, puis tout à coup, lui tourna le dos et s'enfuit à toutes jambes, autant que le lui permettaient les tourbillons d'eau qui s'enroulaient à ses pieds, le souffle implacable de la tempête changeant constamment de sens. Gloria se mit à courir derrière lui, le visage fouetté par ses cheveux mouillés, les yeux aveuglés par la pluie, mais aucune force au monde n'aurait su l'arrêter.

Au milieu de la rue, Gabe s'arrêta, lâcha son cartable puis fouilla dans son manteau pour en sortir le revolver. Gloria hésita et vit une tuile arrachée d'un toit lui tomber sur l'épaule, ce qui le força à lâcher prise. Le revolver atterrit dans la boue. Renonçant à le chercher, il reprit sa course et Gloria l'imita.

Avisant le trottoir abrité des banques, elle sauta dessus et sentit soudain ses jambes, dégagées du torrent poisseux de la route, bondir légèrement sur les planches. Gabe se faufila entre deux bâtiments, juste devant elle. Par peur de le perdre de vue, elle pressa encore le pas.

Quand elle tourna au coin de la rue, ce fut pour le voir se faire refouler par une vague directement montée de la mer. Il était pris au piège. Alors il se retourna, baissant les bras comme s'il renonçait à toute lutte.

— Je ne suis pas ma mère, cria-t-elle.

A ce moment une autre vague se leva, gigantesque celle-ci, et s'abattit sur Gabe, qu'elle engloutit sans lui laisser le temps de se rendre compte de ce qui lui arrivait.

Gloria n'eut que le réflexe de reculer pour s'agripper au bâtiment qu'elle venait de dépasser, quand la masse d'eau s'écroula sur elle. Happée, déséquilibrée, à demi assommée, elle ne songea plus qu'à crisper ses bras autour de la colonne de bois où elle venait de s'accrocher, la bouche et les yeux obstinément fermés pour ne pas se laisser noyer.

L'alerte passée, elle se secoua, respira puis s'enfuit à toutes jambes pour échapper à la lame suivante.

La tempête fit rage toute la nuit, balayant impitoyablement hommes, tentes et matériel sur son passage. Quatre bateaux firent naufrage et, au matin, la moitié de la ville n'était plus que ruine. Tous les bâtiments donnant sur la plage, y compris les *Deux Aigles* de Ryan Colby, avaient disparu dans la tourmente. Son propriétaire ne reparut jamais et son nom vint s'ajouter à la liste des personnes présumées noyées.

Plus rien ne restait du *Palace* que quelques lattes de bois. Les filles avaient eu le temps de rassembler leurs bagages et Oliver d'emporter les objets les plus précieux avant que la tempête soufflât toute la maison comme un fétu de paille.

Quant à Duncan, sa blessure se révéla plus bénigne que Gloria ne l'avait craint, mais la balle avait touché un nerf qui ne cessa dès lors de le faire souffrir. Seule une dose de morphine pouvait apaiser sa douleur.

Comme la plupart des habitants, ils se retrouvaient sans abri. Environ quinze mille personnes quittèrent l'Alaska cet automne-là, la plupart sans un sou. Mais Gloria, Duncan et Matty restèrent décidant de rebâtir le *Palace* un peu plus loin dans les terres.

Le 15 octobre, deux policiers fédéraux vinrent de Californie dans le but d'arrêter Alexander Mackenzie pour forfaiture et l'emmenèrent à San Francisco, où il fut jugé. Gloria en vint presque à regretter que Gabe ne fût plus là pour voir se dissoudre à jamais son beau rêve.

50

Cet hiver-là, Gloria s'aperçut qu'elle était enceinte. A peine le médecin l'en avait-il avertie qu'elle sut exactement ce qu'elle allait faire : mettre cet enfant au monde, l'élever elle-même sans tenir compte des multiples complications qui pourraient en découler. Elle avait grandi en sachant que son père ne voulait pas d'elle, au point de chercher à le tuer. Bien sûr, sa mère l'avait tendrement aimée, mais jamais cet amour ne put totalement combler le sentiment de rejet qui l'accompagna dès lors. Maintenant qu'une vie se développait en elle, elle n'allait pas la repousser à son tour.

Lorsque Duncan apprit sa décision, il insista pour l'épouser. Sa blessure s'était refermée, bien que le nerf endommagé restât douloureux, il pouvait désormais se servir de sa main, devenue insensible au toucher ainsi que la majeure partie du bras, elle le faisait souffrir au point de le rendre totalement dépendant de sa dose quotidienne de morphine.

Gloria savait combien il tenait à demeurer auprès d'elle qui, de son côté, s'attachait chaque jour un peu plus à lui. Cette forme d'amour lui paraissait maintenant plus solide que tous ses rêves romantiques des années passées. Faute de pouvoir compter sur sa sensibilité tactile, Duncan avait cessé de jouer, à cause de sa blessure, à cause d'elle. Gloria se sentait en un sens responsable de ce handicap mais elle savait qu'elle lui devait plus encore.

Le 11 février 1901, le jour même où Mackenzie fut condamné à un an de prison en Californie, Gloria épousait Robert Duncan Cole. Dès le printemps, ils

bâtirent une petite maison non loin de leur nouveau
Palace. Dans son état, la jeune femme ne pouvait plus
guère qu'en superviser de loin la bonne marche ; aussi
s'appuya-t-elle aveuglément sur Matty et son mari pour
la diriger.

L'été n'amena pas son flux habituel de prospecteurs
sur les plages de Nome. Tous savaient que le sable avait
donné à peu près tout ce qu'il contenait d'or, soit plus
de deux millions de dollars. L'économie de la ville
reposait désormais sur les mines des collines alentour,
assez rentables mais réservées à des professionnels qui
durent se regrouper afin d'obtenir des résultats plus
substantiels. La joyeuse improvisation de la ruée vers l'or
avait bel et bien disparu.

Quand à Mackenzie, grâce à ses « relations », il venait
d'être amnistié par le président McKinley en personne et
quittait discrètement la Californie.

En juillet, Gloria mit au monde un solide garçon de
sept livres que ses parents appelèrent Matthew, en l'honneur de leur chère Matty. Cependant, son père le sur-
nomma vite « Ace », son petit as... Et le qualificatif lui
resta. Tous trois se mirent à gâter outrageusement ce
joyeux bébé vif et rond, à la houpette blonde et aux
immenses yeux bleus rieurs, et la jeune mère se sentait
tellement heureuse dans sa nouvelle vie qu'elle accueillit
sans déplaisir l'annonce du mariage de la jeune veuve,
Mme Sarah Porter, propriétaire d'une pension de famille
prospère, avec M. Justin Sinclair.

A l'été, le conseil municipal déclara illégaux le jeu et
la prostitution. Cependant rien ne changea dans les
habitudes des citoyens de Nome, qui n'avaient pas
l'intention d'abandonner aussi vite leurs vices favoris. A
la même époque, d'épaisses planches vinrent recouvri-
rent les rues pour empêcher la boue de se former après
la pluie, si bien que Duncan et Gloria purent promener
tranquillement leur fils l'après-midi.

L'année suivante, la jeune femme retourna travailler au

Palace en confiant la garde d'Ace à Matty. Les quelques années qui suivirent s'écoulèrent harmonieusement pour tous. Les bénéfices substantiels de l'établissement permirent à la famille d'engager un cuisinier chinois, Chou Ling, pour la maison particulière, d'installer un piano dans le salon, de faire venir une vaisselle de porcelaine et de cristal. Si Duncan disparaissait de plus en plus fréquemment dans le cabinet privé du *Palace* où il rangeait sa morphine, Gloria s'efforçait de fermer les yeux, s'estimant mal placée pour le critiquer.

Le soir du 12 septembre 1905, cinq ans exactement après la tempête, Duncan organisa un combat de boxe au *Palace*, tout aussi illégal que le jeu et la prostitution. Les gens se battirent cependant pour engager des paris et toute la ville ou presque vint assister à la rencontre.

Le lendemain, à la fin de la soirée, observant de loin son mari qui s'attardait avec quelques derniers joueurs, Gloria prit soudain conscience qu'il avait terriblement maigri ces derniers mois, que son visage s'émaciait davantage sous une peau trop pâle, que son regard avait perdu de sa dureté, comme affaibli par la douleur constante et par la drogue. Au souvenir du Duncan des derniers temps, elle se mordit les lèvres pour ne pas pleurer.

Subitement, monta de la rue le tintement de la cloche des pompiers suivi par des cris de frayeur. Elle se tourna vers la fenêtre : au bout de la rue un saloon était en feu.

Les derniers consommateurs se précipitèrent dans la rue, suivis de Gloria, qui venait d'enfiler une nouvelle pelisse fabriquée par Matty. L'incendie se propageait avec une vitesse effrayante parmi les maisons de bois ; des flammèches rouges dans le ciel manquaient à chaque instant de tomber sur les fils électriques ou sur les bonbonnes à gaz du voisinage. A ce moment, la situation deviendrait catastrophique.

Une longue file se forma pour apporter les seaux d'eau à la chaîne. Mais Gloria avait mieux à faire que d'y participer. Se ruant vers le *Palace*, elle courut organiser l'évacuation de ses biens les plus précieux.

— Ne vous faites pas de soucis ! lança Oliver, essoufflé sur le palier. Cette fois, nous aurons le temps de sauver le maximum de meubles !

— Où est Monsieur ?

— Dans son cabinet, Madame.

Quand elle y pénétra, Duncan jeta un regard par-dessus son épaule, puis se remit à vider un petit meuble de l'argent qui s'y trouvait pour le transférer dans une serviette de cuir. Il y ajouta prestement sa réserve de morphine et confia le tout à sa femme.

— Prends ceci et cours te réfugier à la maison !

Gloria s'insurgea : elle avait bien d'autres choses à faire que de se mettre à l'abri.

— Mais...

— Je sais que Matty s'occupe d'Ace, mais je préfère vous savoir tous les trois en sécurité avec nos biens les plus précieux.

Une explosion retentit à quelques pas d'eux. Le sinistre s'étendait et la jeune femme comprit brusquement que leur propre maison pouvait bientôt se trouver menacée.

— J'y vais ! lança-t-elle.

Sous un ciel rouge qui les éclairait comme en plein jour, elle parcourut les cinquante mètres séparant le *Palace* de son domicile. L'endroit restait encore calme mais Chou Ling, Matty et Ace étaient réveillés et habillés. Les deux femmes empaquetèrent le maximum de linge et de bibelots tandis que le cuisinier déménageait dans la rue ce qu'il pouvait transporter et que le bambin jouait dans son parc. Ensuite, il ne leur resta plus qu'à guetter la lueur menaçante qui montait des quartiers en flammes. Ace poussait des cris de joie chaque fois qu'il voyait une flamme s'échapper dans le ciel et essayait de l'attraper de ses mains innocentes, sans comprendre les larmes de sa mère, qui redoutait d'y voir les derniers souvenirs du *Palace*.

Lorsque l'incendie fut enfin circonscrit, le centre de la ville avait presque entièrement brûlé, dont une cinquantaine de magasins et d'ateliers, de saloons, de restaurants et d'hôtels. L'odeur de la fumée rendait encore l'atmosphère difficile à respirer quand Gloria rejoignit son mari sur les décombres. Rien ne restait du *Palace* qu'une rampe d'escalier tordue et un pan de mur noirci.

— C'est égal, murmura-t-elle en s'emparant d'une pelle pour écarter les cendres chaudes, nous le reconstruirons encore.

— Non, répondit Duncan.

Elle se redressa d'un coup.

— Que dis-tu ? Pourquoi ?

— Repartons plutôt de zéro. C'est le moment de déménager. On extrait encore de l'or des collines mais la ruée s'est achevée l'an dernier. Nous ne pourrions guère plus attendre de Nome.

C'était bien là une attitude de joueur : ramasser le meilleur d'une situation et partir sans s'attarder.

— J'ai entendu dire que Fairbanks était en pleine expansion, ajouta-t-il.

Comme toujours, la jeune femme lui fit confiance. Quitte à tout recommencer, que ce soit au moins dans une ville d'avenir.

— Nous avons fait les paquets cette nuit, annonça-t-elle.

— Je sais.

Ils vendirent la maison, le terrain de Front Street et la plupart des meubles qu'ils ne pouvaient ou ne voulaient pas emporter avec eux. Le reste fut embarqué pour Saint-Michael sur le même bateau qui les emmenait tous les cinq : Duncan, Gloria, Ace, Matty et Chou Ling. De là, ils prirent l'une des dernières barges qui remontaient encore le Yukon jusqu'à Fairbanks avant l'hiver.

C'était la première fois que Gloria s'aventurait à

l'intérieur de l'Alaska. La beauté sauvage de ses paysages la laissa sans souffle, avec ses hautes montagnes enneigées, ses forêts de sapins sombres, les feuilles dorées de l'automne encore accrochées à leurs branches. Les arbres s'étaient mis à lui manquer, elle s'en rendait compte maintenant et se réjouissait d'en voir tant. Plusieurs fois, elle aperçut des animaux sauvages sur la rive, orignaux, ours, caribous, loups. La nuit, des myriades d'étoiles cloutaient le ciel limpide et les aurores boréales projetaient souvent leur arc de lumière dans la nuit claire. Malgré la fraîcheur ambiante, la température paraissait plus douce au jour, d'autant que le vent ne soufflait plus dans l'atmosphère glacée du bord de la mer de Béring.

Fairbanks se dressait sur un plateau le long de la Tanana River, un affluent du Yukon. Les saloons, les maisons de jeu et autres lieux de plaisir s'y multipliaient comme partout ailleurs mais Gloria n'y ressentit pas l'ambiance pesante des villes minières avec leurs aventuriers, leurs voleurs et leurs mauvais garçons.

L'or de la région ne pouvait être extrait par des amateurs. Il fallait, pour l'atteindre, creuser de profondes galeries dans le sol, parfois percer le granit, et l'opération demandait un matériel aussi considérable que coûteux. Les mineurs qui s'installaient à Fairbanks le faisaient pour longtemps, amenaient leur famille au complet, construisaient des maisons au lieu de s'installer sous des tentes.

En descendant pour la première fois la rue principale, les nouveaux arrivants eurent l'impression de croiser des passants plus familiers, plus aimables, peut-être parce que Gloria était accompagnée d'un petit garçon blond qui gambadait autour d'elle en souriant à tout le monde. Depuis qu'ils avaient quitté Nome, chacun la traitait d'ailleurs comme une respectable femme mariée ; aucun homme ne s'était permis de lui passer un bras autour du cou ou de lui lancer un commentaire égrillard, pas même les rares anciens clients qui la reconnurent. Et elle s'aperçut que cette déférence lui plaisait.

Dans ce territoire encore peuplé de pionniers, une prostituée qui se mariait et reprenait une vie honorable gagnait l'estime de chacun au même titre que n'importe quelle épouse de notable. Son passé ne la poursuivrait pas indéfiniment, tout au moins tant qu'elle se conduirait en bonne mère de famille. Sans doute parce que les femmes se faisaient encore trop rares en Alaska.

A la fin de la première semaine, Duncan l'emmena visiter un saloon à vendre.

— Il n'est pas aussi spacieux que nous l'aurions souhaité mais peut-être pourrons-nous l'agrandir dès le printemps prochain, lorsque la neige fondra. Il coûte très cher, le premier étage ne correspond pas à tes espérances, mais c'est tout ce que j'ai trouvé de disponible actuellement. Qu'en penses-tu ?

— S'il te convient, achète-le. Mais j'ai quelque chose à te dire.

— Quoi ?

— J'ai décidé de ne plus travailler. Cette ville me donne envie de recommencer sur des bases nouvelles. J'y songe depuis notre arrivée ici. Ace a quatre ans, bientôt, il ira à l'école. Je ne veux pas qu'il ait honte de moi.

— Je n'y vois aucun inconvénient, mais que comptes-tu faire de tes journées ? franchement, je ne te vois pas restant à la maison à coudre et à préparer les repas. D'ailleurs, à quoi serviraient Chou Ling et Matty ?

La jeune femme prit une inspiration avant de se jeter à l'eau.

— J'y ai aussi réfléchi.

Duncan haussait un sourcil amusé.

— Ah oui ?

— Je voudrais monter une pension de famille. Chou Ling s'occuperait de la cuisine, Matty de l'entretien. Quant à moi, j'ai largement acquis l'expérience de la gestion et des comptes. De plus, je crois avoir découvert l'endroit idéal.

— Où ? demanda-t-il en souriant.

— J'ai aperçu une vieille grange en ruine à l'entrée de la ville, sur le chemin de Valdez. Avec l'extension de Fairbanks, ce carrefour devrait prendre de l'importance.

— Combien coûte-t-elle ?

— C'est ce qu'il me reste à découvrir.

— Quelle surprise ! J'ai failli croire que tu l'avais déjà achetée !

Outre le saloon, ils acquirent donc le terrain où Gloria comptait bâtir sa pension. Tout l'hiver elle prépara les plans, déterminant le nombre de chambres, la taille de la cuisine, de la salle à manger et du salon, l'organisation des appartements privés, mais aussi le linge, la vaisselle, l'argenterie, les meubles dont elle aurait besoin. Elle établit des menus, choisit les tentures murales, les tapisseries et les rideaux.

Le chantier commença au printemps. Pour le cinquième anniversaire d'Ace, ils purent s'y installer et, deux jours plus tard, Gloria reçut son premier client. A l'automne, le petit garçon entrait à l'école et sa mère décida de l'emmener à l'église tous les dimanches.

L'année suivante, une ligne télégraphique fut installée entre Fairbanks et Valdez, un port donnant sur le golfe de l'Alaska, qui ne se retrouvait jamais bloqué par les glaces.

Parallèlement aux mines d'or, d'importants gisements de cuivre furent découverts et exploités, ce qui promettait à la ville un fructueux avenir industriel. Ces espérances ne firent que se confirmer avec la construction d'une ligne de chemin de fer qui relierait Fairbanks à la mer. En 1910, la grand-route menant à Valdez était achevée et un service régulier de diligences y fut établi. Il suffisait désormais d'une semaine de voyage pour rejoindre le port.

La pension *Cole* ne se trouvait qu'à quelques mètres

de la gare routière et cette excellente situation permit à Gloria d'y effectuer les transformations nécessaires pour en faire l'une des auberges de référence de Fairbanks. Le saloon de Duncan prospérait aussi. Le couple faisait désormais partie des notables de la ville, d'autant que leur fils réussissait remarquablement à l'école. Gloria s'était inscrite à la chorale de sa paroisse, et, suprême consécration, Duncan fut admis parmi la communauté maçonnique.

Quant à Matty, elle épousa Billy Ray Townsend, un semi-Esquimau que Gloria avait engagé comme homme de confiance tant pour le saloon que pour l'auberge. Les nouveaux mariés firent construire une petite maison adjacente à leur lieu de travail.

En 1912, l'Alaska devenait officiellement territoire des États-Unis, quarante-cinq ans après avoir été acheté à la Russie, avec son gouverneur et sa représentation au Congrès.

L'année suivante, Gloria vit, pour la première fois de sa vie, une automobile venant de Valdez et, en 1914, la voie ferrée, longtemps retardée, était enfin lancée.

Un brouillard glacé noyait Fairbanks sous son voile aveugle ; en hiver, ce phénomène survenait fréquemment, la région étant sujette aux températures extrêmes. Autant il pouvait faire moins 55°C en hiver, autant, en été, le thermomètre pouvait grimper jusqu'à 35°C au-dessus de zéro.

Gloria préférait infiniment ces variations au vent glacial de la côte.

Par ce sombre matin d'hiver, ses six pensionnaires venaient d'achever leur petit déjeuner. La vaisselle était faite et Chou Ling s'attaquait à la préparation du déjeuner. Ce court moment de répit permettait à la jeune femme de prendre tranquillement un café avec son mari. Assise dans leur salle à manger privée, elle lisait le journal de la veille, une cigarette achevant de se consumer dans son cendrier. Elle ne s'accordait d'alcool ou de tabac que dans l'intimité de son appartement.

Machinalement, elle vérifia si son peigne maintenait toujours son large chignon en place et vit Duncan s'approcher pour la quatrième fois de la fenêtre. Elle voulut le prier de s'asseoir tranquillement mais se tut, mue par une sorte d'intuition.

Elle le regarda, maigre et sec dans son costume bien taillé, les os pointant sous les joues, les cheveux grisonnants, plus âgé que ses quarante-cinq ans. Une goutte de transpiration coula le long de sa tempe, qu'il essuya furtivement. Elle se demanda s'il n'avait pas pris froid mais s'abstint de poser des questions sur sa santé, car il y répondait toujours sèchement, et reprit la lecture de son article sur le conflit européen.

— Il paraît que les États-Unis vont finir par se joindre à la France et à l'Angleterre pour déclarer la guerre à l'Allemagne, observa-t-elle sans y croire.

Ces pays lui paraissaient aussi lointains que la Lune inaccessible.

Sans répondre, Duncan écarta le rideau. La porte séparant l'appartement de l'auberge s'ouvrit sur Ace, déjà grand et dégingandé pour ses quatorze ans, les cheveux châtain clair et les yeux toujours aussi rieurs.

— J'ai réparé la voiture de M. Hammermill ! annonça-t-il tout fier.

L'adolescent possédait un véritable don qui lui permettait de saisir le principe de tout appareil et de le faire marcher, qu'il s'agisse d'un ustensile ménager ou d'une machine à vapeur. Chaque fois qu'il apercevait une nouvelle mécanique, il n'avait de cesse qu'il n'en eût compris le fonctionnement et la démontait puis la remontait lui-même.

— Bravo ! s'extasia sa mère. Moi qui ne sais même pas comment cela se conduit !

— Ce n'était pas difficile, assura-t-il en haussant les

épaules. Si vous avez besoin de moi, je serai avec M. Cheevers, qui me propose une partie d'échecs.

— Vas-y mais n'oublie pas qu'il s'agit d'un client, alors tâche de ne pas le battre aussi rapidement qu'hier soir !

— Je ferai mon possible.

Leur fils sorti, Gloria lança un regard anxieux sur son mari, qui n'avait pas bougé d'un pouce, toujours immobile devant la fenêtre, les épaules voûtées, le bras droit replié sur sa poitrine. Brusquement, il se dirigea vers l'entrée, enfila son manteau, mit son chapeau.

— Duncan, où vas-tu ?

— Il faut que je passe au saloon.

— A cette heure-ci ?

Alarmée, elle le vit tressaillir, comme s'il était sous le coup d'une violente et fugitive douleur.

— Il est tôt, reprit-elle. Tu n'as pas besoin de t'y rendre déjà. Attends au moins que le soleil se lève. Tu risques d'attraper froid par ce temps. De plus, on n'y voit pas à vingt centimètres dans ce brouillard. Il finira bien par se lever et...

— Écoute, si ce n'était pas important, je ne me dérangerais pas ! J'ai attendu autant que j'ai pu.

— Duncan, je t'en prie...

Voyant que ses recommandations restaient vaines, comme d'habitude, elle se leva.

— Au moins, habille-toi chaudement, regarde-moi ça, tu n'as même pas pris de gants !

Passant les moufles de fourrure qu'elle lui tendit, il ouvrit la porte d'entrée.

— A tout à l'heure.

Le courant d'air glacé qui pénétra un instant la fit frissonner. Pourtant, un corridor les séparait encore de la rue. Elle entendit la porte de l'extérieur s'ouvrir puis se refermer et ce fut le silence.

Quelle urgence pouvait inciter Duncan à sortir par un temps pareil ? Son bras lui faisait-il tellement mal ? Dans ce cas, pourquoi n'avait-il pas pris de morphine avant de sortir ?

A moins, songea-t-elle soudain, qu'il n'en possédât plus. Ces derniers temps, il augmentait régulièrement sa dose ; elle savait qu'il en était devenu complètement dépendant et se rappela leur pianiste de Nome, sa souffrance quand il se retrouvait en état de manque.

Courant vers leur chambre, elle ouvrit le tiroir où son mari rangeait ses réserves pour constater qu'elle ne se trompait pas. Alors, elle prit peur. A n'importe quel moment, Duncan pouvait tomber malade, au point d'en mourir, comme leur pianiste. Que deviendrait-il dans ce brouillard givrant ? Elle se précipita vers le téléphone du corridor pour demander au saloon qu'il la rappelât dès son arrivée.

Une demi-heure plus tard, elle guettait toujours la sonnerie. Duncan n'était pas arrivé, elle le vérifia en redemandant le saloon. Inquiète, elle finit par confier ses craintes à Matty, qui décida d'envoyer son mari sur le chemin que Duncan avait dû emprunter. Puis elle passa le reste de la matinée à interroger toutes les personnes susceptibles de l'avoir aperçu, mais en vain.

Cette nuit-là, des voisins découvrirent le corps de Duncan, tué par le froid, mais Gloria savait que la morphine était tout autant responsable de cette mort.

Les mois qui suivirent comptèrent parmi les plus terribles qu'elle eut à vivre, malgré le réconfort constant d'Ace et de Matty. Jamais elle n'aurait cru possible que quiconque pût lui manquer autant. Duncan était constamment resté auprès d'elle, sans rien lui demander, à part de l'épouser. Sinon, elle avait toujours été libre d'agir comme elle l'entendait, en n'essuyant jamais la moindre désapprobation.

Par un chaud dimanche de juillet, elle vint, en compagnie de Matty, poser sur sa tombe un bouquet de myosotis. A travers son voile noir, les yeux rougis par les larmes, elle lisait et relisait sans cesse l'inscription :

A MON CHER MARI - ROBERT DUNCAN COLE.

D'une main gantée de noir, elle s'essuya les yeux puis se rendit compte qu'elle étouffait sous ces vêtements trop chauds et trop contraignants pour le plein été.

C'était la première fois, depuis le départ de Sitka, qu'elle portait de nouveau du noir. Mais, pour Duncan, elle aurait gardé le deuil toute sa vie s'il avait pu la voir.

— Il ne m'aimerait pas dans cette tenue, soupira-t-elle à l'adresse de Matty.

— Certainement pas. Il te préférait toujours vêtue de couleurs vives.

— Je sais. Allons, je crois qu'il va être temps de me remettre au travail.

Soulevant son voile, elle sécha une dernière larme.

— J'ai décidé de vendre l'auberge, annonça-t-elle.

— Es-tu sérieuse ?

— Oui. Je vais repartir de zéro. C'est le moment de déménager. Je sais que, dans des circonstances semblables, Duncan n'aurait pas dit autre chose.

— Où veux-tu aller ?

— Une ville se construit sur le golfe de Cook, autour des chantiers du chemin de fer. Elle s'appellera Anchorage. Si Ace et moi voulons commencer une nouvelle vie, autant que ce soit dans une nouvelle ville.

Prenant la main de Matty, elle la serra chaleureusement.

— Nous accompagnerez-vous, Billy Ray et toi ?

— Nous faisons partie de la même famille. Une famille doit demeurer unie.

Gloria rassembla les branchages qu'elle ajouta au reste de la pile avant de reprendre son souffle. Elle n'avait pas l'habitude d'accomplir beaucoup d'exercice physique et ses articulations de quarante-cinq ans ne lui rendaient pas le labeur plus facile. Pourtant, elle trouvait l'occupation plutôt amusante. D'un long regard, elle détailla le groupe de ses concitoyens qui travaillaient aussi dur qu'elle.

Des hommes armés de pelles sortirent du trou qu'ils venaient de creuser autour d'un arbre tandis que d'autres volontaires y descendaient pour attacher une grosse chaîne autour du tronc. Puis un attelage de chevaux l'arracha lentement à la terre. Le tracteur qu'elle avait prêté effectuait la même tâche un peu plus loin. D'un sourire elle répondit au signe de son conducteur, Ace, qui préférait de loin conduire un engin mécanique plutôt que de guider des chevaux.

— Sais-tu ce que tout cela me rappelle, Traudy ? demanda-t-elle à sa belle-fille.

— Quoi, mère ?

Gloria n'appréciait qu'à moitié ce terme qui lui donnait l'impression d'avoir cent ans mais elle savait que la jeune femme n'y mettait que de l'affection et du respect. Fille d'un ingénieur des chemins de fer de Seattle, Gertrude, dite « Traudy », Hannighan, avait épousé Ace trois ans plus tôt. Le jour même où il l'avait rencontrée, il était rentré chez lui en annonçant à sa mère qu'il venait de découvrir la femme de sa vie.

Gloria n'y trouva rien à redire, tant la nouvelle venue, intelligente et racée, restait éperdue d'admiration devant son mari. Il lui arrivait de songer en souriant que, s'il proposait de l'emmener dans la Lune, Traudy s'en irait immédiatement préparer les valises.

Suivant la mode, cette dernière portait une coiffure courte ; plus grande que la moyenne, elle arborait une démarche gracieuse qui plaisait à Gloria. Un petit garçon aux cheveux et aux yeux sombres se jeta dans les jambes de sa mère, Wylie Duncan Cole. Lui l'appelait grand-mère... Fallait-il donc qu'elle se sente si vieille ?

— Cela me rappelle Nome, reprit-elle songeuse, le jour où de l'or a été découvert sur la plage. Les gens se sont précipités pour la retourner avec autant d'ardeur qu'aujourd'hui. Maintenant, explique-moi pourquoi nous débroussaillons cette clairière pour y construire un aéro-drome. Il n'y a jamais eu d'avions à Anchorage.

— Et il n'y en aura jamais si nous n'y mettons pas du nôtre. Ace affirme que le jour où nous pourrons survoler l'Alaska, ce sont des régions entières que nous découvrirons, où ni le chemin de fer ni la route ne peuvent aller.

— Je l'ai déjà entendu dire cela.

Au moins mille fois.

Son fils s'était passionné pour les aéroplanes durant la guerre, dévorant toutes les revues qui lui tombaient sous la main. L'année précédente, cette fascination devint une obsession quand il vit un appareil se poser sur l'eau. Dès lors il en parla comme d'un « Boeing amphibie » et ne rêva plus que d'apprendre à piloter.

Gloria s'en inquiéta, parce qu'elle craignait qu'il ne veuille partir aux États-Unis pour réaliser son souhait. L'économie de l'Alaska stagnait depuis quelques années, ses principales exportations, le cuivre et le saumon, ne suffisant plus à assurer sa prospérité.

En outre, l'auberge d'Anchorage tournait rarement au complet et rapportait juste de quoi faire face à ses dépenses, ce qui n'aurait même pas été le cas si la compagnie des chemins de fer ne s'était établie non loin de là, en installant à l'entrée de la ville des ateliers de réparations où Ace travaillait. Deux des six maisons qu'elle possédait n'étaient pas occupées et personne ne se présentait pour les louer. Son fils et sa belle-fille en habitaient une et Matty et Billy Ray une autre. Néanmoins, il restait à Gloria quelques économies et, sans mener le train d'autrefois, elle se contentait bien de sa vie actuelle.

Le soir, le futur terrain d'aviation pouvait prendre son nom. Un feu de joie fut allumé dans la ville et l'on se régala de saucisses et de bière.

Un an plus tard, Gloria s'installait à l'arrière de sa Ford Wylie assis à côté d'elle. Ace parlait à sa femme de son sujet préféré, les avions, tandis qu'ils se rendaient vers l'aérodrome d'Anchorage.

Il avait compris combien ce moyen de transport pouvait devenir indispensable à l'Alaska, quels bénéfices il y aurait à en tirer. En hiver, seuls les chiens de traîneau étaient capables d'emmener les voyageurs dans la plupart des régions de l'intérieur des terres. Un avion ne dépendait que de l'air et de la lumière. Ace se rendit également compte que l'Alaska se trouvait au cœur de la route séparant les États-Unis de l'Extrême-Orient. Bientôt le courrier et les marchandises ne voyageraient pas autrement que par le ciel, il en était convaincu. Il serait dès lors beaucoup plus rapide de passer par le Nord que par le large Pacifique. Selon lui, l'Alaska se trouverait désormais à la croisée des chemins du monde entier.

De loin, ils virent décoller un lourd aéroplane gris. Émerveillé comme un enfant devant un arbre de Noël, Ace s'écria :

— Regarde, Wylie, un jour ton papa pilotera un avion comme celui-ci !

Il dut attendre cependant cinq longues années avant de trouver un pilote qui acceptât de lui enseigner ses connaissances. Ensuite, plus rien ne l'arrêta. Avec toutes les économies mises de côté pour bâtir une maison, ainsi qu'une participation de sa mère, il acheta un vieux biplan

Stinson, plus les pièces détachées nécessaires à sa réparation. Avec l'aide de Billy Ray, il y travailla chaque soir, en se contentant parfois de deux heures de sommeil avant de retourner aux ateliers de chemin de fer. Traudy, accompagnée du petit Wylie, lui apporta des dîners qu'il prenait sans quasiment quitter son cher avion. Sa femme plaisantait parfois, prétendant qu'il l'aimait plus qu'elle ou son fils, mais elle restait tout indulgence devant une telle exaltation, heureuse de le voir accomplir son rêve.

Par un froid matin d'octobre 1929, le Stinson, fraîchement peint de rouge vif, fut prêt pour son premier vol. La famille entière assistait à l'événement, y compris Chou Ling.

En voyant rouler l'appareil sur la piste, Gloria sentit son cœur se serrer. Tout le monde cria de joie quand il décolla, sauf elle, qui se contenta de pousser un soupir.

Une heure plus tard, après diverses acrobaties de joie, il revenait et atterrissait avec l'aisance d'un oiseau. Le visage rayonnant de fierté, Ace sauta hors du cockpit.

Aussitôt entouré, assailli de félicitations, il expliqua en riant :

— Son maniement est plus facile que tout ce que je connais !

Prenant Gloria par le bras, il ajouta :

— Viens, maman, je t'emmène faire un tour !

— Moi ?

Résistant comme elle le pouvait, elle trouva la plus banale des excuses :

— Voyons, tu devrais plutôt emmener Traudy.

— Il t'appartient en partie, tu es propriétaire.

— Vas-y ! insista Matty. Tu vas peut-être découvrir que tu adores ça.

Nerveuse mais également curieuse, Gloria finit par accepter de monter à bord. Dans un craquement digne des pires tempêtes qu'elle connaissait, l'appareil s'arracha au sol et elle finit par ouvrir les yeux. Alors elle s'aperçut qu'elle volait. Le bruit avait singulièrement diminué, une sorte de calme régnait autour d'eux et le monde s'amenuisait sous leurs pieds, les champs devenaient carrés, les membres de sa famille prenaient des allures de fourmis.

Des montagnes apparurent à l'horizon et Gloria demeura le souffle coupé à la vue qui s'offrait maintenant à ses yeux. Jamais elle n'eût espéré découvrir ainsi le mont McKinley, le plus haut de l'Alaska, pour une fois débarrassé de son éternelle couronne de nuages.

C'est tout juste si elle ne regretta pas de devoir atterrir. Après elle, toute la famille eut droit à son baptême de l'air.

La semaine suivante, Ace démissionnait des chemins de fer pour lancer sa compagnie d'aviation, l'Ace Air. En tant qu'associée, Gloria la possédait pour moitié. Traudy prit en charge la partie administrative et les comptes, Billy Ray devint mécanicien. Ce même mois, la Bourse de New York, à Wall Street, connaissait son « Jeudi noir ».

Les sombres jours de la grande dépression lancèrent des milliers de chômeurs sur les routes ; nombreux furent ceux qui crurent pouvoir courir leur chance en Alaska. Le prix de l'or montait tellement que la moindre pépite prenait valeur de trésor.

Dès les premiers jours, Ace eut des clients. Tentés par ce monde nouveau, des aventuriers en tout genre et de toutes conditions, qu'ils fussent mineurs, trappeurs, pêcheurs, ingénieurs ou même prostituées, voulaient découvrir ces territoires encore vierges. Sans compter telle marchandise ou tel médicament attendu d'urgence dans des régions isolées.

Rarement, pourtant, les vols se déroulaient sans le moindre incident. Ace devait sans arrêt prendre des risques pour se poser sur des glaciers, des bancs de sable ou des collines. Plusieurs fois, il tomba en panne et dut réparer sur place en improvisant régulièrement, aussi confiant dans sa bonne étoile que dans son génie mécanique.

A la fin, il s'amusait à prétendre que son Stinson n'était plus qu'un assemblage de réparations diverses, sans la moindre pièce d'origine. Il se guidait au compas et à l'altimètre mais, souvent, les vents le trahissaient, les brouillards le prenaient par surprise, les tempêtes le suffoquaient.

Peu à peu, il apprit à reconnaître les cours d'eau pour mieux se repérer, ce qui était une gageure étant donné qu'ils se comptaient par milliers, et il lut la carte vivante de son pays en se fondant sur les coudes et les affluents, les formes des collines, les sommets les plus abrupts. Il les connaissait désormais tous par cœur et ne se laissait pour ainsi dire plus désorienter. D'ailleurs, il ne se sentait jamais perdu tant qu'il se savait en Alaska.

QUATRIÈME PARTIE

Retour aux origines

ANCHORAGE
10 MAI 1935

Du haut de ses douze ans, Lisa Blomquist scrutait la salle emplie de monde, tournant la tête en tous sens pour tenter de distinguer ce qui se passait derrière les tables du banquet où s'attardaient encore quelques dîneurs.

Elle ne comprenait pas comment son petit frère avait pu disparaître aussi vite. Une minute auparavant, ils jouaient sur leurs deux chaises et voilà qu'il s'échappait en plein repas donné en leur honneur, enfin... en l'honneur de la famille et de tous les « pionniers » qui allaient faire reculer les frontières de l'Alaska, selon les mots du président Roosevelt. Transplantés aux frais du gouverneur des terres incultes de certaines régions des États-Unis, ces fermiers, d'origine scandinave pour la plupart, se destinaient à défricher le grand territoire du Nord.

Brusquement, Erik reparut en tenant par la main un grand garçon brun aux yeux noirs.

— Regarde ! s'exclama-t-il. J'ai trouvé un vrai Indien.

— Tais-toi ! le pressa Lisa. En Alaska, il n'y a que des Esquimaux.

Se tournant vers l'adolescent, elle ajouta, l'air important :

— Excusez-le, il vous a pris pour un Indien.

Un instant, elle demeura impressionnée par le regard sombre qui la fixa, puis un léger sourire la rassura quand son interlocuteur expliqua :

— L'arrière-grand-père de ma grand-mère avait cent huitièmes de sang indien mais je ne crois pas que ça compte beaucoup. Elle dit pourtant que j'ai une tête d'Apache.

— Tu vois ! s'exclama Erik triomphant.

Lisa ne savait trop s'il fallait en conclure qu'il était indien ou non.

— Habitez-vous ici ? demanda-t-elle pour se donner contenance.

— Oui, mon père est pilote.

— Donc vous savez conduire un avion ! s'émerveilla Erik.

— Oui, mon père m'a appris.

— Super ! Quel âge avez-vous ?

— Quatorze ans.

— Alors moi aussi j'apprendrai quand j'aurai quatorze ans !

— Pardon, intervint la petite fille, nous ne nous sommes pas présentés : je suis Lisa Blomquist et voici mon frère Erik. Nous arrivons du Minnesota.

— C'est ce que je pensais. Je m'appelle Wylie Cole.

Généralement, l'adolescent trouvait les filles agaçantes, mais celle-ci lui parut non seulement bien élevée mais aussi très jolie avec ses grands yeux bleus, ses taches de rousseur et ses longs cheveux de miel.

— Oui, renchérit fièrement Erik, nous venons du Minnesota, l'État aux dix mille lacs.

— Ici, vous n'en trouverez pas dix mille mais plus de deux millions. C'est le paradis des pêcheurs. Vous verrez aussi des orignaux et des caribous.

— Et des ours polaires ?

— Non, par ici, ce sont plutôt des grizzlis. J'ai tué le premier de ma vie la semaine dernière.

— Moi aussi, j'ai un fusil ! s'écria Erik.

Cependant, Lisa nota qu'il ne précisait pas combien d'écureuils et de lapins il avait tués. Un tel gibier ne pouvait se comparer avec des ours.

Lorsque leur mère les rappela sévèrement à l'ordre, Wylie s'éloigna en soupirant. Lui qui avait habituellement tant de mal à lier connaissance, il trouvait cette fillette infiniment sympathique. Il aurait aimé lui parler plus longtemps.

Seul avec sa mère la plupart du temps, puisque son père restait absent des semaines entières, il fut heureux d'accompagner ses parents le samedi suivant pour rendre visite à sa grand-mère Gloria. Les deux femmes ne savaient trop que penser de cette invasion de fermiers « d'en bas », car elles en avaient déjà beaucoup vu se laisser décourager par la rudesse du climat.

— Il me semble, intervint Ace, que si nous devions nous méfier de quelqu'un, mieux vaudrait se tourner vers les Japonais. Après tout, ils ne se trouvent qu'à quelques milles des Aléoutiennes et il paraît, selon mes collègues, qu'un de leurs bateaux croisait dans les eaux territoriales américaines, la semaine dernière.

— Je crois que le monde entier devrait s'en méfier, répondit Gloria, puisqu'ils n'ont pas hésité à envahir la Mandchourie, il y a trois ans.

— Notre gouvernement ne devrait plus attendre pour construire des bases sur nos îles les plus proches du Japon. Un de ces jours, tout cela se terminera mal.

— Selon le général Mitchell, celui qui détient l'Alaska détient le Pacifique. C'est la place stratégique la plus importante du monde, observa Traudy.

— Ne t'inquiète pas, maman, intervint Wylie. Si jamais les Japonais nous attaquaient, je vous emmènerais dans les montagnes, grand-mère et toi, et ils ne nous y trouveraient jamais.

Gloria sourit tout en se disant qu'il serait sans doute fort capable de survivre en pleine nature. C'était un enfant infiniment débrouillard, qui avait même appris de Matty comment fabriquer des parkas et des moufles à partir de peaux de bêtes, et de Billy Ray comment se servir d'os en guise d'armes.

Ace regrettait un peu que son fils ne partageât pas son amour pour l'aviation et n'y vît qu'un moyen pratique pour se rendre d'un point à un autre. Solitaire et secret, capable de passer plusieurs heures sans ouvrir la bouche, il rappelait Duncan.

A l'école, il ne pouvait se plier à la discipline générale, incapable d'obéir à un ordre qu'il ne comprenait pas. Peut-être tenait-il cela de Gloria, et son amour de la chasse de ses lointains ancêtres *promychleniky*. Wylie représentait à peu près la somme parfaite de tous les sangs mêlés qui lui coulaient dans les veines.

A maintes reprises dans l'année, Wylie évoqua Lisa Blomquist, en se demandant si elle s'adaptait bien et en regrettant de ne pouvoir lui montrer pour l'encourager les navets et les choux géants que sa famille obtenait du potager.

Quand il tira son premier orignal, au printemps suivant, il se demanda si elle en avait jamais goûté la chair. Souvent, il arpentait en solitaire les longs terrains de chasse enneigés et silencieux en écoutant ses pieds s'enfoncer dans la blanche masse crissante. Au sommet de la colline, il s'arrêtait pour contempler l'autre versant, Matanuska Valley, où elle habitait. Il espérait qu'elle ne se sentait pas trop seule.

L'année suivante, il apprit que de nombreux colons refusaient de demeurer plus longtemps dans ce territoire. A la fin de l'été, près de la moitié des familles avaient regagné les États-Unis. Wylie ignorait si celle de Lisa Blomquist en faisait partie.

A la longue, il cessa de penser à la fillette aux yeux bleus et aux cheveux de miel.

Wylie poussait devant lui la tondeuse à gazon, sa chemise de flanelle bleue à moitié sortie de son pantalon. Le soleil tapait assez fort en ce début d'après-midi et il avait hâte de rentrer chez sa grand-mère boire un verre d'eau, mais il s'était juré de terminer auparavant.

L'Europe était en pleine guerre et certains prétendaient que les États-Unis envisageaient de s'y mêler. Déjà, il était prévu d'établir un aéroport militaire expérimental à Fairbanks ainsi qu'une garnison à Fort Richardson, près d'Anchorage.

En abordant le virage à l'angle de la maison, le jeune homme remarqua que deux personnes s'étaient arrêtées devant l'auberge. En temps normal, il n'y eût pas prêté attention, les soldats affluant dans la région, mais il était plutôt surprenant de rencontrer deux femmes, dont l'une lui parut particulièrement jeune et jolie. Puis il se remit à son travail en regrettant qu'aucune chambre ne soit libre pour elles.

Lisa Blomquist s'arrêta devant le perron pour examiner la grande bâtisse à deux étages. Après cinq années de difficultés à Manatuska Valley, leur père avait fini par admettre qu'il ferait mieux de prendre un emploi salarié à Anchorage. C'est pourquoi Lisa et sa mère cherchaient une maison pas trop chère à louer.

Sur la recommandation d'une agence, elles vinrent s'adresser à Mme Cole, qui en possédait plusieurs.

Une petite Esquimaude aux cheveux grisonnants les accueillit à l'entrée. Lisa eut presque honte de l'expression désappointée de sa mère.

— Madame Cole ? demanda celle-ci.

— Non, je suis Matty Townsend. Si vous désirez des chambres, je regrette mais nous sommes au complet.

— Je désirerais plutôt louer une maison.

— Un instant, asseyez-vous, je vais chercher Mme Cole.

Une longue femme mince apparut bientôt, ses cheveux gris ramenés en un lourd chignon sur la nuque. Lisa fut frappée par le contraste qu'ils offraient avec le noir profond de ses yeux. Il était difficile de deviner son âge, tant elle paraissait jeune et sûre d'elle.

— Je regrette de vous avoir fait attendre, commença-t-elle. Que puis-je pour vous ?

Malgré l'amabilité de l'accueil, Lisa se sentait étrangement intimidée dans cette auberge inconnue, face à cette personne au port de tête royal dans sa robe de satin bleu vif, aussi belle et fraîche que lui semblaient ridées les autres femmes de sa génération. Elle faisait penser à une vedette de cinéma.

Revenant à leur conversation, elle l'entendit annoncer de sa belle voix :

— Excusez-moi, je vais chercher mon petit-fils dans le jardin, il vous fera visiter la maison.

Quand toutes deux se retrouvèrent seules, Lisa se tourna vers sa mère.

— Qu'elle est belle !

— Elle se prétend veuve, maugréa Mme Blomquist d'un air pincé, mais je doute que cette auberge n'ait pas été plus accueillante autrefois !

Scandalisée, la jeune fille ouvrit la bouche mais ne dit rien.

— On m'a conseillé plusieurs fois, reprit sa mère, de ne pas trop m'interroger sur le passé des femmes qui vivent depuis longtemps en Alaska.

— Maman !

Embarrassée, Lisa comprit alors que ces remarques acides servaient surtout à cacher une certaine jalousie.

Mme Cole revint, accompagnée d'un grand jeune homme brun aux larges épaules, le visage comme ciselé dans le bronze. Il avait les yeux presque noirs de sa grand-mère mais habités d'une lueur froide qui lui donnait un air plus sauvage.

— Voici mon petit-fils, Wylie Cole. Wylie, tu feras visiter la maison vide à Mme Blomquist et à sa fille Lisa, qui habitent actuellement Palmer mais songent à s'établir non loin de la base militaire.

Lisa Blomquist. Stupéfait, Wylie ne réagit pas tout d'abord, s'efforçant de reconnaître les grands yeux clairs et les cheveux blonds de ses souvenirs.

La jeune fille le regardait aussi, sans cependant sembler le reconnaître. Déçu, il décida de ne rien lui dire et emmena les deux femmes dans sa voiture.

Après une première visite, Mme Blomquist voulut retourner voir la cuisine et laissa seuls les deux jeunes gens.

— Quelle jolie maison ! dit Lisa, intimidée.

— Oui.

— Je sais que la question va vous paraître étrange, ajouta-t-elle très vite, mais votre père ne serait-il pas pilote ?

Wylie fronça les sourcils.

— Si.

Lisa eut un large sourire.

— Je le savais bien ! Peut-être ne vous en souvenez-vous pas, mais nous nous sommes déjà rencontrés...

— Le dîner pour les colons de Matanuska Valley ! coupa-t-il gaiement. Bien sûr que je me rappelle ! Vous aviez des taches de rousseur.

— Et mon frère vous prenait pour un Indien !

Rayonnante, elle le regarda dans les yeux.

— Ne songez-vous toujours qu'à chasser et à pêcher ? Vous veniez de tuer un ours grizzli.

— Je n'ai pas changé d'avis.

Entendant les pas de sa mère approcher, Lisa répéta :

— Quelle jolie maison !

— J'espère que vos parents décideront de la prendre.

— Moi aussi.

— Dans ce cas nous pourrions nous revoir.

— Probablement.

— Et aller au cinéma un de ces samedis...

— Peut-être.

Lisa se retourna pour découvrir sa mère dans l'encadrement de la porte.

Trois semaines plus tard, les deux jeunes gens assistaient ensemble à leur première séance de cinéma, qui fut suivie de bien d'autres, jusqu'à ce soir d'hiver où elle fut invitée à dîner dans la famille de Wylie. Bien qu'il ne lui eût jamais parlé d'officialiser leurs relations, elle tenait à faire bonne impression sur ses parents.

Tout commença pourtant mal : en sortant de la voiture, elle glissa sur une plaque de glace, s'écorcha le genou et fila sa seule paire de bas. Pour une entrée réussie, ce fut une entrée réussie, la jambe ensanglantée, les larmes aux yeux.

La mère et la grand-mère de Wylie l'emmenèrent aussitôt dans la salle de bains pour la soigner mais la jeune fille ne se sentit calmée que lorsqu'ils s'assirent enfin autour de la table de la salle à manger.

— Sais-tu commença Ace à l'adresse de son fils, qu'ils viennent d'achever la piste de la base militaire ? Ils prétendent que ce béton résistera à des 50°C en dessous de zéro et que désormais les pilotes seront guidés par radio. En revanche, ils ont encore l'air d'ignorer pourquoi, quand il fait si froid dans le Grand Nord, l'huile tourne en une espèce de bouillie qui ressemble aux gelées de framboise de ta mère, les circuits hydrauliques gèlent, les pneus de caoutchouc deviennent si durs qu'ils cassent comme du verre. Sans parler du poids de la glace accumulée sur les ailes. La base de Fairbanks leur sert à toutes ces expériences pour mettre au point de nouveaux bombardiers.

— Nous sommes littéralement envahis par les soldats en ce moment, renchérit la grand-mère de Wylie. Ils me rappellent les prospecteurs de Nome, au temps de la ruée vers l'or, avec leurs tentes sur la plage.

— Il était temps que le Congrès pense à militariser l'Alaska, qui ne possédait pas le moindre système de défense en cas...

— Papa, coupa Wylie en regardant Lisa, si nous parlions un peu d'autre chose ? A t'entendre, on pourrait croire que la guerre vient d'éclater aux États-Unis.

— Il y a de cela. Mieux vaut ne pas se cacher que nous sommes tous concernés par ce qui se passe en Europe et dans le Pacifique. Si nous comptons sur Hitler et le Japon pour nous laisser tranquilles, nous...

— Ace, intervint sa femme, tu vas effrayer notre invitée !

— Excusez-moi, Lisa, murmura-t-il, surpris.

La jeune fille se retrouva le point de mire de la tablée, ce qu'elle ne souhaitait surtout pas. Rougissante, elle s'empressa de répondre qu'elle ne craignait rien du tout.

— Allons, ajouta-t-il, vous êtes jeunes, tous les deux, j'espère que vous n'aurez pas à souffrir de toutes ces menaces...

— Papa, coupa de nouveau Wylie. Tu ne me facilites pas les choses !

— Pourquoi cela ?

— Parce que... j'ai reçu une carte de vœux de l'oncle Sam... Je ne savais comment vous l'annoncer mais voilà, je suis appelé sous les drapeaux.

Pétrifiée, Lisa ne parvint pas à prononcer la moindre parole tandis que devant ses yeux dansaient les images d'actualité du cinéma sur la guerre qui se déroulait en Europe.

— Wylie ! s'écria sa mère, les larmes aux yeux.

Sa grand-mère assise auprès de lui, lui prit la main et la serra sans mot dire.

— Je savais que cela finirait ainsi, commenta son père. J'espérais seulement que tu t'engagerais avant. Avec ton expérience d'aviateur, tu devrais pouvoir encore te faire incorporer dans l'armée de l'air. Ils ont besoin de bons pilotes.

Wylie secoua la tête.

— Je t'en prie, papa ! S'il faut que je me batte, je préférerais que ce soit sur la terre ferme !

— Quand dois-tu partir ? demanda sa grand-mère.

— Bientôt.

— C'est à dire ?

— Cette semaine.

— Mon Dieu !

Sa mère éclata de rire puis s'interrompit brusquement dans un sanglot. Lisa la comprenait d'autant mieux que, si elle-même n'avait rien dit, c'était par peur de fondre en larmes.

— Allons, je vais chercher le gâteau qui doit être à moitié brûlé, annonça Traudy en se levant.

Après le dîner, lorsque les deux jeunes gens se retrouvèrent seuls, Wylie prit les mains de Lisa.

— Pardonne-moi, commença-t-il.

— Je ne sais pas si je le pourrai, explosa-t-elle. Comment as-tu pu annoncer une nouvelle pareille à des gens qui t'aiment ?

Une sourde colère l'avait envahie, surtout parce qu'il ne s'était pas donné la peine de l'avertir en particulier ; elle avait eu toutes les peines du monde à maîtriser ses larmes. Ne se rendait-il donc pas compte de ce qu'elle éprouvait pour lui ?

— Je sais, murmura-t-il en baissant la tête, mais j'espérais qu'avec une invitée ils réagiraient moins fort, surtout ma mère. Je suis son fils unique.

Il la regarda dans les yeux.

— Il ne faut pas m'en vouloir, Lisa.

Elle ne put lui tenir longtemps rancune de son involontaire cruauté. Il lui restait si peu de temps...

Après ce triste dîner, Wylie sortit une dernière fois avec Lisa. En revenant, il gara sa voiture devant chez elle, en laissant tourner le moteur, mais la jeune fille ne bougea pas de sa place. Toute la soirée, il s'était conduit comme s'ils allaient se retrouver le lendemain. Obstinément, elle attendait une parole, un mot à emporter pour les longs mois d'incertitude à venir. Mais il se taisait.

— Nous ne sommes pas près de nous revoir, finit-elle par articuler.

Il se tourna vers elle, posa le bras sur le dossier du siège qu'elle occupait.

— Je crains que non.

La nuit était trop noire pour permettre de distinguer l'expression de leurs visages. Cependant, Lisa savait que, même en plein jour, elle n'y lirait pas grand-chose. Elle sentit seulement une main lui effleurer les cheveux sous son foulard.

— M'écriras-tu ? demanda-t-elle.

— Oui, et toi ?

— Bien sûr.

Tous les jours s'il le lui demandait.

— J'aimerais tant que tu restes !

— Crois-tu que je parte pour mon plaisir ? Je n'ai pas le choix. Et puis je ne te manquerai pas longtemps. Pas en Alaska. Je parie que bien des garçons s'apprêtent déjà à prendre la relève.

— Ils pourraient être cent que ça n'y changerait rien. Pourquoi dis-tu des choses pareilles ? Tu ne souhaites donc pas que je t'attende ?

— Nul ne sait ce qui va se produire. Ce n'est pas le moment d'échanger des promesses que nous ne pourrions pas tenir. Tant de choses risquent de changer, Lisa !

— Pour toi peut-être...

Les larmes aux yeux, elle regardait droit devant elle sans rien voir.

— Alors ne décidons rien, nous verrons où nous en serons à mon retour.

— Si tu veux...

— Lisa. Regarde-moi.

A contrecœur, elle tourna le menton vers lui.

— Je reviendrai, ajouta-t-il. Sois-en sûre. Et tu as intérêt à ne pas m'oublier !

Brusquement, il lui prit la nuque et l'attira vers lui, l'embrassa longuement, désespérément. Lisa s'accrocha à lui, tout aussi déterminée à le marquer de son souvenir, en ne désirant rien au monde que de lui faire comprendre combien elle l'aimait. Mais elle avait trop mal au fond d'elle-même. D'un seul coup, elle se détacha de lui, ouvrit la portière et se précipita vers sa maison en pleurant.

ANCHORAGE
7 DÉCEMBRE 1941

A cette heure matinale, la rue était encore plongée dans l'obscurité de l'hiver. Lisa marchait vite, le soufffle chaud de sa bouche passait à travers la laine de son écharpe. Elle venait d'obtenir un bon poste dans une entreprise d'architecture œuvrant pour l'armée, bien qu'elle s'inquiétât des attentions trop poussées de son jeune patron. Cependant, elle ne voulait surtout pas perdre son emploi.

Wylie fut cantonné en Alaska, où stationnaient de nombreux régiments. Pourtant les deux jeunes gens ne se virent pas une fois en trois mois. Sans nouvelles de lui, elle espérait, ce dimanche matin, pouvoir rencontrer Mme Cole avant l'office.

La vieille dame l'accueillit dans le petit salon de l'auberge.

— Nous avons reçu une lettre de Wylie hier, annonça-t-elle. Il dit qu'il n'aura peut-être pas le temps de vous écrire tout de suite et nous demande de vous transmettre son bonjour.

— Son bonjour ?

Était-ce donc tout ? En voyant le message, elle ne put que constater combien il était court, couvrant à peine la moitié d'une page.

— Oui, l'armée a demandé des volontaires connaissant bien l'Alaska pour former un groupe de combat capable d'observer le terrain. Ils recevront un entraînement spécial loin de sa base, c'est pourquoi il n'est pas certain de pouvoir vous écrire.

— Il a envoyé une photo, intervint Matty. Lui-même se trouve au milieu.

Elle lui tendit le cliché, où Lisa put le découvrir avec deux camarades, tous vêtus de parkas, un fusil sur l'épaule. Sous le bonnet de fourrure et la barbe fournie, ils étaient méconnaissables mais ne ressemblaient pas non plus à des soldats. Si Matty ne le lui avait pas montré, la jeune fille ne l'aurait sans doute pas identifié immédiatement.

— Ils sont barbus, indiqua l'Esquimaude, parce que ça leur tient chaud.

— C'est une bonne idée, répondit Lisa d'une voix blanche.

Elle se leva lentement.

— Merci pour ces nouvelles.

— C'est naturel, ma petite. Et rappelez-vous que vous êtes toujours la bienvenue chez nous.

— Je ne l'oublierai pas, promit-elle en se levant.

La gorge serrée, elle rejoignit sa famille à l'église mais ni l'orgue ni le sermon du pasteur ne parvinrent à la tirer de ses sombres pensées.

A la fin de l'office, ils entendirent de lointaines explosions et plusieurs têtes se tournèrent comme pour s'interroger sur la nature de ces déflagrations. A la sortie, les fidèles se posaient tous la même question :

— Avez-vous entendu ce bruit ?

— J'ai cru que c'était le tonnerre.

— Pas en décembre.

— Alors, indiqua un officier, il s'agissait peut-être de manœuvres à Fort Richardson. Le vent nous en aura apporté l'écho.

Tous admirent l'explication comme plausible et se séparaient quand le hululement des sirènes municipales retentit dans la ville, pétrifiant les habitants.

Enfin, un commerçant sortit en courant de son magasin.

— Ils viennent de l'annoncer à la radio ! Les Japonais bombardent Hawaii !

— Non ! murmura Lisa, effondrée.

Ainsi toutes les prédictions du père de Wylie semblaient se réaliser. Elle avait beau se dire que ce n'était pas vrai, qu'il s'agissait d'une fausse alerte, que la guerre n'aurait pas lieu, elle craignait déjà le pire.

Après l'attaque de Pearl Harbor, les réservistes furent rappelés et Anchorage mis en état d'alerte, ses habitants invités à rester chez eux jusqu'à nouvel ordre.

— Mon Dieu ! gémit la mère de Lisa, ils pensent vraiment que les Japonais vont envahir l'Alaska ! Pourquoi sommes-nous venus là, Jan ? Qu'allons-nous faire ?

— Ce que le speaker recommande. Attendre.

Quelques jours plus tard, toutes les fréquences radio furent attribuées à l'armée. Les Blomquist cherchèrent alors des postes canadiens mais ne tombèrent que sur Radio Tokyo qui annonçait en américain que Dutch Harbor, dans les Aléoutiennes, ainsi que Kodiak, avaient été bombardés, que Fairbanks venait de subir une attaque aérienne, enfin que Sitka et Anchorage se trouvaient aux mains de l'armée japonaise. Ce qui les fit douter du reste de ces informations.

Un soir de mars, après une journée harassante de travail dans les bureaux de l'armée, Lisa se fit raccompagner par son patron, Steve Bogardus, qui fut invité à rester dîner. Elle s'apprêtait à lui offrir un verre quand elle entendit frapper à la porte d'entrée. Avec un mot d'excuse, elle s'en alla ouvrir pour demeurer pétrifiée sur le seuil devant un grand gaillard en parka blanche, au large sourire étirant la barbe noire qui lui mangeait la moitié du visage.

— Ma mère voulait que je téléphone, mais j'ai préféré vous faire la surprise de ma première permission.

— Wylie !

Elle ne l'avait reconnu qu'à sa voix, abasourdie de constater que même la photo ne l'avait pas préparée à ce changement.

Sans cesser de sourire, il se gratta le menton.

— C'est bien moi sous tout cet accoutrement.

Otant sa parka, il la suspendit au portemanteau. Ce geste rompit le charme qui la tenait immobile et elle s'approcha de lui mais, au moment où il la prenait par la taille, elle recula instinctivement.

Steve venait de surgir sur le seuil du salon et elle ne put que faire les présentations.

— Wylie, voici mon patron, Steve Bogardus.

— J'ai beaucoup entendu parler de vous, lança ce dernier d'un ton jovial en lui tendant la main.

— Je ne pourrais en dire autant. Lisa ne m'avait jamais rien dit de vous.

La jeune fille rougit jusqu'aux oreilles. Sans être sortie avec Steve, elle appréciait sa compagnie.

— Mère vient d'inviter M. Bogardus à dîner.

— Je n'allais pas laisser passer la chance d'un bon repas familial, enchaîna celui-ci d'un ton candide.

— Vous n'avez pas dîné, Wylie, reprit-elle, confuse. Maman prépare toujours de quoi nourrir une armée. Si vous désirez rester...

— Je ne laisserai pas passer cette chance, moi non plus.

Tout au long du repas, Wylie observa les regards qu'échangeaient Steve et Lisa. A ses yeux, ils n'avaient rien d'innocent, d'autant que Mme Blomquist faisait tout ce qu'elle pouvait pour mettre l'ingénieur en valeur, l'incitait à parler de ses activités, de ses projets. Quant à Wylie, que pouvait-il dire de ses missions secrètes de patrouille le long des Aléoutiennes ? Du commando de choc dans lequel il venait d'être incorporé ? Il avait juré le secret militaire et devait se faire passer pour un simple GI.

Silencieux au bout de la table, le jeune homme comprit qu'il ne gardait pas beaucoup de chances de retrouver Lisa après la guerre.

55

DUTCH HARBOR, ILE D'UNALASKA
3 JUIN 1942

Il était à peine cinq heures du matin. De son bivouac sur le flanc de Ballyhoo Mountain, Wylie surveilla la baie encastrée à ses pieds. La tempête qui soufflait depuis près de deux semaines venait de se calmer et permettait enfin de repérer les forces japonaises autour des Aléoutiennes. Pour une fois, il voyait parfaitement les massifs volcaniques autour de Dutch Harbor, la station navale et Fort Mears.

Le soleil levant tentait vainement de percer les lourds nuages tandis que le jeune homme observait la baie d'Unalaska, celle-là même, songea-t-il avec émotion, où vécut son ancêtre Tacha à l'époque de la première rébellion contre les Russes. Maintenant, il se trouvait là, chargé avec son commando de la garde de tout le littoral, jusqu'à Kodiak et les Pribilof d'un côté, Umnak de l'autre.

Un froissement de toile bruissa derrière lui et il se retourna pendant que son camarade Big Jim Dawson se levait en s'étirant tel un gros ours blanc émergeant d'une saison d'hibernation.

— J'ai faim, marmonna-t-il en se frottant l'estomac. Je dévorerais bien un grand steak saignant. C'est ton tour de faire la popote, non ?

— Si. Je vais y aller.

— Tout se passe bien ?

— C'est tranquille. Ils ne sont sans doute pas encore remis de l'attaque aérienne de ce matin...

Wylie s'interrompit, les sourcils froncés.

— Tiens ? Ces sirènes viennent de chez eux ?

Avant que Big Jim pût répondre, les mêmes sirènes

d'alerte reprirent de leur côté, auxquelles firent écho les bateaux de la baie qui donnaient le branle-bas de combat.

Wylie porta ses jumelles à ses yeux tandis que son compagnon plongeait sous la tente pour y prendre les siennes. Dans la baie, tous les bateaux s'efforçaient de fuir leur situation trop exposée tout en préparant la défense antiaérienne, comme les soldats de Fort Mears.

Bientôt, Wylie aperçut les Zéros japonais qui émergeaient des nuages dans un méchant vrombissement de moustiques.

— J'en vois quinze, annonça-t-il.

— Moi aussi.

Les premières explosions retentirent au-dessus du port mais, bientôt, ce fut le rivage qui se couvrit d'une épaisse fumée blanche.

— Ils visent la base aérienne, indiqua Wylie, pour tenter de détruire les avions au sol, comme à Pearl Harbor.

— Ils vont au-devant des surprises, répondit Big Jim en désignant un Catalina qui décollait.

Un des attaquants l'aperçut aussitôt et pointa dans sa direction. La DCA se déchaîna sur lui et l'abattit.

Les oreilles de Wylie résonnaient d'explosions si violentes que la terre en tremblait sous ses pieds.

Quatre bombardiers ennemis abandonnèrent le port pour se diriger vers le fort, où ils réduisirent à néant plusieurs chars.

— Attention !

Tout en criant, Big Jim venait de s'abattre sur son camarade pour l'étendre au sol. Des balles traçantes ouvrirent un sillon de feu à quelques mètres d'eux. Le temps qu'ils saisissent leurs armes, le Zéro se dirigeait déjà vers des cibles plus importantes.

L'attaque terminée, Dutch Harbor se révéla à peu près entièrement détruit. Le lendemain, la même attaque reprit et réduisit à néant les réserves d'essence de l'armée, tandis que les patrouilles américaines n'avaient

514

toujours pas localisé les forces japonaises opérant dans les Aléoutiennes.

Une semaine plus tard, l'île d'Attu était envahie.

Le bimoteur roulait vers son hangar de l'aérodrome d'Anchorage. Aux commandes, Ace Cole massait sa nuque raidie par de longues heures de vol. Avec tous ses nouveaux instruments de guidage, l'aviation l'amusait de moins en moins.

Comme il sortait de son cockpit, Billy Ray courut à sa rencontre : deux officiers de l'armée de l'air venaient réquisitionner son appareil. Après bien des discussions, il fut entendu qu'Ace piloterait lui-même au service de l'armée des États-Unis.

Il se présenta aussitôt pour apprendre qu'il était chargé de survoler Nome afin d'aider au débarquement des troupes et de la logistique nécessaire au délogement des forces japonaises récemment repérées entre les Pribilof et l'île de Saint-Laurent, à l'entrée du détroit de Béring.

C'était le début de l'« Opération Bingo »

Quatre jours durant, il fit la navette entre Nome et Anchorage, son appareil chargé au maximum à l'aller, aussi bien d'hommes que d'armes, selon ce qui était disponible. Ensuite, l'opération se poursuivit plus lentement, durant trois semaines. Tout était prêt pour recevoir les Japonais lorsque ceux-ci voudraient envahir Nome, mais ils ne se présentèrent jamais.

Cependant, Ace n'oublia jamais cette expérience exaltante. Il était peut-être trop vieux pour faire un bon soldat mais, à sa façon, il venait de participer à la guerre.

56

ADAK
28 AOÛT 1942

La mer devenait grosse. Les courants ne cessaient de détourner le sous-marin *Triton* de sa route au large de l'île d'Adak. Wylie regarda le visage de ses dix-huit camarades passés au noir comme le sien. Dix-neuf autres commandos suivaient dans le sous-marin *Tuna*. Tout le groupe avait rendez-vous du côté des récifs de la baie de Kuluk.

Ils étaient tant secoués dans l'étroit pont qui leur était réservé qu'ils ne cessaient de se cogner et de jurer d'impatience. Quelques instants plus tôt, leur sergent les avait informés de leur mission sur Adak. Wylie se sentait tellement énervé qu'il se serait volontiers défoulé sur un Japonais s'il avait pu en rencontrer un.

En deux jours, quatre mille cinq cents hommes furent débarqués sur Adak, en se demandant s'ils allaient y trouver des ennemis ou non. Un vent froid ne cessait de souffler et tous rampaient en direction du terrain qui leur avait été assigné.

Wylie sursauta quand un grand corbeau s'envola sous son nez. Il ne sut jamais lequel avait le plus effrayé l'autre. Une journée, puis une longue nuit, ils ne cessèrent avec Big Jim d'observer le rivage, avant de rentrer à leur base, bredouilles et fourbus.

— Je comprends ce que peut ressentir un jeune marié abandonné sur le parvis de l'église ! marmonna Big Jim.

— Nous en sommes tous là, vieux !

Un avion de ravitaillement arrivant, ils coururent aider à le décharger et ordre fut donné d'amener les troupes sur cette île déserte, à l'exception de régiments de vautours et de corbeaux. Les troupes arrivèrent le dimanche suivant, le 13 août, en même temps que la tempête qui rendit le débarquement périlleux et difficile. Jusqu'en septembre, le génie édifia des palissades et des ponts roulants pour amener les bateaux sur le rivage. En deux mois, une base complète s'élevait sur Adak.

A la fin de septembre, le commando de Wylie fut envoyé sur une autre île, Amchitka, la plus proche de Kiska, occupée par les Japonais. Ils rapportèrent qu'à part un volcan elle se présentait sous la forme d'une longue plate-forme venteuse. Puis ils regagnèrent Adak et ses brouillards.

Pour les pilotes, les Aléoutiennes représentaient mille pièges, avec leur temps capricieux, au confluent des courants tièdes du Japon et des masses d'air froid de l'Arctique, exposées sans relâche aux orages, aux tempêtes, aux tornades et aux brouillards.

Retranchés dans leurs tentes humides et glacées, les deux amis tentaient de se réchauffer comme ils le pouvaient quand ils n'étaient pas de service.

— Tu ne me croiras pas, annonça Big Jim en entrant, mais nous venons de recevoir du courrier !

Il tendit deux enveloppes à Wylie, qui commença par regarder le nom de l'expéditeur. L'une provenait de sa mère, l'autre de sa grand-mère. Aucune de Lisa. Puis il vérifia la date.

— Août. Elles n'ont mis qu'un mois et demi à nous parvenir ! Un record ! ironisa-t-il.

Personne ne sachant où ils se trouvaient, les missives étaient envoyées à une poste restante militaire qui les redistribuait dans le plus grand secret. Même les correspondants de guerre n'avaient pas eu le droit de survoler Dutch Harbor.

Un jour d'observation, tout de même, ils virent surgir un avion japonais isolé. Le temps de réagir, l'appareil avait disparu dans les nuages. Désormais, l'ennemi saurait qu'une base existait sur l'île.

Les cinq jours suivants, elle fut bombardée régulièrement mais seulement par trois appareils à la fois, si bien que les dommages ne furent que superficiels.

A la fin de novembre, la grande voie militaire qui reliait Alaska et Canada fut achevée. Lisa en parlait beaucoup dans sa lettre d'octobre car elle y travaillait directement avec Steve Bogardus, l'un des ingénieurs qui en avait conçu les plans. C'était d'ailleurs à peu près tout ce qu'elle lui racontait, sans ajouter le moindre mot de souvenir, la moindre formule tendre que le jeune homme eût tant aimé y lire.

Dans le courant de décembre, les troupes d'Adak reçurent l'ordre d'établir un poste avancé sur Amchitka, pratiquement aux arrière-postes de l'armée japonaise. Les hommes furent débarqués à l'aube dans une eau glacée où il leur fallut nager silencieusement avant d'aborder la côte. A la suite d'une tempête, un de leurs bateaux s'étaient en effet écrasé contre les récifs. Ils aménagèrent la plage pour l'arrivée des barges de débarquement sous un blizzard hurlant. Wylie ne parvenait plus à se réchauffer, d'autant qu'ils passèrent la nuit dehors, avec des rations froides de nourriture. Au matin, la tempête faisait toujours rage mais, avec l'ennemi si proche, il devenait indispensable d'établir coûte que coûte un poste d'observation. Wylie et Big Jim furent désignés pour cette mission qui commençait par quarante-cinq kilomètres de marche forcée à travers l'île, pour aboutir à son extrémité Nord-Ouest, d'où les côtes de Kiska étaient visibles par temps clair.

Au bout d'une semaine, le temps se calma. Chaque matin, Wylie devait lutter contre sa fatigue et son ennui dans de sinistres conditions. Ses chaussures et ses chaussettes de rechange restaient en permanence sur le poêle de la tente, afin qu'il puisse en changer régulièrement.

Il fut presque heureux lorsque les Japonais découvrirent la base, le 23 janvier suivant. Au moins, lorsqu'il prendrait son tour d'observation, aurait-il peut-être l'occasion de voir quelque chose.

La bataille dura une semaine puis vint la relève. Rentré à la base, il se rendit compte que les conditions de vie n'y étaient pas beaucoup plus confortables que dans leurs minuscules postes du Nord-Ouest. Derrière lui, Big Jim entra sous la tente en laissant tomber son barda.

— Allons chercher au mess un repas correct ! proposa-t-il.

— Crois-tu qu'ils auront cela ? railla Wylie.

Saisissant son fusil, il suivit cependant son camarade.

A ce moment retentirent les sirènes d'alerte. Instinctivement, Wylie fit volte-face pour scruter le ciel en direction du Nord-Ouest. Autour d'eux, les hommes prenaient leur poste derrière les canons de défense antiaérienne. Ils aperçurent une large formation en V qui approchait à haute altitude.

— Bon sang ! s'exclama Big Jim. D'habitude, ils n'envoient pas plus de six avions à la fois ! Ceux-ci doivent être au moins trente.

— Ce n'est pas normal.

A vue d'œil Wylie ne distinguait rien, aussi dut-il ajuster les jumelles qu'il portait en permanence autour du cou.

Un officier s'approcha d'eux en leur demandant ce qu'ils comptaient faire au milieu du camp.

— Il vaudrait mieux l'évacuer au plus vite, répliqua le jeune homme. Ou bien il ne restera plus rien de la base ni de ses occupants.

— Attends, intervint Big Jim sans relâcher son observation, c'est la première fois que je vois des avions japonais battre des ailes !

— Des oies ! s'esclaffa Wylie.

Tous les soldats partirent d'un fou rire à s'en éclater les côtes et les deux compagnons reprirent leur chemin vers le mess, les larmes aux yeux.

Devant le plus mauvais repas qu'ils eussent fait depuis

longtemps, ils finirent par se calmer et Wylie sortit la lettre qu'il avait ramassée au courrier en arrivant. Elle était de Lisa. Tournant le dos à ses camarades, il la lut aussitôt :

« Cher Wylie,

« Il y a longtemps que je ne reçois plus de tes nouvelles. J'ai rencontré ta mère à l'église dimanche dernier et je lui ai demandé si tu devais revenir bientôt. J'aurais aimé te voir pour les fêtes, mais il paraît que tu n'as aucun projet en ce sens.

« Je voulais te parler de vive voix pourtant, t'expliquer ce qui se passe sans avoir à te l'annoncer par lettre. Cependant, comme je ne sais pas si tu comptes revenir, je préfère ne plus attendre pour t'en faire part. Je ne sais pas si tu te rappelles Steve Bogardus, mon patron, mais nous devons nous marier en décembre et... »

Décembre. Il ne voulut pas en lire plus. En ce 1er février, elle était donc mariée depuis un bon mois. D'un geste rageur, il froissa la lettre et la jeta.

Hors de lui, il chercha comment libérer sa colère et son poing s'abattit sur Big Jim, qui virevolta sur son banc sans comprendre ce qui lui arrivait.

57

Depuis une semaine que le commando restait dans l'un des plus grands sous-marins de la flotte américaine, Wylie n'entendait parler que des missions de ses compagnons contre les Japonais. La plupart du temps, les soldats qu'ils devaient guider ne savaient même pas où ils se rendaient. Ils sortaient, se battaient puis regagnaient le vaisseau.

Le secret de la campagne des Aléoutiennes fut l'un des mieux gardés de la guerre. Quand les divisions débarquaient, elles savaient à peine sur quel terrain elles allaient devoir manœuvrer.

Cette fois, cependant, le bataillon fut fourni en matériel et en vêtements résistant à l'eau et au froid, sans lesquels des hommes peu entraînés n'auraient pu survivre. Quant à leurs armes, elles paraissaient plus perfectionnées qu'à l'accoutumée. Ces soldats pourraient remercier leur capitaine de prendre ainsi soin d'eux.

Un deuxième bâtiment les suivait, avec le même chargement d'hommes et de matériel, pour débarquer dans la baie du Massacre, de fameuse mémoire pour les Tarakanov.

Wylie n'en faisait pas partie. Avec le bataillon et son lieutenant, ils parvinrent à l'aube sur la côte ouest d'Attu, aussi discrètement que possible grâce à un épais brouillard, poussés par un courant léger. Puis ils camouflèrent leurs barques dans l'épaisse couche de neige. Il régnait un froid glacial sur l'île. Big Jim et Wylie observaient instinctivement les montagnes alentour tandis que le lieutenant rassemblait ses hommes.

Avec la montée du soleil, le brouillard se leva. Il fallait

se cacher au plus vite s'ils ne voulaient pas être repérés par les Japonais.

— Nous pourrions suivre le canyon dans les montagnes, proposa Wylie. On dirait qu'il va nous mener au sommet.

— Allons-y ! ordonna le lieutenant.

Trois hommes restèrent pour garder la plage et les barques tandis que le reste du bataillon s'engageait dans la crevasse enneigée. Avec le jour, le vent fit aussi son apparition.

Wylie ne pouvait chasser l'impression que l'ennemi les observait de partout et il ne cessait de scruter les moindres recoins. Mais le paysage n'était que neige bleuie par le ciel pur.

Un groupe d'avions américains les survola puis revint en tournant sur la plage, où ils se mirent à larguer des bombes.

— Que font-ils ? s'exclama le lieutenant.

— Ils bombardent nos barques et nos hommes, répondit cyniquement Big Jim. Pour s'assurer que nous ne pourrons pas rentrer ! C'est à se demander s'ils le font exprès.

De loin, ils entendaient la marine qui ripostait d'autres plages où venaient de se lancer des forces d'assaut. Mais la petite troupe continua sa lente progression dans le canyon jusqu'au soir.

C'est alors qu'ils rencontrèrent les premières installations de leurs adversaires, aussi surpris qu'eux mais mieux équipés. Pour se protéger, il leur fallut abandonner au plus vite le sommet de la colline, qui se noyait d'obscurité, illuminée par les coups de feu et les fusées éclairantes. Tous les hommes durent dévaler les pentes glacées comme autant de pantins désarticulés.

Ils passèrent la nuit dans un brouillard dense et cotonneux, transis de froid, à peine nourris par leurs maigres provisions, incapables de réchauffer leurs blessés. Le lendemain, la progression reprit, entrecoupée d'attaques aussi soudaines que rapides et meurtrières.

L'après-midi, au cours d'un nouvel assaut, Wylie, à plat ventre dans la neige, s'aperçut qu'il transpirait de peur. Une mitrailleuse japonaise les empêchait d'avancer et le jeune homme tâchait de s'en approcher au plus près pour la faire sauter. De sa main moite, il dégoupilla une grenade qu'il lança un peu au jugé dans la direction d'où venait le tir. Il y eut une violente explosion puis le silence.

Après plusieurs heures de combat, ils parvinrent à déloger les Japonais de leurs installations. Ils purent passer la nuit dans des grottes plus ou moins aménagées et y faire du feu. Depuis deux jours, ils se battaient à peu près sans manger car leur section de ravitaillement ne les avait jamais rejoints. Bientôt, leurs munitions et leurs médicaments s'épuiseraient aussi. Leur seul espoir consistait à rejoindre le gros des troupes.

— Wylie, commença Big Jim en s'asseyant à côté de lui, j'ai une faveur à te demander.

— Laquelle ?

— Te rappelles-tu cette femme dont je t'ai parlé, qui s'occupe de ma maison ?

— Oui, alors ?

— Si... si quelque chose devait m'arriver, promets-moi de t'occuper d'elle...

— Que veux-tu qu'il t'arrive ? protesta Wylie en haussant les épaules. Nous ne sommes pas plus en danger que d'habitude ! Nous en avons vu d'autres.

— Je sais, mais promets quand même. Elle s'appelle Anita Lockwood et habite ma maison sur le Yukon.

— Veux-tu te taire, oiseau de mauvais augure ?

— Promets.

— Bon, d'accord.

Dans le bref silence qui suivit, ils n'entendirent que le crépitement du feu et les gémissements de leurs blessés.

— Wylie, reprit Jim très bas.

523

— Quoi, encore ?

— Elle est à moitié indienne athabascan...

Le jeune homme resta sans voix. Cela signifiait qu'elle n'avait pratiquement aucun droit dans le territoire des États-Unis, que la plupart des administrations lui étaient fermées, comme pour Matty, que sa grand-mère devait sans cesse accompagner si elle devait signer un papier. Maintenant, il comprenait pourquoi son ami insistait tant.

— Et alors ? demanda-t-il.

Un soupir de soulagement échappa à Big Jim.

— Je voulais que tu le saches, voilà tout.

Au matin du sixième jour, les Japonais avaient abandonné leurs installations car l'armée les prenait à revers. La jonction s'opéra avec des hommes à demi morts de faim et de froid. Sur les trois cent vingt soldats débarqués du bataillon, Big Jim et Wylie faisaient partie des quarante qui pouvaient encore se tenir debout. Onze des leurs étaient morts, vingt, blessés.

Devant leur première nourriture sous une tente chauffée, Wylie s'exclama triomphant :

— Tu vois que nous allons nous en tirer !

— Les Japonais n'ont pas encore abandonné l'île, répliqua sombrement Big Jim.

Pas à pas, centimètre par centimètre, ils finirent par reprendre l'île aux Japonais et les forces américaines effectuèrent enfin leur jonction d'Est en Ouest.

Incapable de dormir, Wylie restait les yeux grands ouverts sur le plafond de sa tente. Dans le calme retrouvé, il aurait pourtant bien mérité une nuit de vrai repos, mais, s'il entendait de loin le ronflement de ses camarades qui comme lui allaient bientôt être évacués à cause de leurs membres gelés, il souffrait seulement d'une fatigue extrême, d'un total découragement. Sa blessure à la jambe, reçue le dernier jour, ne comptait même pas pour lui.

Mille fois dans sa tête il repassait le moment fatal où Big Jim s'était laissé hacher à bout portant par une mitrailleuse dont il croyait le serveur mort. Erreur fatale, due sans doute à la fatigue. Un instant auparavant, tous deux s'adressaient des gestes de loin pour indiquer que leur progression s'opérait sans difficulté. Ils venaient d'éliminer tour à tour deux nids de mitrailleuses à coups de grenade.

Alors Big Jim se redressa pour répondre à son signe de la main et ce fut comme si le sol tremblait sous ses pieds. Devant la mitrailleuse qui venait de se remettre en action, il se tordit, perdant l'équilibre, avant d'exploser littéralement, criblé de projectiles mortels.

— Non ! cria Wylie en se précipitant dans sa direction.

Ses camarades parvinrent avant lui sur les lieux qu'ils commencèrent par nettoyer des derniers ennemis. Quand Wylie se pencha sur l'agonisant, celui-ci était couché dans une mare de sang. Pourtant, Big Jim parvint encore à sourire.

— Je croyais... que le serveur était... mort.

— Abruti ! Crétin ! jura Wylie dans un mouvement de colère désespérée. Tu ne pouvais pas vérifier ?

Le malheureux ferma les yeux, secoué de spasmes.

— Toubib ! cria son ami.

— Attends... Anita... tu as promis...

— Mais oui ! Je veillerai sur elle, seulement tu ne vas pas mourir, Jim. Je t'ai dit que rien ne pouvait nous arriver !

— Je crois qu'il est mort, risqua l'un des soldats.

— Taisez-vous! Toubib ! Où est-il passé, ce maudit toubib ?

Les hommes le laissèrent seul avec le corps de son ami, dans la neige rosie par le sang qui coulait encore.

58

Sorti de l'hôpital la veille, Wylie regardait les murs de sa vieille chambre comme si elle émergeait d'un impossible conte de fées.

Trois petits coups furent frappés à sa porte. Il pensa que sa mère venait le chercher pour partir à l'église et se retourna dans son lit en grognant.

— Oui ?

— C'est ta grand-mère. Puis-je entrer ?

— Bien sûr.

La vieille dame apparut et il se demanda comment elle faisait pour échapper aux atteintes du temps. A part ses cheveux gris bleuté et quelques rares rides sur son visage, elle ne paraissait pas plus âgée que sa mère. La grande robe bleu roi à pois blancs ne faisait que rehausser l'éclat de son teint.

— Je suis contente que tu sois prêt à partir pour l'office ! observa-t-elle, moqueuse.

Il semblait assez maigre et assez pâle pour pouvoir rester toute sa vie dans son lit. La guerre lui avait volé sa jeunesse.

— J'espérais que nous aurions le temps de bavarder un peu, reprit-elle.

— Grand-mère, franchement, je préférerais ne pas parler de la guerre pour le moment !

— Je sais.

Elle s'assit près de lui.

— Tu as dû répondre à des centaines de questions depuis ton retour, j'imagine ? Il ne faut pas en vouloir à tes parents, ils se font tant de souci pour toi ! Allons ! Je suis peut-être une femme, mais j'en ai vu moi aussi, tu sais ! J'espère seulement que tu seras plus raisonnable que moi.

— J'essaierai.

Elle l'embrassa sur le front.

— Nous avons tous eu notre part de souffrances, crois-moi, mais nous ne savons pas exprimer le chagrin qu'elles nous ont coûté. A jamais, elles resterons gravées dans notre esprit.

— Oui, murmura-t-il. C'est vrai.

— Seulement arrive un temps où il faut partir et recommencer à vivre.

— Je sais, la guerre n'est pas terminée.

— Et tu sens que tu dois repartir ?

— Je crois, oui.

— Tu as déjà entendu un sermon aujourd'hui. Je te recommande pourtant de te lever pour entendre encore celui du pasteur. Tu ne peux pas rester couché jusqu'à la fin de tes jours.

— As-tu beaucoup de travail la semaine prochaine, papa ? demanda-t-il le même après-midi à son père.

— Pas grand-chose. Mes pilotes se chargeront du tout-venant. Aimerais-tu que nous allions pêcher la truite ?

— Je voudrais que tu m'emmènes sur le Yukon. J'ai quelqu'un à voir.

Il savait que toute explication serait superflue. Pourtant, il ajouta :

— Un copain qui s'est fait tuer sur Attu m'a demandé d'aller voir son amie. J'ai promis.

— Dis-moi quel jour tu veux y aller et nous partons.

La cabane en rondins se dressait au milieu d'un bois de bouleaux dont les feuilles dorées reflétaient la lumière du soleil. Une mince colonne de fumée s'élevait de la cheminée en mêlant son âcre odeur aux senteurs de l'automne.

Fatigué mais obstiné, Wylie tentait d'imaginer Big Jim dans ce paysage, en train de couper du bois.

Deux chiens huskies étaient enchaînés devant la porte. Le plus grand se dressa pour flairer l'odeur de Wylie, puis se mit à gronder. Cependant, celui-ci s'approcha en s'aidant de sa canne et perçut un mouvement derrière la fenêtre. Les animaux se mirent à aboyer férocement en montrant les dents. La porte s'ouvrit sur une femme brune qui demeura sur le seuil. Elle était vêtue d'un pantalon et d'une chemise d'homme à franges, ses cheveux raides tombant sur les épaules. Mais le bambin qu'elle portait dans les bras figea Wylie sur place.

— Stony ! Rocky !

Aussitôt les chiens cessèrent leur manège d'intimidation pour sauter sur place en japant comme des chiots.

— Etes-vous Anita Lockwood ? demanda Wylie.

Il ne l'imaginait pas du tout ainsi, fine, typée, le teint blanc ivoire.

— Oui, dit-elle, méfiante.

— Je m'appelle Wylie Cole. Je vous ai écrit il y a deux mois, au sujet de... Jim.

— En effet, j'ai reçu votre lettre, répondit-elle en se détendant. Je l'ai envoyée à ses parents pour qu'ils soient au courant. Mais je ne pensais pas que vous viendriez.

— Je l'avais promis à Jim. Permettez que je m'asseye. Ma jambe n'est pas encore très vaillante.

— Bien sûr, excusez-moi, entrez. Je vais vous faire du café.

Les deux pièces étaient meublées de façon sommaire mais propre, chaque centimètre étant utilisé à son maximum. Il n'y avait pourtant que peu de provisions sur les étagères de la cuisine. Il se demanda où la jeune femme trouvait de quoi vivre maintenant que Big Jim était mort et qu'elle ne recevait plus l'argent qu'il lui envoyait chaque mois. En tant qu'Indienne non mariée elle n'avait pas eu droit à son assurance-décès.

Wylie prit place dans un fauteuil de cuir usé. Le petit

garçon s'approcha de lui, un doigt dans sa bouche. Pourquoi Big Jim ne lui en avait-il jamais parlé ?

— Bonjour, lança-t-il à l'enfant. Comment t'appelles-tu ?

— Michael, intervint sa mère. Mais nous l'avons toujours surnommé Mickey. A cause d'un accident, il est un peu retardé.

— Avez-vous de la famille, Anita ?

— Ma mère, mais elle est très vieille, et mon frère qui fréquente l'école indienne de White Mountain.

— Et vous ?

— Moi, je voulais devenir professeur mais... à la mort de mon père, j'ai dû abandonner mes études. Pourtant, Jim lisait beaucoup, et nous passions nos soirées à discuter de littérature et de poésie. Il m'a beaucoup appris.

L'esprit de Wylie travaillait très vite, maintenant. Il aimait la pudeur mélancolique de cette femme, l'énergie farouche qui se cachait derrière ses silences. Quand il partit, il lui remit un peu d'argent en prétendant que c'était Big Jim qui le lui avait laissé. Tous deux savaient qu'il s'agissait d'un pieux mensonge mais Anita fit mine de le croire.

Au cours du mois qui suivit, il revint la voir au moins une fois par semaine puis se surprit à attendre le moment de ces visites, comme si elles avaient le pouvoir de le rassurer, d'apaiser ses angoisses. Il empruntait un des avions de son père et venait seulement pour couper du bois en écoutant chanter les merles, ou jouer avec Mickey, qui refusait toujours de parler mais riait aux éclats.

Dans la cabane, ils buvaient du café ensemble, en évoquant le souvenir de Big Jim. Wylie finit par prendre sa décision et après un déjeuner au coin du feu, il se lança.

— Je ne voudrais pas vous heurter mais... Nous avons tous deux perdu un être cher. L'homme que vous aimiez est mort, la fille que j'aimais a épousé quelqu'un d'autre. Je trouve que nous nous entendons bien, que nous pourrions former un couple harmonieux. Jim nous a réunis... Ce n'est peut-être pas une raison pour se marier mais...

Sans le regarder, la tête baissée, elle répondit d'une voix cassée :

— Je ne sais pas si vos parents apprécieront que j'entre dans leur famille ; ceux de Jim m'ont immédiatement rejetée. Je ne voudrais pas créer de...

— Le mieux, coupa-t-il, serait de venir dîner avec Mickey. Rentrons ensemble, ce soir. Ensuite vous pourrez réfléchir en connaissance de cause.

Elle hésita puis hocha la tête.

Traudy convia le même soir Matty et Billy Ray pour prouver à la jeune femme qu'elle n'avait pas à craindre d'être mal considérée. Cependant, Wylie la présenta seulement comme une amie qui venait faire des courses en ville.

Après le dîner, alors que Traudy suivait Anita pour l'aider à coucher Mickey, Wylie se retrouva seul avec Gloria, qui sortait tranquillement son fume-cigarette en ivoire.

— Que penses-tu d'Anita, grand-mère ?

— C'est une personne intelligente et agréable.

— Et si je t'annonçais que je songe à l'épouser ?

— Vraiment ? demanda-t-elle sans sourciller. A cause de Lisa ?

— Non, à cause de Jim. J'admets toutefois que si Lisa ne s'était pas mariée, j'aurais agi autrement. Mais, comme tu le dis, il arrive un temps où l'on doit recommencer.

— Tu sais qu'elle sera souvent rejetée. Autrefois, en Alaska, tout le monde bénéficiait des mêmes droits.

Aujourd'hui, nous sommes plus civilisés, ce qui donne

530

à certaines personnes un sentiment de supériorité par rapport à d'autres.

— C'est leur affaire.

— Peut-être mais il faut t'y attendre.

— Je sais.

— Parfait. Voilà ce que je voulais t'entendre dire ! s'écria Gloria en lui frottant la tête.

Anita et Traudy redescendaient en annonçant que le petit garçon dormait déjà, les bras autour d'un vieil ours en peluche de Wylie.

— Je prendrais bien du café ! lança ce dernier en se levant. Je vais le préparer.

Silencieusement, Anita le suivit à la cuisine.

— Ta famille est merveilleuse, souffla-t-elle en souriant. Mais es-tu sûr de vouloir m'épouser ? Rappelle-toi qu'il y a aussi Mickey. Il ne sera jamais normal. Te rends-tu compte des responsabilités que tu vas prendre ?

— Et toi, pourrais-tu les assumer seule ? Ne t'inquiète pas pour lui, j'y ai songé avant de t'en parler.

Elle baissa la tête, poussa un petit soupir fataliste.

— Je comprends pourquoi Jim t'aimait tant.

— Cela signifie-t-il oui ou non ?

— Oui. Si tu veux toujours de nous.

Après une courte hésitation, il se pencha sur elle, lui souleva le menton et l'embrassa doucement, cherchant autant à la ménager qu'à se ménager lui-même.

Le temps saurait bien travailler pour eux.

Le mariage fut célébré dans la plus stricte intimité puis le couple s'installa dans une des maisons de Gloria. Anita insista pour aider Matty à l'auberge, en guise de compensation. Affecté à l'administration de la base militaire, Wylie rentra souvent le soir pour voir sa famille.

Durant l'hiver de 1944-1945, Billy Ray mourut d'une crise cardiaque après avoir voulu déblayer la neige de la route, et Matty ne lui survécut que six mois, emportée par la première maladie qui lui permît de le rejoindre.

C'était le 15 août 1945, le jour de la reddition des Japonais. Wylie soutint sa grand-mère tout le temps des funérailles. Elle souffrait d'autant plus que le gouvernement venait de proposer une loi abolissant la ségrégation. Matty en eût été tellement heureuse !

Une semaine plus tard, Gloria convoquait son petit-fils.

— Wylie, j'ai l'intention de me retirer des affaires. Je deviens trop vieille pour continuer à tant travailler.

— Tu n'es pas vieille, grand-mère !

— Si, la mort de mes amis vient à temps pour me le rappeler. Je dois changer de vie, maintenant.

— Que comptes-tu faire ? Vendre ?

— Non, bien sûr ! Je vais me retirer dans ma petite maison de quatre pièces et morceler l'auberge en appartements. J'ai pensé que tu pourrais m'aider à en établir les plans, je n'y connais rien en plomberie.

— Volontiers, dès que tu seras décidée.

— Je suis décidée.

— Mais que feras-tu de tes journées ?

— J'ai l'impression d'entendre Duncan ! sourit-elle. Écoute, entre la gestion de mes affaires, mes arrière-petits-enfants et mon jardin, je trouverai de quoi m'occuper, rassure-toi. Au printemps, je planterai des massifs comme Anchorage n'en a encore jamais vu.

59

Dans une cacophonie de klaxons, de cris et de pétards, Anchorage célébrait la nouvelle : l'Alaska devenait le quarante-neuvième État des États-Unis.

Parmi la foule, Wylie reconnut la tête brune de Dana, sa fille, un véritable garçon manqué de treize ans, toujours en jean et chemise à carreaux, vive et gaie comme un pinson, qui parlait un langage bien à elle, appris de ses jeunes camarades et souvent totalement incompréhensible à ses parents.

Wylie avait repris la compagnie aérienne de son père, qui avait bien gagné sa retraite dans une magnifique propriété donnant sur le mont McKinley. Sans connaître les à-coups d'une grande passion, sa vie de couple avec Anita se déroulait harmonieusement. Tous deux s'estimaient assez pour se retrouver chaque jour avec plaisir.

Des feux d'artifice furent tirés le soir même et Gloria raconta en souriant l'incendie de Nome au cours duquel Ace, émerveillé, tentait d'attraper les flammèches avec ses mains.

— C'était il y a bien longtemps, maman, répondit affectueusement son fils.

— Oui, il y a bien longtemps.

Au temps des joueurs professionnels, des chercheurs d'or et des aventuriers. Au temps où chacun était prêt à tuer son voisin pour un peu de richesse. Était-il bien révolu ce temps ?

Désormais, elle ne se souciait plus que des membres de sa famille. Rien d'autre ne comptait plus pour elle. Seulement, elle refusait obstinément de quitter sa petite maison pour venir vivre avec ses enfants.

— Je ne suis pas si vieille, répétait-elle, que je ne puisse m'occuper de moi-même !

D'ailleurs, elle s'intéressait beaucoup aux rumeurs prétendant qu'une nouvelle ruée se préparait en Alaska, une ruée vers l'or noir cette fois, le pétrole. Reverrait-elle des hordes de prospecteurs arriver et se battre pour une concession ?

— Grand-mère Gloria, s'écria Dana, est-il vrai que vous étiez autrefois danseuse dans un saloon ?

— Quel âge as-tu petite ?

— Treize ans.

— Alors quand tu seras un peu plus grande, je te raconterai tout, je te le promets.

— Et tu nous le répéteras, intervint Wylie.

— Mais, protesta la fillette, vous êtes déjà tellement vieille ! Vous serez peut-être morte quand j'aurai grandi !

— Dana, enfin ! En voilà des choses à dire ! la gronda sa mère.

— Cette enfant a raison sur un point, observa Gloria, indulgente : Dieu sait que je suis vieille ! Mais ne t'inquiète pas ma petite, j'ai l'intention de devenir centenaire.

ÉPILOGUE

ANCHORAGE
MARS 1974

Gloria Cole survécut au tremblement de terre du 27 mars 1964, qui détruisit la moitié d'Anchorage. Elle dévora dans les journaux tout ce qui se rapportait à la ruée sur le pétrole du Grand Nord, à la difficile construction de l'oléoduc entre Prudhoe Bay et Valdez.

Le jour où l'autorisation de forer fut donnée, quatre ans avant son centième anniversaire, elle s'éteignait paisiblement dans son sommeil, entourée des membres de sa famille. Elle mourut comme elle avait vécu, sans regrets ni regards en arrière.

Ace affirma qu'elle n'était pas vraiment morte, qu'elle venait simplement de déménager pour commencer une nouvelle vie.

FICHE D'IDENTITÉ

Il y a quelques années, un grand magazine américain, le *Saturday Review*, publiait les résultats d'une enquête : quels sont les romanciers les plus connus et les plus lus dans le monde ? Parmi les cinq noms qui arrivaient en tête figurait celui de Janet Dailey. Comment s'en étonner lorsque l'on sait que ses romans sont traduits en dix-sept langues et touchent soixante-trois millions de lecteurs à travers le monde, dont vingt-cinq dans son pays.

Née en 1944, dans l'Iowa, Janet Dailey a commencé à écrire en 1975 alors qu'elle était secrétaire dans une compagnie de construction ; dans la meilleure tradition romanesque, elle finira par épouser son patron. Elle a publié son premier roman en 1976 ; aujourd'hui, elle est l'auteur de soixante-deux romans publiés qui ont dépassé les quatre-vingts millions d'exemplaires vendus.

Janet Dailey vit à Branson, dans le Missouri mais elle a également sillonné le territoire des États-Unis avec son mari, en roulotte.

Avec *Les Grandes Solitudes*, Janet Dailey vient de publier son roman le plus spectaculaire ; c'est une saga, tour à tour cruelle et tendre, avec des personnages inoubliables. Une contrée sauvage, apprivoisée par l'homme mais jamais domptée. Une épopée foisonnante, à la mesure des paysages splendides qui l'ont inspirée.

I

« LE LIVRE DE MON EXISTENCE »

Tout a commencé il y a six ans et demi lorsque Bill (mon mari) et moi avons fait notre premier voyage en Alaska. Je ne sais pas quelles sont vos connaissances sur ce pays mais j'ai découvert, pour ma part, que je n'en connaissais presque rien.

Saviez-vous, par exemple, que les Russes (les *promyshleniki*, nos trappeurs de l'Ouest américain) y chassaient les animaux pour leurs peaux dès 1745 ? Saviez-vous que les colons russes s'étaient établis de façon permanente sur l'île de Kodiak à peu près à l'époque où les Américains étaient engagés dans la Guerre d'Indépendance contre l'Angleterre ? Que pendant notre guerre de 1812, Sitka est devenue la capitale de l'Amérique russe, comme on appelait alors l'Alaska ? Et qu'en une vingtaine d'années, elle a acquis le surnom de *Paris du Pacifique* ?

C'était là l'histoire d'une frontière, l'histoire de cultures qui se défont et de fortunes qui se font. J'ai alors décidé de la raconter.

En mai 1984, je suis retournée en Alaska pour un mois afin de faire des recherches.

J'ai vécu une série d'expériences inoubliables : tout vu, tout fait.

J'ai visité la *Maison de Dolly*, qui est maintenant un musée, mais qui a dans le passé été, comment dire ?..., un mauvais lieu : elle se trouvait dans **Creek Street** à **Ketchikan**, un quartier chaud construit sur pilotis au-dessus d'un cours d'eau riche en saumons et dont on disait que c'était « le seul endroit où le poisson et les pêcheurs remontent ensemble le courant pour se reproduire ».

Je me suis promenée dans la pittoresque **Sitka**, empruntant ce que l'on appelle « La promenade du Gouverneur », sur les lieux où **Alexandre Andreivich Baranov** (considéré par beaucoup comme le père de l'Amérique russe) se promenait.

Je suis montée sur les remparts du Kremlin russe, connu sous le nom de Château de Baranov, et où a été hissé le premier drapeau américain lorsque l'Alaska est passée des mains des Russes à celles des Américains.

J'ai accompagné un pilote de brousse de Nome dans sa tournée de livraison de lait dans les villages esquimaux du Nord, ai vu la péninsule sibérienne pour atterrir sur la **mer de Béring** gelée.

C'est à Nome aussi que j'ai pu admirer le soleil de minuit...

Je pourrais aussi vous parler des villes (Kodiak, Skagway, Circle City, Jumeau...), des prétendues routes empruntées, de la fois où je me suis trouvée presque au milieu d'une fusillade ou de cette nuit où quelqu'un a tenté de faire irruption dans ma chambre d'hôtel...

Enfin, je ne devrais peut-être pas le dire moi-même, mais **Les Grandes Solitudes** est pour moi, le livre de mon existence.

Bonne lecture.

Janet Dailey

RENCONTRE AVEC JANET DAILEY

Qui est Janet Dailey ? Pourquoi, comment écrit-elle ? Pour le savoir, un journaliste, Phil Moss, a été l'interviewer pour le magazine **USA Today**. *C'est cet entretien que nous reproduisons ici.*

USA Today : *Vous faites beaucoup de recherches pour vos livres. N'avez-vous pas passé un mois en Alaska avant d'écrire* **Les Grandes Solitudes** *?*

J.D. : J'y ai en fait passé trois mois en deux fois.

Enregistrez-vous vos entretiens ou prenez-vous des notes in extenso *?*

J.D. : Je garde tout en mémoire. Et lorsque j'ai besoin de détails factuels, qu'il faut noter, je les fais écrire par quelqu'un. Je n'ai aucune confiance en moi car j'inverse les chiffres et je fais toutes sortes d'erreurs grossières.

Vous avez écrit 82 livres ?

J.D. : J'en ai publié 82 et écrit 83.

Ce qui signifie qu'il y en a un en cours de publication.

J.D. : Je viens de le porter à mon éditeur. Il s'agit d'un roman historique qui se passe chez les Indiens cherokee et qui s'appellera **Betrayed**.

Et vous en avez un en projet sur la Louisiane ?

J.D. : Oui. Je vais probablement écrire une trilogie sur la Louisiane.

Combien de livres concevez-vous dans votre tête en même temps ?

J.D. : Oh, j'ai probablement six projets à la fois.

Votre vie est un roman, en fait, n'est-ce pas ?

J.D. : C'est vrai.

Vous avez travaillé à Omaha dans une société de constructions dirigée par Bill Dailey. Vous êtes tombés amoureux l'un de l'autre et vous avez épousé votre patron. Est-il possible pour une romancière d'être heureuse en mariage ?

J.D. : Absolument. Bill dit souvent qu'il n'y a rien de mieux que d'être marié à une femme qui écrit des romans sentimentaux car elle est toujours fleur bleue. Il peut néanmoins y avoir un problème d'horaire, notamment lorsque, comme moi, on travaille douze à quatorze heures par jour, six jours par semaine. Mais, dans le même temps, un écrivain est l'une des rares personnes qui peut travailler n'importe où, aménager ses horaires de travail en fonction de la vie de famille ou d'autres engagements. C'est une des rares professions à donner des horaires aussi souples.

Comment avez-vous commencé à écrire ?

J.D. : J'ai toujours souhaité écrire depuis l'école primaire, mais je n'ai vraiment essayé qu'au cours de l'hiver 1974-1975. Nous venions de vendre toutes nos sociétés et avions décidé de profiter de la vie et de voyager. Je me suis mise à lire et à dire ce que je voulais écrire et Bill m'a probablement entendu dire des centaines de fois que je voulais écrire un roman ou que je pouvais le faire. Un jour, il m'a dit : «Mets-toi à écrire ou tais-toi. J'en ai marre de t'entendre parler de ça. »

C'est donc ce que vous avez fait ?

J.D. : J'étais dans une rage folle mais je me suis assise et me suis mise à écrire. Une fois arrivée à la moitié du manuscrit, je me suis dit que je pouvais écrire. Ce livre fut publié en janvier 1976 sous le titre **No Quarter Asked**.

Comment l'avez-vous fait publier ?

J.D. : Je l'ai envoyé à Harlequin, sans argent, sans rien. Ils ne me connaissaient ni d'Ève ni d'Adam. Le manuscrit est resté dans un coin jusqu'à ce qu'ils trouvent le temps de le lire car ils en avaient bien d'autres à lire.

Vous avez eu de la promotion et êtes passée des éditions de romans roses au roman grand public. Comment cela est-il arrivé ?

J.D. : Je n'ai jamais dit : « Je vais écrire un roman grand public. » J'avais commencé à entendre parler dès 1978-1979 des femmes pilotes au cours de la Seconde Guerre mondiale ; j'ignorais jusque-là qu'il y avait eu des femmes dans l'armée de l'air. Et tout commença par des questions destinées à satisfaire ma propre curiosité. Plus je découvrais l'histoire de ces femmes, plus je me demandais pourquoi on en n'avait jamais parlé. C'est ainsi que j'ai écrit **Silver Wings, Santiago Blue (Les Ailes d'argent)**.

Vous fixez-vous un nombre de pages quotidien ou un volume d'heures de travail ?

J.D. : Je me fixe un nombre de pages. Chacun doit trouver la méthode qui lui convient le mieux. Personnellement, j'écris quinze pages par jour, quel que soit le nombre d'heures qui me sont nécessaires pour cela. Je me lève à quatre heures du matin et travaille généralement douze à quatorze heures par jour. J'ai donc ma propre discipline : si j'ai une journée particulièrement fructueuse, je finis tôt, peux m'arrêter vers deux heures de l'après-midi et faire ce que je veux le reste de la journée. Mais si je n'ai pas l'inspiration, je suis punie et peux être obligée de rester à ma table jusqu'à minuit pour produire mes quinze pages. L'idéal est d'avoir toujours l'inspiration !

Quels inconvénients y a-t-il à être auteur à temps plein ? Et quels en sont les avantages ?

J.D. : L'isolement est évidemment regrettable. Je n'aime pas rester seule quatorze heures par jour. Je n'aime pas non plus cette frustration que l'on ressent à connaître une histoire que l'on a du mal à raconter, la difficulté à trouver les mots qui exprimeront le sentiment juste. Mais je ressens une grande satisfaction lorsque j'ai terminé et que je me rends compte que j'ai fait de mon mieux et que c'est une bonne histoire.

Êtes-vous quelqu'un d'extraverti, de sociable ?

J.D. : Oui. Lorsque je n'écris pas, j'aime sortir, être avec des gens. J'aime parler aux autres, je les aime. Si vous voulez écrire, il faut rencontrer des gens. Il est impossible de vivre dans une tour d'ivoire. Si l'on veut que le lecteur puisse s'identifier aux personnages, il faut d'abord le comprendre et connaître les problèmes auxquels il est confronté quotidiennement.

Où prenez-vous vos idées ? Êtes-vous intéressée par les grands thèmes ou les gens ?

J.D. : 90 % de mes idées sont le produit de ma curiosité : c'est le cas par exemple de **Silver Wings Santiago Blue (Les Ailes d'argent)** puisque je ne savais rien de ces femmes. Pour **The Great Alone (Les Grandes Solitudes)** mon professeur d'histoire des États-Unis avait de toute évidence oublié de me dire que nous avions acheté l'Alaska à la Russie et que des Russes y vivaient. Je n'en avais aucune idée et dès que j'ai voulu savoir pourquoi ils étaient là et comment ils y étaient arrivés, dès que je formule ce genre de questions, je commence en fait un livre.

Quel conseil donneriez-vous à quelqu'un qui désire écrire des romans ?

J.D. : Le conseil le plus difficile à suivre : écrire. C'est la seule façon d'apprendre et de se perfectionner. Il faut avoir du talent, c'est certain. Mais l'écriture est d'abord un art qu'il faut maîtriser et perfectionner ; et le seul moyen d'y parvenir est d'écrire.

Un écrivain a-t-il toujours besoin d'un agent ?

J.D. : Pas nécessairement. Les romans féminins sont le seul domaine où les éditeurs acceptent des manuscrits non commandés.

Lorsque vous êtes chez vous dans le Missouri, êtes-vous toujours devant votre machine à écrire ?

J.D. : Oui, ou bien je sors avec mes pur-sang arabes.

C'est votre façon de vous détendre ?

J.D. : Oui. Je ne connais rien de plus agréable que de les panser, de nettoyer les étables et de m'occuper d'eux.

« Dans ce genre de romans que j'écris, conclut Janet Dailey, mon intention première est de distraire. Je veux raconter une histoire agréable. Mais je veux aussi faire découvrir au lecteur des choses dont il n'est peut-être pas encore conscient, sans jamais perdre de vue l'aspect distrayant. Je ne veux absolument pas avoir dans un de mes livres un passage qui interpellerait brutalement le lecteur pour lui dire : "Attention, vous allez apprendre quelque chose." »

Achevé d'imprimer par Maulde et Renou Aisne
Dépôt légal novembre 1987 n° d'éditeur 13119